Schwarzer Schmetterling

BERNARD MINIER, Jahrgang 1960, ist im Südwesten Frankreichs, in den Ausläufen der Pyrenäen, aufgewachsen. Für seine Kurzgeschichten wurde er bereits mit zahlreichen Preisen ausgezeichnet. »Schwarzer Schmetterling« ist sein erster Roman, mit dem er nicht nur unterhalten, sondern auch ein Bild unserer Zeit zeichnen möchte. Bernard Minier lebt mit seiner Frau und zwei Kindern in der Nähe von Paris.

BERNARD MINIER

SCHWARZER SCHMETTERLING

PSYCHOTHRILLER

Aus dem Französischen
von Thorsten Schmidt

Weltbild

Die französische Originalausgabe erschien 2011 unter dem Titel
Glacé bei XO Editions.

Besuchen Sie uns im Internet:
www.weltbild.de

Genehmigte Lizenzausgabe für Verlagsgruppe Weltbild GmbH,
Steinerne Furt, 86167 Augsburg

Übersetzung: Thorsten Schmidt
Umschlaggestaltung: JARZINA kommunikationsdesign, Holzkirchen
Umschlagmotiv: Corbis, Düsseldorf (© Ocean (Schmetterling),
© David Pinzer/Image Source (Raum))
Gesamtherstellung: CPI – Clausen & Bosse, Leck
Printed in the EU
ISBN 978-3-86800-768-8

2015 2014 2013 2012
Die letzte Jahreszahl gibt die aktuelle Lizenzausgabe an.

Zum Andenken an meinen Vater.
Für meine Frau, meine Tochter und
meinen Sohn.

Für Jean-Pierre Schamber
und Dominique Matos Ventura,
die den entscheidenden Anstoß gaben.

Von:
Diane Berg
Genf

An:
Dr. Wargnier
Psychiatrische Klinik Wargnier
Saint-Martin-de-Comminges

Lebenslauf von Diane Berg
Psychologin (FSP)
Expertin für Rechtspsychologie (SGFP)

Geburtsdatum: 16. Juli 1976
Staatsangehörigkeit: Schweizerisch

Diplome:
2002: Diplom in Klinischer Psychologie, Aufbaustudium an der Universität Genf Abschlussarbeit: »Triebökonomie, Nekrophilie und Zerstückelung bei Triebmördern«.
1999: Lizenziat in Psychologie, Universität Genf Lizenziatsarbeit: »Einige Aspekte von Angststörungen bei acht- bis zwölfjährigen Kindern«.
1995: Abitur am humanistischen Gymnasium
1994: First Certificate of English

Berufserfahrungen:
seit 2003: Privatpraxis für Psychotherapie und Rechtspsychologie, Genf

seit 2001: Assistentin von Dr. Pierre Spitzner an der Fakultät für Psychologie und Erziehungswissenschaften, Universität Genf

1999–2001: Psychologin im Praktikum, Institut für Rechtsmedizin der Universität Genf
Psychologin im Praktikum in der medizinischen Abteilung der Justizvollzugsanstalt Champ-Dollon

Berufsverbände:
International Academy of Law and Mental Health (IALMH)
Genfer Psychologen- und Psychotherapeuten-Verband (GPPV)
Föderation der Schweizer Psychologen (FSP)
Schweizerische Gesellschaft für Rechtspsychologie (SGFP)

Interessen:
Klassische Musik (zehn Jahre Geigenunterricht), Jazz, Lesen
Sportarten: Schwimmen, Laufsport, Tauchen, Höhlenforschung, Fallschirmspringen

Prolog

Dgdgdgdgdgd – tacktacktack – dgdgdgdgdgd – tacktack

Die Geräusche: das regelmäßige vom Seil und, in Abständen, von den Rädern der Seilbahnstützen, wenn die Rollenbatterie darüber hinwegglitt und die Kabine dabei kurz gerüttelt wurde. Hinzu kam das allgegenwärtige helle Klagen des Windes, das an die Stimmen verzweifelter Kinder erinnerte. Und schließlich die Geräusche der Kabineninsassen, die brüllten, um den Krach zu übertönen. Sie waren zu fünft – Huysmans inklusive.

Dgdgdgdgdgd – tacktacktack – dgdgdgdgdgd – tacktack

»Verdammt, bei diesem Wetter hab ich keinen Bock, da hochzufahren!«, sagte einer von ihnen.

Schweigend wartete Huysmans, dass der untere See auftauchte – tausend Meter unter ihnen, durch das Schneegestöber, das die Kabine umwirbelte. Die Seile wirkten befremdlich schlaff, und sie beschrieben eine doppelte Kurve, die träge im winterlichen Grau versank.

Die Wolken rissen auf. Kurz kam der See zum Vorschein. Einen Moment lang glich er einer Lache unter dem Himmel, einem einfachen Wasserloch zwischen den Gipfeln und den Wolkenbändern, an denen die Grate zupften.

»Was schert uns das Wetter?«, sagte ein anderer. »Wir werden so oder so eine ganze Woche auf diesem verdammten Berg festsitzen!«

Das Wasserkraftwerk von Arruns: eine Reihe von Hallen und Stollen, die siebzig Meter tief in den Fels vorgetrieben worden waren, und das in zweitausend Meter Höhe. Der längste Stollen war elf Kilometer lang. Er leitete Wasser vom oberen See zu den Fallleitungen: Röhren von anderthalb Meter Durchmesser an der steilen Flanke des Berges, die das Wasser des oberen Sees zu den gierigen Turbinen der Hydrogeneratoren im Talgrund hinabsausen ließen. Es gab nur einen einzigen Weg ins Innere des Kraftwerks mitten im Berg: einen Zugangsschacht, dessen Eingang sich in Gipfelnähe befand, dann der Abstieg im Lastenaufzug bis zum Hauptstollen, und weiter bei geschlossenen Schiebern auf zweisitzigen Schleppern: eine einstündige Reise ins Herz der Finsternis, durch Gänge mit einer Gesamtlänge von acht Kilometern. Alternativ transportierte einen der Hubschrauber – das aber nur im Notfall. In der Nähe des oberen Sees war ein Landeplatz angelegt worden, der aber nur bei günstigen Wetterverhältnissen angeflogen werden konnte.

»Joachim hat recht«, sagte der Älteste. »Bei diesem Wetter könnte der Hubschrauber nicht mal landen.«

Sie alle wussten, was das bedeutete: Sobald die Schieber wieder geöffnet wären, würden sich Tausende Kubikmeter Wasser aus dem oberen See tosend in den Stollen ergießen, den sie in einigen Minuten nehmen würden. Bei einem Unfall würde es zwei Stunden dauern, um ihn wieder zu leeren, eine weitere Stunde der Weg mit dem Schlepper durch den Stollen bis zum Zugangsschacht, fünfzehn Minuten der Aufstieg ins Freie, zehn Minuten die Fahrt in der Seilbahnkabine zur

Talstation und nochmals dreißig Fahrminuten bis nach Saint-Martin-de-Comminges – sofern die Straße nicht unpassierbar war.

Bei einem Unfall würde es ganze vier Stunden dauern, bis sie ein Krankenhaus erreichten. Und das Kraftwerk war in die Jahre gekommen… Seit 1929 war es jetzt in Betrieb. Jeden Winter, vor der Schneeschmelze, verbrachten sie in völliger Abgeschiedenheit vier Wochen dort oben, um diese vorsintflutlichen Maschinen zu warten und instand zu setzen. Eine beschwerliche und hochgefährliche Arbeit.

Huysmans beobachtete, wie sich, etwa hundert Meter von der Kabine entfernt, ein Adler vom Wind tragen ließ. Schweigend.

Er ließ den Blick zu dem schwindelerregenden Abgrund aus Eis schweifen, der sich unter dem Kabinenboden erstreckte. Die drei riesigen Fallleitungsröhren schienen an der Bergflanke zu kleben, wie sie da in den Abgrund hinabtauchten. Das Tal war schon längst nicht mehr in ihrem Blickfeld. Die letzte Seilbahnstütze war dreihundert Meter unter ihnen zu sehen; sie stand dort, wo die Flanke des Berges einen Vorsprung bildete, und zeichnete sich einsam in der Nebelsuppe ab. Jetzt fuhr die Kabine in schnurgerader Linie zum Zugangsschacht hinauf. Sollte das Seil reißen, würde die Kabine etliche Dutzend Meter tief stürzen, bevor sie wie eine geknackte Nuss auf der Felswand zerbarst. Jetzt schwang sie im Sturm hin und her wie ein Korb am Arm einer Hausfrau.

»He, Koch, was gibt's diesmal zu essen?«

»Jedenfalls kein Bio!«

Nur Huysmans lachte nicht. Er verfolgte mit den Blicken einen gelben Kleinbus auf der Straße zum unteren Kraftwerk. Er gehörte dem Direktor. Dann verschwand auch der Kleinbus aus seinem Blickfeld, verschluckt von den Wolkenbändern, als würde eine Postkutsche von einer Indianerhorde eingeholt.

Jedes Mal, wenn er da hinauffuhr, hatte er das Gefühl, ein Stück grundlegende Wahrheit über sein Leben zu begreifen. In Worte aber hätte er sie nicht fassen können.

Huysmans blickte zum Gipfel hinauf.

Die Bergstation der Kabinenseilbahn – ein Metallgerüst, das an dem betonierten Vorbau vor dem Zugangsschacht verankert war – kam näher. Sobald die Kabine stand, würden die Männer über eine Reihe schmaler Stege und Treppen zu dem Betonbunker gehen.

Der Wind brauste. Draußen durfte es um die minus zehn Grad haben.

Huysmans kniff die Augen zusammen.

Etwas an der Silhouette des Gerüsts wirkte merkwürdig.

Als ob dort etwas *zu viel* wäre …

Wie ein Schatten zwischen den Querstreben und Eisenträgern, über die heftige Windstöße hinwegfegten.

Ein Adler, dachte er, ein Adler hat sich in den Seilen und Rollen verfangen.

Nein, Unsinn! Aber genau das war es: ein großer Vogel mit ausgebreiteten Schwingen. Ein Geier vielleicht, der in den Aufbauten hängen geblieben war, nicht mehr aus dem Gewirr von Gittern und Stangen herausgefunden hatte.

»He, schaut mal da!«

Joachims Stimme. Auch er hatte die merkwürdige Gestalt entdeckt. Die anderen wandten sich zu der Plattform um. »Mein Gott, was ist das denn?«

Das ist jedenfalls kein Vogel, dachte Huysmans.

Eine diffuse Beklemmung stieg in ihm auf. Dieses »Etwas«

hing über der Plattform, direkt unter den Seilen und Rollen – als schwebte es in der Luft. Es glich einem riesigen schwarzen Schmetterling, einem düsteren, Unheil bringenden Schmetterling, der sich scharf gegen den weißen Hintergrund aus Schnee und Wolken abhob.

»Verdammt noch mal, was soll das denn sein?«

Die Kabine wurde langsamer. Sie erreichten ihr Ziel. Die Gestalt wurde größer.

»Heilige Muttergottes!«

Es war weder ein Schmetterling noch ein Vogel.

Die Kabine hielt an, die Türen glitten automatisch auf.

Eine eisige Bö klatschte ihnen Schneeflocken ins Gesicht. Aber niemand stieg aus. Sie blieben stehen und betrachteten dieses Werk des Wahns und des Todes. Ein Anblick, den sie gewiss nie vergessen würden.

Der Wind heulte um die Plattform herum. Huysmans hörte jetzt keine Kinderschreie mehr, sondern das furchtbare Heulen von Gefolterten, das vom Brüllen des Windes übertönt wurde. Sie wichen einen Schritt ins Innere der Kabine zurück.

Die Angst traf sie mit der Wucht eines fahrenden Schnellzugs. Huysmans stürzte zum Funkhelm und setzte ihn auf. KRAFTWERK? HIER HUYSMANS! VERSTÄNDIGEN SIE DIE GENDARMERIE! SOFORT! SAGEN SIE IHNEN, SIE SOLLEN SICH BEEILEN! HIER IST EINE LEICHE! DA WAR IRGENDEIN IRRER AM WERK!

TEIL EINS

Der Mann, der die Pferde liebte

I

DIE PYRENÄEN. In dem Moment, als Diane Berg die Kuppe des Hügels erreichte, sah sie den hoch aufragenden Gebirgszug vor sich.

Eine noch recht weit entfernte weiße Barriere, die sich über den gesamten Horizont hinzog: Wie Wogen brachen sich an diesen mächtigen Felssporne die davorliegenden Hügel. Ein Raubvogel zog am Himmel seine Kreise.

Der 10. Dezember, neun Uhr morgens.

Wenn man der Straßenkarte auf dem Armaturenbrett Glauben schenken konnte, dann müsste sie die nächste Ausfahrt nehmen und Richtung Süden, nach Spanien, fahren. Ihr uralter Lancia hatte weder ein Navi noch einen Bordcomputer. Sie sah ein Schild über der Autobahn: »Ausfahrt Nr. 17, Montréjeau/Spanien, 1000 m«.

Diane hatte die Nacht in Toulouse verbracht. Ein preiswertes Hotel, ein winziges Zimmer mit einer Nasszelle aus Plastik und einem kleinen Fernseher. In der Nacht war sie durch mehrere Schreie geweckt worden. Mit klopfendem Herzen hatte sie sich ans Kopfende des Bettes gesetzt und die Ohren gespitzt – aber im Hotel war es mucksmäuschenstill geblieben, und sie hatte schon geglaubt, sie hätte geträumt, bis die Schreie von Neuem begannen, noch lauter diesmal. Übelkeit überkam sie, bis ihr schließlich klar wurde, dass sich unter ihrem Fenster die Kater balgten. Danach hatte sie nicht mehr richtig einschlafen können. Noch am Vortag war sie in Genf gewesen und hatte ihren Abschied mit Kollegen und Freunden begossen. Sie hatte die Einrichtung ihres Wohnheimzimmers an der Universität betrachtet und sich gefragt, wie wohl das nächste aussehen würde.

Als sie auf dem Parkplatz des Hotels mitten im Schneeregen, der auf die Autos niederging, ihren Lancia aufschloss, war ihr plötzlich bewusst geworden, dass sie soeben ihre Jugend hinter sich ließ. Sie wusste, dass sie in ein oder zwei Wochen ihr früheres Leben vergessen hätte. Und nach ein paar Monaten wäre sie ein ganz anderer Mensch. Machte man sich klar, was für ein Ort in den kommenden zwölf Monaten den Rahmen ihres Lebens bilden würde, konnte es gar nicht anders sein. »Bleib du selbst«, hatte ihr Vater ihr mit auf den Weg gegeben. Als sie den kleinen Parkplatz verließ, um auf die schon jetzt verstopfte Autobahn zu fahren, fragte sie sich, ob die Veränderungen positiv ausfallen würden. Irgendjemand hat gesagt, manche Anpassungen seien Amputationen – da konnte sie nur hoffen, dass es bei ihr anders wäre.

Sie musste ständig an das Institut denken.

An die, die dort eingesperrt waren …

Den ganzen Tag hatte ihr gestern der eine Gedanke keine Ruhe gelassen: *Ich schaffe das nicht. Ich bin der Aufgabe nicht gewachsen. Obwohl ich mich vorbereitet habe und für die Stelle am besten qualifiziert bin, weiß ich überhaupt nicht, was mich erwartet. Diese Leute werden in mir lesen wie in einem offenen Buch.*

Für sie waren es trotz allem Menschen und keine … *Monster.*

Und doch waren sie genau dies: wahre Bestien, Menschen, die so wenig mit ihr, ihren Eltern und all ihren Bekannten gemeinsam hatten wie ein Tiger mit einer Hauskatze.

Tiger…

Ja, das waren sie: unberechenbar, gefährlich und fähig zu unvorstellbaren Grausamkeiten. *Tiger, die im Gebirge eingesperrt waren…*

An der Mautstelle merkte sie, dass sie vor lauter Grübeln vergessen hatte, wohin sie das Ticket gelegt hatte. Die Angestellte musterte sie streng, während sie fieberhaft erst das Handschuhfach und dann ihre Handtasche durchwühlte.

Dabei bestand kein Grund zur Eile: Weit und breit war sonst kein Auto in Sicht.

Im folgenden Kreisverkehr fuhr sie Richtung Spanien und Gebirge. Nach einigen Kilometern war die Ebene jäh zu Ende. Die ersten Ausläufer der Pyrenäen ragten empor, und neben der Straße wölbten sich sanfte, bewaldete Hügel, die allerdings nicht die geringste Ähnlichkeit mit den gezackten hohen Gipfeln aufwiesen, die sie in der Ferne erblickte. Auch das Wetter änderte sich: die Schneeflocken fielen dichter.

Hinter einer Kurve erstreckte sich unterhalb der Straße unvermittelt eine Landschaft aus weißen Wiesen, Flüssen und Wäldern. Auf einer Anhöhe sah Diane eine gotische Kathedrale aus einem Marktflecken aufragen. Durch das Hin und Her der Scheibenwischer sah die Landschaft allmählich aus wie eine alte Radierung.

»Die Pyrenäen sind nicht die Schweiz«, hatte Spitzner sie gewarnt.

Am Straßenrand wurden die Schneehaufen immer höher.

Noch bevor sie die Straßensperre erkannte, sah sie durch die Schneeflocken hindurch die Blaulichter blinken. Es schneite immer heftiger. Die Männer von der Gendarmerie schwenkten mitten im Gestöber ihre Stablampen. Diane fiel auf, dass sie bewaffnet waren. Ein Kastenwagen und zwei Motorräder standen im schmutzigen Schnee am Straßenrand, unter hoch aufragenden Fichten. Sie ließ die Seitenscheibe herunter, und sofort benetzten große, flaumige Flocken ihr Gesicht und ihre Kleider.

»Papiere, bitte, Mademoiselle!«

Sie lehnte sich vor, um sie aus dem Handschuhfach zu holen. Sie hörte den knisternden Schwall von Durchsagen aus den Funkgeräten, vermischt mit dem schnellen Quietschen der Scheibenwischer und dem vorwurfsvollen Rattern ihres Auspuffs. Klamme Kälte hüllte ihr Gesicht ein.

»Sind Sie Journalistin?«

»Psychologin. Ich bin auf dem Weg zum Institut Wargnier.« Der Beamte sah sie durch das offene Fenster prüfend an. Ein großer blonder Typ, der fast eins neunzig groß sein musste. Durch das Knistern der verschiedenen Funkgeräte hindurch hörte sie im Wald den Fluss tosen.

»Was machen Sie hier? Die Schweiz ist ja nicht gerade um die Ecke hier.«

»Das Institut Wargnier ist eine psychiatrische Klinik, und ich bin Psychologin: Sehen Sie den Zusammenhang?«

Er reichte ihr die Papiere.

»In Ordnung. Sie können weiterfahren.«

Als sie wieder anfuhr, fragte sie sich, ob die französische Polizei Autofahrer immer so kontrollierte oder ob etwas passiert war. Die Straße verlief dicht am Ufer des Flusses (einem »Gave«, laut ihrem Reiseführer), der sich hinter den Bäumen durch die Landschaft schlängelte. Unvermittelt wich der Wald einer Ebene, die gut fünf Kilometer breit sein mochte. Eine lange, gerade Allee, gesäumt von verlassenen Campingplätzen, deren Banner traurig im Wind flatterten, hübsche

Häuser im Chaletstil, eine endlose Reihe von Werbeplakaten, die die Vorzüge der nahen Wintersportorte rühmten …

»IM HINTERGRUND SAINT-MARTIN-DE-COMMINGES, 20863 EINWOHNER« – so stand es jedenfalls auf dem in leuchtenden Farben gemalten Schild. Durch die Wolken, die die aufragenden Gipfel über der Stadt verhüllten, brachen hier und da Lichtstreifen, die wie ein Scheinwerfer einen Bergkamm oder das Profil eines Gebirgspasses grell ausleuchteten. Am ersten Kreisverkehr fuhr Diane nicht mehr Richtung »Stadtmitte«, sondern rechts in eine kleine Straße und hinter einem Gebäude entlang, dessen großes Schaufenster in Neonlettern verkündete: *Sport* & *Natur.* Auf den Straßen waren ziemlich viele Fußgänger unterwegs, und überall standen parkende Autos. »Das ist kein sehr unterhaltsamer Ort für eine junge Frau.« Die Worte Spitzners fielen ihr wieder ein, als sie, begleitet von dem vertrauten und beruhigenden Geräusch der Scheibenwischer, durch die Straßen fuhr.

Die Straße stieg an. Am Fuß des Hanges erblickte sie kurz die dicht gedrängten Dächer. Der Schnee am Boden verwandelte sich in schwärzlichen Matsch, der gegen den Boden der Karosserie peitschte. »Bist du sicher, dass du dort arbeiten willst? Das ist etwas ganz anderes als in Champ-Dollon.« Champ-Dollon hieß das schweizerische Gefängnis, wo sie nach ihrem Psychologiediplom als forensische Gutachterin tätig gewesen war und Sexualstraftäter betreut hatte. Sie hatte dort mit Serienvergewaltigern zu tun gehabt, mit Pädophilen und mit intrafamiliärem sexuellem Missbrauch – ein verwaltungstechnischer Euphemismus für inzestuöse Vergewaltigungen. Sie hatte als Zweitgutachterin auch Glaubwürdigkeitsgutachten über Minderjährige erstellt, die behaupteten, Opfer sexuellen Missbrauchs geworden zu sein – und hatte mit Schrecken festgestellt, wie sehr ideologische und moralische Vorurteile des Gutachters diese Expertisen verzerren konnten.

»Man hört merkwürdige Geschichten über das Institut Wargnier«, hatte Spitzner gesagt.

»Ich habe mit Dr. Wargnier telefoniert. Er hat einen sehr guten Eindruck auf mich gemacht.«

»Wargnier ist ein sehr liebenswürdiger Mensch«, hatte Spitzner zugegeben.

Sie wusste allerdings, dass nicht Wargnier selbst sie empfangen würde, sondern dessen Nachfolger als Leiter der Klinik: Dr. Xavier, der vom Institut Pinel im kanadischen Montreal kam. Wargnier war vor sechs Monaten in den Ruhestand getreten. Er hatte ihre Bewerbung geprüft und ihre Einstellung befürwortet, bevor er sich zurückzog. Im Laufe ihrer vielen Telefonate hatte er sie auch vor den Schwierigkeiten gewarnt, die sie an diesem Arbeitsplatz erwarteten.

»Für eine junge Frau ist es nicht leicht hier, Dr. Berg. Ich meine damit nicht nur die Klinik, sondern die ganze Region. Dieses Tal … Saint-Martin … die Pyrenäen … Comminges. Die Winter sind lang, es gibt wenig Zeitvertreib. Außer natürlich Wintersport, wenn Sie den mögen.«

»Ich bin Schweizerin, vergessen Sie das nicht«, hatte sie gescherzt.

»Da möchte ich Ihnen einen Rat geben: Lassen Sie sich nicht von Ihrer Arbeit auffressen, verschaffen Sie sich Freiräume – und verbringen Sie Ihre Freizeit draußen. Die Klinik ist ein Ort, der auf Dauer … *belastend* werden kann …«

»Ich werde versuchen, daran zu denken.«

»Noch etwas: Ich werde nicht das Vergnügen haben, Sie zu begrüßen. Darum wird sich mein Nachfolger kümmern,

Dr. Xavier aus Montreal. Ein sehr renommierter Praktiker. Er sollte nächste Woche hier eintreffen. Er ist voller Tatendrang. Wie Sie wissen, ist man uns in Kanada, was die Behandlung aggressiver Patienten anlangt, etwas voraus. Es dürfte für Sie interessant sein, Ihre Standpunkte auszutauschen.«

»Das denke ich auch.«

»Ich hätte jedenfalls schon längst einen Stellvertreter einstellen sollen. Ich habe zu wenig delegiert.«

Wieder fuhr Diane unter dem geschlossenen Kronendach der Bäume. Die Straße war nicht weiter angestiegen, sie führte jetzt durch ein bewaldetes schmales Tal, das von einer seltsamen Atmosphäre unheilvoller Gemütlichkeit erfüllt zu sein schien. Diane hatte ihr Fenster einen Spaltbreit geöffnet, und ein durchdringender Geruch nach Laub, Moos, Tannennadeln und nassem Schnee kitzelte sie in der Nase. Das Brausen des nahen Wildbachs überdeckte fast den Lärm des Motors. »Eine einsame Gegend«, sagte sie laut zu sich selbst, um sich Mut zu machen.

Im Grau dieses Wintermorgens fuhr sie vorsichtig. Die Lichtkegel ihrer Scheinwerfer spießten die Stämme der Tannen und Buchen auf. Eine Stromleitung folgte der Straße; Äste stützten sich darauf, als hätten sie nicht mehr die Kraft, sich selbst zu tragen. Manchmal wich der Wald vor verschlossenen, aufgegebenen Scheunen mit moosbedeckten Schieferdächern zurück.

Etwas weiter weg, hinter einer Kurve, sah sie kurz ein paar Gebäude. Nach der Kurve tauchten sie wieder auf. Mehrere Beton- und Holzhäuser direkt am Waldsaum, mit großen Fensterfronten im Erdgeschoss. Von der Straße ging ein Weg ab, der den Wildbach auf einer Eisenbrücke überquerte und durch eine verschneite Wiese bis zu der Anlage führte. Die baufällig wirkenden Gebäude schienen verlassen. Ohne dass sie begriff, wieso, jagten ihr diese leeren Häuser, die so tief in diesem Tal wie verloren wirkten, einen kalten Schauer über den Rücken.

»COLONIE DE VACANCES DES ISARDS«

Das Schild am Anfang des Weges war verrostet. Noch immer keine Spur von der Klinik. Nicht das kleinste Hinweisschild. Ganz offensichtlich strebte das Institut Wargnier nicht nach Publicity. Diane fragte sich schon, ob sie sich vielleicht verfahren hatte. Die Landkarte im Maßstab 1:25 000 lag aufgefaltet auf dem Beifahrersitz. Einen Kilometer und etwa zehn Kurven weiter erblickte sie einen Parkplatz, der von einer steinernen Brüstung gesäumt war. Sie bremste und riss das Lenkrad herum. Der Lancia holperte durch die Pfützen und spritzte dabei wieder Schneematsch hoch. Sie griff nach der Landkarte und stieg aus. Auf der Stelle umhüllte sie die Feuchtigkeit wie ein eiskaltes Leintuch.

Trotz des Schneegestöbers faltete sie die Karte auf. Die Gebäude der Ferienkolonie, an denen sie gerade vorbeigefahren war, waren mit drei kleinen Rechtecken markiert. Sie schätzte die Entfernung ab, die sie zurückgelegt hatte, indem sie der gewundenen Linie der Landstraße folgte. Ein Stück weiter waren noch zwei Rechtecke eingezeichnet, die gemeinsam ein T bildeten, und obwohl sich keinerlei Hinweis auf die Natur der Gebäude fand, konnte es sich kaum um etwas anderes handeln, denn die Straße hörte dort auf, und es gab auf der Karte kein weiteres Symbol.

Sie war ganz nah …

Sie drehte sich um, stapfte zu der niedrigen Mauer – *und da waren sie.*

Ein Stück flussaufwärts, am anderen Ufer, hoch am Hang: zwei langgestreckte Gebäude aus behauenen Steinen. Trotz der Entfernung erahnte sie ihre Größe. Eine monumentale Architektur. Der gleiche Gigantismus, auf den man im Gebirge immer wieder stieß, bei den Kraftwerken wie bei den Staudämmen und den Hotels aus dem letzten Jahrhundert. Genau das war diese Gegend: die Höhle des Zyklopen. *Sieht man einmal davon ab, dass in dieser Höhle nicht ein Polyphem hockte, sondern mehrere.*

Diane war niemand, der sich leicht beeindrucken ließ. Sie hatte Gegenden bereist, die Touristen eigentlich meiden sollten, sie praktizierte seit früher Jugend Sportarten, die mit gewissen Risiken verbunden waren: Als Kind wie als Erwachsene war sie immer wagemutig gewesen. Aber irgendetwas an diesem Anblick rief ein flaues Gefühl in ihrem Magen hervor. Es ging nicht um das physische Risiko, nein. Es war etwas anderes … *der Sprung ins kalte Wasser …*

Sie nahm ihr Handy heraus und wählte eine Nummer. Sie wusste nicht, ob sie hier überhaupt Netz hatte, aber nach dreimaligem Läuten antwortete ihr eine vertraute Stimme. »Spitzner.«

Gleich fühlte sie sich erleichtert. Die warme, feste und gelassene Stimme hatte sie immer beruhigt, ihre Zweifel verjagt. Es war Pierre Spitzner, ihr Mentor an der Uni, der ihr Interesse an der Rechtspsychologie geweckt hatte. Sein Kompaktseminar SOCRATES über die Rechte von Kindern unter der Schirmherrschaft des europäischen Universitätsnetzwerks »Children's Rights« hatte sie diesem diskreten, attraktiven Mann nähergebracht, der ein liebevoller Ehemann und Vater von sieben Kindern war. Der bekannte Psychologe hatte sie in der Fakultät für Psychologie und Erziehungswissenschaften unter seine Fittiche genommen; so war aus der Puppe ein hübscher Falter geschlüpft – auch wenn dieses Bild Spitzners anspruchsvollem Intellekt zu abgeschmackt erschienen wäre.

»Diane hier. Stör ich dich?«

»Natürlich nicht! Wie läuft's denn so?«

»Ich bin noch nicht da … Ich bin noch unterwegs … Ich sehe die Klinik von da, wo ich gerade stehe …«

»Stimmt irgendetwas nicht?«

Verflixt! Selbst am Telefon bemerkte er die leiseste Veränderung ihrer Stimme.

»Nein, alles in Ordnung. Es ist nur … sie wollten diese Typen von der Außenwelt isolieren. Sie haben sie an dem abgelegensten und trostlosesten Ort, den sie finden konnten, eingesperrt. Wenn ich dieses Tal anschaue, bekomme ich eine Gänsehaut …«

Im nächsten Moment bereute sie, dass sie das gesagt hatte. Sie benahm sich wie ein pubertierendes Mädchen, das zum ersten Mal sich selbst überlassen war – oder auch wie eine frustrierte Studentin, die in ihren Doktorvater verliebt ist und alles daransetzt, seine Aufmerksamkeit auf sich zu lenken. Bestimmt fragte er sich jetzt, wie sie nur durchhalten wollte, wenn sie schon der Anblick der Gebäude so verschreckte. »Kopf hoch«, sagte er. »Du hast doch schon jede Menge Sexualstraftäter, Paranoide und Schizophrene erlebt! Das wird dort genau das Gleiche sein.«

»Aber das waren nicht alles Mörder. Eigentlich nur ein Einziger.«

Unwillkürlich sah sie ihn wieder vor sich: schmales Gesicht, honigfarbene Augen, die sie mit der Gier des Triebtäters anstarrten. Kurtz war ein echter Soziopath. Der Einzige, dem sie je begegnet war. Kalt, manipulativ, labil. Vollkommen skrupellos. Er hatte drei verheiratete Frauen vergewaltigt und umgebracht – die jüngste war sechsundvierzig Jahre alt gewesen, die älteste fünfundsiebzig Jahre. Das war sein Ding: reife Frauen. Außerdem Stricke, Bänder, Knebel, Schlingen … Jedes Mal, wenn sie sich bemühte, *nicht* an ihn zu denken, nistete er sich geradezu in ihren Gedanken ein – mit seinem zweideutigen Lächeln und seinem Raubtierblick. Das erinnerte sie an das Schild, das Spitzner an der Tür zu seinem Büro im ersten Stock des Psychologischen Instituts der Universität befestigt hatte: »DENKEN SIE NICHT AN EINEN ELEFANTEN«.

»Es ist ein bisschen spät, um sich solche Fragen zu stellen, Diane, findest du nicht?«

Das Blut stieg ihr in die Wangen.

»Du packst das, da bin ich mir sicher. Du bist die Traumbesetzung für diese Stelle. Ich sage nicht, dass es leicht sein wird, aber du schaffst das, glaub mir.«

»Du hast recht«, antwortete sie. »Ich verhalte mich lächerlich.«

»Nicht doch! Jeder würde an deiner Stelle genauso reagieren. Ich weiß, was für einen Ruf diese Klinik hat. Aber lass dich davon nicht stören. Konzentrier dich auf deine Arbeit. Und wenn du zu uns zurückkommst, bist du die beste Spezialistin für psychopathische Störungen in der ganzen Schweiz. Ich muss jetzt Schluss machen. Der Dekan erwartet mich, es geht ums Geld. Du weißt, wie er ist: Ich werde mein ganzes Geschick brauchen. Viel Glück, Diane. Halt mich auf dem Laufenden.«

Besetztzeichen. Er hatte aufgelegt.

Stille – gestört nur vom Brausen des Wildbachs. Es legte sich auf sie wie eine nasse Plane. Das dumpfe Klatschen eines mächtigen Schneebrockens, der sich von einem Ast löste, ließ sie zusammenfahren. Sie steckte das Handy in die Tasche ihres Daunenmantels, faltete die Karte zusammen und stieg wieder ins Auto.

Sie stieß zurück und verließ den Parkplatz.

Ein Tunnel. Das Licht der Scheinwerfer wurde von den tropfnassen schwarzen Seitenwänden zurückgeworfen. Keine Beleuchtung, eine Kurve am Ausgang. Zu ihrer Linken überspannte eine kleine Brücke den Gebirgsbach. Und dann endlich das erste Schild, das an einer weißen Schranke befestigt war: »INSTITUT FÜR FORENSISCHE PSYCHIATRIE CHARLES WARGNIER«. Sie bog langsam ab und überquerte die Brücke. Der Weg stieg plötzlich steil an und schlängelte sich durch Tannen und Schneeverwehungen – sie befürchtete, ihre alte Karre würde gleich über den vereisten Hang rutschen. Sie hatte weder Schneeketten noch Winterreifen. Aber schon bald war der Weg weniger abschüssig.

Eine letzte Kurve, und da waren sie, ganz nah.

Sie sank auf ihrem Sitz zusammen, als die Gebäude ihr durch den Schnee, den Nebel und die Wälder entgegenkamen. 11:15 Uhr, Mittwoch, der 10. Dezember.

2

SCHNEEBEDECKTE TANNENWIPFEL. Von oben gesehen, aus einer senkrechten, schwindelerregenden Perspektive. Das Band der Straße, das geradlinig und schwarz zwischen denselben nebelverhangenen Tannen verläuft. Die Wipfel rasen wie im Zeitraffer vorbei. Da, tief im Wald, zwischen den Bäumen, fährt ein Jeep Cherokee, käfergroß, am Fuß hoch aufragender Nadelbäume. Seine Scheinwerfer durchdringen die wogenden Dunstschwaden. Der Schneepflug hat an den Seiten hohe Schneewälle aufgetürmt. Jenseits davon versperren weiße Berge den Horizont. Unvermittelt hört der Wald auf. Ein felsiger Steilhang, um den die Straße eine enge Kurve beschreibt, ehe sie an einem schnell strömenden Fluss entlangführt. Der Fluss durchbricht ein kleines Stauwehr, das von brodelndem Wasser überspült wird. Am anderen Ufer öffnet sich im nackten Fels der schwarze Schlund eines Wasserkraftwerks. Auf dem Randstreifen ein Schild:

»SAINT-MARTIN-DE-COMMINGES: LAND DES BÄREN – 7 km.«

Im Vorüberfahren betrachtete Servaz das Schild.

Ein Pyrenäenbär, gemalt vor einem Hintergrund aus Bergen und Tannen.

Von wegen Pyrenäenbär! Slowenische Bären, denen die Schäfer der Gegend nur allzu gern das Fell über die Ohren gezogen hätten.

Ihrer Meinung nach kamen diese Bären menschlichen Siedlungen zu nahe, wüteten unter den Herden, wurden sogar für den Menschen zu einer Gefahr. Die einzige Spezies, die dem Menschen gefährlich wird, ist der Mensch selbst, dachte Servaz. Im Leichenschauhaus von Toulouse bekam er Jahr für Jahr neue Leichen zu Gesicht. Und sie waren nicht von Bären getötet worden. *Sapiens nihil affirmat quod non probet.* »Der Weise behauptet nichts, was er nicht beweist«, sagte er sich. Er bremste ab, als die Straße eine Kurve machte und erneut in den Wald eintauchte – aber diesmal waren es keine hohen Nadelbäume, sondern eher ein krauses Unterholz voller Dornengestrüpp. Ganz in der Nähe summte das Wasser des Wildbachs. Er hörte das Geräusch, weil er trotz der Kälte das Fenster einen Spaltbreit geöffnet hatte. Dieser kristalline Gesang übertönte fast die Musik aus dem CD-Player: die Fünfte Symphonie von Gustav Mahler, das Allegro. Eine Musik voller dunkler Angst und fieberhafter Erregung, die haargenau zu dem passte, was ihn erwartete. Plötzlich, vor ihm: das Blinken von Blaulichtern und Silhouetten mitten auf der Straße, die ihre Stablampen schwangen.

Eine Straßensperre …

Wenn die Gendarmerie nicht wusste, wo sie mit ihren Ermittlungen ansetzen sollte, sperrte sie Straßen. Er erinnerte sich an die Worte von Antoine Canter, der am Morgen in der Kriminalpolizeidirektion von Toulouse zu ihm gesagt hatte:

»Es ist gestern Nacht in den Pyrenäen passiert. Ein paar Kilometer von Saint-Martin-de-Comminges entfernt. Cathy d'Humières hat angerufen. Du hast doch schon mit ihr gearbeitet, oder?«

Canter war ein Hüne, der den harten Akzent des Südwestens sprach, ein ehemaliger Rugbyspieler, der sich wenig um

Regeln scherte und seine Gegner im Gedränge gern mal hart rannahm, ein Polizist, der sich von ganz unten bis zum stellvertretenden Direktor der örtlichen Kripo heraufgearbeitet hatte. Die Pockennarben an seinen Wangen glichen den kleinen Kratern, die Regentropfen auf Sand hinterlassen, seine großen Echsenaugen belauerten Servaz. *»Es* ist passiert? Was ist passiert?«, hatte er ihn gefragt. Canters Mund, in dessen Winkeln weißliche Ablagerungen klebten, hatte sich ein wenig geöffnet: »Keine Ahnung.« Verdutzt hatte Servaz ihn angestarrt: »Wie das?« – »Sie wollte mir am Telefon nichts sagen, nur, dass sie dich erwartet und größtmögliche Diskretion wünscht.« – »Und das war's?« – »Ja.« Servaz hatte seinen Chef verwirrt angesehen. »Ist in Saint-Martin nicht diese Anstalt?« – »Ja, das Institut Wargnier«, hatte Canter bestätigt, »eine psychiatrische Einrichtung, die in Frankreich, ja in Europa einzigartig ist. Sie verwahren da Mörder, die die Justiz für verrückt erklärt hat.«

Ein ausgebrochener Insasse, der auf der Flucht ein Verbrechen begangen hatte? Das hätte die Straßensperren erklärt. Servaz bremste. Er erkannte unter den Waffen der Gendarmen Maschinenpistolen vom Typ MAT 49 und die Pumpgun Browning BPS-SP. Er ließ die Scheibe herunter. Dutzende von Schneeflocken schwirrten durch die eisige Luft. Der Polizist hielt dem Beamten seinen Dienstausweis vor die Nase.

»Wo ist es?«

»Sie müssen rauf zum Wasserkraftwerk.« Der Mann sprach lauter, um das Knistern der Funkgeräte zu übertönen; sein Atem kondensierte zu weißem Dunst. »Etwa zehn Kilometer von hier im Gebirge. Im ersten Kreisverkehr am Eingang von Saint-Martin biegen Sie rechts ab. Im nächsten Kreisverkehr fahren Sie wieder rechts, Richtung ›Lac d'Astau‹. Dann müssen Sie nur noch der Straße folgen.«

»Wer hat diese Straßensperren veranlasst?«

»Die Staatsanwältin. Reine Routine. Wir kontrollieren den Kofferraum und überprüfen die Papiere. Man weiß ja nie.«

»Hmm-hmm«, äußerte Servaz zweifelnd.

Er fuhr wieder los, stellte den CD-Player lauter. Die Hörner des Scherzos hallten im Wageninnern wider. Einen kurzen Moment ließ er die Fahrbahn aus den Augen und griff nach dem kalten Kaffee im Becherhalter. Jedes Mal das gleiche Ritual: Er bereitete sich immer gleich vor. Aus Erfahrung wusste er, dass der erste Tag, die erste Stunde eines neuen Ermittlungsverfahrens entscheidend war. Dass man in dieser Zeit hellwach, konzentriert und offen sein musste. Der Kaffee war zum Wachwerden, die Musik für die Konzentration – und um den Kopf leer zu kriegen. *Koffein und Musik… Und heute Tannen und Schnee,* sagte er sich, während er mit einem beginnenden Magenkrampf den Straßenrand betrachtete. Servaz war aus tiefster Seele Städter. Das Gebirge wirkte auf ihn wie feindliches Territorium. Dabei erinnerte er sich, dass das durchaus nicht immer so gewesen war – dass sein Vater ihn als Kind jedes Jahr zum Wandern in diese Berge mitgenommen hatte. Als guter Lehrer erklärte ihm sein Vater die Bäume, die Felsen, die Wolken, und der junge Martin Servaz hörte ihm zu, während seine Mutter die Decke auf der Frühlingswiese ausbreitete und den Picknickkorb öffnete und ihren Mann einen »Schulmeister« und eine Nervensäge« schimpfte. In jenen idyllischen Tagen herrschte auf der Welt die Unschuld. Während er wieder auf die Straße starrte, fragte sich Servaz, ob der eigentliche Grund, aus dem er nie hierher zurückgekehrt war, nicht damit zusammenhing, dass die Erinnerung an diese Täler unabänderlich mit der Erinnerung an seine Eltern verbunden war.

Himmel, wann wirst du da oben endlich mal ausmisten? Dabei war er eine Zeit lang zum Psychoanalytiker gegangen. Doch nach drei Jahren hatte sein Therapeut das Handtuch geworfen: »Tut mir leid, ich wollte Ihnen helfen, aber es geht nicht. Ich habe noch keinen Patienten mit so starkem Widerstand erlebt.« Lächelnd hatte Servaz geantwortet, das mache gar nichts. Im ersten Augenblick hatte er vor allem an die positiven Auswirkungen gedacht, die das Ende der Analyse auf seine Finanzen hätte.

Er sah sich ein weiteres Mal um. Das war also der Rahmen. Fehlte noch das Bild. Canter hatte behauptet, nichts zu wissen. Und Cathy d'Humières, die Oberstaatsanwältin von Saint-Martin, hatte darauf gedrungen, dass er allein kam. *Weshalb?* Er hatte natürlich geflissentlich verschwiegen, dass ihm das sehr gelegen kam: Er leitete eine siebenköpfige Ermittlungsgruppe, und seine Leute (sechs Männer und eine Frau, um genau zu sein) hatten alle Hände voll zu tun. Am Vortag hatten sie die Ermittlungen in einer Mordsache an einem Obdachlosen abgeschlossen. Dessen blaugeprügelter Leichnam war halb unter Wasser liegend in einem Teich gefunden worden, unweit der Autobahn, auf der er gerade unterwegs war, in der Nähe der Ortschaft Noé. Innerhalb von nur achtundvierzig Stunden hatten sie die Täter dingfest gemacht: der etwa sechzig Jahre alte Obdachlose war einige Stunden vor seinem Tod in Gesellschaft von drei Jugendlichen aus dem Ort gesehen worden. Der Älteste war siebzehn Jahre alt, der Jüngste zwölf. Zunächst hatten sie alles abgestritten, aber dann hatten sie doch recht schnell gestanden. Kein Motiv. Und keine Reue. Der Älteste hatte nur gesagt: »Das war doch Abschaum der Gesellschaft, ein Nichtsnutz ...« Keiner von ihnen war bei der Polizei oder beim Jugend- oder Sozialamt bekannt. Jugendliche aus gutem Haus. Durchschnittliche schulische Leistungen, kein schlechter Umgang. Ihre Abgestumpftheit hatte allen, die an den Ermittlungen beteiligt waren, das Blut in den Adern gefrieren gelassen. Servaz erinnerte sich noch gut an ihre pausbäckigen Gesichter, ihre großen, klaren und aufmerksamen Augen, die ihn ohne Furcht, ja sogar herausfordernd anstarrten. Er hatte versucht herauszufinden, wer von ihnen die anderen aufgestachelt hatte, denn bei einem derartigen Verbrechen gab es immer einen Rädelsführer. Und er glaubte, ihn gefunden zu haben. Es war nicht der Älteste, sondern der Mittlere. *Ein Junge, der paradoxerweise den Namen Clément trug, vom lateinischen »clemens« – Milde.*

»Wer hat uns hingehängt?«, hatte der Junge in Gegenwart seines bestürzten Anwalts gefragt, dem er, wie es sein Recht war, zuvor jedes Gespräch verweigert hatte, mit der Begründung, sein Anwalt sei »durchgeknallt«.

»Die Fragen stelle hier ich«, hatte der Polizist gesagt.

»Ich wette, die alte Schmitz war's, diese Nutte.«

»Immer schön ruhig. Pass auf, wie du redest«, hatte ihm der Anwalt geraten, den sein Vater engagiert hatte.

»Du bist hier nicht auf dem Schulhof«, hatte Servaz bemerkt. »Weißt du, was euch droht, dir und deinen Kumpels?«

»Das ist doch etwas verfrüht«, hatte der Anwalt halbherzig protestiert.

»Dieser Schlampe fick ich ins Hirn. Die mach ich alle, dieses Miststück.«

»Hör auf zu fluchen!«, hatte ihn der Anwalt entnervt angefahren.

»Jetzt hör mir mal gut zu.« Servaz hatte allmählich genug. »Euch drohen zwanzig Jahre Knast. Rechne selbst: Wenn du rauskommst, bist du ein alter Mann.«

»Bitte«, hatte der Anwalt gesagt, »keine …«

»So alt wie du, meinst du das? Wie alt bist du? Dreißig? Vierzig? Nicht übel, deine Samtjacke! Muss ganz schön was wert sein! Was quatscht ihr da? Wir waren das nicht! Wir haben nichts getan, verdammt! Ehrlich. Seid ihr übergeschnappt, oder was?«

Ein unauffälliger Jugendlicher, hatte sich Servaz gesagt, um die Wut, die in ihm aufstieg, zu entschärfen. Der noch nie mit dem Gesetz in Konflikt geraten war. Auch in der Schule hatte er keinen Ärger gemacht. Der Anwalt war kreidebleich, er triefte von Schweiß.

»Du bist hier nicht in einer Fernsehserie«, hatte Servaz mit ruhiger Stimme gesagt. »Du wirst nicht ungeschoren davonkommen. Die Beweise sind eindeutig. Wenn hier jemand übergeschnappt ist, dann du!«

Jeder andere hätte jetzt irgendeine Regung gezeigt. Aber nicht dieser Junge namens Clément; der Junge namens Clément schien sich der Tragweite der Straftaten, die ihm zur Last gelegt wurden, nicht bewusst zu sein. Servaz hatte schon Artikel darüber gelesen, über diese Minderjährigen, die vergewaltigten, töteten und folterten – und die die Abscheulichkeit ihrer Taten nicht im Geringsten ermessen konnten. Als ginge es um ein Video- oder Rollenspiel, das eben ein bisschen aus dem Ruder gelaufen war. Bis jetzt hatte er nicht daran glauben wollen. Übertreibungen von Journalisten. Und plötzlich war er selbst mit diesem Phänomen konfrontiert. Erschreckender noch als die Gleichgültigkeit dieser drei jungen Mörder war der Umstand, dass solche Taten fast schon alltäglich geworden waren. Die Welt war zu einem riesigen Feld für immer verrücktere Experimente geworden, die Gott, der Teufel oder der Zufall ausheckten.

Als Servaz gestern nach Hause gekommen war, hatte er sich zuerst lange die Hände gewaschen, anschließend hatte er sich ausgezogen und war zwanzig Minuten unter der Dusche geblieben, bis nur noch lauwarmes Wasser kam – eine Art Entgiftung. Anschließend hatte er seinen Juvenal aus dem Bücherregal genommen und die dreizehnte Satire aufgeschlagen: »Gibt es ein Fest, ein einziges, das so heilig wäre, dass es den Gaunern, den Betrügern, den Dieben, den gemeinen Verbrechern, den Halsabschneidern, den Giftmördern, den Geldgeiern eine Verschnaufpause gönnte? Ehrliche Menschen gibt es nur wenige, gerade mal so viele wie Theben Tore hat, wenn man ganz genau zählt.«

Diese Jungs haben wir zu dem gemacht, was sie sind, hatte er sich gesagt, als er das Buch zuklappte. Was haben sie für eine Zukunft? Keine. Alles geht den Bach runter. Die Gauner füllen sich die Taschen und setzen sich im Fernsehen in Szene, während die Eltern dieser Jungs ihren Arbeitsplatz verlieren und in den Augen ihrer Kinder als Versager dastehen. Weshalb lehnten sie sich nicht auf? Weshalb steckten sie statt Busse und Schulen nicht die Luxusboutiquen, die Banken, die Villen der Mächtigen in Brand?

Ich denke schon wie ein alter Mann, hatte er sich im Nachhinein gesagt. Hing es damit zusammen, dass er in einigen Wochen vierzig wurde? Er hatte es seinem Ermittlungsteam überlassen, sich um die drei Jungs zu kümmern. Diese Abwechslung kam ihm gelegen – auch wenn er nicht wusste, was ihn erwartete.

Den Angaben des Gendarmen folgend, umfuhr er Saint-Martin. Unmittelbar nach dem zweiten Kreisverkehr stieg die Straße steil an, und er sah die weißen Dächer der Stadt unter sich. Er hielt auf dem Seitenstreifen und stieg aus. Die Stadt war größer, als er gedacht hatte. Durch das winterliche Grau konnte er kaum die großen Schneefelder erkennen, die er gerade durchfahren hatte, ebenso wenig wie ein Industriegebiet und die Campingplätze im Osten, auf der anderen Seite des Flusses. Es gab auch mehrere Siedlungen mit Sozialwohnungen, die aus niedrigen, lang gestreckten Gebäuden bestanden. Das Stadtzentrum mit seinem Gassengewirr breitete sich am Fuß des höchsten Berges hier aus. Auf den von Tannen bedeckten Hängen zog eine Doppelreihe von Kabinenbahnen eine vertikale Bruchlinie in den Wald.

Der Nebel und die Schneeflocken erzeugten eine Distanz zwischen der Stadt und ihm, die die Details ausradierte – und er sagte sich, dass sich Saint-Martin nicht ohne Weiteres öffnen würde, dass es eine Stadt war, der man sich von der Seite und nicht frontal nähern musste.

Er stieg wieder in seinen Jeep, die Straße führte weiter bergauf. Man sah, wie üppig hier im Sommer alles wuchs: Die Überfülle an Gras, Hecken und Moosen konnte selbst der Schnee im Winter nicht überdecken. Und überall hörte man die Geräusche von fließendem Wasser: Quellen, Wildbäche und Rinnsale … Mit heruntergelassenem Fenster durchquerte er ein oder zwei Dörfer, wo die Hälfte der Häuser unbewohnt zu sein schien. Ein weiteres Schild: »WASSERKRAFTWERK, 4 km«.

Die Tannen verschwanden. Der Nebel ebenfalls. Keinerlei Vegetation mehr, nur noch mannshohe Eiswände am Straßenrand und ein gleißendes Nordlicht. Er schaltete den Cherokee in den Glatteisgang.

Schließlich tauchte das Kraftwerk auf, das im typischen Baustil des Industriezeitalters errichtet worden war: ein gigantisches Gebäude aus Quadersteinen mit hohen, schmalen Fenstern, gekrönt von einem großen Schieferdach, auf dem mächtig der Schnee lastete. Dahinter setzten drei riesige Röhren zum Sturm auf den Berg an. Auf dem Parkplatz waren viele Menschen. Fahrzeuge, Männer in Uniform – und Journalisten. Ein Übertragungswagen des regionalen Fernsehsenders mit einer großen Parabolantenne auf dem Dach und mehrere Zivilfahrzeuge der Polizei. Hinter den Windschutzscheiben erkannte Servaz Presseabzeichen. Außerdem standen dort ein Landrover, drei Peugeot 306 Kombi und drei Transit-Kastenwagen, alle in den Farben der Gendarmerie, sowie ein Kastenwagen mit Hochdach, in dem er den Laborwagen der Spurensicherung von der Gendarmerie Pau erkannte. Auf der Landestelle wartete außerdem ein Hubschrauber.

Bevor er ausstieg, betrachtete er sich kurz im Rückspiegel. Er hatte Schatten unter den Augen und leicht eingefallene Wangen, wie immer – er sah so aus wie jemand, der die ganze Nacht durchgefeiert hatte, was aber nicht der Fall gewesen war –, aber er sagte sich auch, dass ihn niemand schon auf vierzig schätzen würde. Mit den Fingern fuhr er sich notdürftig durch das dichte braune Haar, rieb sich den Zweitagebart, um wach zu werden, und zog seine Hose hoch. Herrgott noch mal, er war noch dünner geworden! Einige Flocken strichen zärtlich über seine Wangen, aber das war nichts im Vergleich zu dem dichten Schneetreiben im Tal. Es war sehr kalt. Er hätte sich wärmer anziehen sollen, sagte er sich. Die Journalisten, die Kameras und die Mikrophone richteten sich auf ihn – aber niemand erkannte ihn, und ihre Neugierde legte sich gleich wieder. Er ging auf das Gebäude zu, stieg drei Stufen hinauf und zeigte seinen Dienstausweis vor.

»Servaz!«

In der Halle dröhnte seine Stimme wie eine Schneekanone. Er wandte sich der Gestalt zu, die auf ihn zukam. Eine hochgewachsene, schlanke Frau um die fünfzig, die elegant gekleidet war. Sie hatte blondgefärbtes Haar und trug einen Alpakamantel, über den sie einen Schal geworfen hatte. Catherine d'Humières hatte sich persönlich vor Ort begeben, statt einen ihrer Stellvertreter zu schicken: Ein Adrenalinstoß durchfuhr Servaz.

Ihr Profil und ihre funkelnden Augen verliehen ihr etwas Raubvogelartiges. Leute, die sie nicht kannten, fühlten sich von ihr eingeschüchtert. Leute, die sie kannten, ebenfalls. Jemand hatte einmal zu Servaz gesagt, ihre *Spaghetti alla puttanesca* seien köstlich. Servaz fragte sich, welche Zutaten sie dafür verwendete. Menschenblut? Sie gab ihm kurz die Hand – ein kalter, kräftiger Händedruck wie von einem Mann.

»Was für ein Sternzeichen sind Sie gleich noch, Martin?«

Servaz lächelte. Schon bei ihrer ersten Begegnung, als er gerade seinen Dienst bei der Mordkommission in Toulouse angetreten hatte und sie noch eine einfache Staatsanwältin unter anderen war, hatte sie ihm diese Frage gestellt.

»Steinbock.«

Sie tat so, als würde sie sein Lächeln nicht bemerken.

»Das erklärt Ihr besonnenes, kontrolliertes und gelassenes Naturell, nicht wahr?« Sie musterte ihn eingehend. »Wir werden sehen, ob Sie danach immer noch so kontrolliert und gelassen sind.«

»Wonach?«

»Kommen Sie, ich werde Sie vorstellen.«

Sie ging ihm durch die Halle voraus. Ihre Schritte hallten in dem riesigen Saal wider. Für wen hatte man nur mitten im

Gebirge all diese Bauten errichtet? Für ein zukünftiges Geschlecht von Übermenschen? Es waren steinerne Zeugnisse des unbedingten Glaubens an eine strahlende, gigantische industrielle Zukunft, eines Fortschrittsoptimismus, der längst vergangen war, sagte er sich. Sie steuerten auf einen verglasten Büroraum zu. Im Innern standen Aktenschränke aus Metall und etwa zehn Schreibtische. Sie schlängelten sich zwischen den Möbeln hindurch und traten zu einer kleinen Gruppe in der Mitte des Raumes. D'Humières stellte alle einander vor: Capitaine Rémi Maillard, Chef der Gendarmeriebrigade von Saint-Martin, und Capitaine Irène Ziegler von der Kriminaltechnik bei der Gendarmerie in Pau, der Bürgermeister von Saint-Martin – klein, breitschultrig, Löwenmähne und zerfurchtes Gesicht – und der Direktor des Wasserkraftwerks, ein Ingenieur, der auch wie ein typischer Ingenieur aussah: kurzes Haar, Brille und sportlicher Look mit seinem Rollkragenpulli und dem gefütterten Anorak.

»Ich habe Commandant Servaz gebeten, uns zu helfen. Als ich Staatsanwältin in Toulouse war, habe ich mit seiner Dienststelle zusammengearbeitet. Sein Team hat uns geholfen, mehrere schwierige Fälle zu lösen.«

»... hat uns geholfen ...« Das war mal wieder typisch für d'Humières. Immer wollte sie die erste Geige spielen. Aber schon im nächsten Moment sagte er sich, dass es etwas ungerecht war, so zu denken: Er hatte in ihr eine Frau gefunden, die ihren Beruf liebte – und die weder Zeit noch Mühe scheute. Er schätzte das. Servaz mochte entschlossene, seriöse Leute. Er selbst gehörte auch zu dieser Kategorie: gewissenhaft, beharrlich und vermutlich langweilig.

»Commandant Servaz und Capitaine Ziegler werden die Ermittlungen gemeinsam leiten.«

Servaz sah, wie das schöne Gesicht von Capitaine Ziegler seinen Glanz verlor. Ein weiteres Mal dachte er bei sich, dass es sich um einen bedeutenden Fall handeln müsse. Ermittlungen, die gemeinsam von Polizei und Gendarmerie durchgeführt werden sollten: Das würde zu einer unerschöpflichen Reihe von Konflikten, Rivalitäten und der Unterdrückung von Beweisstücken führen – aber es entsprach auch dem Zeitgeist. Zudem war Cathy d'Humières auch ehrgeizig genug, um den politischen Aspekt der Dinge nie aus dem Auge zu verlieren. Sie hatte rasch Karriere gemacht: Staatsanwältin, Erste Staatsanwältin, Oberstaatsanwältin … Vor fünf Jahren war sie an die Spitze der Staatsanwaltschaft von Saint-Martin berufen worden, und Servaz war überzeugt, dass sie nicht auf halbem Weg stehen bleiben wollte: Die Staatsanwaltschaft von Saint-Martin war zu klein, zu weit weg von den bedeutenden politischen Ereignissen, als dass diese Position ihren brennenden Ehrgeiz auf Dauer hätte befriedigen können. Er war sich absolut sicher, dass sie in ein oder zwei Jahren an die Spitze eines bedeutenden Gerichts ernannt werden würde.

»Wurde die Leiche hier im Kraftwerk gefunden?«, fragte er. »Nein«, antwortete Maillard, »dort oben.« Er deutete mit dem Finger zur Decke. »An der Endstation der Seilbahn in zweitausend Meter Höhe.«

»Wer benutzt die Seilbahn?«

»Die Arbeiter, die die Maschinen dort oben warten«, antwortete der Direktor des Kraftwerks. »Es ist eine Art unterirdische Fabrik, die autonom funktioniert. Sie leitet das Wasser aus dem oberen See in die drei Fallleitungen, die man von außen sieht. Normalerweise kann man nur per Seilbahn dorthin gelangen. Es gibt auch noch einen Hubschrauberlandeplatz – allerdings ausschließlich für medizinische Notfälle.«

»Kein Weg, keine Straße?«

»Es gibt einen Pfad, der im Sommer begehbar ist. Aber im Winter liegt er unter einer meterdicken Schneeschicht.«

»Wollen Sie damit sagen, dass der Täter die Seilbahn benutzt haben muss? Wie funktioniert sie?«

»Ganz einfach: Man braucht einen Schlüssel und drückt einen Knopf, um sie in Gang zu setzen. Und wenn es ein Problem gibt, drückt man einen großen roten Knopf, um alles anzuhalten.«

»Der Schrank mit den Schlüsseln steht hier«, schaltete sich Maillard ein und deutete auf einen Metallkasten an der Wand, der mit Siegeln versehen worden war. »Er ist aufgebrochen worden. Die Leiche wurde an der letzten Seilbahnstütze aufgehängt, ganz oben. Es steht außer Zweifel, dass der oder die Täter die Seilbahn genommen haben, um sie zu transportieren.«

»Keine Fingerabdrücke?«

»Jedenfalls keine sichtbaren. Es gibt Hunderte verborgener Abdrücke in der Kabine. Die haben wir ins Labor geschickt. Wir sind dabei, zum Vergleich sämtlichen Mitarbeitern Fingerabdrücke abzunehmen.«

Er nickte.

»In welchem Zustand war die Leiche?«

»Der Kopf wurde abgetrennt. Und sie wurde gehäutet: Die abgezogene Haut wurde zu beiden Seiten des Körpers flügelartig aufgespannt. Sie werden das auf dem Video sehen: eine wirklich makabre Inszenierung. Die Arbeiter haben sich noch nicht davon erholt.«

Servaz starrte den Gendarmen an, all seine Sinne waren

plötzlich hellwach. Selbst wenn äußerste Brutalität heute allgegenwärtig war, war dies hier alles andere als ein alltäglicher Fall. Ihm fiel auf, dass Irène Ziegler nichts sagte, sondern nur aufmerksam zuhörte.

»Ein Make-up?« Er winkte mit der Hand. »Wurden die Fingerspitzen abgeschnitten?«

Im Polizeijargon bedeutete »Make-up«, dass die Identifizierung des Opfers dadurch erschwert werden sollte, dass die Organe entfernt wurden, die gewöhnlich für die Identifizierung benutzt werden: Gesicht, Finger, Zähne …

Der Beamte riss weit die Augen auf.

»Wie … hat man es Ihnen denn nicht gesagt?«

Servaz runzelte die Stirn.

»Was gesagt?«

Er sah, wie Maillard zuerst Ziegler und dann der Staatsanwältin einen erschrockenen Blick zuwarf.

»Die Leiche«, stammelte der Gendarm.

Servaz spürte, wie er die Geduld verlor – aber er wartete ab, wie es weiterging.

»Es handelt sich um ein Pferd.«

»EIN PFERD? …«

Ungläubig blickte Servaz die anderen an.

»Ja. Ein Pferd. Ein etwa einjähriges Vollblut nach allem, was man weiß.«

Servaz wandte sich an Cathy d'Humières.

»Sie haben mich wegen eines *Pferdes* kommen lassen?«

»Ich dachte, Sie wüssten es«, verteidigte sie sich. »Hat Ihnen Canter denn nichts gesagt?«

Servaz erinnerte sich, wie Canter in seinem Büro den Ahnungslosen gespielt hatte. *Er wusste es.* Und er wusste auch, dass Servaz diesen Weg wegen eines Pferdes nicht auf sich genommen hätte, wo er den Mord an dem Obdachlosen am Hals hatte.

»Ich hab drei Jungs, die einen Obdachlosen abgeschlachtet haben, und Sie lassen mich wegen eines Gauls kommen?« D'Humières' Antwort kam wie aus der Pistole, verständnisvoll, aber bestimmt:

»Nicht irgendein Pferd. Ein Vollblut. Ein sehr wertvolles Tier, das wahrscheinlich Eric Lombard gehört.«

Das ist es also!, dachte er. Eric Lombard, der Sohn von Henri Lombard, Enkel von Edouard Lombard... Eine Dynastie von Finanziers, Industriekapitänen und Unternehmern, die seit sechzig Jahren über diese Gegend der Pyrenäen, das Departement und die gesamte Region herrschte. Und das natürlich mit unbeschränktem Zugang zu allen Vorzimmern der Macht. In diesem Land waren die Vollblutpferde von Eric Lombard bestimmt wichtiger als ein ermordeter Obdachloser.

»Und vergessen wir nicht, dass sich nicht weit von hier eine psychiatrische Anstalt befindet, in der gemeingefährliche Psychopathen untergebracht sind. Wenn das einer von ihnen war, heißt das, er ist gegenwärtig auf freiem Fuß.«

»Das Institut Wargnier... Haben Sie schon angerufen?«

»Ja, sie haben gesagt, ihnen fehlt keiner ihrer Insassen. Und ohnehin darf keiner von ihnen die Anstalt auch nur vorübergehend verlassen. Angeblich ist es auch unmöglich, heimlich abzuhauen, so drakonisch sind die Sicherheitsmaßnahmen – mehrere Schutzzäune, biometrische Sicherheitsmaßnahmen, sorgfältig ausgewählte Mitarbeiter und so weiter... Wir werden das natürlich alles überprüfen. Aber die Klinik hat einen ausgezeichneten Ruf – aufgrund der Bekanntheit und der... *Eigenart*... ihrer Insassen.«

»Ein Pferd!«, wiederholte Servaz fassungslos.

Aus den Augenwinkeln sah er, wie Capitaine Irène Ziegler endlich ihre Zurückhaltung ablegte und flüchtig lächelte. Dieses Lächeln, das er als Einziger bemerkte, dämpfte seine aufkeimende Verärgerung. Irène Ziegler hatte olivgrüne Augen, und unter ihrer Uniformkappe ragten hochgesteckte blonde Haare hervor, die er sich als sehr verlockend ausmalte. Ihre Lippen trugen nur einen Hauch von Rot.

»Was sollen dann all diese Straßensperren?«

»Solange wir nicht völlig sicher sind, dass keiner der Insassen aus dem Institut Wargnier ausgebrochen ist, werden sie nicht aufgehoben«, antwortete d'Humières. »Ich will mir keine Nachlässigkeit vorwerfen lassen.«

Servaz sagte nichts. Aber er dachte sich seinen Teil. D'Humières und Canter hatten Anweisungen von weit oben erhalten. Es war immer das Gleiche. Auch wenn beide kompetente Vorgesetzte waren – den meisten Karrieristen in den Staatsanwaltschaften und Ministerien weit überlegen –, hatten sie, wie die anderen, ein sehr empfindliches Gespür für drohende Gefahren entwickelt. Irgendjemand von der obersten Führungsebene, vielleicht sogar der Minister persönlich, war auf die blendende Idee gekommen, diesen ganzen Zirkus zu veranstalten, um Eric Lombard einen Gefallen zu tun, weil er mit einigen höchsten Amtsträgern der Republik befreundet war.

»Und Lombard? Wo ist er?«

»In den USA, auf Geschäftsreise. Wir wollen sicher sein, dass es sich tatsächlich um eines seiner Pferde handelt, bevor wir ihn verständigen.«

»Einer seiner Verwalter hat uns heute Morgen gemeldet, dass eines ihrer Tiere verschwunden ist«, erklärte Maillard.

»Seine Box war leer. Die Beschreibung passt auf das tote Pferd. Er müsste jeden Moment da sein.«

»Wer hat das Pferd gefunden? Die Arbeiter?«

»Ja, als sie hochgefahren sind, heute Morgen.«

»Sind sie oft da oben?«

»Mindestens zweimal im Jahr: zu Beginn des Winters und vor der Schneeschmelze«, antwortete der Direktor des Kraftwerks. »Die Anlage ist alt, die Maschinen sind marode. Sie müssen regelmäßig gewartet werden, auch wenn sie automatisch funktionieren. Zum letzten Mal waren sie vor drei Monaten da oben.«

Servaz bemerkte, dass Irène Ziegler ihn nicht aus den Augen ließ.

»Ist der Todeszeitpunkt bekannt?«

»Nach den ersten Erkenntnissen muss es in der vergangenen Nacht passiert sein«, sagte Maillard. »Die Autopsie wird uns genauere Aufschlüsse liefern. Jedenfalls hat es den Anschein, dass der- oder diejenigen, die das Pferd da oben aufgehängt haben, wussten, dass die Arbeiter bald hochfahren würden.«

»Wird das Kraftwerk denn nachts nicht überwacht?«

»Doch, von zwei Wachleuten. Ihr Raum liegt am Ende dieses Gebäudes. Sie sagen, sie hätten nichts gesehen und nichts gehört.«

Servaz zögerte. Wieder runzelte er die Stirn.

»Ein Pferd lässt sich doch nicht einfach so transportieren, auch wenn es tot ist. Da braucht man mindestens einen Anhänger. Einen Van. War da kein Besucher, kein Fahrzeug? Nichts? Vielleicht haben sie ja geschlafen und wollen es nicht zugeben? Oder vielleicht haben sie sich ein Spiel im Fernsehen angeschaut. Oder einen Film. Den Kadaver in die Kabine einzuladen, hochzufahren, ihn dort aufzuhängen, wieder runterzufahren – das dauert. Wie viele Personen braucht man überhaupt, um ein Pferd rumzuschleppen? Macht die Seilbahn keinen Lärm, wenn sie läuft?«

»Doch.« Zum ersten Mal meldete sich Capitaine Ziegler zu Wort. »Man kann ihn unmöglich überhören.«

Servaz wandte sich um. Irène Ziegler stellte sich die gleichen Fragen wie er. *Irgendetwas stimmte nicht.*

»Haben Sie eine Erklärung?«

»Noch nicht.«

»Wir müssen sie getrennt vernehmen«, sagte er. »Noch heute, bevor man sie wieder gehen lässt.«

»Wir haben sie bereits getrennt«, antwortete Ziegler ruhig und bestimmt. »Sie befinden sich in zwei verschiedenen Zimmern unter strenger Bewachung. Sie ... *haben noch auf Sie gewartet.«*

Servaz bemerkte den eiskalten Blick, den Ziegler auf d'Humières warf. Plötzlich fing der Boden an zu beben. Es kam ihm so vor, als würden die Erschütterungen auf das ganze Gebäude übergreifen. In einem kurzen Moment der Verwirrung dachte er an eine Lawine oder an ein Erdbeben, ehe ihm klar wurde, dass das die Seilbahn war. Ziegler hatte recht: Man konnte den Lärm nicht überhören. Die Tür zu dem gläsernen Büro ging auf.

»Sie kommen herunter«, verkündete ein Gendarm.

»Wer?«, fragte Servaz.

»Die Kriminaltechniker«, erklärte Ziegler, »mit dem Kadaver in der Kabine. Sie sind mit ihrer Arbeit dort oben fertig.«

Der Laborwagen gehörte den Kriminaltechnikern. Er war ausgerüstet mit fotografischem Material, Kameras und Musterkoffern für die Entnahme biologischer und sonstiger

Proben, die versiegelt und anschließend ans Nationale Kriminologische Forschungsinstitut der Gendarmerie in Rosny-sous-Bois bei Paris geschickt wurden. Wahrscheinlich gab es im Wagen auch einen Kühlschrank für die organischen Proben, die sich am schnellsten zersetzten. Und dieser ganze Aufwand für ein Pferd.

»Also los«, sagte er. »Ich will den Star des Tages sehen, den Gewinner des Großen Preises von Saint-Martin.«

Als Servaz herauskam, staunte er, wie viele Journalisten da waren. Wenn ein Mensch ermordet worden wäre, wäre das verständlich gewesen, aber für ein totes Pferd! Die kleinen privaten Unannehmlichkeiten eines Milliardärs wie Eric Lombard schienen zu einem Thema geworden zu sein, für das sich die Klatschpresse interessierte wie ihre Leser.

Beim Gehen gab er sich größte Mühe, zu verhindern, dass seine Schuhe durch den Schneematsch beschmutzt wurden, und wieder spürte er, dass ihn Capitaine Ziegler dabei genau beobachtete.

Und dann, plötzlich, sah er es.

Wie eine Vision der Hölle … einer Hölle aus Eis …

Trotz seines Widerwillens zwang er sich dazu, hinzusehen. Der Pferdekadaver war mit breiten Tragegurten an einem großen Palettenwagen für Schwerlasten befestigt, der über einen kleinen Motor und pneumatische Hebeböcke verfügte. So eine Hebebühne, sagte sich Servaz, hatten vielleicht auch die benutzt, die das Tier dort oben aufgehängt hatten … Sie stiegen gerade aus der Kabine aus. Servaz fiel auf, dass sie geräumig war. Er dachte wieder an die Erschütterungen eben. Wie war es möglich, dass die Wachleute nichts bemerkt hatten?

Jetzt wandte er seine Aufmerksamkeit widerwillig dem Pferd zu. Er verstand nichts von Pferden, aber dieses hier schien ihm sehr schön gewesen zu sein. Sein langer Schweif bestand aus einem Büschel glänzender schwarzer Haare, dunkler als sein Fell, das die Farbe von Röstkaffee hatte und kirschrot schimmerte. Das prächtige Tier schien aus einem glatten, polierten exotischen Holz geschnitzt zu sein. Die Beine waren genauso kohlschwarz wie der Schweif und das, was von seiner Mähne übrig war. Eine Unmenge von Eisklümpchen hüllte den Kadaver in ein weißes Gewand. Servaz schätzte, dass es dort oben noch um einige Grad kälter sein musste als hier unten, wo die Temperatur bereits unter null gesunken war. Vielleicht hatten die Gendarmen einen Schneidbrenner oder einen Lötkolben benutzt, um das Eis um die Bänder zum Schmelzen zu bringen. Abgesehen davon, war das Pferd nur noch eine riesige offene Wunde – und zwei große abgelöste Hautlappen hingen wie angelegte Flügel an den Flanken herab.

Schwindelerregendes Entsetzen hatte die Umstehenden gepackt.

Da, wo die Haut abgezogen worden war, trat das Fleisch nackt hervor – jeder einzelne Muskel war deutlich zu erkennen, wie auf einer anatomischen Zeichnung. Servaz warf einen flüchtigen Blick in die Runde: Ziegler und Cathy d'Humières waren kreidebleich; der Kraftwerksdirektor sah aus, als hätte er ein Gespenst gesehen. Servaz selbst fand den Anblick unerträglich. Mit Bestürzung wurde ihm klar, dass er sich an den Anblick menschlichen Leids so sehr gewöhnt hatte, dass ihn das Leid eines Tieres stärker erschütterte und aufwühlte.

Und dann war da der Kopf. Oder vielmehr sein Fehlen, mit der großen offenen Wunde am Hals. Diese Verstümmelung verlieh der Gestalt etwas Unheimliches, das kaum zu ertragen war. Wie ein Kunstwerk, das den Wahnsinn seines Schöpfers hinausschrie. Tatsächlich war dies unbestreitbar das Werk eines Verrückten – und unwillkürlich musste Servaz wieder an das Institut Wargnier denken: Die Verbindung drängte sich geradezu auf, auch wenn der Direktor versicherte, dass keiner der Insassen habe ausbrechen können.

Instinktiv räumte er ein, dass die Besorgnis von Cathy d'Humières begründet war: Hier ging es nicht bloß um die Tötung eines Pferdes, sondern die Art und Weise, wie das Pferd umgebracht worden war, jagte einem kalte Schauer über den Rücken.

Beim Geräusch eines Motors drehten sie sich jäh um.

Ein großer schwarzer Geländewagen tauchte plötzlich auf der Straße auf und hielt wenige Meter von ihnen entfernt. Alle Kameras richteten sich sofort auf ihn. Wahrscheinlich hatten die Journalisten gehofft, es wäre Eric Lombard, aber sie sollten sich zu früh gefreut haben: Der Mann, der aus dem japanischen Allradwagen mit getönten Scheiben ausstieg, war um die sechzig Jahre alt und hatte stahlgraues Bürstenhaar. Mit seiner Größe und seinen breiten Schultern glich er einem Soldaten oder einem Holzfäller im Ruhestand. An einen Holzfäller erinnerte auch sein kariertes Hemd. Die Ärmel waren über den kräftigen Unterarmen hochgekrempelt – die Kälte schien er nicht zu spüren. Servaz sah, dass er den Kadaver nicht aus den Augen ließ. Selbst ihre Anwesenheit schien er nicht zu bemerken, und mit schnellen Schritten machte er einen Bogen um ihre kleine Gruppe und ging auf das Tier zu. Servaz sah nun, wie seine breiten Schultern durchsackten.

Als der Mann sich zu ihnen umwandte, glänzten seine roten Augen – vor Schmerz, aber auch vor Wut.

»Welcher Mistkerl hat das getan?«

»Sind Sie André Marchand, der Verwalter von Monsieur Lombard?«, fragte Ziegler.

»Ja.«

»Erkennen Sie dieses Tier wieder?«

»Ja, es ist Freedom.«

»Sind Sie sicher?«, fragte Servaz.

»Ja, natürlich.«

»Könnten Sie das etwas genauer erläutern? Schließlich fehlt der Kopf!«

Der Mann warf ihm einen vernichtenden Blick zu. Anschließend zuckte er mit den Schultern und drehte sich nach dem Kadaver um.

»Glauben Sie, dass es in dieser Gegend viele rotbraune Jährlinge wie ihn gibt? Ich erkenne ihn so leicht wieder wie Sie Ihren Bruder oder Ihre Schwester. Mit Kopf oder ohne.« Er deutete mit einem Finger auf den linken Vorderlauf. »Nehmen Sie zum Beispiel diese Krone auf halber Fesselhöhe.«

»Was für eine Krone, bitte?«, fragte Servaz.

»Das weiße Band über dem Huf«, übersetzte Ziegler. »Danke, Monsieur Marchand. Wir werden den Kadaver ins Gestüt von Tarbes bringen, wo er obduziert wird. Hat Freedom irgendwelche Medikamente bekommen?«

Servaz traute seinen Ohren nicht: Sie würden bei einem Pferd eine toxikologische Analyse durchführen!

»Er war vollkommen gesund.«

»Haben Sie seine Papiere dabei?«

»Sie sind im Wagen.«

Der Verwalter ging zu seinem Auto, durchsuchte das Handschuhfach und kehrte mit einem Stoß Blätter zurück.

»Hier sind die Eigentumsurkunde und der Pferdepass.«

Ziegler prüfte die Dokumente. Servaz sah über ihre Schulter einen ganzen Haufen von Rubriken, Feldern und Kästchen, die mit einer engen, klaren Handschrift ausgefüllt worden waren. Und Skizzen von Pferden, von vorn und von der Seite.

»Monsieur Lombard hat dieses Pferd geradezu vergöttert«, sagte Marchand. »Es war sein Lieblingspferd. Es wurde auf dem Gestüt geboren. Ein herrlicher Jährling.«

In seiner Stimme schwangen Wut und Trauer mit.

»Ein *Jährling*?«, flüsterte Servaz Ziegler zu.

»Ein Vollblut in seinem ersten Lebensjahr.«

Während sie die Dokumente studierte, konnte er nicht umhin, ihr Profil zu bewundern. Sie war verführerisch und sie strahlte Autorität und Kompetenz aus. Er schätzte sie auf dreißig. Sie trug keinen Trauring. Servaz fragte sich, ob sie einen Freund hatte oder Single war. Wenn sie nicht geschieden war wie er selbst.

»Sie haben seinen Stall also heute Morgen leer vorgefunden«, sagte er zu dem Pferdehalter.

Wieder warf ihm Marchand einen durchdringenden Blick zu, in dem die ganze Verachtung des Fachmanns für den Laien aufschien.

»Keineswegs. Keines unserer Pferde schläft in einem Stall«, erwiderte er scharf. »Alle haben eine eigene Box mit einem kleinen Auslauf oder Wiesen mit Unterständen, tagsüber, es sind ja gesellige Tiere. Seine Box war tatsächlich leer. Und ich habe Spuren entdeckt, die auf einen Einbruch hindeuten.«

Servaz kannte nicht den Unterschied zwischen einem Stall und einer Box, auf den Marchand so großen Wert zu legen schien.

»Ich hoffe, dass Sie die Mistkerle fassen, die das getan haben«, sagte Marchand.

»Wieso sprechen Sie von mehreren?«

»Glauben Sie denn im Ernst, dass ein Mann allein ein Pferd da hochschaffen kann? Ich dachte, das Kraftwerk würde bewacht?«

Das war eine Frage, auf die niemand antworten wollte. Cathy d'Humières, die sich bis jetzt abseits gehalten hatte, ging auf den Verwalter zu.

»Richten Sie Monsieur Lombard aus, dass wir nichts unversucht lassen werden, um den oder die Täter aufzuspüren. Er kann mich jederzeit anrufen. Sagen Sie ihm das.«

Marchand betrachtete die hohe Beamtin, als wäre er ein Ethnologe, vor dem die Vertreterin eines höchst fremdartigen Amazonasstammes stehen würde.

»Ich werde es ihm ausrichten«, antwortete er. »Ich würde nach der Autopsie auch gern den Kadaver abholen. Monsieur Lombard möchte das Pferd bestimmt auf seinem Grund bestatten.«

»Tarde venientibus ossa«, verkündete Servaz.

Er entdeckte einen Anflug von Verblüffung im Blick von Capitaine Ziegler.

»Lateinisch«, stellte sie fest. »Und was bedeutet es?«

»›Wer zu spät zu Tisch kommt, findet nur noch Knochen.‹ Ich würde gern hinauffahren.«

Sie schaute ihm fest in die Augen. Sie war fast genauso groß wie er. Servaz erahnte, dass sich unter der Uniform ein straffer, geschmeidiger und muskulöser Körper versteckte. Eine vitale, attraktive junge Frau ohne Komplexe. Er musste an Alexandra denken, als sie jung war.

»Vor oder nach der Vernehmung der Wachleute?«

»Davor.«

»Ich bringe Sie hin.«

»Das schaffe ich allein«, sagte er und deutete auf die Talstation der Seilbahn.

Sie machte eine vage Geste.

»Es ist das erste Mal, dass ich einem Polizisten begegne, der Lateinisch spricht«, sagte sie lächelnd. »Die Seilbahn wurde versiegelt. Wir nehmen den Hubschrauber.«

Servaz wurde bleich.

»Und Sie fliegen ihn?«

»Überrascht Sie das?«

3

WIE EINE STECHMÜCKE, die den Rücken eines Elefanten überfliegen will, setzte der Hubschrauber zum Sturm auf den Berg an. Das große Schieferdach des Kraftwerks und der mit Autos vollbesetzte Parkplatz entfernten sich jäh – zu schnell für den Geschmack von Servaz, der ein flaues Gefühl im Magen verspürte.

Tief unter dem Hubschrauber sah man die Techniker in weißen Overalls geschäftig zwischen der Talstation und dem Laborwagen hin und her eilen. Sie trugen kleine Koffer, in denen sich die Proben befanden, die sie in der Bergstation entnommen hatten. Von hier oben gesehen, wirkte ihre Geschäftigkeit lächerlich: das Gewimmel einer Kolonne Ameisen. Er hoffte, dass sie ihre Arbeit verstanden. Das war nicht immer der Fall, die Ausbildung der Kriminaltechniker ließ manchmal zu wünschen übrig. Zu wenig Zeit, zu wenige Mittel, unzureichende Budgets – immer die alte Leier, und das trotz aller politischen Reden, in denen regelmäßig bessere Zeiten versprochen wurden. Dann wurde der Pferdekadaver in eine Schutzhülle gepackt, der Reißverschluss zugezogen und alles auf einer großen Bahre zu einem langen Rettungswagen gerollt, der mit heulender Sirene davonfuhr, als hätte es dieser arme Gaul noch in irgendeiner Weise eilig. Durch die gewölbte Plexiglasscheibe blickte Servaz geradeaus.

Es hatte aufgeklart. Die drei gigantischen Röhren, die

an der Rückseite des Gebäudes entsprangen, kletterten die Flanke des Berges hinauf; die Seilbahnstützen verliefen gleich daneben. Er wagte einen weiteren Blick nach unten – und bereute ihn sogleich. Das Kraftwerk lag bereits tief unter ihnen, wie eingesunken in den Talgrund, die Autos und Kastenwagen wurden schnell immer kleiner, lächerliche bunte Pünktchen, die von der Höhe angesaugt wurden. Die Röhren stürzten ins Tal wie Skispringer von einer Sprungschanze: eine schwindelerregende, atemberaubende Kulisse aus Fels und Eis. Servaz wurde bleich, schluckte und konzentrierte sich auf den Kamm des Massivs. Der Kaffee, den er am Automaten in der Eingangshalle des Kraftwerks hinuntergekippt hatte, schwappte irgendwo in seiner Speiseröhre.

»Sie sehen nicht besonders gut aus.«

»Kein Problem. Alles in Ordnung.«

»Ist Ihnen schwindlig?«

»Nein …«

Capitaine Ziegler lächelte unter ihrem Pilotenhelm. Hinter ihrer Sonnenbrille konnte Servaz ihre Augen nicht mehr sehen – aber er konnte ihre Bräune und den leichten blonden Flaum ihrer Wangen bewundern, die vom grellen Licht auf den Gebirgskämmen liebkost wurden.

»Dieser ganze Zirkus für ein Pferd«, sagte sie plötzlich.

Ihm wurde klar, dass sie diesen massiven Einsatz ebenso wenig guthieß wie er und dass sie die momentane Abwesenheit indiskreter Ohren nutzte, um ihm das zu sagen. Er fragte sich, ob ihre Vorgesetzten ihr Druck gemacht hatten. Und ob sie sich gesträubt hatte.

»Mögen Sie keine Pferde?«, fragte er zum Scherz.

»Ich mag sie sehr«, antwortete sie, ohne zu lächeln, »aber das ist nicht das Problem. Wir haben die gleichen Sorgen wie

Sie: unzureichende Mittel, fehlendes Material und Personalmangel – und die Kriminellen sind uns immer zwei Längen voraus. Wenn man dann so viel Energie auf ein Tier verwendet …«

»Andererseits – jemand, der imstande ist, einem Pferd so etwas anzutun …«

»Ja«, räumte sie mit einer Lebhaftigkeit ein, die ihm sagte, dass sie seine Besorgnis teilte.

»Was genau ist dort oben eigentlich passiert?«

»Sehen Sie die metallene Plattform?«

»Ja.«

»Das ist die Bergstation der Seilbahn. An dem Metallrahmen, direkt unter den Seilen, hing das Pferd. Eine richtige Inszenierung. Sie werden das auf dem Video sehen. Aus der Ferne dachten die Arbeiter zuerst, es wäre ein Vogel.«

»Wie viele Arbeiter waren das?«

»Vier und der Koch. Von der oberen Plattform der Seilbahn aus kommen sie zum Einstiegsschacht in die unterirdische Anlage: Das ist dieses Betonteil hinter der Plattform. Mithilfe eines Krans lassen sie das Material zum Schachtboden hinunter, wo sie es auf zweisitzige Schlepper mit Anhänger laden. Der Schacht mündet siebzig Meter weiter unten in einen Stollen im Berginneren. Siebzig Meter, das ist ein ganz schön gefährlicher Abstieg. Um zu der Anlage zu gelangen, benutzen sie denselben Stollen, der das Wasser vom oberen See zu den Fallleitungen führt: Die Schieber am oberen See werden geschlossen, während die Männer im Stollen sind.« Der Hubschrauber überflog jetzt die Plattform, die wie ein Bohrturm auf der Flanke des Berges hockte. Sie hing fast in der Luft – und Servaz spürte wieder den Schwindel, der ihm den Magen zusammenschnürte. Unterhalb der Plattform fiel der Hang extrem steil ab. Tausend Meter tiefer lag der untere See mit seinem großen, halbkreisförmigen Stauwehr.

Servaz entdeckte Spuren im Schnee um die Plattform, dort, wo die Techniker ihre Proben entnommen und Schnee geschaufelt hatten. Gelbe Plastikrechtecke mit schwarzen Ziffern markierten die Stellen, wo sie Indizien gefunden hatten. Und Halogenscheinwerfer hingen noch an den metallenen Stützen. Er sagte sich, dass es dieses Mal immerhin nicht problematisch gewesen war, den Tatort abzuriegeln; aber die Kälte musste ihnen zu schaffen gemacht haben.

Irène Ziegler deutete auf das Gerüst.

»Die Arbeiter sind nicht einmal ausgestiegen. Sie haben in der Talstation angerufen und sind dann gleich wieder hinuntergefahren. Sie hatten eine Heidenangst. Vielleicht befürchteten sie, der Irre, der das getan hat, wäre noch in der Nähe.«

Verstohlen beobachtete Servaz die junge Frau. Je länger er ihr zuhörte, umso mehr stiegen sein Interesse und die Zahl der Fragen.

»Kann ein Mann allein, ohne fremde Hilfe, ein totes Pferd so weit hochziehen und es inmitten der Seile aufhängen? Das ist kaum zu schaffen, oder?«

»Freedom war ein Jährling von ungefähr zweihundert Kilo«, antwortete sie. »Selbst wenn man den Kopf und den Hals abzieht, bleiben noch immer gut hundertfünfzig Kilo Fleisch, die der Täter herumschleppen müsste. Wie dem auch sei, Sie haben vorhin den Palettenwagen gesehen: Damit lassen sich gewaltige Nutzlasten transportieren. Aber selbst wenn man annimmt, dass es einem einzelnen Menschen gelingen sollte, ein Pferd mithilfe eines Hub- oder eines Palettenwagens zu transportieren, hätte er das Tier jedenfalls nicht allein hochziehen und an dem Gerüst befestigen können. Und außerdem hätte man ein Fahrzeug benötigt, um es hier hochzuschaffen.«

»Aber die Wachleute haben nichts gesehen.«

»Und sie sind zu zweit.«

»Und sie haben auch nichts gehört.«

»Obwohl sie zu zweit sind.«

Weder sie noch ihn musste man daran erinnern, dass siebzig Prozent aller Totschläger und Mörder innerhalb von vierundzwanzig Stunden nach der Tat identifiziert wurden. Aber wie war es, wenn das Opfer ein Pferd war? Darüber würden die polizeilichen Statistiken sich wohl ausschweigen.

»Zu einfach«, sagte Ziegler. »Das denken Sie doch. Aber das wäre zu einfach. Zwei Wachleute und ein Pferd. Aus welchem Grund sollten sie das tun? Wenn sie es auf ein Pferd von Eric Lombard abgesehen hatten, kämen sie doch wohl kaum auf die Idee, es ausgerechnet in der Bergstation der Seilbahn aufzuknüpfen, bei der sie arbeiten, um so den Verdacht auf sich zu lenken.«

Servaz dachte über ihre Worte nach. Tatsächlich war sein Gedanke wenig plausibel. Aber war es andererseits möglich, dass sie nichts gehört hatten?

»Und überhaupt, was für ein Motiv sollten sie haben?«

»Niemand ist einfach nur Wachmann, Polizist oder Gendarm«, sagte er. »Jeder hat seine kleinen Geheimnisse.«

»Sie auch?«

»Sie etwa nicht?«

»Klar, aber da gibt es doch noch das Institut Wargnier«, beeilte sie sich zu sagen, während sie ein Flugmanöver machte, bei dem Servaz abermals die Luft anhielt. »Dort gibt es bestimmt mehr als einen Insassen, der zu so etwas in der Lage wäre.«

»Sie meinen jemand, der sich aus der Anstalt hinausgestohlen hätte und wieder zurückgekehrt wäre, ohne dass das Personal etwas davon bemerkt hätte?« Er dachte nach. »Jemand, der in das Gestüt eingedrungen wäre, ein Pferd getötet hätte, es aus seiner Box herausgeschafft und es ganz allein in ein Fahrzeug geladen hätte? Und das alles, ohne dass irgendjemand das Geringste mitbekommt, weder hier noch dort unten? Und dann hätte er dem Pferd auch noch den Kopf abgetrennt, die Haut abgezogen und es dann zur Bergstation geschafft …«

»Na schön, na schön, es ist absurd«, fiel sie ihm ins Wort. »Außerdem kommen wir immer wieder zum selben Punkt: Wie soll ein einzelner Mensch ohne fremde Hilfe ein Pferd dort oben aufhängen?«

»Dann vielleicht zwei Verrückte, die sich unbemerkt aus der Klinik schleichen und anschließend in ihre Zellen zurückkehren, ohne diese Gelegenheit zur Flucht zu nutzen? Das ist doch genauso abwegig.«

»In dieser Geschichte ergibt nichts irgendeinen Sinn.«

Der Hubschrauber neigte sich jäh nach rechts, um den Gipfel zu umrunden – oder aber der Berg neigte sich in die entgegengesetzte Richtung: Servaz wusste es nicht und er schluckte wieder. Die Plattform und der bunkerartige Schachteingang verschwanden hinter ihnen. Felsen über Felsen zogen unter der Plexiglaskapsel vorbei, dann tauchte ein See auf, der viel kleiner war als der untere. Er lag versteckt in einer Bergmulde und war von einer dicken Eis- und Schneeschicht bedeckt; er sah aus wie der Krater eines gefrorenen Vulkans.

Servaz entdeckte am Rand des Sees ein Wohnhaus, das sich in der Nähe des kleinen Damms an den Fels schmiegte. »Der obere See«, sagte Ziegler. »Und das ›Chalet‹ der Arbeiter. Sie erreichen es über eine Seilbahn, die direkt aus dem Berg in das Haus hineinführt und es mit der unterirdischen Anlage verbindet. Dort schlafen, essen und leben sie nach Feierabend. Sie verbringen fünf Tage hier, fahren dann fürs Wochenende wieder hinunter ins Tal, und das drei Wochen lang. Das Haus ist mit allem modernen Komfort ausgestattet, sogar mit Satellitenfernsehen – trotzdem bleibt es harte Arbeit.«

»Weshalb benutzen sie diese Seilbahn nicht bei der Ankunft, um zu den Maschinenräumen zu gelangen – dann müssten sie nicht den Wasserdurchfluss durch den unterirdischen Stollen blockieren?«

»Das Kraftwerk hat keinen Hubschrauber. Dieser Landeplatz wird nur in dringenden Notfällen benutzt, genauso wie die Landefläche bei der Talstation – für Bergrettungseinsätze. Und das auch nur dann, wenn es das Wetter zulässt.«

Der Hubschrauber schwebte langsam auf eine ebene Fläche hinunter, die inmitten eines Chaos aus Firnschnee und vereinzelten Moränen angelegt worden war. Eine Wolke aus Pulverschnee hüllte sie ein. Unter dem Schnee erahnte Servaz ein großes H.

»Wir haben Glück«, sprach sie ins Helmmikrophon. »Vor fünf Stunden, als die Arbeiter das Pferd entdeckt haben, hätten wir hier nicht landen können, da war das Wetter zu schlecht.«

Die Kufen des Hubschraubers berührten den Boden. Servaz hatte das Gefühl, wieder aufzuleben. Der feste Boden – selbst in einer Höhe von über zweitausend Metern. Aber nachher müssten sie auf dem gleichen Weg wieder hinunter, und bei diesem Gedanken krampfte sich ihm der Magen zusammen.

»Wenn ich es richtig verstehe, sind sie bei schlechtem Wetter, sobald der Stollen wieder geflutet ist, Gefangene des Berges. Was machen sie bei einem Unfall?«

Irène Ziegler verzog vielsagend das Gesicht.

»Sie müssen das Wasser wieder aus dem Stollen ablassen und durch den Schacht zur Seilbahn zurückkehren. Dann dauert es mindestens zwei, eher drei Stunden, bis sie das Kraftwerk erreichen.«

Servaz hätte zu gern gewusst, wie hoch die Zulagen waren, die die Arbeiter kassierten, damit sie solche Risiken eingingen.

»Wem gehört die Anlage?«

»Dem Lombard-Konzern.«

Der Lombard-Konzern. Die Ermittlungen hatten kaum begonnen, und schon tauchte er zum zweiten Mal auf ihrem Radarschirm auf. Servaz stellte sich ein Geflecht von Firmen, Niederlassungen, Holdinggesellschaften in Frankreich, aber wahrscheinlich auch im Ausland vor, ein Krake, dessen Tentakel überall hinreichten; und statt Blut floss darin Geld, und zwar in Milliarden von außen in Richtung Herz. Servaz war kein Wirtschaftsfachmann, aber wie jeder andere auch wusste er annähernd, was der Ausdruck »multinationales Unternehmen« bedeutete. War ein altes Kraftwerk wie dieses hier für einen Konzern wie Lombard wirklich rentabel?

Die Rotorblätter drehten sich immer langsamer, und das Pfeifen der Turbine wurde schwächer.

Stille.

Ziegler zog ihren Helm aus, öffnete die Tür und setzte einen Fuß auf den Boden. Servaz folgte ihr. Langsam gingen sie auf den zugefrorenen See zu.

»Wir befinden uns in einer Höhe von zweitausend Metern«, verkündete die junge Frau. »Das merkt man, oder?«

Tief atmete Servaz den reinen, berauschenden, eiskalten Äther ein. Ihm war leicht schwindlig – vielleicht wegen des Flugs im Hubschrauber oder auch wegen der Höhe. Aber es war eher ein erhebendes als ein unangenehmes Gefühl, und er verglich es mit dem Tiefenrausch beim Tauchen. Ein Gipfelrausch – gab es das? Die Schönheit und Wildheit des Ortes beeindruckten ihn. Diese mineralische Abgeschiedenheit, diese leuchtend weiße Wüste. Die Fensterläden des Hauses waren geschlossen. Servaz versuchte sich vorzustellen, was die Arbeiter wohl empfanden, wenn sie jeden Morgen aufstanden und die Fenster mit Seeblick öffneten, bevor sie in die Finsternis hinabstiegen. Aber vielleicht dachten sie ja nur daran: an den Arbeitstag, der sie in der Tiefe, im Innern des Berges erwartete, an den ohrenbetäubenden Lärm und das künstliche Licht, an die langen, schwer durchzuhaltenden Stunden.

»Kommen Sie? Die Stollen wurden 1929 in den Fels getrieben, die Fabrik wurde ein Jahr später installiert«, erklärte sie, während sie auf das Haus zustapfte.

Das Haus hatte ein großes Vordach, das auf mächtigen Pfeilern aus unbehauenem Stein ruhte, und auf diesen Säulengang gingen alle Fenster, bis auf eines, das an der Seite lag. Auf einem der Pfeiler entdeckte Servaz die Befestigungsmuffe einer Parabolantenne.

»Haben Sie die Stollen untersucht?«

»Natürlich. Unsere Leute sind noch unten. Aber ich glaube nicht, dass wir hier irgendetwas finden werden. Der oder die Täter sind nicht bis hierhergekommen. Sie haben einfach nur das Pferd in die Seilbahn geschafft, es dort oben aufgehängt und sind wieder hinuntergefahren.«

Sie zog an der Holztür. Im Innern waren alle Lampen eingeschaltet. Alle Räumen waren voller Menschen: die Schlafzimmer mit zwei Betten; das Wohnzimmer mit einem Fernseher, zwei Sofas und einer Anrichte; die große Küche mit einem Kantinentisch. Ziegler führte Servaz in den hinteren Teil des Gebäudes, wo es direkt in den Felsen gehauen war – ein Raum, der offenbar zugleich als Schleusenkammer und als Garderobe diente, mit Spinden und Kleiderhaken an der Wand. Hinten im Raum erkannte Servaz das gelbe Gitter der Seilbahn und dahinter das schwarze Loch eines Stollens, der ins finstere Berginnere getrieben worden war.

Sie bedeutete ihm, einzusteigen, zog das Gitter hinter ihnen zu und drückte auf einen Knopf. Sofort sprang der Motor an, und die Kabine fuhr ruckartig an. Langsam glitt sie, leicht vibrierend, über glänzende Schienen auf einem Gefälle von fünfundvierzig Grad nach unten. Durch das Gitter sahen sie auf der schwarzen Felswand Neonröhren, die in regelmäßigen Abständen angebracht waren und ihrem Abstieg einen festen Rhythmus gaben. Der schräge Stollen mündete in einen großen Raum, der direkt in den Fels gehauen war und von reihenweise angeordneten Neonröhren hell erleuchtet wurde. Eine Fabrikhalle voller Werkzeugmaschinen, Rohre und Seile. Die Techniker, die den gleichen weißen Overall trugen wie ihre Kollegen im Kraftwerk, waren da und dort geschäftig zugange.

»Ich würde diese Arbeiter gern sofort befragen, selbst wenn es die ganze Nacht dauert. Lassen Sie sie nicht gehen. Sind es immer dieselben, die hier hinauffahren, jeden Winter?«

»Woran denken Sie?«

»Im Augenblick an gar nichts. In diesem Stadium sind die Ermittlungen wie eine Kreuzung im Wald: Alle Wegen gleichen sich, aber nur einer ist der richtige. Diese abgeschotteten Wochen im Gebirge, fern von jeder Zivilisation, lassen die

Männer bestimmt zusammenwachsen, aber das führt auch zu Spannungen. Da muss man schon psychisch stabil sein.«

»Ehemalige Arbeiter, die noch eine Rechnung mit Lombard offen haben? Aber was soll dann diese Inszenierung? Wenn sich jemand an seinem Arbeitgeber rächen will, dann taucht er mit einer Waffe an seinem Arbeitsplatz auf, erschießt seinen Chef oder seine Kollegen und jagt sich dann selbst eine Kugel in den Kopf. Er macht sich nicht die Mühe, ein Pferd in der Bergstation einer Seilbahn aufzuhängen.«

Servaz wusste, dass sie recht hatte.

»Wir sollten als Erstes recherchieren, ob irgendjemand, der in den letzten Jahren im Kraftwerk gearbeitet hat oder noch immer dort arbeitet, in psychiatrischer Behandlung war oder ist«, sagte er. »Das gilt insbesondere für die Mitglieder der Teams, die sich hier oben aufgehalten haben.«

»Sehr gut!«, schrie sie, um den Lärm zu übertönen. »Und die Wachleute?«

»Wir beginnen mit den Arbeitern, dann knöpfen wir uns die Wachleute vor. Falls nötig, werden wir die Nacht durchmachen.«

»Für ein Pferd?«

»Für ein Pferd!«, bestätigte er.

»Wir haben Glück! Zu normalen Zeiten herrscht hier ein Höllenlärm! Aber die Schieber wurden geschlossen, und das Seewasser strömt nicht mehr in die Verteilerkammer.«

Servaz fand, der Lärm war auch so schon ziemlich beeindruckend.

»Wie funktioniert das?«, fragte er mit erhobener Stimme.

»Ich weiß nicht so genau! Der Staudamm am oberen See füllt sich bei der Schneeschmelze mit Wasser. Das Wasser wird durch unterirdische Stollen zu den Fallleitungen geführt:

diese mächtigen Röhren, die man von außen sieht und die das Wasser zu den Generatoreinheiten im Kraftwerk unten im Tal leiten. Das herabstürzende Wasser treibt mit seiner Kraft die Turbinen an. Aber auch hier oben sind Turbinen installiert: Man sagt, die Turbinen sind ›in Kaskade‹ geschaltet, oder so ähnlich. Die Turbinen wandeln die Bewegungsenergie des Wassers in mechanische Energie um, anschließend wandeln die Generatoren diese mechanische Energie in Elektrizität um, die über Hochspannungsleitungen abgeführt wird. Insgesamt werden hier vierundfünfzig Millionen Kilowattstunden pro Jahr erzeugt, das entspricht dem Verbrauch einer Stadt mit dreißigtausend Einwohnern.«

Servaz musste über diese schulmeisterlichen Ausführungen schmunzeln.

»Für jemanden, der nicht so genau weiß, kennen Sie sich aber ganz gut aus.«

Er ließ den Blick über die schwarze Felshöhle gleiten, die von Gittern und Metallstrukturen überzogen war: Kabelbäume, Neonlampen, Belüftungsrohre zogen sich daran entlang, dann die riesigen vorsintflutlichen Maschinen, die Schalttafeln, der Betonboden …

»Sehr gut«, sagte er. »Fahren wir wieder hinauf, denn hier werden wir nichts finden.«

Der Himmel hatte sich zugezogen, als sie wieder nach oben kamen. Große dunkle Wolken zogen über den gefrorenen Krater, der plötzlich etwas Unheimliches hatte. Ein stürmischer Wind trieb die Schneeflocken vor sich her. Mit einem Mal passte die Szenerie zu dem Verbrechen: etwas Chaotisches, Schwarzes, Erschreckendes – ein Ort, wo das Heulen des Windes das verzweifelte Wiehern eines Pferdes leicht ersticken konnte.

»Beeilen wir uns«, drängte er Irène Ziegler. »Das Wetter schlägt um!«

Böen zerzausten ihr blondes Haar, Strähnen lösten sich aus ihrer Frisur.

4

»MADEMOISELLE BERG, ICH sage Ihnen ganz offen, dass ich nicht verstehe, wieso Dr. Wargnier Ihnen eine Stelle angeboten hat. Ich meine: klinische Psychologie, Entwicklungspsychologie, die Freud'sche Theorie – der ganze … *alte Kram.* Im Grunde wäre mir die klinische Methode der Angelsachsen lieber gewesen.«

Dr. Francis Xavier saß hinter einem großen Schreibtisch. Er war ein sehr gepflegter, kleiner, noch junger Mann mit gefärbten Haaren, der unter seinem weißen Kittel eine Krawatte mit schrillen Blumenmotiven sowie eine extravagante rote Brille trug. Er sprach mit einem leichten frankokanadischen Akzent, der seine Herkunft aus Quebec verriet.

Diane warf einen verschämten Blick auf ein Exemplar des DSM-IV, des *Handbuchs Psychischer Störungen,* das von der Amerikanischen Vereinigung für Psychiatrie herausgegeben wurde – es war das einzige Buch auf dem Schreibtisch. Sie runzelte leicht die Stirn.

Die Wendung, die das Gespräch genommen hatte, missfiel ihr – doch sie wartete, bis der kleine Mann seine Karten auf den Tisch gelegt hatte.

»Sie müssen mich verstehen, ich bin Psychiater. Und … wie soll ich sagen? Mit Verlaub, ich weiß nicht, was es unserer Klinik bringen soll, wenn Sie hier arbeiten …«

»Ich … ich bin hier, um meine Kenntnisse zu vertiefen und

mich fortzubilden, Dr. Xavier. Dr. Wargnier hat Ihnen das doch bestimmt gesagt. Außerdem hat Ihr Vorgänger vor seinem Ausscheiden einen Stellvertreter eingestellt und er hat seine Zustimmung zu meiner Abwesenheit…, Verzeihung, meiner Anwesenheit hier gegeben. Er hat sich gegenüber der Universität Genf zu dieser Berufung verpflichtet. Wenn Sie nicht wollten, dass ich komme, hätten Sie uns im Vorhinein davon in Kenntnis setzen…«

»Um Ihre Kenntnisse zu vertiefen und sich fortzubilden?…« Unmerklich kniff Xavier die Lippen zusammen. »Wo, glauben Sie, sind Sie hier? An einer Universität? Die Mörder, die Sie am Ende dieser Korridore erwarten« – er wies auf die Tür seines Büros – »sind monströser als die schlimmsten Ungeheuer in Ihren Albträumen, Mademoiselle Berg. Sie sind unsere Nemesis. Unsere Strafe dafür, dass wir Gott getötet und Gesellschaften aufgebaut haben, in denen das Böse zur Norm geworden ist.«

Den letzten Satz fand sie recht hochtrabend. Wie übrigens auch alles andere an Dr. Xavier. Aber die Art und Weise, wie er den Satz ausgesprochen hatte – in einer sehr seltsamen Mischung aus Furcht und Wollust –, ließ sie schaudern. Sie spürte, wie sich ihr die Haare im Nacken aufstellten. *Er hat Angst vor ihnen. Nachts im Traum verfolgen sie ihn, oder er hört sie von seinem Zimmer aus schreien.*

Sie betrachtete die wenig natürliche Farbe seiner Haare und dachte an Gustav von Aschenbach in Thomas Manns *Tod in Venedig,* der sich die Haare, die Brauen und den Schnurrbart färbt, um einem Knaben zu gefallen, der ihm am Strand ins Auge fällt, und sich über den herannahenden Tod hinwegzutäuschen. Ohne zu bemerken, wie verzweifelt und mitleiderregend dieser Versuch ist.

»Ich habe Erfahrungen in Rechtspsychologie. Ich hatte in drei Jahren mit mehr als hundert Sexualstraftätern zu tun.«

»Und mit wie vielen Mördern?«

»Mit einem.«

Er warf ihr ein kurzes, kaltes Lächeln zu. Dann beugte er sich über ihre Unterlagen.

»Lizenziat in Psychologie, Diplom in Klinischer Psychologie an der Universität Genf«, las er vor, während seine rotrandige Brille die Nase hinunterrutschte.

»Ich habe vier Jahre lang in einer Privatpraxis für Psychotherapie und Rechtspsychologie gearbeitet. Im Auftrag der Justizbehörden habe ich dort forensische Gutachten erstellt. Das ist auch in meinem Lebenslauf vermerkt.«

»Irgendwelche Praktika in Justizvollzugsanstalten?«

»Ein Praktikum in der Krankenstation der JVA Champ-Dollon als rechtspsychologische Zweitgutachterin und in der Betreuung von Sexualstraftätern.«

»International Academy of Law and Mental Health, Genfer Psychologen- und Psychotherapeutenverband, Schweizerische Gesellschaft für Rechtspsychologie … Schön, schön, schön …«

Wieder blickte er sie an. Sie hatte den unangenehmen Eindruck, vor einem Prüfungsausschuss zu stehen.

»Da wäre nur eine Sache … Sie verfügen nicht über die notwendige Erfahrung für diese Art Patienten, Sie sind jung, Sie müssen noch viel lernen, Sie könnten – ganz ohne es zu wollen – durch Ihre Unerfahrenheit all unsere Bemühungen *zunichtemachen.* Das alles sind Faktoren, die sich als eine zusätzliche Belastung für unsere Klientel erweisen könnten.«

»Was wollen Sie damit sagen?«

»Tut mir leid, aber ich möchte, dass Sie sich von unseren

sieben gefährlichsten Insassen fernhalten: Sie sind in der Abteilung A untergebracht. Und ich brauche keine Assistentin, denn ich habe bereits eine Oberschwester, die mir zur Hand geht.«

Sie schwieg so lange, dass er schließlich eine Braue hochzog. Als sie sprach, tat sie es mit ruhiger, aber fester Stimme.

»Doktor Xavier, genau für sie bin ich hier. Dr. Wargnier hat es Ihnen doch bestimmt gesagt. Sie müssen doch unseren Briefwechsel in Ihren Unterlagen haben. Unsere Absprache war ganz klar: Dr. Wargnier hat mir nicht nur gestattet, mit den sieben Insassen der Abteilung A in Kontakt zu treten, er hat mich darüber hinaus gebeten, nach diesen Gesprächen ein psychologisches Gutachten zu erstellen – und das gilt insbesondere für Julian Hirtmann.«

Sie sah, wie sich seine Miene verdüsterte. Sein Lächeln verschwand.

»Mademoiselle Berg, diese Klinik wird nicht mehr von Dr. Wargnier geleitet, sondern von mir.«

»Wenn das so ist, dann gibt es für mich hier nichts zu tun. Ich werde Ihre Aufsichtsbehörde wie auch die Universität Genf davon in Kenntnis setzen. Und Dr. Spitzner. Ich habe einen weiten Weg hinter mir. Sie hätten mir diese überflüssige Fahrt ersparen können.«

Sie stand auf.

»Mademoiselle Berg, jetzt machen Sie mal langsam!«, sagte Xavier, während er sich aufsetzte und die Arme ausbreitete. »Regen Sie sich nicht auf! Setzen Sie sich! Setzen Sie sich doch, bitte! Sie sind hier willkommen. Verstehen Sie mich recht: Ich habe nichts gegen Sie. Ich bin mir sicher, dass Sie Ihr Bestes geben werden. Und wer weiß? Vielleicht … könnte eine … sagen wir, eine ›interdisziplinäre‹ Sichtweise einen Beitrag zum besseren Verständnis dieser *Monster* leisten. Ja, ja – wieso nicht? Ich bitte Sie lediglich darum, die Kontakte zu diesen Personen auf das absolute Minimum zu beschränken und die internen Dienstvorschriften genauestens zu befolgen. Ruhe und Ordnung in dieser Einrichtung beruhen auf einem labilen Gleichgewicht. Selbst wenn wir hier viel strengere Sicherheitsvorkehrungen treffen als in einer gewöhnlichen psychiatrischen Klinik, hätte die geringste Störung unabsehbare Folgen.«

Francis Xavier kam um seinen Schreibtisch herum.

Er war noch kleinwüchsiger, als sie gedacht hatte. Diane war 1,67 Meter groß, und Xavier war ungefähr gleich groß – einschließlich seiner Einlegesohlen. Sein makellos weißer Kittel war ihm viel zu weit.

»Kommen Sie. Ich zeige es Ihnen.«

Er öffnete einen Wandschrank. Weiße Kittel, die in einer Reihe an Kleiderbügeln hingen. Er nahm einen herunter und hielt ihn Diane hin. Er roch zugleich muffig und nach Waschmittel.

Sein Körper streifte Diane. Er legte ihr eine Hand mit allzu gepflegten Fingernägeln auf den Arm.

»Diese Menschen sind wirklich unheimlich«, sagte er mit sanfter Stimme und sah ihr in die Augen. »Vergessen Sie, wer sie sind. Vergessen Sie, was sie getan haben. Konzentrieren Sie sich auf Ihre Arbeit.«

Sie erinnerte sich an das, was Wargnier am Telefon gesagt hatte. Fast wortwörtlich das Gleiche.

»Ich hatte schon mit Soziopathen zu tun«, wandte sie ein – aber ihre Stimme klang diesmal unsicher.

Kurz flackerten seine Augen hinter der rotrandigen Brille seltsam auf.

»Aber nicht mit solchen, Mademoiselle. Nicht mit *solchen.*«

Weiße Wände, weißer Boden, weiße Neonröhren ... Wie die meisten Menschen der westlichen Welt verband auch Diane mit dieser Farbe Vorstellungen von Unschuld, Arglosigkeit und Jungfräulichkeit. Doch im Herzen von all diesem Weiß lebten Ungeheuer: bestialische Mörder.

»Ursprünglich war Weiß einmal die Farbe von Tod und Trauer«, äußerte Xavier, als könnte er ihre Gedanken lesen. »Im Orient ist das noch heute so. Außerdem ist Weiß, wie Schwarz, ein Grenzwert. Und es ist eine Farbe, die mit Übergangsriten verbunden ist. So einen vollziehen Sie ja auch gerade, nicht wahr? Aber für dieses Dekor bin ich nicht verantwortlich – ich bin ja erst seit einigen Monaten hier.«

Vor und hinter ihnen waren eiserne Schiebegitter angebracht, elektronische Schlösser knatterten in den dicken Mauern. Der klein gewachsene Xavier ging ihr voran.

»Wo sind wir?«, fragte sie, während sie die Überwachungskameras, die Türen und die Ausgänge zählte.

»Wir verlassen den Verwaltungstrakt, um in die eigentliche psychiatrische Station zu gelangen. Das ist die erste Sicherheitsschleuse.«

Diane sah, wie er eine Magnetkarte in ein Lesegerät einführte, das an der Wand befestigt war. Die Karte wurde geprüft und wieder ausgespuckt. Das Gitter ging auf. Auf der anderen Seite ein rundum verglaster kleiner Raum. Darin saßen zwei Wachleute in orangefarbenen Overalls vor Überwachungsbildschirmen.

»Im Moment haben wir achtundachtzig Patienten, die als so aggressiv eingestuft werden, dass sie jederzeit handgreiflich werden könnten. Unsere Klientel kommt aus Strafanstalten und anderen psychiatrischen Einrichtungen in Frankreich, aber auch in Deutschland, der Schweiz und Spanien … Es handelt sich um psychisch gestörte Straftäter, denen weiterhin eine gefährliche Gewaltbereitschaft und ein hohes kriminelles Rückfallrisiko bescheinigt werden. Diese Patienten sind so gewalttätig, dass sie in den Kliniken, in denen sie zunächst untergebracht wurden, nicht bleiben konnten, Strafgefangene mit so schwerwiegenden Psychosen, dass sie nicht im Gefängnis behandelt werden können, oder Mörder, die von der Justiz für schuldunfähig erklärt wurden. Unsere Klientel erfordert hoch qualifiziertes Personal und Einrichtungen, die die Sicherheit der Kranken ebenso gewährleisten wie die des Personals und der Besucher. Wir befinden uns hier in Trakt C. Es gibt drei Sicherheitsstufen: niedrig, mittel und hoch. Hier sind wir in einer Zone mit niedriger Sicherheitsstufe.«

Jedes Mal, wenn Xavier von der Klientel sprach, zuckte Diane zusammen.

»Das Institut Wargnier besitzt eine einzigartige Kompetenz in der Behandlung aggressiver, gefährlicher und gewalttätiger Patienten. Unsere Behandlungsmethode basiert auf den höchsten und neuesten Standards. Als Erstes führen wir eine psychiatrische und kriminologische Begutachtung durch, die insbesondere eine phantasmatische und plethysmografische Analyse beinhaltet.«

Sie schreckte auf. Die plethysmografische Analyse bestand darin, die Reaktionen eines Patienten auf akustische und visuelle Reize zu messen, die im Rahmen verschiedener Szenarien und mit unterschiedlichen Darstellern präsentiert werden, etwa Bilder einer nackten Frau oder eines Kindes. »Führen Sie bei Patienten, die bei der plethysmografischen Untersuchung von der Norm abweichende Profile zeigen, eine Aversionstherapie durch?«

»Ja.«

»Die aversive Plethysmografie ist durchaus umstritten«, bemerkte sie.

»Hier hat sie sich bewährt«, antwortete Xavier mit fester Stimme.

Sie spürte, wie sie sich verkrampfte. Jedes Mal, wenn ihr jemand von der Aversionstherapie erzählte, dachte Diane an *Clockwork Orange*. Die Aversionstherapie bestand darin, die Darbietung abnormer sexueller Fantasien – Bilder von Vergewaltigungen, von nackten Kindern und so weiter – mit der Verabreichung unangenehmer beziehungsweise schmerzhafter Reize zu verknüpfen: zum Beispiel einem Elektroschock oder einem Schwall Ammoniak. Dadurch sollten die Lustgefühle, die dieses Phantasma für gewöhnlich im Patienten auslöst, überdeckt werden. Durch systematische Wiederholung der Prozedur sollte das Verhalten des Patienten dauerhaft verändert werden. Eine Art Pawlow'sche Konditionierung, die man in einigen Ländern wie Kanada bei Sexualstraftätern erprobt hatte.

Xavier spielte an dem Druckknopf des Kulis, der aus seiner Brusttasche herausragte.

»Ich weiß, dass viele Ärzte in Frankreich den verhaltenstherapeutischen Ansatz skeptisch sehen. Dieses Verfahren wurde maßgeblich in den angelsächsischen Ländern und am Institut Pinel in Montral entwickelt, wo ich gearbeitet habe. Es führt zu erstaunlichen Ergebnissen. Aber natürlich tun sich unsere französischen Kollegen schwer damit, eine derart verhaltensorientierte Methode, die zudem noch aus den Vereinigten Staaten stammt, anzuerkennen. Sie werfen ihr vor, so grundlegende Konzepte wie das Unbewusste, das Über-Ich, die Rolle der Triebe bei der Verdrängung einfach auszuklammern.«

Hinter seiner Brille verfolgte Xavier Diane mit einer Nachsicht, die sie wütend machte.

»Viele in diesem Land befürworten weiterhin ein Behandlungsverfahren, das die Errungenschaften der Psychoanalyse stärker berücksichtigt und das darauf abzielt, die tieferen Schichten der Persönlichkeiten umzuformen. Damit ignorieren sie jedoch den Umstand, dass das völlige Fehlen von Schuldgefühlen und Empathie bei perversen Psychopathen diese Versuche immer zum Scheitern verurteilt. Bei diesen Kranken hilft nur eine Methode – die ›Dressur‹.« Seine Stimme floss über dieses Wort wie ein eiskalter Wasserstrahl. »Es geht darum, dem Patienten durch eine ganze Reihe von Belohnungen und Sanktionen Verantwortung für seine Behandlung zu übertragen und konditionierte Verhaltensweisen hervorzurufen. Auf Ersuchen von Justizbehörden und Krankenhäusern erstellen wir auch Gefährlichkeitsgutachten«, fuhr er fort und blieb vor einer weiteren Tür aus Sekuritglas stehen.

»Belegen die meisten Studien nicht, dass diese Gutachten häufig danebenliegen?«, fragte Diane. »Laut einigen Studien sind die Hälfte aller psychiatrischen Gutachten über die Gefährlichkeit von Straftätern unzutreffend.«

»So heißt es«, räumte Xavier ein. »Aber eher in dem Sinne, dass die Gefährlichkeit überbewertet wird, als umgekehrt. Wenn Zweifel bestehen, befürworten wir in unserem Gutachten durchweg die Nichtentlassung aus der Haft beziehungsweise die Verlängerung des Klinikaufenthalts. Und dann«, fügte er mit einem zutiefst selbstgefälligen Lächeln hinzu, »entsprechen diese Begutachtungen auch einem tiefen Bedürfnis unserer Gesellschaft, Mademoiselle Berg. Die Gerichte verlangen von uns, für sie ein moralisches Dilemma zu lösen, *das sich in Wirklichkeit nicht klären lässt:* Wie kann man garantieren, dass die Maßnahmen gegen eine bestimmte gefährliche Person den Erfordernissen der öffentlichen Sicherheit entsprechen, ohne die Grundrechte dieser Person zu verletzen? Niemand hat eine Antwort auf diese Frage. Deswegen tun die Gerichte so, als würden sie die psychiatrischen Gutachten für zuverlässig halten. Auch wenn sich davon niemand täuschen lässt. Aber damit lässt sich die Maschinerie der Justiz, die ständig an der Überlastungsgrenze arbeitet, am Laufen halten, und zugleich wird die Illusion erweckt, die Richter handelten besonnen und ihre Urteile ergingen in gründlicher Kenntnis der Sachlage – was ganz nebenbei die größte aller Lügen ist, auf denen unsere demokratischen Gesellschaften basieren.«

Ein weiteres schwarzes Lesegerät, in die Wand eingelassen, ganz offensichtlich technisch viel ausgefeilter als die vorangehenden. Es verfügte über einen kleinen Bildschirm und sechzehn Tasten, über die man einen Code eingeben konnte, aber auch einen großen roten Sensor, auf den Xavier seinen rechten Zeigefinger drückte.

»Bei unseren Insassen stellt sich dieses Dilemma natürlich nicht. Sie haben ihre Gefährlichkeit mehr als hinlänglich unter Beweis gestellt. Das hier ist die zweite Sicherheitsschleuse.«

Auf der rechten Seite befand sich ein kleines, verglastes Büro. Diane sah zwei Gestalten hinter der Scheibe. Zu ihrem großen Bedauern ging Xavier an ihnen vorbei, ohne stehen zu bleiben. Sie wäre gerne den anderen Mitarbeitern vorgestellt worden. Aber sie war sich schon sicher, dass er das nicht tun würde. Die Blicke der beiden Männer folgten ihr durch die Scheibe. Diane fragte sich plötzlich, wie man sie wohl aufnehmen würde. Hatte Xavier über sie gesprochen? Wollte er sie hinterhältig aufs Glatteis führen?

Den Bruchteil einer Sekunde sah sie vor ihrem inneren Auge voller Wehmut ihre Studentenbude, ihre Studienfreunde, ihr Büro an der Universität... Dann dachte sie an jemand Bestimmten. Sie spürte, wie ihr die Röte ins Gesicht stieg, und beeilte sich, das Bild Pierre Spitzners so tief wie möglich in ihren Hinterkopf zu verbannen.

Servaz betrachtete sich im flackernden Schein der Neonröhre im Spiegel. Bleich war er. Mit beiden Händen stützte er sich am angeschlagenen Rand des Waschbeckens ab und versuchte, ruhig zu atmen. Dann beugte er sich vor und spritzte sich kaltes Wasser ins Gesicht.

Seine Beine trugen ihn kaum noch, er hatte das seltsame Gefühl, auf luftgefüllten Sohlen zu gehen. Der Rückflug im Hubschrauber war stürmisch gewesen. Oben am Berg hatte sich das Wetter deutlich verschlechtert, und Capitaine Ziegler hatte sich am Steuerknüppel festkrallen müssen. Mitten durch die reißenden Windstöße war der Hubschrauber wieder ins Tal heruntergeflogen, dabei schaukelte er wie ein Rettungsboot auf einem entfesselten Meer. Kaum dass die Kufen den Boden berührt hatten, stürzte Servaz zu den Toiletten des Kraftwerks, um sich zu übergeben.

Er wandte sich um, die Schenkel gegen die Waschbeckenzeile gedrückt. Mit Kugelschreiber oder Filzstift gezeichnete Graffiti entweihten einige Türen: BIB DER KÖNIG DER BERGE... (ordinäre Angeberei). SOFIA IST NE HURE... (gefolgt von einer Handynummer). DER DIREKTOR IST

EIN SCHEISSKERL ... (eine Spur?). Schließlich eine Zeichnung von mehreren kleinen Figuren im Stil von Keith Haring, die sich, hintereinanderstehend, gegenseitig anal penetrierten.

Servaz zog die kleine Digitalkamera, die Margot ihm zu seinem letzten Geburtstag geschenkt hatte, aus der Tasche, näherte sich den Türen und fotografierte sie nacheinander. Anschließend verließ er die Toilette und ging durch den Flur zurück zur Eingangshalle.

Draußen hatte es wieder angefangen zu schneien.

»Geht's besser?«

Dem Lächeln von Irène Ziegler entnahm er ein aufrichtiges Mitgefühl.

»Ja.«

»Wollen wir jetzt die Arbeiter befragen?«

»Wenn es Ihnen nichts ausmacht, würde ich sie gern allein vernehmen.«

Er sah, wie sich das hübsche Gesicht von Capitaine Ziegler verschloss. Von draußen drang die Stimme von Cathy d'Humières herein, die mit den Journalisten sprach: Fetzen von stereotypen Phrasen, die übliche Ausdrucksweise der Technokraten.

»Werfen Sie einen Blick auf die Graffiti in den Toiletten, dann werden Sie verstehen, weshalb«, sagte er. »In Gegenwart eines Mannes werden sie vielleicht Informationen rauslassen, die sie womöglich für sich behalten würden, wenn eine Frau dabei ist.«

»In Ordnung. Aber vergessen Sie nicht, dass wir diese Ermittlungen gemeinsam führen, Commandant.«

Als er den Raum betrat, verfolgten ihn die fünf Männer mit Blicken, in denen sich Angst, Müdigkeit und Wut miteinander vermischten. Servaz erinnerte sich, dass sie seit dem Morgen in diesem Zimmer eingesperrt waren. Ganz offensichtlich hatte man ihnen etwas zu essen und zu trinken gebracht. Überreste von Pizzen und Sandwichs, leere Becher und volle Aschenbecher übersäten den großen Konferenztisch. Sie hatten sich schon länger nicht mehr rasiert, und ihr Haar war so struppig wie das von Schiffbrüchigen auf einer unbewohnten Insel, bis auf den Koch, der einen Vollbart trug, dafür aber eine glänzende Glatze und von mehreren Ringen durchstochene Ohrläppchen hatte.

»Guten Tag«, sagte er.

Keine Antwort. Aber sie richteten sich unmerklich auf. Er las in ihren Augen, dass sein Aussehen sie verwunderte. Man hatte ihnen einen Kommandanten der Mordkommission angekündigt, und vor ihnen stand ein Typ, der mit seiner für einen Vierzigjährigen noch recht sportlichen Figur, seinem Dreitagebart, seiner Samtjacke und seinen abgewetzten Jeans aussah wie ein Lehrer oder ein Journalist. Ohne ein Wort schob Servaz einen mit Fettflecken besprenkelten Pizzakarton und einen Becher zur Seite, in dem in einem Rest Kaffee Kippen schwammen. Dann setzte er sich halb auf die Tischkante, strich mit der Hand durch sein braunes Haar und wandte sich ihnen zu.

Er starrte sie an. Einen nach dem anderen. Verweilte bei jedem ein paar Sekunden. Alle schlugen die Augen nieder – bis auf einen.

»Wer hat es zuerst gesehen?«

Ein Typ, der in einer Ecke des Zimmers saß, hob die Hand. Er trug ein kurzärmeliges Sweatshirt mit der Aufschrift »UNIVERSITY OF NEW YORK« über einem karierten Hemd.

»Wie heißen Sie?«

»Huysmans.«

Servaz zog sein Notizbuch aus seiner Jacke.

»Erzählen Sie.«

Huysmans seufzte. Seine Geduld war im Verlauf der letzten Stunden auf eine harte Probe gestellt worden, zumal er von Natur aus nicht zu den Geduldigen gehörte. Er hatte seine Geschichte schon gut ein halbes Dutzend Mal erzählt, daher trug er sie diesmal etwas mechanisch vor.

»Sie sind wieder hinuntergefahren, ohne einen Fuß auf die Plattform gesetzt zu haben. Warum?«

Schweigen.

»Aus Angst«, gestand Huysmans schließlich. »Wir hatten Angst, dass der Typ sich noch in der Gegend herumtreibt – oder dass er sich in den Stollen verkrochen hat.«

»Wie kommen Sie darauf, dass es sich um einen Mann handelt?«

»Können Sie sich vorstellen, dass eine Frau so etwas tut?«

»Gibt es Streitigkeiten unter den Arbeitern?«

»Wie überall«, sagte ein Zweiter. »Schlägereien zwischen Betrunkenen, Frauengeschichten, Typen, die sich nicht ausstehen können. Mehr nicht.«

»Wie heißen Sie?«, fragte Servaz.

»Etcheverry, Gratien.«

»Das Leben da oben muss ziemlich hart sein, oder?«, sagte Servaz. »Die Gefahren, die Abgeschiedenheit, die beengten Verhältnisse – das erzeugt doch bestimmt Spannungen.«

»Die Männer, die da hochgeschickt werden, sind robust, Commissaire. Der Direktor hat es Ihnen doch bestimmt gesagt. Sonst bleiben sie unten.«

»Commandant, nicht Commissaire. Aber bei schlechtem Wetter, bei Sturm, wenn man nicht rauskann, verliert der eine oder andere doch schon mal die Nerven, oder?«, bohrte er nach. »Ich habe gehört, in dieser Höhe schläft man schlecht.«

»Das stimmt.«

»Wie sieht das genau aus?«

»Am ersten Abend ist man wegen der Höhe und der Maloche dermaßen platt, dass man wie ein Stein schläft. Aber dann schläft man immer weniger. In den letzten Nächten sind es höchstens noch zwei, drei Stunden. Das ist das Hochgebirge. Man holt den Schlaf dann am Wochenende nach.«

Servaz sah sie erneut an. Mehrere nickten zustimmend.

Er musterte diese harten Männer – diese Typen, die nicht studiert hatten und die sich nicht für große Leuchten hielten, die auch nicht auf das schnelle Geld aus waren und die ohne viel Aufhebens eine anstrengende Arbeit erledigten, die im Interesse aller war. Diese Männer waren ungefähr so alt wie er – zwischen vierzig und fünfzig, der Jüngste war um die dreißig. Er schämte sich plötzlich für das, was er hier tat. Dann begegnete er ein weiteres Mal dem ausweichenden Blick des Kochs.

»Kam Ihnen dieses Pferd bekannt vor? Hatten Sie es schon mal gesehen?«

Sie starrten ihn verwundert an – dann schüttelten sie langsam den Kopf.

»Sind dort oben schon mal Unfälle passiert?«

»Mehrere«, antwortete Etcheverry, »der letzte vor zwei Jahren. Ein Mann hat eine Hand verloren.«

»Was macht er heute?«

»Er arbeitet unten, in der Verwaltung.«

»Wie heißt er?«

Etcheverry zögerte. Er lief rot an. Verlegen sah er die anderen an.

»Schaab.«

Servaz nahm sich vor, Erkundigungen über diesen Schaab einzuholen: *Ein Pferd verliert seinen Kopf/ein Arbeiter verliert eine Hand…*

»Tödliche Unfälle?«

Etcheverry winkte wieder ab.

Servaz wandte sich an den Ältesten. Ein stämmiger Typ, dessen kurzärmeliges T-Shirt seine muskulösen Arme betonte. Neben dem Koch war er der Einzige, der noch nichts gesagt hatte – und der Einzige, der Servaz' Blick nicht ausgewichen war. Seine blassen Augen funkelten ständig herausfordernd. Er hatte ein flaches, grobes Gesicht, einen kalten Blick. Ein engstirniger, stumpfer Mensch, der keine Zweifel kennt, sagte sich Servaz.

»Sind Sie der Älteste?«

»Mhm!«, sagte der Mann.

»Wie lange arbeiten Sie schon hier?«

»Oben oder unten?«

»Oben und unten.«

»Dreiundzwanzig Jahre oben. Zweiundvierzig insgesamt.« Eine flache, monotone Stimme, die sich gleichförmig hinzog wie ein Gebirgssee.

»Und wie heißen Sie?«

»Was geht das dich an?«

»Die Fragen stelle hier ich, okay? Also, wie heißt du?« Servaz reagierte auf das »Du« mit einem »Du«.

»Tarrieu«, versetzte der Mann gekränkt.

»Wie alt bist du?«

»Dreiundsechzig.«

»Wie ist das Verhältnis zur Geschäftsführung? Ihr könnt ganz offen reden: Alles, was ihr sagt, bleibt unter uns. Ich habe vorhin in der Toilette ein Graffito gesehen, das lautete: ›Der Direktor ist ein Scheißkerl.‹«

Tarrieu zog ein halb verächtliches, halb erheitertes Gesicht. »Das stimmt auch. Aber wenn es um Rache ginge, hätte doch er da oben hängen müssen. Nicht dieses Pferd. Meinst du nicht, *Monsieur le Commandant*?«

»Wer redet hier von Rache?«, erwiderte Servaz im gleichen Ton. »Willst du an meiner Stelle ermitteln? Willst du Polizist werden?«

Einige lachten höhnisch. Servaz sah Tarrieus Gesicht knallrot anlaufen, wie wenn sich ein Tropfen roter Tinte im Wasser auflöst. Ganz offensichtlich konnte dieser Mann handgreiflich werden. Aber in welchem Ausmaß? Das war die ewige Frage. Tarrieu öffnete den Mund, um zu antworten – überlegte es sich dann im letzten Moment aber anders.

»Nein«, sagte er endlich.

»Kennt einer von Ihnen das Gestüt?«

Verlegen hob der Koch mit den Ohrringen die Hand.

»Wie heißen Sie?«

»Marousset.«

»Reiten Sie, Marousset?«

Tarrieu lachte glucksend in seinem Rücken, und die anderen taten es ihm gleich. Servaz spürte, wie ihn die Wut überkam. »Nein … ich bin der Koch … Hin und wieder geh ich dem Küchenchef von Monsieur Lombard zur Hand … im Schloss … bei Festen … Geburtstagen … am 14. Juli … Das Gestüt ist gleich nebenan …«

Marousset hatte große, helle Augen mit Pupillen, die so groß waren wie Stecknadelköpfe. Und er schwitzte stark.

»Hatten Sie dieses Pferd schon mal gesehen?«

»Ich interessier mich nicht für Pferde. Vielleicht … da … gibt es jede Menge Pferde …«

»Und Monsieur Lombard, sehen Sie den oft?«

Marousset schüttelte den Kopf.

»Ich bin da nur ein- oder zweimal im Jahr … und ich verlasse die Küche praktisch nie …«

»Aber trotzdem bekommen Sie ihn hin und wieder zu Gesicht, oder?«

»Ja.«

»Kommt er manchmal ins Kraftwerk?«

»Lombard, hier?«, äußerte Tarrieu sarkastisch. »Dieses Werk ist für Lombard völlig nebensächlich. Überprüfst du jeden Grashalm, wenn du deinen Rasen mähst?«

Servaz wandte sich den anderen zu. Sie bestätigten das, was Tarrieu gesagt hatte, durch ein leichtes Kopfnicken.

»Lombard lebt woanders«, fuhr Tarrieu im gleichen provozierenden Ton fort. »In Paris, in New York, auf den Antillen, auf Korsika … Und dieses Werk ist ihm völlig wurscht. Er behält es, weil sein alter Herr in seinem Testament geschrieben hat, dass er es behalten soll. Aber er hat absolut nichts damit am Hut.«

Servaz nickte. Er hatte Lust, etwas Bissiges zu antworten. Aber wozu? Vielleicht hatte Tarrieu seine Gründe. Vielleicht hatte er schon einmal mit korrupten oder unfähigen Polizisten zu tun gehabt. Die Menschen sind Eisberge, dachte er. Unter der Oberfläche gab es eine riesige Menge von Unausgesprochenem, von Wunden und Geheimnissen. Niemand ist wirklich das, was er zu sein scheint.

»Soll ich dir einen Rat geben?«, sagte Tarrieu plötzlich.

Servaz erstarrte, er war auf der Hut. Aber der Tonfall war jetzt ein anderer: nicht mehr feindselig, auch nicht argwöhnisch oder sarkastisch.

»Ich höre.«

»Die Wachleute«, sagte der altgediente Mitarbeiter. »Statt

deine Zeit mit uns zu verlieren, solltest du die Wachleute befragen. Nimm sie ein bisschen ran.«

Servaz fasste ihn scharf ins Auge.

»Warum?«

Tarrieu zuckte mit den Schultern.

»Der Polizist bist du«, sagte er.

Servaz folgte dem Korridor und ging durch die Flügeltüren, und nach der überhitzten Atmosphäre eben war es in der Eingangshalle plötzlich eiskalt. Draußen zuckten Blitzlichter, die die Halle mit kurzen Lichtschauern und großen, unheimlichen Schatten erfüllte. Servaz erblickte Cathy d'Humières, die in ihren Wagen stieg. Es wurde dunkel.

»Und?«, fragte Ziegler.

»Die Männer haben vermutlich nichts damit zu tun, aber über zwei von ihnen hätte ich gern ergänzende Informationen. Zum einen über Marousset, den Koch. Der Zweite heißt Tarrieu. Und außerdem noch über einen gewissen Schaab, der bei einem Unfall im letzten Jahr seine Hand verloren hat.«

»Und wieso die beiden anderen?«

»Reine Routineüberprüfung.«

Er sah im Geist noch einmal den Blick von Marousset vor sich.

»Wir sollten uns auch beim Drogendezernat erkundigen, ob sie den Koch in ihrer Datenbank haben.«

Irène Ziegler sah ihn aufmerksam an, aber sie sagte nichts.

»Wie weit ist man mit der Ermittlung potenzieller Zeugen?«, fragte er.

»Wir befragen die Bewohner der Dörfer an der Straße, die zum Kraftwerk führt. Vielleicht hat jemand von ihnen gestern

Nacht ein vorbeifahrendes Fahrzeug gesehen. Bis jetzt hat es aber nichts erbracht.«

»Was noch?«

»Graffiti auf den Außenmauern des Kraftwerks. Falls sich Sprüher hier in der Gegend rumtreiben, haben sie vielleicht etwas gehört oder gesehen. Wer eine solche Inszenierung plant, muss Vorbereitungen treffen, den Ort auskundschaften. Das bringt uns wieder zu den Wachleuten. Vielleicht wissen sie, wer diese Graffiti angebracht hat. Und wieso haben sie nichts gehört?«

Servaz dachte daran, was Tarrieu gesagt hatte. Maillard war zu ihnen gestoßen. Er machte sich auf einem kleinen Block Notizen.

»Und das Institut Wargnier?«, fragte Servaz. »Auf der einen Seite haben wir eine Tat, die offensichtlich von einem Irren begangen wurde, auf der anderen Seite haben wir psychopathische Straftäter, die einige Kilometer von hier interniert sind. Selbst wenn der Klinikdirektor versichert, dass keiner seiner Insassen die Anstalt unbemerkt verlassen hat, müssen wir dieser Fährte nachgehen.« Er sah zuerst Ziegler, dann Maillard an. »Haben Sie einen Psychiater in der Schublade?«

Ziegler und Maillard wechselten einen kurzen Blick.

»In den nächsten Tagen soll ein Kriminalpsychologe eintreffen«, antwortete Irène Ziegler.

Servaz runzelte unmerklich die Brauen. *Ein Kriminalpsychologe wegen eines Pferdes…* Er wusste, dass die Gendarmerie der Polizei auf diesem Feld wie auch auf anderen weit voraus war, doch er fragte sich, ob das alles nicht doch ein bisschen übertrieben war: Selbst die Gendarmerie mobilisierte doch nicht so ohne Weiteres ihre Fachleute.

Eric Lombard hatte wirklich Einfluss…

»Sie haben Glück, dass wir da sind«, witzelte sie und riss ihn aus seinen Gedanken. »Sonst hätten Sie sich an einen unabhängigen Experten wenden müssen.«

Er ging nicht darauf ein. Er wusste, worauf sie hinauswollte: Da die Polizei, anders als die Gendarmerie, keine eigenen Profiler ausbildete, musste sie oftmals externe Fachleute heranziehen – Psychologen, die für diese Arbeit nicht immer qualifiziert waren.

»Andererseits geht es doch nur um ein Pferd«, antwortete er ohne innere Überzeugung.

Er sah sie an. Jetzt lächelte Irène Ziegler nicht mehr. Im Gegenteil, er las in ihrem Gesicht Anspannung und Sorge. Sie warf ihm einen Blick voller Fragezeichen zu. *Sie nimmt diese Geschichte inzwischen nicht mehr auf die leichte Schulter*, dachte er. Vielleicht setzte sich auch in ihr allmählich der Gedanke durch, dass sich hinter dieser makabren Tat etwas Bedrohlicheres verbarg.

5

»HABEN SIE *Die Zeitmaschine* gelesen?«

Sie schritten durch menschleere Gänge. Ihre Schritte hallten, zusammen mit dem Geplauder des Psychiaters, in Dianes Ohren wider. »Nein«, antwortete sie.

»Als Sozialist interessierte sich H. G. Wells für die Fragen des technischen Fortschritts, der sozialen Gerechtigkeit und des Klassenkampfs. Vor allen anderen hat er sich mit Themen wie der genetischen Manipulation – in *Die Insel des Dr. Moreau* – oder den Abwegen der Wissenschaft – in *Der Unsichtbare* – befasst. In der *Zeitmaschine* lässt er seinen Erzähler auf Zukunftsreise gehen. Der entdeckt dabei, dass England zu einer Art Paradies auf Erden geworden ist, in dem ein friedliches und sorgenfreies Volk lebt: die Eloi.« Ohne den Blick von ihr abzuwenden, steckte er seinen Ausweis in ein weiteres Lesegerät. »Die Eloi sind die Nachfahren der privilegierten Schichten aus der bürgerlichen Gesellschaft. Im Laufe der Jahrtausende haben sie einen solchen Wohlstand und eine solche Stabilität erreicht, dass ihre Intelligenz dafür stark abgenommen hat und sie nur noch den IQ fünfjähriger Kinder besitzen. Da sie seit Jahrhunderten keinerlei Anstrengungen mehr unternehmen mussten, ermüden sie sehr schnell. Sie sind sanftmütige und fröhliche Geschöpfe, die jedoch auch erschreckend gleichgültig sind: Wenn einer von ihnen vor den Augen der anderen ertrinkt, leistet ihm niemand Hilfe.«

Diane hörte ihm nur mit einem Ohr zu, mit dem anderen versuchte sie, ein Zeichen menschlichen Lebens aufzufangen – und sich in diesem Labyrinth zurechtzufinden.

»Als die Nacht hereinbricht, entdeckt der Erzähler eine weitere, noch erschreckendere Wirklichkeit: Die Eloi sind nicht allein. Unter der Erde lebt eine zweite Menschenrasse: die hässlichen, furchterregenden Morlocks. Aufgrund der Habgier ihrer Herren haben sie sich nach und nach immer weiter von den oberen Klassen entfernt, bis sie zu einer eigenen Rasse wurden, deren Hässlichkeit das Spiegelbild zur Anmut der Eloi ist und die in unterirdische Stollen und Schächte verbannt sind. Sie sind dem Tageslicht derart entwöhnt, dass sie erst nach Einbruch der Dunkelheit aus ihren Erdhöhlen kriechen. Und deshalb verlassen die Eloi bei Sonnenuntergang fluchtartig ihre idyllische Landschaft, um sich in ihren verfallenen Schlössern zu sammeln. Denn um zu überleben, sind die Morlocks zu Kannibalen geworden…«

Das Geschwätz des Psychiaters begann ihr auf die Nerven zu gehen. Worauf wollte er hinaus? Ganz offensichtlich hörte sich der Mann gern reden.

»Ist das nicht eine recht genaue Beschreibung unserer Gesellschaften, Mademoiselle Berg? Auf der einen Seite die Eloi, deren Intelligenz und Willenskraft in dem sorglosen Wohlleben geschwunden sind, während ihr Egoismus und ihre Gleichgültigkeit zugenommen haben. Auf der anderen Seite die Triebtäter, die ihnen eine alte Lektion erteilen: die Lektion der Angst. Sie und ich, Mademoiselle Berg, wir sind Eloi… und unsere Insassen sind Morlocks.«

»Ist das nicht eine etwas grob vereinfachende Sichtweise?«
Er tat so, als hätte er ihre Bemerkung nicht gehört.

»Kennen Sie die Moral dieser Geschichte? Denn selbstverständlich hat sie eine: Wells war der Meinung, die Schwächung der Intelligenz sei eine natürliche Folge des … Verschwindens der Gefahr. Ein Tier, das in vollkommenem Einklang mit seiner Umwelt lebt, ist für ihn nur eine Art Maschine. Die Natur greift nur dann auf die Intelligenz zurück, wenn Gewohnheit und Instinkt nicht ausreichen. Die Intelligenz entwickelt sich nur dort, wo es Veränderung *und Gefahr* gibt.«

Er sah sie lange an, mit einem breiten Lächeln im Gesicht.

»Könnten Sie mir etwas über das Personal erzählen?«, sagte sie. »Wir sind bislang kaum jemandem begegnet. Ist hier denn alles automatisiert?«

»Wir beschäftigen etwa dreißig Pflegehelfer. Außerdem sechs Krankenpfleger, einen Arzt, einen Sexualwissenschaftler, einen Küchenchef, sieben Küchenhilfen und neun Reinigungskräfte – alle halbtags, die Budgetkürzungen zwingen uns dazu, abgesehen von drei Pflegehelfern im Nachtdienst, der Pflegedienstleiterin, des Kochs … und mir selbst. Wir übernachten hier also zu sechst. Hinzu kommen die Wachleute, die, wie ich hoffe, nicht schlafen.« Er lachte kurz und trocken. »Mit Ihnen wären wir dann sieben«, schloss er mit einem Lächeln.

»Sechs für … achtundachtzig Patienten?«

Wie viele Wachleute?, fragte sie sich sofort. Sie dachte an dieses riesige Gebäude, das nachts die meisten Mitarbeiter verließen und in dem achtundachtzig gefährliche Geisteskranke am Ende menschenleerer Gänge eingesperrt waren, und ein Schauder überlief sie.

Xavier schien ihr Unbehagen zu spüren. Er lächelte breiter, während sein Blick, der schwarz glänzte wie eine Erdöllache, sie umfing.

»Ich habe Ihnen doch gesagt, die Sicherheitssysteme sind nicht nur zahlreich, sondern auch redundant. Seit der Gründung des Institut Wargnier gab es keinen einzigen Ausbruch, ja nicht einmal einen nennenswerten Zwischenfall.«

»Welche Medikamente setzen Sie ein?«

»Substanzen gegen Zwangsstörungen haben sich als wirksamer erwiesen als die klassischen Substanzen, wie Sie wissen. Unsere Basistherapie besteht darin, ein synthetisches Hormonanalogon vom Typ GnRH mit einem SSRI-Antidepressivum zu kombinieren. Diese Substanzen wirken direkt auf die Produktion von Hormonen ein, die mit der sexuellen Aktivität verbunden sind, und sie dämpfen zwanghafte Impulse. Bei den sieben Insassen von Abteilung A sind diese Medikamente allerdings völlig wirkungslos ...«

Sie hatten gerade eine große Halle betreten und standen am Fuß einer Treppe, deren durchbrochene Stufen den Blick freigaben auf eine Mauer aus unbehauenem Stein. Diane vermutete, dass es sich um die sehr massive Mauer handelte, die sie bei ihrer Ankunft gesehen hatte; wie bei einem Gefängnis waren darin Reihen kleiner Fenster eingesetzt. Steinmauern, Betontreppe und -boden: Diane fragte sich, welchen Zweck dieses Gebäude ursprünglich gehabt hatte. Immerhin ging eine große Fensterfront auf die Berge, die allmählich von der Nacht verschlungen wurden. Die frühe Dunkelheit hinter der Scheibe verwunderte sie. Sie hatte gar nicht gemerkt, wie schnell die Zeit vergangen war. Plötzlich gewahrte Diane einen stummen Schattenriss neben sich – und musste vor Überraschung schlucken.

»Mademoiselle Berg, darf ich Ihnen die Leiterin unseres Pflegedienstes vorstellen, Elisabeth Ferney? Wie geht es unseren ›Champions‹ heute Abend, Lisa?«

»Sie sind ein bisschen nervös. Ich weiß nicht, wie sie es angestellt haben, aber sie wissen schon Bescheid über das, was sich im Kraftwerk ereignet hat.«

Eine kalte, autoritäre Stimme. Die Pflegedienstleiterin war eine hochgewachsene Frau um die vierzig mit ein wenig strengen, aber nicht unangenehmen Gesichtszügen. Kastanienbraunes Haar, eine überlegene Miene und ein direkter, aber defensiver Blick. Als Diane den letzten Satz hörte, erinnerte sie sich an die Straßensperre.

»Ich wurde auf der Fahrt hierher von der Gendarmerie angehalten«, sagte sie. »Was ist passiert?«

Xavier machte sich nicht einmal die Mühe, zu antworten. Diane schien mit einem Mal völlig unwichtig geworden zu sein. Lisa Ferney richtete kurz ihre braunen Augen auf sie, ehe sie sich wieder auf den Psychiater hefteten.

»Sie wollen ihr heute Abend doch nicht etwa Station A zeigen?«

»Mademoiselle Berg ist unsere neue … *Psychologin,* Lisa. Sie ist für eine ganze Weile hier. Sie hat unbeschränkten Zutritt in alle Bereiche.«

Wieder musterte die Pflegedienstleiterin sie eingehend.

»Dann werden wir uns wohl häufiger sehen«, äußerte Lisa Ferney, während sie bereits die Stufen hinaufstieg.

Die Betontreppe führte zu einer weiteren Tür im obersten Stock des Gebäudes. Diese bestand nicht aus Glas, sondern aus massivem Stahl, und sie war mit einem kleinen, rechteckigen Sichtfenster versehen. Durch das Fenster hindurch erblickte Diane eine zweite Tür, die genau gleich aussah. Eine Schleusenkammer – wie man sie auch auf U-Booten oder im Untergeschoss von Banken findet. Über dem stählernen Türstock war eine Kamera auf sie gerichtet.

»Guten Abend, Lucas«, sagte Xavier, während er zum Objektiv aufsah. »Machst du uns auf?«

Ein Lämpchen sprang von Rot auf Grün, und Xavier zog die schwere, gepanzerte Tür auf. Sobald sie drin waren, warteten sie schweigend, bis die Tür wieder verriegelt war. In diesem engen Gelass roch Diane durch den Geruch nach Stein und Stahl hindurch das Parfüm der neben ihr stehenden Pflegedienstleiterin. Plötzlich ließ sie ein langer Schrei, der durch die zweite Tür ertönte, zusammenzucken. Es dauerte lange, bis der Schrei verstummte.

»Bei den sieben Insassen von Abteilung A«, sagte Xavier, der den Schrei nicht bemerkt zu haben schien, »wenden wir, wie schon gesagt, eine besondere Form der Aversionstherapie an. Eine Art ›Dressur‹.« Er gebrauchte dieses Wort zum zweiten Mal, und Diane fuhr wieder zusammen. »Ich sage es noch einmal: Diese Personen sind hochgradige Soziopathen: kein Schuldgefühl, keine Empathie, keine Aussicht auf Heilung. Abgesehen von dieser Dressur, begnügen wir uns mit einer Minimaltherapie, kontrollieren etwa regelmäßig den Serotoninspiegel: Ein zu niedriger Serotoninspiegel im Blut ist mit Impulsivität und Gewalttätigkeit assoziiert. Ansonsten geht es darum, ihnen keine Gelegenheit zu Gewalttaten zu geben. Diese Bestien fürchten sich vor nichts. Sie wissen, dass sie bis an ihr Lebensende hier eingesperrt bleiben. Keine Drohung, keine Sanktion berührt sie.«

Ein Signal ertönte, und Xavier legte seine manikürten Finger auf die zweite Panzertür.

»WILLKOMMEN IN DER HÖLLE, MADEMOISELLE BERG. Aber nicht heute Abend. Nein, nicht heute Abend, Lisa hat recht. Heute Abend geh ich allein hinein. Lisa wird Sie zurückbegleiten.«

SERVAZ STARRTE DEN ZWEITEN WACHMANN AN: »Du hast also nichts gehört?«

»Nein.«

»Weil das Fernsehen lief?«

»Oder das Radio«, antwortete der Mann. »Wenn wir nicht fernsehen, hören wir Radio.«

»Volle Lautstärke?«

»Ziemlich laut, ja.«

»Und was habt ihr euch gestern Abend angeschaut oder angehört?«

Der Wachmann seufzte. Erst die Gendarmerie, dann die Polizei: Schon zum dritten Mal erzählte er jetzt seine Version der Ereignisse.

»Ein Fußballspiel: Marseille gegen Atlético Madrid.«

»Und nach dem Spiel habt ihr euch eine DVD reingezogen?«

»Genau.«

Das Licht der Neonröhre ließ seinen kahl rasierten Schädel glänzen. Servaz sah eine ziemlich große Narbe darauf. Schon beim Eintreten hatte er instinktiv beschlossen, den Mann zu duzen. Einem solchen Typen musste man sofort klarmachen, wer hier das Sagen hatte.

»Und was für ein Film war das?«

»Ein Horrorfilm … ein B-Movie: *Die Augen der Nacht*.«

»Und in welcher Lautstärke?«

»Laut, das hab ich Ihnen doch schon gesagt.«

Servaz' langes Schweigen war dem Wachmann sichtlich unangenehm. Schließlich erklärte er sich etwas ausführlicher: »Mein Kollege ist ein bisschen taub. Und außerdem sind wir ganz allein hier. Wir brauchen auf niemanden Rücksicht zu nehmen.«

Servaz nickte verständnisvoll. Fast wortwörtlich die gleichen Antworten wie sein Kollege.

»Wie lange dauert ein Fußballspiel?«

Der Wachmann sah ihn an, als käme er von einem anderen Planeten.

»Zweimal fünfundvierzig Minuten ... Dazu die Halbzeit und die Spielunterbrechungen ... Zwei Stunden ungefähr ...«

»Und der Film?«

»Keine Ahnung ... anderthalb ... zwei Stunden ...«

»Um wie viel Uhr hat das Spiel angefangen?«

»Das war ein Europapokalspiel ... um Viertel vor neun.«

»Hm, hm ... Das bringt uns etwa gegen halb eins ... Habt ihr anschließend einen Rundgang gemacht?«

Betreten senkte der Wachmann den Kopf.

»Nein.«

»Warum nicht?«

»Wir haben noch einen Film angeschaut.«

Servaz beugte sich vor. Er sah sein Spiegelbild in der Scheibe. Draußen war es stockfinster. Die Temperatur musste weit unter null Grad gesunken sein.

»Noch einen Horrorfilm?«

»Nein ...«

»Also was?«

»Einen Porno ...«

Servaz zog eine Braue hoch und lächelte ihn schmierig an. Von einer Sekunde auf die andere glich er einer Figur aus einem Zeichentrickfilm.

»Hm, verstehe ... Bis wie viel Uhr?«

»Keine Ahnung. Zwei Uhr ungefähr ...«

»Donnerwetter! Und dann?«

»Was dann?«

»Habt ihr einen Rundgang gemacht?«

Der Wachmann ließ diesmal auf seinem Stuhl vollends die Schultern hängen.

»Nein.«

»Noch einen Film?«

»Nein, wir haben uns aufs Ohr gelegt.«

»Sollt ihr denn keine Kontrollgänge machen?«

»Doch.«

»Wie oft?«

»Alle zwei bis drei Stunden.«

»Und ihr habt gestern Nacht keinen einzigen gemacht, seh ich das richtig?«

Der Wachmann starrte auf die Spitze seiner Schuhe. Er schien ganz in die Betrachtung eines kleinen Flecks versunken zu sein.

»Nein …«

»Ich hab dich nicht verstanden.«

»NEIN.«

»Warum nicht?«

Diesmal sah der Wachmann zu ihm auf.

»Hören Sie, wer … wer sollte schon auf die Idee kommen, mitten im Winter hier hochzufahren? Da ist nie wer … Alles ausgestorben … Wozu sollten wir also Kontrollgänge machen?«

»Aber dafür werdet ihr doch bezahlt, oder nicht? Und was ist mit den Graffiti an den Wänden?«

»Junge Burschen, die manchmal hier raufkommen … Aber nur wenn es warm ist …«

Servaz beugte sich etwas weiter vor, bis sein Gesicht nur noch wenige Zentimeter von dem des Wachmanns entfernt war.

»Wenn während des Films ein Auto hochgekommen wäre, hättet ihr es also nicht gehört?«

»Nein.«

»Und die Seilbahn?«

Der Wachmann zögerte einen Sekundenbruchteil, das entging Servaz nicht.

»Auch nicht.«

»Bist du sicher?«

»Äh ... ja ...«

»Und das Zittern?«

»Was für ein Zittern?«

»Die Seilbahn lässt alles erzittern. Ich hab es gespürt. Habt ihr das gestern Nacht nicht gespürt?«

Erneutes Zögern.

»Der Film hat uns völlig gefesselt.«

Er log. Servaz war sich absolut sicher. Ein Lügengespinst, das sie zusammen ausgeheckt hatten, bevor die Gendarmen eingetroffen waren. Die gleichen Antworten, das gleiche Zögern.

»Ein Fußballspiel und zwei Filme – damit sind wir bei ungefähr fünf Stunden«, kalkulierte Servaz, als wäre er ein Gastwirt, der auf seiner Registrierkasse eine Rechnung tippte. »Aber während eines Films gibt es nicht durchweg Geräusche, oder? In einem Film ist es immer wieder eine Zeitlang still ... selbst in einem Horrorfilm ... *Besonders* in einem Horrorfilm ... Wenn die Spannung steigt, wenn der Suspense seinen Höhepunkt erreicht ...« Servaz beugte sich noch ein Stück weiter vor, sodass sein Gesicht jetzt fast das des Wachmanns berührte. Er roch seinen üblen Mundgeruch – und seine Angst. »Die Schauspieler verbringen ihre Zeit ja nicht damit, Schreie auszustoßen und sich die Kehle durchschneiden zu lassen, oder? Und wie lange braucht die Seilbahn für die Auffahrt? Fünfzehn Minuten? Zwanzig? Das Gleiche für die Talfahrt. Verstehst du, worauf ich hinauswill? Das wäre ein absolut gottverdammter Zufall, wenn der Lärm der Seilbahn voll und ganz in den Geräuschen des Films untergegangen wäre, oder nicht? Was meinst du?«

Der Wachmann blickte ihn wie ein gehetztes Tier an.

»Keine Ahnung«, sagte er. »Vielleicht war es vor ... oder während des Fußballspiels ... Jedenfalls haben wir nichts gehört.«

»Habt ihr diese DVD noch?«

»Äh ... ja ...«

»Wunderbar, dann werden wir eine kleine Rekonstruktion vornehmen, um zu überprüfen, ob es technisch möglich ist, dass eure kleine, ganz private Vorführung diesen Lärm vollständig überdeckt hat. Und wir werden es auch mit einem Fußballspiel ausprobieren. Und sogar mit einem Porno, hörst du – wir wollen den Dingen schließlich auf den Grund gehen.«

Servaz sah, dass dem Wachmann der Schweiß auf der Stirn stand.

»Wir hatten ein bisschen getrunken«, äußerte er so leise, dass Servaz ihn bitten musste, es noch einmal zu sagen. »Wie bitte?«

»Wir hatten getrunken ...«

»Viel?«

»Nicht wenig.«

Der Wachmann hob die Hände, die Innenseite nach oben.

»Hören Sie ... Sie können sich nicht vorstellen, wie die Winternächte hier sind, Commissaire. Haben Sie sich mal die Umgebung angeschaut? Wenn es dunkel wird, hat man praktisch das Gefühl, man wäre allein auf der Welt. Es ist, als ... als wäre man irgendwo im Nichts ... auf einer verlassenen Insel, verstehen Sie? ... Eine Insel, die verloren in einem Meer aus Schnee und Eis liegt«, fügte er mit einem erstaunlichen lyrischen Überschwang hinzu. »Im Kraftwerk interessiert sich kein Schwein dafür, was wir hier nachts tun. Für die sind wir unsichtbar, Luft. Sie wollen nur, dass niemand die Anlage sabotiert.«

»Commandant, nicht Commissaire. Trotzdem ist es immerhin jemandem gelungen, hier raufzufahren, das Tor aufzubrechen, die Seilbahn in Gang zu setzen und ein totes Pferd in die Kabine zu schaffen«, sagte Servaz geduldig. »Das dauert alles seine Zeit. Das muss man doch bemerken.«

»Wir hatten die Rollläden runtergelassen. Gestern Nacht hat es gestürmt. Und die Heizung funktioniert nicht richtig. Also verkriechen wir uns, trinken einen, um uns aufzuwärmen, und wir drehen den Fernseher oder die Musik bis zum Anschlag auf, damit wir den Wind nicht hören. Kann gut sein, dass wir, zugedröhnt wie wir waren, die Geräusche für das Toben des Sturms gehalten haben. Wir haben unseren Job nicht erledigt, das stimmt – aber das mit dem Pferd, das waren wir nicht.«

Ein Punkt für ihn, sagte sich Servaz. Er konnte sich sehr gut vorstellen, was ein Sturm hier oben bedeutete. Windstöße, Schnee, alte, leer stehende, zugige Gebäude, quietschende Fensterläden und Türen ... Eine instinktive Angst – wie sie auch die ersten Menschen angesichts der entfesselten Raserei der Elemente überkam. Selbst zwei harte Burschen waren nicht dagegen gefeit.

Er zögerte. Die Versionen der beiden Männer deckten sich. Trotzdem glaubte er ihnen nicht. Wie er das Problem auch drehte und wendete – einer Sache war sich Servaz sicher: *Sie logen.*

»Und?«

»Ihre Aussagen stimmen überein.«

»Ja.«

»Ein bisschen zu genau.«

»Das ist auch meine Meinung.«

Maillard, Ziegler und er waren in einem kleinen, fensterlosen Raum zusammengekommen, der nur von einer fahlen Neonröhre beleuchtet wurde. Auf einem Plakat an der Wand stand: »Arbeitsmedizin, Prävention und Bewertung beruflicher Gesundheitsrisiken« mit Verhaltensregeln und einer Telefonnummer. Den beiden Gendarmen war die Erschöpfung anzusehen.

Servaz wusste, dass es bei ihm genauso war. Um diese Uhrzeit und an diesem Ort war ihm, als wäre er am Ende von allem angekommen: am Ende der Müdigkeit, am Ende der Welt und am Ende der Nacht …

Jemand hatte volle Kaffeebecher gebracht. Servaz sah auf seine Uhr: 5:32 Uhr. Der Direktor des Kraftwerks war vor zwei Stunden mit grauem Gesicht und roten Augen nach Hause gefahren, nachdem er sich von allen verabschiedet hatte. Servaz runzelte die Stirn, als er Irène Ziegler an einem kleinen tragbaren Rechner herumtippen sah. Trotz der Müdigkeit konzentrierte sie sich auf ihren Bericht.

»Sie müssen sich abgesprochen haben, bevor wir sie getrennt haben«, lautete seine Schlussfolgerung, worauf er den Becher in einem Zug leerte. »Entweder weil sie dahinterstecken oder weil sie etwas anderes zu verbergen haben.«

»Was machen wir?«, fragte Ziegler.

Er überlegte kurz, zerknüllte seinen Styroporbecher und warf ihn in den Mülleimer, den er jedoch verfehlte.

»Wir haben nichts gegen sie vorzuweisen«, sagte er und bückte sich, um den Becher aufzuheben. »Wir lassen sie gehen.«

Servaz sah die Wachmänner im Geiste noch einmal vor sich. Keiner der beiden erschien ihm vertrauenswürdig. Typen wie ihnen war er in seinen siebzehn Berufsjahren zuhauf begegnet. Vor der Befragung hatte Ziegler ihm gesteckt, dass die Namen der beiden in der Polizeidatenbank STIC auftauchten, was aber nichts zu sagen hatte: nicht weniger als sechsundzwanzig Millionen Gesetzesverstöße waren in der STIC erfasst, darunter auch Bußgelder für geringfügige Ordnungswidrigkeiten, zum großen Missfallen der Datenschützer, die der französischen Polizei für die Errichtung dieses »informationstechnologischen Wachturms« den Big Brother Award verliehen hatten.

Aber Ziegler und er hatten auch herausgefunden, dass die beiden vorbestraft waren. Jeder von ihnen hatte mehrere, relativ kurze Freiheitsstrafen verbüßt, die im Zusammenhang mit diversen Straftaten standen: schwere Körperverletzung, Todesdrohungen, Freiheitsberaubung, Erpressung und eine ganze Reihe von Gewalttaten – darunter einige, die sich gegen ihre Lebensgefährtinnen richteten. Obwohl ihre Strafregister so dick waren wie ein Telefonbuch, hatten sie zusammengenommen insgesamt nur fünf Jahre hinter Gittern verbracht. Bei den Vernehmungen hatten sie sich sanft wie ein Lamm gegeben und beteuert, sie bereuten zutiefst und hätten die Lektion verstanden. Ihre Reuebekundungen waren herzergreifend, aber unglaubwürdig: Das übliche Geschwätz, und nur ein Anwalt hätte so tun können, als nehme er das für bare Münze. Instinktiv hatte Servaz erkannt, dass er eine verdammt ungemütliche Viertelstunde gehabt hatte und sie ihm genüssliche die Fresse poliert hätten, wenn er kein Polizist gewesen wäre und ihnen die gleichen Fragen im hintersten Winkel eines menschenleeren Parkplatzes gestellt hätte.

Er fuhr sich mit der Hand durchs Gesicht. Irène Ziegler hatte tiefe Schatten unter ihren schönen Augen, und er fand sie jetzt noch hinreißender. Sie hatte ihre Uniformjacke fallen gelassen, das Licht der Neonröhre schimmerte auf ihrem blonden Haar. Er betrachtete ihren Hals. Eine kleine Tätowierung schaute unter ihrem Kragen hervor. Ein chinesisches Schriftzeichen.

»Wir machen eine Pause und schlafen ein paar Stunden. Was steht morgen auf dem Programm?«

»Das Gestüt«, sagte sie. »Ich habe ein paar Männer losgeschickt, um die Box zu versiegeln. Die Kriminaltechniker werden sich morgen darum kümmern.«

Servaz erinnerte sich, dass Marchand von einem Einbruch gesprochen hatte.

»Wir werden mit den Mitarbeitern des Gestüts anfangen. Es kann nicht sein, dass niemand etwas gesehen oder gehört hat. Capitaine«, sagte er zu Maillard, »ich glaube nicht, dass wir Sie brauchen werden. Wir halten Sie auf dem Laufenden.«

Maillard nickte zustimmend.

»Wir müssen vorrangig zwei Fragen beantworten: Was ist aus dem Kopf des Pferdes geworden? Und weshalb haben sich der oder die Täter die Mühe gemacht, das Pferd an der Bergstation einer Seilbahn aufzuhängen? Das muss zwangsläufig etwas Bestimmtes bedeuten.«

»Das Werk gehört zum Lombard-Konzern«, sagte Ziegler, »und Freedom war das Lieblingspferd von Eric Lombard. Ganz offensichtlich war er gemeint.«

»Eine Anklage?«, meinte Maillard.

»Oder Rache.«

»Rache kann auch eine Anklage sein«, sagte Servaz. »Ein Typ wie Lombard hat mit Sicherheit Feinde, aber ich kann mir beim besten Willen nicht vorstellen, dass ein rein geschäftlicher Rivale seine Tat in dieser Weise inszenieren würde. Wir sollten uns eher unter den Mitarbeitern umtun, Beschäftigten, die entlassen wurden oder eine psychiatrische Vorgeschichte haben.«

»Es gibt noch eine weitere Hypothese«, sagte Irène Ziegler, während sie ihr Notebook zuklappte. »Lombards Unternehmen hat Niederlassungen in zahlreichen Ländern: Russland, Südamerika, Südostasien ... Es ist möglich, dass der Konzern irgendwann einmal Mafiaorganisationen oder Verbrechersyndikaten in die Quere gekommen ist.«

»Sehr gut. Behalten wir alle diese Hypothesen im Auge und schließen wir einstweilen keine aus. Gibt es in der Gegend ein passables Hotel?«

»Es gibt über fünfzehn Hotels in Saint-Martin«, antwortete Maillard. »Es kommt ganz darauf an, was Sie suchen. Aber ich an Ihrer Stelle würde das Le Russell ausprobieren.« Servaz speicherte die Information ab, während er wieder an die Wachleute, ihr Schweigen und ihre Verlegenheit dachte.

»Diese Typen haben Angst«, sagte er plötzlich.

»Wer?«

»Die Wachleute: Etwas oder jemand hat ihnen Angst eingejagt.«

6

DAS KLINGELN DES Handys ließ Servaz aus dem Schlaf auffahren. Er sah auf die Uhr des Radioweckers: 8:37 Uhr. *Verdammt!* Er hatte das Läuten des Weckers nicht gehört, er hätte die Chefin des Hotels bitten sollen, ihn zu wecken. In zwanzig Minuten würde ihn Irène Ziegler abholen. Er griff nach dem Telefon.

»Servaz.«

»Wie ist es denn oben gelaufen?«

Die Stimme von Espérandieu ... Wie immer war sein Stellvertreter vor allen anderen im Büro. Servaz stellte sich vor, dass er gerade dabei war, einen japanischen Comic zu lesen oder neue Anwendungsprogramme der Polizei zu testen, eine vorwitzige Strähne in der Stirn, mit einem topmodischen Markenpullover, den seine Frau für ihn ausgesucht hatte.

»Schwer zu sagen«, antwortete er, während er Richtung Bad ging. »Sagen wir, dass mir so etwas noch nicht untergekommen ist.«

»Verdammt, ich hätte das gern gesehen.«

»Du wirst es auf dem Video sehen.«

»Und was ist es?«

»Ein Pferd, das an der Bergstation einer Seilbahn aufgehängt wurde, in einer Höhe von zweitausend Metern«, antwortete Servaz und regulierte mit der freien Hand die Temperatur der Dusche.

Das Schweigen am anderen Ende der Leitung zog sich in die Länge.

»Wow«, sagte Espérandieu schließlich knapp, während er ganz nah am Mikrophon irgendetwas trank.

Servaz hätte gewettet, dass es sich nicht um einen einfachen Kaffee, sondern um etwas Sprudelndes handelte. Espérandieu war ein Spezialist für Moleküle: Moleküle zum Aufwachen, Moleküle für den Schlaf, fürs Gedächtnis, für den Muskeltonus, gegen Husten, Schnupfen, Migräne, Bauchschmerzen ... Am unglaublichsten aber war, dass Espérandieu nicht etwa ein alter Polizist kurz vor der Pensionierung war, sondern ein junger Spürhund der Mordkommission von kaum dreißig Jahren. Topfit. Dreimal pro Woche joggte er an der Garonne. Ohne echte gesundheitliche Beeinträchtigung, hatte er eine ganze Reihe eingebildeter Leiden erfunden, von denen durch fleißige Übung zumindest einige real wurden.

»Wann kommst du zurück? Wir brauchen dich hier. Die Jungs behaupten, die Polizei hätte sie *geschlagen.* Ihr Anwalt sagt, die Alte sei eine Säuferin«, fuhr Espérandieu fort. »Dass ihre Aussage nichts wert sei. Er hat beim Haftrichter die sofortige Freilassung des Ältesten beantragt. Die beiden anderen sind schon auf freiem Fuß.«

Servaz dachte nach.

»Und die Fingerabdrücke?«

»Nicht vor morgen.«

»Ruf den Staatsanwalt an. Sag ihm, er soll die Freilassung des Ältesten hinauszögern. Wir wissen, dass sie es waren: Die Fingerabdrücke werden es beweisen. Er soll mit dem Richter sprechen. Und mach dem Labor ein bisschen Dampf.«

Er legte auf, mittlerweile völlig wach. Nach dem Duschen trocknete er sich rasch ab und zog sich saubere Kleidung über. Er putzte sich die Zähne und betrachtete sich im Spiegel über dem Waschbecken, wobei er an Irène Ziegler dachte. Er ertappte sich, dass er sich länger musterte als sonst. Was mochte die Gendarmin wohl in ihm sehen? Einen noch jungen Typ, nicht unattraktiv, aber ziemlich müde wirkend? Einen etwas beschränkten, aber tatkräftigen Polizisten? Einen geschiedenen Mann, dem man die Einsamkeit am Gesicht und am Zustand seiner Kleidung ansah? Wenn er sich hätte selbst beschreiben müssen, was hätte er gesehen? Mit Sicherheit die Ringe um die Augen, die Falte um den Mund und die andere, vertikale, zwischen den Brauen – er sah aus, als käme er gerade aus der Trommel einer Waschmaschine. Dennoch blieb er überzeugt davon, dass trotz der Verwüstungen noch immer eine jugendliche Leidenschaft in ihm zu spüren war. Verflixt, was war nur plötzlich in ihn gefahren? Er kam sich vor wie ein hitziger Jugendlicher, zuckte mit den Schultern und trat auf den Balkon seines Zimmers. Das Hotel »Le Russel« erhob sich zwischen den Straßen der Oberstadt von Saint-Martin, und von seinem Zimmer aus konnte er einen Großteil der Dächer der Stadt überblicken. Die Hände am Geländer, sah er, wie die Finsternis in den Gassen allmählich einer leuchtenden Morgenröte wich. Um neun Uhr morgens war der Himmel über den Bergen so transparent und leuchtend wie eine Kristallkuppel. Dort oben, in zweitausendfünfhundert Meter Höhe, traten die Gletscher aus dem Schatten und funkelten in der Sonne, die jedoch noch verborgen blieb. Direkt vor ihm lag die Altstadt, das historische Zentrum. Linker Hand, jenseits des Flusses, erstreckten sich die Wohnblocks mit Sozialwohnungen. Auf der anderen Seite des großen Kessels, zwei Kilometer von hier, erhob sich wie eine Welle der bewaldete hohe Berghang, in den sich die lange Schneise der Seilbahnen schnitt. Von seinem Aussichtspunkt aus sah Servaz, wie Gestalten auf dem Weg zur Arbeit durch die Gassen der Altstadt schlichen, er sah die Scheinwerfer von Lieferwagen, Jugendliche auf knatternden Motorrollern, unterwegs zu den Schulen der Stadt, Einzelhändler, die die Eisengitter vor ihren Läden hochschoben. Er zitterte. Nicht wegen der Kälte – sondern weil er an das Pferd denken musste, das an der Bergstation der Seilbahn gehangen hatte, und an den- oder diejenigen, die das getan hatten.

Er beugte sich über das Geländer. Irène Ziegler erwartete ihn unten, sie lehnte an ihrem Dienstwagen, einem Peugeot 306. Ihre Uniform hatte sie gegen einen Rollkragenpullover und eine Lederjacke eingetauscht. Sie rauchte eine Zigarette und trug eine Umhängetasche.

Servaz stieß zu ihr und lud sie zu einem Kaffee ein. Er hatte Hunger, und bevor sie losfuhren, wollte er etwas essen. Sie sah auf ihre Uhr, zog ein schiefes Gesicht und löste sich schließlich von dem Wagen, um ihm nach innen zu folgen. Das »Russell« war in den 1930er-Jahren gebaut worden, die Zimmer waren schlecht geheizt, die Gänge endlos lang und schummrig, und ihre hohen Decken waren mit Stuck verziert. Aber der Speisesaal, eine weitläufige Veranda mit hübschen, blumengeschmückten Tischen, bot einen atemberaubenden Ausblick. Servaz setzte sich an einen Tisch nahe an der Fensterfront und bestellte einen schwarzen Kaffee und ein Butterbrot, Ziegler frischen Orangensaft. Am Nachbartisch plauderten spanische Touristen – die Ersten der Saison – munter drauflos, und sie garnierten ihre Sätze mit sehr männlichen Wörtern.

Als er den Kopf umwandte, fiel ihm ein Detail auf, das ihn nachdenklich stimmte: Irène Ziegler war nicht nur in Zivil, sie trug an diesem Morgen an ihrem linken Nasenloch auch einen schmalen Silberring, der in dem Licht, das durch das Fenster fiel, funkelte. Ein solches Schmuckstück erwartete er eher im Gesicht seiner Tochter – nicht bei einer Gendarmeriebeamtin. Die Zeiten ändern sich, sagte er sich.

»Gut geschlafen?«, fragte er.

»Nein. Ich hab irgendwann eine halbe Schlaftablette genommen. Und Sie?«

»Ich hab den Wecker nicht gehört. Wenigstens ist das Hotel ruhig; es sind noch nicht viele Touristen da.«

»Die meisten kommen erst in zwei Wochen. Zu dieser Zeit ist es immer ruhig.«

»Führt die Seilbahn zu einer Skistation?«, fragte Servaz und zeigte auf die doppelreihigen Stützmasten auf dem Berghang gegenüber.

»Ja, Saint-Martin 2000. Achtundzwanzig Pisten mit einer Gesamtlänge von vierzig Kilometern, darunter sechs schwarze, vier mit Sesselliften, zehn mit Schleppliften. Aber sie haben auch den Wintersportpark Peyragudes, fünfzehn Kilometer von hier. Fahren Sie Ski?«

Servaz grinste schelmisch.

»Mit vierzehn habe ich zum letzten Mal auf Skiern gestanden. Ich habe keine sehr guten Erinnerungen daran. Ich bin nicht ... *sehr sportlich* ...«

»Dabei sehen Sie ziemlich fit aus«, sagte Ziegler lächelnd.

»Genau wie Sie.«

Merkwürdigerweise wurde sie auf diese Bemerkung hin rot. Das Gespräch zwischen ihnen verlief zäh. Am Vortag waren sie zwei Polizisten gewesen, die auf denselben Fall angesetzt wurden und sachliche Beobachtungen austauschten. Heute Morgen versuchten sie unbeholfen, sich etwas näher kennenzulernen.

»Darf ich Sie etwas fragen?«

Er nickte.

»Gestern haben Sie ergänzende Ermittlungen über drei Arbeiter gefordert. Warum?«

Der Ober kam mit ihrer Bestellung zurück. Er wirkte genauso alt und trist wie das Hotel selbst. Servaz wartete, bis er gegangen war, ehe er von seiner Vernehmung der fünf Männer erzählte.

»Dieser Tarrieu«, sagte sie. »Wie wirkt er auf Sie?«

Servaz sah das flache, grobe Gesicht und den kalten Blick des Mannes im Geist noch einmal vor sich.

»Ein intelligenter Mann, aber voller Wut.«

»Intelligent. Das ist interessant.«

»Wieso?«

»Diese ganze Inszenierung… dieser *Wahnsinn*… ich glaube, dass derjenige, der das getan hat, nicht nur verrückt, sondern auch intelligent ist. Sehr intelligent.«

»In diesem Fall kann man die Wachleute ausschließen«, sagte er.

»Vielleicht. Außer wenn sich einer von ihnen verstellt.«

Sie hatte ihr Notebook aus der Umhängetasche genommen und es auf dem Tisch, zwischen ihrem Orangensaft und Servaz' Kaffee, aufgeklappt. Wieder der gleiche Gedanke wie eben: Die Zeiten änderten sich, eine neue Generation von Ermittlern trat ans Ruder. Es mangelte ihr vielleicht an Erfahrung, aber andererseits stand sie fest in ihrer Zeit – und die Erfahrung würde so oder so kommen.

Sie tippte etwas ein, und er nutzte die Gelegenheit, um sie zu beobachten. Sie war ganz anders als am Vortag, als er sie in ihrer Uniform gesehen hatte. Er betrachtete das kleine Tattoo an ihrem Hals, das chinesische Schriftzeichen, das unter ihrem Rollkragen hervorschaute. Er dachte an Margot. Was steckte nur hinter dieser Tattoomode? Tattoos und Piercings. Was bedeutete es? Ziegler hatte ein Tattoo und einen Ring in der Nase. Vielleicht trug sie auch an intimeren Stellen Schmuck: am Nabel, an den Brustwarzen oder an den Schamlippen, wie er irgendwo gelesen hatte. Diese Vorstellung verwirrte ihn. Änderte das ihre Art zu denken? Er fragte sich plötzlich, was für ein Intimleben eine Frau wie sie wohl hatte, während er sich zugleich der Tatsache bewusst war, dass das seine seit Jahren einer Wüste glich. Er verjagte diesen Gedanken.

»Warum die Gendarmerie?«, fragte er.

Sie hob den Kopf und zögerte einen Moment.

»Oh«, sagte sie, »Sie meinen, warum ich mich für die Gendarmerie entschieden habe?«

Er nickte, ohne den Blick von ihr abzuwenden. Sie lächelte. »Weil der Arbeitsplatz sicher ist, vermute ich mal. Und weil ich anders sein wollte als die anderen …«

»Was heißt das?«

»Ich hab Soziologie studiert. Ich war in einer anarchistischen Gruppierung. Ich habe sogar in einem besetzten Haus gewohnt. Die Polizei, die Gendarmerie, das war unser Feindbild: Faschos, die Kettenhunde der Macht, der Vorposten der Reaktion – die, die das kleinbürgerliche Wohlleben beschützten und die Schwachen, die Immigranten, die Obdachlosen unterdrückten … Mein Vater war Gendarm. Ich wusste, dass er nicht so war, aber ich glaubte trotzdem, dass meine Kommilitonen recht hatten: Mein Vater war eben die Ausnahme. Als ich dann aber nach dem Studium sah, wie meine revolutionären Freunde Ärzte, Notariats- oder Bankangestellte und Personaldirektoren wurden und mehr und mehr über Geld,

Kapitalanlagen und Renditen redeten ... da habe ich angefangen, mir Fragen zu stellen. Da ich arbeitslos war, habe ich schließlich an den Auswahlverfahren teilgenommen.«

Ganz einfach, sagte er sich.

»Servaz ist kein Name von hier«, bemerkte sie.

»Ziegler auch nicht.«

»Ich wurde in Lingolsheim bei Straßburg geboren.«

Er wollte gerade antworten, als Zieglers Handy brummte. Sie machte eine entschuldigende Geste und ging dran. Sie runzelte die Stirn, während sie lauschte. Als sie das Gespräch beendete, sah sie ihn ausdruckslos an.

»Das war Marchand. Er hat den Kopf des Pferdes gefunden.«

»Wo?«

»Auf dem Gestüt.«

Sie verließen Saint-Martin auf einer anderen Straße als der, auf der sie gekommen waren. Am Ortsausgang kamen sie am Sitz der Bergwacht vorbei, die wegen der medialen Vermarktung riskanter Sportarten immer häufiger ausrücken musste. Drei Kilometer weiter bogen sie von der Hauptstraße in eine Nebenstraße ab. Jetzt fuhren sie durch eine ausgedehnte Ebene, an deren Rand sich die Berge auf Abstand hielten, und er hatte den Eindruck, ein bisschen durchatmen zu können. Bald tauchten zu beiden Seiten der Straße Zäune auf. Der Schnee funkelte grell im Widerschein der strahlenden Sonne.

»Wir befinden uns auf dem Anwesen der Familie Lombard«, verkündete Irène Ziegler.

Obwohl die Straße holprig war, fuhr sie schnell. Sie gelangten an eine Kreuzung, wo ihre Straße einen Waldweg schnitt. Zwei Reiter mit Kappen – ein Mann und eine Frau – blickten ihnen im Vorbeifahren nach. Ihre Reittiere hatten das gleiche schwarzbraune Fell wie das tote Pferd. *Rotbraun,* wie sich Servaz erinnerte. Ein Stück weiter forderte sie ein Schild mit der Aufschrift »GESTÜT« auf, nach links abzubiegen.

Der Wald wich zurück.

Sie fuhren an mehreren niedrigen, scheunenartigen Gebäuden vorbei, und Servaz erblickte hinter den Zäunen weitläufige rechteckige Koppeln mit zahlreichen Hindernissen, ein lang gestrecktes Gebäude, in dem die Boxen untergebracht waren, einen Paddock sowie ein recht imposantes Gebäude, in dem möglicherweise eine Reitbahn untergebracht war. Davor stand ein Kastenwagen der Gendarmerie.

»Hübsche Anlage«, sagte Ziegler beim Aussteigen aus dem Wagen. Sie ließ den Blick über die Koppeln schweifen. Drei Bahnen, eine davon für das Hindernisspringen, eine für das Dressurreiten und vor allem, dort, im Hintergrund, eine Galopprennbahn.

Ein Gendarm kam ihnen entgegen. Servaz und Ziegler folgten ihm. Sie wurden von einem aufgeregten Gewieher und Hufgetrappel begrüßt, als spürten die Pferde, dass etwas im Gange war. Kalter Schweiß strömte Servaz über den Rücken. In jüngeren Jahren hatte er es mit dem Reiten versucht. Ein bitterer Misserfolg. Die Pferde machten ihm Angst. Ebenso wie hohe Geschwindigkeit, große Höhe oder auch allzu große Menschenmengen. Ganz am Ende der Boxen entdeckten sie ein gelbes Absperrband mit der Aufschrift »Gendarmerie«, das etwa zwei Meter seitlich des Gebäudes aufgespannt worden war. Sie stapften durch den Schnee um das Band herum. Marchand und Capitaine Maillard erwarteten sie bereits mit zwei weiteren Gendarmen, aber außerhalb des Bereichs, der von dem Kunststoffband abgegrenzt wurde. Im Schatten der

Backsteinmauer lag ein großer Schneehaufen. Servaz betrachtete ihn eine Zeit lang, ehe ihm mehrere braune Flecken auffielen. Ihn schauderte, als er begriff, dass zwei dieser Flecken die Ohren eines Pferdes waren und der dritte ein Auge mit geschlossenem Lid. Maillard und seine Männer hatten gute Arbeit geleistet: Sobald sie ahnten, was sie da finden würden, hatten sie den Bereich abgesperrt, ohne sich dem Haufen weiter zu nähern. Der Schnee war mit Sicherheit schon vor ihrer Ankunft festgetreten worden, vor allem natürlich von den Schritten desjenigen, der den Kopf gefunden hatte, aber sie hatten sorgsam darauf geachtet, nicht auch noch ihre Schuhabdrücke zu hinterlassen. Die Kriminaltechniker waren noch nicht da. Niemand würde den Bereich betreten, solange sie ihre Arbeit noch nicht beendet hatten.

»Wer hat ihn entdeckt?«, fragte Ziegler.

»Das war ich«, sagte Marchand. »Heute Morgen, als ich an den Boxen vorbeiging, habe ich im Schnee Fußspuren entdeckt, die um das Gebäude herumführten. Ich bin ihnen gefolgt und ich habe den Haufen entdeckt. Mir war sofort klar, worum es sich handelt.«

»Sie sind ihnen gefolgt?«, fragte Ziegler.

»Ja, aber angesichts der Umstände habe ich sofort an Sie gedacht: Ich habe sorgfältig vermieden, darauf herumzutrampeln, und habe gut Abstand davon gehalten.«

Servaz' Aufmerksamkeit wuchs.

»Sie wollen damit sagen, dass die Spuren unverändert geblieben sind, dass niemand darauf herumgetreten ist?«

»Ich habe meinen Bediensteten verboten, sich dem Bereich zu nähern und durch den Schnee zu stapfen«, antwortete der Verwalter. »Es gibt hier nur zwei Arten von Spuren: meine und die von dem Mistkerl, der mein Pferd geköpft hat.«

»Wenn ich es wagen würde, würde ich Sie umarmen, Monsieur Marchand«, erklärte Ziegler.

Servaz sah, wie der alte Gestütsverwalter rot wurde, und er lächelte. Sie kehrten um und blickten über das gelbe Band.

»Da«, sagte Marchand, während er auf die Spuren an der Mauer zeigte, die so deutlich waren, wie sie sich Techniker der Spurensicherung nur wünschen konnten. »Das da sind seine, meine sind hier.«

Marchand hatte gut einen Meter Abstand zwischen seinen Schritten und denen des anderen gelassen. Zu keinem Zeitpunkt kreuzten sich ihre Spuren. Allerdings hatte er nicht der Versuchung widerstanden, bis zum Haufen heranzugehen, wie seine Schuhabdrücke belegten.

»Sie haben den Haufen nicht angerührt?«, fragte ihn Ziegler, während er den Spuren mit den Augen bis zu der Stelle folgte, wo sie endeten.

Er senkte den Kopf.

»Doch. Ich habe die Ohren und das Auge freigelegt. Wie ich bereits Ihren Kollegen sagte, hätte ich ihn beinahe ganz ausgegraben – aber dann hab ich nachgedacht und ich habe gerade noch rechtzeitig aufgehört.«

»Das war gut so, Monsieur Marchand«, lobte ihn Ziegler. Marchand sah sie mit einem stumpfen Blick an, in dem Angst und Unverständnis zu lesen waren.

»Was muss das für ein Mensch sein, der einem Pferd so etwas antut? In was für einer Gesellschaft leben wir eigentlich? Sind wir alle dabei, den Verstand zu verlieren?«

»Wahnsinn ist ansteckend«, antwortete Servaz. »Wie die Grippe. Das hätten die Psychiater schon längst erkennen müssen.«

»Ansteckend?«, fragte Marchand verwirrt.

»Anders als die Grippe springt sie nicht von einem Menschen auf den anderen über«, erläuterte Servaz, »sondern von einer Bevölkerungsgruppe auf die andere. Sie infiziert eine ganze Generation. Die Malaria wird von einer Fliege übertragen. Der Wahnsinn vornehmlich von den Medien.«

Marchand und Ziegler sahen ihn verdutzt an. Servaz winkte kurz ab, als wollte er sagen: »Achtet nicht auf mich«, und entfernte sich. Irène Ziegler sah auf ihre Uhr: 9:43 Uhr. Sie betrachtete die Sonne, die über den Bäumen aufflammte. »Verflixt! Wo bleiben sie denn? Bald wird der Schnee schmelzen.«

Tatsächlich war die Sonne weitergewandert, und ein Teil der Spuren, der bei ihrer Ankunft im Schatten gelegen hatte, war jetzt den Sonnenstrahlen ausgesetzt. Es war noch so kalt, dass der Schnee nicht schmolz, aber lange würde es nicht mehr dauern. Endlich war vom Wald her eine Sirene zu hören. Eine Minute später sahen sie den Laborwagen der Kriminaltechnik auf dem Hof vorfahren.

Die drei Mann von der Spurensicherung brauchten mehr als eine Stunde, um den Fundort zu fotografieren und zu filmen, um Elastomerabgüsse der Sohlenabdrücke zu machen, um an den Stellen, wo der unbekannte Besucher gegangen war, Schneeproben zu nehmen und, endlich, um langsam den Pferdekopf freizulegen, während sie zugleich weiterhin überall in dem abgesperrten Bereich und außerhalb davon Proben entnahmen und Fotos machten. Ziegler notierte in einem Spiralbuch peinlich genau die Befunde sämtlicher Etappen der Spurensicherung und sämtliche Kommentare der Techniker.

Während dieser Zeit trottete Servaz an einem von Brombeergestrüpp umrankten Bach etwa zehn Meter von der

Fundstelle auf und ab und rauchte eine Zigarette nach der anderen. Doch dann trat er zu den Technikern, um ihnen schweigend bei ihrer Arbeit zuzusehen. Allerdings blieb er außerhalb des abgesperrten Bereichs. Ein Gendarm brachte ihm aus einer Thermoskanne eine Tasse Kaffee.

Bei jedem Indiz und jeder Spur, die fotografiert werden sollte, war ein gelber Plastikreiter mit einer schwarzen Ziffer auf den Schnee gelegt worden. Ein Kriminaltechniker beugte sich dicht über eine der Spuren und fotografierte sie mit Blitzlicht, mal mit größerer, mal mit kleinerer Tiefenschärfe. Ein kleines Lineal aus schwarzem PVC lag auf dem Schnee in der Nähe der Fußspur. Ein zweiter Mann kam mit einem kleinen Koffer, und Servaz erkannte darin ein Set zum Abnehmen von Fußabdrücken. Der erste Techniker kam dem zweiten zu Hilfe, denn sie mussten sich beeilen, da der Schnee bereits an mehreren Stellen schmolz. Während sie damit zugange waren, legte der dritte Mann den Pferdekopf frei. Da die Rückwand des Gebäudes nach Norden ging, ließ er sich, anders als seine Kollegen, Zeit. Servaz schien es, als würde er der geduldigen Arbeit eines Archäologen beiwohnen, der ein besonders wertvolles Artefakt freilegte. Schließlich kam der ganze Kopf zum Vorschein. Obwohl Servaz nichts davon verstand, hätte er gewettet, dass Freedom auch nach dem Urteil eines Fachmanns ein prächtiges Tier gewesen war. Mit seinen geschlossenen Augen schien es zu schlafen.

»Er wurde wohl betäubt, ehe er getötet und enthauptet wurde«, bemerkte Marchand. »Wenn das tatsächlich so war, hat er wenigstens nicht gelitten. Und das würde erklären, warum niemand etwas gehört hat.«

Servaz wechselte einen Blick mit Ziegler: Die toxikologische Untersuchung würde es bestätigen, aber es war tatsächlich eine allererste kleine Antwort auf ihre Fragen. Hinter dem Absperrband entnahmen die Techniker mit Kornzangen die letzten Proben und versiegelten sie in Röhrchen. Servaz wusste, dass weniger als sieben Prozent der Kriminalfälle anhand der Sachbeweise, die am Tatort gefunden wurden, aufgeklärt wurden. Dennoch bewunderte er die Geduld und die Sorgfalt dieser Männer.

Als sie fertig waren, betrat er als Erstes den abgesperrten Bereich und beugte sich über die Spuren.

»Schuhgröße 45 oder 46«, schätzte er. »Mit 99-prozentiger Wahrscheinlichkeit ein Mann.«

»Laut Aussage des Technikers handelt es sich um Wanderschuhe«, sagte Ziegler. »Und der Typ, der sie trägt, belastet ungewöhnlich stark den Absatz und die Fußkante. Aber das bemerkt nur ein Orthopäde. Außerdem gibt es charakteristische Fehler – da, da und da.«

Wie Fingerabdrücke zeichneten sich auch die von einem Paar Schuhe hinterlassenen Spuren nicht nur durch das Profil der Sohlen und die Größe aus, sondern auch durch eine ganze Reihe geringfügiger gebrauchsbedingter Defekte: Abnutzungsspuren, in die Sohle hineingetretener Split, Einschnitte, Einkerbungen und Löcher, die durch Zweige, Nägel, Glas- oder Metallsplitter oder spitzkantige Kieselsteine verursacht wurden… Einmal abgesehen davon, dass diese Spuren, im Unterschied zu Fingerabdrücken, eine begrenzte Lebensdauer hatten. Nur ein rascher Vergleich mit dem Paar, das diese Spuren hinterlassen hatte, erlaubte eine zweifelsfreie Identifizierung. Denn kaum hatte man mit demselben Paar auch nur einige wenige weitere Kilometer zurückgelegt – und zwar ganz gleich, auf welchem Terrain –, wurden diese kleinen Fehler auch schon durch andere ersetzt.

»Haben Sie Monsieur Lombard verständigt?«, fragte er Marchand.

»Ja, er ist am Boden zerstört. Er wird seinen Aufenthalt in den Vereinigten Staaten abkürzen, um so schnell wie möglich zurückzukommen. Er wird schon heute Abend ins Flugzeug steigen.«

»Sie leiten also den Rennstall?«

»Den Reiterhof, ja.«

»Wie viele Personen arbeiten hier?«

»Es ist kein großes Gestüt. Im Winter sind wir zu viert. Alle machen mehr oder minder alles. Es gibt einen Stallburschen, es gibt mich, Hermine, die vor allem als Pflegerin für Freedom und zwei weitere Pferde arbeitet – sie ist am schlimmsten mitgenommen –, und es gibt einen Reitlehrer. Im Sommer stellen wir zusätzliche Mitarbeiter ein: Reitlehrer und Führer für die Ausritte, Saisonarbeiter.«

»Wie viele schlafen hier?«

»Zwei: der Stallbursche und ich.«

»Sind heute alle da?«

Marchand blickte in die Runde.

»Der Reitlehrer hat bis Ende der Woche Urlaub. Im Herbst ist nichts los. Ich weiß nicht, ob Hermine heute Morgen gekommen ist. Das hat sie sehr mitgenommen. Kommen Sie.« Sie überquerten den Hof in Richtung des höchstgelegenen Gebäudes. Schon am Eingang stach Servaz der Geruch von Pferdemist in der Nase. Augenblicklich war sein Gesicht von einem dünnen Schweißfilm überzogen. Sie gingen an einer Sattelkammer vorbei und standen schon am Eingang einer großen Reithalle. Eine Reiterin arbeitete mit einem Schimmel; das Pferd führte jeden seiner Schritte mit unendlicher Anmut aus. Die Reiterin und ihr Tier schienen miteinander zu verschmelzen. Das weiße Fell des Pferdes spielte ins Bläuliche; aus der Ferne schimmerten seine Brust und seine Schnauze wie Porzellan. Servaz dachte an einen weiblichen Zentaur.

»Hermine!«, rief der Leiter des Reiterhofs.

Die Reiterin wandte den Kopf um und lenkte ihr Pferd langsam zu ihnen, brachte es zum Stehen und stieg ab. Servaz sah, dass sie rote, verquollene Augen hatte.

»Was gibt's?«, fragte sie, während sie Hals und Gesicht des Pferdes tätschelte.

»Geh Hector holen. Die Polizei will euch befragen. Geht in mein Büro.«

Sie nickte schweigend. Höchstens zwanzig Jahre alt. Eher klein, recht hübsch, ein Hauch von etwas Burschikosem, strohblondes Haar und Sommersprossen. Sie warf Servaz einen leidvollen Blick zu, dann entfernte sie sich, wobei sie das Pferd mit gesenktem Kopf hinter sich herzog.

»Hermine vergöttert Pferde; sie ist eine ausgezeichnete Reiterin und eine hervorragende Trainerin. Und ein prima Kerl, aber mit einem ziemlich gewöhnungsbedürftigen Charakter. Sie muss noch etwas reifer werden. Sie hat sich um Freedom gekümmert, von seiner Geburt an.«

»Was heißt das konkret?«, fragte Servaz.

»Zunächst einmal bedeutet es, früh aufzustehen, das Pferd zu säubern und zu striegeln, es zu füttern, es auf die Wiese zu führen und es zu massieren. Der Pferdepfleger ist eine Art Reiter und Betreuer. Hermine kümmert sich auch um zwei weitere ausgewachsene Vollblutpferde. Rennpferde. Das ist kein Beruf, in dem man die Stunden zählt. Selbstverständlich hätte sie erst nächstes Jahr begonnen, Freedom zuzureiten. Monsieur Lombard und sie fieberten dem regelrecht entgegen. Er war ein sehr vielversprechendes Pferd, mit einem sehr schönen Stammbaum. Freedom war ein bisschen das Maskottchen hier.«

»Und Hector?«

»Er ist der Älteste von uns. Er arbeitet schon immer hier, länger als wir alle, viel länger.«

»Wie viele Pferde haben Sie hier?«, fragte ihn Ziegler.

»Einundzwanzig. Vollblutpferde, französische Reitpferde, einen Holsteiner. Vierzehn gehören uns, die anderen sind bei uns in Pflege. Wir bieten einer externen Klientel Pflege, Fohlenaufzucht und Coaching an.«

»Wie viele Boxen?«

»Zweiunddreißig. Außerdem eine Box zum Fohlen von vierzig Quadratmetern mit Videoüberwachung. Und außerdem gynäkologische Untersuchungsräume, medizinische Behandlungsräume, zwei offene Stallhaltungen, ein Zentrum für künstliche Befruchtungen, zwei Reithallen mit professionellem Hindernisparcours, acht Hektar Paddocks, Turnierplätze, Koppeln mit Unterständen und eine Galopprennbahn.«

»Wirklich sehr ansprechend«, bestätigte Ziegler.

»Und nachts überwachen Sie das alles wirklich nur zu zweit?«

»Es gibt eine Alarmanlage, und alle Boxen und Gebäude sind verriegelt, denn diese Pferde sind sehr kostbar.«

»Und Sie haben nichts gehört?«

»Nein, nichts.«

»Hatten Sie vielleicht Schlaftabletten genommen?«

Marchand warf ihr einen verächtlichen Blick zu.

»Wir sind hier nicht in der Stadt. Wir schlafen gut. Wir leben so, wie man leben sollte: im Einklang mit der Natur.«

»Nicht das kleinste verdächtige Geräusch? Irgendetwas

Ungewöhnliches, wovon Sie mitten in der Nacht aufgewacht wären? Versuchen Sie, sich zu erinnern.«

»Ich hab schon darüber nachgedacht. Wenn es so gewesen wäre, hätte ich es Ihnen gesagt. An einem Ort wie diesem gibt es immer Geräusche: Die Tiere bewegen sich, das Holz knackt. Mit dem Wald direkt daneben ist es nie völlig still. Ich achte aber schon lange nicht mehr darauf. Und dann sind da auch noch Cisco und Enzo – sie hätten gebellt.«

»Hunde«, sagte Ziegler. »Welche Rasse?«

»Korsischer Hirtenhund.«

»Ich sehe sie nicht. Wo sind sie?«

»Wir haben sie eingesperrt.«

Zwei Hunde und eine Alarmanlage.

Und zwei Männer vor Ort…

Wie schwer war ein Pferd? Er versuchte sich an das zu erinnern, was Ziegler gesagt hatte: etwa zweihundert Kilo. Die Eindringlinge konnten unmöglich zu Fuß gekommen und wieder gegangen sein. Wie konnten sie ein Pferd töten, enthaupten, den Kadaver in ein Fahrzeug laden und wieder losfahren, ohne dass es irgendjemand bemerkte, ohne die Hunde oder die Bewohner zu wecken? Und ohne Alarm auszulösen? Servaz war völlig ratlos. Auch die Wachleute des Kraftwerks hatten nichts gehört. Das war schlicht und ergreifend unmöglich. Er wandte sich zu Irène Ziegler um.

»Könnte ein Tierarzt den Hunden Blut abnehmen? Laufen sie nachts frei herum oder sind sie in einem Hundezwinger eingesperrt?«, fragte er Marchand.

»Sie sind draußen, aber an einer langen Kette. Niemand kann bis zu den Boxen vordringen, ohne von ihnen attackiert zu werden. Außerdem hätte mich ihr Gebell geweckt. Glauben Sie etwa, dass man sie betäubt hat? Das würde mich wundern, denn sie waren gestern Morgen putzmunter und verhielten sich völlig normal.«

»Die toxikologische Analyse wird das bestätigen«, antwortete Servaz, während er sich bereits fragte, wieso das Pferd betäubt wurde und die Hunde nicht.

Marchands Büro war ein zwischen Sattelraum und den Ställen eingezwängtes Kabuff voller Regale, die mit Trophäen beladen waren. Das Fenster ging auf den Wald und auf verschneite Wiesen, die von einem komplexen Gefüge von Zäunen und Hecken begrenzt wurden. Auf seinem Schreibtisch befanden sich ein Notebook, eine Lampe und ein Wust von Rechnungen, Ordnern und Pferdebüchern.

Während der letzten halben Stunde hatten Ziegler und Servaz einen Rundgang durch die Anlage gemacht und die Box von Freedom in Augenschein genommen, wo mittlerweile bereits die Kriminaltechniker am Werk waren. Die Tür zur Box war aufgebrochen worden, der Boden war voller Blut. Ganz offensichtlich war Freedom an Ort und Stelle enthauptet worden, vermutlich mit einer Säge, wahrscheinlich, nachdem er betäubt worden war. Servaz wandte sich an den Stallknecht.

»Haben Sie gestern Nacht nichts gehört?«

»Ich hab geschlafen«, antwortete der groß gewachsene alte Mann.

Er war unrasiert. Er schien so alt zu sein, dass er schon längst im Ruhestand hätte sein können. Am Kinn und auf den hohlen Wangen standen ihm graue Haarstoppeln, die an die Stacheln eines Stachelschweins erinnerten.

»Nicht das leiseste Geräusch? Gar nichts?«

»In einem Pferdestall gibt es immer Geräusche«, sagte er,

wie Marchand vor ihm, aber im Gegensatz zu den Antworten der beiden Wachleute hörte sich das nicht nach einer zurechtgelegten Antwort an.

»Arbeiten Sie schon lange für Monsieur Lombard?«

»Schon immer. Ich habe schon für seinen Vater gearbeitet.« Er hatte blutunterlaufene Augen, und geplatzte kleine Äderchen zeichneten ein feines, bläulich rotes Netz unter die allzu dünne Haut seiner Nase und seiner Wangen. Servaz hätte darauf wetten können, dass er zwar keine Schlaftabletten nahm, aber dafür immer ein anderes, flüssiges Schlafmittel griffbereit hatte.

»Wie ist er als Chef?«

Der Mann heftete seine geröteten Augen auf Servaz.

»Man bekommt ihn nicht oft zu Gesicht, aber er ist ein guter Chef. Und er ist ein echter Pferdenarr. Freedom war sein Liebling. Hier geboren. Ein königlicher Stammbaum. Er war verrückt nach diesem Pferd. Ganz wie Hermine.«

Der alte Mann senkte den Kopf. Servaz sah, dass sich die junge Frau neben ihm die Tränen verkniff.

»Glauben Sie, dass jemand mit Monsieur Lombard noch eine Rechnung offen hatte?«

Wieder senkte der Mann den Kopf.

»Das weiß ich nicht.«

»Haben Sie nie von irgendwelchen Drohungen gehört?«

»Nein.«

»Monsieur Lombard hat viele Feinde«, mischte sich Marchand ein.

Servaz und Ziegler wandten sich dem Verwalter zu.

»Was meinen Sie damit?«

»Ich meine es so, wie ich es gesagt habe.«

»Kennen Sie welche?«

»Ich interessiere mich nicht für Erics Geschäfte. Mich interessieren nur die Pferde.«

»Sie haben von ›Feinden‹ gesprochen – das ist kein gerade harmloses Wort.«

»Das sagt man halt so.«

»Und weiter?«

»Erics Geschäfte sind immer mit gewissen Spannungen verbunden.«

»Sie drücken sich unheimlich vage aus«, bohrte Servaz weiter. »Machen Sie das mit Absicht?«

»Vergessen Sie meine Bemerkung«, antwortete der Verwalter. »Das war einfach nur so dahingesagt. Ich weiß nichts über die Geschäfte von Monsieur Lombard.«

Servaz glaubte ihm kein Wort. Trotzdem bedankte er sich. Beim Verlassen des Gebäudes war er wie geblendet von dem blauen Himmel und dem Schnee, der in der Sonne dahinschmolz. Die dampfenden Köpfe der Pferde in ihren Boxen, andere, die gerade über Hindernisse sprangen – Servaz blieb stehen, um sich innerlich zu sammeln, das Gesicht in der Sonne …

Zwei Hunde und eine Alarmanlage. Und zwei Männer vor Ort.

Und niemand hatte irgendetwas gesehen oder gehört – weder im Kraftwerk noch hier … unmöglich … absurd … Je mehr Details er in Erfahrung brachte, umso größere Ausmaße nahm diese Tötung eines Pferdes in seinem Kopf an. Er kam sich vor wie ein Rechtsmediziner, der zuerst einen Finger freilegte, dann eine Hand, dann einen Arm und schließlich den gesamten Leichnam. Seine Besorgnis wuchs. Alles in dieser Geschichte war ungewöhnlich. Und unverständlich. Wie ein Tier witterte Servaz instinktiv die Gefahr. Er merkte, dass er trotz der Sonne zitterte.

7

VINCENT ESPÉRANDIEU HOB eine Braue, als er Servaz mit krebsrotem Gesicht in sein Büro am Boulevard Embouchure treten sah.

»Du hast einen Sonnenbrand«, stellte er fest.

»Das ist die Nachwirkung«, antwortete Servaz zur Begrüßung. »Ich bin in einen Hubschrauber gestiegen.«

»Du, in einen Hubschrauber?«

Espérandieu wusste, dass sein Chef weder Geschwindigkeit noch Höhe mochte: Ab hundertdreißig Stundenkilometern wurde er ganz bleich und sank auf seinem Sitz zusammen.

»Hast du etwas gegen Kopfweh?«

Vincent Espérandieu öffnete eine Schublade.

»Aspirin? Paracetamol? Ibuprofen?«

»Irgendwas Sprudelndes.«

Sein Stellvertreter holte eine kleine Flasche Mineralwasser und ein Glas hervor und hielt sie ihm hin. Er legte eine große runde Tablette vor Servaz auf den Tisch und schluckte dann selbst mit etwas Wasser eine Gelatinekapsel. Durch die offene Tür stieß jemand ein perfekt imitiertes Wiehern aus; man hörte schallendes Gelächter.

»Idioten!«, zischte Servaz.

»Trotzdem haben sie nicht ganz unrecht: die Kripo für ein Pferd …«

»Ein Pferd, das Eric Lombard gehört.«

»Ach so.«

»Und wenn du es gesehen hättest, würdest du dich auch fragen, ob die, die das getan haben, nicht noch zu ganz anderem fähig sind.«

»Du sagst ›die‹? Glaubst du, dass es mehrere sind?«

Servaz warf einen zerstreuten Blick auf das hinreißende blonde Mädchen, das auf dem Bildschirm von Espérandieus Rechner beim Lächeln alle Zähne zeigte und wie ein Clown einen großen Stern um ihr linkes Auge gemalt hatte.

»Könntest du etwa ganz allein mitten in der Nacht zweihundert Kilo Fleisch herumkutschieren und es in drei Meter Höhe aufhängen?«

»Das ist ein Argument«, räumte sein Stellvertreter ein.

Servaz zuckte mit den Schultern und sah sich um. Vor dem grauen Himmel und den Dächern von Toulouse auf der einen Seite und einer gläsernen Zwischenwand, die sie vom Flur trennte, auf der anderen Seite waren die Jalousien heruntergelassen. Der zweite Schreibtisch, der der neuen Kollegin Samira Cheung gehörte, war leer.

»Und die Kids?«, fragte er.

»Der Älteste wurde in Untersuchungshaft genommen. Wie gesagt, die beiden anderen wurden freigelassen.«

Servaz nickte.

»Ich hab mit dem Vater von einem der beiden gesprochen«, fügte sein Stellvertreter hinzu, »er ist Versicherungsangestellter. Er kann sich das nicht erklären. Er ist völlig durch den Wind. Gleichzeitig ist er unglaublich aufgebraust, als ich auf das Opfer zu sprechen kam: ›Dieser Kerl war ein Landstreicher. Den ganzen Tag besoffen! Sie werden doch wohl nicht wegen eines Obdachlosen Kinder ins Gefängnis stecken?‹«

»Das hat er tatsächlich gesagt?«

»Wortwörtlich. Er hat mich in seinem großen Büro empfangen. Als Erstes hat er mir gesagt: ›Mein Sohn hat nichts getan. So ist er nicht erzogen. Die anderen waren es. Dieser Jérôme hat ihn dazu verleitet, sein Vater ist arbeitslos.‹ Er hat dieses Wort so ausgesprochen, als ob für ihn Arbeitslosigkeit das Gleiche ist wie Drogenhandel oder Pädophilie.«

»Welcher ist sein Sohn?«

»Der Junge namens Clément.«

Der Rädelsführer, dachte Servaz. Wie der Vater, so der Sohn. Und die gleiche Verachtung für die anderen.

»Ihr Anwalt hat sich mit dem Richter in Verbindung gesetzt«, fuhr Espérandieu fort. »Ihre Strategie liegt auf der Hand: Sie werden den Ältesten belasten.«

»Den Sohn des Arbeitslosen.«

»Ja.«

»Das schwächste Glied.«

»Bei solchen Leuten krieg ich das Kotzen«, sagte Espérandieu.

Er hatte eine schleppende, jugendliche Stimme. Deshalb und wegen seiner etwas affektierten Art hatten ihn einige Kollegen im Verdacht, sich nicht nur für Frauen zu interessieren, und seien sie auch so schön wie seine eigene. Servaz selbst hatte sich dieselbe Frage gestellt, als er seinen Dienst in der Abteilung antrat. Außerdem hatte Vincent Espérandieu auch einen Modegeschmack, bei dem sich einigen Machos der Mordkommission die Haare sträubten. Denen, für die ein Polizist, der diesen Namen verdiente, eben ein echter Mann sein und das auch vorzeigen musste.

Das Leben hatte es mit Espérandieu gut gemeint. Mit dreißig Jahren hatte er eine gute Partie gemacht, und er hatte eine sehr hübsche fünfjährige Tochter – deren Lächeln den Bildschirm seines Computers erhellte. Servaz hatte sich schnell mit seinem Stellvertreter angefreundet, und er war in den zwei Jahren, seit dieser zur Mordkommission gestoßen war, ein halbes Dutzend Mal von seinem Untergebenen zum Essen eingeladen worden. Jedes Mal war er der Liebenswürdigkeit und dem Esprit von Madame und Mademoiselle Espérandieu erlegen: Beide hätten in jeder Illustrierten Werbung für Zahnpasta, Reisen oder Familienurlaub machen können.

Und dann war es zwischen dem Neuankömmling und den älteren Kollegen zu einem Zwischenfall gekommen; die Aussicht, ihren Alltag mit einem möglicherweise bisexuellen jungen Kollegen zu teilen, schien in ihnen Mordgelüste zu wecken. Servaz hatte eingreifen müssen. Das hatte ihm einige dauerhafte Feindschaften eingetragen. Da waren insbesondere zwei Typen, zwei ebenso hartgesottene wie bornierte Spießermachos, die ihm diese Zurechtweisung nie verzeihen würden. Einen von ihnen hatte er während der Aussprache ein bisschen hart rangenommen. Aber Servaz hatte sich auch die Anerkennung und definitive Wertschätzung von Espérandieu erworben. Er hatte ihn sogar gebeten, Pate ihres nächsten Kindes zu werden – denn Charlène Espérandieu war erneut schwanger.

»Ein Journalist von France 3 und mehrere Pressereporter haben angerufen. Sie wollten wissen, ob wir Beweise gegen die Burschen haben. Aber vor allem wollten sie wissen, ob wir sie geschlagen haben. *Gerüchte über gewalttätige Übergriffe der Polizei auf Minderjährige* – so haben sie sich ausgedrückt. Wie üblich macht so was bei ihnen die Runde. *Copy & Paste,* das ist alles, was sie können. Aber irgendjemand muss das Gerücht in die Welt gesetzt haben.«

Servaz runzelte die Stirn. Wenn die Journalisten erst mal

Feuer gefangen hätten, würde das Telefon nicht mehr stillstehen. Es gäbe Erklärungen, Gegenerklärungen, Pressekonferenzen – und ein Minister würde vor die Kameras treten und versprechen, »alles restlos aufzuklären«. Und selbst wenn man bewiesen hätte, dass alles vorschriftsgemäß abgelaufen war – sofern das jemals gelingen sollte –, würde der Verdacht immer bleiben.

»Willst du einen Kaffee?« Servaz nickte. Espérandieu stand auf und verließ das Zimmer. Servaz betrachtete die Computerbildschirme, die im Halbdunkel flackerten. Wieder dachte er an diese drei Jungs und fragte sich, was sie zu dieser Wahnsinnstat veranlasst hatte.

Diesen Jungen verkaufte man den ganzen Tag Träume und Lügen. Man *verkaufte* sie ihnen: Sie bekamen sie nicht etwa geschenkt. Zynische Händler hatten die Unzufriedenheit der Jugend als Geschäftsgrundlage entdeckt. Mittelmäßigkeit, Pornografie, Gewalt, Lüge, Hass, Alkohol, Drogen – alles wurde in den überladenen Schaufenstern der Konsumgesellschaft zum Kauf angeboten, und die Jugendlichen waren die gefundene Zielgruppe.

Espérandieu kam mit dem Kaffee zurück.

»Die Zimmer der Jungs?«, fragte Servaz.

Samira Cheung betrat das Büro. Die neue Kollegin trug an diesem Morgen einen kurzen Blouson, der für die Jahreszeit etwas zu leicht war, ein Sweatshirt mit der Aufschrift *I am an Anarchist*, eine schwarze Lederhose und kniehohe Stiefel aus rotem PVC.

»Hallo!«, sagte sie – die Kopfhörer ihres iPod baumelten über ihrem Blouson, und sie hielt einen dampfenden Becher in der Hand.

Servaz grüßte sie zurück, nicht ohne eine Mischung aus

Faszination und Ratlosigkeit angesichts der seltsamen Aufmachung der Polizistin. Samira Cheung war über ihren Vater chinesischer und über ihre Mutter französisch-marokkanischer Abstammung. Sie hatte Espérandieu erzählt (und der hatte es brühwarm Servaz weitergesagt), dass ihre Mutter, eine international renommierte Innenarchitektin, sich vor sechsundzwanzig Jahren unsterblich in einen Kunden aus Hongkong verliebt hatte – einen Mann von außergewöhnlicher Schönheit und Intelligenz, wie Samira behauptete –, dann aber schwanger nach Paris zurückgekehrt sei, nachdem sie herausgefunden hatte, dass Samiras Vater ein großer Fan harter Drogen war und fast täglich Prostituierte frequentierte. Ein verstörendes Detail: Samira Cheung verband einen perfekten Körper mit einem der hässlichsten Gesichter, das Servaz je gesehen hatte. Hervorstehende Augen, die sie mit einem dicken Eyelinerstrich noch zusätzlich betonte, ein riesiger Mund, der mit einem aufreizenden Rot bemalt war, und ein spitzes Kinn. Einer der Phallokraten der Mordkommission hatte ihr Aussehen so auf den Punkt gebracht: »Mit der ist alle Tage Halloween.« Es gab allerdings eines, wofür sie ihren Genen oder ihrer Erziehung dankbar sein konnte: Samira Cheung hatte ein perfekt arbeitendes Gehirn. Und sie zögerte nicht, es zu nutzen. Sie hatte die Grundbegriffe des Fachs sehr schnell verinnerlicht und bei mehreren Gelegenheiten von sich aus die Initiative ergriffen. Servaz hatte ihr spontan immer komplexere Aufgaben übertragen, und sie hatte reihenweise Überstunden gemacht, um alles zu erledigen.

Sie legte die Absätze ihrer Stiefel auf den Rand des Schreibtischs und warf sich gegen die Rückenlehne ihres Stuhls, bevor sie sich ihnen zuwandte.

»Wir haben die Zimmer der drei Jungs durchsucht«, antwortete sie auf Servaz' Frage. »Insgesamt haben wir nicht viel gefunden – abgesehen von einem Detail.«

Servaz sah sie an.

»Die beiden ersten hatten extrem gewalttätige Videospiele. Solche, bei denen man seinen Gegnern den Kopf zertrümmern muss, um die maximale Punktzahl zu bekommen; oder bei denen man ganze Völker bombardiert oder seine Feinde mit allen erdenklichen modernen Waffen um die Ecke bringt. Ziemlich blutrünstiges Zeug.«

Servaz dachte an die heftige Kontroverse über diese gewalttätigen Videospiele, die unlängst in der Presse getobt hatte. Die Produzenten dieser Videos hatten erklärt, ihnen sei das Problem der Gewalt durchaus bewusst, und sie hielten sich an gewisse Grenzen. Einige Vorwürfe hatten sie als »völlig inakzeptabel« bezeichnet. Und boten dabei fröhlich weiter Spiele zum Verkauf an, bei denen der Spieler nach Belieben morden, plündern und foltern konnte. Bei dieser Gelegenheit hatten einige Psychiater schulmeisterlich erklärt, zwischen diesen Videospielen und der Gewaltbereitschaft bei Jugendlichen bestehe keinerlei Zusammenhang. Dabei belegten andere Studien zweifelsfrei, dass Jugendliche, die regelmäßig gewalttätige Videospiele spielten, gegenüber dem Leiden anderer gleichgültiger und weniger einfühlsam waren.

»Bei diesem Clément haben wir zwar eine Konsole, aber keine Spiele gefunden ...«

»Als ob jemand alles aufgeräumt hätte«, sagte Espérandieu.

»Der Vater«, meinte Servaz.

»Ja«, antwortete seine Stellvertreterin, »wir verdächtigen ihn, dass er diese Spiele hat verschwinden lassen, um ein möglichst makelloses Bild von seinem Sohn zu zeichnen und die beiden anderen besser belasten zu können.«

»Habt ihr die Zimmer versiegelt?«

»Ja, aber der Anwalt der Familie hat Rechtsmittel dagegen eingelegt, um zu erreichen, dass sie wieder geöffnet werden, mit der Begründung, es handele sich nicht um den Tatort.«

»Hatten diese Burschen Computer in ihren Zimmern?«

»Ja, wir haben sie untersucht, aber irgendwer hat die Daten sehr gründlich gelöscht. Wir haben die Eltern aufgefordert, nichts anzurühren. Wir müssen noch mal mit einem Techniker kommen, um die Festplatten zum Reden zu bringen.«

»Wir können Vorsatz nachweisen«, meldete sich Samira zu Wort, »wenn wir beweisen können, dass die Jungs ihr Verbrechen geplant haben. Dann wäre die These von einem Unfall sofort vom Tisch.«

Servaz betrachtete sie mit fragender Miene.

»Wie das?«

»Nun, bis jetzt haben wir keine Beweise dafür, dass sie den Mann vorsätzlich töten wollten. Das Opfer hatte einen erhöhten Blutalkoholspiegel. Die Verteidiger werden vielleicht das Ertrinken als Haupttodesursache geltend machen. Das wird vom Obduktionsbefund abhängen.«

»Ertrinken in fünfzig Zentimeter tiefem Wasser?«

»Warum nicht? Das hat es schon gegeben.«

Servaz dachte einen Moment lang nach: Samira hatte recht.

»Und die Fingerabdrücke?«, sagte er.

»Auf die warten wir noch.«

Sie setzte die Absätze ihrer Stiefel auf den Boden und stand auf.

»Ich muss los. Ich hab einen Termin beim Richter.«

»Gute Mitarbeiterin, oder?«, sagte Espérandieu, als sie aus dem Zimmer gegangen war.

Servaz nickte lächelnd.

»Wie es scheint, schätzt du sie.«

»Sie arbeitet gut, sie hält sich an die Regeln und sie will was lernen.«

Servaz nickte zustimmend mit dem Kopf. Er hatte ohne Bedenken den Großteil der Ermittlungen in dieser Sache an Vincent und Samira übertragen. Sie teilten sich dasselbe Büro, sie hatten durchaus einiges gemeinsam (unter anderem ihre Vorliebe für gewisse Modestile) und sie schienen so gut miteinander auszukommen, wie man es von zwei Polizisten mit ausgeprägtem Charakter nur erwarten konnte.

»Wir veranstalten am Samstag eine kleine Party«, sagte Vincent. »Du bist herzlich eingeladen. Charlène hat darauf bestanden.«

Servaz dachte an die verstörende Schönheit von Vincents Frau. Als er sie zum letzten Mal gesehen hatte, trug sie eine figurbetonte rote Abendrobe, ihr langes fuchsrotes Haar züngelte flammengleich im Licht, und er hatte gespürt, wie sich ihm die Kehle zuschnürte. Charlène und Vincent waren ausgezeichnete Gastgeber gewesen, er hatte einen wunderbaren Abend verbracht, aber trotzdem hatte er nicht vor, sich ihrem Freundeskreis anzuschließen. Er schlug die Einladung unter dem Vorwand aus, er hätte bereits seiner Tochter versprochen, den Abend mit ihr zu verbringen.

»Ich habe die Akte der Jungs auf deinen Schreibtisch gelegt!«, rief sein Stellvertreter noch kurz, als er das Zimmer verließ.

In seinem Büro lud Servaz sein Handy und schaltete seinen Rechner ein. Zwei Sekunden später signalisierte sein Handy den Empfang einer SMS, und er entriegelte es. Widerwillig. Servaz sah im Handy gewissermaßen die höchste Stufe der technologischen Entfremdung der Menschheit. Aber Margot hatte ihn genötigt, sich eines zuzulegen, nachdem er mit halbstündiger Verspätung zu einem ihrer Rendezvous erschienen war.

Papa i b's. Hast du Samstag-nmit Zeit? Lg.

Was war das für eine Sprache?, fragte er sich. Verziehen wir uns hier gerade wieder auf die Bäume, nachdem wir mühsam heruntergestiegen sind? Er hatte plötzlich den Eindruck, den Kompass verloren zu haben. So wirkte die heutige Welt auf ihn: Wenn ihn eine Zeitmaschine direkt ins 18. Jahrhundert verfrachtet hätte, hätte er sich auch nicht fremder gefühlt. Er wählte eine Nummer aus der Kontaktliste und hörte wenig später vor einer Geräuschkulisse wie aus der Musikhölle die Stimme seiner Tochter, die im Wesentlichen erklärte, sie werde jeden, der eine Nachricht hinterlasse, zurückrufen.

Anschließend fiel sein Blick auf die Akte über den Obdachlosen. Der Verstand sagte ihm, dass er sich unverzüglich darin vertiefen sollte. Das war er diesem armen Kerl schuldig, dessen ohnehin schon ruiniertes Leben auf eine besonders sinnlose Weise zu Ende gegangen war. Aber er hatte gerade nicht die Kraft dazu.

Servaz ging etwas anderes durch den Kopf; er schaltete seinen Computer ein und tippte auf »Google« eine Reihe von Suchwörtern ein. Die Suchmaschine lieferte ihm nicht weniger als 20800 Treffer für »Eric Lombard Unternehmensgruppe«. Weniger, als wenn er »Obama« oder »Beatles« eingegeben hätte, aber trotzdem eine beachtliche Zahl. Das war nicht weiter verwunderlich, denn Eric Lombard war eine charismatische Persönlichkeit mit hoher Medienpräsenz, und in der Liste der reichsten Franzosen musste er wohl an fünfter oder sechster Stelle stehen.

Servaz überflog die ersten Seiten. Einige Websites boten Biografien von Eric Lombard, seinem Vater Henri und seinem Großvater Edouard; es gab auch Artikel aus der Wirtschafts-, der Boulevard- und sogar der Sportpresse – denn Eric Lombard hatten einen Rennstall für angehende Spitzenpferde aufgebaut. Einige Artikel beschäftigten sich mit den sportlichen Spitzenleistungen von Eric Lombard selbst. Der Mann war ein echter Athlet und Abenteurer: ein versierter Bergsteiger, Marathonläufer, Triathlet, Rallyepilot; außerdem hatte er an Expeditionen zum Nordpol und nach Amazonien teilgenommen. Mehrere Fotos zeigten ihn auf einem Motorrad in der Wüste oder am Steuer eines Linienflugzeugs. Englische Wörter, die Servaz nicht das Geringste sagten, spickten diese Artikel: *freeride, base jump, kitesurf…*

Ein Foto, fast immer dasselbe, illustrierte einige Artikel. Ein *Wikinger.* Das fiel Servaz spontan ein, als er es sah. Blondes Haar, blonder Bart, stahlblaue Augen. Braun gebrannt. Gesund. Tatkräftig. Männlich. Selbstsicher. Er fixierte das Objektiv so, wie er wohl auch seine Gesprächspartner ansah: mit der Ungeduld dessen, der den anderen immer einen Schritt voraus war.

Eine lebende Reklametafel für den Lombard-Konzern.

Alter: 36 Jahre.

Formaljuristisch gesehen, war der Lombard-Konzern eine Kommanditgesellschaft auf Aktien, während die Muttergesellschaft – Lombard Entreprises – eine Holding war.

Die vier Hauptsparten des Konzerns waren Lombard Média (Bücher, Presse, Vertrieb, audiovisuelle Medien), Lombard Group (Verkauf von Sportanlagen, Kleidung, Reisen und

Luxusartikeln – viertgrößter Luxuskonzern der Welt), Lombard Chimie (Pharma, Chemie) und AIR, spezialisiert auf die Luft-, Raumfahrt- und Rüstungsindustrie. Der Lombard-Konzern besaß über seine Muttergesellschaft, Lombard Entreprises, fünfzehn Prozent an AIR. Eric Lombard selbst war unbeschränkt haftender Gesellschafter und Geschäftsführer von Lombard SCA, Geschäftsführer von Lombard Group und von Lombard Chimie und Vorstandsvorsitzender von AIR. Als Absolvent einer französischen Handelsschule und der London School of Economics hatte er seine Laufbahn in einer der Tochtergesellschaften der Lombard Group begonnen: einem bekannten Sportanlagenbauer.

Der Konzern beschäftigte insgesamt 78 000 Mitarbeiter in fast 75 Ländern und hatte im Vorjahr bei einem Umsatz von 17,928 Milliarden Euro ein Betriebsergebnis von 1,537 Milliarden Euro und einen Reingewinn von 677 Millionen Euro erwirtschaftet, während sich seine Finanzschulden auf 3,458 Milliarden Euro beliefen. Zahlen, bei denen jedem Normalsterblichen schwindlig wurde, nicht aber internationalen Finanzexperten. Servaz begriff nun, dass der Konzern das kleine, veraltete Wasserkraftwerk ausschließlich aus historischen und nostalgischen Gründen noch nicht abgestoßen hatte. Hier, in den Pyrenäen, lagen nämlich die Wurzeln des Lombard-Imperiums.

Dass dieses Pferd an der Bergstation aufgehängt worden war, hatte also eine symbolische Bedeutung. Man wollte Eric Lombard sowohl in seiner Familiengeschichte als auch in seiner größten Passion – den Pferden – treffen.

Denn aus allen Artikeln, die dem letzten männlichen Sprössling der Dynastie gewidmet waren, ging zweifelsfrei hervor, dass von all seinen Passionen die für die Pferde an erster Stelle stand. Eric Lombard besaß Gestüte in mehreren Ländern, unter anderem in Argentinien, Italien, Frankreich …

Aber er kehrte immer wieder zu seiner ersten Liebe zurück: dem Reitzentrum, in dem er seine Anfänge als Reiter gemacht hatte, in der Nähe des Familienschlosses im Comminges-Tal.

Servaz war mit einem Mal überzeugt davon, dass die Inszenierung an der Bergstation nicht die Tat eines Psychopathen war, der aus der psychiatrischen Anstalt ausgebrochen war, sondern ein eiskalt durchdachtes, wohlgeplantes Verbrechen.

Er unterbrach seine Lektüre, um nachzudenken. Er schreckte davor zurück, einen Weg einzuschlagen, auf dem er sämtliche Leichen im Keller eines Industrieimperiums ausgraben müsste, nur um den Tod eines Pferdes aufzuklären. Andererseits war da der schreckliche Anblick, als das enthauptete Pferd aus der Seilbahnkabine herausgeholt wurde, und der Schock, den ihm dieser Anblick versetzt hatte. Was hatte Marchand noch gesagt? »Monsieur Lombard hat viele Feinde.«

Das Telefon läutete. Servaz hob ab. Es war d'Humières.

»Die Wachleute sind verschwunden.«

»Wenden Sie ihnen niemals den Rücken zu«, sagte Dr. Xavier. Hinter den großen Glasfenstern färbte die untergehende Sonne die Berge rot, und ihre rote Lava überflutete den Raum.

»Seien Sie immer aufmerksam. In jeder Sekunde. Hier dürfen Sie sich keinen Fehler erlauben. Sie werden schnell lernen, die Anzeichen zu erkennen: einen ausweichenden Blick, ein Grinsen, ein etwas zu schnelles Atmen … Seien Sie immer auf der Hut. Und wenden Sie ihnen nie den Rücken zu.«

Diane nickte. Ein Patient kam auf sie zu. Eine Hand auf dem Bauch.

»Wo ist der Krankenwagen, Doktor?«

»Der Krankenwagen?«, fragte Xavier lächelnd.

»Der Krankenwagen, der mich in die Entbindungsklinik bringen soll. Ich hatte einen Fruchtwasserabgang. Er sollte längst da sein.«

Der Patient war ein Mann um die vierzig, der über eins neunzig groß war und um die hundertfünfzig Kilogramm wiegen musste. Langes Haar, ein Gesicht, das von einem dichten Bart überwuchert war, mit fiebrig leuchtenden kleinen Augen. Im Vergleich dazu hatte Xavier das Gesicht eines Kindes. Dennoch schien er nicht beunruhigt zu sein. »Er wird gleich da sein«, antwortete er. »Ist es ein Junge oder ein Mädchen?«

Die kleinen Augen starrten ihn an.

»Es ist der Antichrist«, sagte der Mann.

Er ging wieder weg. Diane fiel auf, dass ein Pfleger all seine Bewegungen aufmerksam verfolgte. Im Gemeinschaftsraum hielten sich etwa fünfzehn Patienten auf.

»Götter und Propheten gibt es hier einige«, äußerte Xavier, der in einem fort lächelte. »Der Wahnsinn hat schon immer aus religiösen und politischen Registern geschöpft. Früher sahen unsere Insassen überall Kommunisten. Heute sehen sie überall Terroristen. Kommen Sie.«

Der Psychiater trat an einen runden Tisch, an dem drei Männer Karten spielten. Einer sah mit seinen muskulösen Armen und seinen Tattoos wie ein Knastbruder aus, die beiden anderen machten einen normalen Eindruck.

»Das hier ist Antonio«, stellte Xavier den Tätowierten vor. »Antonio war in der Fremdenlegion. Leider war er fest davon überzeugt, dass es in dem Lager, in das er abkommandiert worden war, von Spionen nur so wimmelte, und eines Nachts hat er schließlich einen erwürgt. Nicht wahr, Antonio?«

Antonio nickte, ohne die Karten aus den Augen zu lassen.

»Mossad«, sagt er. »Sie sind überall.«

»Robert hat sich seine Eltern vorgeknöpft. Er hat sie nicht umgebracht, nein, nur ganz übel zugerichtet. Man muss dazu sagen, dass seine Eltern ihn auf dem Bauernhof schuften ließen, seit er sieben war, ihm nur Brot und Milch zu essen gaben und ihn dazu zwangen, im Keller zu schlafen. Robert ist siebenunddreißig. Diese Eltern hätte man einsperren müssen, wenn Sie meine Meinung hören wollen.«

»Die Stimmen haben es mir befohlen«, sagte Robert.

»Das hier ist Greg. Vielleicht der interessanteste Fall. Greg hat in weniger als zwei Jahren ein Dutzend Frauen vergewaltigt. Sie sind ihm auf der Post oder im Supermarkt aufgefallen, er ist ihnen nachgegangen und hat auf diese Weise herausgefunden, wo sie wohnen. Als sie schliefen, ist er bei ihnen eingedrungen, hat sie geschlagen und gefesselt und sie auf den Bauch gelegt, ehe er Licht machte. Lassen wir beiseite, was er ihnen im Detail angetan hat: Seine Opfer werden jedenfalls ihr Leben lang unter den Spätfolgen zu leiden haben. Aber er brachte sie nicht um. Stattdessen fing er eines schönen Morgens an, ihnen zu schreiben. Er war überzeugt, dass sie nach diesem … Verkehr in ihn verliebt waren und dass er sie alle geschwängert hatte. Folglich gab er ihnen seinen Namen und seine Anschrift, und es dauerte nicht lange, bis die Polizei bei ihm auftauchte. Greg schreibt ihnen noch immer. Natürlich geben wir die Briefe nicht auf. Ich werde sie Ihnen zeigen. Es sind wirklich wunderbare Briefe.«

Diane sah Greg an. Ein attraktiver Mann um die dreißig: braun, mit hellen Augen – aber als sein Blick den von Diane kreuzte, lief es ihr kalt über den Rücken.

»Machen wir weiter?«

Ein langer Flur, von der Abenddämmerung in glühendes Rot getaucht.

Eine Tür mit einem kleinen runden Fenster zu ihrer Linken. Stimmen drangen hindurch. Ein schnelles, aufgeregtes Schwatzen. Ein regelrechter Redeschwall. Im Vorübergehen warf sie einen Blick durch das kleine runde Fenster, und was sie sah, erschütterte sie: Ein Mann lag ausgestreckt auf einem OP-Tisch, eine Sauerstoffmaske auf dem Gesicht, Elektroden an den Schläfen. Krankenpfleger standen um ihn herum.

»Was ist das?«, fragte sie.

»Elektrokrampftherapie.«

Elektroschocks… Diane spürte, wie sich ihr im Nacken die Haare aufrichteten. Seit dem Beginn ihrer therapeutischen Anwendung in der Psychiatrie in den 1930er-Jahren war die Elektroschocktherapie umstritten. Ihre Gegner sahen in ihr eine unmenschliche, entwürdigende Behandlungsform, geradezu eine Folter. Sodass in den 1960er-Jahren mit dem Aufkommen der Neuroleptika die Elektrokrampftherapie immer weniger angewandt wurde. Ehe sie dann in den 1980er-Jahren in zahlreichen Ländern – darunter auch Frankreich – ein regelrechtes Comeback erlebte.

»Sie müssen wissen«, sagte Xavier angesichts ihres Schweigens, »die heutige Elektrokrampftherapie hat nichts mehr mit dem früheren Behandlungsverfahren gemeinsam. Sie wird bei Patienten mit schwersten Depressionen angewandt. Der Eingriff erfolgt unter Vollnarkose, und die Patienten erhalten ein Muskelrelaxans, das rasch abgebaut wird. Die Behandlung ist erstaunlich erfolgreich: Bei mehr als fünfundachtzig Prozent der Fälle von schwerer Depression führt sie zu einer deutlichen Verbesserung der Symptomatik. Damit ist sie wirksamer als eine Behandlung mit Antidepressiva. Sie ist schmerzlos, und bei den modernen Methoden haben wir auch nicht mehr mit Folgeschäden am Skelett oder orthopädischen Komplikationen zu tun.«

»Aber es gibt Spätfolgen für Gedächtnisleistung und Denkvermögen. Und manche Patienten sind mehrere Stunden lang verwirrt. Außerdem hat man den genauen Wirkungsmechanismus der Elektrokrampftherapie noch immer nicht aufgeklärt. Haben Sie hier viele Depressive?«

Xavier warf ihr einen argwöhnischen Blick zu:

»Nein. Nur zehn Prozent unserer Patienten sind depressiv.«

»Wie viele Schizophrene und Psychopathen?«

»Ungefähr fünfzig Prozent Schizophrene, fünfundzwanzig Prozent Psychopathen und dreißig Prozent Psychotiker, warum?«

»Sie wenden die EKT doch sicher nur bei Depressionen an?« Sie hatte das Gefühl, einen leichten Lufthauch zu spüren. Xavier fasste sie scharf ins Auge.

»Nein, wir wenden sie auch bei den Insassen der Station A an.«

Verwundert hob sie eine Braue.

»Ich dachte, dazu braucht man das Einverständnis des Patienten oder eines gesetzlichen Betreuers ...«

»Das ist der einzige Fall, in dem wir davon absehen ...«

Sie ließ den Blick über Xaviers verschlossenes Gesicht gleiten. Irgendetwas begriff sie nicht. Sie atmete tief ein und versuchte, ihrer Stimme einen möglichst neutralen Tonfall zu geben:

»Und in welcher Absicht? Nicht in therapeutischer jedenfalls ... Denn bei anderen psychischen Störungen als bei Depression, Manien und seltenen Sonderformen der Schizophrenie ist die Wirksamkeit der EKT nicht belegt und ...«

»Im Interesse der Allgemeinheit.«

Diane runzelte die Stirn.

»Ich verstehe nicht.«

»Dabei liegt es doch auf der Hand: Es handelt sich um eine Strafe.«

Er wandte ihr jetzt den Rücken zu, er betrachtete die orangefarbene Sonne, die hinter den schwarzen Bergen unterging. Sein Schatten erstreckte sich hinter ihm über den Fußboden.

»Bevor Sie die Station A betreten, sollten Sie eine Sache verstehen, Mademoiselle Berg: Diese sieben Typen erschreckt nichts mehr. Nicht einmal die Aussicht auf Isolation. Sie leben in ihrer eigenen Welt, nichts und niemand kann sie dort erreichen. Lassen Sie sich das gesagt sein: Solchen Patienten sind Sie noch nicht begegnet. Nie. Und natürlich sind körperliche Strafen verboten, hier wie anderswo auch.«

Er drehte sich um und schaute sie unverwandt an.

»Sie fürchten sich nur vor einem … den Elektroschocks.«

»Sie wollen damit sagen«, sagte Diane stockend, »diesen Patienten verabreichen Sie Elektroschocks …?«

»Ohne Narkose.«

8

ALS SERVAZ AM nächsten Tag über die Autobahn fuhr, dachte er an die Wachleute. Laut Cathy d'Humières waren sie am Vortag nicht zur Arbeit erschienen. Nach einer Stunde hatte der Direktor des Kraftwerks zum Telefon gegriffen. Er hatte sie auf ihren Handys angerufen. Einen nach dem anderen. Keine Antwort. Da hatte Morane die Gendarmerie verständigt, die Beamte zu ihnen nach Hause geschickt hatte – der eine wohnte zwanzig Kilometer von Saint-Martin entfernt, der andere vierzig. Beide lebten allein; beiden war es verboten, in denselben Departements wie ihre ehemaligen Lebensgefährtinnen zu wohnen, die sie mehrfach mit dem Tode bedroht hatten – einer hatte seine sogar krankenhausreif geschlagen. Servaz wusste ganz genau, dass sich die Polizei in der Praxis kaum darum bemühte, solche Auflagen durchzusetzen. Und das aus einem naheliegenden Grund: Es gab mittlerweile zu viele Verbrecher, zu viele Polizeiaufsichten, zu viele Gerichtsverfahren, zu viele Strafen, um sich um alle zu kümmern. Hunderttausend zu Freiheitsstrafen verurteilte Kriminelle befanden sich auf freiem Fuß und warteten darauf, ihre Strafe anzutreten; oder sie hatten beim Verlassen des Gerichts das Weite gesucht, in dem Wissen, dass der französische Staat wohl kaum Geld und Personal für die Fahndung nach ihnen aufwenden würde, und in der Hoffnung, bis zur Verjährung ihrer Strafe in Vergessenheit zu geraten.

Nachdem die Staatsanwältin ihn über die Wachleute informiert hatte, hatte sie ihm gesagt, dass Eric Lombard unmittelbar nach seiner baldigen Rückkehr aus den Vereinigten Staaten mit den Ermittlern sprechen wollte. Servaz hätte beinahe seine Beherrschung verloren. Er hatte einen Mordfall am Hals; obwohl er durchaus herausfinden wollte, wer dieses Pferd getötet hatte, obwohl er befürchtete, diese Tat könnte nur das Vorspiel zu etwas Schlimmerem sein, konnte Eric Lombard nicht einfach über ihn verfügen.

»Ich weiß nicht, ob ich das schaffe«, hatte er kühl geantwortet. »Ich hab hier mit dem Tod des Obdachlosen alle Hände voll zu tun.«

»Sie sollten besser hingehen«, hatte d'Humières beharrt. »Offenbar hat Lombard mit der Justizministerin gesprochen, und die hat den Präsidenten des Landgerichts angerufen, der wiederum mich angerufen hat. Und ich rufe Sie an. Eine echte Kettenreaktion. Im Übrigen wird Ihnen Canter schon bald das Gleiche sagen; ich bin mir sicher, dass Lombard auch das Innenministerium verständigt hat. Im Übrigen dachte ich, Sie hätten die Mörder des Obdachlosen gefasst.«

»Wir haben eine Zeugenaussage, die auf eher wackligen Beinen steht«, räumte Servaz widerwillig ein, denn er wollte einstweilen nicht in die Einzelheiten gehen. »Und wir warten auf das Ergebnis der Spurenanalyse. Am Tatort gab es jede Menge Fingerabdrücke, Sohlenabdrücke, Blutspuren …«

»Nicht umsonst Steinbock, wie? Servaz, spielen Sie nicht den überforderten Polizisten, das kann ich nicht ausstehen. Ich werde Sie nicht anflehen. Tun Sie mir diesen Gefallen. Eric Lombard erwartet Sie gleich morgen in seinem Schloss in Saint-Martin. Er wird dort das Wochenende verbringen. Nehmen Sie sich die Zeit.«

»Na schön, aber sobald das Gespräch beendet ist, komme ich hierher zurück, um die Ermittlungen im Mord an dem Obdachlosen abzuschließen.«

Er hielt an einer Autobahntankstelle, um zu tanken. Die Sonne schien, die Wolken waren weitergezogen. Er nutzte die Gelegenheit, um Irène Ziegler anzurufen. Sie sollte um neun Uhr auf dem Gestüt von Tarbes an der Obduktion des Pferdes teilnehmen. Sie schlug ihm vor, auch zu kommen. Servaz war einverstanden, sagte aber, er werde draußen auf sie warten.

»Wie Sie wollen«, antwortete sie ihm, ohne ihre Verwunderung zu verbergen.

Wie sollte er ihr erklären, dass er Angst vor Pferden hatte? Dass er es nicht über sich brächte, ein Gestüt zu durchqueren, wo es von diesen Tieren wimmelte? Sie nannte ihm den Namen eines Bistros in der Nähe, Avenue du Régiment-de-Bigorre. Dort würde sie sich mit ihm treffen, sobald sie fertig wären. Als er in Tarbes eintraf, strahlte die Stadt in fast frühlingshaftem Sonnenlicht. Die Hochhäuser standen mitten im Grün des beginnenden Nationalparks Pyrenäen; im Hintergrund erhob sich der natürliche Schutzwall des Gebirges in makellosem Weiß unter dem blauen Himmel. Nicht eine Wolke. Der Himmel war ungeheuer rein, und die funkelnden Gipfel sahen so leicht und duftig aus, als würden sie gleich wie Montgolfieren ins Azur abheben. *Es ist wie eine mentale Barriere,* sagte sich Servaz, als er sie sah. Man stößt innerlich gegen diese Gipfel wie gegen eine Wand. Als wäre das eine Gegend, die dem Menschen kaum vertraut ist, eine *Terra incognita,* ein »Ende der Welt« – buchstäblich. Er betrat das Bistro, das sie ihm genannt hatte, setzte sich an einen Tisch nahe an der Glasfront und bestellte Milchkaffee und ein

Croissant. In einer Ecke über der Theke hing ein Fernseher, in dem ein Nachrichtensender eingeschaltet war. Die bis zum Anschlag aufgedrehte Lautstärke störte Servaz in seinen Gedanken. Er wollte gerade fragen, ob man den Apparat nicht ein wenig leiser stellen könne, als er hörte, wie ein Journalist, der mit einem Mikrophon in der Hand am Rand der Rollbahn eines Flugplatzes stand, den Namen Eric Lombard aussprach. Weiße Berge, ganz ähnlich denen, die er gerade draußen gesehen hatte, tauchten im Hintergrund auf. Jetzt starrte er auf den Fernseher. Als das Gesicht von Eric Lombard auf dem Bildschirm erschien, stand Servaz auf und ging an die Theke.

Der Milliardär wurde unmittelbar nach seiner Ankunft auf dem Flughafen von Tarbes interviewt. Hinter ihm sah man einen funkelnd weißen Privatjet, auf dessen Rumpf in blauen Lettern LOMBARD stand. Lombard wirkte niedergeschlagen, wie jemand, der einen lieben Menschen verloren hat. Der Journalist fragte ihn, *ob ihm dieses Tier besonders viel bedeutet habe.*

»Das war nicht bloß ein Pferd«, antwortete der Geschäftsmann mit einer Stimme, in der Ergriffenheit und Entschlossenheit sorgfältig dosiert waren, »es war ein Gefährte, ein Freund, ein Partner. Wer Pferde wirklich liebt, weiß, dass sie mehr sind als nur Tiere. Und Freedom war ein außergewöhnliches Pferd, in das wir große Hoffnungen setzten. Aber vor allem sind die Umstände seines Todes unerträglich. Ich werde dafür sorgen, dass alles getan wird, um die Täter zu finden.«

Servaz sah, wie der Blick von Eric Lombard zum Objektiv der Kamera wanderte und durch dieses hindurch die Zuschauer fixierte – ein Blick, der zunächst Schmerz ausgedrückt hatte und jetzt Wut, Herausforderung und Drohung. »Diejenigen, die das getan haben, sollten wissen, dass sie mir nicht entwischen werden – *und dass ich ein Mann bin, der nach Gerechtigkeit dürstet.*«

Servaz sah sich um. Alle starrten auf den Bildschirm. *Nicht schlecht,* sagte er sich, *schöne Nummer.* Vorbereitet, das war unverkennbar, und dennoch strahlte dieser Auftritt eine schonungslose Ernsthaftigkeit aus. Servaz fragte sich, ob ein Mann wie Eric Lombard diese Drohung wahr machen würde. Die kommenden zwei Stunden verbrachte er mit einer Bestandsaufnahme dessen, was sie wussten und was sie noch nicht wussten. Letzteres stellte Ersteres in dieser Phase natürlich weit in den Schatten. Als Irène Ziegler schließlich hinter der Scheibe auf dem Gehsteig erschien, blieb er einen Moment lang sprachlos: Sie trug eine lederne schwarze Motorradkombi mit steifen Schutzkappen an Schultern und Knien, dazu an Zehenspitzen und Ferse verstärkte Stiefel, und in der Hand hielt sie einen Integralhelm. *Eine Amazone …* Wieder verblüffte ihn ihre Schönheit. Sie war fast so schön wie Charlène Espérandieu, aber ein anderer Typ – sportlicher, weniger mondän. Charlène glich einer Modezeichnung, Irène Ziegler einer Surfmeisterin. Wieder war er verwirrt. Er erinnerte sich, was er gedacht hatte, als er ihren Nasenring gesehen hatte. Irène Ziegler war unbestreitbar eine anziehende Frau.

Servaz sah auf die Uhr. Schon elf.

»Und?«

Sie erklärte ihm, dass die Obduktion keine wichtigen neuen Erkenntnisse erbracht habe, bis auf die Tatsache, dass das Tier erst nach seinem Tod zerstückelt wurde. Marchand war da gewesen. Der Rechtsmediziner hatte durchblicken lassen, dass das Pferd wahrscheinlich unter Drogen gestanden habe – die toxikologische Analyse werde das zeigen. Nach Abschluss der Obduktion habe der Chef des Reitzentrums erleichtert gewirkt. Er hatte sich schließlich durchgerungen, den Kadaver zum Abdecker zu geben. Bis auf den Kopf, den sein Chef behalten wollte. Laut Marchand wollte er ihn ausstopfen, um ihn an die Wand zu hängen.

»Ihn an die Wand zu hängen?«, wiederholte Servaz ungläubig.

»Halten Sie sie für die Täter?«, fragte die Gendarmin.

»Wen sie?«

»Die Wachmänner.«

»Ich weiß nicht.«

Er holte sein Handy heraus und wählte die Nummer des Schlosses. Eine Frauenstimme antwortete.

»Commandant Servaz, Mordkommission Toulouse. Ich würde gern mit Eric Lombard sprechen.«

»Wie war noch Ihr Name?«

»Servaz.«

»Bleiben Sie bitte dran.«

Ein endloses Anläuten. Dann die Stimme eines Mannes mittleren Alters.

»Ja?«

»Ich würde gern Eric Lombard sprechen.«

»Wen darf ich …?«

»Commandant Servaz, Mordkommission.«

»Worum geht es?«

Servaz spürte, wie der Ärger in ihm hochstieg.

»Hören Sie, Ihr Chef will mich sprechen. Ich habe 'ne Menge andere Sachen am Hals. Ich hab's also ein bisschen eilig!«

»Buchstabieren Sie Ihren Namen klar und deutlich und nennen Sie mir gleich noch den Grund Ihres Anrufs«, sagte der Mann am anderen Ende unerschütterlich. »Monsieur Lombard ist ebenfalls ein viel beschäftigter Mann!«

Seine Arroganz machte Servaz perplex. Er hätte beinahe aufgelegt, aber er nahm sich zusammen.

»Servaz – S, E, R, V, A, Z. Es geht um sein Pferd, Freedom.«

»Konnten Sie das nicht eher sagen?! Bleiben Sie dran.«

Nach zwanzig Sekunden war der Mann wieder am Apparat. »Monsieur Lombard erwartet Sie um 15 Uhr heute Nachmittag.«

Das war keine Einladung, das war ein Befehl.

Als er in das Anwesen von Eric Lombard hineinfuhr, hatte er das Gefühl, eine Märchenwelt zu betreten. Sie hatten Motorrad und Auto auf dem Parkplatz der Gendarmerie in Saint-Martin stehen gelassen und einen Dienstwagen genommen. Dieselbe Straße wie beim letzten Mal: Doch statt im Wald links zur Reitzentrum abzubiegen, fuhren sie einfach geradeaus weiter.

Anschließend durchquerten sie eine luftige, hügelige Wiesenlandschaft, in der verstreut Birken, Eichen, Tannen und Ulmen standen. Das riesige Gut erstreckte sich, so weit das Auge reichte. Überall gab es Hindernisse, Pferde auf den Wiesen und Landwirtschaftsmaschinen, die einsatzbereit am Rand der Wege standen. Stellenweise lag noch Schnee, aber die Luft war lichtdurchflutet und klar. Servaz dachte an eine Ranch in Montana oder an eine Hacienda in Argentinien. Anfangs waren von Zeit zu Zeit Schilder mit der Aufschrift »PRIVATGRUND/BETRETEN VERBOTEN« an Baumstämmen und an Gattern entlang der Felder befestigt. Aber einen Zaun gab es nicht. Fünf Kilometer weiter stießen sie dann auf die Steinmauer. Sie war vier Meter hoch und versperrte den Zugang zu einem bewaldeten Teil des Anwesens. Sie bremsten vor dem Eisengitter. An einem der Pfeiler hing eine Granitplatte.

Servaz las »CHÂTEAU-BLANC« in goldenen Lettern.

An der Spitze des Pfeilers drehte sich eine Kamera. Sie mussten nicht erst aussteigen und sich über die Gegensprechanlage anmelden. Das Gitter öffnete sich praktisch sofort.

Sie fuhren noch einen guten Kilometer durch eine von hundertjährigen Eichen gesäumte Allee. Die makellos asphaltierte, gerade Straße bildete ein schwarzes Glacis unter den krummen Ästen der hohen Bäume. Servaz sah das Gebäude langsam aus der Tiefe des Parks auf sie zukommen. Einige Augenblicke später hielten sie vor einem mit Winterheide und blassrosa Kamelien bepflanzten Beet, das von Schnee bedeckt war. Servaz war enttäuscht: Das Schloss war kleiner, als er erwartet hatte. Aber ein zweiter Blick berichtigte diesen Eindruck: Es war ein Gebäude von kindlicher Schönheit, vermutlich Ende des 19. oder Anfang des 20. Jahrhunderts erbaut, halb Loire-Schloss, halb englischer Herrensitz. Ein Märchenschloss ... Vor den Fenstern im Erdgeschoss erhob sich eine Reihe großer Buchsbaumhecken, die in Form verschiedener Tiere geschnitten waren: ein Elefant, ein Pferd, eine Giraffe und ein Hirsch, die sich gegen den Schnee abhoben. Linker Hand, Richtung Osten, entdeckte Servaz einen französischen Garten mit nachdenklichen Statuen und Brunnenbecken, ein abgedecktes Schwimmbad und einen Tennisplatz. Eine große Orangerie etwas weiter hinten, mit einem Haufen bizarrer Antennen auf dem Dach. Er erinnerte sich an die Zahlen, die er im Internet gelesen hatte: Eric Lombard war einer der wohlhabendsten Männer Frankreichs, und einer der einflussreichsten obendrein. Er stand an der Spitze eines Unternehmens, das in über siebzig Ländern aktiv war. Vermutlich war die ehemalige Orangerie in ein ultramodernes Kommunikationszentrum umgebaut worden. Ziegler schlug ihre Autotür zu.

»Sehen Sie mal!«

Sie zeigte auf die Bäume. Er folgte ihrem ausgestreckten Arm mit den Augen. Zählte etwa dreißig Kameras, die zwischen den Ästen an den Baumstämmen befestigt waren. Sie erfassten vermutlich den gesamten Bereich. Kein toter Winkel. Irgendwo im Schloss beobachtete man sie. Sie folgten einem Rollsplittweg zwischen den Blumenrabatten und gingen zwischen zwei kauernden Buchsbaumlöwen hindurch. Jeder war fünf Meter hoch. *Seltsam,* dachte Servaz. *Sieht aus wie ein Garten, der zur Belustigung sehr reicher Kinder angelegt wurde.* Aber er hatte nirgends gelesen, dass Eric Lombard Kinder hatte. Im Gegenteil, die meisten Artikel sprachen von einem eingefleischten Junggesellen und seinen zahllosen Affären. Oder stammten diese pflanzlichen Skulpturen aus der Zeit, als er selbst noch ein Kind war? Ein etwa sechzigjähriger Mann erwartete sie oben auf der Treppe. Groß, schwarz gekleidet. Er musterte sie mit eiskalten Augen. Obwohl Servaz ihn zum ersten Mal sah, wusste er sofort, mit wem er es zu tun hatte: dem Mann, den er am Telefon gehabt hatte – und er spürte, wie ihm wieder die Wut kam. Der Typ begrüßte sie, ohne zu lächeln, und bat sie, ihm zu folgen, dann wandte er sich um. Der Ton, in dem er sprach, ließ keinen Zweifel daran, dass es sich auch diesmal weniger um eine Bitte als um einen Befehl handelte.

Sie betraten das Gebäude.

Eine Flucht geräumiger, leerer und hallender Salons, die

das Gebäude in seiner ganzen Tiefe durchquerten, denn am anderen Ende des Korridors sahen sie das Tageslicht wie am fernen Ende eines Tunnels. Das Innere war monumental. In die Eingangshalle fiel Licht durch Fenster im ersten Stock, so hoch war die Decke. Der Mann in Schwarz ging ihnen voran quer durch die Halle und einen ersten, unmöblierten Salon, ehe er rechts auf eine Doppeltür zusteuerte. Eine Bibliothek mit Wänden, die bis an die Decke mit alten Büchern gefüllt waren, und mit vier hohen Fenstertüren, die auf den Wald gingen. Eric Lombard stand vor einer davon. Servaz erkannte ihn sofort, obwohl er ihnen den Rücken zuwandte. Der Geschäftsmann sprach in das Mikrophon eines Headsets.

»Die Polizei ist da«, sagte der Mann in Schwarz in einem Tonfall, in dem sich Respekt und Verachtung für die Besucher die Waage hielten.

»Danke, Otto.«

Otto verließ den Raum. Lombard beendete sein Gespräch auf Englisch, setzte das Headset ab und legte es auf einen Eichentisch. Er heftete seinen Blick auf sie. Zuerst auf Servaz, dann – länger – auf Ziegler, seine Augen funkelten kurz, wohl aus Verwunderung über ihre Kleidung. Er lächelte herzlich.

»Bitte entschuldigen Sie Otto. Er wähnt sich in einem anderen Zeitalter. Er behandelt mich manchmal so, als wäre ich ein Fürst oder ein König, aber andererseits kann ich mich auf ihn auch hundertprozentig verlassen.«

Servaz sagte nichts. Er wartete auf die Fortsetzung.

»Ich weiß, dass Sie sehr beschäftigt sind und unter großem Zeitdruck stehen. Aber das gilt auch für mich. Dieses Pferd hat mir sehr viel bedeutet. Es war ein wunderbares Tier. Ich möchte, dass alles, wirklich alles unternommen wird, um den zu finden, der diese abscheuliche Tat begangen hat.«

Er musterte sie erneut. Seine blauen Augen drückten Traurigkeit, aber auch Härte und Autorität aus.

»Sie sollten wissen, dass Sie mich zu jeder Tages- und Nachtzeit anrufen und mir alle Fragen stellen können, die Ihnen zweckdienlich erscheinen, auch wenn sie scheinbar ganz abwegig sind. Ich habe Sie gebeten herzukommen, um mich zu vergewissern, dass Sie allen Spuren nachgehen und nichts unversucht lassen, um diesen Fall erfolgreich abzuschließen. Ich will, dass dieses Verbrechen restlos aufgeklärt wird, und man hat mir versichert, dass Sie ausgezeichnete Ermittler sind.« Er lächelte, dann verschwand das Lächeln. »Aber wenn Sie nachlässig und halbherzig verfahren sollten und diesen Fall auf die Schnelle erledigen wollen, unter dem Vorwand, dass es sich nur um ein Pferd handelt, werde ich mich unerbittlich zeigen.«

Die Drohung war nicht einmal verhüllt. *Ich will…* Der Mann nahm kein Blatt vor den Mund. Er wollte keine Zeit verlieren und schnellstmöglich sein Ziel erreichen. Das – und seine Liebe zu diesem Tier – machten ihn in Servaz' Augen beinahe sympathisch.

Irène Ziegler dagegen war offensichtlich nicht dieser Meinung. Servaz sah, dass sie ganz blass geworden war.

»Mit Drohungen erreichen Sie gar nichts«, erwiderte sie in kalter Wut.

Lombard starrte sie an. Jäh wurden seine Züge weicher, und er setzte eine reumütige Miene auf.

»Ich bitte Sie um Verzeihung. Ich bin sicher, dass Sie beide höchst kompetent und gewissenhaft sind. Ihre Vorgesetzten können Sie gar nicht genug loben. Ich bin ein Dummkopf. Diese… Ereignisse haben mich zutiefst erschüttert. Bitte nehmen Sie meine Entschuldigung an, Capitaine Ziegler. Sie ist ernst gemeint.«

Ziegler nickte widerstrebend mit dem Kopf, aber sie sagte nichts.

»Falls es Ihnen nichts ausmacht«, warf Servaz ein, »würde ich Ihnen gern gleich ein paar Fragen stellen – wo wir schon mal hier sind.«

»Natürlich. Folgen Sie mir. Erlauben Sie mir, Ihnen einen Kaffee anzubieten.«

Eric Lombard öffnete eine andere Tür in der Rückwand. Ein Salon. Die Sonnenstrahlen drangen durch die Fenstertüren und fielen auf das Leder zweier Sofas und einen niedrigen Couchtisch, auf dem ein Tablett mir drei Tassen und einer Wasserkanne stand. Servaz hielt sie für alt und wertvoll. Wie auch den Rest des Mobiliars. Alles war bereits angerichtet – einschließlich Zucker, Feingebäck und Milch.

»Als Erstes würde ich gern wissen«, hob Servaz ohne Umschweife an, »ob Sie jemanden kennen, dem Sie dieses Verbrechen zutrauen würden, der womöglich einen Grund dafür haben könnte.«

Eric Lombard schenkte Kaffee aus.

Er hielt in der Geste inne und blickte Servaz tief in die Augen. Sein blondes Haar spiegelte sich in dem großen Spiegel hinter ihm. Er trug einen naturfarbenen Rollkragenpullover und eine graue Wollhose. Und er war braungebrannt.

Seine hellen Augen blinzelten nicht, als er antwortete:

»Ja.«

Servaz zuckte zusammen. Auch Ziegler neben ihm reagierte überrascht.

»Und nein«, fügte er sogleich hinzu. »Das sind zwei Fragen in einer: Ja, ich kenne eine Menge Leute, die Gründe für eine solche Tat hätten. Nein, ich wüsste niemanden, der dazu imstande wäre.«

»Könnten Sie sich etwas klarer ausdrücken«, sagte Ziegler verärgert. »Welche Gründe sollten diese Leute haben, um dieses Pferd zu töten?«

»Um mir zu schaden, um sich zu rächen, um mich zu beeindrucken. Sie ahnen es schon: In meinem Beruf und mit meinem Vermögen macht man sich Feinde, man erregt Neid, man schnappt Konkurrenten Aufträge weg, man lehnt Angebote ab, man treibt Leute in den Ruin, man entlässt Hunderte von Menschen ... Wenn ich eine Liste mit den Namen aller derer erstellen sollte, die mich hassen, hätte sie den Umfang eines Telefonbuchs.«

»Können Sie nicht etwas präziser sein?«

»Leider nein. Ich verstehe Ihre Überlegung: Man hat mein Lieblingspferd getötet und an der Bergstation einer Seilbahn aufgehängt, die mir gehört. Also will man mich treffen. Alles deutet auf mich hin, da bin ich Ihrer Meinung. Aber ich habe nicht die leiseste Ahnung, wer das getan haben könnte.«

»Keine schriftlichen oder mündlichen Drohungen, keine anonymen Briefe?«

»Nein.«

»Ihr Unternehmen ist in fünfundsiebzig Ländern aktiv«, sagte Servaz.

»Achtundsiebzig«, korrigierte ihn Lombard.

»Hat Ihre Firma vielleicht indirekte Beziehungen zur Mafia, zum organisierten Verbrechen? Ich vermute, dass es Länder gibt, wo solche ... *Kontakte* mehr oder minder unvermeidlich sind.«

Wieder sah Lombard Servaz fest an, diesmal aber ohne Aggressivität. Er gestattete sich sogar ein Lächeln.

»Sie sind sind ja ziemlich direkt, Commandant. Denken Sie vielleicht an den abgeschnittenen Pferdekopf in dem Film

Der Pate? Nein, mein Unternehmen unterhält keine Beziehungen zum organisierten Verbrechen. Jedenfalls nicht, dass ich wüsste. Ich sage nicht, dass es nicht einige Länder gibt, wo wir die Augen vor gewissen Machenschaften verschließen müssen, in Afrika und in Asien, aber es handelt sich dabei, ganz offen gesagt, um Diktaturen – nicht um Mafiaorganisationen.«

»Stört Sie das nicht?«, fragte Ziegler.

Lombard zog eine Augenbraue hoch.

»Geschäfte mit Diktatoren zu machen?«, schob sie nach.

Lombard lächelte abermals nachsichtig – aber es war das Lächeln eines Monarchen, der nicht so recht wusste, ob er über die Frechheit eines seiner Untertanen lachen oder ihn auf der Stelle enthaupten lassen sollte.

»Ich glaube nicht, dass die Antwort auf diese Frage Ihnen bei Ihren Ermittlungen weiterhelfen wird«, antwortete er. »Und Sie sollten auch wissen, dass ich entgegen dem Anschein nicht allein am Ruder sitze: In vielen Bereichen haben wir Partner, und der wichtigste ist der französische Staat. Es gibt manchmal ›politische‹ Aspekte, auf die ich keinen Einfluss habe.«

Direkt, aber, wenn's drauf ankommt, auch die leeren Phrasen auf Lager, dachte Servaz.

»Etwas würde ich gern verstehen. Wie ist es möglich, dass niemand das Geringste gehört oder gesehen hat, weder im Reitzentrum noch im Kraftwerk? Man kutschiert ein totes Pferd nicht mitten in der Nacht einfach so herum.«

Lombards Gesicht verdüsterte sich.

»Sie haben recht. Das ist eine Frage, die ich mir auch gestellt habe. Irgendjemand lügt. *Und ich würde gern wissen, wer*«, fügte er in einem drohenden Tonfall hinzu.

Er stellte die Tasse so heftig ab, dass sie zusammenzuckten. »Ich habe alle Bediensteten zu mir zitiert – die Mitarbeiter des Kraftwerks und die Angestellten des Gestüts. Ich habe sie alle einzeln befragt. Vier Stunden habe ich dafür gebraucht. Sie werden mir gewiss glauben, wenn ich Ihnen sage, dass ich sie massiv unter Druck gesetzt habe. In dieser Nacht will niemand etwas gehört haben. Das ist natürlich unmöglich. Ich habe nicht den geringsten Zweifel an der Aufrichtigkeit von Marchand und Hector: Sie hätten den Pferden niemals etwas zuleide getan, und sie stehen schon sehr lange im Dienst der Familie. Es sind redliche, tüchtige Männer, und ich hatte immer ein ausgezeichnetes Verhältnis zu ihnen. Sie gehören sozusagen zur Familie. Sie können sie von Ihrer Liste streichen. Das Gleiche gilt für Hermine. Sie ist ein prima Kerl, und Freedom hat sie vergöttert. Diese Geschichte hat sie niedergeschmettert.«

»Wissen Sie, dass die Wachleute verschwunden sind?«, fragte Servaz.

Lombard runzelte die Stirn.

»Ja. Sie sind die Einzigen, die ich nicht befragt habe.«

»Sie sind zwei, und um das Pferd dort oben aufzuhängen, waren mindestens zwei Personen erforderlich. Und sie sind vorbestraft.«

»Zwei ideale Tatverdächtige«, bemerkte Lombard in zweifelndem Ton.

»Sie scheinen nicht überzeugt zu sein?«

»Ich weiß nicht… Weshalb sollten diese beiden Typen Freedom gerade dort aufhängen, wo sie arbeiten? Die beste Methode, um den Verdacht auf sich zu lenken, oder?« Servaz nickte langsam zustimmend.

»Immerhin haben sie sich aus dem Staub gemacht«, wandte er ein.

»Versetzen Sie sich in ihre Lage. Bei ihren Vorstrafen. Nehmen Sie es mir nicht übel, aber sie wissen ganz genau, dass die Polizei, sobald sie einen Täter hat, selten lange weiter ermittelt.«

»Wer hat sie eingestellt?«, fragte Ziegler. »Was wissen Sie über sie? Ich wette, dass Sie seit gestern Erkundigungen über sie eingeholt haben.«

»Ja. Der Direktor des Kraftwerks, Marc Morane, hat sie eingestellt. Im Rahmen eines Programms zur beruflichen Wiedereingliederung ehemaliger Häftlinge der JVA Lannemezan.«

»Waren sie bereits in irgendwelche Geschichten im Kraftwerk verwickelt?«

»Morane hat das glaubhaft verneint.«

»Wurden in den letzten Jahren im Kraftwerk oder auf dem Gut Mitarbeiter entlassen?«

Lombard sah sie nacheinander an. Seine Haare, sein Bart und seine blauen Augen ließen ihn wirklich aussehen wie einen verführerischen alten Seebär. Er sah genauso aus wie auf seinen Fotos.

»Mit diesen Einzelheiten befasse ich mich nicht. Für Mitarbeiterführung bin ich nicht zuständig. Ebenso wenig übrigens wie für das Management kleinerer Unternehmenseinheiten wie das Kraftwerk. Aber Sie können selbstverständlich sämtliche Akten über unsere Angestellten und meine Mitarbeiter einsehen. Ich habe entsprechende Weisungen erteilt. Meine Sekretärin wird Ihnen eine Liste mit den Namen und den Telefonnummern zuschicken. Sie können sich an jeden von ihnen wenden. Sollte einer Schwierigkeiten machen, rufen Sie mich an. Ich habe Ihnen gesagt, dass diese Sache für mich von höchster Wichtigkeit ist – und ich selbst stehe Ihnen rund um die Uhr zur Verfügung.« Er zog eine Visitenkarte heraus und hielt sie Ziegler hin. »Im Übrigen haben Sie das Wasserkraftwerk gesehen: Es ist alt und eigentlich nicht rentabel. Wir behalten es nur deshalb, weil es in der Geschichte unseres Unternehmens und unserer Familie eine wichtige Rolle gespielt hat. Marc Morane, den derzeitigen Direktor des Kraftwerks, kenne ich seit meiner Kindheit: Wir waren zusammen auf der Grundschule. Aber ich hatte ihn jahrelang aus den Augen verloren.«

Servaz begriff, dass diese letzte Bemerkung die Beteiligten in eine Rangordnung bringen sollte. Für den Erben des Industrieimperiums war der Kraftwerksdirektor nur ein Mitarbeiter unter anderen, auf der untersten Stufe der Leiter, mehr oder minder auf der gleichen Ebene wie seine Arbeiter.

»Wie viele Tage pro Jahr verbringen Sie hier, Monsieur Lombard?«, fragte die Gendarmin.

»Das ist schwer zu beantworten: Lassen Sie mich nachdenken … Sagen wir zwischen sechs und acht Wochen. Nicht mehr. Natürlich verbringe ich mehr Zeit in meiner Pariser Wohnung als in diesem alten Schloss. Ich bin auch häufig in New York. Und, um die Wahrheit zu sagen, bin ich das halbe Jahr auf Geschäftsreise. Ich bin sehr gern hier, vor allem in der Skisaison und im Sommer, um mich meinen Pferden zu widmen. Ich habe noch andere Gestüte, wie Sie vielleicht wissen. Aber hier habe ich den größten Teil meiner Kindheit und Jugend verbracht, ehe mich mein Vater zur Ausbildung fortschickte. Dieses Gebäude mag Ihnen düster erscheinen, trotzdem fühle ich mich hier zu Hause. Ich habe so viel Gutes und Schlechtes erlebt. Aber die schlechten Erfahrungen werden mit der Zeit zu positiven: Da leistet das Gedächtnis ganze Arbeit …«

Seine Stimme hörte sich zum Schluss wie verschleiert an. Servaz versteifte sich, alle Sinne aufs Höchste geschärft. Er wartete, was nun folgen würde, aber es kam nichts mehr.

»Was meinen Sie mit ›Gutem und Schlechtem‹?«, fragte Ziegler neben ihm mit sanfter Stimme.

Lombard wischte die Frage mit einer Geste vom Tisch.

»Völlig unwichtig. All das ist so lange her… Das hat nichts mit dem Tod meines Pferdes zu tun.«

»Das zu beurteilen ist unsere Sache«, antwortete Ziegler.

Lombard zögerte.

»Man sollte meinen, dass das Leben eines kleinen Jungen an einem Ort wie diesem idyllisch war, aber das war es nicht im Entferntesten…«

»Tatsächlich?«, fragte die Gendarmin.

Servaz sah, wie der Geschäftsmann sie prüfend ansah.

»Hören Sie, ich glaube nicht…«

»Was?«

»Vergessen Sie es. Das ist nicht von Belang…«

Servaz hörte, wie Ziegler neben ihm seufzte.

»Monsieur Lombard«, sagte die Gendarmin, »Sie haben uns mit der Drohung unter Druck gesetzt, dass wir es bedauern würden, wenn wir in diesem Fall nur oberflächlich ermitteln. Und Sie haben uns eindringlich ermahnt, selbst den kleinsten Spuren auf den Grund zu gehen. Wir sind Ermittler, keine Fakire oder Wahrsager. Wir müssen über die Umstände dieses Verbrechens möglichst viel wissen. Wer weiß, ob der Ursprung dieses Gemetzels nicht in der Vergangenheit liegt?«

»Es ist unsere Aufgabe, Zusammenhänge und Motive aufzuspüren«, fügte Servaz bekräftigend hinzu.

Lombard fasste sie nacheinander scharf ins Auge, und sie ahnten, dass er im Geiste das Für und das Wider abwog. Weder Ziegler noch er rührten sich. Der Geschäftsmann zögerte noch ein wenig, dann zuckte er mit den Schultern.

»Lassen Sie mich Ihnen von Henri und Edouard Lombard erzählen, meinem Vater und meinem Großvater«, sagte er unvermittelt. »Es ist eine recht erbauliche Geschichte. Lassen Sie mich Ihnen sagen, wer Henri Lombard wirklich war. Ein eiskalter Mann, hart wie Stein, von unbeugsamer Strenge. Gewalttätig und egoistisch. Ein Ordnungsfanatiker wie sein Vater.«

Irène Ziegler stand die Verblüffung ist Gesicht geschrieben, und Servaz hielt den Atem an. Lombard stockte erneut. Eine Zeit lang starrte er sie an. Die beiden Ermittler warteten schweigend ab, wie es weitergehen würde – das Schweigen zog sich in die Länge.

»Wie Sie vielleicht wissen, hat das Unternehmen Lombard erst während des Zweiten Weltkriegs so richtig floriert. Ehrlicherweise muss man sagen, dass mein Vater und mein Großvater die deutsche Besatzung nicht ungern sahen. Mein Vater war damals erst knapp zwanzig, und mein Großvater hat das Unternehmen von hier und von Paris aus geleitet. Das war eine der wirtschaftlich erfolgreichsten Phasen in der Geschichte des Unternehmens – es machte hervorragende Geschäfte mit seinen Nazikunden.«

Er beugte sich vor. Seine Geste wiederholte sich im Spiegel hinter seinem Rücken in umgekehrter Richtung – als würde sich die Kopie von dem distanzieren, was das Original sagte.

»Nach der Befreiung wurde mein Großvater wegen Kollaboration zum Tode verurteilt und später begnadigt. Er war gemeinsam mit anderen Kollaborateuren in Clairvaux inhaftiert. 1952 kam er frei. Er starb ein Jahr später an einem Herzinfarkt. In der Zwischenzeit hatte sein Sohn Henri die

Führung übernommen. Er wollte das Familienunternehmen erweitern, diversifizieren und modernisieren. Anders als sein Vater hatte der meine – trotz oder vielleicht auch wegen seines jungen Alters – schon 1943 gespürt, dass sich der Wind drehte, und so hatte er sich der Resistance und dem Gaullismus angenähert. Nicht aus innerer Überzeugung, sondern aus reinem Opportunismus. Er war ein brillanter, weitsichtiger Mann. Seit Stalingrad wusste er, dass die Tage des Dritten Reichs gezählt waren, und er hat es mit beiden Seiten gehalten: einerseits mit den Deutschen und andererseits mit der Resistance. Mein Vater hat in den Fünfziger-, Sechziger- und Siebzigerjahren den Lombard-Konzern zu dem gemacht, was er heute ist. Nach dem Krieg hat er ein Geflecht von Beziehungen zu führenden Gaullisten und ehemaligen Widerstandskämpfern geknüpft, die mittlerweile in Schlüsselpositionen gelangt waren. Er war ein bedeutender Industriekapitän, der Gründer eines Imperiums, ein Visionär – aber zu Hause war er ein Tyrann, ein brutaler Vater und Ehemann, gefühlskalt und distanziert. Er war eine imposante Erscheinung: schmal und hochgewachsen und immer schwarz gekleidet. Die Einwohner von Saint-Martin respektierten oder hassten ihn, aber alle hatten Angst vor ihm. Ein Mann, der sich so sehr selbst liebte, dass nichts mehr für die anderen übrig blieb. Nicht einmal für seine Frau oder seine Kinder …«

Eric Lombard stand auf. Servaz und Ziegler sahen, dass er zu einem Büfett ging. Er nahm ein gerahmtes Foto und hielt es Servaz hin. Dunkle Kleidung, ein makellos weißes Hemd, ein großer, streng dreinblickender Mann, mit funkelnden Adleraugen, einer langen, kräftigen Nase und weißem Haar. Henri Lombard besaß wenig Ähnlichkeit mit seinem Sohn. Er hatte etwas von einem fanatischen Geistlichen oder Prediger. Servaz musste an seinen eigenen Vater denken, ein kleiner Mann von Format, dessen Gesicht sich auf der Fotoplatte seines Gedächtnisses nicht deutlich abzeichnen wollte. »Mein Vater führte zu Hause wie auch in seinen Firmen ein Schreckensregiment. Er wandte psychische und sogar körperliche Gewalt gegen seine Mitarbeiter, seine Frau und seine Kinder an.« Servaz bemerkte, dass sich Lombards Stimme verändert hatte. Aus dem modernen Abenteurer, der Ikone der Illustrierten war ein anderer geworden. »Meine Mutter ist mit neunundvierzig Jahren an Krebs gestorben. Sie war seine dritte Frau. In den neunzehn Jahren, die sie mit meinem Vater verheiratet war, hat sie permanent unter seiner Tyrannei, seinen Wutanfällen, seinem Sarkasmus – und seinen Schlägen – gelitten. Auch hat er viele Hausangestellte und andere Mitarbeiter gefeuert. Ich bin in einem Milieu aufgewachsen, in dem Härte eine Tugend ist. Aber bei meinem Vater ging es weit über das annehmbare Maß hinaus. Seine Seele war ein Geisterhaus.«

Servaz und Ziegler sahen sich an. Beide waren sich bewusst, dass ihnen der Erbe des Industrieimperiums da eine unglaubliche Geschichte aufgetischt hatte: Jeder Gossenjournalist hätte daraus eine Superstory gemacht. Eric Lombard hatte offenbar beschlossen, ihnen zu vertrauen. Warum? Plötzlich begriff Servaz. Im Verlauf der letzten vierundzwanzig Stunden hatte Lombard vermutlich zahlreiche Telefonate getätigt. Servaz erinnerte sich wieder an die schwindelerregenden Summen, von denen er im Netz gelesen hatte, und er spürte, wie ihm ein unangenehmes Kitzeln die Wirbelsäule hinunterlief. Eric Lombard hatte genug Geld und Macht, um an jede beliebige Information zu gelangen. Plötzlich fragte sich der Polizist, ob er nicht parallele Ermittlungen in Auftrag gegeben hatte, Ermittlungen, die nicht nur den Tod seines Pferdes betrafen, sondern auch die offiziellen Ermittler gründlich unter die Lupe nahmen. Das war offensichtlich. Lombard wusste wahrscheinlich genauso viel über sie, wie sie über ihn wussten.

»Das ist eine wichtige Information«, meinte Ziegler endlich. »Sie haben gut daran getan, uns das mitzuteilen.«

»Glauben Sie? Ich bezweifle das. All diese Geschichten sind längst begraben. Natürlich ist alles, was ich Ihnen gesagt habe, streng vertraulich.«

»Wenn das, was Sie sagen, zutrifft«, sagte Servaz, »haben wir ein Motiv: Hass, Rache. Bei einem ehemaligen Mitarbeiter zum Beispiel, einem ehemaligen Geschäftsfreund oder einem alten Feind Ihres Vaters.«

Lombard schüttelte ungläubig den Kopf.

»Wenn dem so wäre, warum so spät? Mein Vater ist schon seit elf Jahren tot.«

Er wollte gerade etwas hinzufügen, als Irène Zieglers Handy summte. Sie sah auf die Nummer und blickte zu ihnen hoch.

»Entschuldigen Sie mich.«

Sie stand auf und ging in eine Ecke des Raumes.

»Ihr Vater wurde 1920 geboren, falls ich mich nicht irre«, fuhr Servaz fort. »Und Sie 1972. Er hat Sie ziemlich spät gezeugt, um es milde auszudrücken. Hat er noch andere Kinder?«

»Meine Schwester Maud. Sie kam 1976 zur Welt, vier Jahre nach mir. Wir stammen beide aus seiner dritten und letzten Ehe. Vorher hatte er keine Kinder. Wieso, weiß ich nicht. Offiziell hatte er meine Mutter in Paris kennengelernt, in einem Theater, wo sie Schauspielerin war …«

Wieder schien Lombard sich zu fragen, wie weit er sie ins Vertrauen ziehen konnte. Er musterte Servaz eindringlich, dann gab er sich einen Ruck.

»Meine Mutter ist in der Tat eine recht gute Schauspielerin gewesen, aber sie hat nie einen Fuß auf eine Bühne oder in ein Theater gesetzt, und sie stand auch nie vor der Kamera. Ihr Talent war es eher, eine Komödie für jeweils eine Person zu spielen: vermögende Männer reifen Alters, die sich ihre Gesellschaft einiges kosten ließen. Offenbar hatte sie einen treuen Kundenstamm von reichen Geschäftsleuten. Sie war sehr gefragt. Mein Vater war einer ihrer anhänglichsten Kunden. Wahrscheinlich wurde er schon bald eifersüchtig. Er wollte sie für sich allein. Wie überall wollte er auch hier die Nummer eins sein – und seine Rivalen auf die eine oder andere Weise aus dem Feld schlagen. Da hat er sie eben geheiratet. Oder vielmehr hat er sie, aus seiner Sicht, »gekauft«. Auf seine Weise. Er hat sie immer für eine … *Nutte* gehalten, selbst nach ihrer Heirat. Als mein Vater sie geheiratet hat, war er einundfünfzig, und sie war dreißig. Sie wiederum musste wohl einsehen, dass ihre ›Karriere‹ zu Ende ging und dass es Zeit war, an eine ›Umschulung‹ zu denken. Aber sie ahnte nicht, dass der Mann, den sie heiratete, gewalttätig war. Sie hat viel durchgemacht.«

Auf einmal verfinsterte sich Eric Lombards Gesicht. *Er hat seinem Vater nie verziehen.* Servaz erkannte schaudernd, dass Lombard und er eine große Gemeinsamkeit hatten: Für sie beide waren die familiären Erinnerungen ein vielschichtiges Gemisch aus Freud und Leid, aus beglückenden und entsetzlichen Momenten. Aus den Augewinkeln beobachtete er Ziegler. Sie sprach noch immer in ihr Telefon, am anderen Ende des Raumes, mit dem Rücken zu den beiden Männern.

Sie drehte sich unvermittelt um, und ihr Blick begegnete dem von Servaz.

Er war sofort alarmiert: Irgendetwas, was sie gerade am Telefon erfahren hatte, hatte sie erschüttert.

»Wer hat Ihnen all diese Dinge über Ihre Eltern mitgeteilt?« Lombard lachte kalt.

»Vor ein paar Jahren habe ich einen Journalisten beauftragt, in der Familiengeschichte herumzuschnüffeln.« Er zögerte kurz. »Ich wollte schon lange mehr über meinen Vater und meine Mutter wissen. Natürlich wusste ich, dass sie kein harmonisches Paar waren, gelinde gesagt. Aber dass es so schlimm war, hatte ich nicht erwartet. Anschließend habe ich das Stillschweigen dieses Journalisten gekauft. Teuer. Aber es war die Mühe wert.«

»Und seither hat kein anderer Journalist seine Nase in Ihre Familiengeschichte gesteckt?«

Lombard schaute Servaz unverwandt an. Jetzt war er wieder der unerbittliche Geschäftsmann.

»Doch. Natürlich. Ich habe sie alle gekauft. Einen nach dem anderen. Ich habe ein Vermögen dafür ausgegeben … *Aber jenseits einer gewissen Summe ist jeder käuflich …«*

Er starrte Servaz an, und der Polizist begriff die Botschaft: *selbst Sie.* Servaz spürte die Wut in sich aufsteigen. Diese Arroganz empörte ihn. Doch gleichzeitig wusste er, dass der Mann recht hatte. Vielleicht besäße er die Kraft, es für sich selbst abzulehnen, im Namen des Verhaltenskodex, zu dessen Einhaltung er sich bei seinem Eintritt in den Polizeidienst verpflichtet hatte. Wäre er aber Journalist gewesen und hätte ihm der Mann, der vor ihm stand, die besten Schulen, die besten Lehrer, die besten Universitäten für seine Tochter versprochen, und später eine sichere Stelle in ihrem Traumberuf:

Hätte er dann die Kraft gehabt, Margot eine solche Zukunft zu verwehren? In gewisser Weise hatte Lombard recht: Jenseits bestimmter Grenzen war jeder käuflich. Der Vater hatte seine Frau gekauft; der Sohn kaufte Journalisten – und wahrscheinlich auch Politiker: Eric Lombard war seinem Vater ähnlicher, als er glaubte.

Servaz hatte keine Fragen mehr.

Er stellte seine leere Tasse ab. Ziegler trat zu ihnen. Er sah sie verstohlen an. *Sie war angespannt und unruhig.*

»Schön, jetzt würde ich aber erst mal gern wissen, ob Sie eine heiße Spur haben«, sagte Lombard kalt.

Die Sympathie, die Servaz kurz empfunden hatte, war wie weggeblasen; der Kerl sprach wieder mit ihnen, als wären sie seine Domestiken.

»Tut mir leid«, antwortete er unverzüglich mit dem Lächeln eines Steuerfahnders. »Zum gegenwärtigen Zeitpunkt geben wir niemandem, der in diesen Fall verwickelt ist, Auskunft über den Stand der Ermittlungen.«

Lombard starrte ihn lange an. Servaz sah ihm an, dass er zwischen zwei Optionen schwankte: erneute Drohung oder vorläufiger Rückzug. Er entschied sich für Letzteres.

»Ich verstehe. Ich weiß, an wen ich mich wenden muss, um diese Informationen zu erhalten. Danke dafür, dass Sie sich trotz Ihrer Arbeitsbelastung die Zeit für mich genommen haben.«

Er stand auf. Die Unterhaltung war zu Ende. Es gab nichts hinzuzufügen.

Sie nahmen den gleichen Weg, den sie gekommen waren. In den Salons, die vom Flur abgingen, breitete sich die Finsternis aus. Draußen hatte der Wind so stark aufgefrischt, dass die Bäume schwankten und ächzten. Servaz fragte sich, ob es wohl wieder schneien würde. Er sah auf die Uhr: 16:40 Uhr. Die Sonne ging unter; die langen Schatten der zu Tierformen zugeschnittenen Buchsbäume erstreckten sich über den Boden. Er warf einen Blick hinter sich, auf die Fassade des Schlosses, und sah an einem der zahlreichen Etagenfenster, dass Eric Lombard ihnen regungslos hinterhersah. Neben ihm standen zwei Männer, darunter besagter Otto. Wieder dachte Servaz an seine Hypothese, wonach über die Ermittler selbst Nachforschungen angestellt wurden. In dem dunklen Rechteck des Fensters wirkten Lombard und seine Handlanger wie Spiegelbilder. Ebenso seltsam, stumm und unheimlich. Kaum dass sie wieder ins Auto gestiegen waren, wandte er sich an Ziegler.

»Was ist los?«

»Gerade hat Rosny-sous-Bois angerufen. Sie haben ihre DNA-Analysen abgeschlossen.«

Er sah sie ungläubig an. Die Proben waren gerade mal vor achtundvierzig Stunden entnommen worden. Keine DNA-Analyse war so schnell fertig, so sehr waren die Labors überlastet! Ein sehr hohes Tier musste die Akte ganz oben auf den Stapel gelegt haben.

»Die meisten der DNA-Spuren aus der Gondel – Kopf- und Körperhaare, Speichel, Nägel – lassen sich Arbeitern und Angestellten des Kraftwerks zuordnen. Aber an einer Scheibe haben sie noch eine Speichelspur gefunden. Eine Spur, die von jemandem stammt, der mit dem Kraftwerk nichts zu tun – der allerdings in der FNAEG gespeichert ist. *Jemand, der sich dort niemals hätte aufhalten dürfen …«*

Servaz verkrampfte sich. Die FNAEG war die nationale Datenbank für genetische Fingerabdrücke. Eine umstrittene Datenbank: Hier waren die DNA-Profile nicht nur von Vergewaltigern, Mördern und Pädophilen, sondern auch von Personen registriert, die alle möglichen Bagatelldelikte begangen hatten, vom Ladendiebstahl bis zum Besitz einiger Gramm Cannabis. Die Folge: Im Vorjahr waren in der Datenbank 470 492 Profile gespeichert gewesen. Auch wenn diese Datenbank einer sehr strengen richterlichen Kontrolle unterlag, sorgte dieser Auswuchs bei Anwälten und Richtern doch zu Recht für Unruhe. Gleichzeitig hatte diese Tendenz, die Aufnahmekriterien für die Datenbank immer laxer zu fassen, bereits zu einigen spektakulären Festnahmen geführt, denn die Kriminalität lässt sich oft nicht feinsäuberlich in bestimmte Schubladen einsortieren: Ein »Richtkanonier« – im Knastjargon ein Vergewaltiger – konnte auch ein Fassadenkletterer oder ein Räuber sein. Und DNA-Spuren, die bei Einbrüchen sichergestellt wurden, hatten auch schon zur Verhaftung von Kinderschändern geführt.

»Wer?«, fragte er.

Ziegler warf ihm einen verunsicherten Blick zu.

»Julian Hirtmann, sagt Ihnen das was?«

In der kalten Luft schwirrten wieder ein paar Schneeflocken. Plötzlich war der Wind des Wahnsinns ins Wageninnere eingedrungen. *Unmöglich!* schrie es in seinem Kopf.

Servaz erinnerte sich, dass er zur Überstellung des berühmten schweizerischen Serienmörders in die Pyrenäen mehrere Artikel in der *Dépêche du Midi* gelesen hatte. Artikel, die sich ausführlich mit den außergewöhnlichen Sicherheitsvorkehrungen befassten, die bei dieser Überstellung ergriffen wurden. Wie war es Hirtmann gelungen, die Umfassungsmauer um die Klinik zu überwinden, diese Wahnsinnstat zu begehen und anschließend wieder unbemerkt in seine Zelle zu schlüpfen?

»Das kann nicht sein«, schnaufte Ziegler und sprach damit seine eigenen Gedanken aus.

Er starrte sie an, noch immer genauso ungläubig. Dann betrachtete er die Flocken durch die Windschutzscheibe.

»Credo quia absurdum«, sagte er schließlich.

»Schon wieder Latein«, bemerkte sie. »Soll heißen?«

»Ich glaube es, weil es absurd ist.«

9

DIANE SASS SEIT einer Stunde an ihrem Schreibtisch, als plötzlich die Tür auf- und wieder zuging. Sie blickte auf und fragte sich, wer wohl ohne anzuklopfen hier hereinschneite, und sie erwartete, Xavier oder Lisa Ferney vor sich zu sehen.

Niemand.

Ratlos verharrte ihr Blick auf der geschlossenen Tür. Im Zimmer hallten Schritte wider… *Aber das Zimmer war leer…* Das Licht, das durch das Mattglasfenster fiel, hatte einen bläulich grauen Farbton und es beleuchtete nur die verblichene Tapete und einen metallenen Aktenschrank. Die Schritte brachen ab, und ein Stuhl wurde über den Boden gezogen. Weitere Schritte – diesmal Absätze von Frauenschuhen –, die ihrerseits aufhörten.

»Wie geht es den Insassen heute?«, fragte Xaviers Stimme.

Sie starrte die Wand an. *Das Büro des Psychiaters,* die Geräusche kamen aus dem Nebenzimmer. Dabei war die Zwischenwand sehr dick. Im Bruchteil einer Sekunde begriff sie. Ihre Augen richteten sich auf die Lüftungsöffnung hoch in der Wand, in einer Ecke unter der Decke: Von dort kamen die Geräusche herüber.

»Nervös«, antwortete Lisa Ferney. »Alle reden nur von dieser Sache mit dem Pferd. Das finden sie alle prickelnd, sozusagen.«

Das seltsame akustische Phänomen bewirkte, dass jedes

Wort, jede Silbe, die die Pflegedienstleiterin aussprach, klar und deutlich zu hören war.

»Erhöht die Dosen, wenn es nötig ist«, sagte Xavier.

»Das habe ich schon getan.«

»Sehr gut.«

Sie konnte sogar die kleinste Nuance, die geringste Modulation wahrnehmen – auch wenn die Stimmen nur noch ein Murmeln waren. Sie fragte sich, ob Xavier das wusste. Vermutlich war es ihm nie aufgefallen. Vor ihr hatte niemand in diesem Zimmer gesessen, und Diane machte nicht viel Lärm. Vielleicht breiteten sich die Schallwellen auch nur in eine Richtung aus. Man hatte ihr ein kleines, staubiges Zimmer zugewiesen, das vier auf zwei Meter maß und vorher eine Abstellkammer gewesen war – in einer Ecke standen übereinandergestapelt die Archivkisten. Es roch nach Staub, aber auch noch nach etwas anderem – ein undefinierbarer, aber unangenehmer Geruch. Auch wenn man ihr in aller Eile einen Schreibtisch, einen Computer und einen Stuhl in das Zimmer gestellt hatte, änderte das nichts daran, dass sie das Gefühl hatte, in einer Müllkammer zu hocken.

»Was hältst du von der Neuen?«, fragte Elisabeth Ferney.

Diane richtete sich auf und spitzte die Ohren.

»Und du, was denkst du von ihr?«

»Ich weiß nicht recht, genau das ist das Problem. Glaubst du nicht, dass wegen dieses Pferdes die Polizei kommen wird?«

»Na und?«

»Sie werden überall herumschnüffeln. Hast du keine Angst?«

»Angst wovor?«, fragte Xavier.

Schweigen. Diane hob den Kopf in Richtung der Lüftungsöffnung.

»Weshalb sollte ich Angst haben? Ich habe nichts zu verbergen.«

Doch die Stimme des Psychiaters sagte, selbst durch den Lüftungsschacht hindurch, das Gegenteil. Diane fühlte sich plötzlich sehr unwohl. Gegen ihren Willen belauschte sie ein Gespräch, und es würde sie in die allergrößte Verlegenheit bringen, wenn man sie dabei erwischte. Sie nahm ihr Handy aus ihrem Kittel und schaltete es aus, so unwahrscheinlich es auch war, dass sie hier jemand anrief.

»An deiner Stelle würde ich dafür sorgen, dass sie möglichst wenig Einblick bekommen«, sagte Lisa Ferney. »Willst du ihnen Julian zeigen?«

»Nur wenn sie es verlangen.«

»In diesem Fall müsste ich ihm vielleicht einen kleinen Besuch abstatten.«

»Ja.«

Diane hörte Lisa Ferneys Kittel rascheln, als sie sich auf der anderen Seite der Mauer bewegte. Erneutes Schweigen.

»Hör auf«, sagte Xavier nach einer Sekunde, »nicht jetzt.«

»Du bist zu angespannt, ich könnte dir helfen.«

Die Stimme der Pflegedienstleiterin hörte sich verführerisch, zärtlich an.

»Oh, Gott, Lisa … wenn jemand kommt …«

»Du schmutziges kleines Schwein, mach schon!«

»Lisa, Lisa, bitte … nicht hier … *Oh, Gott, Lisa …*«

Diane spürte, wie ihre Wangen glühten. Wie lange schon waren Xavier und Lisa ein Paar? Der Psychiater war erst seit sechs Monaten an der Klinik. Dann musste sie daran denken, *dass sie selbst und Spitzner …* Dennoch schien ihr das, was sie hörte, nicht auf der gleichen Stufe zu stehen. Vielleicht hing es mit diesem Ort zusammen, mit den Trieben, dem Hass, den

Psychosen, Wutanfällen und Manien, die wie eine abscheuliche Brühe vor sich hin köchelten – aber dieser Wortwechsel hatte etwas Krankes.

»Willst du, dass ich aufhöre?«, flüsterte Lisa Ferney auf der anderen Seite. »Sag es! Sag es, und ich höre auf.«

»Neeeeuiiiiiiinnn…«

»Gehen wir. Wir werden beobachtet.«

Es war dunkel geworden. Ziegler wandte den Kopf um und entdeckte ihrerseits Lombard hinter dem Fenster. Allein.

Er ließ den Motor an und wendete in der Allee. Wie zuvor öffnete sich das Gitter vor ihnen. Servaz warf einen Blick in den Rückspiegel. Er glaubte zu sehen, wie sich Lombards Silhouette vom Fenster entfernte, das selbst kleiner zu werden schien.

»Und die Fingerabdrücke, die anderen Proben?«, fragte er.

»Im Moment nichts Beweiskräftiges. Aber sie sind noch lange nicht fertig. Es gibt Hunderte von Abdrücken und Spuren. Das ist Arbeit für etliche Tage. Bis jetzt scheinen alle von Mitarbeitern zu stammen. Der Täter hat offensichtlich Handschuhe getragen.«

»Aber er hat ein bisschen Speichel auf der Scheibe hinterlassen.«

»Glauben Sie, dass es eine Art Botschaft sein sollte?«

Sie wandte die Augen kurz von der Straße ab, um ihn anzusehen.

»Eine Provokation… Wer weiß?«, sagte er. »In dieser Sache lässt sich nichts ausschließen.«

»Oder ein ganz blöder Zufall. Das passiert öfter, als man glaubt, es genügt schon, dass er in der Nähe der Scheibe geniest hat.«

»Was wissen Sie über diesen Hirtmann?«

Ziegler stellte die Scheibenwischer an: Die Flocken fielen immer dichter vom dunklen Himmel.

»Er ist ein methodisch denkender Mörder. Im Unterschied zu anderen Insassen der Klinik ist er nicht psychotisch, sondern ein perverser Psychopath, ein besonders gefährlicher, intelligenter Serienkiller. Er wurde für den bestialischen Mord an seiner Frau und deren Geliebten verurteilt, aber er wird verdächtigt, noch beinahe vierzig weitere Personen umgebracht zu haben. Ausschließlich Frauen. In der Schweiz, in Savoyen, in Norditalien, in Österreich ... fünf Länder insgesamt. Allerdings hat er keine dieser Taten gestanden. Man konnte ihm nichts nachweisen. Selbst bei dem Mord an seiner Frau ist man ihm nur dank einer außergewöhnlichen Verkettung von Umständen auf die Schliche gekommen.

»Sie scheinen den Fall gut zu kennen.«

»Als er vor sechzehn Monaten ins Institut Wargnier überstellt wurde, habe ich mich, wenn ich sonst nichts zu tun hatte, ein wenig für ihn interessiert. Damals hat die Presse darüber berichtet. Aber ich bin ihm nie begegnet.«

»Jedenfalls ändert das alles. Wir müssen jetzt von der Hypothese ausgehen, dass der Täter, den wir suchen, Hirtmann ist. Auch wenn das auf den ersten Blick ausgeschlossen scheint. Was wissen wir über ihn? Wie sehen die Umstände seiner Sicherungsverwahrung in der Klinik aus? Diese Fragen haben für uns jetzt Vorrang.«

Sie nickte beifällig, ohne den Blick von der Straße abzuwenden.

»Wir müssen uns auch überlegen, was wir sagen«, fügte Servaz hinzu. »Welche Fragen wir ihm stellen. Wir müssen diesen Besuch vorbereiten. Ich kenne den Fall nicht so gut wie Sie, aber eines ist sicher: Hirtmann ist nicht irgendwer.«

»Es stellt sich auch die Frage, ob er womöglich Komplizen innerhalb der Klinik hatte«, gab Ziegler zu bedenken. »Und ob es Sicherheitslücken gibt.«

Servaz nickte.

»Wir müssen unbedingt eine Vorbesprechung abhalten. Die Dinge liegen jetzt plötzlich klarer, aber auch komplizierter. Wir müssen alle Aspekte des Problems erwägen, bevor wir hingehen.«

Ziegler war der gleichen Meinung. Sie würden sich vorrangig mit der Klinik und ihren Insassen beschäftigen – aber dazu hatten sie nicht alle erforderlichen Befugnisse, und sie hielten auch nicht alle Karten in der Hand.

»Am Montag soll der Psychiater aus Paris kommen«, sagte sie. »Und ich muss morgen in Bordeaux eine Pressekonferenz über den Stand der Ermittlungen abhalten. Ich werde sie doch nicht wegen eines Pferdes absagen! Ich schlage vor, wir warten bis Montag, ehe wir der Klinik einen Besuch abstatten.«

»Wenn andererseits wirklich hinter all dem Hirtmann steckt und er das Institut verlassen konnte, dann müssen wir auf alle Fälle sicherstellen, dass ihm das andere Insassen nicht gleichtun können.«

»Ich habe beim Departement in Saint-Gaudens Verstärkung für die Gendarmerie angefordert. Sie sind auf dem Weg.«

»Sämtliche Zugänge zum Institut müssen überwacht werden, sämtliche Fahrzeuge, die hinein- oder herausfahren, müssen durchsucht werden, auch die der Mitarbeiter. Und einige Teams müssen sich am Berg verstecken, um die Umgebung zu überwachen.«

Ziegler nickte.

»Die Verstärkung wird heute Nacht eintreffen. Ich habe auch Nachtsichtgeräte und -zielfernrohre angefordert. Und um die Erlaubnis gebeten, die Zahl der Einsatzkräfte vor Ort zu verdoppeln, aber es würde mich wundern, wenn sie dem stattgeben würden. Außerdem bekommen wir zwei Hundestaffeln. Einige der Berge im Umkreis der Klinik sind aber ohne entsprechende Ausrüstung sowieso nicht zu überwinden. Bleiben die Straße und das Tal als der wahrscheinlichste Zugangsweg. Diesmal wird Hirtmann nicht durchkommen, selbst wenn er die Sicherheitssysteme des Instituts überwinden sollte.«

Jetzt geht es nicht mehr nur um ein Pferd, sagte er sich, *von nun an ist es viel ernster.*

»Es gibt noch eine andere Frage, auf die wir eine Antwort finden müssen.«

Sie blickte ihn fragend an.

»Welche Verbindung besteht zwischen Hirtmann und Lombard? Weshalb hat er sich bloß dieses Pferd ausgesucht?«

Um Mitternacht schlief Servaz immer noch nicht. Er schaltete seinen PC aus – eine uralte Kiste, die noch mit Windows 98 arbeitete und die er nach seiner Scheidung geerbt hatte –, dann die Lampe auf seinem Schreibtisch. Er stand auf und zog die Tür hinter sich zu. Er ging durchs Wohnzimmer, öffnete die Glastür und betrat den Balkon. Die Straße drei Stockwerke tiefer war menschenleer. Abgesehen von einem Auto, das sich einen Weg durch die Doppelreihe der Fahrzeuge bahnte, die Stoßstange an Stoßstange parkten. Wie die meisten Städte hatte auch diese einen ausgeprägten Sinn für die Knappheit freier Flächen. Und wie die meisten Städte schlief auch diese nie ganz, selbst wenn ihre Bewohner schliefen. Zu jeder Stunde brummte und dröhnte sie wie eine Maschine. Von unten drang das Klirren von Geschirr aus einer Restaurantküche. Ein Gespräch – oder vielmehr ein Streit – zwischen einem Mann und einer Frau hallte irgendwo wider. Ein Typ auf der Straße ließ seinen Hund an ein Auto pinkeln. Er kehrte ins Wohnzimmer zurück, durchstöberte seine CD-Sammlung und legte die Achte von Mahler auf, dirigiert von Bernstein, in dezenter Lautstärke. Zu dieser Stunde waren seine Nachbarn unter ihm, die früh zu Bett gingen, längst tief eingeschlafen: Selbst die schrecklichen Hammerschläge der Sechsten oder der große disharmonische Akkord der Zehnten hätten sie nicht aus dem Schlaf reißen können.

Julian Hirtmann…

Wieder war da dieser Name. Seit Irène Ziegler ihn vor ein paar Stunden im Auto ausgesprochen hatte, schwebte er in der Luft. Im Laufe der letzten Stunden hatte Servaz so viel wie möglich über den Insassen des Institut Wargnier herauszufinden versucht. Nicht ohne Verblüffung hatte er festgestellt, dass Julian Hirtmann, wie er selbst, eine Vorliebe für die Musik Mahlers hatte. Das war eine Gemeinsamkeit zwischen ihnen. Er war mehrere Stunden im Internet gesurft und hatte sich dabei Notizen gemacht. Genau wie bei Eric Lombard, aber aus anderen Gründen, hatte er über den Schweizer im Netz Hunderte von Seiten gefunden.

Die dunklen Vorahnungen, die Servaz von Anfang an hatte, breiteten sich mittlerweile wie eine Giftwolke aus. Bis dahin hatten sie nur eine bizarre Geschichte gehabt – den Tod eines Pferdes unter ungewöhnlichen Umständen –, die niemals solche Ausmaße angenommen hätte, wenn statt eines Milliardärs ein kleiner Landwirt aus der Gegend Eigentümer des Tieres gewesen wäre. Doch jetzt stand diese Geschichte plötzlich in Verbindung mit einem der schrecklichsten Mörder der Gegenwart – auch wenn er nicht wusste, wie oder warum es zu dieser Verbindung gekommen war. Servaz hatte plötzlich das Gefühl, sich in einem langen Flur voller geschlossener Türen zu befinden. Hinter jeder verbarg sich ein unerwarteter, beunruhigender Aspekt des Falls. Er fürchtete sich davor, diesen Flur zu betreten und die Türen aufzustoßen. In seiner Vorstellung wurde der Gang seltsam von einer roten Lampe beleuchtet – rot wie Blut, rot wie der Zorn, rot wie ein schlagendes Herz. Während er sich das Gesicht mit kaltem Wasser besprengte, einen Knoten der Angst in der Magengrube, gelangte er zu der Gewissheit, dass sich bald zahlreiche andere Türen öffnen würden – und den Blick in Zimmer freigeben, von denen eines so dunkel und unheimlich wäre wie das andere. *Dies war erst der Anfang…*

Julian Alois Hirtmann war seit bald sechzehn Monaten in der Station A des Institut Wargnier untergebracht, in der die gefährlichsten Serienmörder verwahrt wurden. Doch Hirtmann unterschied sich von den sechs anderen Insassen in mehr als einer Hinsicht:

1. Er war intelligent, selbstbeherrscht, und die lange Serie seiner Morde konnte ihm nie nachgewiesen werden.
2. Er hatte eine hohe soziale Stellung inne – was für einen Serientäter selten, aber nicht völlig ungewöhnlich ist –, denn als er festgenommen wurde, arbeitete er als Staatsanwalt in Genf.
3. Seine Festnahme – dank einer »unglücklichen Verkettung von Umständen«, wie sich Ziegler ausgedrückt hatte – und sein Prozess hatten politische und strafrechtliche Ver-

wicklungen ausgelöst, die in der schweizerischen Justizgeschichte beispiellos waren.

Die angesprochene Verkettung von Umständen war eine unglaubliche Geschichte, die, wenn sie nicht vor allem tragisch und unglaublich niederträchtig gewesen wäre, geradezu komisch angemutet hätte. Am Abend des 21. Juni 2004, als über dem Genfer See gerade ein heftiges Gewitter tobte, hatte Julian Hirtmann in einer Geste überwältigender Hochherzigkeit den Geliebten seiner Frau in seine Villa am Ufer des Sees zum Abendessen eingeladen. Das Motiv dieser Einladung war der Wunsch, »die Situation zu klären und unter Gentlemen den Abschied von Alexia zu organisieren«.

Tatsächlich hatte ihm seine hinreißende Gemahlin eröffnet, sie wolle ihn verlassen, um mit ihrem Geliebten zusammenzuleben, der Richter am Genfer Gericht war. Am Ende des Abendessens, in dessen Verlauf sie Mahlers wunderbare *Kindertotenlieder* gehört und über die Modalitäten der Scheidung gesprochen hatten (Servaz blieb, verblüfft, einen Moment an dieser Information hängen und fragte sich, welcher gewissenhafte Ermittler sie wohl notiert hatte, denn die *Kindertotenlieder* waren eines seiner Lieblingswerke), hatte Hirtmann eine Waffe gezogen und das Paar gezwungen, in den Keller zu gehen. Hirtmann und seine Frau hatten diesen in eine »Sadomasolusthöhle« verwandelt und veranstalteten dort Sexorgien, an denen Freunde aus der guten Genfer Gesellschaft teilnahmen. Tatsächlich genoss es Hirtmann, dabei zuzusehen, wie seine wunderschöne Frau von mehreren Männern genommen und geschlagen, allen möglichen raffinierten Folterqualen unterworfen, gefesselt, in Ketten gelegt, gepeitscht und an seltsame Apparate angeschlossen wurde, die in Spezialgeschäften in Deutschland und den Niederlanden verkauft wurden. Trotzdem raste er vor Eifersucht, als er erfuhr, dass sie ihn wegen eines anderen Mannes verlassen wollte. Erschwerend kam hinzu, dass er den Geliebten seiner Frau für einen ausgemachten Langweiler und Dummkopf hielt.

Einer der zahlreichen Artikel, die Servaz gelesen hatte, enthielt ein Foto, auf dem Hirtmann mit seinem späteren Opfer im Genfer Gerichtsgebäude posierte.

Neben dem hochgewachsenen, schlanken Staatsanwalt wirkte der Mann klein. Auf dem Foto schätzte Servaz ihn auf etwa vierzig. Der Riese hatte dem Kollegen und Geliebten seiner Frau freundschaftlich eine Hand auf die Schulter gelegt und er starrte ihn an wie ein Tiger seine Beute. Rückblickend fragte sich Servaz, ob Hirtmann damals schon plante, ihn umzubringen. Unter dem Bild stand: *Staatsanwalt Hirtmann und sein späteres Opfer, Richter Adalbert Berger, in Robe, im Vestibül des Gerichts.*

An diesem Abend des 21. Juni hatte Hirtmann den Liebhaber und seine Frau genötigt, sich auszuziehen, auf ein Bett zu legen und anschließend so viel Champagner zu trinken, bis sie beide betrunken waren. Anschließend hatte er den Liebhaber gezwungen, eine große Champagnerflasche auf den Körper seiner Frau zu leeren, die zitternd auf dem Bett lag, während er den Körper ihres Liebhabers mit Champagner begoss. Nach diesen Trankopfern hatte er dem Liebhaber eines der Spielzeuge hingehalten, die an solchen Orten herumlagen: Es glich einer großen elektrischen Bohrmaschine, deren Bohrer durch ein Godemiché ersetzt worden war. So bizarr solche Werkzeuge den gewöhnlichen Sterblichen erscheinen mögen, sind sie in Spezialgeschäften doch nicht selten zu finden, und die Gäste der Partys am Seeufer machten hin und wieder Gebrauch davon. Am Nachmittag hatte Hirtmann das Instrument sorgfältig hergerichtet, sodass die blankgelegten Leitungsdrähte im Fall einer näheren Untersuchung einem misstrauischen Fachmann als ein rein zufälliger Defekt erscheinen müssten. Außerdem hatte er den einwandfrei funktionierenden Schutzschalter der Verteilertafel durch *einen* jener wirkungslosen, gefälschten Schutzschalter vom Schwarzmarkt ersetzt. Als der Liebhaber den triefenden Gegenstand in das Geschlecht seiner Geliebten eingeführt hatte, schaltete Hirtmann, der sich einen isolierenden Gummihandschuh über die Hand gestreift hatte, den Apparat an. Der Erfolg ließ nicht lange auf sich warten, da der Champagner offensichtlich den Strom hervorragend leitete. Und Hirtmann hätte wohl am Anblick dieser beiden von unkontrollierbaren Zuckungen geschüttelten Körper, denen sich sämtliche Haare sträubten wie Eisenfeilspäne auf einem Magneten, seine hellste Freude gehabt, hätte nicht in diesem Moment die »Verkettung von Umständen« begonnen, von der Ziegler gesprochen hatte. Da der Schutzschalter defekt war, hätte auch das Abschalten der Maschine die beiden Geliebten nicht vor einem tödlichen elektrischen Schlag bewahren können. Allerdings hatte die Überspannung eine Folge, die Hirtmann nicht vorhergesehen hatte: Sie löste die Alarmanlage des Hauses aus. Als sich Hirtmann wieder in der Gewalt hatte, stand die eifrige schweizerische Polizei, die durch das laute Heulen der Sirene und durch die Nachbarschaft alarmiert worden war, bereits vor seiner Tür.

Dennoch hatte der Staatsanwalt seine Beherrschung nicht völlig verloren. So, wie er es für etwas später am Abend ohnehin vorgehabt hatte, hatte er seinen Namen und seine berufliche Stellung als Staatsanwalt angegeben und, völlig niedergeschmettert und verwirrt, erklärt, dass sich im Keller gerade ein tragischer Unfall ereignet habe. Verlegen und tief erschüttert, bat er die Polizisten dann, ihm in den Keller zu folgen. Da ereignete sich der zweite unvorhergesehene »Umstand«: Um die Sirene abzuschalten – und den Anschein zu erwecken, dem Liebespärchen Hilfe leisten zu wollen –, musste Hirtmann die Stromzufuhr vorzeitig unterbrechen; der Gendarm Christian Gardner von der Genfer Kantonspolizei sagte aus, eines der Opfer sei noch am Leben gewesen, als sein Kollege und er den düsteren Keller betraten. Hirtmanns Frau, Alexia. Im Licht der Stablampen kam sie plötzlich wieder zu sich, und ehe sie endgültig zusammenbrach, konnte sie noch mit schreckensverzerrter Miene auf ihren Mörder zeigen. Da zogen die beiden Gendarmen ihre Waffen und legten dem Hünen trotz seines Protests und seiner Drohungen Handschellen an. Dann machten sie zwei Telefonate: eines an den Rettungsdienst und eines an die Genfer Mordkommission. Eine Viertelstunde später traf die Verstärkung ein, die den Tatort systematisch absuchte und sehr schnell unter einem Möbelstück die – geladene und entsicherte – Automatikpistole fand. Hirtmann wurde abgeführt, und ein Team vom Erkennungsdienst wurde angefordert. Die Analyse der Speisereste ergab, dass der mordlüsterne Staatsanwalt seine Opfer auch unter Drogen gesetzt hatte.

Dokumente und Zeitungsausschnitte, die etwas später in Hirtmanns Büro gefunden wurden, stellten die Verbindung zwischen ihm und etwa zwanzig jungen Frauen her, die im Verlauf der letzten fünfzehn Jahre spurlos verschwunden waren. Plötzlich nahm dieser Fall eine völlig neue Dimension an: Was zuerst nach einem Eifersuchtsdrama aussah, wurde zu einer Serienmörderstory. Als ein Safe in einer Bank geöffnet wurde, kamen mehrere Aktenordner mit Zeitungsausschnitten zum Vorschein; darin ging es um weitere vermisste Personen in fünf europäischen Regionen: den französischen Alpen, den Dolomiten, Bayern, Österreich und der Schweiz. Insgesamt etwa vierzig Fälle, verteilt über fünfundzwanzig Jahre. Keiner dieser Vermisstenfälle war je aufgeklärt worden. Selbstverständlich behauptete Hirtmann, er habe sich aus rein beruflichen Gründen für diese Fälle interessiert, und er bewies sogar einen gewissen Humor, als er erklärte, all diese jungen Frauen seien nach seiner Vermutung Opfer ein und desselben Täters. Trotzdem wurden diese länger zurückliegenden Fälle juristisch von der aktuellen Mordsache abgetrennt – von der sie sich sowohl durch das Motiv als auch durch die Natur des Verbrechens unterschieden.

Bei der Verhandlung enthüllte Hirtmann dann sein wahres Gesicht. Er versuchte nicht etwa, seine Neigungen zu bagatellisieren, sondern stellte sie geradezu selbstgefällig zur Schau. Im Verlauf des Prozesses kam es zu einer Reihe aufsehenerregender Skandale, da mehrere Mitglieder des Gerichts und der feinen Genfer Gesellschaft an seinen Partys teilgenommen hatten. Hirtmann gab mit dem größten Vergnügen ihre Namen preis und ruinierte dadurch den Ruf sehr vieler Personen. Die Affäre wuchs sich zu einem beispiellosen Politkrimi aus, in dem Sex, Drogen, Geld, Justiz und Medien ein unschönes Amalgam bildeten. Aus dieser Zeit waren noch zahlreiche Fotos vorhanden, die weltweit in der Presse erschienen waren und Unterschriften trugen wie: *Das Haus des Grauens* (die große Villa am Seeufer mit ihrer efeubedeckten Fassade), *Die Bestie beim Verlassen des Gerichts* (Hirtmann in kugelsicherer Weste und geschützt von Polizisten, die er um Kopfeslänge überragte), *Genf – eine Stadt steht kopf, Herr Sowieso wird beschuldigt, an den Hirtmann-Orgien teilgenommen zu haben,* usw.

Im Verlauf seiner virtuellen Ausflüge stellte Servaz fest, dass einige Internetsurfer Hirtmann regelrecht wie eine Kultfigur verehrten. Zahlreiche Websites waren ihm gewidmet, wobei ihn die meisten nicht als geistesgestörten Verbrecher darstellten, sondern als Sinnbild des Sadomasochismus oder – völlig ironiefrei – des *Willens zur Macht* darstellten, als *glühenden Stern der satanischen Galaxie* oder sogar als *Nietzsche-rockigen Übermenschen.* In den Foren ging es sogar noch schlimmer zu. Nicht einmal Servaz als Polizist hätte es für möglich gehalten, dass im Netz so viele Verrückte ihr Unwesen trieben. Personen, die sich so groteske Pseudonyme wie 6-BORG, SYMPATHY FOR THE DEVIL oder GÖTTIN KALI zulegten, ergingen sich in Theorien, die genauso verworren waren wie ihre gefälschten Identitäten. All diese Ersatzwelten, Foren und Websites bedrückten ihn. Früher, sagte er sich, waren sich diese Verrückten als die einzigen ihrer Art vorgekommen und hatten sich in ihren Winkel verkrochen. Dank der modernen Kommunikationsmittel, die zuallererst Dummheiten und Verrücktheiten und dann erst aber viel sparsamer Wissen vermitteln, stellten sie heute fest, dass sie nicht allein waren, traten in Kontakt miteinander, und das bestärkte sie in ihrem Wahn. Servaz erinnerte sich, was er Marchand gesagt hatte, und korrigierte sich in Gedanken: Der Wahn breitete sich epidemisch aus – und seine bevorzugten Überträger waren die Medien und das Internet.

Er erinnerte sich plötzlich an die Nachricht seiner Tochter, die ihn fragte, ob er am Samstag freimachen könne. Er sah auf die Uhr: 1:07 Uhr. Es war bereits Samstag. Servaz zögerte.

Dann wählte er die Nummer, um ihr auf ihrem Anrufbeantworter eine Nachricht zu hinterlassen.

»Hallo?«

Er zuckte zusammen. Sie hatte sofort abgenommen – mit einer Stimme, die so anders war als sonst, dass er sich fragte, ob er sich nicht verwählt hatte.

»Margot?«

»Papa, bist du's?«, murmelte sie. »Weißt du, wie spät es ist?«

Er ahnte sofort, dass sie einen Anruf von jemand anderem erwartete. Ohne Wissen ihrer Mutter und ihres Stiefvaters ließ sie ihr Handy nachts angeschaltet und antwortete heimlich unter der Bettdecke. Von wem erwartete sie einen Anruf? Von ihrem Freund? Was für ein Freund würde um diese Uhrzeit anrufen? Dann erinnerte er sich, dass es Freitagnacht war, und Freitag war der Tag, an dem die Studenten Ausgang hatten.

»Hab ich dich geweckt?«

»Was glaubst du denn?«

»Ich wollte dir nur sagen, dass ich deine SMS bekommen habe«, sagte er. »Ich werde versuchen, mir den Nachmittag frei zu halten. 17 Uhr, passt dir das?«

»Ist alles in Ordnung bei dir, Papa? Du hörst dich so komisch an ...«

»Alles in Ordnung, mein Mäuschen. Ich hab einfach gerade nur viel Arbeit.«

»Das sagst du immer.«

»Weil es die Wahrheit ist. Du darfst nicht denken, dass nur die, die viel Geld verdienen, auch viel arbeiten. Das sind Lügenmärchen.«

»Ich weiß, Papa.«

»Glaub niemals einem Politiker«, fügte er ohne nachzudenken hinzu. »Sie sind alle Lügner.«

»Papa, weißt du, wie spät es ist? Können wir darüber nicht ein andermal reden?«

»Du hast recht. Im Übrigen sollten Eltern nicht versuchen, ihre Kinder zu manipulieren, auch wenn sie glauben, dass das, was sie sagen, richtig ist. Vielmehr sollten sie ihnen beibringen, selbstständig zu denken. Selbst wenn ihre Kinder anderer Meinung sind ...«

Für eine so späte Stunde war das eine ziemlich lange Rede.

»Du manipulierst mich nicht. Das nennt man einen Meinungsaustausch – und im Übrigen kann ich durchaus selbstständig denken.«

Servaz kam sich plötzlich lächerlich vor. Aber das ließ ihn grinsen.

»Meine Tochter ist großartig«, sagte er.

Sie lachte leise.

»Du scheinst wirklich ganz gut in Form zu sein.«

»Ich bin topfit, und es ist Viertel nach ein Uhr morgens. Das Leben ist wunderbar. Meine Tochter auch. Gute Nacht, mein Mädchen. Bis morgen.«

»Gute Nacht, Papa.«

Er kehrte auf den Balkon zurück. Der Mond stand über dem Kirchturm von Saint-Sernin. Studenten gingen krakeelend die Straße entlang. Schreie, Lachen, eine lärmende Schar, und schon verschwanden die lustigen Gesellen in der Nacht, wo ihr Gelächter bald erstarb, wie ein fernes Echo seiner eigenen Jugend. Gegen zwei Uhr streckte sich Servaz auf seinem Bett aus und schlief endlich ein.

Am nächsten Tag, Samstag, dem 13. Dezember, versammelte Servaz einen Teil seiner Ermittlungsgruppe, um eine vorläufige Bilanz über die Ermittlungen im Mordfall des Obdachlosen zu ziehen. Samira Cheung trug an diesem Morgen mit Rot und Weiß geringelte Kniestrümpfe, eine hautenge kurze Lederhose und Stiefel mit zwölf Zentimeter hohen Absätzen und einer Reihe Metallschnallen auf der Rückseite. Servaz überlegte, dass sie sich gar nicht verkleiden müsste, wenn sie sich in das örtliche Rotlichtmilieu hätte einschleichen sollen. Dann sagte er sich, dass Pujol und Simeoni, die beiden Schwachköpfe der Abteilung, die seinen Stellvertreter angegriffen hatten, wohl genau das Gleiche dachten. Espérandieu seinerseits trug einen quer gestreiften Matrosenpulli, der ihn noch jünger machte und ihn noch weniger wie einen Polizisten aussehen ließ. In einem Moment reinster metaphysischer Angst fragte sich Servaz, ob er eine Ermittlungsgruppe leitete oder in eine geisteswissenschaftliche Fakultät gebeamt worden war. Samira und Vincent hatten ihre Notebooks herausgeholt. Wie immer hatte die Kleine ihren MP3-Player umhängen, und Espérandieu fuhr mit einem Finger über sein iPhone – ein schwarzes Gerät, das für Servaz aussah wie ein großes, extrem flaches Handy –, als würde er die Seiten eines Buchs umblättern. Auf seine Bitte hin hob Samira noch einmal die Schwachstellen der Anklage hervor: Es gab keine Beweise für eine direkte Beteiligung der drei Jugendlichen am Tod des Obdachlosen. Die Obduktion hatte ergeben, dass das Opfer im fünfzig Zentimeter tiefen Uferbereich eines Gewässers ertrunken war, nachdem es wahrscheinlich infolge einer Reihe von Schlägen, darunter einem sehr starken gegen den Kopf, ohnmächtig geworden war. Dieses »wahrscheinlich« war besonders misslich. Denn der Obdachlose hatte zum Zeitpunkt der Tat auch 1,9 Promille Alkohol im Blut. Servaz und Espérandieu wussten genau, dass die Verteidigung den Obduktionsbericht ausschlachten würde, in dem Bestreben, die Tat als »schwere Körperverletzung mit Todesfolge« darzustellen, ja vielleicht sogar, um infrage zu stellen, ob die Schläge für das Ertrinken ursächlich waren, das man genauso gut auf die Trunkenheit des Opfers zurückführen könnte. Doch bis jetzt hatten sie dieses Thema gezielt ausgeklammert.

»Das ist Aufgabe des Gerichts«, beschied Servaz sie endlich. »Beschränken Sie sich in Ihren Berichten auf die Fakten und lassen Sie alle Mutmaßungen beiseite.«

Später am selben Tag betrachtete er perplex die Liste, die ihm seine Tochter hinhielt.

»Was ist das?«

»Mein Wunschzettel. Für Weihnachten.«

»Das alles?«

»Das ist eine Liste, Papa. Du musst nicht alles kaufen«, zog sie ihn auf.

Er sah sie an. Der dünne Silberring schmückte noch immer ihre Unterlippe, so wie das rubinfarbene Piercing ihre linke Braue, doch zu den vier Ohrringen an ihrem linken Ohr hatte sich ein fünfter gesellt. Servaz dachte kurz an seine Teamkollegin bei den laufenden Ermittlungen. Er bemerkte auch, dass sich Margot den Kopf gestoßen hatte, denn sie hatte einen blauen Fleck in Höhe des rechten Wangenknochens. Dann überflog er noch einmal die Liste: ein iPod, ein digitaler Bilderrahmen (es handelte sich um einen Rahmen, so erklärte sie ihm, wo gespeicherte Digitalfotos über einen Bildschirm laufen), eine tragbare Spielkonsole der Marke Nintendo DS Lite (mit »Dr. Kawashima: Mehr Gehirnjogging«), eine Kompaktkamera (möglichst mit einem Sieben-Megapixel-Sensor, einem Zoom X3, einem 2,5-Zoll-Bildschirm und einem Bildstabilisator) und ein Notebook mit einem 17-Zoll-Bildschirm (und vorzugsweise einem Intel Centrino-2-Duo-Prozessor mit zwei GHz, zwei Gigabyte Arbeitsspeicher, einer Festplatte mit 250 Gigabyte und einem CD- und DVD-Laufwerk). Beim iPhone hatte sie gezögert, war aber dann doch zu dem Schluss gekommen, dass das »etwas teuer« wäre. Servaz hatte nicht die leiseste Vorstellung, was diese Geräte kosteten, und er wusste auch nicht, was etwa »zwei Gigabyte Arbeitsspeicher« bedeutete. Aber eines wusste er: *Es gibt keine harmlose Technologie.* In dieser technologisierten, vernetzten Welt wurde der Raum für echte Freiheit und authentisches Denken immer seltener. Wozu sollte dieser Konsumwahn, diese Faszination für die überflüssigsten Gadgets gut sein? Weshalb kam ihm mittlerweile ein Stammesmitglied auf Neuguinea geistig gesünder und gescheiter vor als die meisten Leute, mit denen er zu tun hatte? Hatte er den Verstand verloren oder betrachtete er, wie der antike Philosoph in seinem Fass, eine Welt, die den Verstand verloren hatte? Er steckte die Liste in seine Tasche und küsste sie auf die Stirn.

»Ich werde darüber nachdenken.«

Das Wetter war im Laufe des Nachmittags umgeschlagen. Es regnete, es wehte ein kräftiger Wind, und sie hatten sich unter einer von Böen gepeitschten Ladenmarkise untergestellt, vor einem der zahlreichen hell erleuchteten Schaufenster in der Stadtmitte. Die Straßen waren voller Menschen, Autos und Weihnachtsschmuck.

Wie war das Wetter wohl da oben?, fragte er sich plötzlich. Schneite es an der Klinik? Servaz stellte sich Julian Hirtmann in seiner Zelle vor, wie er seinen hochgewachsenen Körper aufrichtete, um zu beobachten, wie der Schnee vor seinem Fenster lautlos auf die Erde fiel. Seit gestern, seit den Enthüllungen von Capitaine Ziegler im Auto, hatte er fast unentwegt an den schweizerischen Hünen denken müssen.

»Papa, hörst du mir zu?«

»Ja, natürlich.«

»Du vergisst meine Liste doch nicht, gell?«

In diesem Punkt beruhigte er sie. Dann schlug er ihr vor, in einem Café an der Place du Capitole etwas zu trinken. Zu seiner großen Überraschung bestellte sie ein Bier. Bis jetzt hatte sie immer Cola light getrunken. Servaz wurde sich plötzlich der Tatsache bewusst, dass seine Tochter siebzehn war und dass er sie, obwohl ihr Körper für sich sprach, ansah, als wäre sie fünf Jahre jünger. Vielleicht war diese Kurzsichtigkeit der Grund dafür, dass er seit einiger Zeit nicht mehr recht wusste, wie er mit ihr umgehen sollte. Wieder fiel sein Blick auf den blauen Fleck an ihrem Wangenknochen. Er beobachtete seine Tochter einen Moment lang heimlich. Sie hatte Schatten unter den Augen und betrachtete mit trauriger Miene ihr Bierglas. Plötzlich überfielen ihn alle möglichen Fragen. Was machte sie traurig? Von wem erwartete sie um ein Uhr morgens einen Anruf? Woher stammte dieser Bluterguss auf ihrer Wange? Typische Fragen eines Polizisten, sagte er sich. Nein: Fragen eines Vaters …

»Dieser blaue Fleck. Wie ist das passiert?«

Sie sah zu ihm auf.

»Was?«

»Der blaue Fleck auf deiner Wange … woher hast du den?«

»Ähm … ich hab mich gestoßen. Warum?«

»Gestoßen, wo?«

»Ist das wichtig?«

Ihr Ton war schneidend. Er wurde rot. Es war leichter, einen Tatverdächtigen zu befragen, als seine eigene Tochter.

»Nein«, sagte er.

»Mama sagt, dein Problem ist, dass du überall Böses siehst. Eine Berufskrankheit.«

»Vielleicht hat sie recht.«

Jetzt schlug er die Augen auf sein Bier nieder.

»Ich bin im Dunkeln aufgestanden, um aufs Klo zu gehen, und ich bin gegen eine Tür gestoßen. Genügt dir das als Antwort?«

Er starrte sie an und fragte sich, ob er ihr glauben konnte. Es war eine plausible Antwort, er selbst hatte sich bereits, mitten in der Nacht, auf diese Weise die Stirn gestoßen. Aber in dem Tonfall und der Aggressivität ihrer Antwort lag etwas, was ihn beunruhigte. Oder bildete er sich das nur ein? Weshalb durchschaute er im Allgemeinen die Personen, die er befragte, relativ schnell – und weshalb blieb ihm seine eigene Tochter so undurchsichtig? Und, ganz grundsätzlich: Wieso war er wie ein Fisch im Wasser, wenn er ermittelte, und in zwischenmenschlichen Beziehungen so unfähig? Er wusste, was ein Psychologe gesagt hätte. Er hätte ihn nach seiner Kindheit gefragt …

»Wie wär's, wenn wir ins Kino gehen?«, sagte er.

Nachdem er an diesem Abend ein Fertiggericht in die Mikrowelle geschoben und einen Kaffee getrunken hatte (er bemerkte zu spät, dass die Kaffeedose leer war, und musste auf ein uraltes Glas mit löslichem Kaffee zurückgreifen), vertiefte er sich wieder in die Biographie von Julian Alois Hirtmann. Es war Nacht über Toulouse. Draußen stürmte und regnete es, aber in seinem Arbeitszimmer regierten die Musik Gustav Mahlers (die Sechste Symphonie) und eine tiefe Konzentration, befördert durch die späte Stunde und das Halbdunkel, das nur von einer kleinen Arbeitslampe und dem leuchtenden Bildschirm seines PCs durchlöchert wurde. Servaz hatte wieder sein Notizbuch herausgeholt und machte sich Notizen. Er hatte schon einige Seiten vollgeschrieben. Während der Klang der Violinen vom Wohnzimmer aufstieg, vertiefte er sich erneut in den Lebensweg des Serienmörders. Der schweizerische Richter hatte eine psychiatrische Begutachtung in Auftrag gegeben, um seine strafrechtliche Verantwortlichkeit festzustellen, und die Gutachter waren nach intensiven Gesprächen mit dem Täter zu dem Schluss gelangt, dass er »vollkommen schuldunfähig« sei; sie stützten sich auf die Wahnanfälle, die Halluzinationen, den intensiven Drogenkonsum, der sein Urteilsvermögen beeinträchtigt und seine Schizophrenie verstärkt habe, und auf den völligen Mangel an Empathie – dieser letzte Punkt war sogar für Servaz nicht zu bestreiten. Laut Gutachten hatte der Täter »weder die psychischen Fähigkeiten, um seine Handlungen zu kontrollieren, noch die Befähigung zur freien Willensbestimmung«.

Nach den Informationen zu urteilen, die Servaz auf einigen schweizerischen Websites über forensische Psychiatrie fand, sehnten sich die bestellten Gutachter nach einer wissenschaftliche Methode zurück, die der persönlichen Interpretation wenig Spielraum ließ: Sie hatten Hirtmann einer Reihe von Standardtests unterzogen, wobei sie sich auf das DSM-IV bezogen, das *Diagnostische und Statistische Handbuch psychischer Störungen,* und Servaz fragte sich, ob Hirtmann, als er die Tests absolvierte, dieses Handbuch nicht mindestens genauso gut kannte wie sie.

Angesichts der Gefährlichkeit des Täters hatten sie sich für eine Sicherheitsverwahrung und die »zeitlich unbefristete«

Unterbringung in einer speziellen Einrichtung ausgesprochen. Bevor er ins Institut Wargnier überstellt wurde, war Hirtmann in zwei psychiatrischen Kliniken in der Schweiz untergebracht gewesen. Er war nicht der einzige Insasse der Station A, der aus dem Ausland stammte, denn diese Anstalt, die einzige Einrichtung ihrer Art in Europa, stellte den ersten Versuch der psychiatrischen Behandlung von Sicherungsverwahrten im Rahmen eines zukünftig einheitlichen europäischen Rechtsraums dar. Servaz runzelte die Stirn, als er diese Worte las: Was sollte das heißen, wo doch die europäischen Justizsysteme im Hinblick auf Gesetze, die Dauer der Strafen und das Budget (das französische Budget für die Rechtspflege war je Einwohner nur halb so hoch wie das deutsche, das niederländische oder auch das britische) sehr große Unterschiede aufwiesen?

Während er aufstand, um sich aus dem Kühlschrank ein Bier zu holen, dachte er über den offensichtlichen Widerspruch nach: Einerseits die gesellschaftlich integrierte, beruflich anerkannte Persönlichkeit Hirtmanns, wie sie in der Presse beschrieben wird, und andererseits die undurchsichtige, von unkontrollierbaren Mordfantasien und einer pathologischen Eifersucht heimgesuchte Persönlichkeit, die die Gutachter zeichneten. Dr. Jekyll und Mr. Hyde? Oder hatte es Hirtmann geschafft, dem Gefängnis zu entgehen, weil er ein geborener Manipulator war? Servaz neigte der zweiten Hypothese zu. Er war überzeugt davon, dass Hirtmann von Anfang an ganz genau wusste, wie er sich bei der psychiatrischen Begutachtung verhalten und was er zu den Experten sagen musste. Hieß das, dass auch sie sich auf einen beispiellosen Schauspieler und Manipulator einstellen mussten? Wie sollten sie ihm auf die Schliche kommen? Wäre der von der

Gendarmerie entsandte Psychologe dazu in der Lage, wo sich drei schweizerische Gutachter hatten übers Ohr hauen lassen?

Anschließend fragte sich Servaz, welche Verbindung zwischen Hirtmann und Lombard bestehen konnte. Der einzige offensichtliche Zusammenhang war die Geografie. Hatte sich Hirtmann das Pferd zufällig als Opfer ausgesucht? War er auf die Idee gekommen, als er an dem Reitzentrum vorbeigefahren war? Das Gestüt lag abseits der großen Verkehrswege im Tal. Hirtmann hatte keinen Anlass, sich dort aufzuhalten. Und wenn er das Pferd getötet hatte, weshalb hatten die Hunde dann seine Anwesenheit nicht bemerkt? Und warum hatte er die Gelegenheit nicht zur Flucht genutzt? Wie hatte er die Sicherheitssysteme des Instituts überlistet? Jede Frage zog eine weitere nach sich.

Plötzlich dachte Servaz an etwas anderes: *Seine Tochter hatte Ringe unter den Augen und einen traurigen Blick.* Warum? Warum wirkte sie so traurig und erschöpft? Sie war um ein Uhr nachts ans Telefon gegangen. Von wem erwartete sie einen Anruf? Und dieser blaue Fleck an der Wange: Margots Erklärungen hatten ihn nicht überzeugt. Er würde mit ihrer Mutter darüber sprechen.

Bis zum Morgengrauen durchstöberte Servaz die Lebensgeschichte von Julian Hirtmann. Als er sich schließlich hinlegte, an diesem Sonntag, den 14. Dezember, hatte er den Eindruck, die Teile zweier verschiedener Puzzlespiele in Händen zu halten: nichts passte zusammen.

Seine Tochter hatte Ringe unter den Augen und einen traurigen Blick. Und sie hatte einen blauen Fleck an der Wange. Was hatte das zu bedeuten?

An diesem Abend dachte Diane Berg an ihre Eltern. Ihr Vater war ein verschlossener Mann, ein Bourgeois, ein strenger, distanzierter Calvinist, wie die Schweiz sie mit der gleichen Mühelosigkeit hervorbrachte, wie sie Schokolade und Safes produzierte. Ihre Mutter lebte in einer eigenen Welt, einer unzugänglichen Fantasiewelt, in der sie die Engel musizieren hörte und deren Zentrum und Daseinsgrund sie selbst war – wobei ihre Stimmung ständig zwischen Überschwang und Depression schwankte. Eine Mutter, die allzu sehr mit sich selbst beschäftigt war, als dass sie ihren Kindern mehr als eine dürftige Zuwendung hätte bieten können, und Diane hatte schon früh für sich entschieden, dass sie mit der bizarren Welt ihrer Eltern nichts zu tun haben wollte.

Mit vierzehn war sie zum ersten Mal von zu Hause weggelaufen. Sie war nicht weit gekommen. Die Genfer Polizei hatte sie zurückgebracht, nachdem sie zusammen mit einem gleichaltrigen Jungen, den sie zwei Stunden zuvor kennengelernt hatte, beim Diebstahl einer CD von Led Zeppelin erwischt worden war. In einem solchen *harmonischen* Umfeld war die Revolte unvermeidlich, und Diane hatte »Grunge«-, »New Punk«- und »Gothic«-Phasen durchgemacht, ehe sie ein Psychologiestudium aufnahm und lernte, sich selbst und auch ihre Eltern besser zu verstehen, ohne sie freilich ganz zu begreifen.

Entscheidend war die Begegnung mit Spitzner gewesen. Diane hatte vor ihm nicht viele Liebhaber gehabt, auch wenn sie nach außen hin den Eindruck machte, eine selbstsichere und unternehmungslustige junge Frau zu sein. Aber nicht auf Spitzner. Er hatte sie sehr schnell durchschaut. Von Anfang an hatte sie geargwöhnt, dass sie nicht seine erste studentische Eroberung war. Er hatte das bestätigt, aber es war ihr egal. Ebenso wie ihr der Altersunterschied und der Umstand egal waren, dass Spitzner verheiratet und Vater von sieben Kindern war. Hätte sie ihre psychologischen Fähigkeiten auf ihren eigenen Fall anwenden müssen, so hätte sie in dieser Beziehung das reinste Klischee gesehen: Pierre Spitzner verkörperte all das, was ihre Eltern nicht waren. Und alles, was diese verabscheuten.

Sie erinnerte sich an ein langes, sehr ernstes Gespräch mit ihm.

»Ich bin nicht dein Vater«, hatte er zum Schluss gesagt. »Und nicht deine Mutter. Verlang von mir nicht Dinge, die ich dir niemals geben kann.«

Er hatte sich auf dem Sofa des kleinen Singleapartments ausgestreckt, das ihm von der Universität zur Verfügung gestellt wurde, ein Glas Jack Daniels in der Hand, stoppelbärtig, struppig und mit nacktem Oberkörper, wobei er seinen für einen Mann seines Alters bemerkenswert festen Körper mit einer gewissen Eitelkeit zur Schau stellte.

»Was zum Beispiel?«

»Treue.«

»Schläfst du zurzeit mit anderen Frauen?«

»Ja, mit meiner Frau.«

»Ich meine: mit anderen.«

»Nein, zurzeit nicht. Zufrieden?«

»Ist mir egal.«

»Du lügst.«

»Okay, ist mir nicht egal.«

»Mir dagegen *ist* es egal, mit wem du schläfst«, hatte er geantwortet.

Aber es gab da etwas, was weder ihm noch sonst jemandem aufgefallen war: Die Gewohnheit, vor geschlossenen Türen zu stehen, vor Räumen, auf denen »Zutritt verboten« stand, und die mütterlichen Geheimnisse hatten bei Diane eine Neugierde erzeugt, die weit über das normale Maß hinausging. Eine Neugierde, die ihr in ihrem Beruf zugutekam, sie aber manchmal in unangenehme Situationen brachte. Diane tauchte aus ihren Gedanken auf und sah, wie der Mond hinter den Wolken verschwand, die sich ausfransten wie Gaze. Einige Sekunden später tauchte er in einer weiteren Lücke auf, dann verschwand er wieder. Kurz vor ihrem Fenster schien der Ast einer schneebedeckten Tanne unter der weißen Milch, die vom Himmel fiel, einen Moment zu glitzern – eher er wieder von der Dunkelheit verschluckt wurde.

Sie wandte sich von dem schmalen, tiefen Fenster ab. Die roten Stäbchen ihres Radioweckers leuchteten im Halbdunkel: 0:25 Uhr. Nichts rührte sich. Sie wusste, dass auf dem Stockwerk ein oder zwei Aufseher wach waren, aber sie sahen vermutlich fern, schlaff in ihren Sesseln hängend, am anderen Ende des Gebäudes.

In diesem Teil der Klinik herrschten Stille und Schlaf.

Aber nicht für alle…

Sie ging zur Tür ihres Zimmers. Weil unter der Tür ein Spalt von einigen Millimetern klaffte, hatte sie das Licht ausgeschaltet. Ein eisiger Windzug strich über ihre nackten Füße, und sie begann sofort zu frösteln. Von der Kälte, aber auch wegen des Adrenalins, das in ihren Adern floss. *Etwas hatte ihre Neugierde geweckt.*

Halb eins…

Das Geräusch war so leise, dass sie es beinahe nicht gehört hätte.

Wie in der Nacht zuvor. Wie in den anderen Nächten.

Eine Tür, die geöffnet wurde. *Sehr langsam.* Dann nichts mehr. Jemand, der nicht wollte, dass man ihn bemerkte.

Wieder Schweigen.

Die Person lauschte – wie sie selbst.

Das Klicken eines Schalters, dann ein Lichtstrahl unter ihrer Tür. Schritte auf dem Gang. So gedämpft, dass sie fast von ihrem Herzklopfen übertönt wurden. Ein Schatten verhüllte für einen Moment das Licht, das unter der Tür durchschien. Sie zögerte. Dann entschloss sie sich unvermittelt und riss die Tür auf. Zu spät. Der Schatten war verschwunden.

Es kehrte wieder Stille ein, das Licht ging aus.

Im Dunkeln setzte sie sich an den Bettrand, sie fröstelte in ihrem Winterpyjama und ihrem Morgenrock mit Kapuze. Einmal mehr fragte sie sich, wer wohl jede Nacht durch das Institut schlich. Und vor allem, wozu? Ganz offensichtlich wollte die Person dabei unbemerkt bleiben – denn sie gab sich größte Mühe, keine Geräusche zu machen.

In der ersten Nacht hatte sich Diane gesagt, dass es wohl einer der Pflegehelfer war oder eine Krankenschwester, die einen kleinen Heißhunger hatte und nicht wollte, dass irgendjemand Wind davon bekam, dass er oder sie sich den Wanst vollschlug. Aber die Schlaflosigkeit hatte sie wach gehalten, und das Licht im Flur war erst zwei Stunden später erneut angegangen. In der zweiten Nacht war sie übermüdet eingeschlafen. Aber in der letzten Nacht das Gleiche noch einmal: Wieder lag sie schlaflos, und wieder war da das kaum hörbare Quietschen der Tür, das Licht im Flur und der Schatten, der verstohlen zur Treppe glitt.

Doch die Müdigkeit hatte gesiegt, und sie war trotzdem vor seiner Rückkehr eingeschlafen. Sie schlüpfte unter das Federbett und betrachtete ihr eiskaltes, zwölf Quadratmeter großes Zimmer mit Waschraum und WC vor dem blassen Hintergrund des rechteckigen Fensters. *Sie musste schlafen.*

Morgen, Sonntag, hatte sie frei. Sie würde die Zeit nutzen, um ihre Aufzeichnungen zu überarbeiten, anschließend würde sie nach Saint-Martin hinunterfahren. Doch Montag wäre ein entscheidender Tag, wie ihr Dr. Xavier mitgeteilt hatte: Montag würde er ihr die Station A zeigen…

Sie musste schlafen.

Vier Tage. Sie hatte vier Tage in der Klinik verbracht, und es schien ihr, als hätten sich ihre Sinne in dieser Zeit geschärft. Konnte man sich so schnell verändern? Wenn ja, wer wäre sie dann in einem Jahr – wenn sie das Institut verließ, um in die Schweiz zurückzukehren? Sie schimpfte mit sich selbst. Sie sollte aufhören, daran zu denken. Sie würde viele Monate hier verbringen.

Sie verstand immer noch nicht, wie man diese geistesgestörten Schwerstkriminellen an einem Ort wie diesem einsperren konnte. Diese Klinik war bei Weitem der unheimlichste und ungewöhnlichste Ort, den sie kannte.

Aber sie ist jetzt für ein Jahr dein Zuhause, meine Liebe.

Bei diesem Gedanken verflog ihr jegliche Lust zu schlafen.

Sie setzte sich ans Kopfende des Betts und machte die Nachttischlampe an. Anschließend schaltete sie ihren Computer an und wartete, bis er hochgefahren war, um ihren elektronischen Briefkasten zu konsultieren. Das Institut hatte zum Glück Internetanschluss und war mit W-LAN-Zugängen ausgestattet.

[Keine neuen Mails.]

Sie hatte gemischte Gefühle. Hatte sie wirklich erwartet, dass er ihr schrieb? Nach allem, was passiert war? Sie selbst hatte Schluss gemacht, auch wenn diese Entscheidung sie innerlich zerrissen hatte. Er hatte sie mit seinem üblichen Stoizismus hingenommen, und das hatte sie gekränkt. Sie hatte sich selbst darüber gewundert, wie verzweifelt sie war.

Sie zögerte, ehe sie auf der Tastatur klimperte.

Sie wusste, dass er ihr Schweigen nicht verstehen würde. Sie hatte versprochen, ihm bald zu schreiben und ihm ausführlich Bericht zu erstatten. Wie alle Experten für forensische Psychiatrie brannte auch Pierre Spitzner vor Neugier auf alles, was mit dem Institut Wargnier zu tun hatte. Als er erfahren hatte, dass sich Diane erfolgreich beworben hatte, hatte er darin nicht nur eine Chance für sie, sondern auch eine Gelegenheit für sich selbst erkannt, mehr über dieses Institut zu erfahren, über das so viele Gerüchte kursierten.

Sie gab die ersten Wörter ein:

Lieber Pierre,
mir geht es gut. Diese Klinik …

Ihre Hand erstarrte.

Ein Bild war gerade vor ihrem inneren Auge aufgeblitzt – klar und scharfkantig wie Eis …

Die Villa von Spitzner über dem See, das Schlafzimmer im Halbdunkel, die Stille des leeren Hauses. Pierre und sie in dem großen Bett. Zunächst wollten sie nur eine Akte holen, die er vergessen hatte. Seine Frau war am Flughafen und wartete auf ihren Flug nach Paris, wo sie einen Vortrag mit dem Titel Persönlichkeiten & Standpunkte *halten sollte (Spitzners Frau hatte etwa zehn ebenso komplexe wie blutige Krimis mit starker sexueller Einfärbung geschrieben, die eine gewissen Erfolg erzielt hatten). Pierre hatte die Gelegenheit genutzt, um ihr das Haus zu zeigen. Als sie vor dem Schlafzimmer des Paars eingetroffen waren, hatte er die Tür aufgemacht und Diane an der Hand genommen. Zunächst wollte sie nicht in diesem Bett mit ihm schlafen, aber er hatte sie mit jener kindlichen Art bekniet, die sie weich werden und ihre sämtlichen Dämme brechen ließ. Er hatte Diane auch gedrängt, die Unterwäsche seiner Ehefrau anzuziehen. Unterwäsche, die sie in den teuersten Boutiquen von Genf gekauft hatte … Diane hatte gezögert. Aber der Reiz des Verbotenen, des moralischen Regelverstoßes hatte eine derart starke Anziehungskraft auf sie ausgeübt, dass ihre Skrupel bald verstummten. Sie hatte festgestellt, dass sie die gleichen Körpermaße wie die Ehefrau ihres Geliebten hatte. Sie lag mit geschlossenen Augen unter ihm, ihre beiden Körper vollkommen aufeinander abgestimmt und miteinander verschweißt, das hochrote Gesicht von Pierre über ihr, als von der Tür des Zimmers her eine kalte, schneidende Stimme erklang:*

»Schaff deine Nutte hier raus.«

Sie klappte das Notebook wieder zu, jegliche Lust zu schreiben war wie verflogen. Sie wandte den Kopf um, um das Licht auszumachen.

Der Schatten war unter ihrer Tür … *Regungslos* … Sie hielt den Atem an, unfähig, sich zu rühren. Aber dann gewannen Neugierde und Verärgerung wieder die Oberhand, und sie stürzte Richtung Tür.

Aber schon wieder war der Schatten verschwunden.

TEIL ZWEI

Willkommen in der Hölle

10

AM SONNTAG, DEN 14. Dezember, um 7:45 Uhr verließ der 28-jährige Damien Ryck, genannt Rico, seine Wohnung und brach allein zu einem Berglauf auf. Der Himmel war grau, und er wusste schon jetzt, dass sich die Sonne an diesem Tag nicht mehr zeigen würde. Gleich nach dem Aufwachen war er auf die große Terrasse seines Hauses getreten und hatte gesehen, dass die Dächer und Straßen von Saint-Martin in dichten Nebel gehüllt waren. Über der Stadt schlangen sich rußschwarze Wolken in gewundenen Arabesken um die Gipfel.

Angesichts des Wetters entschied er sich für eine leichte, ernüchternde Tour über eine Route, die er bestens kannte. Gestern Abend oder, genauer gesagt, vor ein paar Stunden war er nach einer feuchtfröhlichen Fete bei Freunden, mit denen er mehrere Joints geraucht hatte, nach Hause gekommen und war samt Kleidern zu Bett gegangen. Am Morgen war er – nach einer Dusche, einer Schale schwarzem Kaffee und einem weiteren Joint, den er auf der Terrasse geraucht hatte – zu der Überzeugung gelangt, dass ihm die reine Höhenluft sehr guttun und ihm wieder einen klaren Kopf verschaffen würde. Etwas später an diesem Vormittag wollte Rico das Einfärben einer Druckplatte abschließen – eine diffizile Arbeit, die eine sichere Hand erforderte.

Rico war Comiczeichner.

Ein wunderbarer Beruf: Er konnte zu Hause arbeiten und außerdem noch von seiner Leidenschaft leben. Seine sehr düsteren Comics in Schwarz-Weiß waren bei Insidern sehr geschätzt, und in der kleinen Welt des Independentcomics wuchs seine Bekanntheit stetig. Als begeisterter Skitourengänger, Bergsteiger, Mountainbiker, Gleitschirmflieger und Weltenbummler hatte er in Saint-Martin einen idealen Ort für sein Basislager gefunden. Mit seinem Beruf und dank der modernen Kommunikationsmittel brauchte er nicht in Paris zu leben, wo der Enfer-Verlag seinen Sitz hatte; es genügte, wenn er ein halbes Dutzend Mal im Jahr dorthin reiste. Zu Beginn war es den Einwohnern von Saint-Martin nicht ganz leicht gefallen, sich an sein Aussehen zu gewöhnen, das mit seinen schwarzen und gelben Dreadlocks, seinem orangen Bandana und seinem orangen Poncho, seinen zahlreichen Piercings und seinem rosa Spitzbart geradezu der Karikatur eines Aussteigers entsprach. Als der Sommer kam, konnten sie auch das Dutzend Tattoos auf seinem ausgemergelten Körper bewundern: an den Schultern, den Armen, dem Rücken, dem Hals, den Waden, den Schenkeln – echte dreifarbige Kunstwerke, die überall unter seinen Shorts und Muscle-Shirts hervorschauten. Allerdings gewann Rico bei näherem Kennenlernen: Er war nicht nur ein begabter Zeichner, sondern auch ein charmanter Kerl mit trockenem Humor, der sich gegenüber den Nachbarn, Kindern und älteren Menschen ausgesprochen zuvorkommend verhielt.

An diesem Morgen schlüpfte Rico für den Berglauf in spezielle Laufschuhe, streifte sich über die Kopfhörer seines MP3-Players eine Mütze mit Ohrenschützern, wie sie die Bauern auf den Hochebenen der Anden trugen, und steuerte mit flinken Schritten auf den Wanderweg zu, der gleich hinter dem Supermarkt begann, etwa zweihundert Meter von seiner Wohnung entfernt.

Der Nebel hatte sich noch nicht gelichtet. Auf dem leeren Parkplatz schlängelte er sich zwischen Reihen abgestellter Einkaufswagen hindurch. Als er auf dem Wanderweg war, machte Rico größere Schritte. Hinter ihm schlugen die Kirchenglocken acht Uhr. Es schien ihm, als würden ihre Schallwellen durch mehrere Watteschichten zu ihm vordringen.

Er achtete darauf, sich auf dem unebenen, von Wurzeln und großen Steinen übersäten Boden nicht die Knöchel zu verstauchen. Zwei Kilometer durch eine verdeckte Senke im Getöse des Wildbachs, den er auf festen kleinen Brücken aus Tannenstämmen mehrfach überquerte – und dann wurde der Hang steiler, und er spürte, wie sich seine Waden unter der Anstrengung anspannten. Der Nebel hatte sich ein wenig gelichtet. Er erblickte die Eisenbrücke, die den Gebirgsbach ein Stück weiter oben überspannte, dort, wo er sich in einen tosenden Wasserfall verwandelte. Der steilste Abschnitt des Weges. Dort oben angekommen, wurde das Gelände fast wieder flach. Als er den Kopf hob und kurz innehielt, bemerkte er, dass unter der Brücke etwas hing. *Ein Sack oder ein voluminöses Objekt, das an der metallenen Brückenplatte befestigt war.*

Er senkte den Kopf, um die letzten Kehren hinter sich zu bringen, und hob ihn erst wieder, als er die Brücke erreichte. Sein Herz raste. Doch als er aufsah, explodierte es regelrecht: Es war kein Sack, was da unter der Brücke hing – sondern eine Leiche! Rico erstarrte. Der Schock nach diesem Aufstieg hatte ihm den Atem verschlagen. Mit offen stehendem Mund starrte er den Leichnam an und rang nach Atem; die Hände in die Hüften gestützt, schleppte er sich die letzten Meter dahin.

Verdammter Mist, was ist das denn?

Zuerst konnte Rico nicht glauben, was er da sah. Er fragte sich, ob er vielleicht Halluzinationen hatte, vielleicht aufgrund der nächtlichen Exzesse, aber im nächsten Moment wusste er, dass das keine Vision war. Es war viel zu real, viel zu – furchtbar. Das hier hatte nicht das Geringste mit den Horrorfilmen zu tun, die er so mochte. Was er da sah, war ein Mensch… *ein nackter Toter, der an einer Brücke hing!*

Gottverdammte Scheiße!!!

Eine eisige Kälte drang in seine Adern.

Er blickte sich um, und ein kalter Schauer rieselte ihm über den Rücken. Das war kein Selbstmord gewesen: Außer dem Gurt, der dem Mann die Kehle zuschnürte, war er mit mehreren weiteren Gurten an dem Eisengerüst der Brücke befestigt, und außerdem hatte man ihm eine *Kapuze* über den Kopf gezogen… eine schwarze Kapuze aus wasserdichtem Stoff, die sein Gesicht verbarg und hinten in ein Cape überging, das ihm den Rücken herunterhing.

Verdammt, verdammt, verdammt!

Panik überwältigte ihn. So etwas hatte er noch nie gesehen. Und was er da sah, spritzte das Gift der Angst in seine Adern. Er war allein auf dem Berg, vier Kilometer von dem nächsten bewohnten Haus entfernt, und es gab nur einen Weg nach hier oben – den, den er genommen hatte.

Genau so, wie es der Mörder getan hatte…

Er fragte sich, ob es gerade erst zu dem gekommen war. Mit anderen Worten: *Ob der Mörder noch in der Nähe war.* Rico spähte beunruhigt über die Felsen und durch den Nebel. Er atmete zweimal tief ein und machte auf dem Absatz kehrt. Zwei Sekunden später rannte er den Weg in Richtung Saint-Martin hinunter. Noch nie war er so schnell gelaufen.

Servaz war nie sonderlich sportlich gewesen. Ehrlich gesagt, verabscheute er Sport – in all seinen Formen. Im Stadion wie im Fernsehen. Er hasste es, bei einer Sportveranstaltung zuzuschauen, genauso wie er es verabscheute, selbst Sport zu treiben. Einer der Gründe, weshalb er keinen Fernseher hatte, war der, dass dort für seinen Geschmack zu viele Sportsendungen liefen, und das zunehmend auch noch zu jeder Tages- und Nachtzeit.

Früher, in den fünfzehn Jahren seiner Ehe, hatte er sich zu einem Mindestmaß an körperlicher Aktivität gezwungen, die darin bestand, dass er jeden Sonntag fünfunddreißig Minuten – keine Minute länger! – joggte. Trotzdem oder auch deshalb hat er seit seinem achtzehnten Lebensjahr kein Kilo zugelegt und er hatte noch immer dieselbe Hosengröße wie damals. Er wusste, wie dieses Wunder zu erklären war: Er hatte die Gene seines Vaters, der sein ganzes Leben lang schlank und schneidig wie ein Windhund geblieben war – bis auf die letzte Zeit, als er unter der Wirkung des Alkohols und der Depression beinahe zum Skelett abgemagert war. Seit seiner Scheidung hatte Servaz jedoch alles eingestellt, was auch nur im Entferntesten körperlicher Bewegung ähnelte.

Dass er an diesem Sonntagmorgen unvermittelt beschlossen hatte, wieder damit anzufangen, lag an einer Bemerkung, die Margot tags zuvor gemacht hatte: »Papa, ich habe beschlossen, dass wir die Sommerferien zusammen verbringen werden. Zu zweit. Ganz weit weg von Toulouse.« Sie hatte ihm von Kroatien, den kleinen Buchten dort, den felsigen Inseln, den Sehenswürdigkeiten und der Sonne erzählt. Sie wollte in ihren Ferien Entspannung mit Sport verbinden: das bedeutete morgens laufen und schwimmen, nachmittags *farniente* und

Besichtigung von Sehenswürdigkeiten, und abends müsste er sie zum Tanzen ausführen oder mit ihr am Strand entlangspazieren. Alles war schon fest geplant. Anders gesagt, Servaz tat gut daran, sich fit zu machen.

So hatte er sich eine abgewetzte alte Short und ein ausgeleiertes T-Shirt angezogen, war in Turnschuhe geschlüpft und lief jetzt am Ufer der Garonne entlang. Es war trübe und ein wenig neblig. Er, der außerhalb seiner Dienstzeiten gewöhnlich vor Mittag keinen Fuß vor die Tür setzte, bemerkte, dass über der rosa Stadt eine erstaunlich friedliche Atmosphäre lag, als hätten selbst die Gauner und die Idioten an diesem Sonntagmorgen eine Auszeit genommen.

Während er gemächlich vor sich hin joggte, dachte er noch einmal über das nach, was seine Tochter gesagt hatte. *Ganz weit weg von Toulouse…* Wieso ganz weit weg von Toulouse? Er sah noch einmal ihre *triste und erschöpfte Miene*, und plötzlich überkam ihn ein ungutes Gefühl. Gab es in Toulouse irgendetwas, dem sie entfliehen wollte? Irgendetwas oder irgendjemand? Er dachte an den blauen Fleck auf ihrer Wange, und plötzlich war er ernsthaft in Sorge.

Eine Sekunde später spürte er ein Stechen in der Brust…

Er war viel zu schnell losgelaufen.

Er blieb stehen, die Hände auf den Knien, während seine Lungen brannten. Sein T-Shirt war schweißgetränkt. Servaz sah auf die Uhr. Zehn Minuten! Er hatte zehn Minuten durchgehalten! Dabei fühlte er sich, als wäre er eine halbe Stunde gelaufen! *Mann, war er vielleicht erledigt!* Kaum vierzig Jahre alt, und ich schleppe mich dahin wie ein alter Mann, jammerte er zu sich selbst, als das Telefon in der Tasche seiner Shorts vibrierte.

»Servaz«, stieß er hervor.

»Was ist los?«, fragte Cathy d'Humières. »Geht es Ihnen nicht gut?«

»Ich mache gerade ein bisschen Sport«, schnarrte er.

»Sie scheinen es ja nötig zu haben. Tut mir leid, dass ich Sie an einem Sonntag behellige. Aber es gibt Neuigkeiten. Es sieht so aus, als hatten Sie recht.«

»Wie das?«

»Es gibt einen Toten – in Saint-Martin. Und diesmal ist es kein Pferd.«

Ein Ruck ging durch ihn.

»Einen … Toten …?« Er rang noch immer nach Atem. »Was für einen Toten? Weiß man … wer es ist?«

»Noch nicht.«

»Hatte er keine Papiere bei sich?«

»Nein. Er war nackt – abgesehen von seinen Stiefeln und einem schwarzen Cape.«

Servaz fühlte sich, als hätte ihn ein Pferd getreten. D'Humières erzählte ihm, was sie wusste: der junge Mann, der zu einer Tour um den See aufgebrochen war, die Eisenbrücke über den Wildbach, der darunterhängende Leichnam …

»Wenn er an einer Brücke hing, war es vielleicht ein Suizid«, spekulierte er ins Blaue hinein, aber wer würde schon in einer so lächerlichen Aufmachung abtreten wollen?

»Nach den ersten Untersuchungsergebnissen handelt es sich wohl eher um einen Mord. Mehr Details kenne ich nicht. Ich hätte gern, dass Sie am Tatort zu mir stoßen.«

Servaz spürte, wie ihm eine eiskalte Hand den Nacken streichelte. Das, was er befürchtet hatte, war eingetreten. Zuerst die DNA von Hirtmann – und jetzt das. Was hatte das zu bedeuten? War es der Anfang einer Serie? Dieses Mal war es dem Schweizer mit Sicherheit nicht gelungen, die Anstalt zu verlassen. *Aber wer hatte den Mann unter der Brücke dann getötet?*

»Einverstanden«, antwortete er, »ich sag Espérandieu Bescheid.«

Sie sagte ihm, wohin er fahren sollte, dann legte sie auf. In der Nähe stand eine Bank. Servaz setzte sich darauf. Er befand sich im Park am Fuß des Pont-Neuf, dessen Rasenflächen sanft zur Garonne hin abfielen. Zahlreiche Jogger waren am Fluss unterwegs.

»Espérandieu«, sagte Espérandieu.

»Wir haben einen Toten, in Saint-Martin.«

Es entstand eine Pause. Dann hörte Servaz, wie Espérandieu mit jemandem sprach. Seine Stimme wurde durch eine Hand auf der Muschel gedämpft. Er fragte sich, ob Vincent noch mit Charlène im Bett war.

»Okay, ich mach mich fertig.«

»Ich hol dich in zwanzig Minuten ab.«

Dann ging ihm – zu spät – auf, dass das unmöglich war. Er hatte, laufend, zehn Minuten gebraucht, um hierherzukommen, und in seinem Zustand bräuchte er für den Rückweg auf jeden Fall länger. Er rief Espérandieu an.

»Ja?«

»Lass dir Zeit. Ich schaffe es nicht vor einer guten halben Stunde.«

»Bist du nicht bei dir zu Hause?«, fragte Espérandieu überrascht.

»Ich war gerade beim Frühsport.«

»Frühsport? Was für ein Frühsport?«

Am Tonfall war zu erkennen, dass Espérandieu ihm nicht glaubte.

»Joggen.«
»Du läufst?«
»Es war das erste Mal«, rechtfertigte sich Servaz gereizt.
Er ahnte, dass Espérandieu am anderen Ende grinste. Vielleicht grinste Charlène Espérandieu, neben ihrem Mann liegend, ebenfalls. Machten sie sich manchmal über ihn und seinen Lebenswandel als Geschiedener lustig, wenn sie unter sich waren? Andererseits war er sich sicher, dass ihn Vincent bewunderte. Er war unglaublich stolz gewesen, als Servaz sich einverstanden erklärt hatte, der Pate seines nächsten Kindes zu werden.

Als er seinen Wagen auf dem Parkplatz am Cours Dillon erreichte, hatte er bohrendes Seitenstechen. In seiner Wohnung angekommen, ging er unter die Dusche, rasierte sich und zog frische Klamotten an. Dann fuhr er wieder los, Richtung Stadtrand.

Ein neues Einfamilienhaus, davor eine nicht eingezäunte Rasenfläche, durch die, im amerikanischen Stil, ein halbkreisförmiger asphaltierter Weg zur Garage und zum Eingang führte. Servaz stieg aus. Ein Nachbar, der ganz oben auf einer Leiter stand, montierte am Rand seines Dachs einen Weihnachtsmann; etwas weiter in der Straße spielten Kinder Ball; ein Paar um die Fünfzig, groß und schlank, im eng anliegenden Jogginganzug mit fluoreszierenden Streifen, lief auf dem Gehsteig an ihm vorbei. Servaz ging die Zufahrt hinauf und läutete.

Er blickte sich um, um den gefährlichen Bewegungen des Nachbarn zu folgen, der sich an der Spitze der Leiter mit seinem Weihnachtsmann und den Girlanden abmühte.

Als er wieder geradeaus sah, fuhr er fast zusammen: Charlène Espérandieu hatte lautlos die Tür geöffnet, und jetzt stand sie lächelnd vor ihm. Sie trug eine dünne Kapuzenweste über einem lila T-Shirt und einer Schwangerschaftsjeans. Sie war barfuss. Ihr runder Bauch war nicht zu übersehen. Und ihre Schönheit. Alles an Charlène Espérandieu war Leichtigkeit, Zierlichkeit und Esprit. Selbst die Schwangerschaft schien sie nicht schwerfällig zu machen, konnte ihrer Grazilität und ihrem Humor nichts anhaben. Charlène leitete eine Kunstgalerie im Zentrum von Toulouse; Servaz war zu einigen Vernissagen eingeladen worden und er hatte an den weißen Wänden fremdartige, verstörende und manchmal faszinierende Werke gesehen. Einen Moment lang verharrte er reglos. Dann fing er sich wieder und lächelte sie in diskreter Verehrung an.

»Komm rein. Vincent ist gleich so weit. Willst du einen Kaffee?«

Ihm wurde bewusst, dass er seit dem Aufstehen noch immer nichts zu sich genommen hatte. Er folgte ihr in die Küche. »Vincent hat mir gesagt, du treibst jetzt Sport«, sagte sie, während sie eine Tasse zu ihm hinschob.

Der scherzhafte Ton entging ihm nicht. Er war ihr dankbar, dass sie die Atmosphäre auflockerte.

»Es war nur ein Versuch. Ziemlich erbärmlich, wie ich gestehen muss.«

»Bleib am Ball. Gib nicht auf.«

»*Labor omnia vincit improbus.* – Beharrliche Anstrengung bringt alles zuwege«, übersetzte er, mit dem Kopf nickend.

Sie lächelte.

»Vincent hat mir gesagt, dass du oft lateinische Sentenzen zitierst.«

»Das ist ein kleiner Trick, um in wichtigen Momenten die Aufmerksamkeit auf sich zu lenken.«

Kurz war er versucht, ihr von seinem Vater zu erzählen. Er hatte noch mit niemandem über ihn gesprochen, aber wenn es jemanden gab, dem er sich hätte anvertrauen können, dann ihr: Das hatte er gleich am ersten Abend gespürt, als sie ihn einem regelrechten Verhör unterzogen hatte – allerdings einem freundlichen und zeitweise sogar liebevollen Verhör. Sie nickte beifällig, ehe sie erklärte:

»Vincent bewundert dich sehr. Mir ist aufgefallen, dass er manchmal versucht, dich nachzuahmen, so zu handeln oder so zu reagieren, wie er glaubt, dass du handeln oder reagieren würdest. Zuerst habe ich nicht verstanden, woher dieser Veränderungen bei ihm kamen. Als ich dich beobachtet habe, ist es mir dann klar geworden.«

»Ich hoffe, dass er nur die guten Seiten kopiert.«

»Das hoffe ich auch.«

Er schwieg. Espérandieu platzte in die Küche hinein; er streifte sich gerade einen silberfarbenen Blouson über, den Servaz zu diesem Anlass doch etwas unpassend fand.

»Ich bin so weit!« Er legte eine Hand auf den gewölbten Bauch seiner Frau. »Pass auf euch beide auf.«

»Im wievielten Monat?«, fragte Servaz im Auto.

»Im siebten. Mach dich darauf gefasst, bald Pate zu werden. Wie wär's, wenn du mir sagst, was passiert ist?«

Servaz erzählte ihm das bisschen, das er wusste.

Anderthalb Stunden später stellten sie den Wagen auf dem Parkplatz des Supermarkts ab, auf dem sich bereits Fahrzeuge der Gendarmerie, Motorroller und Schaulustige drängten. Irgendwie war die Nachricht durchgesickert. Der Nebel hatte sich ein wenig gelichtet, er bildete nur noch einen durchscheinenden Schleier – als würden sie alles durch eine beschlagene

Fensterscheibe betrachten. Servaz entdeckte mehrere Pressefahrzeuge, darunter eines des regionalen Fernsehsenders. Die Journalisten und die Schaulustigen hatten sich am Fuß der Auffahrt versammelt; auf halber Höhe untersagte ihnen das gelbe Absperrband der Gendarmerie jeglichen Durchgang. Servaz zückte seinen Dienstausweis und hob das Band an. Einer der Gendarmen wies ihnen den Weg. Sie ließen das geschäftige Treiben hinter sich und stiegen schweigend den Weg hinauf, wobei ihre Anspannung stetig zunahm. Bis zu den ersten Serpentinen begegneten sie niemandem – doch der Nebel wurde mit der Höhe immer dichter. Er war kalt und feucht wie ein nasser Handschuh.

Auf halber Höhe spürte Servaz wieder sein Seitenstechen. Er ging langsamer, um zu Atem zu kommen, ehe er die letzte Kehre in Angriff nahm, und hob den Kopf. Über ihnen im Dunst kamen und gingen zahlreiche Gestalten. Und da leuchtete ein großer weißer Lichthof – als stünde dort oben im Nebel ein Lkw mit eingeschalteten Scheinwerfern.

Die letzten hundert Meter erklomm er mit der wachsenden Überzeugung, dass der Mörder diese Kulisse bewusst ausgewählt hatte. Wie beim ersten Mal.

Er überließ nichts dem Zufall.

Er kannte sich hier aus.

Das passt nicht zusammen, sagte er sich. War Hirtmann bereits hier gewesen, bevor er in die Anstalt überstellt worden war? Kannte er die Gegend womöglich? Lauter Fragen, auf die sie eine Antwort finden mussten. Ihm fiel sein erster Gedanke bei d'Humières' Anruf ein: Dieses Mal konnte Hirtmann die Anstalt unmöglich verlassen haben. Aber wer sonst konnte den Mann unter der Brücke umgebracht haben?

Durch die Nebelschwaden hindurch erkannte Servaz die

Capitaines Ziegler und Maillard. Ziegler war in ein Gespräch mit einem sonnengebräunten kleinen Mann mit weißer Löwenmähne vertieft, den Servaz schon einmal gesehen hatte. Dann fiel es ihm wieder ein: Es war Chaperon, der Bürgermeister von Saint-Martin – dem er im Kraftwerk begegnet war. Irène Ziegler wechselte noch ein paar Worte mit dem Bürgermeister, ehe sie auf sie zukam. Servaz stellte sie Espérandieu vor. Sie zeigte ihm die Stahlbrücke, unter der man im weißen Lichthof die vagen Umrisse einer menschlichen Figur erahnte.

»Es ist entsetzlich!«, schrie sie über das Tosen des Wildbachs hinweg.

»Was wissen wir?«, schrie er seinerseits.

Die Beamtin deutete auf einen jungen Mann in orangem Poncho, der auf einem Stein saß, dann gab sie ihm einen Überblick über die Geschehnisse: der junge Mann bei seinem Berglauf, die Leiche unter der Brücke, Capitaine Maillard, der den Tatort abgeriegelt und das Handy des einzigen Zeugen beschlagnahmt hatte, und die Tatsache, dass die Presse trotzdem Wind von der Sache bekommen hatte.

»Was macht der Bürgermeister hier?«, wollte Servaz wissen. »Wir haben ihn gebeten zu kommen, um die Leiche zu identifizieren, falls es sich um einen Bürger der Gemeinde handeln sollte. Vielleicht hat er die Presse informiert. Politiker – selbst die kleinen – sind immer auf Journalisten angewiesen.

Sie machte kehrt und ging Richtung Tatort.

»Wir haben das Opfer sehr wahrscheinlich identifiziert. Laut Aussage des Bürgermeisters und Maillards handelt es sich um einen gewissen Grimm, einen Apotheker aus Saint-Martin. Maillard sagt, seine Frau hat die Gendarmerie angerufen, um eine Vermisstenanzeige aufzugeben.«

»Eine Vermisstenanzeige?«

»Ihrer Darstellung nach ist ihr Mann gestern, wie jeden Samstag, zu seinem Pokerabend gegangen und er hätte gegen Mitternacht zurück sein sollen. Sie hat bei der Gendarmerie angerufen, um zu melden, dass er nicht nach Hause gekommen ist und dass sie nichts von ihm gehört hat.«

»Um wie viel Uhr?«

»Acht Uhr. Als sie heute Morgen aufgewacht ist, hat sie sich gewundert, dass sie ihn im ganzen Haus nicht finden konnte und dass sein Bett unbenutzt war.«

»*Sein* Bett?«

»Sie schliefen getrennt«, bestätigte sie.

Sie gingen näher heran. Servaz machte sich innerlich bereit. Starke Scheinwerfer leuchteten zu beiden Seiten der Brücke. Die Dunstschwaden, die an ihnen vorüberzogen, erinnerten an den Rauch von Kanonen auf einem Schlachtfeld. In dem blendenden Licht der Scheinwerfer war alles Dampf, Dunst und Gischt. Der Wildbach selbst dampfte, ebenso die Felsen – sie hatten die Schärfe und den Glanz blanker Waffen. Servaz ging weiter. Das Tosen des Wassers hallte in seinen Ohren wider und vermischte sich mit dem seines Blutes.

Der Körper war nackt.

Feist.

Weiß.

Wegen der Feuchtigkeit glänzte seine Haut in dem blendenden Scheinwerferlicht so, als wäre sie eingeölt. Sein erster Gedanke war, dass der Apotheker dick war – sogar sehr dick. Zuerst zogen das Nest schwarzer Haare und das winzige, zwischen den massigen, speckfaltigen Schenkeln wie eingeschrumpfte Geschlecht seine Aufmerksamkeit auf sich. Anschließend wanderte sein Blick aufwärts, über den weißen, haarlosen, ebenfalls mit Speckfalten übersäten Bauch bis zur Kehle, die von einem Gurt zugeschnürt wurde; er hatte sich so tief ins Fleisch gebohrt, dass er fast darin verschwand. Und zu guter Letzt die ins Gesicht gezogene Kapuze und das große schwarze Regencape im Rücken, wie die Flügel eines schwarzen Schmetterlings.

»Weshalb zieht er seinem Opfer ein Cape über, um es anschließend nackt aufzuhängen?«, sagte Espérandieu mit seltsam veränderter, zugleich heiserer und schriller Stimme.

»Weil das Cape eine Bedeutung hat«, antwortete Servaz. »Genauso wie die Nacktheit.«

»Was für ein verdammter Anblick!«, ergänzte Espérandieu.

Servaz wandte sich zu ihm um. Er zeigte ihm den jungen Mann im orangefarbenen Poncho, der etwas weiter unten saß. »Leih dir ein Auto, fahr ihn zur Gendarmerie und nimm seine Aussage auf.«

»Okay«, sagte Espérandieu und entfernte sich schnell.

Zwei Kriminaltechniker im weißen Overall und mit Mundschutz beugten sich über das Metallgeländer. Einer hatte eine Stablampe herausgenommen und ließ das Lichtbündel über den Körper gleiten.

Ziegler zeigte mit dem Finger auf ihn.

»Der Rechtsmediziner hält die Strangulation für die Todesursache. Sehen Sie die Gurte?«

Sie deutete auf die beiden Gurte, die zusätzlich zu dem vertikalen Gurt, der seine Kehle abschnürte, tief in die Handgelenke des Toten einschnitten und sie mit der Brücke über ihm verbanden; seine Arme waren v-förmig über seinem Kopf gespreizt.

»Offenbar hat der Mörder den Körper allmählich in die Tiefe heruntergelassen, und zwar über die seitlichen Gurte.

Je weiter er sie abwickelte, umso stärker schnürte der mittlere Gurt den Hals des Opfers ein und strangulierte ihn. Es muss ein langer Todeskampf gewesen sein.«

»Ein schrecklicher Tod«, sagte jemand hinter ihnen.

Sie drehten sich um. Cathy d'Humières hatte den Blick auf den Toten geheftet. Mit einem Mal wirkte sie alt und verbraucht.

»Mein Mann will seine Anteile an seiner Werbeagentur verkaufen und einen Tauchsportklub auf Korsika aufmachen. Er will, dass ich meinen Job als Staatsanwältin an den Nagel hänge. An Tagen wie heute habe ich nicht übel Lust, auf ihn zu hören.«

Servaz wusste, dass sie es nicht tun würde. Es fiel ihm nicht schwer, sie sich als engagierte, aktive Ehefrau vorzustellen, als tapfere kleine Soldatin des gesellschaftlichen Lebens, die selbst nach einem aufreibenden Arbeitstag noch imstande war, Freunde zu empfangen, mit ihnen zu lachen, und die ohne zu murren die Wechselfälle des Lebens ertrug, als wären diese kaum mehr als ein Glas Wein, das jemand auf der Tischdecke umgestoßen hatte.

»Weiß man, wer das Opfer ist?«

Ziegler wiederholte ihr gegenüber das, was sie schon zu Servaz gesagt hat.

»Wie heißt der Rechtsmediziner?«, fragte Servaz.

Ziegler ging zu dem Beamten und kam dann zurück, um ihm die gewünschte Information zu geben. Er nickte zufrieden. Zu Beginn seiner Laufbahn war er mit einer Rechtsmedizinerin aneinandergeraten, die sich geweigert hatte, sich im Zuge der Ermittlungen in einem seiner Fälle an den Tatort zu begeben. Servaz war zur Uniklinik von Toulouse gefahren und, schäumend vor Wut, in die Rechtsmedizin hineingeplatzt. Aber die Ärztin hatte ihm dreist die Stirn geboten. Später hatte er erfahren, dass dieselbe Person im Zusammenhang mit dem Fall eines berühmten Serienmörders in der lokalen Presse Schlagzeilen gemacht hatte – die Morde an jungen Frauen aus der Gegend waren aufgrund unglaublicher Nachlässigkeiten zunächst für Selbstmorde gehalten worden.

»Gleich ziehen sie den Leichnam hoch«, verkündete Ziegler. Es war hier viel kälter und feuchter als unten, und Servaz zog seinen Schal fester um den Hals – dann musste er an den Gurt denken, der sich in den Hals des Opfers eingeschnitten hatte, und schnell lockerte er ihn wieder.

Plötzlich fielen ihm zwei Details auf, denen er im Schreck des ersten Anblicks keine Beachtung geschenkt hatte.

Das Erste waren die Lederstiefel, abgesehen von dem Cape das einzige Kleidungsstück, das am Körper des Apothekers geblieben war: Für einen so dicken Mann sahen sie seltsam klein aus.

Das Zweite war die rechte Hand des Opfers.

Es fehlte ein Finger daran.

Der Ringfinger.

Und dieser Finger war abgeschnitten worden.

»Auf geht's!«, sagte d'Humières, als die Kriminaltechniker den Körper hochgezogen und auf die Brückenplatte gelegt hatten.

Die Stahlbrücke vibrierte unter ihren Schritten, und Servaz spürte einen Moment lang die nackte Angst, als er unter sich sah, in welche Tiefe sich der Wildbach stürzte. Um die Leiche kauernd, streiften die Kriminaltechniker vorsichtig die Kapuze zurück. *Unwillkürlich wichen die Anwesenden ein Stück zurück.* Das Gesicht, das darunter zum Vorschein kam, war mit reißfestem silberfarbenem Klebeband geknebelt. Servaz konnte sich ohne Weiteres vorstellen, wie es die panische Angst und die Schmerzensschreie des Opfers erstickte, denn der Apotheker hatte weit aufgerissene Augen. Beim zweiten Blick erkannte er, dass Grimms Augen nicht auf natürliche Weise weit aufgesperrt waren: Sein Mörder hatte ihm die Lider umgestülpt; er hatte wohl mithilfe einer Pinzette daran gezogen und sie unter den Brauen und auf den Wangen angetackert. *Er hatte ihn zum Sehen gezwungen…* Außerdem hatte der Mörder, vermutlich mit einem schweren Gegenstand, wie einem Eisen- oder Holzhammer, so blindwütig auf das Gesicht eingeschlagen, dass die Nase fast abgerissen war – sie hing nur noch an einem dünnen Band aus Fleisch und Knorpel. Schließlich fielen Servaz Schmutzspuren in den Haaren des Apothekers auf.

Einen Moment lang sprach niemand. Dann wandte sich Ziegler zu dem Gebirgsbach um. Sie gab Maillard ein Zeichen, der daraufhin den Bürgermeister am Arm nahm. Servaz sah sie näher kommen. Chaperon schien von panischer Angst ergriffen zu sein.

»Das ist er«, stammelte er. »Das ist Grimm. *Oh, mein Gott, was hat man ihm nur angetan?«*

Behutsam schob Ziegler den Bürgermeister zu Maillard, der ihn mit sich von der Leiche wegzog.

»Gestern Abend hat er mit Grimm und einem gemeinsamen Freund noch Poker gespielt«, erklärte sie. »Sie waren die Letzten, die ihn lebend gesehen haben.«

»Ich glaube, dass wir diesmal ein Problem haben werden«, sagte d'Humières, während sie sich wieder aufrichtete.

Servaz und Ziegler sahen sie an.

»Diesmal wird uns die Presse ihre besondere Ehre erweisen. Auf der ersten Seite. Und nicht nur die regionale Presse.«

Servaz verstand, worauf sie hinauswollte. Tageszeitungen, Wochenblätter, Nachrichtensendungen: Bald würden sie sich im Auge des Sturms wiederfinden. Im Zentrum eines riesigen Medienwirbels. Das war nicht die beste Methode, um Ermittlungen voranzubringen – aber sie hatten keine Wahl. Da fiel ihm ein Detail auf, das ihm im ersten Moment völlig entgangen war: An diesem Morgen war Cathy d'Humières ausgesprochen elegant gekleidet. Nicht aufdringlich, vielmehr ganz dezent, denn die Staatsanwältin war auch sonst wie aus dem Ei gepellt – aber sie hatte heute noch eins draufgesetzt. Die Hemdbluse, das Kostüm, der Mantel und die Ohrringe: Alles war makellos aufeinander abgestimmt. Bis hin zum Make-up, das ihr zugleich strenges und hübsches Gesicht betonte. Schlicht – aber sie musste viel Zeit vor ihrem Spiegel verbracht haben, um diese Schlichtheit zu erreichen.

Sie hat den Presserummel vorhergesehen und hat sich entsprechend zurechtgemacht.

Im Gegensatz zu Servaz, der sich nicht einmal gekämmt hatte. Ein Glück, dass er wenigstens rasiert war!

Trotzdem war da etwas, das sie nicht vorhergesehen hatte: die Verwüstungen, die der Anblick des Todes an ihr anrichten würde. Sie hatten einen Teil ihrer Bemühungen zunichtegemacht, und sie wirkte mit einem Mal alt, gehetzt und müde, obgleich sie sich bemühte, Haltung zu bewahren. Servaz trat an den Techniker heran, der ein wahres Blitzlichtgewitter um den Leichnam entfesselte.

»Ich verlasse mich auf Sie, dass keines dieser Fotos in falsche Hände gerät«, sagte er. »Lassen Sie nichts herumliegen.«

Der Kriminaltechniker nickte. Hatte er verstanden? Falls

eines dieser Fotos bei der Presse landen sollte, würde Servaz ihn persönlich dafür verantwortlich machen.

»Hat der Rechtsmediziner schon die rechte Hand untersucht?«, fragte er Ziegler.

»Ja. Er glaubt, dass der Finger mit einem Schneidwerkzeug wie einer Zange oder einer Gartenschere abgetrennt wurde. Eine eingehende Untersuchung wird das bestätigen.«

»Der Ringfinger der rechten Hand«, bemerkte Servaz.

»Und niemand hat seinen Ehering oder die anderen Finger angefasst«, bemerkte Ziegler.

»Denken wir an das Gleiche?«

»Ein Siegelring oder ein Verlobungsring.«

»Wollte der Mörder ihn stehlen, ihn wie eine Trophäe mitgehen lassen – oder verhindern, dass wir ihn sehen?« Ziegler sah ihn verwundert an.

»Weshalb hätte er ihn verschwinden lassen sollen? Und außerdem hätte es doch genügt, ihn auszuziehen.«

»Vielleicht ist ihm das nicht gelungen. Grimm hatte dicke Finger.«

Als Servaz auf dem Rückweg die Meute der Journalisten und Schaulustigen erblickte, wäre er am liebsten gleich wieder umgekehrt. Aber der einzige Weg führte über die Betonrampe hinter dem Supermarkt – sonst hätte er durch Steilwände klettern müssen. Er setzte eine dem Anlass entsprechende Miene auf und schickte sich an, sich in das Getümmel zu stürzen, als er von einer Hand zurückgehalten wurde.

»Ich mach das schon.«

Catherine d'Humières hatte ihre Selbstsicherheit wiedergewonnen. Servaz hielt sich im Hintergrund und er bewunderte ihre Darbietung, ihre Kunst, einer klaren Antwort auszuweichen, indem sie scheinbar Enthüllungen machte. Bei jeder Antwort blickte sie dem fragenden Journalisten ernsthaft in die Augen und unterstrich ihre Worte mit einem leichten, verständnisinnigen, aber zurückhaltenden Lächeln, das die Grauenhaftigkeit der Situation nie aus dem Blick verlor. Das war eine Kunst.

Er schlängelte sich zwischen den Journalisten durch, um zu seinem Auto zu gelangen, ohne das Ende der Rede abzuwarten. Der Cherokee war auf der anderen Seite des Parkplatzes abgestellt, jenseits der Kolonnen der Einkaufswagen. Er war durch den Dunst kaum zu erkennen. Unter den peitschenden Windstößen schlug er den Kragen seiner Jacke hoch und dachte dabei an den Künstler, der diese entsetzliche Installation dort oben geschaffen hatte. *Falls es sich um denselben Täter handelt, der bereits das Pferd umgebracht hat, hat er eine Schwäche für die Höhe, für höhergelegene Orte.*

Als er auf den Jeep zuging, merkte er plötzlich, dass irgendetwas nicht stimmte. Er musterte ihn, dann wusste er, was es war. Die Reifen waren wie Bälle, aus denen die Luft entwichen war, auf den Asphalt gesackt. Sie waren zerstochen worden. Alle vier … Und die Karosserie war mit einem Schlüssel oder einem spitzen Gegenstand zerkratzt worden. *Willkommen in Saint-Martin,* sagte er sich.

11

SONNTAGMORGEN IM INSTITUT Wargnier. Es herrschte eine seltsame Stille. Diane schien es, als wäre die ganze Klinik verwaist. Kein Geräusch. Sie schlug das Federbett zurück, stand auf und suchte den winzigen – und eiskalten – Waschraum auf. Eine schnelle Dusche; sie wusch sich die Haare, trocknete sie und putzte sich wegen der Kälte die Zähne so schnell wie möglich.

Als sie wieder hinausging, warf sie einen Blick durchs Fenster. Nebel. Wie ein riesiges Gespenst, das sich im Schutz der Nacht niedergelassen hatte. Er hing über der dicken Schneedecke, verschluckte die weißen Tannen. Die Klinik verschwand im Nebel; in einer Entfernung von zehn Metern stieß der Blick gegen eine Wand aus weißem Dunst. Sie zog den Morgenrock fest um sich.

Sie wollte nach Saint-Martin hinunterfahren und dort einen Spaziergang machen. Schnell zog sie sich an und verließ ihr Zimmer. Die Cafeteria im Erdgeschoss war bis auf den Servicemitarbeiter leer, sie bestellte einen Cappuccino und ein Croissant und setzte sich an das große Glasfenster. Sie saß kaum zwei Minuten, als ein etwa dreißigjähriger Mann im weißen Kittel den Raum betrat und sich ein Tablett nahm. Sie beobachtete ihn unauffällig dabei, wie er einen großen Milchkaffee, einen Orangensaft und zwei Croissants bestellte, dann sah sie, wie er mit seinem Tablett auf sie zukam.

»Guten Tag, darf ich mich setzen?«

Sie nickte lächelnd.

»Diane Berg«, sagte sie, während sie ihm die Hand reichte, »ich bin …«

»Ich weiß. Alex. Ich bin einer der psychiatrischen Krankenpfleger. Haben Sie sich schon eingewöhnt?«

»Ich hab gerade erst hier angefangen …«

»Gar nicht so einfach, oder? Als ich das erste Mal hier war und das alles gesehen habe, wäre ich um ein Haar wieder in mein Auto gestiegen und davongefahren«, sagte er lachend. »Aber wenigstens schlafe ich nicht hier.«

»Wohnen Sie in Saint-Martin?«

»Nein, ich wohne nicht im Tal.«

Er hatte das gesagt, als hätte er auch nicht die geringste Lust darauf.

»Wissen Sie, ob es im Winter in den Zimmern immer so kalt ist?«, fragte sie.

Er sah sie lächelnd an. Er hatte ein recht angenehmes und offenes Gesicht, warme kastanienbraune Augen und Locken. Er hatte auch ein großes Muttermal mitten auf der Stirn, das wie ein drittes Auge aussah. Einen Moment lang verweilte ihr Blick unangenehm berührt auf diesem Mal, und sie errötete, als sie sah, dass er es bemerkt hatte.

»Ja, ich befürchte es«, sagte er. »Im obersten Stockwerk zieht es ständig, und die Heizung ist ziemlich alt.«

Hinter der großen Scheibe war die wunderschöne nebelverhangene Landschaft aus Schneeflächen und Tannen wie zum Greifen nah. Es war so seltsam, hier einen heißen Kaffee zu trinken und nur durch eine einfache Scheibe von diesem weißen Meer getrennt zu sein, dass Diane den Eindruck hatte, die Kulisse eines Kinofilms zu betrachten.

»Was genau ist Ihre Aufgabe?«, fragte sie, entschlossen, die Gelegenheit zu ergreifen, um mehr in Erfahrung zu bringen.

»Meinen Sie: Welche Aufgaben ein Pfleger hier hat?«

»Ja.«

»Nun... als psychiatrischer Pfleger richtet man die Medikamente her und verteilt sie, man stellt sicher, dass die Patienten sie verschreibungsgemäß einnehmen, dass es nach der Einnahme nicht zu unerwünschten Nebenwirkungen kommt... Selbstverständlich werden die Insassen auch überwacht... Aber wir überwachen sie nicht nur einfach: Wir geben ihnen Beschäftigungsmöglichkeiten, sprechen mit ihnen, beobachten sie, wir nehmen uns Zeit für sie, hören ihnen zu... Aber alles in Maßen. Als Pfleger sollte man weder allzu zugewandt noch allzu distanziert sein. Weder Gleichgültigkeit noch systematische Hilfe. Man muss Grenzen setzen. Vor allem hier. Mit diesen...«

»Werden sehr starke Medikamente eingesetzt?«, fragte sie und versuchte, nicht mehr auf das Mal an seiner Stirn zu starren.

Er warf ihr einen leicht argwöhnischen Blick zu.

»Ja... Hier geht es weit über die empfohlenen Dosierungen hinaus. Das ist ein bisschen wie Hiroshima im Bordeaux-Weinglas. Man ist hier nicht zimperlich. Aber vollgepumpt werden sie auch nicht. Sehen Sie sie an: Das sind keine Zombies. Es ist nur so, dass die meisten dieser... *Individuen*... quasi pharmaresistent sind. Daher jonglieren wir mit Cocktails aus Tranquilizern und Neuroleptika, die einen Stier umhauen würden: vier Einnahmen pro Tag statt drei, und dann gibt es die Elektroschocks, die Zwangsjacke und, wenn nichts anderes funktioniert, greift man auf den Wunderwirkstoff zurück, Clozapin...«

Diane hatte davon gehört: Clozapin war ein atypisches Antipsychotikum, das zur Behandlung von Schizophrenien verwendet wurde, die auf andere Medikamente nicht ansprachen. Wie die meisten Medikamente, die in der Psychiatrie verwendet wurden, hatte auch Clozapin mitunter gravierende Nebenwirkungen: Inkontinenz, vermehrten Speichelfluss, Sehstörungen, Gewichtszunahme, Krämpfe, Thrombosen …

»Man muss sich klarmachen«, fügte er mit einem matten Lächeln hinzu, das ihm im Gesicht gefror, »dass hier immer ein hohes Gewaltrisiko besteht.«

Sie hörte im Geiste die Worte Xaviers: »Die Intelligenz entwickelt sich nur dort, wo es Veränderung *und Gefahr* gibt.«

»Gleichzeitig ist es hier aber sicherer als in gewissen Großstadtvierteln.«

Er schüttelte den Kopf.

»Unter uns gesagt, liegt das Steinzeitalter der Psychiatrie noch nicht lange zurück. Da wurden die Patienten mit unvorstellbar grausamen Behandlungsmethoden traktiert, die der Folter der Inquisition oder der Naziärzte in nichts nachstanden … Die Dinge haben sich weiterentwickelt, aber es bleibt viel zu tun … Man spricht hier nie von Heilung, sondern von Stabilisierung, Abschwächung der Symptome …«

»Haben Sie hier noch andere Aufgaben?«, fragte sie.

»Ja. Es gibt die ganze administrative Arbeit: den Papierkram, die Formalitäten …«

Sie sah kurz nach draußen.

»Und dann gibt es die Gespräche mit den Pflegern, die Dr. Xavier und die Leiterin des Pflegediensts anordnen.«

»Wie sehen die aus?«

»Die sind streng reglementiert. Wir wenden ausgetüftelte Verfahren an, es handelt sich um strukturierte Gespräche, mehr oder minder Standardfragebogen, aber wir improvisieren auch … Wir müssen eine möglichst neutrale Haltung einnnehmen, dürfen uns nicht allzu invasiv zeigen, um die Angst zu mindern … Wir müssen Phasen des Schweigens respektieren … Pausen machen … Andernfalls kommt es schnell zu heiklen Situationen …«

»Führen Xavier und Ferney ebenfalls solche Therapiegespräche?«

»Ja, natürlich.«

»Unterscheiden sich die Gespräche, die Sie führen, von denen, die Xavier und Ferney führen?«

»Nein, eigentlich nicht. Außer, dass uns gewisse Patienten Dinge anvertrauen, die sie ihnen nicht anvertrauen würden. Weil wir ihnen im Alltag näher sind und versuchen, eine Vertrauensbeziehung zwischen Pflegekräften und Patienten aufzubauen … Im Übrigen entscheiden über die Medikation und sonstige therapeutische Maßnahmen Xavier und Elisabeth …«

Bei diesem letzten Satz hatte seine Stimme seltsam geklungen. Diane blickte hoch.

»Offenbar heißen Sie ihre Entscheidungen nicht immer gut.«

Sein Schweigen verwunderte sie. Es dauerte so lange, bis er antwortete, dass sie eine Braue hochzog.

»Sie sind neu hier, Diane … Sie werden sehen …«

»Was werde ich sehen?«

»…«

Er warf ihr einen verstohlenen Blick zu. Offenbar hatte er keine Lust, sich auf dieses Terrain zu begeben. Aber sie wartete, ihr Blick ein Fragezeichen.

»Wie soll ich sagen? … Sie wissen ja, dass diese Einrichtung hier ziemlich einmalig ist … Wir behandeln Patienten, vor denen alle anderen Kliniken kapituliert haben … Was hier los ist, hat nichts mit dem zu tun, was sonstwo los ist.«

»Zum Beispiel die Elektroschocks ohne Betäubung, die man den Patienten der Station A verabreicht?«

Im nächsten Moment bereute sie ihre Worte. Sie sah, wie sein Blick um einige Grad kälter wurde.

»Wer hat Ihnen das erzählt?«

»Xavier.«

»Lassen wir das.«

Er fixierte seinen Milchkaffee, seine Stirn lag in Falten. Er schien sich darüber zu ärgern, dass er sich auf dieses Gespräch eingelassen hatte.

»Ich bin mir nicht einmal sicher, ob das legal ist«, hakte sie nach. »Ist das nach französischem Recht erlaubt?«

Er hob den Kopf.

»Nach französischem Recht? Wissen Sie, wie viele psychiatrische Zwangseinweisungen es jedes Jahr in diesem Land gibt? *Fünfzigtausend* … In den modernen Demokratien sind Zwangseinweisungen ohne Einverständnis des Patienten die Ausnahme. Nicht bei uns … Psychisch Kranke – und selbst diejenigen, die man nur dafür hält – haben weniger Rechte als andere Bürger. Sie wollen einen Verbrecher festnehmen? Da müssen Sie bis sechs Uhr früh warten. Wenn einer aber von seinem Nachbarn für verrückt gehalten wird und wenn dieser Nachbar einen Antrag auf Zwangseinweisung gestellt hat, dann kann die Polizei zu jeder beliebigen Tages- und Nachtzeit zugreifen. Die Justiz kommt erst ins Spiel, wenn der Person ihre Freiheit schon entzogen wurde. Und das auch nur, wenn diese Person ihre Rechte kennt und weiß, wie sie sie durchsetzen kann … Das ist die Psychiatrie in diesem Land.

Das und die Unterfinanzierung, der Missbrauch von Neuroleptika, unangemessene Therapien ... Unsere psychiatrischen Kliniken sind rechtsfreie Zonen. Und das gilt ganz besonders für diese Einrichtung ...«

Bitter hatte diese lange Tirade geklungen, und alles Lächeln war aus seinem Gesicht verschwunden. Er stand auf und schob seinen Stuhl zurück.

»Sehen Sie sich überall um und bilden Sie sich Ihr eigenes Urteil«, riet er ihr.

»Mein eigenes Urteil worüber?«

»Über das, was hier vorgeht.«

»Weil hier etwas vorgeht?«

»Was soll's? Sie wollten mehr darüber wissen, oder?«

Sie sah ihm nach, wie er sein Tablett zurückbrachte und den Raum verließ.

Als Erstes ließ Servaz die Jalousie herunter und schaltete die Neonröhren an. Er wollte nicht, dass ein Journalist mit einem Teleobjektiv Bilder von ihnen schoss. Der junge Comicautor war nach Hause gegangen. Im Besprechungszimmer hatten Espérandieu und Ziegler ihre Notebooks herausgeholt und tippten darauf herum. Cathy d'Humières stand in einer Ecke des Zimmers und telefonierte. Dann schaltete sie das Handy aus und setzte sich an den Tisch. Servaz warf den anderen einen kurzen Blick zu und wandte sich dann um.

In einer Ecke beim Fenster stand eine weiße Tafel. Er schob sie ins helle Licht, nahm einen Textmarker und zeichnete zwei Spalten:

PFERD	GRIMM
zerstückelt	nackt
enthauptet	stranguliert Finger abgeschnitten, Stiefel, Cape
nachts getötet?	nachts getötet?
DNA Hirtmann	DNA Hirtmann?

»Genügt das, um in Erwägung zu ziehen, dass die beiden Taten von denselben Personen begangen wurden?«, fragte er.

»Es gibt Ähnlichkeiten, und es gibt Unterschiede«, antwortete Ziegler.

»Immerhin handelt es sich um zwei Verbrechen, die im Abstand von vier Tagen in derselben Stadt begangen wurden«, sagte Espérandieu.

»Gut. Es ist äußerst unwahrscheinlich, dass es einen zweiten Verbrecher gibt. Es ist bestimmt ein und dieselbe Person.«

»Oder dieselben Personen«, präzisierte Servaz. »Vergessen Sie nicht unser Gespräch im Hubschrauber.«

»Das vergesse ich nicht. Jedenfalls gibt es da etwas, das uns definitiv erlauben würde, die beiden Verbrechen miteinander zu verbinden …«

»Die DNA von Hirtmann.«

»Die DNA von Hirtmann«, bestätigte sie.

Servaz spreizte die Lamellen der Jalousie. Er warf einen Blick nach draußen und ließ sie unter einem kurzen, dumpfen Rasseln zurückschnellen.

»Glauben Sie wirklich, dass er das Institut unbemerkt verlassen konnte?«, fragte er und drehte sich um.

»Nein, unmöglich. Ich habe die Sicherheitsvorkehrungen

selbst überprüft. Er konnte nicht durch die Maschen schlüpfen.«

»Dann ist Hirtmann also nicht der Täter.«

»Jedenfalls nicht dieses Mal.«

»Wenn es Hirtmann dieses Mal nicht war, dann war er es vielleicht auch das vorige Mal nicht«, meinte Espérandieu. Alle Köpfe wandten sich ihm zu.

»Hirtmann ist nie zur Bergstation der Seilbahn hinaufgefahren. Jemand anderes hat es getan. Jemand, der am Institut in Kontakt mit ihm ist und der, absichtlich oder nicht, ein Haar von ihm mitgenommen hat.«

Ziegler warf Servaz einen fragenden Blick zu. Sie begriff, dass er seinem Stellvertreter nicht alles gesagt hatte.

»Außer dass in der Kabine der Seilbahn weder ein Kopf- noch ein Körperhaar gefunden wurde«, stellte sie klar, »sondern Speichel.«

Espérandieu sah sie an. Dann ließ er seinen Blick zu Servaz schweifen, der den Kopf neigte, wie um sich zu entschuldigen.

»Für mich ist das alles nicht logisch«, sagte er. »Warum sollte jemand zuerst ein Pferd und anschließend einen Menschen töten? Warum würde jemand dieses Tier an der Bergstation einer Seilbahn aufhängen? Und den Mann unter einer Brücke? Was hat das für einen Sinn?«

»In gewisser Weise wurden die beiden gehängt«, sagte Ziegler.

Servaz beobachtete sie.

»Ganz genau.«

Er näherte sich der Tafel, wischte einige Einträge aus und schrieb:

PFERD	GRIMM
an der Seilbahn	an der Eisenbrücke
aufgehängt	aufgehängt
abgelegener Ort	abgelegener Ort
zerstückelt	nackt
enthauptet	stranguliert, abgeschnittener Finger, Stiefel, Cape
nachts umgebracht?	nachts umgebracht?
DNA Hirtmann	DNA Hirtmann?

»Einverstanden. Weshalb bringt man ein Tier um?«

»Um Eric Lombard zu treffen«, sagte Ziegler noch einmal. »Das Kraftwerk und das Pferd führten zu ihm. Man hat es auf ihn abgesehen.«

»Schön. Nehmen wir an, Lombard war das Ziel. Was hat der Apotheker damit zu tun? Andererseits wurde das Pferd enthauptet und zur Hälfte zerstückelt, der Apotheker war nackt und hatte nur ein Cape an. Welche Verbindung besteht zwischen beiden?«

»Wenn man ein Tier zerstückelt, dann ist das ein bisschen so, wie wenn man es nackt auszieht«, spekulierte Espérandieu.

»Um den Körper des Pferdes waren zwei große abgezogene Hautfetzen aufgespannt«, sagte Ziegler. »Wir dachten zuerst, sie sollten Flügel nachahmen – aber vielleicht sollten sie ja ein Cape imitieren …«

»Möglich«, sagte Servaz ohne Überzeugung. »Aber warum wurde es enthauptet? Und dieses Cape, diese Stiefel – was haben sie zu bedeuten?«

Niemand hatte eine Antwort auf diese Fragen. Er fuhr fort: »Und wir kommen immer auf dieselbe Frage: Was hat Hirtmann mit alldem zu tun?«

»Er fordert euch heraus!«, rief eine Stimme von der Tür.

Sie drehten sich um. Ein Mann stand in der Tür.

Servaz glaubte zunächst, dass es sich um einen Journalisten handelte, und er wollte ihn schon rausschmeißen. Der Mann war um die vierzig, hatte langes hellbraunes Haar, einen gelockten Bart und eine Brille mit kleinen, runden Gläsern. Er nahm die beschlagene Brille ab, wischte sie trocken, setzte sie wieder auf und blickte sie mit seinen hellen Augen eingehend an. Er trug einen weiten Pulli und eine dicke Samthose. Er sah aus wie ein Sozialwissenschaftler, Gewerkschafter oder Achtundsechziger.

»Wer sind Sie?«, fragte Servaz kalt.

»Leiten Sie die Ermittlungen?«

Der Gast näherte sich mit ausgestreckter Hand.

»Simon Propp, ich bin der Kriminalpsychologe. Ich hätte erst morgen kommen sollen, aber die Gendarmerie hat mich angerufen und mir mitgeteilt, was geschehen ist. Und deshalb bin ich schon heute da.«

Er ging um den Tisch herum und gab jedem die Hand. Dann blieb er stehen und betrachtete die freien Stühle. Er entschied sich für einen links von Servaz. Den hat er aus einem ganz bestimmten Grund ausgewählt, dachte Servaz, und er war leicht verärgert – als würde man ihn manipulieren wollen.

Simon Propp betrachtete die Tafel.

»Interessant«, sagte er.

»Wirklich?« Servaz gab sich unabsichtlich sarkastisch. »Was fällt Ihnen dazu ein?«

»Mir wäre es lieber, wenn Sie so weitermachen würden, als

wäre ich nicht da, falls Sie das nicht stört«, antwortete der Psychologe. »Tut mir leid, dass ich Sie unterbrochen habe. Selbstverständlich bin ich nicht hier, um Ihre Arbeitsmethoden zu beurteilen.« Servaz sah, wie er winkte. »Im Übrigen könnte ich das auch gar nicht. Das ist nicht der Grund, weshalb ich hier bin. Ich bin hier, um Ihnen zu helfen, wenn es um die Persönlichkeit von Julian Hirtmann geht oder darum, anhand der Indizien am Tatort ein klinisches Profil des Täters zu erstellen.«

»Sie haben beim Reinkommen gesagt, dass er uns herausfordert«, hakte Servaz nach.

Er sah, wie der Psychologe hinter seiner Brille seine kleinen gelblichen Augen zusammenkniff. Die runden Wangen unter seinem glänzenden Bart waren von der Kälte gerötet, was ihn aussehen ließ wie einen verschlagenen Kobold. Servaz hatte das unangenehme Gefühl, im Geiste seziert zu werden. Dennoch hielt er dem Blick des Neuankömmlings stand.

»Ja!«, sagte dieser. »Ich habe gestern in meinem Ferienhaus meine Hausaufgaben gemacht. Ich habe Hirtmanns Akte gründlich studiert, als ich hörte, dass in der Kabine der Seilbahn seine DNA gefunden wurde. Es ist offensichtlich, dass er ein Manipulator ist, ein hochintelligenter Soziopath. Aber damit nicht genug: Hirtmann ist selbst unter den organisierten Psychopathen ein Sonderfall. Denn die Persönlichkeitsstörungen, an denen sie leiden, beeinträchtigen in der Regel langfristig auf die eine oder andere Weise ihre intellektuellen Fähigkeiten und ihre sozialen Kontakte. Und es ist auch selten, dass ihre Abartigkeit von ihrem Umfeld überhaupt nicht bemerkt wird. Aus diesem Grund brauchen sie oftmals einen Komplizen, meistens eine Ehefrau, die genauso psychopathisch ist wie sie selbst, um ihnen zu helfen, eine gewisse

Fassade der Normalität zu wahren. Als Hirtmann noch frei war, gelang es ihm sehr gut, sein normales Gesellschaftsleben von dem Teil in sich abzuspalten, der von Wut und Wahn beherrscht wurde. Er führte die Menschen meisterhaft hinters Licht. Es gibt andere Soziopathen, denen das vor ihm gelungen ist, aber keiner übte einen Beruf aus, der gesellschaftlich so sichtbar war wie seiner.«

Propp stand auf und ging langsam um den Tisch herum. Mit wachsender Verärgerung erriet Servaz, dass das ein weiterer seiner psychologischen Taschenspielertricks war.

»Man verdächtigt ihn, innerhalb von fünfundzwanzig Jahren über vierzig junge Frauen ermordet zu haben. Vierzig Morde und nicht die leiseste Spur, nicht die kleinste Fährte, die sie mit dem Täter in Verbindung bringen würde! Ohne die Presseartikel und die Akten, die er bei sich oder in seinem Banksafe aufbewahrt hatte, wäre man nie auf ihn gekommen.«

Er blieb hinter Servaz stehen, der sich nicht zu ihm umwandte und Irène Ziegler auf der anderen Seite des Tischs betrachtete.

»Und plötzlich hinterlässt er eine deutliche, krasse und banale Spur.«

»Sie vergessen ein Detail«, sagte Ziegler.

Propp setzte sich wieder.

»Damals, als er die meisten seiner Morde beging, gab es noch keine Verfahren der DNA-Analyse, oder zumindest waren sie noch nicht so leistungsfähig wie heute.«

»Das stimmt, aber …«

»Sie sind also der Meinung, dass die aktuellen Vorfälle nicht im Geringsten nach dem Hirtmann aussehen, den wir bislang gekannt haben, verstehe ich Sie richtig?«, sagte Ziegler und sah dem Psychologen tief in die Augen.

Propp blinzelte und nickte zustimmend.

»Also glauben Sie, dass er das Pferd nicht getötet hat, obwohl seine DNA am Tatort gefunden wurde?«

»Das habe ich nicht gesagt.«

»Ich verstehe nicht.«

»Vergessen Sie nicht, dass er seit sieben Jahren eingesperrt ist. Er lebt jetzt unter ganz anderen Umständen. Hirtmann ist seit Jahren hinter Gittern und er stirbt vor Langeweile. Er verzehrt sich auf kleiner Flamme – er, der früher ein so tatkräftiger Mensch war. Er hat Lust zu spielen. Denken Sie mal: Bevor er wegen dieses dummen Eifersuchtsmords aufflog, hatte er ein intensives, anregendes, anspruchsvolles gesellschaftliches Leben. Er war in seinem Beruf hoch angesehen. Er hatte eine sehr schöne Frau und er organisierte Sexorgien, die von der Creme der guten Genfer Gesellschaft frequentiert wurden. Parallel dazu entführte, folterte, vergewaltigte und tötete er junge Frauen in größter Heimlichkeit. Anders gesagt, für ein Monster wie ihn war das das ideale Leben. Er wollte bestimmt nicht, dass das aufhört. Das ist der Grund, weshalb er die Leichen mit so viel Sorgfalt verschwinden ließ.«

Propp legte unter seinem Bart die Fingerspitzen zusammen. »Heute hat er gar keinen Grund mehr, sich zu verstecken. Im Gegenteil: Er will, dass man weiß, dass er der Täter ist. Er will, dass man über ihn spricht, er will die Aufmerksamkeit auf sich ziehen.«

»Er hätte endgültig ausbrechen und seine Umtriebe in Freiheit fortsetzen können«, wandte Servaz ein. »Weshalb sollte er in seine Zelle zurückkehren? Das macht keinen Sinn.« Propp kratzte sich den Bart.

»Ich gebe zu, dass dies auch die Frage ist, die mich seit gestern umtreibt. Weshalb ist er in die Klinik zurückgekehrt?

Denn es bestand ja ganz offenkundig die Gefahr, dass er nicht mehr rauskommen würde, weil die Sicherheitsmaßnahmen verschärft wurden. Warum sollte er ein solches Risiko eingehen? Zu welchem Zweck? Sie haben recht: Das ergibt keinen Sinn.«

»Es sei denn, das Spiel würde ihn mehr reizen als die Freiheit«, sagte Ziegler. *»Oder aber er ist sicher, dass er wieder ausbrechen kann …«*

»Wie sollte er?«, wunderte sich Espérandieu.

»Ich dachte, Hirtmann hätte den zweiten Mord angesichts des Polizeiaufgebots unmöglich begehen können«, gab Servaz zu bedenken. »Waren wir uns da nicht gerade einig?«

Der Psychologe sah sie nacheinander an, wobei er weiterhin versonnen seinen Bart kraulte. Hinter seiner Brille glichen seine kleinen gelblichen Augen zwei überreifen Weinbeeren. »Ich glaube, dass Sie diesen Mann gewaltig unterschätzen«, sagte er. »Ich glaube, dass Sie nicht den leisesten Schimmer haben, mit wem Sie es hier zu tun haben.«

»Die Wachleute«, warf Cathy d'Humières ein. »Was haben wir über sie?«

»Nichts«, antwortete Servaz. »Ich halte sie nicht für die Täter. Obwohl sie sich aus dem Staub gemacht haben. Das ist für Leute ihres Schlags zu subtil. Bis jetzt sind sie nur wegen Körperverletzung und banalem Schwarzhandel aufgefallen. Ein Anstreicher wird nicht von heute auf morgen zu Michelangelo. Die Proben, die in der Kabine und an der Bergstation entnommen wurden, werden uns sagen, ob sie am Tatort waren, aber ich glaube nicht. Und trotzdem verbergen sie etwas, das ist unverkennbar.«

»Der Meinung bin ich auch«, sagte Propp. »Ich habe die

Vernehmungsprotokolle eingehend gelesen. Sie haben nicht das Profil für eine solche Tat. Aber ich werde trotzdem überprüfen, ob sie keine psychiatrische Vorgeschichte haben. Es ist schon vorgekommen, dass kleine Gauner sich von heute auf morgen in blutrünstige Bestien verwandelt haben. Die menschliche Psyche ist voller Abgründe. Wir sollten nichts ausschließen.«

Servaz nickte.

»Da war auch noch diese Pokerpartie am Vortag. Vielleicht gab es einen Streit. Vielleicht hatte Grimm Schulden …«

»Da ist noch eine Frage, die wir rasch klären müssen«, sagte die Staatsanwältin. »Bis jetzt hatten wir nur ein totes Pferd, wir konnten uns also Zeit lassen. Diesmal wurde ein Mensch ermordet. Und die Presse wird schon bald eine Verbindung zum Institut Wargnier herstellen. Falls durch einen dummen Zufall die Information durchsickert, dass wir die DNA von Hirtmann am Ort des ersten Verbrechens gefunden haben, werden sie über uns herfallen. Haben Sie gesehen, wie viele Journalisten draußen warten? Daher müssen wir folgende Fragen vorrangig beantworten: Sind die Sicherheitsvorkehrungen in der Klinik unzureichend? Sind die Straßensperren, die wir errichtet haben, ausreichend? Je schneller wir diese Fragen beantworten, umso besser. Ich schlage vor, dass wir dem Institut noch heute einen Besuch abstatten.«

»Wenn wir das tun«, gab Ziegler zu bedenken, »laufen wir Gefahr, dass sich die Journalisten, die draußen rumlungern, an unsere Fersen heften. Wir sollten ihre Aufmerksamkeit vielleicht nicht unbedingt dorthin lenken.«

Die Staatsanwältin überlegte kurz.

»Also gut, aber wir müssen diese Fragen schnellstmöglich klären. Ich bin damit einverstanden, den Besuch auf morgen zu verschieben. Ich werde dann gleichzeitig eine Pressekonferenz abhalten, um die Journalisten abzulenken. Martin, wie wollen Sie weiter vorgehen?«

»Capitaine Ziegler, Dr. Propp und ich werden gleich morgen, während Sie die Pressekonferenz abhalten, das Institut aufsuchen. Lieutenant Espérandieu wird bei der Obduktion zugegen sein. In der Zwischenzeit werden wir die Witwe des Apothekers vernehmen.«

»Einverstanden. Aber verlieren wir nicht aus den Augen, dass es zwei Prioritäten gibt: a) Wir müssen herausfinden, ob Hirtmann das Institut verlassen konnte, und b) wir müssen eine Verbindung zwischen den beiden Verbrechen finden.«

»Es gibt einen Gesichtspunkt, den wir nicht in Erwägung gezogen haben«, erklärte Simon Propp, als sie die Sitzung verließen.

»Welchen?«, fragte Servaz.

Sie gingen über den kleinen Parkplatz auf der Rückseite des Gebäudes, fern der Blicke der Journalisten. Servaz hielt seinen Schlüssel mit Fernbedienung in Richtung des Cherokee, den ein Pannendienst hier abgestellt hatte, nachdem vier neue Reifen aufgezogen worden waren. Ein paar Flocken wirbelten in der kalten Luft herum. Im Hintergrund der weiten Ebene ragten die weißen Gipfel auf, aber der Himmel darüber war tiefgrau: Es würde schon bald wieder schneien.

»Hochmut«, antwortete der Psychologe. »Irgendjemand in diesem Tal spielt Gott. Er glaubt, er stünde über den Menschen und den Gesetzen, und er versucht, uns elende Sterbliche zu manipulieren. Dazu bedarf es einer unglaublichen Vermessenheit. Ein solcher Hochmut muss sich auf die eine oder andere Weise manifestieren – es sei denn, der Betreffende versteckt ihn hinter einer Fassade äußerster Bescheidenheit.«

Servaz blieb stehen und sah den Psychologen an.

»Dieses Charakterbild trifft recht gut auf Hirtmann zu«, sagte er. »Mal abgesehen von der Bescheidenheit.«

»Und auf eine Vielzahl anderer Personen«, korrigierte ihn Propp. »Hochmut ist keine Seltenheit, glauben Sie mir, Commandant.«

Das Haus des Apothekers war das letzte in der Straße – eine Straße, die in Wirklichkeit kaum mehr als eine Schotterpiste war. Servaz musste gleich an ein Fleckchen in Schweden oder Finnland denken, an ein skandinavisches Haus: Das Dach war mit hellblauen Schindeln gedeckt, und unter dem Dach nahm eine große Holzterrasse einen Teil des ersten Stocks ein. Ringsherum wuchsen Birken und Buchen.

Servaz und Ziegler stiegen aus dem Wagen. Auf der anderen Seite des Weges bauten eingemummte Kinder einen Schneemann. Servaz schlug seinen Kragen hoch und sah, wie sie die Schneedecke, die auf dem Rasen lag, mit ihren Handschuhen abschabten. Sie hatten ihr Geschöpf mit einer Plastikpistole bewaffnet – man mochte darin ein Zeichen der Zeit sehen. Ungeachtet des kriegerischen Erscheinungsbilds, freute sich Servaz einen Moment, dass Kinder noch an so schlichten Vergnügungen Spaß haben konnten, statt sich in ihren Zimmern an ihre Computer und Spielkonsolen zu fesseln.

Dann gefror ihm das Blut in den Adern. Einer der Jungen war zu einer der großen Mülltonnen gegangen, die am Straßenrand standen. Servaz sah, wie er sich auf die Zehenspitzen stellte, um sie zu öffnen. Vor den Augen des verdutzten Polizisten griff er in die Tonne und zog eine tote Katze heraus. Der Junge packte den kleinen Kadaver am Hals, ging über den verschneiten Rasen und legte die Trophäe zwei Meter vor dem Schneemann auf den Boden.

Es war unglaublich, wie lebensecht die Szene wirkte: Man hatte wirklich den Eindruck, dass der Schneemann die Katze mit der Pistole erschossen hatte!

»Mein Gott!« Servaz war versteinert.

»Laut Aussage der Kinderpsychiater«, sagte Irène Ziegler neben ihm, »ist das nicht auf den Einfluss des Fernsehens und der Medien zurückzuführen. Sie können das schon auseinanderhalten.«

»Natürlich«, sagte Servaz, »ich habe als kleiner Junge Tarzan gespielt, aber ich habe keinen Moment geglaubt, dass ich mich wirklich von Liane zu Liane hangeln oder es mit Gorillas aufnehmen könnte.«

»Und dabei werden sie schon in ganz jungen Jahren mit gewalttätigen Spielen, Bildern von Gewalttaten und Gewaltvorstellungen bombardiert.«

»Da kann man nur hoffen, dass die Kinderpsychiater recht haben«, sagte er mit ironischem Unterton.

»Wieso habe ich das Gefühl, sie irren sich?«

»Weil Sie Polizist sind.«

Eine Frau erwartete sie rauchend an der Haustür. Als sie näher kamen, behielt sie die Zigarette zwischen Zeige- und Mittelfinger und kniff hinter dem Rauchfähnchen die Augen zusammen. Obwohl die Gendarmerie sie vor drei Stunden vom Mord an ihrem Ehemann in Kenntnis gesetzt hatte, wirkte sie nicht besonders mitgenommen.

»Guten Tag, Nadine«, sagte Chaperon, den Capitaine Ziegler gebeten hatte, sie zu begleiten, »ich möchte dir mein aufrichtiges Beileid aussprechen. Du weißt, wie sehr ich Gilles mochte … Es ist furchtbar … was da passiert ist …«

Der Bürgermeister stockte immer wieder, es fiel ihm noch schwer, zu sprechen. Die Frau küsste ihm widerstrebend die Wangen, doch als er sie in die Arme nehmen wollte, hielt sie ihn entschlossen auf Distanz, ehe sie ihre Aufmerksamkeit den anderen zuwandte. Sie war groß und hager, um die fünfzig, ein langes Pferdegesicht, graues Haar. Servaz sprach ihr seinerseits sein Beileid aus. Sie bedankte sich mit einem Händedruck, dessen Kraft ihn überraschte. Sofort spürte er die Feindseligkeit, die in der Luft lag. Was hatte Chaperon gesagt? Sie arbeite für eine Menschenrechtsorganisation.

»Die Polizei würde dir gern ein paar Fragen stellen«, fuhr der Bürgermeister fort. »Sie haben mir versprochen, vorerst nur das Dringendste zu fragen und den Rest für später aufzuheben. Dürfen wir reinkommen?«

Ohne ein Wort drehte sich die Frau um und ging vor ihnen her. Servaz stellte fest, dass das Haus tatsächlich ganz aus Holz gebaut war. Eine winzige Diele mit einer Theke, auf der eine Leuchte mit Lampenschirm stand, daneben ein ausgestopfter Fuchs mit einem Raben im Maul. Servaz dachte an einen Jagdgasthof. Es gab auch eine Garderobe, aber Nadine Grimm bot ihnen nicht an abzulegen. Schon verschwand sie auf der steilen Treppe, die sich direkt hinter der kleinen Theke nach oben wand und zur Terrasse im ersten Stock führte. Ohne den leisesten Ton von sich zu geben, deutete sie auf ein Rattansofa voller zerschlissener Kissen, von dem man auf die Felder und Wäldchen blickte. Sie selbst ließ sich auf einen Schaukelstuhl am Geländer fallen und zog sich eine Decke über die Knie.

»Danke«, sagte Servaz. »Als Erstes würde ich gern wissen …« – er zögerte einen Moment –, »… ob Sie einen konkreten Verdacht gegen irgendjemanden haben?«

Nadine Grimm stieß den Rauch ihrer Zigarette aus, während sie Servaz tief in die Augen blickte. Ihre Nasenflügel zitterten, als witterte sie einen unangenehmen Geruch.

»Nein, mein Mann war Apotheker, kein Gangster.«

»Hat er Drohungen oder merkwürdige Anrufe erhalten?«

»Nein.«

»Hat er Methadon ausgegeben?«

Sie sah ihn mit einer Mischung aus Ungeduld und Gereiztheit an.

»Haben Sie noch viele solche Fragen? Mein Ehemann hatte nichts mit Drogensüchtigen zu tun. Er hatte keine Feinde, er war nicht in irgendwelche zwielichtigen Dinge verwickelt. Er war einfach ein Schwachkopf und Säufer.«

Chaperon wurde bleich. Ziegler und Servaz wechselten einen Blick.

»Was wollen Sie damit sagen?«

Sie sah sie mit wachsendem Widerwillen an.

»Nichts anderes als das, was ich gesagt habe. Diese Tat ist abscheulich. Ich habe keine Ahnung, wer zu so etwas fähig ist, und erst recht aus welchem Motiv. Für mich gibt es nur eine Erklärung: Einem dieser Verrückten, die da oben eingesperrt sind, ist es gelungen, auszubrechen. Damit sollten Sie sich befassen, statt Ihre Zeit hier zu verplempern«, fügte sie bitter hinzu. »Falls Sie eine trauernde Witwe erwartet haben sollten, haben Sie sich vergeblich bemüht. Mein Mann mochte mich nicht besonders, und ich habe ihn auch nicht geliebt. Ich habe ihn sogar zutiefst verachtet. Unsere Ehe war schon lange nur noch eine Art … *Modus Vivendi.* Aber deshalb habe ich ihn nicht umgebracht.«

Einen kurzen, verstörenden Moment lang glaubte Servaz, sie stünde im Begriff, den Mord zu gestehen – ehe ihm aufging, dass sie genau das Gegenteil sagte: Sie hatte ihn nicht umgebracht, obwohl sie Gründe dafür gehabt hätte. Selten hatte er in einer Person so viel Kälte und Feindseligkeit erlebt. So viel Arroganz und Gleichgültigkeit brachten ihn aus der Fassung. Einen Moment lang war er unsicher, wie er sich ihr gegenüber weiterverhalten sollte. Offensichtlich gab es Dinge in Grimms Leben, bei denen man nachbohren musste – nur fragte er sich, ob jetzt der richtige Zeitpunkt war.

»Warum haben Sie ihn verachtet?«, fragte er schließlich.

»Das habe ich Ihnen doch gerade gesagt.«

»Sie haben gesagt, Ihr Mann sei ein Schwachkopf gewesen. Wie kommen Sie zu dieser Aussage?«

»Ich bin nun wirklich die Person, die das am besten beurteilen kann, oder?«

»Drücken Sie sich bitte klarer aus.«

Sie war kurz davor, pampig zu werden. Aber als sie Servaz' Blick begegnete, besann sie sich. Sie stieß den Rauch ihrer Zigarette aus, starrte ihn in einer Geste der stummen Herausforderung an und antwortete dann:

»Mein Mann hat Pharmazie studiert, weil er für Medizin nicht intelligent genug und zu faul war. Er hat die Apotheke mit dem Geld seiner Eltern gekauft, die ein gut gehendes Geschäft hatten. Erstklassige Lage mitten im Zentrum von Saint-Martin. Aber wegen seiner Faulheit und weil ihm alle erforderlichen Fähigkeiten abgingen, ist es ihm nie gelungen, diese Apotheke rentabel zu führen. Saint-Martin hat sechs Apotheken. Seine war mit Abstand die, die am wenigsten Kunden anlockte. Die Leute kamen nur, wenn sie nicht anders konnten, oder per Zufall: Touristen, die ein Aspirin brauchten. Selbst ich vertraute ihm nicht, wenn ich ein Medikament brauchte.«

»Wieso haben Sie sich dann nicht scheiden lassen?« Sie lachte höhnisch.

»Glauben Sie vielleicht, ich könnte in meinem Alter noch einmal ganz von vorn anfangen? Dieses Haus ist groß genug für zwei. Jeder von uns hatte sein Revier, und wir haben die Grenzen respektiert. Außerdem bringt es meine Arbeit mit sich, dass ich viel unterwegs bin. Das macht … machte alles einfacher.«

Servaz dachte an eine juristische Redewendung: *Consensus non concubitus facit nuptias:* »Das Einvernehmen, nicht das Bett macht die Ehe.«

»Jeden Samstagabend hatte er seine Pokerrunde«, sagte er und wandte sich an den Bürgermeister. »Wer hat daran teilgenommen?«

»Ich und ein paar Freunde«, antwortete Chaperon. »Das habe ich doch bereits Ihrer Kollegin gesagt.«

»Wer war gestern Abend da?«

»Serge Perrault, Gilles und ich.«

»Ist das die übliche Runde?«

»Ja.«

»Spielen Sie um Geld?«

»Ja, um kleine Summen. Oder um Essen. Er hat nie einen Schuldschein unterschrieben, falls Sie das denken sollten. Im Übrigen hat Gilles sehr oft gewonnen: Er war ein ausgezeichneter Spieler«, ergänzte er mit einem Lächeln in Richtung der Witwe.

»Ist während der gestrigen Partie irgendetwas Besonderes passiert?«

»Was zum Beispiel?«

»Ich weiß nicht. Ein Streit …«

»Nein.«

»Wo haben Sie sich getroffen?«

»Bei Perrault.«

»Und danach?«

»Gilles und ich sind, wie immer, zusammen nach Hause gegangen. Dann haben wir uns getrennt, und ich bin zu Bett gegangen.«

»Ist Ihnen unterwegs nichts aufgefallen? Ist Ihnen niemand begegnet?«

»Nein, soweit ich mich erinnere.«

»Hat er Ihnen in letzter Zeit von irgendwelchen ungewöhnlichen Vorfällen erzählt?«, fragte Ziegler Nadine Grimm.

»Nein.«

»Wirkte er besorgt, beunruhigt?«

»Nein.«

»Hatte Ihr Mann Umgang mit Eric Lombard?«

Grimms Frau sah sie begriffsstutzig an. Dann funkelte es kurz in ihren Augen. Sie drückte den Stummel am Geländer aus und lächelte.

»Glauben Sie etwa, dass es einen Zusammenhang gibt zwischen dem Mord an meinem Mann und dieser Sache mit dem Pferd? Das ist doch grotesk!«

»Sie haben meine Frage nicht beantwortet.«

Sie lachte kurz und höhnisch.

»Wieso sollte jemand wie Lombard seine Zeit damit vergeuden, einen Versager wie meinen Mann zu frequentieren? Nein. Soweit ich weiß.«

»Haben Sie vielleicht ein Foto von Ihrem Mann?«

»Wozu?«

Beinahe hätte Servaz seine Beherrschung verloren und vergessen, dass sie erst seit einigen Stunden Witwe war. Aber er nahm sich zusammen.

»Ich brauche ein Foto für die Ermittlungen«, antwortete er. »Mehrere Fotos wären noch besser. So aktuell wie möglich.«

Er begegnete kurz Zieglers Blick, und sie begriff: *der abgetrennte Finger.* Servaz hoffte, auf einem der Fotos wäre der Siegelring zu sehen.

»Ich habe kein aktuelles Foto von meinem Mann. Und ich weiß nicht, wo er die anderen aufbewahrt hat. Ich werde seine Sachen durchsuchen. Noch etwas?«

»Im Augenblick nicht«, antwortete Servaz und stand auf.

Er war bis auf die Knochen durchgefroren und er wollte nur noch weg von hier. Er fragte sich, ob die Witwe Grimm sie nicht absichtlich auf die Terrasse geführt hatte: um sie so schnell wie möglich wieder loszuwerden. Angst und Kälte schnürten ihm den Magen zusammen. Denn er hatte etwas bemerkt, das ihn wie ein Blitz getroffen hatte, ein Detail, das nur ihm aufgefallen war: *Als Nadine Grimm den Arm ausstreckte, um den Stummel am Geländer auszudrücken, war der Ärmel ihres Pullis hochgerutscht… Verblüfft hatte Servaz klar und deutlich die kleinen weißen, wieder zusammengewachsenen Wundränder an ihrem Handgelenk gesehen: Diese Frau hatte versucht, sich umzubringen.*

Sobald sie wieder im Auto waren, wandte er sich zum Bürgermeister um. Während er der Witwe zuhörte, hatte sich allmählich ein Gedanke seinen Weg gebahnt.

»Hatte Grimm eine Geliebte?«

»Nein«, antwortete Chaperon, ohne zu zögern.

»Sind Sie sicher?«

Der Bürgermeister warf ihm einen befremdeten Blick zu.

»Man kann nie hundertprozentig sicher sein. Aber was Grimm anbelangt, würde ich die Hand ins Feuer legen. Er hatte nichts zu verbergen.«

Servaz dachte kurz über das nach, was der Bürgermeister gerade gesagt hatte.

»Wenn es etwas gibt, was wir in unserem Beruf lernen«, sagte er, »dann dies: dass die Menschen nur selten das sind, was sie zu sein scheinen. Und dass jeder etwas zu verbergen hat.«

Während er das sagte, blickte er in den Rückspiegel und wurde zum zweiten Mal innerhalb weniger Minuten Zeuge einer unerwarteten Szene: Chaperon war leichenfahl geworden, *und einen Moment lang drückte sein Blick das reinste Entsetzen aus.*

Diane verließ die Klinik, und der eisige Wind peitschte ihr ins Gesicht. Zum Glück trug sie ihre Daunenjacke, einen Rollkragenpullover und Pelzstiefel. Während sie den großen freien Platz überquerte, um zu ihrem Lancia zu gehen, zog sie ihre Schlüssel heraus. Sie war erleichtert, diesen Ort für einen Moment verlassen zu können. Als sie am Steuer saß, drehte sie den Schlüssel im Zündschloss und hörte das Klacken des Anlassers. Die Kontrolllampen leuchteten auf, aber sie gingen im nächsten Moment wieder aus. Sonst tat sich nichts. *Mist!* Sie versuchte es erneut. Mit dem gleichen Ergebnis. *O nein!* Sie versuchte es wieder und wieder, aber vergeblich. Nichts …

Die Batterie, dachte sie. *Sie ist leer.*

Oder es ist die Kälte.

Sie fragte sich, ob ihr jemand vom Institut helfen könnte, aber eine Welle der Mutlosigkeit brach jäh über sie herein. Regungslos blieb sie hinter dem Lenkrad sitzen und betrachtete durch die Windschutzscheibe die Gebäude. Ihr Herz pochte ohne besonderen Grund. Mit einem Mal fühlte sie sich sehr weit weg von zu Hause.

12

AN DIESEM ABEND erhielt Servaz einen Anruf von seiner Exfrau Alexandra. Es ging um Margot. Servaz war sofort beunruhigt. Alexandra teilte ihm mit, ihre Tochter habe beschlossen, mit dem Klavierspielen und dem Karate aufzuhören – zwei Hobbys von Kindesbeinen an. Sie hatte keine triftigen Gründe für ihre Entscheidung genannt: Sie hatte ihre Mutter lediglich wissen lassen, dass dieser Entschluss für sie unverrückbar feststand.

Alexandra war ratlos. Seit einiger Zeit hatte sich Margot verändert. Ihre Mutter hatte den Eindruck, dass sie ihr etwas verschwieg. Sie konnte mit ihrer Tochter nicht mehr so offen sprechen wie früher. Servaz ließ seine Exfrau ihr Herz ausschütten, während er sich fragte, ob sie das bei Margots Stiefvater auch schon getan hatte oder ob der außen vor gelassen wurde. Ohne sich über seine eigene Engherzigkeit etwas vorzumachen, ertappte er sich bei der Hoffnung, die zweite Möglichkeit treffe zu. Dann fragte er:

»Hat sie einen Freund?«

»Ich glaube, ja. Aber sie will nicht darüber sprechen. Das passt gar nicht zu ihr.«

Anschließend fragte er Alexandra, ob sie Margots Sachen durchsucht hatte. Er kannte sie gut genug, um zu wissen, dass sie das mit Sicherheit getan hatte. Und tatsächlich bejahte sie die Frage. Allerdings hatte sie nichts gefunden.

»Mit all diesen E-Mails und SMS kann man ja ihre Post nicht mehr ausspionieren«, bemerkte Alexandra in bedauerndem Tonfall. »Ich mache mir Sorgen, Martin. Versuch, mehr herauszufinden. Vielleicht vertraut sie sich ja dir an.«

»Mach dir keine Sorgen. Ich werde versuchen, mit ihr zu sprechen. Bestimmt steckt nichts dahinter.«

Aber er sah den traurigen Blick seiner Tochter wieder vor sich. Die Schatten unter den Augen. Und vor allem den blauen Fleck auf der Wange. Und er spürte, wie sich sein Magen erneut zuschnürte.

»Danke, Martin. Und dir, geht es dir gut?«

Er wich der Frage aus und erzählte ihr von den aktuellen Fällen, allerdings ohne in die Details zu gehen. Als sie noch verheiratet waren, hatte Alexandra manchmal erstaunlich treffende Intuitionen und eine erfrischend neue Sicht auf die Dinge gezeigt.

»Ein Pferd und ein nackter Mann? Das ist ja wirklich bizarr. Glaubst du, dass das noch weitergeht?«

»Das befürchte ich«, gestand er. »Aber sprich mit niemandem darüber. Auch nicht mit deinem Luftschiffer«, fügte er hinzu, wobei er sich wie immer weigerte, den Piloten, der ihm seine Frau weggenommen hatte, bei seinem Namen zu nennen.

»Diese Leute haben ja wohl etwas ziemlich Übles auf dem Kerbholz«, sagte sie, nachdem er den Geschäftsmann und den Apotheker erwähnt hatte. »Und sie haben es wohl zusammen angestellt. Jeder hat etwas zu verbergen.«

Insgeheim stimmte Servaz ihr zu. *Du weißt, wovon du sprichst, wie?* Fünfzehn Jahre lang waren sie verheiratet gewesen. Wie viele Jahre hatte sie ihn mit ihrem Piloten betrogen? Wie viele Male hatten sie eine gemeinsame Zwischenlandung für ein »Treffen auf Wolke sieben« benutzt – dieser Ausdruck passte ja wohl für eine Stewardess und einen Kapitän? Und jedes Mal kam sie nach Hause und führte ihr Familienleben fort, als ob nichts gewesen wäre, jedes Mal mit einem kleinen Geschenk für jeden. Bis zu dem Tag, an dem sie den Sprung gewagt hatte. Um sich zu rechtfertigen, hatte sie ihm gesagt, Phil habe keine Albträume und schlaflosen Nächte – und er lebe nicht »mitten unter den Toten«.

»Warum ein Pferd?«, fragte er. »Wo ist der Zusammenhang?«

»Ich weiß nicht«, antwortete sie gleichgültig – und er verstand, was diese Gleichgültigkeit bedeutete: dass die Zeit, wo sie sich über seine Fälle austauschten, vorbei war. »Der Polizist bist du«, fügte sie hinzu. »Du, ich muss los. Versuch, mit Margot zu reden.«

Sie legte auf. Wann genau hatte ihre Beziehung einen Knacks gekriegt? Ab wann hatten sie sich auseinandergelebt? Ab dem Zeitpunkt, als er immer mehr Zeit im Büro und immer weniger Zeit zu Hause verbracht hatte? Oder schon vorher? Sie hatten sich auf der Universität kennengelernt und kein halbes Jahr darauf geheiratet, gegen den Willen ihrer Eltern. Damals waren sie noch Studenten; Servaz wollte Literatur und Latein unterrichten wie sein Vater und den »großen modernen Roman« schreiben; Alexandra war bescheidener und studierte Tourismus. Dann war er zur Polizei gegangen. Offiziell aus einem spontanen Impuls heraus. In Wahrheit wegen seiner Vergangenheit.

»Diese Leute haben ja wohl etwas ziemlich Übles auf dem Kerbholz, und sie haben es wohl zusammen angestellt.«

Mit ihrer raschen, nicht polizeilich »verbildeten« Auffassungsgabe hatte Alexandra den Finger in die Wunde gelegt.

Aber was könnten Lombard und Grimm gemeinsam getan haben, was eine derart grausame Rache auslösen könnte? Das kam ihm völlig unwahrscheinlich vor. Und falls doch, was hätte Hirtmann mit dem Ganzen zu tun?

Plötzlich breitete sich wie ein Tintentropfen ein anderer Gedanke in seinem Geist aus: Margot – war sie in irgendeiner Weise in Gefahr? Der Knoten in seinem Bauch wollte sich nicht lösen. Er griff nach seiner Jacke und verließ sein Zimmer. Unten an der Rezeption fragte er, ob hier irgendwo ein Rechner und eine Webcam zur Verfügung stünden. Die Rezeptionistin nickte und kam hinter der Theke hervor, um ihn in einen kleinen Salon zu führen. Servaz dankte ihr und klappte sein Handy auf.

»Papa?«, sagte die Stimme seiner Tochter im Apparat.

»Logg dich ins Netz ein und aktivier deine Webcam«, sagte er.

»Jetzt gleich?«

»Ja, jetzt gleich.«

Er setzte sich hin und startete die Videokonferenzsoftware. Nach fünf Minuten war seine Tochter noch immer nicht eingeloggt, und Servaz wurde schon ungeduldig, als in der unteren rechten Ecke des Bildschirms die Meldung erschien »Margot hat sich eingeloggt«. Sofort startete Servaz das Video, und ein blauer Lichtsplitter leuchtete über der Kamera auf.

Margot war in ihrem Zimmer, eine dampfende Tasse in der Hand, und sah ihn neugierig und ein wenig argwöhnisch an. Hinter ihr, an der Wand, hing ein großes Werbeplakat von einem Film mit dem Titel *Die Mumie:* Darauf war ein bewaffneter Mann vor dem Hintergrund einer Wüstenlandschaft mit Pyramiden im Sonnenuntergang zu sehen.

»Was gibt's?«, fragte sie.

»Das frage ich dich.«

»Wie bitte?«

»Du hörst mit Klavierspielen und Karate auf: warum?«

Etwas zu spät merkte er, dass seine Stimme viel zu scharf und seine Herangehensweise zu schroff war. Natürlich kam das daher, dass er hatte warten müssen. Er hasste es, wenn man ihn warten ließ. Aber er hätte anders herangehen und erst mal mit weniger heiklen Themen anfangen sollen. Sie mit seinen üblichen Scherzen zum Lachen bringen. Das waren doch Grundprinzipien der Manipulation – selbst gegenüber seiner eigenen Tochter.

»Ach, dann hat dich wohl Mama angerufen …«

»Ja.«

»Und was hat sie dir sonst noch gesagt?«

»Das ist alles … Und?«

»Na ja, das ist ganz einfach: Ich werde immer eine mittelmäßige Klavierspielerin sein, warum soll ich mich da weiteranstrengen? Das ist einfach nicht mein Ding.«

»Und Karate?«

»Das langweilt mich.«

»Das langweilt dich?«

»Ja.«

»Hmm-hmm. Einfach so, urplötzlich?«

»Nein, nicht urplötzlich: Ich habe gründlich darüber nachgedacht.«

»Und was willst du stattdessen machen?«

»Keine Ahnung. Muss ich denn etwas machen? Ich glaube, ich bin alt genug, um allein zu entscheiden, oder?«

»Das kann man nicht bestreiten«, gab er zu und bemühte sich zu lächeln.

Aber seine Tochter am anderen Ende lächelte nicht. Sie

starrte in die Kamera, und durch die Kamera hindurch starrte sie *ihn* mit einem finstren Blick an. Im Licht der Lampe, das ihr Gesicht von der Seite erhellte, war der blaue Fleck auf ihrer Wange noch deutlicher zu sehen. Ihr Augenbrauenpiercing funkelte wie ein echter Rubin.

»Warum stellst du mir diese ganzen Fragen? Was wollt ihr eigentlich von mir?«, fragte Margot, während ihre Stimme immer schriller wurde. »Ich hab das Gefühl, in einem verdammten Polizeiverhör zu sitzen…«

»Margot, das war nur eine Frage… Und du musst sie nicht…«

»Ach ja? Weißt du was, Papa? Wenn du deine Verdächtigen immer auf diese Weise vernimmst, kommst du bestimmt nicht weit.«

Sie schlug mit der Faust auf den Rand ihres Schreibtischs, und der Widerhall des Aufschlags im Lautsprecher ließ ihn zusammenfahren.

»Verdammt, das kotzt mich an!«

Er spürte, wie er innerlich ganz kalt wurde. Alexandra hatte recht: Ihre Tochter verhielt sich normalerweise nicht so. Jetzt musste man nur noch herausfinden, ob es sich um eine vorübergehende Veränderung handelte, die auf Umstände zurückzuführen war, die er nicht kannte – oder aber auf den Einfluss einer anderen Person.

»Tut mir leid, Mäuschen«, sagte er. »Ich bin wegen dieses Falls ein wenig gereizt. Entschuldige bitte.«

»Schon gut.«

»Wir sehen uns also in zwei Wochen, einverstanden?«

»Rufst du mich vorher an?«

Er lächelte innerlich. Dieser Satz gehörte zu der Margot, die er kannte.

»Natürlich. Gute Nacht, mein Schatz.«

»Gute Nacht, Papa.«

Er ging wieder auf sein Zimmer, legte seine Jacke aufs Bett und holte sich aus der Minibar eine kleine Flasche Scotch. Dann trat er auf den Balkon hinaus. Es war fast dunkel, der Himmel über dem schwarzen Gebirgsmassiv war wolkenlos, im Westen etwas heller als im Osten. Einige Sterne funkelten wie poliertes Silber. Servaz sagte sich, dass es sehr kalt werden würde. Die Weihnachtsbeleuchtungen glichen orange flimmernden Lavaströmen, die sich durch die Straßen ergossen, aber diese ganze Hektik erschien ihm vor der urzeitlichen Kulisse der Pyrenäen geradezu kindisch. Selbst das grausamste Verbrechen wirkte angesichts des kolossalen Gebirges klein und lächerlich. Kaum mehr als ein Insekt, das an einer Scheibe zerquetscht wurde.

Servaz stützte sich auf die Brüstung. Er griff noch einmal zum Handy.

»Espérandieu«, meldete sich Espérandieu.

»Ich möchte, dass du mir einen Gefallen tust.«

»Was ist los? Gibt's Neuigkeiten?«

»Nein. Das hat nichts mit den Ermittlungen zu tun.«

»Ach so.«

Servaz rang nach Worten.

»Ich möchte, dass du ein- oder zweimal pro Woche Margot vor ihrem Gymnasium abpasst und ihr unauffällig folgst. Sagen wir zwei bis drei Wochen lang. Ich selbst kann es nicht tun: Sie würde mich sehen …«

»Wie bitte?«

»Du hast mich richtig verstanden.«

Das Schweigen am anderen Ende zog sich in die Länge. Servaz hörte Geräusche im Hintergrund. Ihm wurde klar, dass sein Stellvertreter in einer Bar war.

Espérandieu seufzte.
»Martin, das kann ich nicht.«
»Wieso nicht?«
»Das widerspricht all meinen …«
»Es ist eine Gefälligkeit, um die ich einen Freund bitte«, fiel ihm Servaz ins Wort. »Nur ein- oder zweimal in der Woche drei Wochen lang. Du folgst ihr zu Fuß oder im Auto. Sonst nichts. Du bist der Einzige, den ich darum bitten kann.«
Erneutes Aufseufzen.
»Warum?«, fragte Espérandieu.
»Ich habe sie im Verdacht, schlechten Umgang zu haben.«
»Und das ist alles?«
»Ich glaube, dass ihr Freund sie schlägt.«
»Oh, verdammt.«
»Ja«, sagte Servaz. »Stell dir vor, es ginge um Mégan und du würdest mich um das Gleiche bitten. Im Übrigen wird das vielleicht eines Tages so kommen.«
»Okay, okay, ich mach's. Aber ein- oder zweimal pro Woche, nicht öfter, klar? Und in drei Wochen ist Schluss, selbst wenn ich nichts gefunden habe.«
»Mein Ehrenwort!«, sagte Servaz erleichtert.
»Was tust du, wenn sich dein Verdacht bestätigt?«
»So weit sind wir noch nicht. Vorerst will ich nur wissen, was da läuft.«
»Okay, aber mal angenommen, dein Verdacht bestätigt sich und sie ist mit 'nem gewalttätigen kleinen Mistkerl zusammen – was tust du dann?«
»Bin ich jemand, der aus dem Affekt handelt?«, fragte Servaz.
»Manchmal.«
»Ich will nur wissen, was los ist.«

Er dankte seinem Stellvertreter und legte auf. Noch immer dachte er an seine Tochter. An ihre Klamotten, ihre Tattoos, ihre Piercings … Dann reiste er in Gedanken zur Klinik hinauf. Er sah, wie die Gebäude dort oben langsam unter dem Schnee einschliefen. Wovon träumten diese Monster nachts in ihren Zellen? Welche schleichenden Gespenster, welche Phantasmen nährten ihren Schlaf? Er fragte sich, ob manche wach lagen, mit offenen Augen ihre makabre Innenwelt betrachteten und die Erinnerungen an ihre Opfer heraufbeschworen.

Ein Flugzeug flog in großer Höhe über die Berge, von Spanien Richtung Frankreich. Ein winziger silberner Span, eine Sternschnuppe, ein metallisch glänzender Komet, die Positionslichter blinkten im Nachthimmel – und Servaz spürte ein weiteres Mal, wie abgeschieden, wie weit weg von allem dieses Tal war.

Er kehrte in sein Zimmer zurück und schaltete das Licht an. Dann nahm er ein Buch aus seinem Koffer und setzte sich ans Kopfende des Betts. Horaz, die *Oden*.

Als Servaz am nächsten Morgen aufwachte, sah er, dass es geschneit hatte: Dächer und Straßen waren weiß, die kalte Luft schlug ihm gegen die Brust. Schnell verließ er den Balkon und ging zurück in sein Zimmer. Er duschte sich und kleidete sich an. Dann ging er runter, um zu frühstücken.

Espérandieu saß bereits in der großen Jugendstilveranda an der Fensterfront. Er war mit dem Frühstück fertig. Er las. Servaz beobachtete ihn von Weitem: Sein Stellvertreter war völlig in seine Lektüre vertieft. Servaz nahm Platz und betrachtete neugierig den Einband des Buches: *Wilde Schafsjagd* von einem gewissen Haruki Murakami. Einem Japaner. Ein Autor, von dem er noch nie gehört hatte. In Gesellschaft von

Espérandieu hatte Servaz manchmal den Eindruck, dass sie nicht die gleiche Sprache sprachen, dass sie aus zwei weit voneinander entfernten Gegenden mit je eigener Kultur, eigenen Sitten und Bräuchen stammten. Sein Stellvertreter hatte jede Menge Interessen, die sich alle grundlegend von seinen unterschieden: Comics, japanische Kultur, Naturwissenschaft, zeitgenössische Musik, Fotografie …

Espérandieu erwachte aus seiner Versunkenheit und sah auf die Uhr:

»Die Obduktion ist um acht«, sagte er, das Buch zuklappend. »Ich zieh dann mal los.«

Servaz nickte nur. Sein Stellvertreter kannte seine Arbeit. Servaz trank einen Schluck Kaffee, und er spürte sofort, dass sein Hals leicht entzündet war.

Zehn Minuten später stapfte er seinerseits durch die verschneiten Straßen. Er war im Büro von Cathy d'Humières mit Ziegler und Propp verabredet; anschließend wollten sie gemeinsam das Institut besuchen. Die Staatsanwältin sollte ihnen den Richter vorstellen, dem sie die Ermittlungen anvertrauen wollte. Im Gehen knüpfte er an die Gedanken an, die ihm am Vortag durch den Kopf gegangen waren. Was hatte Lombard und Grimm zu Opfern prädestiniert? Welche Verbindung bestand zwischen ihnen? Laut Aussage von Chaperon und der Witwe kannten sich Lombard und Grimm nicht. Vielleicht war Lombard ein- oder zweimal in der Apotheke gewesen, aber das war keineswegs sicher: Es gab in Saint-Martin fünf andere Apotheken – und Eric Lombard hatte bestimmt jemanden, der solche Einkäufe für ihn erledigte.

So weit war er mit seinen Überlegungen, als er jäh erstarrte. Irgendetwas, ein Gefühl, hatte ihn aufgeschreckt. *Das unangenehme Gefühl, verfolgt zu werden …* Er drehte sich unvermittelt um und suchte die Straße hinter sich mit den Augen ab. Da war nichts. Nur ein Paar, das lächelnd durch den Schnee stapfte, und eine alte Frau, die mit einer Einkaufstasche um eine Straßenecke bog.

Mist, dieses Tal macht mich noch paranoid.

Fünf Minuten später ging er durch die Gittertür des Justizpalasts. Anwälte plauderten auf den Stufen und rauchten eine Zigarette nach der anderen, Angehörige von Beschuldigten warteten nägelkauend auf die Fortsetzung der Verhandlung. Servaz durchquerte die Vorhalle und steuerte auf die Ehrentreppe auf der linken Seite zu. Als er den Treppenabsatz erreichte, tauchte ein kleiner Mann hinter einer Marmorsäule auf und eilte die Treppe zu ihm herunter.

»Commandant!«

Servaz blieb stehen. Er betrachtete den Mann, der jetzt auf gleicher Höhe mit ihm war.

»Sie sind also der Polizist aus Toulouse.«

»Kennen wir uns?«

»Ich hab Sie gestern morgen gemeinsam mit Catherine am Tatort gesehen«, antwortete der Mann und hielt ihm die Hand hin. »Sie hat mir Ihren Namen genannt. Sie scheint zu glauben, dass Sie der richtige Mann sind.«

Catherine ... Servaz drückte die ausgestreckte Hand.

»Und Sie sind?«

»Gabriel Saint-Cyr, Ermittlungsrichter a. D. Ich habe fast fünfunddreißig Jahre in diesem Gebäude gearbeitet.« Der kleine Mann deutete mit ausholender Geste auf die große Halle. »Ich kenne hier alles bis in den kleinsten Winkel. Genauso wie ich jeden Einwohner dieser Stadt kenne, oder doch fast jeden.«

Servaz musterte ihn eingehend. Kleine Statur, aber mit

Schultern eines Ringskämpfers, ein freundliches Lächeln und ein Akzent, der verriet, dass er hier geboren oder jedenfalls nicht weit von hier aufgewachsen war. Allerdings fiel Servaz der durchdringende Blick auf, und ihm wurde klar, dass sich hinter dieser biederen Fassade ein scharfer Intellekt verbarg – während doch sonst so viele hinter der Maske des Zynismus und der Ironie nur ihre Einfallslosigkeit verbargen.

»Ist das ein Angebot?«, fragte er heiter.

Der Richter lachte laut auf. Ein helles, schallendes, ansteckendes Lachen.

»Na ja, einmal Richter, immer Richter. Ich will Ihnen nicht verhehlen, dass ich meinen Ruhestand bedauere, wenn ich sehe, was heutzutage geschieht. So was hat es früher hier nicht gegeben. Hin und wieder ein Mord aus Leidenschaft, ein Nachbarschaftsstreit, der mit einem Schuss endete: die ewigen Manifestationen der menschlichen Dummheit. Falls Sie Lust haben sollten, bei einem Glas darüber zu plaudern, bin ich Ihr Mann.«

»Haben Sie schon das Ermittlungsgeheimnis vergessen, Herr Richter?«, entgegnete Servaz freundlich.

Saint-Cyr zwinkerte ihm zu.

»Ach, Sie müssten mir ja nicht alles sagen. Aber Sie werden niemanden finden, der über die Geheimnisse dieser Täler besser Bescheid weiß als ich, Commandant. Denken Sie daran.«

Und Servaz dachte schon daran. Das Angebot war nicht uninteressant: eine Kontaktperson aus der örtlichen Bevölkerung. Ein Mann, der fast sein gesamtes Leben in Saint-Martin verbracht hatte und der aufgrund seines Berufs eine Vielzahl von Geheimnissen kannte.

»Ihr Beruf scheint Ihnen zu fehlen.«

»Ich würde lügen, wenn ich das Gegenteil behaupten

würde«, gab Saint-Cyr zu. »Ich bin vor zwei Jahren aus gesundheitlichen Gründen in den Ruhestand getreten. Seither fühle ich mich wie ein lebender Toter. Glauben Sie, dass Hirtmann der Täter ist?«

Servaz zuckte zusammen.

»Wovon reden Sie?«

»Ach, kommen Sie! Sie wissen genau, wovon ich spreche: die DNA, die in der Seilbahn gefunden wurde.«

»Wer hat Ihnen das erzählt?«

Der kleine Richter lachte schallend auf, während er die Stufen hinuntereilte.

»Ich habe Ihnen doch gesagt, dass ich alles weiß, was in dieser Stadt geschieht. Auf bald, Commandant! Und gute Jagd!«

Servaz sah ihn hinter der großen Doppeltür in einem Schneegestöber verschwinden.

»Martin, ich stelle Ihnen Richter Martial Confiant vor. Ihm habe ich das Ermittlungsverfahren übertragen, das gestern eröffnet wurde.«

Servaz gab dem jungen Richter die Hand. Anfang dreißig, hochgewachsen und schlank, sehr dunkle Haut, elegante rechteckige Brille. Der Händedruck war fest, das Lächeln herzlich.

»Entgegen dem ersten Anschein«, sagte Cathy d'Humières, »ist Martial ein Kind dieser Region. Sein Heimatort ist nur zwanzig Kilometer von hier entfernt.«

»Bevor Sie kamen, hat mir Madame d'Humières gesagt, wie große Stücke sie auf Sie hält, Commandant.«

Die Stimme des Mannes trug noch den salbungsvollen Ton und die Heiterkeit der Antillen, aber zugleich klang der örtliche Dialekt darin an. Servaz lächelte.

»Wir fahren nachher ins Institut«, sagte er. »Wollen Sie mitkommen?«

Wegen der Halsschmerzen fiel ihm das Sprechen schwer.

»Haben Sie Dr. Xavier verständigt?«

»Nein, Capitaine Ziegler und ich haben beschlossen, ihnen einen kleinen unangemeldeten Besuch abzustatten.«

Confiant nickte zustimmend.

»Einverstanden, ich komme mit«, sagte er. »Aber nur dieses eine Mal, denn ich will mich nicht aufdrängen. Es ist mein Grundsatz, die Polizei ihre Arbeit machen zu lassen. Jeder sollte das tun, was er am besten versteht«, fügte er hinzu.

Servaz nickte schweigend. Es wäre recht erfreulich, wenn sich dieser Grundsatz auch bewahrheiten würde.

»Wo ist Capitaine Ziegler?«, fragte d'Humières.

Er sah auf die Uhr.

»Sie wird gleich da sein. Vielleicht hat sie bei diesem Schnee Probleme mit ihrem Auto.«

Cathy d'Humières wandte sich hastig dem Fenster zu.

»Schön, ich muss eine Pressekonferenz abhalten. Ich hätte Sie sowieso nicht begleitet. Ein so unheimlicher Ort bei einem solchen Wetter, brrrrrrr, nichts für mich!«

13

»ERSTICKUNGSTOD«, SAGTE DELMAS, während er sich die Hände und Unterarme mit antiseptischer Seife wusch und sie dann unter dem automatischen Wasserhahn spülte. Die Klinik Saint-Martin war ein großes Gebäude aus roten Ziegelsteinen, das sich von den schneebedeckten Wiesen abhob. Der Zugang zur Leichenhalle und zum Sektionssaal befand sich, wie so oft, weit von dem Haupteingang entfernt, am Ende einer betonierten Rampe. Die Mitarbeiter nannten diesen Bereich »die Hölle«. Als Espérandieu vor dreißig Minuten eingetroffen war – wobei in seinem Kopfhörer die Gutter Twins *Idle Hands* sangen –, war ihm aufgefallen, dass vor der Rückwand auf Gerüstböcken ein Sarg stand. Im Umkleideraum war er Dr. Delmas, dem Rechtsmediziner aus Toulouse, und Dr. Cavalier, einem Chirurgen am Krankenhaus von Saint-Martin, begegnet, die sich kurzärmelige Kittel und Kunststoffschürzen überzogen. Delmas schilderte Cavalier, wie sie die Leiche entdeckt hatte. Espérandieu hatte ebenfalls begonnen sich umzuziehen, anschließend hatte er sich eine seiner kleinen grünen Mentholpastillen in den Mund gesteckt und ein Döschen Kampfersalbe herausgenommen.

»Das sollten Sie nicht tun«, hatte ihm Delmas gesagt. »Die Salbe ist stark ätzend.«

»Tut mir leid, Herr Doktor, aber ich habe eine empfindliche Nase«, antwortete Vincent, ehe er einen Mundschutz über Mund und Nase zog.

Seit seinem Eintritt in die Mordkommission hatte Espérandieu schon an mehreren Leichenschauen teilnehmen müssen, und er wusste, dass sich in einem bestimmten Moment – wenn der Rechtsmediziner den Bauch öffnete und Proben aus den Eingeweiden nahm: Leber, Milz, Bauchspeicheldrüse, Darm – Gerüche im Saal ausbreiteten, die für eine normale Nase unerträglich waren.

Grimms sterbliche Überreste erwarteten sie auf dem leicht schrägen Sektionstisch, der mit einem Abflussloch und einem Schlauch versehen war. Ein recht einfaches Modell, verglichen mit den großen hydraulischen Tischen, die Espérandieu an der Uniklinik Toulouse gesehen hatte. Außerdem lag die Leiche erhöht auf mehreren Querstangen, um zu verhindern, dass sie in ihren eigenen biologischen Flüssigkeiten badete.

»Da sind zunächst einmal die Zeichen, die man bei jedem mechanischen Erstickungstod beobachtet …«, hob Delmas ohne weitere Verzögerung an, während er den beweglichen Arm der Lampe über der Leiche verschob.

Er deutete auf die blauen Lippen des Apothekers, dann auf die Ohrmuschel, die ebenfalls blau geworden war:

»… die bläuliche Färbung der Schleimhäute und der Integumente …«

Er deutete auf das Innere der getackerten Lider:

»Hyperämie der Bindehäute …«

Er deutete auf das geschwollene, violette Gesicht des Apothekers:

»Die Blutstauung durch das Cape … Leider sind diese Zeichen aufgrund des Zustands des Gesichts kaum zu erkennen«, sagte er zu Cavalier, dem es schwerfiel, die blutige Brühe anzusehen, aus der die beiden vorstehenden Augen herausragten. »Auf der Oberfläche der Lunge und des Herzens werden wir Petechien – stecknadelkopfgroße Blutungen – finden. Das sind klassische Symptome. Sie deuten lediglich auf ein unspezifisches Erstickungssyndrom hin: Das Opfer ist an einer mechanischen Asphyxie gestorben, der ein mehr oder minder langer Todeskampf voranging. Aber sie liefern keinerlei weitergehenden Informationen über die Todesursache.«

Delmas nahm seine Brille ab, um sie zu putzen, dann setzte er sie wieder auf. Er trug keinen Mundschutz. Er roch nach Eau de Cologne und der keimtötenden Seife. Er war ein kleiner Mann mit fülligen, glatten rosa Wangen und vorspringenden, großen blauen Augen.

»Wer das getan hat, besaß offensichtlich bestimmte medizinische oder jedenfalls anatomische Kenntnisse«, erklärte er. »Er entschied sich für die Vorgehensweise, die die längste und schmerzhafteste Agonie herbeiführte.«

Delmas deutete mit einem seiner Wurstfinger auf die Furche, die der Gurt im Hals des Apothekers hinterlassen hatte. »Pathophysiologisch gesehen, gibt es drei Mechanismen, die den Tod durch Erhängen herbeiführen können. Der erste ist der vaskuläre Mechanismus, das heißt, dass das Blut durch gleichzeitigen Verschluss der beiden Halsschlagadern das Gehirn nicht mehr erreicht. Das geschieht, wenn sich die Schlinge auf der Rückseite, im Nacken befindet. In diesem Fall wird die Sauerstoffversorgung des Gehirns direkt unterbunden, die Bewusstlosigkeit tritt fast augenblicklich ein, gefolgt von einem schnellen Tod. Allen, die sich erhängen wollen, kann man nur dringend empfehlen, den Knoten im Nacken zu plazieren«, fügte er hinzu.

Espérandieu hatte aufgehört, sich Notizen zu machen. Mit

dem Humor der Rechtsmediziner hatte er grundsätzlich seine Probleme. Cavalier seinerseits trank buchstäblich die Worte seines Kollegen.

»Zweitens gibt es den neurologischen Mechanismus: Wenn unser Mann den Apotheker in den Abgrund geschleudert hätte, statt ihn allmählich herabzulassen, indem er die Riemen an seinen Handgelenken abwickelte, hätten die durch den Schock verursachten Rückenmarksverletzungen, das heißt die Verletzungen des verlängerten Marks und des Rückenmarks, den sofortigen Tod ausgelöst. Aber das hat er nicht getan...«

Hinter der Brille suchten die großen hellblauen Augen die von Espérandieu.

»O nein, junger Mann! *Das hat er nicht getan...* Unser Mann ist raffiniert: Er hat den Knoten sorgfältig an der Seite plaziert. Auf diese Weise wird das Gehirn wenigstens über eine der Halsschlagadern – diejenige, die dem Knoten gegenüberliegt – weiterhin mit Blut versorgt. Die Gurte an den Handgelenken verhinderten im Übrigen eine traumatische Verletzung des Rückenmarks. Unser Mann wusste sehr genau, was er tat, glauben Sie mir. Dieser arme Kerl muss einen sehr, sehr langen Todeskampf durchgemacht haben.« Er ließ seinen Wurstfinger über die tiefe Furche im Hals gleiten.

»Jedenfalls wurde er gehängt. Sehen Sie: Die Furche verläuft sehr hoch am Hals, direkt unterhalb des Unterkiefers, und steigt zum Aufhängepunkt hin an. Außerdem ist sie unvollständig, was nicht der Fall wäre, wenn das Opfer zuvor mit einer Schnur erdrosselt worden wäre, die eine eher flache und regelmäßige, um den gesamten Hals verlaufende Furche hinterlässt.«

Er blinzelte Espérandieu zu.

»Sie kennen diese Fälle: Wenn der Mann seine Frau mit einem Strick erdrosselt und uns anschließend glauben machen will, dass sie sich erhängt hat.«

»Sie lesen zu viele Krimis, Doktor«, antwortete Espérandieu.

Delmas unterdrückte ein leises Lächeln – und wurde dann wieder genauso ernst wie ein Papst bei der Segnung. Er verstellte die Lampe, sodass ihr Lichtkegel auf die halb abgerissene Nase, das geschwollene Gesicht und die angetackerten Lider fiel.

»Das ist wirklich eine der abscheulichsten Sachen, die ich je gesehen habe«, sagte er. »Das Werk einer bestialischen Wut.«

Der Psychologe hatte sich zu ihnen gesellt. Er saß auf dem Rücksitz, neben dem Richter. Irène Ziegler steuerte den Geländewagen mit der Flüssigkeit und Sicherheit eines Rallyefahrers. Servaz bewunderte ihren Fahrstil. So wie er ihr Können im Hubschrauber bewundert hatte. Auf dem Rücksitz hatte der Richter Propp gebeten, ihm von Hirtmann zu erzählen. Was ihm der Psychologe gesagt hatte, hatte ihn tief betroffen gemacht, und jetzt schwieg er ebenso wie seine Nachbarn. Der morbide Charakter des Tals verstärkte noch das Unbehagen.

Die Straße wand sich unter dem düsteren Himmel zwischen dicht stehenden hohen Tannen, die weiß bestäubt waren. Die Straße war geräumt worden: Der Schneepflug hatte am Rand der Straße hohe Schneewälle aufgetürmt. Sie kamen an einem letzten Bauernhof vorbei, der fest in der Hand der Kälte war – die Zäune um die Felder verschwanden schier unter dem Schneemantel, eine dünne Rauchfahne stieg aus dem Kamin auf –, dann herrschten endgültig Schweigen und Winter.

Es hatte aufgehört zu schneien, aber die Schneedecke war sehr dick. Ein Stück weiter überholten sie den Schneepflug, dessen blinkende Signallampe einen leuchtend orangefarbenen Lichtschein auf die weißen Tannen warf, und die Weiterfahrt wurde beschwerlich.

Sie fuhren jetzt durch eine versteinerte Landschaft aus undurchdringlichen, hohen Tannengehölzen und gefrorenen Torfmooren innerhalb der Flusswindungen. Über ihnen erhoben sich, gewaltig und grau, die bewaldeten Hänge der Berge. Dann verengte sich das Tal noch stärker. Der Wald überragte die Straße, die ihrerseits den Sturzbach überragte, und bei jeder Kurve sahen sie die mächtigen Wurzeln der Buchen, die durch die Unterspülung der Böschungen freigelegt worden waren. Hinter einer Wegbiegung entdeckten sie mehrere Gebäude aus Beton und Holz. Mit Fensterreihen auf den Stockwerken und großen Fensterfronten im Erdgeschoss. Ein Pfad überquerte den Wildbach auf einer rostigen Brücke und führte dann durch eine weiße Wiese zu ihnen. Servaz sah im Vorüberfahren ein rostiges Schild: »COLONIE DE VACANCES DES ISARDS«. Die Gebäude wirkten verfallen. Sie waren unbewohnt. Er fragte sich, wer wohl auf die Idee gekommen war, an einem so düsteren Ort eine Ferienkolonie anzulegen. Ein kalter Schauer rieselte ihm über den Rücken, als er an die Umgebung der Klinik dachte. So heruntergekommenen, wie die Gebäude wirkten, war es allerdings wahrscheinlich, dass die Kolonie bereits lange geschlossen hatte, bevor das Institut Wargnier seine Pforten öffnete. Dieses Tal war von einer umwerfenden Schönheit, die Servaz erstarren ließ.

Eine märchenhafte Atmosphäre.

Genau das war es: eine moderne Erwachsenenversion der unheimlichen Märchen seiner Kindheit. Denn tief in diesem Tal, dachte er schaudernd, irgendwo in diesem weißen Wald erwarteten sie tatsächlich Menschenfresser.

»Guten Tag, darf ich mich setzen?«

Sie hob den Kopf und erblickte den Pfleger, der ihr am Vortag eine Abfuhr erteilt hatte – wie hieß er noch gleich? Alex –, der vor ihrem Tisch stand. Diesmal war die Cafeteria gerammelt voll. Es war Montagmorgen, und das ganze Personal war da. Stimmengewirr erfüllte den Raum.

»Klar«, antwortete sie mit zusammengebissenen Zähnen.

Sie saß allein an ihrem Tisch. Ganz offensichtlich hatte niemand den Kontakt zu ihr gesucht. Hin und wieder schnappte sie Blicke in ihre Richtung auf. Wieder fragte sie sich, was Dr. Xavier wohl über sie gesagt hatte.

»Hm … Ich wollte mich für gestern entschuldigen …«, hob er an, während er sich setzte, »ich bin ein wenig … schroff gewesen … Ich weiß nicht, wieso … Schließlich waren ihre Fragen ganz berechtigt … Bitte verzeihen Sie mir …«

Sie musterte ihn aufmerksam. Es schien ihm wirklich leidzutun. Sie fühlte sich unbehaglich und nickte zögernd. Sie hatte keine Lust, darauf zurückzukommen. Nicht einmal seine Entschuldigung wollte sie hören.

»Kein Problem … Hatte ich schon ganz vergessen …«

»Umso besser. Ich muss Ihnen seltsam vorkommen …«

»Überhaupt nicht. Meine Fragen waren ja ziemlich … *frech*.«

»Stimmt«, sagte er heiter. »Sie sind nicht auf den Mund gefallen.«

Er biss kräftig in sein Croissant.

»Was ist gestern unten im Dorf passiert?«, fragte sie, um das Thema zu wechseln. »Ich habe ein paar Gespräche aufgeschnappt: Offenbar ist etwas Schlimmes passiert …«

»Ein Mann ist tot, ein Apotheker aus Saint-Martin …«

»Wie ist das passiert?«

»Er hing unter einer Brücke.«

»Oh, ich verstehe …«

»Mhmm«, sagte er mit vollem Mund.

»Was für eine schreckliche Art, sich das Leben zu nehmen!« Er hob den Kopf und schluckte den Bissen, den er gerade kaute.

»Es war kein Suizid.«

»Ach nein?«

Er blickte ihr tief in die Augen.

»Mord.«

Sie fragte sich, ob er scherzte. Lächelnd musterte sie sein Gesicht. Nein, offenbar nicht …

Ihr Lächeln verschwand. Ein leichter kalter Schauer rieselte ihr über den Rücken.

»Das ist ja schrecklich! Ist das sicher?«

»Ja«, sagte er und beugte sich zu ihr, damit sie ihn hören konnte, ohne dass er in dem Stimmengewirr um sie herum lauter sprechen musste. *»Und das ist noch nicht alles …«*

Er beugte sich noch etwas weiter zu ihr hin. Sie fand, dass er ihr mit seinem Gesicht ein wenig zu nahe kam. Auf keinen Fall wollte sie von Anfang an Gerüchten Vorschub leisten. Sie wich leicht zurück.

»Nach allem, was man hört, *war er bis auf ein Cape und Stiefel nackt …* Und er soll misshandelt, gefoltert worden sein … Rico hat ihn gefunden. Ein Comiczeichner, der jeden Morgen joggt.«

Diane verdaute die Information schweigend. *Ein Mord im Tal … Eine Wahnsinnstat, einige Kilometer von der Klinik entfernt …*

»Ich weiß, woran Sie denken«, sagte er.

»Ach, wirklich?«

»Sie sagen sich: Die Tat eines Wahnsinnigen, und hier gibt es viele geisteskranke Mörder.«

»Ja.«

»Es ist unmöglich, hier rauszukommen.«

»Wirklich?«

»Ja.«

»Es hat noch nie einen Ausbruch gegeben?«

»Nein.« Er schluckte einen weiteren Bissen herunter. »Und jedenfalls fehlt niemand.«

Sie trank einen Schluck Cappuccino und wischte die Schokolade auf ihren Lippen mit einer Papierserviette ab.

»Da bin ich ja beruhigt«, scherzte sie.

Diesmal lachte Alex.

»Ja, ich gebe zu, dass es schon zu normalen Zeiten hier ziemlich beängstigend ist, wenn man neu ist. Und dann auch noch diese schreckliche Geschichte… Nicht gerade das, was einem hilft, sich zu entspannen. Tut mir leid, dass ich so schlechte Nachrichten überbringen muss!«

»Sofern Sie ihn nicht umgebracht haben…«

Er lachte auf, so laut, dass sich einige Köpfe umwandten.

»Ist das der schweizerische Humor? Wunderbar!«

Sie lächelte. Zwischen seinem Abgang gestern und seiner guten Laune heute wusste sie noch immer nicht, woran sie bei ihm war. Aber er war ihr recht sympathisch. Mit einer Kopfbewegung deutete sie auf die Menschen um sie herum. »Ich habe gehofft, dass mich Dr. Xavier dem gesamten Personal vorstellen würde. Bis jetzt hat er das nicht getan. Nicht leicht, sich hier hineinzufinden… niemand reicht einem die Hand…«

Er sah sie mit einem freundlichen Lächeln an und nickte sanft mit dem Kopf.

»Ich verstehe. Hören Sie zu, ich schlage Ihnen Folgendes vor: Heute Morgen kann ich nicht, ich hab eine Arbeitssitzung mit meinem therapeutischen Team. Aber etwas später werde ich einen Rundgang mit Ihnen machen und Sie dem Rest des Teams vorstellen …«

»Das ist sehr nett von Ihnen.«

»Nein, das versteht sich von selbst. Keine Ahnung, wieso Xavier und Lisa es noch nicht getan haben.«

Sie sagte sich, dass dies in der Tat eine gute Frage war.

Der Rechtsmediziner und Dr. Cavalier waren gerade dabei, einen der Stiefel mithilfe eines Rippenmessers und eines Abstandshalters aufzuschneiden.

»Ganz offensichtlich gehörten diese Stiefel nicht dem Opfer«, erklärte Delmas. »Sie waren ihm wenigstens drei Nummern zu klein. Sie wurden gewaltsam eingeschlagen. Ich weiß nicht, wie lange dieser arme Mann die Stiefel getragen hat, aber das muss äußerst schmerzhaft gewesen sein. Wenn auch weniger als das, was ihm bevorstand …«

Espérandieu betrachtete ihn, seinen Notizblock in der Hand.

»Warum hat er ihm Stiefel angezogen, die zu klein waren?«, fragte er.

»Das müssen Sie beantworten. Vielleicht wollte er ihm einfach irgendwelche Stiefel anziehen und hatte keine anderen zur Hand.«

»Aber wozu hat man ihn entkleidet, ihm die Schuhe ausgezogen und ihn anschließend in diese Stiefel hineingezwängt?«

Der Rechtsmediziner zuckte mit den Schultern und wandte ihm den Rücken zu, um den aufgeschnittenen Stiefel auf einen Arbeitstisch zu stellen. Er griff nach einer Lupe und einer

Pinzette und entfernte sorgfältig die Grashalme und die winzigen Steinchen, die an dem Lehm und dem Gummi hafteten. Er ließ die Proben in eine Reihe kleiner Dosen fallen. Worauf Delmas die Stiefel ergriff und ganz offensichtlich zwischen einem schwarzen Müllsack und einer großen Kraftpapiertüte schwankte. Schließlich entschied er sich für Letztere. Espérandieu warf ihm einen fragenden Blick zu.

»Weshalb ich mich für die Papiertüte statt für den Plastikbeutel entschieden habe? Weil die Erde an den Stiefeln vielleicht doch noch nicht ganz trocken ist. Feuchte Beweisstücke dürfen niemals in Plastikbeuteln aufbewahrt werden, da die Feuchtigkeit die Bildung von Schimmel befördert, und der würde die biologischen Beweise unwiderruflich vernichten.«

Delmas ging um den Sektionstisch herum. Mit einer großen Lupe in der Hand näherte er sich dem abgetrennten Finger.

»Abgeschnitten mit einem verrosteten Schneidewerkzeug: einer Blech- oder Gartenschere. Und zwar, als das Opfer noch lebte. Reichen Sie mir bitte die Pinzette da und einen Beutel«, sagte er zu Espérandieu.

Espérandieu gehorchte. Delmas etikettierte den Beutel, dann warf er die letzten Abfälle in einen der Mülleimer, die vor der Wand standen, und zog mit einem peitschenden Knallen die Handschuhe aus.

»Fertig. Kein Zweifel, Grimms Tod wurde wirklich durch das mechanische Ersticken, also das Erhängen, verursacht. Ich werde diese Proben, wie Capitaine Ziegler es wollte, ans Labor der Gendarmerie in Rosny-sous-Bois schicken.«

»Für wie wahrscheinlich halten Sie es, dass zwei Dummköpfe zu einer solchen Inszenierung in der Lage sind?«

Der Rechtsmediziner starrte Espérandieu an.

»Ich stelle nicht gern Vermutungen an«, sagte er. »Ich bin

für die Tatsachen zuständig. Hypothesen aufzustellen – das ist Ihre Arbeit. Was für Dummköpfe?«

»Wachmänner. Typen, die bereits wegen Körperverletzung und Dealerei verurteilt sind. Fantasielose Idioten mit flachem EEG und zu viel Testosteron im Blut.«

»Wenn sie tatsächlich so sind, wie Sie sie beschreiben, dann würde ich sagen, dass es genauso wahrscheinlich ist wie, dass alle Machoidioten in diesem Land eines Tages begreifen, dass Autos gefährlicher sind als Schusswaffen. Aber ich wiederhole, es liegt an Ihnen, die Schlussfolgerungen zu ziehen.«

Es hatte viel geschneit, und es schien ihnen, als würden sie in einen riesigen Zuckerkuchenwald vordringen. Eine überreiche Vegetation versperrte den Talgrund; der Winter hatte sie wie mit einem Zauberspruch in ein von Raureif überzogenes Netz eng ineinander verwobener Spinnweben verwandelt. Servaz musste an Korallen aus Eis denken, an die Tiefen eines gefrorenen Meeres. Der Fluss strömte zwischen zwei Schneewülsten hindurch.

Die in den Felsen getriebene, von einem massiven Geländer flankierte Straße schmiegte sich an den Berg an. Sie war so schmal, dass Servaz sich fragte, was sie machen würden, falls ihnen ein Lkw entgegenkäme.

Beim Hinauskommen aus dem x-ten Tunnel bremste Ziegler ab und fuhr quer über die Fahrbahn, um an der Brüstung zu parken, die hier eine Art Balkon über der mit Raureif überzogenen Vegetation bildete.

»Was ist los?«, fragte Confiant.

Ohne zu antworten, machte sie die Seitentür auf und stieg aus. Sie näherte sich der Kante, und die drei anderen kamen ihr nach.

»Sehen Sie da!«, sagte sie.

Sie folgten mit den Augen der angezeigten Richtung und entdeckten in der Ferne die Gebäude.

»Auweia! Wie unheimlich!«, entfuhr es Propp. »Wie ein mittelalterlicher Kerker.«

Während der Teil des Tales, in dem sie sich befanden, in den blauen Schatten des Berges getaucht war, waren die Gebäude da oben von einem gelben Morgenlicht überflutet, das wie ein Gletscher von den Gipfeln strömte. Es war eine unglaublich abgeschiedene und unberührte Gegend, aber zugleich von einer Schönheit, die Servaz verstummen ließ. Die gleiche Monumentalarchitektur wie beim Kraftwerk. Er fragte sich, wozu diese Gebäude wohl gedient hatten, bevor das Institut Wargnier darin untergebracht wurde. Denn sie stammten unverkennbar aus der gleichen ruhmreichen Zeit wie das Kraftwerk und das unterirdische Wasserkraftwerk: ein Zeitalter, in dem man Mauern und Dachstühle für Jahrhunderte baute. In dem man sich weniger für die kurzfristige Rendite als für die solide ausgeführte Arbeit interessierte. In dem man ein Unternehmen weniger nach seinen finanziellen Erfolgen als nach der Größe seiner Bauwerke beurteilte.

»Es fällt mir immer schwerer zu glauben, dass jemand, dem es gelungen ist, von hier zu fliehen, freiwillig zurückkehren würde«, fügte der Psychologe hinzu.

Servaz wandte sich zu ihm um. Er hatte gerade dasselbe gedacht. Dann suchte er Confiant und erspähte ihn einige Meter entfernt, das Handy am Ohr. Servaz fragte sich, wen Confiant wohl in einem solchen Moment anrufen mochte.

Der junge Richter klappte sein Handy zu und ging auf sie zu.

»Fahren wir!«, sagte er.

Einen Kilometer und noch einen Tunnel weiter, fuhren sie von der Talstraße in eine noch schmalere Seitenstraße hinein, die den Wildbach überquerte, ehe sie sich zwischen den Tannen emporwand. Unter der dicken Schneeschicht war die Fahrbahn kaum von den Schneeverwehungen am Straßenrand zu unterscheiden, doch mehrere Fahrzeuge hatten bereits ihre Spuren hinterlassen. Servaz zählte bis zehn, dann hörte er auf zu zählen. Er fragte sich, ob dieser Weg vielleicht doch nicht zum Institut führte, und er erhielt die Antwort zwei Kilometer weiter, als sie vor den Gebäuden vorfuhren: Die Straße hörte hier auf.

Sie schlugen ihre Türen zu, und es herrschte wieder völlige Stille. Wie von ehrfürchtiger Angst ergriffen, sahen sie sich schweigend um. Es war sehr kalt, und Servaz vergrub den Hals im Kragen seiner Jacke.

Die Klinik stand an der Stelle des Hangs mit dem geringsten Gefälle und dominierte den oberen Bereich des Tals. Ihre kleinen Fenster zeigten frontal zum Berg und zu seinen riesigen bewaldeten Abhängen, die von schwindelerregenden Klippen aus Felsen und Schnee gekrönt wurden.

Dann erblickte er, etliche Hundert Meter entfernt, am Berghang Gendarmen im Wintermantel, die in Walkie-Talkies sprachen, während sie sie zugleich mit Feldstechern beobachteten.

Ein kleiner Mann im weißen Kittel trat plötzlich aus dem Klinikgebäude und ging auf sie zu. Der Polizist sah seine Nachbarn erstaunt an. Confiant machte eine entschuldigende Geste.

»Ich habe Dr. Xavier unser Kommen angekündigt«, sagte der Ermittlungsrichter. »Wir sind befreundet.«

14

DR. XAVIER SCHIEN sich sehr über Besuch zu freuen. Er überquerte den verschneiten kleinen Platz mit ausgebreiteten Armen.

»Sie kommen recht ungelegen. Wir waren gerade mitten in einer Arbeitssitzung. Jeden Montag versammele ich die Therapiegruppen aller Stationen: Ärzte, Pflegekräfte, Pflegehelfer, Sozialarbeiter.«

Aber sein breites Lächeln schien darauf hinzudeuten, dass er nicht böse war, eine dieser langweiligen Sitzungen abbrechen zu müssen. Die Hand des Richters drückte er besonders herzlich.

»Es brauchte wohl diese Tragödie, damit du uns endlich einmal besuchst.«

Dr. Xavier war ein kleiner, noch junger Mann, der wie aus dem Ei gepellt war. Servaz bemerkte unter dem Kragen seines Kittels eine modische Krawatte. Er lächelte unentwegt und blickte die beiden Ermittler zugleich wohlwollend und witzig funkelnd an. Servaz war sofort auf der Hut: Er misstraute instinktiv eleganten Personen, die allzu bereitwillig lächelten.

Er sah zu den hohen Mauern auf. Die Klinik bestand aus zwei großen vierstöckigen Gebäuden, die T-förmig miteinander verbunden waren – ein T allerdings, dessen horizontaler Strich dreimal so lang war wie der vertikale. Er betrachtete die Reihen kleiner Fenster in den dicken Mauern, deren grauer Stein einem Angriff mit einer Panzerfaust bestimmt standgehalten hätte. Eines war sicher: Es bestand keine Gefahr, dass die Insassen sich hier durchgraben und fliehen könnten.

»Wir sind hier, um uns ein Bild davon zu machen, ob einer deiner Insassen hätte ausbrechen können«, sagte Confiant zu dem Psychiater.

»Das ist völlig unmöglich«, antwortete Xavier spornstreichs. »Im Übrigen fehlt auch niemand.«

»Das wissen wir.«

»Ich verstehe nicht«, sagte der Psychiater verunsichert. »Was machen Sie denn dann hier?«

»Wir nehmen an, dass einer Ihrer Insassen ausbrechen, das Pferd von Eric Lombard töten und wieder in seine Zelle zurückkehren konnte«, sagte Ziegler.

Der Psychiater kniff die Augen zusammen.

»Das meinen Sie doch nicht ernst?«

»Das dachte ich auch gleich«, warf Confiant sogleich ein, während er die beiden Ermittler streng ansah. »Diese Vermutung ist völlig unsinnig. Aber sie wollen sie trotzdem überprüfen.«

Servaz war, als hätte er einen elektrischen Schlag erhalten: Der junge Richter hatte nicht nur Xavier über ihren Besuch informiert, ohne ihnen das mitzuteilen, er hatte auch gerade vor einem Dritten ihre Arbeit schlechtgemacht.

»Denken Sie an jemand bestimmten?«, erkundigte sich Xavier.

»Julian Hirtmann«, antwortete Servaz, ohne sich verunsichern zu lassen.

Der Psychiater sah ihn an, aber diesmal sagte er nichts. Er zuckte lediglich mit den Schultern und machte kehrt.

»Folgen Sie mir.«

Der Eingang befand sich in einer der Ecken des T-förmigen Gebäudes: eine dreifache Glastür am oberen Ende einer fünfstufigen Treppe.

»Alle Besucher sowie alle Mitarbeiter kommen durch diesen Eingang«, erklärte Xavier, während er die Stufen hinaufging. »Es gibt vier Notausgänge im Erdgeschoss und einen im Untergeschoss: zwei an den äußersten Enden des Zentralflurs, einen auf Höhe der Küche, einen weiteren im Nebengebäude«, sagte er und zeigte auf den kleinen T-Strich hinter dem Fitnessraum, »aber man kann sie von außen nicht öffnen, und um es von innen zu tun, braucht man einen Spezialschlüssel. Im Fall eines größeren Brandes entriegeln sie sich allerdings automatisch. Aber wirklich nur in diesem Fall.«

»Wer besitzt diese Schlüssel?«, fragte Servaz.

»Etwa zwanzig Personen«, antwortete Xavier, während er durch die Glastüren ging. »Jeder Abteilungsleiter, die drei Stationsschwestern im Erdgeschoss, die Pflegedienstleiterin, der Chefkoch, ich … Aber die Entriegelung einer dieser Türen würde in der Kontrollstelle sofort ein Alarmsignal auslösen.«

»Wir brauchen die Liste dieser Personen«, sagte Ziegler.

»Ist die Kontrollstelle rund um die Uhr besetzt?«, fragte Servaz.

»Ja. Sie werden sehen, sie ist gleich da vorn.«

Sie hatten gerade eine große Halle betreten. Zu ihrer Rechten sahen sie etwas, was einem Wartesaal glich, mit einer Reihe von Plastikstühlen auf einer Stange und Grünpflanzen. Gegenüber befand sich ein halbrunder Glaskäfig, der einem Bankschalter oder einem Empfang glich. Er war leer. Zu ihrer Linken lag ein weitläufiger Raum, dessen weiß lackierte

Wände mit Zeichnungen und Malereien geschmückt waren. Schmerzgepeinigte Gesichter mit messerspitzen Zähnen; verkrümmte Körper, grelle Farben. Servaz begriff, dass es sich um Werke der Insassen handelte.

Dann wanderte sein Blick von den Zeichnungen zu einer Stahltür mit einem kleinen runden Fenster. Die Kontrollstelle. Xavier ging quer durch die Halle darauf zu. Er führte einen Schlüssel, der mit einem Kettchen an seinem Gürtel befestigt war, in das Schloss ein und drückte die Panzertür auf. Zwei Wachleute hielten sich im Innern auf und überwachten Dutzende von Bildschirmen. Sie trugen offene orange Overalls, darunter weiße T-Shirts. Bei jedem Schritt, den sie machten, klirrten Schlüsselbunde und Handschellen an ihren Gürteln. Servaz bemerkte auch Tränengasgranaten, die an der Wand befestigt waren. Aber keine Schusswaffen. Die Bildschirme zeigten lange, menschenleere Korridore, Treppen, Gemeinschaftsräume und eine Cafeteria. Die beiden Männer sahen sie gleichgültig an; auf ihren Gesichtern stand die gleiche geistige Leere wie auf denen der Wachleute im Kraftwerk.

»Das Institut ist mit achtundvierzig Kameras ausgerüstet«, erklärte Xavier, »zweiundvierzig im Innern, sechs draußen, alle natürlich an strategischen Stellen.«

Er deutete auf die beiden Männer.

»Hier ist nachts immer wenigstens eine Person. Tagsüber zwei.«

»Eine Person, um die über vierzig Bildschirme zu überwachen«, unterstrich Servaz.

»Wir haben nicht nur die Kameras«, antwortete Xavier. »Die Klinik ist in mehrere Sektoren unterteilt, mit Sicherheitsvorkehrungen, die auf die Gefährlichkeit der Insassen abgestimmt sind. Jeder unerlaubte Wechsel von einem Sektor in einen anderen löst sofort die Alarmanlage aus.« Er zeigte ihnen eine Reihe kleiner roter Lampen über den Bildschirmen. »Jeder Sicherheitsstufe hat ihre entsprechenden biometrischen Maßnahmen. Um zur Station A zu gelangen, in der sich die gefährlichsten Insassen befinden, muss man durch eine doppelte Sicherheitsschleuse, die rund um die Uhr von einem Wachmann kontrolliert wird.«

»Haben alle Mitarbeiter Zugang zur Station A?«, fragte Ziegler.

»Selbstverständlich nicht. Nur das für Station A zuständige therapeutische Team, die Pflegedienstleiterin, die beiden Wachleute aus dem vierten Stock, unser Arzt, der Geistliche und ich haben Zutritt. Und seit Kurzem auch eine Schweizer Psychologin, die gerade erst angekommen ist.«

»Diese Liste brauchen wir ebenfalls«, sagte Ziegler. »Mit den Befugnissen und den Aufgaben jedes Mitarbeiters.«

»Ist all das computerisiert?«, fragte Servaz.

»Ja.«

»Wer hat das System installiert?«

»Eine private Sicherheitsfirma.«

»Und wer kümmert sich um die Wartung?«

»Dieselbe Firma.«

»Gibt es irgendwo Pläne?«

Der Psychiater schien verunsichert.

»Was für Pläne?«

»Pläne von den elektrischen Anlagen, der Verkabelung, den biometrischen Geräten, vom Gebäude …«

»Ich vermute, dass sie bei der Sicherheitsfirma sind«, äußerte Xavier.

»Wir brauchen ihre Adresse, den Firmennamen und ihre

Telefonnummer. Schicken die jemanden zur technischen Überwachung?«

»Sie kontrollieren alles elektronisch aus der Entfernung. Falls es irgendwo eine Panne oder eine Funktionsstörung geben sollte, würden ihre Computer ihnen das sofort melden.«

»Finden Sie nicht das riskant? Dass die Sicherheitsschleusen von außen von jemandem gesteuert werden können, den Sie nicht kennen?«

Xaviers Miene verdüsterte sich.

»Sie können die Türen nicht entriegeln. Und auch die Sicherheitssysteme können sie nicht ausschalten. Sie können lediglich sehen, was geschieht – und ob alles funktioniert.«

»Die Wachleute«, sagte Servaz und betrachtete die beiden Männer, »stammen sie von derselben Firma?«

»Ja«, sagte Xavier, während er den Kontrollposten verließ. »Aber bei einer Krise intervenieren nicht sie bei den Patienten, sondern die Pflegehelfer. Wie Sie wissen, besteht überall die Tendenz zum ›Outsourcing‹, wie man in den Ministerien zu sagen pflegt.« Er blieb mitten in der Halle stehen und sah sie an. »Uns geht es wie allen anderen, wir müssen mit den verfügbaren Mitteln zurechtkommen – und an diesen Mitteln mangelt es mehr und mehr. Im Verlauf der letzten zwanzig Jahre haben sämtliche Regierungen dieses Landes in aller Stille über 50 000 Psychiatriebetten geschlossen und Tausende von Stellen gestrichen. Und im Namen von Liberalismus und wirtschaftlichen Zwängen war der Druck auf die Menschen noch nie so hoch wie heute. Es gibt immer mehr psychisch Kranke – Psychotiker, Paranoiker und Schizophrene, die unerkannt herumlaufen.«

Er steuerte einen langen Flur auf der Rückseite der Halle an. Der endlose Korridor schien das gesamte Gebäude der

Länge nach zu durchqueren; sie wurden jedoch in regelmäßigen Abständen von Eisengittern aufgehalten, von denen Servaz annahm, dass sie nachts verriegelt wurden. Er sah auch Türen mit Kupferschildern, auf denen die Namen mehrerer Ärzte standen, darunter eines mit dem Namen von Xavier selbst, dann ein weiteres mit der Aufschrift: »Elisabeth Ferney, Pflegedienstleitung«.

»Aber ich vermute, dass wir uns trotzdem glücklich schätzen müssen«, fügte Xavier hinzu, während er sie durch eine zweite Gittertür führte. »Um den Personalmangel wettzumachen, verfügen wir hier über die modernsten Sicherheits- und Überwachungssysteme. Das ist keineswegs die Regel. Wenn man in Frankreich Personalabbau und Mittelkürzungen verschleiern will, benutzt man einfach nebulöse Formulierungen. Das ist semantischer Betrug, wie jemand das vollkommen zu Recht genannt hat: ›Qualitätsinitiative‹, ›jährliches Leistungsaudit‹, ›Pflegekraftdiagnose‹ … Wissen Sie, was das ist, ›Pflegekraftdiagnose‹? Es besteht darin, Pflegekräften einzureden, sie könnten anstelle eines Arztes Diagnosen stellen, wodurch sich natürlich die Zahl der Krankenhausärzte verringern lässt. Ergebnis: Einer meiner Kollegen hat erlebt, wie Pflegerinnen einen Patienten als ›gemeingefährlichen Paranoiker‹ in die Psychiatrie eingewiesen haben mit der Begründung, er sei hochgradig gereizt und habe einen Streit mit seinem Arbeitgeber, den er zu verklagen drohe! Zum Glück für den Ärmsten hat mein Kollege, der ihn in der Klinik als Erstes sah, diese Diagnose sofort entkräftet und ihn nach Hause geschickt.«

Dr. Xavier blieb mitten auf dem Gang stehen und sah sie erstaunlich ernst an.

»Wir leben in einer Epoche der institutionalisierten Gewalt gegenüber den Schwächsten und der beispiellosen politischen

Lügen«, sagte er düster. »Die gegenwärtigen Regierungen und ihre Diener verfolgen alle ein doppeltes Ziel: Der Mensch soll zur Ware degradiert und die Gesellschaft soll kontrolliert werden.«

Servaz sah den Psychiater an. Er dachte im Grunde ganz ähnlich. Aber trotzdem fragte er sich, ob die Psychiater im Zeitalter ihrer Allmacht nicht selbst den Ast abgesägt hatten, auf dem sie saßen, indem sie alle möglichen – weniger wissenschaftlich als ideologisch fundierten – Experimente mit oftmals verheerenden Folgen durchführten, deren Versuchskaninchen Menschen waren.

Im Vorbeigehen sah Servaz zwei weitere Wachleute im orangefarbenen Overall, die in einem verglasten kleinen Nebenraum saßen.

Dann tauchte zu ihrer Rechten die Cafeteria auf, die sie schon auf den Bildschirmen gesehen hatten.

»Die Cafeteria für das Personal«, stellte Xavier klar.

Keine Fenster hier, sondern hohe Glasscheiben, die den Blick freigaben auf die Landschaft aus Schnee und die mit warmen Farben bemalten Mauern. Eine Handvoll Personen plauderten bei einer Tasse Kaffee. Anschließend kamen sie durch einen Raum mit hoher Decke und lachsfarbenen Wänden, die mit großen Landschaftsfotos geschmückt waren. Billige, aber offenbar bequeme Sessel waren so angeordnet, dass sie ruhige und gemütliche kleine Winkel bildeten.

»Das Besuchszimmer«, sagte der Psychiater. »Hierher ziehen sich die Angehörigen mit ihren internierten Verwandten zurück. Natürlich richtet sich dieses Angebot nur an die am wenigsten gefährlichen Insassen, was hier nicht sehr viel bedeutet. Eine Kamera überwacht die Begegnungen, und die Pflegehelfer sind nie weit weg.«

»Und die anderen?«, fragte Propp, der sich zum ersten Mal zu Wort meldete.

Xavier musterte den Psychologen mit Bedacht.

»Die meisten bekommen überhaupt keinen Besuch«, antwortete er. »Dies ist weder eine psychiatrische Klinik noch eine Justizvollzugsanstalt im üblichen Sinne. Dies hier ist ein Pilotprojekt, das in ganz Europa einzigartig ist. Unsere Patienten kommen aus allen möglichen Ländern. Und all unsere Patienten sind extrem gewalttätig: Vergewaltigungen, Misshandlungen, Folter, Morde ... begangen an Familienangehörigen oder Fremden. Alle sind Mehrfachtäter. Alle auf Messers Schneide. Wir bekommen nur die feinste Gesellschaft«, fügte Xavier mit einem seltsamen Lächeln hinzu. »Nur wenige Menschen wollen daran erinnert werden, dass es unsere Patienten überhaupt gibt. Vielleicht wurde das Institut ja aus diesem Grund in einer so abgeschiedenen Gegend angesiedelt. Ihre letzte Familie sind wir.«

Servaz fand diesen letzten Satz ein bisschen hochtrabend – wie übrigens fast alles an Dr. Xavier.

»Wie viele Sicherheitsstufen gibt es?«

»Drei, je nach der Gefährlichkeit unserer Klienten: leicht, mittel und hoch. Diese Einstufung entscheidet nicht nur über die Zahl und das Leistungsprofil der Sicherheitssysteme sowie die Anzahl der Wachleute, sondern auch über die Behandlung und die Beziehungen zwischen den Therapieteams und den Insassen.«

»Wer beurteilt die Gefährlichkeit der Neuankömmlinge?«

»Unsere Teams. Wir verbinden klinische Gespräche, Fragebögen und natürlich die Lektüre der Akten, die wir von unseren Kollegen erhalten, mit einer revolutionären neuen Beurteilungsmethode, die aus meinem Heimatland stammt. Wir haben übrigens einen Neuankömmling, der gerade jetzt begutachtet wird. Folgen Sie mir.«

Er führte sie zu einer Treppe, deren große Betonplatten unter ihren Schritten vibrierten. Als sie den ersten Stock erreichten, standen sie vor einer mit einem feinen Metallnetz verstärkten Glastür.

Diesmal musste Xavier nicht nur einen Code in ein kleines Tastenfeld eingeben, sondern auch seine Hand auf einen biometrischen Sensor legen.

Ein Schild über der Tür verkündete:

»Sektor C: Geringe Gefährlichkeit – Zutritt nur für Mitarbeiter der Kategorien C, B und A«

»Ist das der einzige Zugang zu dieser Zone?«, fragte Ziegler.

»Nein, es gibt eine zweite Sicherheitsschleuse am Ende des Gangs, durch die man in die nächste Zone gelangt – die mittlere Sicherheitsstufe; diese Schleuse können ausschließlich Mitarbeiter, die für die Sektoren B und A zugangsberechtigt sind, passieren.«

Er führte sie durch einen weiteren Gang. Dann blieb er vor einer Tür mit der Aufschrift »Evaluation« stehen. Er öffnete sie.

Xavier trat zur Seite, um sie vorbeigehen zu lassen.

Ein fensterloser Raum. So winzig, dass sie im Innern zusammenrücken mussten. Zwei Personen saßen vor einem Computerbildschirm. Ein Mann und eine Frau. Auf dem Bildschirm waren, neben dem Bild einer Kamera, mehrere weitere Fenster geöffnet, über die Diagramme und Informationszeilen liefen. Die Kamera filmte einen recht jungen Mann, der in einem weiteren fensterlosen Raum, der kaum größer war als eine Besenkammer, auf einem Hocker saß. Servaz sah, dass der Mann einen Datenhelm trug, mit dessen Hilfe er in eine virtuelle Realität versetzt wurde. Dann wanderte sein Blick unwillkürlich etwas tiefer, und er zitterte leicht, als er sah, dass die Hose des Mannes heruntergezogen war und eine seltsame Röhre, aus der Leitungsdrähte herausragten, über sein Geschlechtsteil gestülpt war.

»Diese neue Methode zur Beurteilung abweichender sexueller Verhaltensweisen basiert auf der virtuellen Realität, einem Blickverfolgungssystem und der Penisplethysmografie«, erklärte der Psychiater. »Das ist das Gerät, das Sie an seinem Geschlechtsteil sehen. Mit seiner Hilfe lässt sich die physiologische Erregung in Reaktion auf die Darbietung unterschiedlicher Reize messen, anders gesagt, seine Erektion. Parallel zu der erektilen Reaktion werden die okulomotorischen Reaktionen des Probanden mithilfe eines Infrarotblickverfolgungsgeräts erfasst, das misst, wie lange sein Blick auf den Bildern verweilt, die ihm in dem Datenhelm gezeigt werden, und welche Stellen des Bildes er genau fixiert.«

Der Psychiater beugte sich vor und deutete mit dem Finger auf eines der Fenster auf dem Bildschirm. Servaz sah, wie farbige Striche in einem rechtwinkligen Diagramm aufstiegen und sanken. Unter jedem Farbstrich stand die Reizkategorie »Mann«, »Frau«, »kleiner Junge« usw.

»Die Reize, die im Helm dargeboten werden, stellen abwechselnd einen Mann, eine Frau, ein neunjähriges Mädchen, einen kleinen Jungen gleichen Alters sowie eine geschlechtslose, neutrale Kontrollperson dar. Jede Animation dauert drei Minuten. Wir messen jedes Mal die physische und okulare Reaktion.«

Er richtete sich wieder auf.

»Der Großteil unserer ›Klientel‹ setzt sich aus Sexualstraftätern zusammen. Wir haben insgesamt achtundachtzig Betten: dreiundfünfzig im Sektor C, achtundzwanzig im Sektor B und die sieben Insassen von Station A.«

Servaz lehnte sich gegen die Wand. Er schwitzte, und zugleich lief es ihm kalt über den Rücken. Seine Kehle brannte. Aber vor allem der Anblick dieses Mannes, der sich in einer surrealen und zugleich erniedrigenden Situation befand, dieses Mannes, bei dem man hinterlistig abweichende sexuelle Wunschvorstellungen weckte, um sie dann besser messen zu können, bereitete ihm körperliches Unbehagen.

»Wie viele Mörder sind darunter?«, fragte er mit unsicherer Stimme.

Xavier starrte ihn an.

»Fünfunddreißig. Sämtliche Patienten der Sektoren B und A.«

Diane sah, wie sie die große Halle durchquerten und den Flur Richtung Dienstbotenaufgang nahmen. Drei Männer und eine Frau. Xavier unterhielt sich mit ihnen, aber er wirkte angespannt, in der Defensive. Der Mann und die Frau neben ihm überschütteten ihn mit Fragen. Sie wartete, bis sie weg waren, dann trat sie an die Glastüren. Ein Geländewagen stand etwa zehn Meter entfernt im Schnee.

»Gendarmerie« stand auf den Türen.

Diane erinnerte sich an das Gespräch, das sie mit Alex über den ermordeten Apotheker geführt hatte: Offenbar hatte auch die Polizei eine Verbindung zum Institut Wargnier hergestellt.

Dann kam ihr ein anderer Gedanke: die Lüftungsöffnung in ihrem Büro, das Gespräch zwischen Lisa und Xavier, das sie belauscht hatte. Und diese merkwürdige Geschichte mit dem Pferd ... Schon bei dieser Gelegenheit hatte Lisa Ferney von der Möglichkeit gesprochen, dass ihnen die Polizei einen Besuch abstattete. Gab es vielleicht einen Zusammenhang zwischen den beiden Taten? Die Polizei stellte sich vermutlich die gleiche Frage. Dann dachte sie schon wieder an die Lüftungsöffnung ...

Sie wandte sich von den Glastüren ab und durchquerte die Halle im Sturmschritt.

»Haben Sie etwas gegen Schnupfen?«

Wieder starrte der Psychiater Servaz an, dann zog er eine Schublade in seinem Schreibtisch auf.

»Klar.« Xavier hielt ihm ein gelbes Röhrchen hin. »Da, nehmen Sie, Paracetamol plus Ephedrin. Das ist im Allgemeinen recht wirksam. Sie sind wirklich sehr blass. Soll ich nicht doch einen Arzt rufen?«

»Danke, geht schon.«

Xavier ging zu einem kleinen Kühlschrank in einer Ecke des Raumes und kam mit einer Flasche Mineralwasser und einem Glas zurück. Xaviers Büro war schlicht eingerichtet, mit Aktenschränken aus Metall, einer Minibar, einem bis auf Telefon, Rechner und Lampe leeren Tisch, einem Bücherregal voller Fachliteratur und einigen Topfpflanzen auf der Fensterbank.

»Nehmen Sie immer nur eine. Höchstens vier pro Tag. Sie können das Röhrchen behalten.«

»Danke.«

Einen Moment lang vertiefte sich Servaz in die Betrachtung der Tablette, die sich im Wasser auflöste. Er spürte pochende Kopfschmerzen hinter den Augen. Das kalte Wasser tat seinem Hals wohl. Er war in Schweiß gebadet; das Hemd unter seiner Jacke klebte ihm am Rücken. Er hatte bestimmt Fieber. Außerdem war ihm kalt – aber es war eine innere Kälte: Das Thermostat bei der Tür zeigte 23° C an. Er sah das Bild auf dem Bildschirm noch einmal vor sich: Der Vergewaltiger, der seinerseits von Maschinen, Sonden, elektronischen Instrumenten vergewaltigt wurde – und wieder brannte ihm die Kehle vor Wut.

»Wir werden Station A besuchen müssen«, sagte er, als er das Glas wieder abgestellt hatte.

Er hatte mit fester Stimme sprechen wollen, aber wegen des Brennens im Hals war nur ein schwaches Krächzen herausgekommen. Auf der anderen Seite des Schreibtischs trübte sich der humorvoll funkelnde Blick. Servaz glaubte eine Wolke zu sehen, die sich vor die Sonne schob und eine bis dahin frühlingshafte Landschaft plötzlich unheimlich werden ließ.

»Ist das wirklich notwendig?«

Der Blick des Psychiaters suchte diskret die Unterstützung des Richters, der links von den beiden Ermittlern saß.

»Ja«, reagierte Confiant sofort, während er sich ihnen zuwandte, »müssen wir wirklich …?«

»Ich denke, ja«, fiel ihm Servaz ins Wort. »Ich werde Ihnen etwas anvertrauen, das unter uns bleiben muss«, sagte er, sich zu Xavier beugend. »Aber vielleicht … *wissen Sie es ja schon …*«

Er hatte seinen Blick auf den jungen Richter geheftet. Einen kurzen Moment lang musterten sich die beiden Männer schweigend. Dann wanderte Servaz' Blick weiter zu Ziegler, und er las klar und deutlich die stumme Botschaft, die sie an ihn richtete: *Immer mit der Ruhe …*

»Wovon reden Sie?«, fragte Xavier.

Servaz räusperte sich. Die Wirkung des Medikaments würde erst nach einigen Minuten eintreten. Seine Schläfen fühlten sich an, als steckten sie in einem Schraubstock.

»Wir haben die DNA eines Ihrer Insassen gefunden... und zwar dort, wo das Pferd von Monsieur Lombard getötet worden ist: an der Bergstation der Seilbahn... Die DNA von Julian Hirtmann...«

Xavier machte große Augen.

»Großer Gott, das ist doch unmöglich!«

»Verstehen Sie, was das bedeutet?«

Der Psychiater sah Confiant verwirrt an, dann senkte er den Kopf. Seine Bestürzung war nicht gespielt. *Er wusste es nicht.*

»Das bedeutet«, fuhr Servaz schonungslos fort, »es gibt zwei Möglichkeiten: Entweder war Hirtmann selbst in dieser Nacht da oben oder jemand, der ihm so nahekommen kann, dass er sich eine Speichelprobe von ihm beschaffen konnte... Ganz gleich, ob Hirtmann oder nicht, jedenfalls ist jemand aus Ihrem Institut in diesen Fall verwickelt, Dr. Xavier.«

15

»MEIN GOTT, DAS ist ja ein Albtraum«, murmelte Dr. Xavier. Der kleinwüchsige Psychiater sah sie verzweifelt an.

»Mein Vorgänger, Dr. Wargnier, hat für diese Einrichtung gekämpft. An Widerstand gegen dieses Vorhaben hat es nicht gemangelt, wie Sie sich vielleicht vorstellen können. Und dieser Widerstand kann jederzeit neu aufbrechen. Leute, die meinen, diese Verbrecher gehören ins Gefängnis. Die sich nie damit abgefunden haben, dass sie jetzt in diesem Tal sind. Wenn das bekannt wird, steht die schiere Existenz des Instituts auf dem Spiel.«

Xavier setzte seine extravagante rote Brille ab. Er zog ein kleines Tuch aus seiner Tasche und begann wütend die Gläser zu putzen.

»Die Menschen, die hier landen, können sonst nirgendwo untergebracht werden. Wir sind ihr letzter Zufluchtsort: nach uns gibt es nichts mehr. Weder die klassischen psychiatrischen Kliniken noch die Strafvollzugsanstalten können sie aufnehmen. Es gibt in ganz Frankreich nur fünf Einrichtungen für gemeingefährliche Gewaltverbrecher – und das Institut Wargnier ist das einzige seiner Art. Wir bekommen jedes Jahr Dutzende von Aufnahmeanträgen. Da geht es entweder um Menschen, die bestialische Verbrechen begangen haben und als unzurechnungsfähig eingestuft wurden, oder um Häftlinge, die an so schweren Persönlichkeitsstörungen leiden, dass sie nicht für den normalen Strafvollzug geeignet sind, oder aber um Geisteskranke, die so gefährlich sind, dass man sie in einer klassischen Einrichtung für forensische Psychiatrie nicht unterbringen kann. Selbst andere Einrichtungen zur Sicherungsverwahrung schicken uns ihre härtesten Fälle. Was geschieht mit diesen Leuten, wenn wir dichtmachen müssen?«

Er wischte seine Brillengläser immer schneller.

»Ich habe es ja schon gesagt, im Namen der Ideologie, der Rentabilität und der Budgetprioritäten wird in diesem Land seit dreißig Jahren die Psychiatrie zugrunde gerichtet. Diese Anstalt kostet die Allgemeinheit sehr viel. Im Unterschied zu den anderen Einrichtungen zur Sicherungsverwahrung haben wir hier allerdings ein Experiment auf europäischer Ebene, das zum Teil von der Europäischen Union finanziert wird. Aber eben nur zum Teil. Und in Brüssel gibt es auch nicht wenige Leute, die dieses Experiment skeptisch sehen.«

»Wir haben nicht die Absicht, diese Information auszuplaudern«, erklärte Servaz.

Der Psychiater sah ihn zweifelnd an.

»Das wird sich herumsprechen, früher oder später. Wie wollen Sie Ihre Ermittlungen führen, ohne dass etwas an die Öffentlichkeit dringt?«

Servaz wusste, dass er recht hatte.

»Es gibt nur eine Lösung«, schaltete sich Confiant an. »Wir müssen diesen Fall so schnell wie möglich aufklären, wenn wir verhindern wollen, dass sich die Presse draufstürzt und die verrücktesten Gerüchte in die Welt setzt. Wenn wir herausfinden, welcher deiner Mitarbeiter beteiligt war, bevor die Presse Wind von dieser DNA-Geschichte bekommt, haben wir zumindest bewiesen, dass niemand das Institut allein aus eigener Kraft verlassen konnte.«

Der Psychiater nickte zustimmend.

»Ich werde meine eigenen kleinen Nachforschungen anstellen«, sagte er. »Und ich werde alles tun, was in meiner Macht steht, um Ihnen zu helfen.«

»Können wir jetzt vielleicht die Station A sehen?«, sagte Servaz.

Xavier stand auf.

»Ich bringe Sie hin.«

Sie saß an ihrem Schreibtisch. Regungslos. Und hielt den Atem an…

Sie hatte jedes Wort genauso klar und deutlich verstanden, als wären sie in ihrem Zimmer ausgesprochen worden. Die Stimme dieses Polizisten zum Beispiel… Es war die Stimme von einem, der erschöpft war und zugleich unter enormem Stress stand. Zu hoher Druck. Er hielt stand, aber wie lange? Jedes einzelne seiner Worte hatte sich förmlich in ihr Gehirn eingebrannt. Von dieser Geschichte mit dem toten Pferd hatte sie nichts begriffen, aber sie hatte mitbekommen, dass an einem Tatort die DNA von Hirtmann gefunden worden war. Und dass die Polizei den Verdacht hatte, dass ein Klinikmitarbeiter in diese Sache verwickelt war.

Ein getötetes Pferd… ein ermordeter Apotheker… Verdächtigungen gegen das Institut…

Die Angst war da, aber mittlerweile regte sich noch etwas anderes… eine unbezwingbare Neugier… *Die Erinnerung an den Schatten, der nachts an ihrer Tür vorbeistrich, kam wieder hoch…* Als Studentin hatte Diane einmal durch ihre Zimmerwand gehört, wie ein Mann das Mädchen in der Bude nebenan einschüchterte und bedrohte.

Er war mehrere Nächte hintereinander gekommen, immer,

wenn Diane kurz vorm Einschlafen war, und jedes Mal hatte er mit leiser, aber schneidender Stimme gedroht, sie umzubringen, sie zu verstümmeln, ihr das Leben zur Hölle zu machen – dann das Knallen der zugeschlagenen Tür, die Schritte, die sich im Flur entfernten. Dann war in der Stille nur noch das erstickte Schluchzen ihrer Nachbarin zu hören als trauriges Echo Tausender anderer Einsamkeiten, Tausender anderer Betrübnisse, die vom Schweigen der Städte umschlossen werden.

Sie wusste nicht, wer dieser Mann war (seine Stimme war ihr nicht vertraut), und im Grunde kannte sie die junge Frau von nebenan auch gar nicht. Sie grüßten sich nur und wechselten ein paar belanglose Worte, wenn sie sich im Flur begegneten. Sie wusste lediglich, dass sie Ottilie hieß, dass sie einen Master in Wirtschaftswissenschaften vorbereitete, dass sie mit einem bärtigen Studenten mit Brille zusammen gewesen war, aber die meiste Zeit allein war. Kein großer Bekanntenkreis, keine Telefonate mit Mama oder Papa.

Diane hätte sich nicht einmischen sollen, es ging sie nichts an, aber eines Nachts musste sie diesem Mann einfach folgen, als er das Zimmer nebenan verließ. Auf diese Weise hatte sie herausgefunden, dass er in einem hübschen kleinen Einfamilienhaus wohnte; hinter einem großen Fenster hatte sie auch eine Frau gesehen. Sie hätte es dabei belassen können. Aber sie hatte ihn weiter beschattet, wenn sie die Zeit dazu hatte. Im Laufe der Zeit hatte sie etliche Informationen über ihn zusammengetragen: Er leitete einen Supermarkt, hatte zwei – fünf und sieben Jahre alte – Kinder, er wettete bei Pferderennen. Seine eigenen Einkäufe erledigte er diskret bei Globus, einer konkurrierenden Ladenkette. Schließlich hatte sie herausgefunden, dass er ihre Nachbarin kennengelernt hatte, weil sie zur Finanzierung ihres Studiums in seinem Supermarkt arbeitete, und dass er sie geschwängert hatte. Daher die Einschüchterungen, die Drohungen. Er wollte, dass sie das Kind abtrieb. Außerdem hatte er noch eine andere Geliebte: eine viel zu stark geschminkte dreißigjährige Kassiererin, die wütend Kaugummi kaute, während sie die Kunden verächtlich ansah. *»I'm in love with the queen of the supermarket«,* wie Bruce Springsteen sang. Eines Abends hatte Diane auf ihrem Computer einen anonymen Brief geschrieben, den sie unter der Tür ihrer Nachbarin durchgeschoben hatte. Der Brief bestand nur aus einem Satz: »Er wird seine Frau niemals verlassen.« Einen Monat später hatte sie erfahren, dass ihre Nachbarin in der zwölften Woche abgetrieben hatte, nur wenige Tage bevor die gesetzliche Frist ablief.

Wieder einmal fragte sie sich, ob dieses Bedürfnis, sich in das Leben anderer Menschen einzumischen, nicht darauf zurückzuführen war, dass sie in einer Familie aufgewachsen war, wo das Unausgesprochene, das Schweigen und die Geheimniskrämerei sehr viel normaler war als die Momente der Gemeinsamkeit. Sie fragte sich auch, ob ihr Vater, der strenge Calvinist, ihre Mutter schon einmal betrogen hatte. Sie wusste ganz genau, dass es umgekehrt schon vorgekommen war, dass einige der diskreten Männer, die ihre Mutter besuchten, ihre allzu lebhafte Fantasie missbrauchten und ihre ewig enttäuschten Hoffnungen befeuerten.

Sie rutschte unruhig auf ihrem Stuhl herum. Was ging hier vor? Als sie versuchte, die Informationen, über die sie verfügte, miteinander zu verknüpfen, spürte sie ein wachsendes Unbehagen.

Am schlimmsten war diese Geschichte in Saint-Martin ... Ein entsetzliches Verbrechen ... Der Umstand, dass es auf die eine oder andere Weise mit dem Institut in Verbindung stand, steigerte noch das Unbehagen, das sie von Anfang an verspürt hatte. Wie dumm, dass sie niemanden hatte, dem sie sich anvertrauen konnte, jemanden, mit dem sie ihre Zweifel hätte teilen können. Ihre beste Freundin … oder Pierre

Sie dachte wieder an diesen Polizisten, von dem sie bis jetzt nur die Stimme und den Tonfall kannte. Was sie bei ihm wahrnahm? Stress. Anspannung. Sorge. Aber gleichzeitig Kraft und Entschlossenheit. *Und auch eine lebhafte Neugier …* Ein selbstsicherer Verstandesmensch … Wie in einem Spiegel erkannte sie sich in diesem Polizisten wieder.

»Darf ich bekannt machen: Elisabeth Ferney, unsere Pflegedienstleiterin.«

Servaz sah eine große Frau herankommen, deren Absätze auf den Steinplatten des Flurs widerhallten. Ihre Haare waren nicht so lang wie die von Charlène Espérandieu, aber sie fielen trotzdem frei auf ihre Schultern herab. Sie begrüßte sie mit einem Kopfnicken, ohne ein Wort, auch ohne ein Lächeln, und ihr Blick verweilte etwas länger als nötig auf Irène Ziegler.

Servaz sah, dass die junge Gendarmin die Augen niederschlug.

Elisabeth Ferney hatte eine autoritäre, herrische Ausstrahlung. Servaz schätzte sie auf etwa vierzig, obwohl sie genauso gut erst fünfunddreißig oder aber auch schon fünfzig sein konnte, denn ihr weiter Kittel und ihre strenge Miene erlaubten keine genaueren Aussagen. Er spürte viel Energie und einen eisernen Willen. *Und wenn der zweite Mann eine Frau wäre?*, fragte er sich plötzlich. Dann sagte er sich, dass diese Frage der Beweis für seine Ratlosigkeit war: Wenn alle verdächtig waren, war niemand mehr verdächtig. Sie hatten keinen brauchbaren Ermittlungsansatz.

»Lisa ist die Seele dieser Einrichtung«, sagte Xavier. »Sie kennt sich hier besser aus als irgendjemand sonst – und sie weiß über alle therapeutischen und praktischen Aspekte Bescheid. Sie kennt auch alle achtundachtzig Insassen. Selbst die Psychiater müssen ihr ihre Arbeiten vorlegen.«

Die Pflegedienstleiterin zeigte nicht das kleinste Lächeln. Dann gab sie Xavier ein kleines Zeichen, der sofort innehielt, um ihr zuzuhören. Sie flüsterte ihm etwas ins Ohr. Servaz meinte zu begreifen, wer hier im Haus eigentlich das Sagen hatte. Xavier flüsterte etwas zurück, während sie schweigend abwarteten, bis sie mit dem Getuschel fertig waren. Schließlich nickte sie, grüßte die anderen mit einem leichten Kopfnicken und entfernte sich.

»Gehen wir weiter«, sagte der Psychiater.

Während sie in die entgegengesetzte Richtung gingen, blieb Servaz stehen und sah Lisa Ferney nach – ihr Kittel spannte sich über dem breiten Rücken, ihre hohen Absätze klackerten auf den Fliesen. Ehe sie am Ende des Gangs um die Ecke verschwand, wandte sie sich ebenfalls um, und ihre Blicke kreuzten sich. Servaz glaubte sie lächeln zu sehen.

»Entscheidend ist, dass man alles unterlässt, was zu Konflikten führen könnte.«

Sie standen vor der letzten Sicherheitsschleuse, die zur Station A führte. Keine gestrichenen Wände mehr, sondern Mauern aus Bruchsteinen, sodass man sich wie in einer mittelalterlichen Burg fühlte, wären da nicht die Panzertüren aus Stahl, das fahle Neonlicht und der Betonboden.

Xavier sah zu der Kamera hinauf, die über dem Türstock befestigt war. Ein Lämpchen sprang von Rot auf Grün, und Schlossriegel knarrten hinter der dicken Panzerung. Er zog den schweren Türflügel auf und bat sie, den schmalen Raum zwischen den beiden Panzertüren zu betreten. Sie warteten, bis die erste langsam von selbst zufiel und sich verriegelte, dann entriegelte sich die zweite – nicht weniger laut. Es war, als stünden sie im Maschinenraum eines Schiffs, der nur durch das fahle Licht der Bullaugen erhellt wurde. Es roch nach Metall. Xavier sah sie nacheinander mit feierlicher Miene an, und Servaz ahnte, dass er einen kleinen Witz in petto hatte, mit dem er jeden Besucher, der die Sicherheitsschleuse passierte, empfing:

»WILLKOMMEN IN DER HÖLLE!«, äußerte er lächelnd.

Eine verglaste Kabine. Darin ein Wachmann. Ein Flur zu ihrer Linken. Servaz erblickte einen weißen Gang, ausgelegt mit blauem Teppichboden, eine Flucht von Türen mit Sichtfenstern zur Linken und Wandleuchten zur Rechten.

Der Wachmann legte die Zeitschrift, die er gerade las, zur Seite und kam aus der Kabine. Xavier reichte ihm recht förmlich die Hand. Es war ein Bulle von einem Kerl, der an die eins neunzig groß sein mochte.

»Das hier ist Monsieur Monde«, sagte Xavier. »Diesen Namen haben ihm unsere Insassen der Station A gegeben.«

Monsieur Monde lachte. Er gab ihnen die Hand. Ein Händedruck leicht wie eine Feder, als fürchtete er, ihnen die Knochen zu brechen.

»Wie verhalten sie sich heute Morgen?«

»Ruhig«, sagte Monsieur Monde. »Das wird ein guter Tag werden.«

»Vielleicht auch nicht«, sagte Xavier und sah seine Besucher an.

»Man darf sie nur auf keinen Fall provozieren«, erklärte ihnen Monsieur Monde fast wortgleich wie der Psychiater vorhin. »Man muss seine Distanz wahren. Es gibt eine Grenze, die man nicht überschreiten darf. Sonst fühlen sie sich unter Umständen angegriffen und reagieren gewalttätig.«

»Ich fürchte, diese Besucher werden genau das tun: die Grenze überschreiten«, sagte Xavier. »Sie sind von der Polizei.«

Monsieur Mondes Blick verhärtete sich. Er zuckte mit den Achseln und ging zurück in die Kabine.

»Gehen wir«, sagte Xavier.

Sie stapften durch den Korridor; das Geräusch ihrer Schritte wurde von dem dicken blauen Teppichboden geschluckt. Der Psychiater deutete auf die erste Tür.

»Andreas kommt aus Deutschland. Er hat seinen Vater und seine Mutter im Schlaf erschossen. Da er Angst vor dem Alleinsein hatte, schnitt er ihnen anschließend den Kopf ab und legte die Köpfe in die Gefriertruhe. Er nahm sie jeden Abend heraus, um zusammen mit ihnen fernzusehen – er setzte die Köpfe auf zwei enthauptete Schaufensterpuppen, die neben ihm auf dem Sofa saßen.«

Servaz hörte aufmerksam zu. Er malte sich die Szene aus und erschauerte: *Er musste an den Pferdekopf denken, der hinter den Pferdeställen des Reitzentrums gefunden worden war.*

»Als der Hausarzt vorbeikam, um sich nach seinen Eltern zu erkundigen, weil er sich wunderte, dass sie schon so lange nicht mehr in seiner Praxis waren, hat Andreas ihn mit einem Hammer erschlagen. Dann hat er auch ihm den Kopf abgeschnitten. Er sagte, es sei wunderbar, dass seine Eltern jetzt Gesellschaft hätten, denn der Doktor sei ein sehr freundlicher

Mann, mit dem man sich gut unterhalten könne. Natürlich hat die Polizei ermittelt, als der Arzt spurlos verschwand. Als die Polizisten zu Andreas kamen, um ihn und seine Eltern, die auf der Patientenliste standen, zu befragen, bat Andreas sie mit den Worten herein: ›Sie sind da.‹ Und tatsächlich waren sie da: nämlich in der Gefriertruhe, wo sie darauf warteten, fürs gemeinsame Abendprogramm herausgeholt zu werden. Drei Köpfe.«

»Entzückend«, sagte Confiant.

»Damit nicht genug«, fuhr Xavier fort: »In der psychiatrischen Klinik, in die er eingewiesen wurde, hat Andreas versucht, einer Nachtschwester den Kopf abzuschneiden. Die Arme ist nicht tot, aber sie kann nur noch mithilfe eines Apparats sprechen, und sie wird ihr ganzes Leben lang Schals und Rollkragen tragen müssen, um die schreckliche Narbe zu verbergen, die der Brieföffner, den Andreas benutzte, an ihrem Hals zurückgelassen hat.«

Servaz begegnete dem Blick von Irène Ziegler. Er sah, dass die Gendarmin das Gleiche dachte wie er. Da haben wir also offenbar einen passionierten Halsabschneider. Dessen Zelle nicht weit von der Zelle Hirtmanns weg ist. Er warf einen Blick durch das Sicherheitsfenster. Andreas war ein Hüne, der an die hundertfünfzig Kilogramm wiegen und Schuhgröße 46 oder 48 haben mochte; sein riesiger Kopf saß tief zwischen seinen Schultern, als hätte er gar keinen Hals, und im Gesicht stand ihm ein verdrossener Ausdruck.

Xavier deutete auf die zweite Tür.

»Doktor Jaime Esteban kommt aus Spanien. Er hat innerhalb von zwei Jahren, jeweils im Sommer, auf der anderen Seite der Grenze drei Paare umgebracht, und zwar in den Nationalparks Ordesa y Monte Perdido und Aigüestortes.

Davor war er ein von allen geschätzter Bürger, unverheiratet, aber sehr respektvoll gegenüber den Frauen, die er in seiner Praxis empfing, Gemeinderat in seinem Dorf, immer ein freundliches Wort für jeden.«

Er trat an das Sichtfenster heran, dann wich er wieder zurück und bat sie, einen Blick hineinzuwerfen.

»Wir wissen noch immer nicht, warum er das getan hat. Er hat immer Wanderer überfallen. Immer junge Pärchen. Zuerst hat er den Männern mit einem Stein oder einem Knüppel den Schädel eingeschlagen, dann hat er die Frauen vergewaltigt und erwürgt, ehe er ihre Leichen in eine Schlucht warf. Ach ja, und er trank ihr Blut. Heute hält er sich für einen Vampir. Er hat in der spanischen Klinik, in der er untergebracht war, zwei Krankenpfleger in den Hals gebissen.«

Servaz trat an das Sichtfenster heran. Er erblickte einen schmächtigen Mann mit von Brillantine glänzenden Haaren und fein säuberlich gestutztem schwarzem Bart, der im kurzärmeligen weißen Overall auf einem Bett saß. Über dem Bett lief ein Fernseher.

»Und jetzt unser berühmtester Insasse«, verkündete Xavier im Tonfall eines Sammlers, der sein schönstes Stück vorzeigte.

Er tippte eine Zahlenkombination in das Tastenfeld neben der Tür.

»Guten Tag, Julian«, sagte Xavier, als er die Zelle betrat.

Keine Antwort. Servaz folgte ihm.

Die Größe des Raumes überraschte ihn. Er wirkte viel größer als die vorigen Zellen. Davon abgesehen waren die Wände und der Boden wie in den anderen Zimmern weiß. Ein Bett im hinteren Teil, ein kleiner Tisch an einer Wand mit zwei Stühlen, zwei Türen links, die vielleicht zu einer Dusche führten, ein Wandschrank und ein Fenster, durch das man auf den Wipfel einer schneebedeckten großen Tanne und auf die Berge sah.

Auch die karge Einrichtung des Zimmers verwunderte ihn. Er fragte sich, ob der Schweizer das so wollte oder ob man ihn dazu gezwungen hatte. Laut seiner Akte war Hirtmann ein neugieriger, intelligenter und umgänglicher Mensch, der im Laufe seines Lebens als Freidenker und kaltblütiger Mörder zweifellos Bücher und alle möglichen anderen kulturellen Produkte regelrecht verschlungen hatte. Hier fand sich nichts davon. Abgesehen von einem schäbigen CD-Spieler, der auf dem Tisch stand. Doch im Unterschied zu den vorangehenden Zellen war das Mobiliar weder in den Boden einzementiert noch mit Kunststoff überzogen. Man schien der Meinung zu sein, dass Hirtmann weder für sich selbst noch für die anderen eine Gefahr darstellte …

Servaz erschauerte kurz, als er die Musik erkannte, die aus dem CD-Spieler kam. Gustav Mahler. *Vierte Symphonie …*

Hirtmann blickte nicht auf. Er las Zeitung. Servaz lehnte sich leicht vor. Er bemerkte, dass der Schweizer im Vergleich zu den Fotos in seiner Akte abgenommen hatte. Seine Haut war milchiger, fast transparent geworden, sodass sich sein kurz geschnittenes, dichtes dunkles Haar, in dem sich vereinzelte graue Fäden zeigten, scharf davon abhob. Er war nicht rasiert, und tiefschwarze Bartstoppeln sprossen auf seinem Kinn. Trotzdem hatte er noch immer diese Ausstrahlung eines gebildeten Mannes von feiner Lebensart, die er auch dann nicht verloren hätte, wenn er in Pennerlumpen unter einer Pariser Brücke gelebt hätte – und dieses ein wenig strenge Gesicht mit der gerunzelten Stirn, das in den Gerichtssälen gewiss beeindruckt hatte. Abgesehen davon trug er einen Overall mit offenem Kragen und ein weißes T-Shirt, das grau verwaschen war.

Auch war er im Vergleich zu den Bildern ein wenig gealtert.

»Dies hier ist Commandant Servaz«, sagte Xavier, »außerdem der Richter, Monsieur Confiant, Capitaine Ziegler und Professor Propp.«

Im Gegenlicht des Fensters sah der Schweizer auf, und Servaz bemerkte zum ersten Mal das Funkeln in seinen Augen. Nicht die Außenwelt spiegelte sich darin wider: Sie loderten von einer inneren Flamme. Der Eindruck dauerte nur eine Sekunde. Dann verschwand er, und der Schweizer wurde wieder zum ehemaligen Staatsanwalt von Genf – urban, höflich und heiter.

Er schob den Stuhl zurück und stand auf. Er war noch größer als auf den Fotos. An die 1,95 Meter, schätzte Servaz.

»Guten Tag«, sagte er.

Er heftete seinen Blick auf Servaz. Einen Moment lang musterten sich die beiden Männer schweigend. Dann machte Hirtmann etwas Seltsames: Er streckte Servaz unvermittelt seine Hand entgegen, sodass der beinahe zusammengeschreckt und zurückgewichen wäre. Hirtmann nahm die Hand des Polizisten in seine und drückte sie kräftig. Servaz lief es kalt über den Rücken. Die Hand des Schweizers war feucht und kalt wie Fischfleisch – vielleicht eine Nebenwirkung der Medikamente.

»Mahler«, sagte der Polizist, um sich gelassen zu geben. Hirtmann sah ihn erstaunt an.

»Mögen Sie das?«

»Ja, die Vierte, erster Satz«, ergänzte Servaz.

»Bedächtig … Nicht eilen … Recht gemächlich …«, äußerte

Hirtmann auf Deutsch, und Servaz übersetzte. Hirtmann wirkte überrascht, aber sehr erfreut.

»Adorno hat gesagt, dieser Satz sei wie das ›es war einmal‹ im Märchen.«

Servaz schwieg und lauschte den Streichern.

»Mahler hat das unter sehr schwierigen Umständen komponiert«, fuhr der Schweizer fort. »Wussten Sie das?«

Und wie ich das weiß.

»Ja«, antwortete Servaz.

»Er machte Ferien … Diese Ferien waren ein Albtraum … Scheußliches Wetter …«

»Und ständig störte ihn der Lärm einer städtischen Blaskapelle.«

Hirtmann lächelte.

»Welche Ironie, finden Sie nicht? Ein genialer Komponist, der durch eine städtische Blaskapelle aus dem Konzept gebracht wird.«

Er hatte eine tiefe und recht bedächtige Stimme. Angenehm. Die Stimme eines Schauspielers, eines Volkstribuns. Seine Gesichtszüge hatten etwas Feminines, vor allem die langen, schmalen Lippen. Und die Augen. Die Nase war fleischig, die Stirn hoch.

»Wie Sie sich selbst überzeugen können«, sagte Xavier und trat ans Fenster, »ist es unmöglich, auf diesem Weg auszubrechen, es sei denn für Superman. Das Fenster befindet sich in einer Höhe von vierzehn Metern. Es ist gepanzert und einzementiert.«

»Wer kennt die Kombination der Tür?«, fragte Ziegler.

»Ich, Elisabeth Ferney und die beiden Wachleute der Station A.«

»Bekommt er viel Besuch?«

»Julian?«, sagte Xavier und wandte sich dem Schweizer zu.

»Ja?«

»Bekommen Sie viel Besuch?«

Der Schweizer lächelte.

»Sie, Doktor, Mademoiselle Ferney, Monsieur Monde, den Frisör, den Anstaltsgeistlichen, das therapeutische Team, Dr. Lepage ...«

»Das ist unser Chefarzt«, erklärte Xavier.

»Kommt es vor, dass er das Zimmer verlässt?«

»Er hat dieses Zimmer in sechzehn Monaten ein Mal verlassen. Um eine Karies behandeln zu lassen. Wir lassen einen Zahnarzt aus Saint-Martin kommen, alle erforderlichen Instrumente haben wir im Haus.«

»Und diese beiden Türen?«, sagte Ziegler.

Xavier öffnete sie: Ein Wandschrank mit einigen Stapeln Unterwäsche und weißen Overalls zum Wechseln auf Bügeln, ein kleiner Waschraum ohne Fenster.

Servaz beobachtete Hirtmann aus den Augenwinkeln. Der Schweizer hatte unbestreitbar eine charismatische Ausstrahlung, aber er hatte noch nie einen Menschen gesehen, der so wenig nach einem Serienmörder aussah. Hirtmann glich dem Mann, der er gewesen war, als er frei war: ein unerbittlicher Staatsanwalt mit tadellosen Umgangsformen, aber auch ein Genießer, wie sein Mund und sein Kinn zeigten. Nur mit dem Blick stimmte etwas nicht. Schwarz war er. Starr. Augen, die verschlagen funkelten, faltige Lider, die jedoch nicht blinzelten. Der Blick war elektrisch geladen wie ein Taser. Verbrechern mit einem solchen Blick war er früher schon begegnet. Noch nie aber einem Menschen, der einerseits so strahlend und andererseits so zwielichtig war. Zu anderen Zeiten wäre ein solcher Mann wegen Hexerei verbrannt worden, sagte er sich. Heute studierte man ihn, versuchte ihn zu verstehen. Aber Servaz hatte genügend Erfahrung, um zu wissen, dass das Böse weder messbar noch durch ein naturwissenschaftliches Prinzip, biologische Prozesse oder eine psychologische Theorie erklärbar war. Die sogenannten Freigeister behaupteten, es existiere nicht; sie erklärten es zu einer Art Aberglaube, einer irrationalen Vorstellung geistig unterbelichteter Menschen. Aber das hing einfach damit zusammen, dass sie nie in einem Keller zu Tode gefoltert worden waren, dass sie noch nie Videos über vergewaltigte Kinder im Internet gesehen hatten, dass sie noch nie entführt, gedrillt, unter Drogen gesetzt und wochenlang von Dutzenden von Männern vergewaltigt worden waren, ehe sie in einer großen europäischen Stadt zur Prostitution gezwungen wurden, und dass keiner sie je mental konditioniert hatte, um sich inmitten einer Menschenmenge in die Luft zu sprengen. *Und dass sie nie im Alter von zehn Jahren die Schreie einer Mutter hinter einer Tür mit anhören mussten …*

Servaz schüttelte sich. Er spürte, wie sich seine Nackenhaare sträubten, als er merkte, dass Hirtmann ihn beobachtete.

»Gefällt es Ihnen hier?«, fragte Propp.

»Ich glaube, schon. Ich werde gut behandelt.«

»Aber natürlich wären Sie lieber in Freiheit?«

Der Schweizer lächelte sarkastisch.

»Was für eine seltsame Frage«, antwortete er.

»Ja, in der Tat«, stimmte Propp zu, wobei er ihn intensiv ansah. »Würde es Ihnen etwas ausmachen, wenn wir uns ein bisschen unterhalten?«

»Ich habe nichts dagegen«, antwortete der Schweizer leise, während er aus dem Fenster schaute.

»Was tun Sie so den ganzen Tag?«

»Und Sie?«Mit einem Blinzeln wandte Hirtmann sich um.

»Sie haben meine Frage nicht beantwortet.«

»Ich lese Zeitung, ich höre Musik, ich plaudere mit dem Personal, ich betrachte die Landschaft, ich schlafe, ich träume …«

»Wovon träumen Sie?«

»Wovon träumen wir schon?«, wiederholte der Schweizer wie ein Echo, als wäre es eine philosophische Frage.

Eine gute Viertelstunde lang hörte Servaz zu, wie Propp Hirtmann mit Fragen überschüttete. Der antwortete bereitwillig, gleichmütig und mit einem Lächeln. Zum Schluss bedankte sich Propp, und Hirtmann neigte den Kopf, wie um zu sagen: »Gern geschehen.« Dann war Confiant an der Reihe. Er hatte sich seine Fragen offensichtlich im Vorfeld zurechtgelegt. *Der kleine Richter hat seine Hausaufgaben gemacht,* dachte Servaz, der eher für spontane Methoden zu haben war. Dem folgenden Wortwechsel schenkte er kaum Gehör.

»Haben Sie gehört, was draußen passiert ist?«

»Ich lese Zeitung.«

»Und was halten Sie davon?«

»Was meinen Sie?«

»Können Sie sich vorstellen, was für ein Mensch zu einer solchen Tat fähig ist?«

»Sie wollen sagen, das könnte … jemand wie ich gewesen sein?«

»Glauben Sie das?«

»Nein, *Sie* glauben das.«

»Und Sie, was denken Sie darüber?«

»Ich weiß nicht. Ich habe keine Meinung dazu. Vielleicht ist es jemand von hier …«

»Wie kommen Sie darauf?«

»Es gibt hier doch jede Menge Leute, die dazu fähig sind, oder?«

»Leute wie Sie?«

»Leute wie ich.«

»Und Sie glauben, dass sich jemand hier unbemerkt herausschleichen konnte, um diesen Mord zu begehen?«

»Ich weiß nicht. Und Sie, was meinen Sie?«

»Kennen Sie Eric Lombard?«

»Das ist der Eigentümer des getöteten Pferdes.«

»Und Grimm, den Apotheker?«

»Ich verstehe.«

»Was verstehen Sie?«

»Sie haben da etwas gefunden, was mit mir in Verbindung steht.«

»Wie kommen Sie darauf?«

»Was ist es? Eine Nachricht: ›Ich habe ihn umgebracht‹, unterschrieben Julian Alois Hirtmann?«

»Wieso sollte jemand Ihnen die Schuld in die Schuhe schieben wollen?«

»Das liegt doch auf der Hand, oder?«

»Wie meinen Sie das?«

»Jeder Insasse dieser Klinik ist doch der ideale Täter.«

»Finden Sie?«

»Weshalb sprechen Sie das Wort nicht aus?«

»Welches Wort?«

»Das Ihnen durch den Kopf geht.«

»Welches Wort?«

»›Verrückt‹.«

Confiant schwieg.

»›Behämmert‹.«

Confiant schwieg noch immer.

»›Übergeschnappt‹.

›Plemplem‹.

›Durchgeknallt‹.

›Gaga‹.

›Bekloppt‹ …«

»Nun, ich glaube, das genügt«, warf Dr. Xavier ein. *»Wenn Sie keine weiteren Fragen haben, sollten wir meinen Patienten jetzt in Frieden lassen.«*

»Einen Augenblick, wenn Sie erlauben.«

Sie wandten sich um. Hirtmann hatte nicht lauter gesprochen, aber sein Tonfall hatte sich geändert.

»Ich habe Ihnen auch etwas zu sagen.«

Sie sahen sich gegenseitig an, ehe sie ihn mit fragender Miene anstarrten. Er lächelte nicht mehr.

»Da kommen Sie und wollen mich komplett durchleuchten. Sie fragen sich, ob ich etwas mit den Vorfällen da draußen zu tun habe – was natürlich absurd ist. Sie fühlen sich sauber, anständig, von all Ihren Sünden reingewaschen, weil Sie einem Monster gegenüberstehen. Auch das ist absurd.«

Servaz wechselte einen erstaunten Blick mit Ziegler. Er sah Xavier perplex zuhören. Confiant und Propp warteten ohne Widerrede ab, wie es weiterging.

»Glauben Sie, dass meine Verbrechen Ihre schlechten Taten weniger verwerflich machen? Ihre Engstirnigkeit und Ihre Laster weniger abscheulich? Glauben Sie, dass auf der einen Seite die Mörder, die Vergewaltiger, die Verbrecher stehen und auf der anderen Sie? Sie sollten Folgendes begreifen: Es gibt keine undurchlässige Membran, die das Böse daran hindern würde, sich überall auszubreiten. Es gibt keine zwei Arten von Menschen. Wenn Sie Ihre Frau und Ihre Kinder belügen, wenn Sie Ihre Mutter in ein Altenheim abschieben, um nicht mehr so gebunden zu sein, wenn Sie sich auf dem Rücken der anderen bereichern, wenn Sie nur widerwillig einen Teil Ihres Gehalts an Bedürftige spenden, wenn Sie aus Egoismus oder aus Gleichgültigkeit anderen Menschen Leid zufügen, dann nähern Sie sich schon dem an, was ich bin. Im Grunde stehen Sie mir und den anderen Insassen viel näher, als Sie glauben. Es ist eine Frage der Abstufung, nicht des Seins. Wir alle sind von derselben Natur: der menschlichen Natur.«

Er neigte sich vor und zog ein dickes Buch unter seinem Kopfkissen hervor. Eine Bibel …

»Der Anstaltsgeistliche hat mir das hier gegeben. Er glaubt, sie könnte mich retten.« – Er lachte kurz höhnisch auf. – »Absurd! Denn das Böse in mir ist nichts Individuelles. Das Einzige, was uns retten kann, ist ein nuklearer Holocaust …« Seine Stimme klang jetzt kräftig, überzeugend, und Servaz konnte sich sehr gut vorstellen, welche Wirkung sie vor Gericht erzielen musste. Seine strenge Miene war wie eine Aufforderung zu Reue und Unterwerfung. Plötzlich waren sie die Sünder und er der Apostel! Sie waren völlig verwirrt. Selbst Xavier schien überrascht zu sein.

»Ich würde mich gern unter vier Augen mit dem Commandanten unterhalten«, sagte Hirtmann plötzlich mit etwas sanfterer Stimme.

Xavier blickte fragend zu Servaz, der mit den Schultern zuckte. Betreten runzelte der Psychiater die Stirn.

»Commandant?«, sagte er.

Servaz nickte zustimmend.

»In Ordnung«, sagte Xavier und ging zur Tür.

Propp zuckte mit den Schultern – wahrscheinlich ärgerte es ihn, dass Hirtmann nicht ihn zum Gespräch gebeten hatte; Confiants Blick war unverkennbar missbilligend. Trotzdem folgten sie dem Psychiater zur Tür. Ziegler ging als Letzte hinaus, wobei sie dem Schweizer einen eisigen Blick zuwarf. »Hübsches Mädchen«, sagte dieser, als sie die Tür wieder geschlossen hatte.

Servaz schwieg. Er sah sich nervös um.

»Ich kann Ihnen kein Getränk anbieten, keinen Tee oder Kaffee. So etwas habe ich hier nicht. Dabei käme es von Herzen.«

Servaz hatte Lust, ihm zu sagen, mit dem Theater aufzuhören und zur Sache zu kommen, aber er verkniff es sich.

»Welche ist Ihre Lieblingssymphonie?«

»Ich habe keine bestimmte Vorliebe«, antwortete Servaz schroff.

»Wir haben alle eine.«

»Dann sagen wir die Vierte, die Fünfte und die Sechste.«

»Welche Einspielungen?«

»Bernstein natürlich. Inbal ist auch sehr gut. Und Haitink für die Vierte, Wit für die Sechste ... Hören Sie ...«

»Hmm ... Gute Wahl ... Andererseits ist das hier gar nicht so wichtig«, fügte Hirtmann hinzu und wies auf seinen billigen CD-Spieler.

Servaz konnte nicht bestreiten, dass die Tonqualität eher mittelmäßig war. Er merkte, dass Hirtmann das Gespräch von Anfang an kontrolliert hatte – selbst als die anderen ihn mit Fragen überschütteten.

»Es tut mir leid, Ihnen das sagen zu müssen«, setzte er an, »aber Ihre kleine moralistische Ansprache eben hat mich nicht überzeugt, Hirtmann. Ich habe nichts mit Ihnen gemein, dass wir uns nicht missverstehen!«

»Das können Sie gern so sehen. Nur stimmt es nicht: Wenigstens Mahler haben wir gemeinsam.«

»Worüber wollten Sie mit mir sprechen?«

»Haben Sie mit Chaperon gesprochen?« Hirtmann hatte abermals den Tonfall gewechselt und registrierte aufmerksam Servaz' kleinste Reaktionen.

Servaz zuckte zusammen. Es lief ihm kalt den Rücken hinunter. Er kannte den Namen des Bürgermeisters von Saint-Martin …

»Ja«, antwortete zögernd.

»Chaperon war mit diesem … Grimm befreundet. Wussten Sie das?«

Verdutzt starrte Servaz Hirtmann an. Woher wusste er das? Woher hatte er diese Informationen?

»Ja«, antwortete der Polizist. »Ja, er hat es mir gesagt. Und Sie, woher …?«

»Bitten Sie doch den Herrn Bürgermeister, Ihnen von den Selbstmördern zu erzählen.«

»Von wem?«

»Von den *Selbstmördern*, Commandant. Sprechen Sie ihn auf die Selbstmörder an!«

16

»DIE SELBSTMÖRDER? WER soll das sein?«

»Ich hab keinen blassen Schimmer. Aber offenbar scheint es Chaperon zu wissen.«

Ziegler warf ihm einen fragenden Blick zu.

»Hat Hirtmann Ihnen das gesagt?«

»Ja.«

»Und Sie glauben das?«

»Mal sehen.«

»Dieser Typ ist übergeschnappt.«

»Möglich.«

»Und sonst hat er Ihnen nichts gesagt?«

»Nein.«

»Wieso ausgerechnet Ihnen?«

Servaz lächelte.

»Wegen Mahler, nehme ich an.«

»Wie?«

»Die Musik … *Gustav Mahler* … das haben wir gemeinsam.«

Ziegler wandte die Augen kurz von der Straße ab, um ihm einen Blick zuzuwerfen, der auszudrücken schien, dass vielleicht nicht alle Verrückten in einer Klinik eingesperrt waren. Aber Servaz war in Gedanken schon woanders. Das Gefühl, mit etwas konfrontiert zu sein, das grauenhafter war als alles, was er bislang erlebt hatte, war stärker denn je.

»Er geht sehr raffiniert vor«, sagte Propp etwas später, als sie wieder nach Saint-Martin hinunterfuhren.

Die Tannen zogen an ihren Augen vorüber. Gedankenversunken sah Servaz durch die Scheibe.

»Ich weiß nicht, wie er es angestellt hat, aber er hat sofort spitzgekriegt, dass ein Riss durch die Gruppe geht, und er hat versucht, uns auseinanderzudividieren, indem er sich die Sympathie eines Gruppenelements verschafft.«

Servaz wandte sich brüsk nach hinten um. Er blickte dem Psychologen in die Augen.

»›Die Sympathie eines Gruppenelements‹«, wiederholte er. »Hübsche Formulierung... Worauf wollen Sie hinaus, Propp? Glauben Sie, dass ich vergesse, wer er ist?«

»Das wollte ich damit nicht sagen, Commandant«, räumte der Psychologe verlegen ein.

»Sie haben recht, Doktor«, bekräftigte Confiant. »Wir müssen unsere Einigkeit wahren und eine stimmige und Erfolg versprechende Ermittlungsstrategie erarbeiten.«

Die Worte klangen für Ziegler und Servaz wie Peitschenhiebe. Wieder spürte Servaz, wie die Wut in ihm hochkochte.

»Sie sprechen von ›Einigkeit‹? Zwei Mal haben Sie unsere Arbeit vor einem Dritten schlechtgemacht! Das nennen Sie Einigkeit? Ich dachte, es wäre Ihr Grundsatz, die Polizei ihre Arbeit machen lassen!«

Confiant hielt dem Blick des Polizisten stand, ohne mit der Wimper zu zucken.

»Nicht, wenn ich sehe, dass meine Ermittler so offensichtlich auf dem Holzweg sind«, versetzte er streng.

»Dann sprechen Sie doch mit Cathy d'Humières darüber. ›Eine stimmige und Erfolg versprechende Strategie‹. Und wie sollte diese Strategie Ihrer Meinung nach aussehen, Monsieur?«

»Jedenfalls sollte sie nicht zum Institut führen.«

»Bevor wir dort waren, konnten wir da nicht sicher sein«, wandte Irène Ziegler mit einer Ruhe ein, die Servaz erstaunte.

»Auf die eine oder andere Weise ist Hirtmanns DNA an den Tatort gelangt«, beharrte Servaz. »Und das ist keine Hypothese, sondern eine Tatsache: Wenn wir wissen, wie sie dorthin kam, sind wir dem Täter auf der Spur.«

»Ich gebe gerne zu«, sagte Confiant, »dass jemand aus dieser Anstalt etwas mit dem Tod dieses Pferdes zu tun hat. Aber Sie haben es selbst gesagt: Hirtmann kann es unmöglich gewesen sein. Zudem hätten wir auch diskreter vorgehen können. Wenn das hier publik wird, dann stellt das womöglich die Existenz des Instituts selbst in Frage.«

»Vielleicht«, sagte Servaz kalt. »Aber das ist nicht mein Problem. Und solange wir nicht die Pläne des gesamten Sicherheitssystems überprüft haben, werden wir keine Hypothese ausschließen. Fragen Sie einen Gefängnisdirektor: Es gibt kein hundertprozentig sicheres System. Es gibt wahre Meister im Aufspüren von Schwachstellen. Und vielleicht gibt es auch einen Komplizen unter dem Personal.«

Confiant staunte.

»Sie glauben also weiterhin, dass Hirtmann irgendwie aus dem Institut rausgekommen ist?«

»Nein«, gestand Servaz widerwillig, »das erscheint mir immer unwahrscheinlicher. Aber es ist noch zu früh, um das definitiv auszuschließen. Und selbst dann müssen wir eine andere, nicht minder wichtige Frage beantworten: Wer konnte sich Hirtmanns Speichel beschaffen und ihn in der Seilbahn hinterlassen? Und vor allem: in welcher Absicht? Denn es steht fest, dass die beiden Verbrechen miteinander zusammenhängen.«

»Die Wahrscheinlichkeit ist sehr gering, dass die Wachleute den Apotheker ermordet haben«, erklärte Espérandieu im Besprechungszimmer, der sein offenes Notebook vor sich stehen hatte. »Laut Aussage von Delmas ist der Täter intelligent, gerissen, sadistisch, und er hat gewisse anatomische Kenntnisse.«

Er berichtete nach seinen Notizen auf dem Bildschirm, was der Rechtsmediziner aus der Position der Schlinge am Hals gefolgert hatte.

»Das bestätigt unseren ersten Eindruck«, sagte Ziegler. »Grimm hat einen langen, schmerzvollen Todeskampf durchgemacht.«

»Laut Delmas wurde ihm der Finger abgeschnitten, ehe er starb.«

Eine drückende Stille senkte sich auf sie herab.

»Jedenfalls besteht ein Zusammenhang zwischen dem Erhängen, der Nacktheit, dem Cape und dem abgetrennten Finger«, bemerkte Propp. »Alles hängt miteinander zusammen. Diese Inszenierung hat einen Sinn. Wir müssen herausfinden, worin er besteht. Und alles deutet darauf hin, dass es sich um einen Plan handelt, der über lange Zeit herangereift ist. Das Material musste beschafft werden, Zeitpunkt und Ort mussten stimmen. Nichts blieb dem Zufall überlassen. So wenig wie bei der Tötung des Pferdes.«

»Wer geht der Spur mit den Gurten nach?«, fragte Servaz.

»Ich«, antwortete Ziegler und hielt ihren Kugelschreiber hoch. »Das Labor hat die Marke und das Modell identifiziert. Ich muss den Hersteller anrufen.«

»Bestens. Und das Cape?«

»Unsere Leute sind dran. Das Haus des Opfers müssen wir uns auch genauer ansehen«, sagte Ziegler.

Servaz dachte noch einmal an die Witwe Grimm, an den Blick, den sie ihm zugeworfen hatte, und an die Narben an ihrem Handgelenk. Er spürte, wie ihn ein Krampf durchzuckte.

»Das übernehme ich«, sagte er. »Wer kümmert sich um die Wachleute?«

»Unsere Männer«, antwortete Ziegler wieder.

»Okay.«

Er wandte sich an Espérandieu:

»Ich will, dass du nach Toulouse fährst und möglichst viele Informationen über Lombard zusammenträgst. Es eilt. Wir müssen unter allen Umständen die Verbindung zwischen ihm und dem Apotheker herausfinden. Nimm dir Samira zu Hilfe, falls es nötig sein sollte. Und stellt auch bei der Polizei offizielle Nachforschungen über die Wachleute an.«

Servaz spielte auf den Umstand an, dass Polizei und Gendarmerie noch immer verschiedene Datenbanken benutzen – was natürlich allen Beteiligten die Arbeit erschwerte. Aber der französische Staat war nicht unbedingt dafür bekannt, die Dinge möglichst zu vereinfachen. Espérandieu stand auf und sah auf die Uhr. Er klappte sein Notebook zu.

»Wie immer eilt es. Wenn ihr mich nicht mehr braucht, verzieh ich mich.«

Servaz warf einen Blick auf die Wanduhr.

»Sehr gut. Jeder hat was zu tun. Ich muss jemandem einen kleinen Besuch abstatten. Vielleicht ist es an der Zeit, Chaperon ein paar Fragen zu stellen.«

Sie verließ die Klinik, warm eingemummt in ihre Winterdaunenjacke, einen Rollkragenpulli, eine Skihose und Pelzstiefel. Sie hatte ein zweites Paar Strümpfe angezogen und einen Lippenbalsam aufgetragen. Der hoch mit Schnee bedeckte Weg begann östlich der Gebäude und schlängelte sich dann zwischen den Bäumen hindurch grob Richtung Tal.

Schon bald versanken ihre Stiefel im Neuschnee, aber sie stapfte langsam, doch zügig voran. Ihr Atem kondensierte zu Dampffähnchen. Sie brauchte jetzt frische Luft. Seit dem Gespräch, das sie durch die Lüftungsöffnung unabsichtlich mitgehört hatte, war die Atmosphäre in der Klinik unerträglich geworden. Verflixt! Wie sollte sie es ein Jahr hier aushalten?

Beim Spaziergehen hatte sie schon immer Ordnung in ihre Gedanken bringen können. Und die eiskalte Luft peitschte durch ihre Gehirnzellen. Je mehr sie nachdachte, umso mehr sagte sie sich, dass am Institut nichts so lief, wie sie es erwartet hatte.

Und dann war da diese Serie von äußeren Ereignissen, die offenbar in Verbindung mit dem Institut standen …

Diane wusste nicht weiter. Waren diese nächtlichen Umtriebe außer ihr noch jemand anderem aufgefallen? Wahrscheinlich hatte das ja gar nichts mit den Begebenheiten draußen zu tun, aber müsste sie nicht für alle Fälle Xavier davon erzählen? Jäh krächzte ein Rabe über ihrem Kopf, ehe er mit kräftigen Flügelschlägen davonflog, und ihr Herz machte einen Satz. Dann kehrte wieder Stille ein. Wieder bedauerte sie, dass sie niemanden hatte, dem sie sich anvertrauen konnte. Aber sie war hier allein, und die richtigen Entscheidungen musste sie ganz für sich treffen.

Der Weg führte nicht sehr weit, doch die Einsamkeit dieser Berge bedrückte sie. Das Licht und die Stille, die sich von den Baumwipfeln auf sie herabsenkten, hatten etwas Unheimliches. Die hohen Felswände, die das Tal umrahmten, waren nie ganz außer Sicht – genauso verlor auch ein Gefangener die Mauern seines Gefängnisses nie aus dem Auge. Kein Vergleich mit der so lebendigen, anmutigen Landschaft ihrer schweizerischen Heimat am Genfer See. Der Pfad führte nun einen etwas steileren Hang hinab, und sie musste aufpassen, wohin sie trat. Der Wald war dichter geworden. Schließlich erreichte sie den Saum des Waldes und trat auf eine große Lichtung, in deren Mitte mehrere Gebäude standen. Sie erkannte sie sofort wieder: die Ferienkolonie etwas tiefer im Tal, an der sie auf der Fahrt zum Institut vorbeigekommen war. Die drei Gebäude wirkten genauso verfallen und düster wie beim ersten Mal. Das am Waldrand war beinahe schon überwuchert. Die beiden anderen bestanden nur noch aus Rissen und Spalten, zerbrochenen Scheiben, moosbewachsenen oder von den Unbilden des Wetters geschwärztem Beton. Der Wind fuhr durch die Öffnungen hinein und heulte, bald dunkel, bald schrill, in einem düsteren *Lamento*. Teils dürres, teils aufgeweichtes Laub, das einen fauligen Geruch verströmte, häufte sich halb vom Schnee bedeckt am Fuß der Betonmauern.

Sie schlüpfte langsam durch eine der Maueröffnungen. Die Flure und Räume im Erdgeschoss waren von dem gleichen Aussatz überzogen, der sich auch auf den Mauern der ärmeren Stadtviertel ausbreitete: Graffiti, die da verkündeten: »Fuck die Bullen!« – sie sicherten sich dieses Territorium, obwohl es ihnen von niemandem streitig gemacht wurde. Überall primitive, obszöne Zeichnungen. Sie schloss daraus, dass auch Saint-Martin sein Häuflein vielversprechender Künstler zählte.

Ihre Schritte hallten in den leeren Sälen wider. Sie schlotterte in der eisigen Zugluft. Sie besaß genug Fantasie, um sich hier Horden herumtobender Kinder vorzustellen, die von gutmütigen Betreuern beaufsichtigt wurden. Trotzdem kam sie nicht gegen den Eindruck an, dass dieser Ort hier etwas

Bedrückendes hatte. Sie erinnerte sich an ein Glaubwürdigkeitsgutachten über einen elfjährigen Jungen aus ihrer kurzen Tätigkeit in einer Genfer Privatpraxis für Rechtspsychologie: Dieses Kind war von einem Ferienbetreuer vergewaltigt worden. Aus eigener Erfahrung wusste sie nur allzu gut, dass die Welt nicht war wie ein Roman von Johanna Spyri. Vielleicht hing es damit zusammen, dass sie allein an einem fremden Ort war, vielleicht auch mit den jüngsten Ereignissen – aber sie musste ständig an die unermesslich große Zahl von Vergewaltigungen, Morden, Misshandlungen denken, an die körperliche und moralische Brutalität, die überall ausgeübt wurde, Tag für Tag – ein Gedanke, dem man genauso wenig ins Auge sehen konnte wie der blendenden Sonne. Und da fielen ihr plötzlich ein paar Verse aus Baudelaires *Blumen des Bösen* ein:

Doch unter den Schakalen, den Panthern, den Hetzhündinnen, den Affen, den Skorpionen, Geiern, Schlangen, den Untieren allen, die da belfern, heulen, grunzen, kriechen in der ruchlosen Menagerie unserer Laster…

Plötzlich erstarrte sie. Da draußen war ein Motorengeräusch… Ein Wagen bremste und blieb vor der Kolonie stehen. Knirschende Reifen. Reglos stand sie in der Halle und lauschte. Sie hörte klar und deutlich, wie eine Tür zugeschlagen wurde. *Irgendjemand kam da…* Sie fragte sich, ob es die Graffitikünstler waren, die ihre Sixtinische Kapelle fertigstellen wollten. Sie wusste nicht, ob es eine so gute Idee wäre, an diesem Ort allein mit ihnen zusammenzutreffen. Sie machte kehrt und schlich leise zur Rückseite des Gebäudes, als ihr plötzlich aufging, dass sie sich in der Abzweigung geirrt hatte und dass der Flur, den sie genommen hatte, eine Sackgasse war … *Verdammt!* Ihr Puls beschleunigte sich. Sie war schon auf dem Rückweg, als sie vom Eingang her die Schritte des Unbekannten hörte, genauso flüchtig wie Blätter im Wind. Sie schreckte zusammen. Er war schon da! Sie hatte nicht den geringsten Anlass, sich zu verstecken, aber das genügte nicht, um sie dazu zu bewegen, sich zu zeigen. Zumal sich der Unbekannte sehr vorsichtig bewegte und seinerseits stehen geblieben war. Sie verhielt sich mucksmäuschenstill. Sie lehnte sich gegen den kalten Beton, spürte, wie die Angst an ihren Haarwurzeln kleine Schweißtropfen hervortrieb. Wer konnte sich schon gerne an einem Ort wie diesem herumtreiben? Instinktiv ließ sie die Vorsicht des Besuchers ein Motiv vermuten, das nicht gerade lauter war. Was würde geschehen, wenn sie jetzt plötzlich hervortreten und den Unbekannten locker begrüßen würde?

Die Person stapfte mit einem Mal in ihre Richtung weiter. Panik überfiel Diane. Doch nicht lange, denn der Unbekannte war wieder stehen geblieben. Diane hörte, dass er kehrtmachte und in die entgegengesetzte Richtung ging. Sie nutzte die Gelegenheit, um einen Blick um die Ecke zu werfen, die sie verbarg. Was sie sah, beruhigte sie nicht gerade: ein langes schwarzes Cape mit einer Kapuze, die im Rücken des Besuchers schlug wie die Flügel eines schwarzen Schmetterlings. Ein Regencape – dessen wasserdichtes, steifes Gewebe bei jedem Schritt raschelte.

Von hinten gesehen, mit diesem viel zu weiten Kleidungsstück, hätte Diane nicht sagen können, ob es ein Mann oder eine Frau war … Doch wie sich diese Gestalt verhielt, hatte etwas Verschlagenes, Heimtückisches, das ihr einen kalten Schauer über den Rücken jagte.

Sie nutzte die Gelegenheit, um aus ihrem Versteck zu schlüpfen, aber ihre Stiefelspitze stieß gegen einen metallenen Gegenstand, der laut über den Beton kratzte. Mit pochendem Herzen tauchte Diane wieder in den Schatten ein. Sie hörte, wie die Person abermals stehen blieb.

»IST DA JEMAND?«

Ein Mann... Eine zarte, hohe Stimme, aber ein Mann... Diane schien es, als würde ihr Hals an- und abschwellen, so stark pulsierte das Blut in ihren Halsschlagadern. Eine Minute verging.

»IST DA JEMAND???«

Die Stimme war merkwürdig. Da schwang etwas Bedrohliches mit, aber sie hatte auch etwas Klagendes, Zerbrechliches, Zartbesaitetes. Unwillkürlich hatte Diane eine ängstliche Katze vor Augen, die zugleich einen Buckel macht.

Jedenfalls kannte sie diese Stimme nicht.

Die Stille schien nicht enden zu wollen. Der Mann rührte sich nicht. Sie auch nicht. Direkt neben ihr fielen Wassertropfen in eine Pfütze. Das kleinste Geräusch erzeugte in dieser Blase der Stille, die von dem gedämpften Rauschen der Bäume draußen umschlossen wurde, ein verstörendes Echo. Auf der Straße fuhr ein Auto vorbei, aber sie beachtete es kaum. Plötzlich zuckte sie zusammen, denn der Mann stieß einen langgezogenen, zugleich schrillen und heiseren Klagelaut aus, der wie ein Squashball von den Mauern zurückgeworfen wurde.

»Mistkerle, Mistkerle, Mistkeeerle!«, hörte sie ihn schluchzen. »Drecksäcke! Lumpen! Verrecken sollt ihr! Schmort in der Hölle! Uwwahhhh!«

Diane wagte kaum zu atmen. Sie hatte eine Gänsehaut. Der Mann schluchzte laut los. Sie hörte das Rascheln seines Regencapes, als er auf die Knie fiel. Er weinte und stöhnte, und sie wagte einen weiteren Blick, aber unter der Kapuze konnte sie sein Gesicht nicht erkennen. Dann richtete er sich unverwandt wieder auf und lief davon. Im nächsten Moment hörte sie, wie die Wagentür zugeschlagen und der Motor angelassen wurde. Dann entfernte sich das Fahrzeug auf der Straße. Sie verließ ihr Versteck und versuchte normal zu atmen. Was war das eigentlich, was sie hier gerade gesehen und gehört hatte? Kam dieser Mann öfter hierher? War hier etwas vorgefallen, was sein Verhalten erklärte? Denn dieses Verhalten hätte sie eigentlich eher in der Klinik erwartet.

Jedenfalls hatte er ihr eine Heidenangst eingejagt. Sie beschloss, ins Institut zurückzukehren und sich in der kleinen Personalküche etwas Warmes zu essen zu machen. Das würde ihre Nerven beruhigen. Als sie die Gebäude verließ, wehte der Wind noch stärker, und sie begann heftig zu zittern. Sie wusste, dass das nicht allein an der Kälte lag.

Servaz fuhr geradewegs zum Rathaus. Ein großer rechteckiger Platz am Ufer des Flusses. Eine kleine Grünanlage mit einem Musikpavillon, Caféterrassen, und in der Mitte hingen die französische und die europäische Flagge schlaff an einem Balkon. Servaz stellte seinen Wagen auf einem kleinen Parkplatz zwischen der Grünanlage und dem breiten, klaren Fluss ab, der unterhalb einer Betonmauer lebhaft dahinströmte.

Er ging um die Blumenrabatten herum, schlängelte sich zwischen den parkenden Autos hindurch und betrat das Rathaus. Im ersten Stock erfuhr er, dass der Bürgermeister nicht da war und sich wahrscheinlich in der Mineralwasserabfüllfabrik aufhielt, die er leitete. Die Sekretärin rückte nur ungern seine Handynummer heraus, und als Servaz die Nummer wählte, ging nur der Anrufbeantworter dran. Er hatte

Hunger und sah ein weiteres Mal auf seine Uhr. 15:29 Uhr. Sie waren über fünf Stunden in der Klinik gewesen.

Als er aus dem Rathaus herauskam, setzte er sich gleich auf die erste Caféterrasse an der Grünanlage. Auf der anderen Straßenseite gingen Halbwüchsige offenbar von der Schule nach Hause; andere fuhren auf Mofas, deren Auspuff ohrenbetäubend knatterte.

Ein Kellner kam. Servaz sah auf. Ein hochgewachsener dunkelhaariger Typ um die dreißig, der mit seinem Stoppelbart und seinen braunen Augen bestimmt den Frauen gefiel. Servaz bestellte ein Bier vom Fass und ein Omelett.

»Sind Sie schon lange in dieser Gegend?«, fragte er.

Der Kellner sah ihn in einer Mischung aus Argwohn und Belustigung an. Servaz wurde mit einem Mal klar, dass der Kellner sich fragte, ob er gerade angebaggert wurde. Das war ihm bestimmt schon passiert.

»Ich bin zwanzig Kilometer von hier geboren«, antwortete er.

»Die Selbstmörder, sagt Ihnen das etwas?«

Diesmal war der Argwohn stärker als die Belustigung.

»Wer sind Sie? Journalist?«

Servaz zog seinen Dienstausweis hervor.

»Mordkommission. Ich ermittle im Mord an dem Apotheker Grimm. Sie haben doch sicher davon gehört?«

Der Kellner nickte vorsichtig.

»Und? Die Selbstmörder – sagt Ihnen das etwas?«

»Wie allen hier.«

Servaz spürte einen jähen Stich und richtete sich auf seinem Stuhl auf.

»Das heißt?«

»Das ist eine alte Geschichte, viel weiß ich nicht.«

»Dann erzählen Sie mir das bisschen, was Sie wissen.«

Der Kellner ließ den Blick über die Terrasse schweifen und trat von einem Fuß auf den anderen, und sein Gesichtsausdruck wurde immer verlegener.

»Das ist lange her …«

»Wie lange?«

»Etwa zehn Jahre.«

»Und *was* ist lange her?«

Der Kellner warf ihm einen erstaunten Blick zu.

»Na … die Selbstmordwelle.«

Servaz sah ihn verständnislos an.

»Welche Selbstmordwelle?«, sagte er gereizt. »Was wollen Sie damit sagen, verdammt?«

»Mehrere Selbstmorde … Jugendliche … Jungen und Mädchen zwischen vierzehn und achtzehn Jahren, glaube ich.«

»Hier in Saint-Martin?«

»Ja. Und in den Dörfern im Tal.«

»Mehrere Selbstmorde? Wie viele?«

»Ich weiß nicht genau. Ich war damals elf! Vielleicht fünf. Oder sechs. Oder sieben. Jedenfalls weniger als zehn.«

»Und sie haben sich alle gleichzeitig umgebracht?«, fragte Servaz verblüfft.

»Nein, aber kurz hintereinander. Über einen Zeitraum von ein paar Monaten.«

»Was heißt das, ein paar Monate? Zwei? Drei? Zwölf?«

»Eher zwölf. Ja. Vielleicht ein Jahr. Ich weiß nicht …«

Nicht gerade von der schnellen Sorte, der Sonntagsplayboy, sagte sich Servaz. Oder aber er stellte sich absichtlich dumm.

»Weiß man, warum sie das getan haben?«

»Ich glaube, nicht. Nein.«

»Sie haben keine Abschiedsbriefe hinterlassen?«

Der Kellner zuckte mit den Achseln.

»Hören Sie, ich war ein kleiner Junge. Sie finden bestimmt ältere Leute, die Ihnen Genaueres darüber sagen können. Ich weiß nicht mehr. Tut mir leid.«

Servaz sah ihm nach, wie er zwischen den Stühlen fortging und im Innern verschwand. Er versuchte nicht, ihn zurückzuhalten. Durch eine Scheibe sah er, wie er mit einem korpulenten Mann sprach, der vermutlich der Chef war. Der Mann warf einen finsteren Blick in seine Richtung, dann zuckte er mit den Achseln und stellte sich wieder hinter die Kasse.

Servaz hätte aufstehen und ihn befragen können, aber er war sich sicher, dass er hier keine verlässlichen Informationen erhalten würde. Eine fünfzehn Jahre zurückliegende Welle von Suiziden unter Jugendlichen ... Er begann konzentriert nachzudenken. Eine unglaubliche Geschichte. Was mochte etliche Jugendliche in dem Tal dazu veranlasst haben, sich umzubringen? Und fünfzehn Jahre später ein Mord und ein totes Pferd ... Gab es einen Zusammenhang zwischen diesen beiden Serien von Ereignissen? Servaz kniff die Augen zusammen und heftete den Blick auf die Gipfel am Ausgang des Tals.

Als Espérandieu im Flur des Gebäudes im Boulevard Embouchure Nr. 26 auftauchte, erschallte aus einem der Büros eine Donnerstimme.

»Sieh an, da ist ja wieder der Schatz vom Chef!«

Espérandieu beschloss, die Beleidigung zu ignorieren. Pujol war ein Großmaul mit dem Gehirn einer Schnecke – gar keine so seltene Verbindung. Ein großer, stämmiger Kerl mit graumeliertem Haarschopf, mittelalterlichem Gesellschaftsbild und einem Repertoire an Witzen, die nur sein Alter Ego zum Lachen brachten: Ange Simeoni – zwei unzertrennliche Obertrottel. Martin hatte sie schon zurechtgewiesen, und in seiner Gegenwart hätten sie sich eine solche Ausfälligkeit nie erlaubt. Aber Martin war nicht da.

Espérandieu ging durch den ganzen Flur bis in sein Büro, das gleich neben dem seines Chefs lag. Hinter sich machte er die Tür zu. Samira hatte auf seinem Schreibtisch eine Notiz hinterlassen: »Habe die Wachleute wunschgemäß in die Fahndungsdatei aufgenommen.« Er zerknüllte den Zettel, warf ihn in den Papierkorb, startete auf seinem iPhone den Song *Family Tree* von TV on the Radio und öffnete anschließend seine Mailbox. Martin hatte ihn gebeten, möglichst viele Informationen über Eric Lombard zusammenzutragen, und er wusste, an wen er sich dafür wenden konnte. Espérandieu hatte gegenüber den meisten seiner Kollegen – mit Ausnahme von Samira – und auch gegenüber Martin einen Vorteil: Er war *modern*. Er gehörte der Generation an, die mit Multimedia, Cyberkultur, sozialen Netzwerken und Internetforen aufgewachsen war. Und dort machte man, vorausgesetzt, man wusste, wo man suchen musste, interessante Begegnungen. Allerdings legte er keinen gesteigerten Wert darauf, dass Martin oder sonst jemand erfuhr, wie er an diese Informationen gekommen war.

»Tut mir leid, wir haben ihn heute noch nicht gesehen.«

Der stellvertretende Direktor des Abfüllwerks sah Servaz ungeduldig an.

»Wissen Sie, wo ich ihn finden kann?«

Der dickleibige Mann zuckte mit den Schultern.

»Nein. Ich habe versucht, ihn zu erreichen, aber sein

Handy ist abgeschaltet. Normalerweise hätte er zur Arbeit kommen müssen. Haben Sie es bei ihm zu Hause probiert? Vielleicht ist er krank.«

Servaz bedankte sich und verließ das kleine Werk. Ein hoher Drahtzaun mit einer Spirale aus Stacheldraht umfasste die Anlage. In Gedanken versunken entriegelte er seinen Jeep. In Chaperons Wohnung hatte er bereits angerufen. Vergeblich. Niemand hatte abgehoben. Servaz spürte, wie sich ihm vor Angst der Magen zusammenschnürte.

Er stieg in sein Auto und setzte sich ans Lenkrad.

Wieder musste er an Chaperons erschrockenen Blick denken. Was genau hatte Hirtmann noch gesagt? *Bitten Sie den Herrn Bürgermeister, Ihnen von den Selbstmördern zu erzählen.* Was wusste Hirtmann, was sie nicht wussten? Und woher zum Teufel wusste er es?

Dann kam ihm ein anderer Gedanke. Servaz griff nach seinem Handy und wählte eine Nummer, die in seinem Notizbuch stand. Eine Frauenstimme meldete sich.

»Servaz, Mordkommission«, stellte er sich vor. »Hatte Ihr Mann ein Zimmer für sich, ein Büro, irgendetwas, wo er seine Unterlagen aufbewahrte?«

Kurzes Schweigen, dann hörte man, wie jemand in der Nähe des Telefons den Rauch einer Zigarette ausstieß.

»Ja.«

»Dürfte ich vorbeikommen und einen Blick darauf werfen?«

»Hab ich wirklich die Wahl?«

Die Frage war aus ihr herausgeschossen, aber diesmal ohne Schärfe.

»Sie können sich weigern. Aber dann müsste ich einen richterlichen Durchsuchungsbefehl beantragen, den ich mit

Sicherheit bekäme, und Ihre mangelnde Kooperationsbereitschaft würde zwangsläufig die Aufmerksamkeit des ermittelnden Staatsanwalts auf sich ziehen.«

»Wann?«

»Sofort, wenn es Ihnen nichts ausmacht.«

Der Schneemann stand noch immer da, aber die Kinder waren weg. Ebenso die tote Katze. Es wurde allmählich dunkel. Der Himmel war mittlerweile voller dunkler, bedrohlicher Wolken, und über den Bergen hielt sich nur noch ein schmales rosa-orangefarbenes Band.

Wie beim letzten Mal erwartete ihn die Witwe Grimm an der Tür ihres blau gestrichenen Holzhauses, eine Zigarette in der Hand. Mit einer Miene, die äußerste Gleichgültigkeit zum Ausdruck brachte. Sie trat zur Seite, um ihn durchzulassen. »Am Ende des Ganges, die Tür rechts. Ich habe nichts angerührt.«

Servaz ging durch einen Flur, der vollgestopft war mit Möbeln, Gemälden, Stühlen, Nippsachen und auch ausgestopften Tieren, die ihn anzustarren schienen. Er stieß die letzte Tür hinter einem Bücherregal auf. Die Fensterläden waren geschlossen, das Zimmer lag im Halbdunkel. Es roch muffig. Servaz öffnete das Fenster. Ein kleines, etwa neun Quadratmeter großes Büro, das auf den Wald hinter dem Haus ging. Unbeschreibliche Unordnung. Nur mit Mühe konnte er sich einen Weg in die Mitte des Zimmers bahnen. Ganz offensichtlich hatte Grimm, wenn er zu Hause war, die meiste Zeit in seinem Büro verbracht. Auf einem Möbel stand sogar ein kleiner Fernseher – davor ein zerschlissenes altes Sofa voller Ordner, Aktenmappen sowie Angler- und Jagdzeitschriften, außerdem eine tragbare Stereoanlage und ein Mikrowellenofen.

Einige Sekunden lang blieb er in der Mitte des Zimmers stehen und ließ sprachlos den Blick über das Chaos aus Kartons, Möbeln, der Aktenordnern und verstaubten Gegenständen schweifen.

Ein Bau, eine Höhle…

Eine *Nische*.

Servaz erschauerte. Grimm lebte wie ein Hund neben seiner eiskalten Frau.

An den Wänden hingen Postkarten, ein Kalender, Poster, die Gebirgsseen und Flüsse zeigten. Auf den Schränken standen weitere ausgestopfte Tiere: ein Eichhörnchen, mehrere Eulen, eine Stockente und sogar eine Wildkatze. In einer Ecke entdeckte er ein Paar hohe Schuhe. Auf einem der Möbel mehrere Angelrollen. Ein Naturliebhaber? Ein Amateurtierpräparator? Servaz versuchte sich in den korpulenten Mann hineinzuversetzen, der sich in dieses Zimmer einsperrte, mit diesem Bestiarium als einziger Gesellschaft, dessen Glasaugen das Halbdunkel mit starren Blicken durchlöcherten. Er malte sich aus, wie er sich vor dem Fernseher den Wanst mit aufgewärmten Gerichten vollschlug, ehe er auf seinem Sofa einschlief. Von dem weiblichen Drachen, den er vor dreißig Jahren geheiratet hatte, in den hintersten Winkel des Flurs verbannt. Er zog die Schubladen auf. Systematisch. In der ersten fand er Kugelschreiber, Rechnungen, Medikamentenlisten, Kontoauszüge, Kreditkartenbelege. In der zweiten ein Fernglas, noch originalverpackte Packen Spielkarten, mehrere Landkarten.

Dann stießen seine Finger auf etwas, was tief hinten in der Schublade lag: Schlüssel. Er zog sie heraus. Ein Schlüsselbund. Ein großer Schlüssel, passend zu einem Türschloss, und zwei kleinere Schlüssel für Vorhänge- oder Riegelschlösser.

Servaz steckte sie in die Tasche. In der dritten Schublade eine Sammlung von Fliegen, Angelhaken, Schnur – und ein Foto.

Servaz hielt es ans Fenster.

Grimm, Chaperon – und zwei weitere Personen.

Das Foto war recht alt: Grimm war fast schlank – und Chaperon war fünfzehn Jahre jünger. Die vier Männer hockten auf Felsen um ein Lagerfeuer herum, und sie lächelten ins Objektiv. Links hinter ihnen war eine Lichtung, die von einem Wald aus hohen Nadelbäumen und herbstlich gefärbten Laubbäumen gesäumt wurde; eine sanft abfallende Wiese, ein See und Berge rechts auf dem Foto. Es war später Nachmittag: lange Schatten erstreckten sich von den hohen Bäumen Richtung See. Der Rauch des Lagerfeuers stieg spiralförmig ins Abendlicht auf. Auf der linken Seite fielen Servaz zwei Zelte auf.

Eine bukolische Atmosphäre.

Der Eindruck von schlichtem Glück und Brüderlichkeit. Männer, denen es Spaß macht, gemeinsam im Gebirge zu biwakieren, ein letztes Mal vor dem Winter.

Mit einem Mal verstand Servaz, wie Grimm dieses zurückgezogene Leben neben einer Frau ertragen konnte, die ihn verachtete und demütigte: dank dieser Momente der Flucht in die Natur in Gesellschaft seiner Freunde. Er begriff, dass er sich geirrt hatte. Dieses Zimmer war kein Gefängnis, keine Nische: Es war, im Gegenteil, ein nach außen hin offener Tunnel. Die ausgestopften Tiere, die Poster, die Angelgeräte, die Zeitschriften: all das stand in Verbindung mit jenen Momenten absoluter Freiheit, die den Dreh- und Angelpunkt seiner Existenz ausmachen mussten.

Auf dem Foto trugen die vier Männer karierte Hemden, Pullover und Hosen, deren Schnitt auf die Mode der neunziger Jahre verwiesen. Einer von den vieren hob eine Feldflasche, die vielleicht etwas anderes als Wasser enthielt; ein anderer sah mit einem abwesenden, matten Lächeln in die Kamera, als wäre er im Geist irgendwo anders, als würde ihn diese kleine Feier nichts angehen.

Servaz musterte die beiden anderen Wanderer. Der eine war ein gutgelaunter bärtiger Hüne, der andere ein recht hagerer groß gewachsener Typ mit dichter brauner Mähne und einer großen Brille.

Er verglich den See auf dem Foto mit dem auf dem Poster an der Wand, ohne dass er hätte sagen können, ob es sich um denselben See aus zwei verschiedenen Perspektiven handelte oder um zwei verschiedene Seen.

Er drehte das Foto um.

Lac de l'Oule, Oktober 1993.

Eine klare, enge, präzise Handschrift.

Er hatte sich nicht geirrt. Das Foto war fünfzehn Jahre alt. Diese Männer waren damals ungefähr so alt wie er heute. Sie gingen auf die vierzig zu. Hatten sie noch Träume, oder hatten sie die Bilanz ihres Lebens bereits gezogen? Und war diese Bilanz positiv oder negativ ausgefallen?

Auf dem Foto lächelten sie, ihre Augen glänzten im sanften Licht eines Herbstabends, ihre Gesichter waren von tiefen Schatten durchzogen.

Aber was hatte es wirklich damit auf sich? Auf einem Foto lächelte jeder oder fast jeder. Unter dem nivellierenden Einfluss der globalen Medien spielt heute jeder eine Rolle, sagte sich Servaz. Viele übertreiben sogar das Rollenspiel ihres eigenen Lebens, als stünden sie auf einer Bühne. Kitsch und schöner Schein sind zur Regel geworden.

Fasziniert nahm er das Foto genauer unter die Lupe. *War es von Bedeutung?* Ein kleines vertrautes Signal sagte ihm undeutlich ja.

Er zögerte, dann steckte er das Foto in die Tasche.

Just in diesem Moment hatte er das Gefühl, etwas vergessen zu haben. Ein starkes Gefühl. Unvermittelt. Als hätte sein Gehirn unbewusst ein Detail registriert und schlüge jetzt Alarm.

Er zog das Foto wieder heraus. Musterte es. Die vier lächelnden Männer. Das zarte Abendlicht. Der See. Der Herbst. Die silbern schimmernde Wasseroberfläche. Der Schatten des Berges, der auf den See fiel. Nein, das war es nicht. Und doch war da dieses Gefühl. Klar und deutlich. Unbestreitbar. Ohne sich dessen bewusst zu sein, hatte er etwas gesehen.

Und dann fiel es ihm wie Schuppen von den Augen. Die Hände.

Bei drei der vier Personen war die rechte Hand sichtbar: *Alle trugen einen großen goldenen Siegelring am Ringfinger.*

Die Aufnahme war aus zu großer Entfernung gemacht worden, um es mit Sicherheit sagen zu können, doch Servaz hätte geschworen, dass es sich jedes Mal um den gleichen Ring handelte.

Und dieser Ring hätte an Grimms abgeschnittenem Finger sitzen sollen …

Er verließ das Zimmer. Musik erfüllte das Haus. Jazz. Servaz ging durch den mit Gerümpel zugestellten Gang zur Quelle der Musik und gelangte in ein Wohnzimmer, das genauso vollgestopft war. Die Witwe saß in einem Sessel. Sie las. Sie sah auf und warf ihm einen höchst feindseligen Blick zu. Servaz schwenkte die Schlüssel.

»Wissen Sie, was das für Schlüssel sind?«

Sie zögerte einen Moment – sie schien sich zu fragen, was sie riskierte, wenn sie nichts sagte.

»Wir haben eine Hütte im Sospeltal«, antwortete sie schließlich. »Zehn Kilometer von hier. Südlich von Saint-Martin … Unweit der spanischen Grenze. Aber wir … oder vielmehr mein Mann fuhr nur am Wochenende dorthin, ab dem Frühjahr.«

»Ihr Mann? Und Sie?«

»Mir ist es dort zu unheimlich. Ich bin nie mitgekommen. Mein Mann fuhr dorthin, um allein zu sein, sich auszuruhen, zu meditieren und zu angeln.«

Sich auszuruhen, dachte Servaz. Seit wann hat ein Apotheker das Bedürfnis, sich auszuruhen? Lässt er nicht seine Angestellten schuften? Dann sagte er sich, dass er allzu negativ dachte: Was wusste er schon vom Beruf des Apothekers? Eines war sicher: Diese Hütte musste er besuchen.

Nach achtunddreißig Minuten erhielt Espérandieu die Antwort auf seine Nachricht. Feiner Regen streifte die Scheiben. Über Toulouse war es dunkel geworden, und die verschwommenen Lichter hinter der regentriefenden Scheibe sahen aus wie Motive eines Bildschirmschoners.

Vincent hatte die folgende Nachricht verschickt:

Von vincent.esperandieu@hotmail.com an
kleim162@lematin.fr, 16:33:54:
[Weißt du etwas über Eric Lombard?]

Von kleim162@lematin.fr an
vincent.esperandieu@hotmail.com, 17:12:44:
[Was willst du wissen?]

Espérandieu musste lächeln und tippte hoch konzentriert folgende Nachricht:

[Ob es Leichen im Keller gibt, vertuschte Skandale, Prozesse, die in Frankreich oder im Ausland gegen den Lombard-Konzern anhängig sind. Ob Gerüchte über ihn kursieren. Die geringste üble Nachrede.]

Von klein162@lematin.fr an
vincent.esperandieu@hotmail.com, 17:25:06:
[Und nichts weiter? Kannst du dich in msn einloggen?]

Der Schatten des Berges hatte sich über das Tal gelegt, und Servaz hatte die Scheinwerfer eingeschaltet. Die Straße war leer. Zu dieser Jahreszeit fuhr niemand in diesem Tal spazieren, zumal die Straße am Talende aufhörte. Die etwa zwanzig Hütten und Häuser an dem zwölf Kilometer langen Fluss waren Zweitwohnungen, deren Fensterläden höchstens von Mai bis September und – seltener – an Weihnachten geöffnet wurden. Jetzt am Abend waren sie nur noch flache Schatten am Straßenrand, die fast mit der riesigen schwarzen Masse des Gebirges verschmolzen.

Plötzlich, nach einer langen Kurve, erblickte Servaz im Licht seiner Scheinwerfer den Anfang des Pfads, den ihm die Witwe beschrieben hatte. Er bremste ab und steuerte seinen Jeep in den Forstweg hinein. Auf dem holprigen Weg wurde der Wagen so kräftig durchgerüttelt, dass er sich am Lenkrad festklammerte, obwohl er nur mit fünfzehn Stundenkilometern fuhr. Es war dunkel geworden, und die schwarzen Bäume zeichneten sich gegen einen Himmel ab, der selbst kaum heller war. Er legte noch einige hundert

Meter zurück, bis die Hütte in Sicht kam. Servaz stellte den Motor ab, ließ die Scheinwerfer an und stieg aus. Das Rauschen des nahen Flusses erfüllte die Dunkelheit. Er sah sich um, aber im Umkreis von etlichen Kilometern gab es nicht das kleinste Licht.

Im Feuer der Scheinwerfer, die die Bäume in Glut tauchten und seinen eigenen Schatten vor ihm hergehen ließen wie einen Riesen der Finsternis, marschierte er zur Hütte. Dann stieg er die Stufen zur Veranda hinauf und zog den Schlüsselbund. Es gab drei Schlösser – der größte Schlüssel passte zum mittleren Schloss, die kleineren zu den beiden anderen darüber und darunter. Nach einigem Hin und Her hatte er sie alle geöffnet. Er drückte gegen die Tür, die Widerstand leistete, ehe sie quietschend nachgab. Servaz suchte tastend nach dem Lichtschalter. Er fand ihn links. Er legte ihn um, und die Deckenlampe sprang an und erhellte den Raum. Einige Sekunden lang verharrte er reglos in der Tür, gelähmt durch das, was er sah.

Der Innere der Hütte beschränkte sich auf eine Theke rechter Hand – vielleicht mit einer Kochnische dahinter –, eine Schlafcouch an der Rückwand, einen Holztisch und zwei Stühle direkt davor. An der linken Wand hing ein Regencape aus wasserundurchlässigem schwarzem Stoff. *Er hatte sich dem Kern genähert…*

Espérandieu öffnete seinen Instant-Messenger. Er wartete drei Minuten, ehe im rechten unteren Eck seines Bildschirms eine Nachricht auftauchte, dazu ein Zeichentrickhund, der eine Spur verfolgte:

kleim162 hat sich soeben eingeloggt

Drei Sekunden später öffnete sich ein Dialogfenster mit dem gleichen Icon.

kleim162 sagt:
weshalb interessierst du dich für Eric Lombard?

vince.esp sagt:
tut mir leid, kann im Moment nicht darüber sprechen.

kleim162 sagt:
ich hab ein wenig herumgeschnüffelt, bevor ich mich eingeloggt habe. Sein Pferd wurde getötet. Das haben mehrere Zeitungen gemeldet. Besteht da ein Zusammenhang?

vince.esp sagt:
no comment

kleim162 sagt:
vince, du arbeitest bei der Mordkommission. Sag mir nicht, dass man euch mit Ermittlungen über den Tod eines Pferdes betraut hat!!!

vince.esp sagt:
kannst du mir helfen oder nicht???

kleim162 sagt:
was hab ich davon?

vince.esp sagt:
die Zuneigung eines Freundes

kleim162 sagt:
heben wir uns die Zärtlichkeiten für ein anderes Mal auf. Und sonst noch?

vince.esp sagt:
du bist der Erste, der von den Ermittlungsergebnissen erfährt

kleim162 sagt:
es gab also Ermittlungen. Ist das alles?

vince.esp sagt:
wenn sich eine größere Sache dahinterverbirgt, wirst du es als Erstes erfahren

Kleiml 62 sagt:
okay, ich recherchiere

Lächelnd schloss Espérandieu seinen Messenger.

»Kleim162« war das virtuelle Pseudonym eines investigativen Journalisten, der als freier Mitarbeiter für mehrere große Wochenzeitungen tätig war. Ein echter Schnüffler. Der gern seine Nase in Dinge steckte, die ihn nichts angingen. Espérandieu hatte ihn unter etwas eigentümlichen Umständen kennengelernt, und er hatte mit niemandem über diesen »Kontakt« gesprochen – nicht einmal mit Martin. Offiziell hielt er es wie die anderen Mitglieder der Mordkommission: Er misstraute der Presse. Insgeheim aber war er der Meinung, dass Polizisten genauso davon profitierten wie Politiker, wenn sie auf einen oder mehrere Journalisten zurückgreifen konnten.

Servaz saß am Lenker seines Jeeps und wählte Irène Zieglers Handynummer. Als er nur ihren Anrufbeantworter erreichte, legte er auf. Dann wählte er die Nummer von Espérandieu. »Ich habe bei Grimm ein Foto gefunden«, sagte er. »Ich hätte gern, dass du es bearbeitest.«

Die Mordkommission verfügte über ein spezielles Bildbearbeitungsprogramm. Espérandieu und Samira waren die Einzigen, die sich damit auskannten.

»Was für ein Foto? Digital oder analog?«

»Papier. Ein altes Foto von einer Gruppe von Männern. Einer ist Grimm, ein anderer Chaperon, der Bürgermeister von Saint-Martin. Sieht so aus, als würden sie alle den gleichen Siegelring tragen. Es ist ein wenig verschwommen, aber es ist etwas darin eingraviert. Ich hätte gern, dass du versuchst herauszufinden, was.«

»Glaubst du, dass es sich um eine Art Klub wie Rotary oder die Freimaurer handelt?«

»Ich weiß nicht, aber …«

»… der abgeschnittene Ringfinger …«, erinnerte sich sein Stellvertreter plötzlich.

»Ganz genau.«

»Okay. Kannst du es einscannen und mir von der Gendarmerie aus schicken? Ich schaue es mir an. Aber die Software eignet sich vor allem für digitale Fotos. Bei eingescannten alten Fotos ist sie weniger leistungsfähig.«

Servaz dankte ihm. Er wollte gerade losfahren, als sein Handy klingelte. Es war Ziegler.

»Sie haben mich angerufen?«

»Ich habe etwas gefunden«, sagte er ohne Einleitung. »In einer Hütte, die Grimm gehört …«

»Eine Hütte?«

»Seine Witwe hat mir davon erzählt. Ich habe die Schlüssel in Grimms Büro gefunden. Offenbar ist sie nie hier gewesen. Sie müssen sich das ansehen…«

»Was wollen Sie damit sagen?«

»Ein Regencape… So ähnlich wie das Cape an Grimms Leiche. Und Stiefel. Es ist schon spät, ich werde die Tür abschließen und Maillard die Schlüssel geben. Ich will, dass ein Team vom Erkennungsdienst die Hütte gleich morgen früh genau unter die Lupe nimmt.«

Schweigen am anderen Ende. Draußen heulte der Wind.

»Und Sie, wie weit sind Sie?«, sagte er.

»Die Riemen sind eine gängige Marke«, antwortete sie. »In großer Stückzahl produziert und im gesamten Westen und Süden Frankreichs vermarktet. Jeder Riemen trägt eine Seriennummer. Sie versuchen, den Herstellungsbetrieb und das Geschäft, in dem sie verkauft wurden, ausfindig zu machen.« Servaz dachte nach. Außerhalb des Lichtkegels der Scheinwerfer ließ sich auf einem Ast eine Eule nieder und begann ihn zu beobachten. Es erinnerte ihn an Hirtmanns Blick.

»Wenn wir das Geschäft kennen würden, kämen wir vielleicht an die Bänder der Videoüberwachung heran«, sagte er. Er spürte die Skepsis in Zieglers Stimme, als sie antwortete. »Sofern sie die Bänder aufheben – laut Gesetz müssen sie die Bänder ja innerhalb eines Monats vernichten. Da müssten die Riemen erst vor ganz Kurzem gekauft worden sein.«

Servaz war sich fast sicher, dass Grimms Mörder seine Tat monatelang geplant hatte. Hatte er die Riemen erst im letzten Moment gekauft? Oder hatte er sie schon vorher?«

»Sehr schön«, sagte er. »Bis morgen.«

Er fuhr den Forstweg zurück bis zur Straße. Dunkle Wolken schoben sich vor den Mond. Das Tal war nur noch ein See der Finsternis, und selbst der Himmel verschmolz mit dem schwarzen Gebirge. Servaz hielt an, warf einen Blick nach rechts und nach links und fuhr dann in die Straße hinein.

Unwillkürlich warf er einen Blick in den Rückspiegel.

Eine halbe Sekunde lang setzte sein Herz aus: *Hinter ihm leuchtete ein Paar Scheinwerfer auf…* Ein Auto, am Straßenrand geparkt, ohne Licht. Kurz hinter der Stelle, an der er den Forstweg verlassen hatte. Im Rückspiegel sah er, wie sich die Scheinwerfer langsam von dem breiten Randstreifen entfernten und ihm folgten. Nach ihrer Größe und Höhe zu urteilen, musste es sich um einen Geländewagen handeln. Servaz spürte, wie sich seine Nackenhaare aufrichteten. Es war offensichtlich, dass ihn dieser Geländewagen abgepasst hatte. Warum sollte er sich sonst an dieser Stelle im hintersten Winkel dieses menschenleeren Tals aufhalten? Er fragte sich, wer wohl am Lenker saß. Lombards Handlanger? Aber wenn ihn Lombards Männer beschatteten, wieso sollten sie sich auf diese Weise zu erkennen geben?

Er wurde nervös.

Er merkte, dass er das Lenkrad etwas zu fest umklammerte, und atmete tief ein. Ruhe. Keine Panik. *Ein Auto verfolgt dich, na und?* Ein Gefühl, das fast schon Angst war, überfiel ihn, als er dachte, dass es vielleicht der Mörder war. Als er die Tür dieser Hütte aufmachte, war er der Wahrheit vielleicht zu nahegekommen… Jemand war zu dem Schluss gelangt, dass er lästig wurde. Er blickte ein weiteres Mal in seinen Rückspiegel. Er hatte eine große Kurve hinter sich; die Scheinwerfer seines Verfolgers waren hinter den hohen Bäumen, die die Kurve säumten, verschwunden.

Dann tauchten sie wieder auf – und Servaz' Herz setzte kurz aus, während eine blendende Helligkeit den Fahrgastraum des Jeeps durchflutete. *Fernlicht!* Servaz merkte, dass er schweißgebadet war. Er blinzelte, geblendet wie ein Tier, das nachts von einem Auto überrascht wird, so wie die Eule vorhin bei der Hütte. Sein Herz schlug ihm bis zum Halse.

Der Geländewagen war näher gekommen. Er hing ihm jetzt fast an der Stoßstange. Seine starken Scheinwerfer verwandelten das Innere des Jeeps in einen Feuerball, der jedes Detail des Armaturenbretts wie mit einem weißen Lichtschweif hervorhob.

Servaz gab Gas, seine Angst vor dem, was da hinter ihm war, besiegte seine Angst vor der Geschwindigkeit, und sein Verfolger ließ ihn Abstand nehmen. Er versuchte, tief durchzuatmen, aber das Herz schlug ihm bis zum Hals, und der Schweiß rann ihm übers Gesicht wie Wasser. Jedes Mal, wenn er einen Blick in den Rückspiegel warf, trafen ihn blendend weiße Strahlenblitze mit voller Wucht ins Gesicht, und schwarze Punkte tanzten vor seinen Augen.

Plötzlich beschleunigte der Geländewagen. *Verdammt, der spinnt! Der fährt mir glatt drauf!*

Noch bevor er irgendwie reagieren konnte, hatte ihn das schwarze Fahrzeug schon überholt. In einem Moment reinster Panik glaubte Servaz, dass der Fremde ihn von der Straße drängen wollte, aber der Geländewagen beschleunigte weiter in gerader Linie und entfernte sich, und seine Rücklichter verschwanden sehr schnell in der Nacht. Servaz sah, wie vor der nächsten Kurve die Bremslichter aufleuchteten – dann war der Bolide verschwunden. Er bremste und blieb auf dem holprigen Seitenstreifen stehen. Er beugte sich zur Seite, um seine Waffe aus dem Handschuhfach zu holen, und stieg mit schlotternden Beinen aus. Die kalte Abendluft tat ihm gut. Er wollte das Magazin seiner Waffe überprüfen, aber seine Hand zitterte so stark, dass es ihm erst nach etlichen Sekunden gelang.

Die Warnung war so klar, wie die Nacht finster war: Jemand in diesem Tal wollte nicht, dass er allzu gründlich ermittelte. Jemand wollte nicht, dass er die Wahrheit entdeckte.

Aber um welche Wahrheit handelte es sich?

17

ZIEGLER UND ER nahmen am nächsten Tag an Grimms Beisetzung auf dem kleinen Friedhof des Ortes teil.

Hinter den Trauernden, die sich um das ausgehobene Grab versammelt hatten, schienen auch die schwarzen Tannen, unter denen die Gräber verteilt waren, Trauer zu tragen. Die Blätter raschelten sanft im Wind, als wisperten sie ein Gebet. Die Totenkränze und das Grab hoben sich vom Schnee ab. Das Dorf lag unten im Tal. Und Servaz sagte sich, dass man hier oben tatsächlich dem Himmel näher war.

Er hatte schlecht geschlafen. Mehrmals war er aufgeschreckt, die Stirn schweißgebadet. Er musste immer wieder an das denken, was gestern Abend passiert war. Er hatte Irène noch nichts davon erzählt. Seltsamerweise befürchtete er, dass man ihn ausbooten und jemand anderen mit den Ermittlungen betrauen würde, wenn er darüber reden würde. Waren sie hier in Gefahr? *Jedenfalls mochte dieses Tal keine Fremden, die hier herumschnüffelten.*

Er betrachtete den Hügel, auf dem der Friedhof lag, um sich ein wenig zu beruhigen. Im Sommer musste es angenehm sein auf diesem grünen Hügel, der sich wie der Bug eines Schiffs – oder wie ein Zeppelin – über das Tal schob. Diese runde, sanft geschwungene Kuppe, wie die Rundungen einer Frau. Selbst die Berge wirkten von hier aus weniger bedrohlich; und die Zeit war auf angenehme Weise aufgehoben. Während sie auf den Ausgang des Friedhofs zusteuerten, stieß ihn Ziegler mit dem Ellbogen an. Er sah in die Richtung, in die sie zeigte: Chaperon war wiederaufgetaucht. Er unterhielt sich mit Cathy d'Humières und anderen Honoratioren. Plötzlich vibrierte das Handy in seiner Tasche. Servaz ging ran.

Ein Typ von der Generaldirektion. Servaz bemerkte sofort den hochfahrenden Akzent und den großstädtischen Ton, als gurgelte der Typ jeden Morgen mit Melasse.

»Was haben Sie über das Pferd herausgefunden?«

»Wer will das wissen?«

»Die Generaldirektion verfolgt diese Sache sehr aufmerksam, Commandant.«

»Weiß man dort, dass ein Mann ermordet wurde?«

»Ja, der Apotheker Grimm, wir sind auf dem Laufenden«, antwortete der Bürokrat, als würde er die Akte in- und auswendig kennen – was vermutlich nicht der Fall war.

»Dann können Sie sich also denken, dass das Pferd von Monsieur Lombard nicht meine Priorität ist.«

»Commandant, Catherine d'Humières hat mir versichert, dass Sie eine ausgezeichnete Kraft sind.«

Servaz wurde langsam ärgerlich. *Ganz sicher eine bessere Kraft als du,* sagte er sich. Der seine Zeit nicht damit verbringt, anderen auf den Fluren die Flossen zu drücken, seine Kameraden schlechtzumachen und bei den Sitzungen so zu tun, als würde er die Akten kennen.

»Haben Sie eine Spur?«

»Nicht die kleinste.«

»Und die beiden Wachleute?«

Sieh an, er hatte sich also doch die Mühe gemacht, die Berichte zu lesen.

Bestimmt in aller Eile, unmittelbar vor seinem Anruf – wie ein Schüler, der seine Hausaufgaben noch schnell vor der Schule hinschludert.

»Sie waren es nicht.«

»Wie können Sie da so sicher sein?«

Weil ich meine Zeit mit den Opfern und den Mördern verbringe, während du mit deinem Arsch am Stuhl klebst, dachte er.

»Sie haben nicht das richtige Profil dafür. Falls Sie sich selbst davon überzeugen wollen, lade ich Sie herzlich ein, hierherzukommen und sich uns anzuschließen.«

»Schon gut, Commandant, immer mit der Ruhe. Niemand stellte Ihre Kompetenz in Frage«, beschwichtigte sein Gesprächspartner. »Führen Sie die Ermittlungen so, wie es Ihnen passt, aber verlieren Sie nicht aus den Augen, dass wir wissen wollen, wer dieses Pferd getötet hat.«

Die Botschaft war klar: Einen Apotheker konnte man töten und nackt unter einer Brücke aufhängen – aber das Pferd eines der mächtigsten Männer Frankreichs durfte man nicht enthaupten.

»In Ordnung«, sagte Servaz.

»Bis bald, Commandant«, sagte der Mann und legte auf. Servaz stellte sich ihn hinter seinem Schreibtisch vor, wie er herablassend über die kleinen Provinzbeamten lächelte, er sah seinen eleganten Anzug und seine geschmackvolle Krawatte vor sich, roch fast sein teures Eau de Toilette, stellte sich vor, wie er irgendeinen belanglosen Vermerk voller hochtrabender Wörter verfasste, um sich anschließend frohgemut die Blase zu erleichtern und sich im Spiegel zu bewundern, ehe er hinunter in die Kantine ging, wo er mit seinesgleichen die Welt wieder in Ordnung brachte.

»Eine schöne Feier und ein schöner Ort«, sagte jemand neben ihm.

Er wandte den Kopf um. Gabriel Saint-Cyr lächelte ihn an. Servaz nahm die Hand, die ihm der Ex-Richter hinhielt. Ein ehrlicher Händedruck ohne Getue und ohne Einschüchterungsversuch – was ganz dem Charakter des Mannes entsprach.

»Ich dachte mir auch gerade, dass dies ein hübscher Ort ist, um hier die ewige Ruhe zu verbringen«, sagte Servaz lächelnd.

»Genau das beabsichtige ich zu tun. Vielleicht gehe ich Ihnen voran, aber ich bin sicher, dass Sie als Toter ein angenehmer Gesellschafter wären. Mein Platz ist dort.«

Saint-Cyr zeigte mit dem Finger auf eine Ecke des Friedhofs. Servaz lachte laut auf und zündete sich eine Zigarette an.

»Woher wollen Sie das wissen?«

»Was?«

»Dass ich als Toter ein angenehmer Gesellschafter wäre.«

»In meinem Alter und mit meiner Erfahrung macht man sich schnell ein Bild von den Leuten.«

»Und man irrt sich nie?«

»Selten. Und außerdem vertraue ich dem Urteil von Catherine.«

»Hat sie Sie nicht nach Ihrem Sternzeichen gefragt?«

Jetzt musste Saint-Cyr lachen.

»Das hat sie gleich als Erstes getan, als wir uns vorgestellt wurden! Meine Familie besitzt hier eine Gruft«, fügte er hinzu. »Ich habe vor drei Jahren ein Grab am anderen Ende des Friedhofs gekauft, möglichst weit weg.«

»Warum?«

»Die Vorstellung, in alle Ewigkeit die Nähe bestimmter Personen erdulden zu müssen, hat mir Angst gemacht.«

»Kannten Sie Grimm?«, fragte Servaz.

»Sollen da etwa meine Dienste in Anspruch genommen werden?«

»Vielleicht.«

»Ein sehr verschlossener Typ. Sie sollten Chaperon fragen«, sagte Saint-Cyr und deutete auf den Bürgermeister, der eben wegging. »Sie kannten sich gut.«

Servaz erinnerte sich an Hirtmanns Worte.

»So kam es mir auch vor«, sagte er. »Grimm, Chaperon und Perrault, nicht wahr? Die Pokerrunde am Samstagabend ...«

»Ja. Und Mourrenx. Dasselbe Quartett seit vierzig Jahren. Unzertrennlich seit dem Gymnasium ...«

Servaz dachte an das Foto in seiner Jackentasche. Er zeigte es dem Richter.

»Sind sie das?«

Gabriel Saint-Cyr zog eine Brille heraus und setzte sie auf, ehe er sich über das Foto beugte. Servaz fiel auf, dass sein Zeigefinger durch eine Arthrose deformiert war und dass er zitterte, als er auf die vier Männer zeigte: Parkinson.

»Ja. Das da ist Grimm ... Und das da Chaperon ...«

Der Finger wanderte weiter.

»Der da, das ist Perrault.« Der hochgewachsene schlanke Typ mit der dichten Mähne und der großen Brille. »Er hat ein Geschäft für Sportausrüstung in Saint-Martin. Außerdem ist er Bergführer.«

Sein Finger glitt zu dem bärtigen Hünen, der seine Feldflasche Richtung Kamera hielt, während er ins Herbstlicht lachte.

»Gilbert Mourrenx. Er hat in der Zellulosefabrik in Saint-Gaudens gearbeitet. Vor zwei Jahren ist er an Magenkrebs gestorben.«

»Und die vier waren unzertrennlich, sagen Sie?«

»Ja«, antwortete Saint-Cyr und steckte seine Brille weg. »Unzertrennlich, ja … das kann man sagen …«

Servaz sah den Richter an. *Irgendetwas in der Stimme von Saint-Cyr …* Der alte Richter ließ ihn nicht aus den Augen. Obwohl es gar nicht den Anschein hatte, war er gerade dabei, ihm eine Botschaft zu vermitteln.

»Gab es über sie … *irgendwelche Geschichten*?«

Der Blick des Pensionärs hatte die gleiche Intensität wie der von Servaz. Er hielt den Atem an.

»Eher Gerüchte … Und ein Mal, vor dreißig Jahren, gab es eine Strafanzeige von einer Familie aus Saint-Martin. Eine Familie aus einfachen Verhältnissen: Der Vater Arbeiter im Kraftwerk, die Mutter arbeitslos.«

Das Kraftwerk – Servaz war augenblicklich hellwach. »Eine Anzeige gegen sie?«

»Ja, wegen *Erpressung*. Etwas in der Art …« Der alte Richter runzelte die Stirn und versuchte, seine Erinnerungen zu sammeln. »Wenn ich mich recht entsinne, wurden Polaroidaufnahmen gemacht. Von der Tochter dieser armen Leute, einem Mädchen von siebzehn Jahren. Fotos, auf denen sie nackt und ganz offensichtlich betrunken war. Und auf einem der Fotos war sie … mit mehreren Männern zu sehen, glaube ich. Anscheinend drohten die jungen Männer damit, die Fotos in Umlauf zu bringen, falls das Mädchen ihnen nicht bestimmte Gefälligkeiten erwiese … ihnen und ihren Kumpels. Aber sie hat die Nerven verloren und ihren Eltern alles erzählt.«

»Und was ist dann passiert?«

»Nichts. Die Eltern haben ihre Anzeige zurückgezogen, noch bevor die Gendarmerie die vier jungen Leute vernehmen konnte. Wahrscheinlich hatten sie insgeheim eine Vereinbarung getroffen: keine Anzeige und im Gegenzug keine Erpressung. Die Eltern legten bestimmt keinen gesteigerten Wert darauf, dass diese Fotos im Umlauf kamen …«

Servaz kräuselte die Stirn.

»Seltsam. Davon hat mir Maillard gar nichts erzählt.«

»Wahrscheinlich hat er von dieser Geschichte nie gehört. Er war damals noch nicht im Amt.«

»Sie aber schon.«

»Ja.«

»Und Sie, haben Sie die Anschuldigungen geglaubt?«

Saint-Cyr setzte eine zweifelnde Miene auf.

»Sie sind Polizist: Sie wissen wie ich, dass jeder seine Geheimnisse hat. Und zwar im Allgemeinen keine besonders erfreulichen. Weshalb sollte diese Familie lügen?«

»Um von den Familien der vier jungen Männer Geld zu erpressen.«

»Damit der Ruf ihrer Tochter für immer dahin wäre? Nein. Ich kenne den Vater: Während seiner Arbeitslosigkeit hat er einige Arbeiten bei mir erledigt. Ein aufrechter Kerl, von der alten Schule. Ich würde sagen, das war nicht seine Art.«

Servaz dachte noch einmal an die Hütte und an das, was er darin gefunden hatte.

»Sie haben es selbst gesagt: Jeder hat seine Geheimnisse.« Saint-Cyr sah ihn aufmerksam an.

»Ja. Wie lautet Ihres, Commandant?«

Servaz lächelte ihn unergründlich an.

»Die Selbstmörder«, fuhr er fort. »Sagt Ihnen das etwas?«

Diesmal las er eine echte Überraschung in den Augen des Richters.

»Wer hat Ihnen davon erzählt?«

»Sie würden mir nicht glauben, wenn ich es Ihnen sagen würde.«

»Sagen Sie es trotzdem.«

»Julian Hirtmann.«

Saint-Cyr starrte ihn lange an. Er schien perplex zu sein.

»Meinen Sie das ernst?«

»Absolut.«

Der alte Richter schwieg kurz.

»Was machen Sie heute Abend gegen zwanzig Uhr?«, fragte er.

»Ich habe nichts vor.«

»Dann kommen Sie doch zu mir zum Essen. Wenn man meinen Gästen glauben darf, bin ich ein fabelhafter Koch. Impasse du Torrent, Nummer 6. Sie können es nicht verfehlen: Es ist die Mühle ganz am Ende der Straße, am Waldrand. Bis heute Abend.«

»Ich hoffe, es ist alles in Ordnung«, sagte Servaz.

Chaperon drehte sich mit einer Geste der Verlegenheit um. Er hatte bereits die Hand an der Tür seines Autos. Er wirkte angespannt und besorgt. Als er Servaz sah, lief sein Gesicht rot an.

»Wieso fragen Sie mich das?«

»Ich habe gestern den ganzen Tag versucht, Sie zu erreichen«, antwortete Servaz mit einem freundschaftlichen Lächeln. Vergeblich.

Für den Bruchteil einer Sekunde wirkte der Bürgermeister von Saint-Martin verärgert. Er bemühte sich sichtlich, gelassen zu bleiben – aber ohne dass es ihm so richtig gelang.

»Der Tod von Gilles hat mich erschüttert. Dieser schreckliche Mord … Diese Grausamkeit … das ist furchtbar … Ich musste einfach eine Auszeit nehmen, allein sein. Ich habe eine Bergwanderung gemacht.«

»Allein im Gebirge? Hatten Sie keine Angst?«

Die Frage ließ den Bürgermeister zusammenzucken.

»Weshalb sollte ich Angst haben?«

Als Servaz den braungebrannten kleinen Mann anstarrte, glaubte er deutlich zu erkennen, dass er nicht nur Angst hatte, sondern buchstäblich in Panik war. Er fragte sich, ob er ihn jetzt nach den Selbstmördern fragen sollte, aber er gelangte zu dem Schluss, dass er besser nicht alle Karten gleichzeitig auf den Tisch legte. Nach dem Abendessen bei Saint-Cyr wäre er schlauer. Trotzdem zog er das Foto aus seiner Tasche.

»Sagt Ihnen dieses Foto etwas?«

»Wo haben Sie das gefunden?«

»Bei Grimm.«

»Ein altes Foto.« Chaperon wich seinem Blick aus.

»Ja, Oktober 1993«, präzisierte Servaz.

Chaperon machte eine Geste mit der rechten Hand, wie um zu sagen, dass das sehr lange her war. Einen kurzen Moment lang schwebte seine von kleinen braunen Flecken gesprenkelte Hand vor Servaz' Augen. Die Überraschung ließ den Polizisten erstarren. Der Bürgermeister trug keinen Siegelring mehr, aber er hatte ihn erst vor kurzem ausgezogen, denn *um den Ringfinger lief ein schmales Band hellerer Haut.* Eine Sekunde lang stürzten Unmengen von Fragen auf Servaz ein.

Grimm war der Finger abgeschnitten worden, Chaperon hatte seinen Siegelring abgelegt – diesen Ring, den die vier Männer auf dem Foto trugen. Was hatte das zu bedeuten? Der Mörder wusste es offenbar. Standen auch die anderen beiden Personen auf dem Foto irgendwie mit dem Tod des Apothekers in Verbindung? Und falls ja, woher wusste Hirtmann davon?

»Kannten Sie sie gut?«, fragte Servaz.

»Ja, ziemlich gut. Auch wenn ich mich mit Perrault damals häufiger traf als heute.«

»Es waren auch Ihre Partner beim Poker.«

»Ja, und bei den Wanderungen. Aber ich wüsste nicht …«

»Danke«, fiel ihm Servaz ins Wort. »Im Moment habe ich keine weiteren Fragen.«

»Wer ist das?«, fragte Ziegler im Auto und deutete auf den Mann, der sich mit kleinen Schritten auf einen Peugeot 405 zubewegte, der fast genauso altersgebeugt war wie er.

»Gabriel Saint-Cyr, Ermittlungsrichter im Ruhestand. Ich bin ihm gestern Morgen im Gericht begegnet.«

»Worüber haben Sie gesprochen?«

»Über Grimm, Chaperon, Perrault und einen gewissen Mourrenx.«

»Die drei Pokerspieler … Und wer ist Mourrenx?«

»Der Vierte in der Gruppe. Vor zwei Jahren gestorben. Krebs. Laut Aussage von Saint-Cyr gab es vor dreißig Jahren mal eine Anzeige wegen Erpressung gegen sie. Sie haben ein Mädchen betrunken gemacht und dann Nacktfotos von ihr gemacht. Anschließend haben sie ihr damit gedroht, die Fotos in Umlauf zu bringen, wenn …«

»Wenn sie nicht gewisse Dinge tut …«

»Genau.«

Servaz bemerkte ein flüchtiges Funkeln in Zieglers Augen.

»Das könnte eine Spur sein«, sagte sie.

»Welche Verbindung besteht zu dem Pferd von Lombard und zu Hirtmann?«

»Ich weiß nicht.«

»Das liegt dreißig Jahre zurück. Vier betrunkene junge Männer und ein Mädchen, das ebenfalls blau war. Na und? Sie waren jung. Sie haben Mist gebaut. Wohin bringt uns das?«

»Das ist vielleicht nur die Spitze des Eisbergs.«

Servaz sah sie an.

»Wie das?«

»Nun, vielleicht gibt es noch anderen, ähnlichen ›Mist‹. Vielleicht ist es nicht dabei geblieben. Und ein Mal hat es vielleicht ein schlimmes Ende genommen.«

»Das sind ziemlich viele ›vielleicht‹«, bemerkte Servaz. »Da ist noch etwas anderes: Chaperon hat seinen Siegelring abgelegt.«

»Was?«

Servaz beschrieb ihr, was er gerade gesehen hatte. Ziegler zog die Brauen hoch.

»Und was bedeutet das Ihrer Meinung nach?«

»Keine Ahnung. Inzwischen will ich Ihnen etwas anderes zeigen.«

»Die Hütte?«

»Ja. Fahren wir?«

Um fünf Uhr hatte der Wecker auf dem Nachttisch geläutet, und Diane hatte sich fröstelnd in den Waschraum geschleppt. Wie jeden Morgen war das Duschwasser zunächst kochend heiß, dann schließlich eiskalt, sodass sich Diane schnell abtrocknete und anzog. Die nächste Stunde verbrachte sie damit, ihre Aufzeichnungen zu überarbeiten, dann ging sie in die Cafeteria im Erdgeschoss.

Die Cafeteria war völlig menschenleer. Sie hatte allerdings die Kaffeepadmaschine entdeckt und schlüpfte hinter die

Theke, um sich einen Espresso zu machen. Sie las weiter in ihren Aufzeichnungen, bis sie Schritte im Flur hörte.

Dr. Xavier betrat den Raum, nickte ihr kurz zu und ging dann ebenfalls hinter die Theke, um sich einen Kaffee zuzubereiten. Anschließend steuerte er mit der Tasse in der Hand auf sie zu.

»Guten Morgen, Diane. Sie sind wohl eine Frühaufsteherin.«

»Guten Morgen, Monsieur. Eine alte Gewohnheit …«

Ihr fiel auf, dass er gut aufgelegt zu sein schien. Er tauchte die Lippen in seinen Kaffee und sah sie lächelnd an.

»Sind Sie bereit, Diane? Ich habe eine gute Nachricht. Heute Morgen werden wir die Insassen der Station A besuchen.« Sie bemühte sich, ihre Aufregung zu verbergen und einen professionellen Ton zu bewahren.

»Sehr schön, Monsieur.«

»Bitte nennen Sie mich doch Francis.«

»Gern, Francis.«

»Ich hoffe, ich habe Sie das letzte Mal nicht zu sehr erschreckt. Ich wollte Sie lediglich warnen. Sie werden sehen, alles wird sehr gut laufen.«

»Ich fühle mich bestens gerüstet.«

Er warf ihr einen Blick zu, der ganz klar verriet, dass er das bezweifelte.

»Wen werden wir sehen?«

»Julian Hirtmann …«

Die White Stripes sangen im Kopfhörer *Seven Nation Army*, als die Bürotür aufging. Espérandieu sah vom Bildschirm seines Rechners auf.

»Salut«, sagte Samira. »Wie war die Autopsie?«

»Bäh!«, sagte Espérandieu und setzte den Kopfhörer ab. Sie ging um den Schreibtisch von Vincent herum an ihren Arbeitsplatz. Espérandieu roch den frischen, angenehmen Duft ihres Duschgels. Samira Cheung war ihm auf Anhieb sympathisch gewesen. Wie er fing auch sie sich kaum verhüllte sarkastische und anzügliche Bemerkungen von gewissen Mitgliedern der Mordkommission ein. Aber die Kleine war schlagfertig. Sie hatte die alten Idioten bei mehreren Gelegenheiten zusammengestaucht. Weshalb sie sie umso mehr hassten.

Samira Cheung griff nach einer Flasche Mineralwasser und setzte sie an den Mund. An diesem Morgen trug sie eine Lederjacke über einer Jeansweste und einem Kapuzensweater, eine Drillichhose, Boots mit acht Zentimeter hohen Absätzen und eine Kappe mit Schirm.

Sie neigte ihr außerordentlich hässliches Gesicht zum Bildschirm ihres Computers. Das Make-up half gar nichts. Selbst Espérandieu hätte, als er sie zum ersten Mal sah, am liebsten laut losgelacht. Aber schließlich hatte er sich daran gewöhnt. Mittlerweile fand er sogar, dass sie einen eigenartigen, paradoxen Charme besaß.

»Wo warst du?«, fragte er.

»Beim Richter.«

Er begriff, dass sie von dem Richter sprach, der für die Ermittlungen über die drei Jugendlichen zuständig war. Er fragte sich schmunzelnd, wie sie wohl auf die Leute in den Fluren des Gerichtsgebäudes gewirkt hatte.

»Kommst du voran?«

»Es scheint, als wären die Argumente der gegnerischen Partei beim Richter auf eine gewisse Resonanz gestoßen …«

»Wie das?«

»Nun die Hypothese, dass er ertrunken ist, setzt sich allmählich durch.«

»Verdammt!«

»Ist dir nichts aufgefallen, als du gekommen bist?«, fragte sie.

»Was meinst du?«

»Pujol und Simeoni.«

Espérandieu zog ein schiefes Gesicht. Dieses Thema war ihm unangenehm.

»Offenbar sind sie in Hochform«, sagte er düster.

»Sie sind seit gestern so«, bekräftigte Samira. »Ich hab den Eindruck, es beflügelt sie, dass Martin nicht da ist. Du solltest dich vorsehen.«

»Wieso ich?«

»Das weißt du genau.«

»Nein, kannst du ein bisschen deutlicher werden?«

»Sie hassen dich. Sie glauben, dass du ein Homo bist. Das ist für sie ungefähr so, als wärst du pädophil oder würdest Ziegen ficken.«

»Dich hassen sie auch«, bemerkte Espérandieu, ohne allzu sehr an Samiras Ausdrucksweise Anstoß zu nehmen.

»Nicht so wie dich. Mich mögen sie nicht, weil ich halb chinesisch, halb arabisch bin. Fehlt nur noch ein bisschen schwarzes Blut. Kurz, ich gehöre ins feindliche Lager. Bei dir ist das anders. Sie haben tausend Gründe, dich zu hassen: dein Benehmen, deine Klamotten, die Unterstützung durch Martin, deine Frau ...«

»Meine *Frau*?«

Samira musste lächeln.

»Natürlich. Sie begreifen einfach nicht, wie ein Typ wie du eine solche Frau heiraten konnte.«

Jetzt musste Espérandieu lächeln. Er schätzte Samiras Offenheit, aber manchmal hätte ihr ein wenig Diplomatie nicht geschadet.

»Das sind Neandertaler«, sagte er.

»Primaten«, bestätigte Samira. »Aber wenn ich du wäre, würde ich mich vorsehen. Ich bin mir sicher, dass sie irgendwas aushecken.«

Als Servaz vor Grimms Hütte aus dem Wagen stieg, fragte er sich, ob er gestern nicht halluziniert hatte. Das Tal wirkte nicht mehr so düster und gespenstisch. Als er die Wagentür zuschlug, spürte er, dass die Halsschmerzen wieder da waren. Er hatte heute Morgen vergessen, seine Tablette einzunehmen.

»Haben Sie zufällig ein bisschen Wasser dabei?«, fragte er.

»Im Handschuhfach ist eine Flasche Mineralwasser«, sagte Ziegler.

Sie stapften los zu der Hütte am Ufer des Flusses; silbern glänzte er zwischen den Baumstämmen und wob ein Netz kristallklarer Stimmen. An den grauen Berghängen standen weniger Buchen, Tannen und Fichten. Etwas weiter weg am Ufer des Gebirgsbachs lag eine wilde Müllkippe. Servaz sah verrostete Kanister, schwarze Müllsäcke, eine stockfleckige Matratze, einen Kühlschrank und sogar einen alten Computer, dessen auf dem Boden liegende Kabel an die Fangarme eines toten Kraken erinnerten. Noch bis in dieses urwüchsige Tal hinein konnte der Mensch nicht anders, als alles, was er berührte, zu verstümmeln.

Er ging die Stufen zur Veranda hinauf. Ein breites Band mit der Aufschrift »*Gendarmerie Nationale* – Betreten verboten« war diagonal über die Eingangstür gespannt. Servaz hob es an und schloss die Tür auf, ehe er sie mit einem kurzen Tritt aufstieß. Er trat zur Seite, um Ziegler vorbeizulassen.

»Die Mauer links«, sagte er.

Sie machte einen Schritt hinein – und blieb unvermittelt stehen.

»Oh, verdammt!«

Servaz trat ebenfalls ein. Die Theke und Wandschränke der amerikanischen Küche zu seiner Rechten, die mit Kissen vollgepackte Schlafcouch im hinteren Teil und darunter die Schubladen, die in der Ecke verräumten Angelgeräte – Ruten, Körbe, Stiefel, Kescher: alles war sehr sorgfältig mit verschiedenen Pulvern bestäubt worden: Aluminium, Bleiweiß, Englischrot, schwarzes Magnetpulver, rosa fluoreszierendes Pulver … Damit sollten versteckte Fingerabdrücke zum Vorschein gebracht werden. An einigen Stellen deuteten große blaue Zonen darauf hin, dass die Techniker Blue Star aufgetragen hatten: Sie hatten, offenbar vergeblich, nach möglichen Blutspuren gesucht. Überall waren numerierte Karten mit Nadeln befestigt. Aus dem Teppich waren sogar Gewebestücke herausgeschnitten worden.

Unauffällig sah er Ziegler an.

Sie wirkte erschüttert. Sie starrte die Wand auf der linken Seite an: Dort hing wie ein schlafender Schmetterling das große schwarze Cape, und seine moirierten dunklen Falten stachen von der hellen Holztäfelung ab. Es hing an der Kapuze an einem Kleiderhaken. Unter dem Cape stand ein Paar Stiefel auf dem unbehandelten Kiefernboden. Pulverspuren glänzten auch auf dem schwarzen Gewebe und den Stiefeln.

»Ich weiß nicht, wieso ich Gänsehaut bekomme, wenn ich dieses Ding sehe. Schließlich ist das nur Regenkleidung und ein Paar Stiefel.«

Servaz warf einen Blick durch die offene Tür. Draußen war alles still. Aber das Bild der Scheinwerfer, die plötzlich in seinem Rückspiegel auftauchten, zog immer wieder an seinem inneren Auge vorbei. Er lauschte nach Motorengeräusch, aber er hörte nur die Stimme des Flusses. Wieder spürte er die instinktive Angst, die ihn gestern Abend gepackt hatte. Reine, rohe Angst.

»Was ist los?«, fragte Ziegler, die seinen Blick bemerkt hatte.

»Gestern ist mir jemand auf der Straße hierhergefolgt … Ein Wagen hat mich an der Stelle, wo der Forstweg in die Straße einmündet, abgepasst …«

Ziegler starrte ihn an. Ein Schatten der Sorge huschte über ihr Gesicht.

»Sind Sie sicher?«

»Ja.«

Ein kurzer Moment erdrückenden Schweigens.

»Wir müssen d'Humières davon erzählen.«

»Nein. Ich hätte gern, dass das unter uns bleibt. Jedenfalls im Moment.«

»Warum?«

»Ich weiß nicht … Confiant könnte das ausnützen, um mir den Fall zu entziehen. Natürlich unter dem Vorwand, mich zu schützen«, fügte er müde lächelnd hinzu.

»Wer war das Ihrer Meinung nach?«

»Die Handlanger von Eric Lombard?«

»Oder die Mörder …«

Sie sah ihn mit geweiteten Augen an. Ihm wurde klar, dass sie sich fragte, wie sie reagieren würde, wenn ihr das passieren würde. *Die Angst ist eine ansteckende Krankheit,* sagte er sich. Dieser Fall barg ein Stück absolute Schwärze, eine zutiefst unheimliche kritische Masse, und diesem Kern der Geschichte kamen sie allmählich gefährlich nahe. Zum zweiten Mal fragte er sich, ob sie ihr Leben in Gefahr brachten.

»Es ist Zeit, mit dem Bürgermeister zu sprechen«, sagte er plötzlich.

»Machen Sie sich keine Sorgen, das wird schon gutgehen.« Diane betrachtete die hoch aufragende Gestalt von Monsieur Monde und erahnte unter dem Overall seine mächtigen Muskelmassen. Bestimmt machte er jeden Tag stundenlang Krafttraining. Er warf ihr einen freundlichen Blick zu, und sie nickte.

Entgegen dem, was all diese Männer hier zu denken schienen, empfand sie keine besondere Furcht. Vielmehr eine lebhafte fachliche Neugier.

Dann gingen sie schon durch den von Neonlampen erhellten Flur. Der blaue Teppichboden, der die Geräusche ihrer Schritte schluckte. Die weißen Wände …

Im Hintergrund lief leise Musik – wie in einem Supermarkt. Irgendein New-Age-Stück, Harfen- und Klavierklänge, genauso ätherisch wie ein Atemzug.

Die Türen …

Sie ging daran vorbei, ohne sich den Sichtfenstern zu nähern. Xavier ging mit schnellen Schritten vor ihr her. Sie folgte ihm brav.

Kein Geräusch. Es schien, als würden alle schlafen. Man kam sich vor wie in einem modernen, minimalistischen Fünf-Sterne-Designerhotel. Sie erinnerte sich an den langen, unheimlichen Schrei, den sie bei ihrem ersten Aufenthalt in diesen Fluren von der Sicherheitsschleuse aus gehört hatte. Hatte man sie heute eigens ruhiggestellt? Nein, Alex hatte ihr ja gesagt, dass Psychopharmaka bei den meisten wirkungslos waren.

Xavier blieb vor der letzten Tür stehen; er gab eine Zahlenkombination in ein Tastenfeld ein und drückte dann die Klinke.

»Guten Tag, Julian.«

»Guten Tag, Doktor.«

Eine tiefe, ruhige, urbane Stimme. Diane hörte ihn, ehe sie ihn sah.

»Ich bringe Ihnen eine Besucherin, unsere neue Psychologin: Diane Berg. Sie ist Schweizerin wie Sie.«

Sie machte ein paar Schritte auf ihn zu. Julian Hirtmann stand bei einem Fenster mit Blick auf die Krone einer Weißtanne. Er wandte den Blick von der Landschaft ab und sah sie an. Er war über ein Meter neunzig groß, Dr. Xavier wirkte neben ihm wie ein Kind. Um die vierzig, kurzes braunes Haar, harte, gleichmäßige Gesichtszüge. Selbstbewusst. Nicht übel, sagte sie sich, sofern man verklemmte Typen mochte. Hohe Stirn, verkniffener Mund, kantiger Kiefer.

Aber was ihr sofort auffiel, waren seine Augen. Durchdringend. Schwarz. Intensiv. Augen, die verschlagen funkelten, aber nicht zwinkerten. Er kniff die Augen zusammen, und sie spürte, wie sein Blick sie ganz einhüllte.

»Guten Tag, Julian«, sagte sie.

»Guten Tag. Psychologin, wie?«, sagte er.

Sie sah Dr. Xavier lächeln. Auch auf Hirtmanns Lippen zeichnete sich ein verträumtes Lächeln ab.

»In welchem Viertel von Genf wohnen Sie?«

»Cologny«, antwortete sie.

Er nickte und entfernte sich vom Fenster.

»Ich hatte seine sehr schöne Villa am Ufer des Sees. Heute wohnen Neureiche darin. Leute, denen Computer und Handy alles sind, und kein einziges Buch im ganzen Haus. Herrgott!

Percy Bysshe Shelley persönlich hat in diesem Haus gewohnt, als er in der Schweiz lebte, können Sie sich das vorstellen?«

Er starrte sie mit seinen funkelnden schwarzen Augen an. Er erwartete eine Antwort.

»Lesen Sie gern?«, fragte sie ungeschickt.

Er zuckte mit den Achseln, unverkennbar enttäuscht.

»Dr. Berg würde sich gern regelmäßig mit Ihnen unterhalten«, mischte sich Xavier ein.

Er wandte sich ihr abermals zu.

»Tatsächlich? Was habe ich davon? Einmal abgesehen von dem Vergnügen Ihrer Gesellschaft?«

»Nichts«, sagte sie ganz freimütig. »Überhaupt nichts. Ich behaupte gar nicht, ich könnte in irgendeiner Weise Ihr Leid lindern. Im Übrigen leiden Sie ja gar nicht. Ich habe Ihnen nichts anzubieten, einmal abgesehen, wie Sie sagen, von dem Vergnügen meiner Gesellschaft. Aber ich wäre Ihnen dankbar, wenn Sie sich bereit erklären würden, sich mit mir zu unterhalten.«

Weder Liebedienerei noch Lüge – sie sagte sich, dass sie sich nicht schlecht aus der Affäre gezogen hatte. Er fasste sie scharf ins Auge.

»Hm, Offenheit …« Sein Blick wanderte von Diane zu Xavier. »Etwas Seltenes hier. Nehmen wir an, ich erklärte mich einverstanden, worin bestünden diese … *Gespräche?* Ich hoffe, dass Sie nicht beabsichtigen, mich psychoanalytisch zu zerlegen. Ich sage es Ihnen gleich: Das wird nicht funktionieren. Nicht bei mir.«

»Nein, ich meine echte Gespräche. Wir werden uns den unterschiedlichsten Themen zuwenden – ganz nach Ihrer Wahl.«

»Da müssten wir allerdings erst einmal gemeinsame Interessen haben«, meinte er ironisch.

Sie ging nicht darauf ein.

»Erzählen Sie von sich«, sagte er. »Wie sieht Ihr beruflicher Werdegang aus?«

Sie erzählte es ihm. Sie erwähnte die Fakultät für Psychologie und Erziehungswissenschaften an der Universität Genf, das Institut für Rechtsmedizin, die Privatpraxis, in der sie gearbeitet hatte, und das Gefängnis von Champ-Dollon, wo sie ein Praktikum als Psychologin gemacht hatte.

Er nickte langsam und legte sehr ernst einen Finger auf die Unterlippe, als hielte er eine Prüfung ab. Sie verbiss sich ein Lächeln. Sie rief sich in Erinnerung, was er jungen Frauen in ihrem Alter angetan hatte, und die Lust zu lachen verging ihr. »Ich nehme an, dass Sie in dieser speziellen und für Sie neuen Umgebung eine gewisse Furcht empfinden«, sagte er.

Er stellte sie auf die Probe. Er wollte wissen, ob ihr Verhältnis auf Gegenseitigkeit beruhen würde. Er wollte nicht, dass ihre Gespräche eine Einbahnstraße wären, wo er redete und sie nur zuhörte.

»Ja, die Angst vor einer neuen Stelle, einer neuen Gegend, neuen Verantwortlichkeiten«, sagte sie. »Das ist beruflicher Stress. Ich sehe darin etwas Positives, was einen weiterbringt.«

Er nickte.

»Wenn Sie es sagen. Wie Sie wissen, neigt jede Gruppe, die eingesperrt ist, zur Regression. Hier betrifft die Regression nicht nur die Insassen«, sagte er, »sondern auch die Mitarbeiter – und sogar die Psychiater. Sie werden sehen. Es gibt hier drei ineinandergeschachtelte Schutzgehäuse: der Schutzbehälter dieser Irrenanstalt, die Sicherheitshülle dieses Tals und die Schutzhülle des Dorfes unten im Tal – all diese Schwachköpfe, die von Generationen von Verwandtenehen, Inzest und innerfamiliärer Gewalt ausgelaugt sind. Sie werden sehen. In einigen Tagen, einigen Wochen werden Sie wieder zum Kind werden, zu einem kleinen Mädchen, das am liebsten an seinem Daumen lutschen würde ...«

Sie las in seinen kalten Augen die Lust, etwas Obszönes zu sagen, aber er nahm sich zusammen. Er hatte eine eiserne Erziehung genossen ... Plötzlich ging ihr auf, dass Hirtmann sie mit seiner strengen Ausstrahlung an ihren Vater erinnerte, auch äußerlich als der kultivierte alternde Schönling mit den ersten grauen Fäden in seinem braunen Haar. Die gleichen straffen Lippen und Wangen, die gleiche etwas zu lange Nase, der gleiche intensive Blick, der sie maß und beurteilte. Sie spürte, dass sie versagen würde, wenn sie diesen Gedanken nicht verjagte.

Anschließend fragte sie sich, wie dieser selbe Mann Orgien veranstalten konnte, die für ihre Gewalttätigkeit bekannt waren. Hirtmann hatte nicht ein Ich, sondern viele.

»Woran denken Sie?«

Nichts entging ihm. Sie musste das bedenken. Sie beschloss, so offen zu sein, wie sie es konnte – ohne jemals die therapeutische Distanz zu vergessen.

»Sie erinnern mich ein bisschen an meinen Vater«, sagte sie. Zum ersten Mal wirkte er verunsichert. Sie sah ihn lächeln. Sie bemerkte, dass dieses Lächeln sein Aussehen vollkommen veränderte.

»Wirklich?«, sagte er, aufrichtig überrascht.

»Man spürt bei Ihnen die gleiche typische schweizerische bürgerliche Bildung, die gleiche Zurückhaltung und Strenge. Sie strahlen eine protestantische Gesinnung aus, selbst wenn Sie sie längst abgelegt haben. All diese Schweizer Großbürger, die wie doppelt verschlossene Panzerschränke sind. Ich fragte mich, ob er – wie Sie – ein unaussprechliches Geheimnis mit sich herumtrug.«

Xavier warf ihr einen verdutzten und leicht zornigen Blick zu. Hirtmann lächelte noch breiter.

»Nun glaube ich doch, dass wir uns gut verstehen werden«, sagte er. »Wann fangen wir an? Ich kann es gar nicht erwarten, dieses Gespräch fortzusetzen.«

»Unauffindbar«, sagte Ziegler, als sie ihr Handy zuklappte. »Er ist weder im Rathaus noch zu Hause, noch in seiner Fabrik. Anscheinend hat er sich wieder in Luft aufgelöst.« Servaz betrachtete die Gendarmin und anschließend durch die Windschutzscheibe den Fluss.

»Wir werden uns ernsthaft mit dem Bürgermeister befassen müssen. Sobald er wiederauftaucht. Versuchen wir es in der Zwischenzeit bei Perrault.«

Die Angestellte, eine junge Frau von etwa zwanzig Jahren, kaute so kräftig auf ihrem Kaugummi, als hätte sie eine persönliche Abneigung gegen ihn.

Sie wirkte nicht besonders sportlich. Eher wie jemand, der gern Süßigkeiten naschte und stundenlang vor dem Fernseher oder dem Computer sitzen konnte. Servaz sagte sich, dass er ihr an Perraults Stelle nur zögerlich die Kasse anvertraut hätte. Er sah sich um: die Reihen mit Skiern und Snowboards, die Gestelle voller halbhoher Schuhe, die fluoreszierenden Overalls, die Fleecejacken und die modischen Accessoires auf Regalen aus hellem Holz oder dicht hintereinander an Kleiderbügeln. Er fragte sich, nach welchen Kriterien Perrault sie ausgewählt hatte. Vielleicht war sie die Einzige, die sich mit dem Lohn, den er ihr anbot, zufrieden gab.

»Wirkte er besorgt?«, fragte er.

»Mhm …«

Servaz wandte sich Ziegler zu. Sie hatten gerade an der Tür des Einzimmerapartments geläutet, das Perrault, laut Saint-Cyr das dritte Mitglied des Quartetts, über seinem Laden gemietet hatte. Keine Reaktion. Die Angestellte hatte ihnen gesagt, dass sie ihn seit dem Vortag nicht gesehen hatte. Am Montagmorgen hatte er ihr mitgeteilt, er würde ein paar Tage wegbleiben – wegen einer dringenden Familienangelegenheit. Sie hatte ihm gesagt, er solle sich keine Sorgen machen, sie würde sich in der Zwischenzeit um den Laden kümmern.

»Wie besorgt?«, fragte Ziegler.

Die Angestellte kaute zwei- oder dreimal, ehe sie antwortete. »Er sah wirklich fies aus, wie jemand, der nicht geschlafen hatte.« Sie kaute wieder mit offenem Mund. »Und er konnte nicht still sitzen.«

»Schien er Angst zu haben?«

»Mhm. Hab ich doch gerade gesagt.«

Die Angestellte blies eine Kaugummiblase und sah erst im letzten Moment davon ab, sie platzen zu lassen.

»Haben Sie eine Nummer, wo man ihn erreichen kann?«

Die junge Frau zog eine Schublade auf und wühlte zwischen Papieren herum. Sie zog eine Visitenkarte heraus, die sie der Gendarmin hinhielt. Das Logo zeigte einen Berg mit einem Skifahrer, der Zickzackkurven in den Schnee zeichnete, darunter in Zierschrift geschrieben *Sport & Natur.*

»Was für ein Typ Chef ist Perrault?«, fragte sie.

Die Angestellte warf ihm einen misstrauischen Blick zu.

»Der Typ Geizhals«, sagte sie schließlich.

Sufjan Stevens sang *Come on! Feel the Illinoise!* in Espérandieus Kopfhörer, als sein Computer seine Aufmerksamkeit weckte. Auf dem Bildschirm hatte das Bildbearbeitungsprogramm gerade die Aufgabe beendet, für die Vincent es programmiert hatte.

»Schau dir das mal an!«, sagte er zu Samira.

Die Polizistin stand auf. Der Reißverschluss ihres Sweaters war etwas zu tief gerutscht, sodass der Ansatz ihrer Brüste direkt vor Espérandieus Augen prangte, als sie sich vorbeugte.

»Was ist das?«

Der Ring erschien in Großaufnahme. Nicht ganz scharf, aber man konnte deutlich den goldenen Siegelring erkennen, und auf der Oberseite zwei vergoldete Buchstaben vor einem roten Untergrund.

»Dieser Ring hätte an dem Finger stecken sollen, der Grimm abgeschnitten wurde – dem Apotheker, der in Saint-Martin ermordet wurde«, antwortete er mit trockener Kehle.

»Hm, woher wisst ihr das – wo sein Finger doch abgeschnitten war?«

»Es würde zu lange dauern, dir das zu erklären. Was siehst du?«

»Ich würde sagen, zwei Buchstaben«, antwortete Samira und fixierte den Bildschirm.

Espérandieu bemühte sich, den Blick nicht vom Rechner abzuwenden.

»Zwei C?«, sagte er.

»Oder ein C und ein E…«

»Oder ein C und ein D…«

»Oder ein O und ein C…«

»Warte mal.«

Er öffnete mehrere Fenster auf der rechten Seite des Bildschirms, veränderte ein paar Parameter, verschob den Cursor. Dann startete er das Programm neu. Schweigend warteten sie das Ergebnis ab, wobei sich Samira noch immer über seine Schulter lehnte. Espérandieu träumte von zwei sanften und festen vollen Brüsten. Auf der linken Brust hatte sie einen Leberfleck.

»Was, glaubst du, tun sie da drin?«, tönte eine spöttische Stimme von draußen.

Der Computer meldete, dass die Aufgabe beendet war. Sogleich tauchte das Bild wieder auf. Scharf. Die beiden Buchstaben zeichneten sich scharf gegen den roten Hintergrund des Siegelrings ab:

»C S«.

Servaz fand die Mühle wie beschrieben am Ende einer Sackgasse, die vor einem Bach und einem Wald aufhörte. Zunächst erblickte er die Lichter, dann erkannte er ihre schwarze Silhouette. Am Ende der Straße, weit hinter den letzten Häusern, spiegelten sie sich im Bach wider. Drei erhellte Fenster. Darüber: Berge und schwarze Tannen, und ein Himmel voller Sterne. Er stieg aus dem Wagen. Ein kalter Abend, aber weniger kalt als die vorangehenden.

Er fühlte sich frustriert. Nachdem sie vergeblich versucht hatten, Chaperon und Perrault zu finden, war es ihnen auch nicht gelungen, Chaperons Ex-Frau zu erreichen. Sie war von hier weggezogen, um sich in der Nähe von Bordeaux niederzulassen. Der Bürgermeister war geschieden, er hatte irgendwo im Großraum Paris eine Tochter. Bei Serge Perrault hatte eine Überprüfung ergeben, dass er nie verheiratet gewesen war. Wenn man zu alldem noch den seltsamen bewaffneten Frieden, der zwischen Grimm und seinem Hausdrachen herrschte, hinzunahm, drängte sich eine Schlussfolgerung auf: Das Familienleben war nicht gerade die Sache der drei.

Servaz ging über die kleine gebogene Brücke, die von der

Straße zur Mühle führte. Ganz in der Nähe drehte sich in der Dunkelheit ein Schaufelrad; er hörte das Geräusch des Wassers, das gegen Schaufelblätter platschte.

Mit einem Türklopfer klopfte er an eine niedrige Tür. Eine alte, schwere Tür. Sie ging praktisch sofort auf. Gabriel Saint-Cyr erschien, bekleidet mit einem weißen Hemd, an dessen Kragen eine tadellose Fliege prangte, und einer Strickjacke. Von innen drang vertraute Musik heraus. Ein Streicherquartett: Schubert, *Der Tod und das Mädchen.*

»Komm rein.«

Servaz fiel auf, dass er ihn duzte, ging aber nicht weiter darauf ein. Ein angenehmer Küchengeruch umschmeichelte seine Nase, kaum dass er das Haus betreten hatte, und sein Magen reagierte auf der Stelle. Er hatte Hunger. Er hatte seit dem Morgen nur ein Omelett gegessen. Als er rechts die Stufen zum Wohnzimmer hinunterging, hob er unwillkürlich eine Braue: Der Richter hatte großartig aufgetischt. Auf einem strahlend weißen Tischtuch prangten zwei Kerzen in silbernen Kerzenständern.

»Ich bin Witwer«, rechtfertigte er sich, als er Servaz' Blick sah. »Meine Arbeit war mein ganzes Leben, ich hatte mich nicht darauf vorbereitet, dass ich eines Tages nicht mehr arbeiten würde. Auch wenn ich noch zehn oder dreißig Jahre lebe, ändert das nichts daran. Das Altern ist nur eine lange, nutzlose Warterei. Also beschäftige ich mich so lange. Ich frage mich, ob ich vielleicht ein Restaurant aufmachen soll.« Servaz lächelte. Mit Sicherheit war der Richter keiner, der lange inaktiv bliebe.

»Aber sei unbesorgt – du erlaubst doch, dass ich dich in meinem Alter duze? –, ich denke nicht an den Tod. Und wenigstens nutze ich diese Zeit, die nichts mehr wert ist, um meinen Garten zu bestellen und zu kochen. Basteln. Lesen. Reisen …«

»Und für einen kleinen Abstecher ins Gericht, um sich über die aktuellen Fälle auf dem Laufenden zu halten.«

Saint-Cyrs Auge funkelte kurz.

»Genau!«

Er bat ihn, Platz zu nehmen, und ging hinter die Theke der Küche, die zum Speisezimmer hin offen war. Martin sah, wie er sich eine Küchenschürze umband. Ein helles Feuer knisterte im Kamin, und das Licht der Flammen züngelte zwischen den Deckenbalken. Das Wohnzimmer war voller alter Möbel, wohl auf Flohmärkten zusammengekauft, und großer und kleiner Gemälde. Ein echter Antiquitätenladen. »›Wer gut kochen will, braucht einen leichten Kopf, einen edlen Geist und ein großes Herz‹, sagte Paul Gaugin. Macht es dir etwas aus, wenn wir den Aperitif überspringen?«

»Nein, gar nicht«, antwortete Servaz. »Ich sterbe vor Hunger.«

Saint-Cyr kehrte mit zwei Tellern und einer Flasche Wein zurück, wobei er sich mit der Gewandtheit eines professionellen Obers bewegte.

»Kalbsbries in Blätterteig mit Trüffeln«, verkündete er, während er einen großen dampfenden Teller vor Servaz stellte.

Es duftete köstlich. Servaz stieß seine Gabel hinein und führte einen Bissen zum Mund. Er verbrannte sich die Zunge, aber er hatte selten etwas so Gutes gegessen.

»Nun?«

»Wenn Sie als Richter genauso gut waren wie als Koch, dann hat das Gericht von Saint-Martin einen herben Verlust erlitten.«

Saint-Cyr nahm diese Schmeichelei wörtlich. Er konnte sein Kochgenie gut genug einschätzen, um zu wissen, dass sich hinter diesem etwas übertriebenen Kompliment ein ernst gemeintes Lob verbarg. Der kleine Mann neigte die Weißweinflasche zu Servaz' Glas.

»Probier mal.«

Servaz hob das Glas an seine Augen, ehe er es an die Lippen führte. Im Kerzenlicht hatte der Wein die Farbe von fahlem Gold, das smaragdgrün schimmerte. Servaz war kein großer Kenner, aber schon nach dem ersten Schluck war ihm klar, dass er hier einen außergewöhnlichen Wein eingeschenkt bekommen hatte.

»Wunderbar. Wirklich. Auch wenn ich kein Experte bin.« Saint-Cyr nickte.

»Bâtard-Montrachet 2001.«

Er blinzelte Servaz zu und ließ seine Zunge schnalzen.

Schon nach dem zweiten Schluck drehte sich Servaz der Kopf. Er hätte nicht mit leerem Magen kommen dürfen.

»Wollen Sie mich zum Reden bringen?«, fragte er lächelnd. Saint-Cyr lächelte.

»Es ist ein Vergnügen, zu sehen, wie du reinhaust. Man könnte meinen, dass du seit zehn Tagen nichts gegessen hast. Was hältst du von Confiant?«, fragte der Richter plötzlich.

Die Frage traf Servaz unvorbereitet. Er zögerte.

»Ich weiß nicht? Ein bisschen zu früh, um das zu beantworten …«

Wieder sah er das schlaue Funkeln in den Augen des Richters.

»Das stimmt nicht. Du hast dir doch schon ein Urteil gebildet. Es ist negativ. Deshalb willst du nichts sagen.«

Die Bemerkung brachte Servaz aus der Fassung. Der Richter war nicht auf den Mund gefallen.

»Confiant steht sein Name schlecht an«, fuhr Saint-Cyr fort, ohne eine Antwort abzuwarten. »Er vertraut niemandem, und man sollte ihm auch kein Vertrauen entgegenbringen. Das hast du vielleicht schon bemerkt.«

Treffer. Wieder sagte sich Servaz, dass ihm der Mann noch von Nutzen sein könne. Sobald er aufgegessen hatte, räumte Saint-Cyr die Teller ab.

»Kaninchen in Senfsoße«, sagte er, als er zurückkam. »Ist das genehm?«

Er hatte eine zweite Flasche mitgebracht. Diesmal Rotwein. Eine halbe Stunde später, nach einem Dessert mit Äpfeln und einem Glas Sauternes, hatten sie es sich in Sesseln vor dem offenen Kamin bequem gemacht. Servaz fühlte sich gesättigt und ein wenig angeheitert. Erfüllt von einem Gefühl satten Wohlseins, wie er es schon lange nicht mehr erlebt hatte. Saint-Cyr reichte ihm in einem Schwenker einen Cognac, er selbst nahm einen Armagnac.

Dann sah er Servaz scharf an, und ihm war klar, dass sie jetzt Klartext reden würden.

»Du kümmerst dich auch um die Sache mit dem toten Pferd«, erklärte der Richter nach dem ersten Schluck. »Glaubst du, dass es einen Zusammenhang mit dem Mord an dem Apotheker gibt?«

»Vielleicht.«

»Zwei entsetzliche Verbrechen im Abstand von wenigen Tagen und einigen Kilometern.«

»Ja.«

»Wie fandest du Eric Lombard?«

»Arrogant.«

»Mach ihn dir nicht zum Feind. Er hat einen langen Arm, und er könnte dir nützlich sein. Aber lass ihn bei den Ermittlungen auch nicht das Ruder übernehmen.«

Servaz lächelte ein wieder. Der Richter war vielleicht pensioniert, aber aus der Übung war er nicht gekommen.

»Sie wollten mir von den Selbstmördern erzählen.«

Der Richter führte das Glas an seine Lippen.

»Wie kann man heute noch Polizist sein?«, fragte er, ohne auf die Frage zu antworten. »In einer Zeit, wo überall die Korruption herrscht, wo jeder nur noch daran denkt, sich die Taschen vollzustopfen? Wie kann man da noch alles auseinanderhalten? Ist das nicht schrecklich kompliziert geworden?«

»Oh, nein, im Gegenteil, es ist sehr einfach«, sagte Servaz. »Es gibt zwei Sorten Menschen: die Mistkerle und die anderen. Und jeder muss sich entscheiden, zu welchem Lager er gehören will. Wenn man diese Entscheidung nicht trifft, ist man bereits im Lager der Mistkerle.«

»Glaubst du das wirklich? Dann ist es für dich ja ganz einfach: Es gibt die Guten und die Bösen? Du kannst dich glücklich schätzen! Stell dir vor, du könntest bei Präsidentschaftswahlen zwischen drei Kandidaten wählen: der erste ist infolge einer Polioerkrankung halb gelähmt, leidet an Hochdruck, Blutarmut und zahlreichen anderen schweren Erkrankungen, ist Gelegenheitslügner, der eine Astrologin zurate zieht, seine Frau betrügt, ein Kettenraucher, der zu viele Martini trinkt; der zweite ein Fettleibiger, der bereits drei Wahlen verloren hat, an Depressionen leidet, zwei Herzinfarkte überlebt hat, Zigaretten raucht und sich abends mit Champagner, Portwein, Cognac und Whisky volllaufen lässt, ehe er zwei Schlaftabletten einwirft; der dritte schließlich ein dekorierter Kriegsheld, der die Frauen achtet, die Tiere liebt, nur hin und wieder ein Bier trinkt, nicht raucht. Für wen würdest du dich entscheiden?«

Servaz lächelte.

»Ich nehme an, Sie erwarten, dass ich antworte: den Dritten?«

»Na bravo, du hast Roosevelt und Churchill ausgesiebt und dich für Adolf Hitler entschieden. Du siehst, die Dinge sind niemals so, wie sie zu sein scheinen.«

Servaz lachte laut auf. Der Richter gefiel ihm wirklich. Ein Mann mit sicherem Gespür, dessen Gedanken so glasklar waren wie der Wildbach vor seiner Mühle.

»Das ist übrigens das Problem mit den Medien heutzutage«, fuhr der Ruheständler fort. »Sie stürzen sich auf belanglose Details und bauschen sie auf. Das Ergebnis: Wenn es damals schon die heutigen Medien gegeben hätte, wären Roosevelt und Churchill vermutlich nicht gewählt worden. Verlass dich auf deine Intuition, Martin. Nicht auf den äußeren Anschein.«

»Die Selbstmörder«, sagte Servaz noch einmal.

»Sag ich gleich was dazu.«

Der Richter schenkte sich einen zweiten Armagnac ein – dann hob er den Kopf und sah Servaz streng an.

»Ich habe in dieser Sache die Ermittlungen geleitet. Die schwierigsten in meiner ganzen Laufbahn. Alles geschah innerhalb eines Jahres. Zwischen Mai 1993 und Juli 1994, um genau zu sein. Sieben Selbstmorde. Jugendliche zwischen fünfzehn und achtzehn. Und ich erinnere mich daran, als wäre es gestern gewesen.«

Servaz hielt den Atem an. Die Stimme des Richters hatte sich verändert. Sie war jetzt von einer unendlichen Härte und Traurigkeit erfüllt.

»Das erste Mädchen, das sich das Leben nahm, stammte aus einem Nachbarort, Alice Ferrand, sechzehneinhalb Jahre. Eine hervorragende, hochintelligente Schülerin aus gebildetem Elternhaus: der Vater Französischlehrer am Gymnasium, die Mutter Grundschullehrerin. Alice galt als unauffälliges Kind. Sie hatte gleichaltrige Freundinnen. Sie liebte Zeichnen und Musik. Sie wurde von allen hochgeschätzt. Am Morgen des 2. Mai 1993 fand man sie erhängt in einer nahe gelegenen Scheune.«

Erhängt … Servaz schnürte sich die Kehle zusammen, aber er wurde hellhörig.

»Ich weiß, woran du denkst«, sagte Saint-Cyr, als er seinem Blick begegnete. »Aber ich kann dir versichern, dass sie sich selbst erhängt hat, daran besteht nicht der geringste Zweifel. Der Rechtsmediziner war sich da ganz sicher. Es war Delmas, du kennst ihn, ein fähiger Typ. Und in der Schreibtischschublade der Kleinen wurde ein einziges Indiz gefunden: eine von ihr angefertigte Skizze der Scheune, auf der sie den Strick zwischen Balken und Schlinge genau so lang zeichnete, dass ihre kleinen Füße nicht den Boden berührten.«

Den letzten Satz äußerte der Richter mit gebrochener Stimme. Servaz sah, dass er den Tränen nahe war.

»Das war eine wirklich herzzerreißende Geschichte. Ein so bezauberndes Mädchen. Als sich fünf Wochen später, am siebten Juni, ein siebzehnjähriger Junge umbrachte, sah man darin lediglich ein zufälliges Zusammentreffen. Erst beim dritten Suizid, am Ende desselben Monats, wurden wir hellhörig.« – Er trank seinen Armagnac aus und stellte das leere Glas auf den kleinen runden Tisch. »Auch an ihn erinnere ich mich, als wäre es gestern gewesen. In diesem Sommer hatten wir im Juni und Juli eine Gluthitze, herrliches Wetter, sehr warme Abende, die nicht aufhörten. Wir blieben lange in den Gärten, am Fluss oder auf Caféterrassen, um ein wenig Abkühlung zu finden. In den Wohnungen war es zu heiß. Damals hatte man noch keine Klimaanlagen – und auch keine Handys. An diesem Abend des neunundzwanzigsten Juni war ich mit dem Vorgänger von Cathy d'Humières und einem weiteren Staatsanwalt in einem Café. Der Wirt kam zu mir. Er hat auf das Telefon auf der Theke gezeigt. Ein Anruf für mich. Von der Gendarmerie. ›Es wurde noch einer gefunden‹, haben sie gesagt. Ich wusste sofort, worum es ging.«

Servaz spürte, wie es ihm immer kälter wurde.

»Auch dieser hatte sich erhängt, wie die beiden anderen. In einer verfallenen Scheune, hinter einem Weizenfeld. Ich erinnere mich an jedes Detail: den Sommerabend, das reife Getreide, der Tag, der nicht enden wollte, die Hitze, die selbst um zehn Uhr abends noch die Steine glühen ließ, die Fliegen, die Leiche im Schatten der Scheune. An diesem Abend wurde ich ohnmächtig. Ich musste ins Krankenhaus. Dann habe ich das Ermittlungsverfahren weitergeführt. Wie schon gesagt, das war der Fall, der mir am meisten zugesetzt hat: eine echte Plage: das Leid der Angehörigen, das Unverständnis, die Angst, es könnte weitergehen …«

»Kennt man die Motive? Haben sie ihre Taten begründet?« Der Richter sah ihn mit einem Blick an, der noch immer vollkommene Ratlosigkeit ausdrückte.

»Nein. Man hat nie herausgefunden, was ihnen durch den Kopf ging. Keiner hat einen Abschiedsbrief hinterlassen. Natürlich waren alle traumatisiert. Man stand jeden Morgen mit der Angst auf, zu erfahren, dass sich ein weiterer Jugendlicher umgebracht hatte. Niemand hat je verstanden, weshalb das hier, bei uns, passiert ist. Die Eltern mit Kindern im gleichen Alter hatten nur eine Angst: dass sie die nächsten sein könnten. Sie waren regelrecht in Panik. Sie versuchten sie so gut es ging zu überwachen, ohne dass die Kinder etwas davon mitbekamen – oder sie verboten ihnen auszugehen. Das hat länger als ein Jahr gedauert. Insgesamt sieben Kinder. *Sieben!* Und dann war es eines schönen Tages plötzlich vorbei.«

»Das ist eine unglaubliche Geschichte!«, entfuhr es Servaz.

»So unglaublich auch wieder nicht. Ich habe später gehört, dass es in anderen Regionen und Ländern, etwa in Wales, in Quebec und in Japan, ähnliche Ereignisse gegeben hat. Geschichten von Jugendlichen, die beschlossen hatten, gemeinsam in den Tod zu gehen. Heute ist es noch schlimmer. Sie kontaktieren sich übers Internet; sie tauschen in Foren Nachrichten aus: ›Mein Leben hat keinen Sinn, suche Partner zum Sterben.‹ Ich übertreibe nicht. Im Fall der Selbstmorde in Wales fanden sich unter den Beileidsbriefen und Gedichten andere Botschaften: ›Ich werde bald nachkommen‹... Wer würde so etwas für möglich halten?«

»Ich glaube, dass wir in einer Welt leben, in der mittlerweile alles möglich ist«, antwortete Servaz. »Und vor allem das Schlimmste.«

Ein Bild war in seinem Geist aufgetaucht: Ein Junge durchquerte mit schweren Schritten ein Weizenfeld, die untergehende Sonne in seinem Rücken, einen Strick in der Hand. Um ihn herum sangen die Vögel, der lange Sommerabend brauste vom Leben – aber in seinem Kopf herrschte bereits Dunkelheit. Der Richter sah ihn finster an.

»Ja, das glaube ich auch. Und auch wenn diese jungen Leute nichts über ihre Motive verlauten ließen, wissen wir doch, dass sie sich gegenseitig ermunterten, zur Tat zu schreiten.«

»Wie das?«

»Die Gendarmerie hat bei mehreren der Selbstmörder Briefe gefunden: eine Korrespondenz. Offenbar von anderen Selbstmordkandidaten verschickt. Sie sprachen von ihren Plänen, von der Art und Weise, wie sie sie umsetzen wollten, davon, dass sie es kaum erwarten konnten, zur Tat zu schreiten. Das Problem ist, dass diese Briefe nicht mit der Post verschickt wurden und dass alle Pseudonyme verwendeten. Als wir sie fanden, beschlossen wir, von allen Jugendlichen zwischen dreizehn und neunzehn Jahren in der Umgebung Fingerabdrücke machen zu lassen. Auch einen Grafologen zogen wir zurate. Eine mühevolle Kleinarbeit. Ein ganzes Ermittlungsteam saß rund um die Uhr daran. Einige dieser Briefe stammten von denen, die sich bereits umgebracht hatten. Aber dank dieser Arbeit konnten wir auch drei neue Kandidaten identifizieren. Unglaublich, ich weiß. Wir haben sie ständig überwacht und psychologisch betreut. Trotzdem ist es einem von ihnen gelungen, sich in seiner Badewanne mit seinem Haartrockner einen tödlichen Stromstoß zu versetzen. Das siebte Opfer … Die beiden anderen haben ihre Pläne nicht in die Tat umgesetzt.«

»Diese Briefe …?«

»Ja, die habe ich noch. Glaubst du wirklich, dass diese Geschichte etwas mit dem Mord an dem Apotheker und Lombards Pferd zu tun hat?«

»Grimm wurde erhängt gefunden …«, bemerkte Servaz vorsichtig.

»Und das Pferd auch – sozusagen …«

Servaz spürte ein eigenartiges Kribbeln: das Gefühl, dass er einen entscheidenden Schritt vorangekommen war. Aber einen Schritt wohin? Der Richter stand auf. Er verließ das

Zimmer und kehrte nach zwei Minuten mit einem schweren Karton voller Papiere und Ordner zurück.

»Da ist alles drin. Die Briefe, die Kopie der Ermittlungsakte, Gutachten … Bitte mach ihn nicht hier auf.«

Servaz nickte langsam und betrachtete den Karton.

»Gab es sonst noch Gemeinsamkeiten zwischen ihnen? Abgesehen von den Suiziden und den Briefen? Gehörten sie zu einer Bande, einer Gruppe?«

»Du kannst dir denken, dass wir in alle Richtungen gründlich recherchiert haben, wir haben alle Hebel in Bewegung gesetzt. Vergeblich. Die Jüngste war vierzehneinhalb, der Älteste achtzehn. Sie gingen nicht auf dieselbe Schule; sie interessierten sich nicht für das Gleiche, und sie hatten nicht die gleichen Hobbys. Einige kannten sich gut, andere kaum. Ihre einzige Gemeinsamkeit war allenfalls ihre gesellschaftliche Stellung: Sie stammten alle aus der Unter- oder der Mittelschicht. Abkömmlinge der reichen Bourgeoisie von Saint-Martin waren nicht darunter.«

Servaz spürte, wie frustriert der Richter war. Er ahnte, dass er Hunderte von Stunden damit verbracht hatte, der kleinsten Spur, dem kleinsten Indiz nachzugehen, zu versuchen, das Unverständliche zu verstehen. Diese ungeklärte Selbstmordserie hatte im Leben von Gabriel Saint-Cyr eine sehr große Bedeutung. Vielleicht war sie sogar die Ursache seiner gesundheitlichen Probleme und seiner vorzeitigen Verrentung. Er wusste, dass der Richter diese Fragen mit ins Grab nehmen würde. Er würde sie sich immer wieder stellen.

»Gibt es eine Hypothese, die du in Erwägung gezogen, aber nicht weiterverfolgt hast?« Plötzlich verfiel Servaz selbst ins »Du«, als hätte sie das Gefühl, das durch diese Erzählung geweckt worden war, einander angenähert. »Eine Hypothese, die du aus Mangel an Beweisen fallen gelassen hast?«

Der Richter schien zu zögern.

»Wir haben natürlich sehr viele Hypothesen in Betracht gezogen«, antwortete er mit Bedacht. »Aber keine hat sich auch nur ansatzweise bestätigt. Das ist das größte Rätsel meiner gesamten Laufbahn. Ich vermute, alle Ermittlungsrichter und alle Ermittler haben so eines. Ein ungeklärter Fall, der sie bis ans Ende ihrer Tage verfolgen wird. Ein Fall, der für immer einen bitteren Geschmack der Frustration bei ihnen zurücklassen wird – und der all ihre Erfolge überschatten wird.«

»Das stimmt«, pflichtete Servaz bei. »Jeder hat sein ungelöstes Rätsel. Und in solchen Fällen hatten wir immer eine Spur, die wichtiger war als die anderen. Eine Fährte, eine vage Idee, die im Sande verlaufen ist, von der wir aber noch immer das Gefühl haben, dass sie vielleicht irgendwohin hätte führen können, wenn wir nur ein wenig Glück gehabt hätten oder wenn die Ermittlungen anders verlaufen wären. Hast du wirklich nichts in dieser Art? Etwas, was sich nicht in den Akten findet?«

Der Richter holte tief Luft, er hatte die Augen fest auf Servaz gerichtet. Wieder schien er zu zögern. Er zog seine buschigen Brauen hoch, dann sagte er:

»Doch, es gab eine Hypothese, die mir am plausibelsten erschien. Aber diese Hypothese wurde durch keinerlei Erkenntnisse, keine Zeugenaussage gestützt. Also ist sie da dringeblieben«, fügte er hinzu und tippte mit dem Zeigefinger an den Kopf.

»Die Colonie des Isards«, sagte Saint-Cyr. »Du hast vielleicht schon davon gehört?«

Der Name kam Servaz irgendwie bekannt vor – es dauerte eine Weile, bis er sich erinnerte: die leer stehenden Gebäude und das verrostete Schild an der Straße, die zum Institut Wargnier führte. Er erinnerte sich wieder daran, was er beim Anblick dieses düsteren Ortes gedacht hatte.

»Wir sind auf dem Weg zum Institut daran vorbeigefahren. Sie ist geschlossen, oder?«

»Genau«, sagte der Richter. »Aber diese Kolonie war mehrere Jahrzehnte lang in Betrieb. Sie hat nach dem Krieg geöffnet, und bis Ende der Neunzigerjahre kamen Kinder dorthin.«

Er hielt kurz inne.

»Die Colonie des Isards war für die Kinder aus Saint-Martin und Umgebung gedacht, die nicht die Mittel hatten, um sich richtige Sommerferien zu leisten. Sie wurde teilweise von der Stadt verwaltet – mit einem Direktor an der Spitze –, und sie nahm Kinder zwischen acht und fünfzehn Jahren auf. Eine Art Sommerferienlager mit den üblichen Freizeitaktivitäten: Bergwandern, Ballspiele, Sport, Baden in den Gewässern der Umgebung ...«

Der Richter verzog leicht das Gesicht, als hätte er beginnende Zahnschmerzen.

»Was mich stutzig machte, war die Tatsache, dass fünf der Selbstmörder schon in der Kolonie gewesen waren. Und das innerhalb der beiden Jahre, die ihrem Selbstmord vorausgingen. Das war letztlich praktisch ihre einzige Gemeinsamkeit. Als ich ihre Aufenthalte überprüfte, stellte ich fest, dass sie sich auf zwei Sommer verteilten. Und dass im Jahr vor diesen beiden Sommern der Direktor der Kolonie gewechselt hatte ...«

Servaz war jetzt höchst konzentriert. Er ahnte, worauf der Richter hinauswollte.

»Da habe ich begonnen, im Leben dieses Direktors herumzustöbern – ein junger Mann von etwa dreißig Jahren, aber ich habe nichts gefunden: verheiratet, Vater einer kleinen Tochter und eines kleinen Sohns, ein eher unauffälliger Typ …«

»Weißt du, wo er heute ist?«, fragte Servaz.

»Auf dem Friedhof. Er hat vor etwa zehn Jahren mit seinem Motorrad einen Lkw geküsst. Ich habe allerdings keinerlei Anhaltspunkte dafür gefunden, dass die Jugendlichen sexuell missbraucht wurden. Und zwei der Selbstmörder sind auch nie in der Kolonie gewesen. Und da so viele Kinder aus der Region für die Ferien in der Kolonie waren, ist es nicht weiter verwunderlich, dass das eine Gemeinsamkeit von mehreren der Selbstmörder war. Schließlich habe ich diese Spur aufgegeben …«

»Aber du glaubst weiterhin, dass man vielleicht in dieser Richtung weiter hätte ermitteln sollen?«

Saint-Cyr hob den Kopf. Seine Augen funkelten.

»Ja.«

»Du hast mir von dieser Anzeige erzählt, die gegen Grimm und die drei anderen erstattet und gleich darauf wieder zurückgezogen wurde. Ich vermute, du hast die vier im Rahmen der Ermittlungen in den Suizidfällen vernommen?«

»Weshalb hätte ich das tun sollen? Es bestand keine Verbindung.«

»Hast du bestimmt zu keinem Zeitpunkt an sie gedacht?«, sagte Servaz.

Saint-Cyr zögerte erneut.

»Doch, natürlich …«

»Könntest du das etwas näher erläutern?«

»Diese sexuelle Erpressungsgeschichte war nicht das erste

Gerücht, das über diese vier kursierte. Es gab noch weitere, davor und danach. Aber niemals irgendetwas, was zu einer offiziellen Anzeige geführt hätte, abgesehen von diesem einen Mal.«

»Was für Gerüchte?«

»Gerüchte, wonach andere Mädchen genauso behandelt wurden – was bei einigen angeblich ein böses Ende genommen hat. Sie sollen zum Trinken geneigt haben, und wenn sie erst besoffen waren, sollen sie gewalttätig geworden sein … Solche Dinge … Aber die Mädchen, um die es dabei ging, waren alle volljährig oder fast volljährig. Und die Selbstmörder waren Jugendliche. Und so habe ich diese Spur nicht weiterverfolgt. Außerdem waren Gerüchte damals wahrlich keine Mangelware.«

»Und stimmte es, was Grimm und die anderen anlangte?«

»Vielleicht … Aber mach dir keine Illusionen: Das ist hier so wie überall. Es gibt unzählige Klatschweiber und selbst ernannte Hauswarte, die nur zum Zeitvertreib die übelsten Geschichten über ihre Nachbarn verbreiten. Und bei Bedarf erfinden sie auch einfach welche. Das beweist nichts. Da war mit Sicherheit etwas Wahres dran, aber jedes Mal, wenn jemand dieses Gerücht aufschnappte, hat er es vermutlich ziemlich aufgeblasen.«

Servaz nickte.

»Aber du fragst dich zu Recht, ob der Mord an dem Apotheker nicht auf die eine oder andere Art mit solchen alten Geschichten zusammenhängt«, fuhr der Richter fort. »Alles, was in diesem Tal geschieht, wurzelt in der Vergangenheit. Wenn du die Wahrheit aufdecken willst, wirst du jeden Stein umdrehen müssen – um nachzusehen, was sich darunter befindet.«

»Und Hirtmann, welche Rolle spielt er dabei?«

Der Richter sah ihn nachdenklich an.

»Als ich noch Ermittlungsrichter war, nannte ich das immer das ›unpassende Detail‹. In jedem Fall gab es eines: ein Mosaiksteinchen, das einfach nicht ins Bild passte. Wenn man es entfernte, war alles stimmig. Aber es war da. Es wollte nicht weggehen. Es bedeutete, dass uns irgendwo irgendetwas entgangen war. Manchmal war es wichtig. Manchmal nicht. Es gibt Richter und Polizisten, die beschließen, es glattweg zu ignorieren; viele Justizirrtümer sind darauf zurückzuführen. Was mich angeht, habe ich dieses Detail niemals außer Acht gelassen. Aber ich habe mich auch nicht davon beherrschen lassen.«

Servaz sah auf seine Uhr und stand auf.

»Schade, dass wir bei diesem Fall nicht zusammenarbeiten«, sagte er. »Ich hätte lieber mit dir zu tun gehabt als mit Confiant.«

»Danke«, sagte Saint-Cyr und stand seinerseits auf. »Ich glaube, wir hätten ein gutes Team abgegeben.«

Er zeigte auf den Esstisch, die Küche und die leeren Gläser auf dem Bistrotisch vor dem Kamin.

»Ich mach dir einen Vorschlag. Jedes Mal, wenn du in Saint-Martin übernachten und zu Abend essen musst, findest du hier einen gedeckten Tisch. So brauchst du nicht das schlechte Hotelessen in dich hineinzustopfen oder mit leerem Magen ins Bett zu gehen.«

Servaz lächelte.

»Wenn es immer so reichhaltig ist, werde ich bald nicht mehr ermitteln können.«

Gabriel Saint-Cyr lachte herzlich und vertrieb so die Anspannung, die seine Geschichte hatte aufkommen lassen.

»Sagen wir, dass es sich um ein Einstandsessen handelt. Ich wollte dich mit meinen kulinarischen Talenten beeindrucken. Die nächsten werden bescheidener ausfallen. Versprochen. Man muss den Commandanten schließlich in Form halten.«

»Dann nehme ich die Einladung gerne an.«

»Und dann«, fuhr der Richter mit einem Blinzeln fort, »können wir auch über die Fortschritte bei deinen Ermittlungen diskutieren. Natürlich im Rahmen dessen, was du mir erzählen darfst. Sagen wir, aus einer eher theoretischen als praktischen Perspektive. Es ist immer eine gute Sache, wenn man seine eigenen Hypothesen und seine Schlussfolgerungen vor einem Dritten ausbreiten und begründen muss.«

Servaz wusste, dass der Richter recht hatte. Trotzdem hatte er nicht die Absicht, ihm alles zu sagen. Aber er wusste, dass ihm Saint-Cyr mit seinem scharfen Verstand und seiner professionellen Logik nützlich sein konnte. Und wenn sein aktueller Fall mit dem der Selbstmörder zusammenhing, könnte er sehr viel von dem Exrichter erfahren.

Zum Abschied drückten sie sich herzlich die Hand, und Servaz ging hinaus in die Nacht. Auf der kleinen Brücke merkte er, dass es wieder zu schneien begonnen hatte. Er atmete die Nachtluft tief ein, um einen klaren Kopf zu bekommen, und die Flocken benetzten seine Wangen. Er gelangte gerade zu seinem Auto, als in seiner Tasche das Handy vibrierte.

»Es gibt Neuigkeiten«, sagte Ziegler.

Servaz verkrampfte sich. Er betrachtete die Mühle auf der anderen Seite des Bachs. Hinter einem Fenster ging die Silhouette des Richters vorbei – er trug Teller und Bestecke ab. Dicht fielen über der dunklen Mühle die Schneeflocken. »Wir haben am Tatort Blut von einer anderen Person als Grimm gefunden. Die DNA ist gerade identifiziert worden.« Servaz hatte das Gefühl, dass sich unter seinen Füßen ein Abgrund auftat. Er schluckte seinen Speichel hinunter. *Er wusste, was sie gleich sagen würde.*

»Es ist die von Hirtmann.«

Es war kurz nach Mitternacht, als in der Klinik das leise Quietschen einer Tür zu hören war. Diane schlief nicht. Sie lag auf ihrem Bett, starrte mit offenen Augen in die Finsternis und wartete – noch immer angekleidet. Sie wandte den Kopf um und sah den Lichtstreifen unter ihrer Tür. Dann hörte sie die leisen Schritte.

Sie stand auf.

Warum tat sie das? Nichts zwang sie dazu. Sie machte die Tür einen Spaltbreit auf.

Der Gang war wieder dunkel – aber die Treppe am Ende des Gangs war beleuchtet. Sie warf einen Blick zur anderen Seite und trat hinaus. Sie trug Jeans, einen Pullover und Hausschuhe. Wie würde sie erklären, was sie um diese Uhrzeit auf den Gängen tat, wenn sie unverhofft jemandem gegenüberstehen sollte? Sie kam an die Treppe. Sie lauschte. Unten das Echo flüchtiger Schritte. Sie hörten weder im dritten noch im zweiten Stock auf. Sondern im ersten Geschoss. Diane rührte sich nicht mehr. Sie wagte es nicht, sich über das Geländer zu beugen.

Ein Klicken.

Die Person, der sie folgte, hatte gerade den Zugangscode in das Tastenfeld neben der Sicherheitsschleuse eingegeben. Eine elektronische Sicherung pro Etage. Bis auf die letzte, wo sich die Schlafräume des Personals befanden. Sie hörte die Tür im ersten Stock summen – sie ging auf und wieder zu. *Tat sie das hier gerade wirklich? An ihrem neuen Arbeitsplatz nachts jemandem nachschleichen?*

Sie stieg ihrerseits die Treppen hinunter bis zur Sicherheitstür im ersten Stock. Sie zögerte, zählte bis zehn und wollte gerade den Code eingeben, als ein Gedanke sie zurückhielt.

Die Kameras …

Sämtliche Bereiche, in denen sich die Patienten bewegten und schliefen, wurden von Überwachungskameras kontrolliert. Sie waren an allen strategischen Stellen montiert – im Erdgeschoss ebenso wie im ersten, zweiten und dritten Stock. Nur in den Dienstbotenaufgängen, die für die Insassen unerreichbar waren, sowie im vierten Stock, wo sich die Schlafräume des Personals befanden, gab es keine Kameras. Überall sonst spähten sie jeden Winkel aus. Sie konnte ihre Beschattung unmöglich fortsetzen, ohne früher oder später in ihr Sichtfeld zu gelangen …

Die Person vor ihr hatte also keine Angst davor, gefilmt zu werden. Aber wenn die Kameras aufzeichneten, wie Diane dieser Person nachschlich, *würde ihr eigenes Verhalten Verdacht erregen …*

Während ihr diese Gedanken durch den Kopf gingen, hallten hinter der Tür Schritte wider. Sie konnte sich gerade noch auf die Treppe flüchten und sich dort verstecken, als die biometrische Verriegelung erneut summte.

Einen kurzen Moment lang schnürte ihr die Angst das Herz zusammen. Doch statt zu den Schlafzimmern hinaufzusteigen, ging die Person, der sie gefolgt war, weiter nach unten. Diane zögerte nur kurz.

Du bist verrückt!

Vor der Tür im Erdgeschoss angelangt, blieb sie stehen. Niemand zu sehen. *Wo ist sie?* Wenn der oder die Unbekannte die Gemeinschaftsräume betreten hätte, hätte Diane ein weiteres Mal die Sicherheitsschlösser summen hören müssen. Beinahe hätte sie Kellertür zu ihrer Linken übersehen, unterhalb eines letzten Treppenarms: *sie fiel gerade wieder zu...* Die Tür hatte auf dieser Seite nur einen festen Griff, sie ließ sich nur mit einem Schlüssel öffnen. Sie machte einen Satz und schob die Hand in den Spalt, kurz bevor die schwere Metalltür ganz zufiel.

Sie musste einige Kraft aufwenden, um sie aufzuziehen.

Weitere Stufen, diesmal aus nacktem Beton. Sie führten in die finsteren Tiefen des Kellergeschosses. Fünfzehn Stufen bis zu einem Treppenabsatz, dann weitere Stufen in entgegengesetzter Richtung. Eine steile Treppe, fleckige Wände. Sie zögerte.

Es war eine Sache, jemandem durch die Gänge des Instituts zu folgen – wenn man sie überraschte, konnte sie immer noch vorschützen, dass sie bis spätabends in ihrem Büro gearbeitet und sich dann verlaufen habe... *Etwas ganz anderes war es, dieser Person in den Keller nachzugehen.*

Die Schritte gingen immer weiter abwärts...

Von innen konnte man die schwere Tür mit einem waagerechten Bügel öffnen. Mit einem sanften Klacken ließ sie sie hinter sich ins Schloss fallen. Klamme, kühle Luft und Kellergeruch schlugen ihr entgegen. Sie begann mit dem Abstieg. Sie war gerade auf dem zweiten Treppenarm, als plötzlich das Licht erlosch. Ihr Fuß verpasste die nächste Stufe. Sie verlor das Gleichgewicht, stieß einen leisen Schrei aus, und ihre Schulter stieß hart gegen die Mauer. Diane verzog das Gesicht vor Schmerzen und fuhr sich mit der Hand an die Schulter. Dann hielt sie den Atem an. *Es waren keine Schritte mehr zu hören!* Die Angst – die bis dahin nur vage am Rande ihres Gehirns herumgewabert war – überfiel sie mit einem Schlag. Ihr Herz pochte; sie hörte nichts mehr außer dem Rauschen des Blutes in ihrem Ohr. Sie wollte kehrtmachen, als die Schritte wieder einsetzten. *Sie entfernten sich …* Diane sah nach unten. Es war nicht absolut dunkel: Ein vager, gespenstischer Schimmer drang von unten herauf und überzog die Wände wie mit einer dünnen gelben Farbschicht. Sie stieg weiter nach unten, setzte vorsichtig einen Fuß vor den anderen und gelangte in einen schwach beleuchteten langen Korridor.

Rohre und Bündel elektrischer Kabel unter der Decke, Roststreifen und schwarze Feuchtigkeitsflecken an den Wänden.

Das Kellergeschoss …

Ein Ort, den bestimmt nur wenige Mitarbeiter kannten.

Verbrauchte Luft; bei der schrecklichen Kälte und der Feuchtigkeit musste sie an ein Grab denken.

Die Geräusche – Schritte, die sich entfernten, das Tropfen des Schwitzwassers von der Decke, das Brummen eines fernen Belüftungssystems: alles wirkte jetzt unheimlich.

Sie erschauderte.

Ein kalter Schauer, der ihr über den Rücken rieselte. Sollte sie weitergehen oder nicht? Mit den vielen Kreuzungen und Gängen sah es hier aus wie in einem Labyrinth. Sie bezwang ihre Angst und versuchte, die Richtung auszumachen, in die sich die Schritte bewegten. Sie wurden immer leiser, und das Licht wurde ebenfalls schwächer: Sie musste sich beeilen. Licht und Geräusche kamen aus derselben Richtung. Sie gelangte zur nächsten Ecke und beugte sich vor. *Eine Gestalt ganz am Ende …* Sie konnte nur einen flüchtigen Blick erhaschen, denn schon in der nächsten Sekunde bog sie rechts um eine Ecke.

Diane wurde klar, dass das flackernde Licht, das mit der Person zu wandern schien und den Gang erhellte, von einer Taschenlampe stammte.

Mit zusammengeschnürter Kehle stürzte sie der Gestalt nach, um nicht allein in der Finsternis zurückzubleiben. Sie zitterte – vor Kälte oder Angst. *Das ist doch Wahnsinn! Was mache ich hier?* Sie hatte absolut nichts zur Hand, um sich zu verteidigen! Außerdem musste sie aufpassen, wo sie ihre Füße hinsetzte: an einigen Stellen waren die Gänge, obwohl sie breit waren, durch einen Haufen alten Plunder – Lattenroste, Matratzen, eiserne Bettstellen, die an der Wand lehnten, ramponierte Waschbecken, kaputte Sessel und Stühle, Kartons, ausrangierte Computer und Fernseher – so verstopft, dass man kaum durchkam. Zu allem Überfluss bog die Gestalt in einem fort nach rechts und links ab und drang so immer tiefer ins Innere des Instituts vor. Diane konnte nur an dem verschwommenen, zitternden Lichtschein, der hinter der Gestalt herwanderte, erahnen, welche Richtung sie eingeschlagen hatte. Fast hätte sie aufgegeben und wäre auf dem gleichen Weg, auf dem sie hergekommen war, zurückgegangen. Aber dafür war es zu spät: In der Dunkelheit würde sie den Ausgang nie wiederfinden! Sie fragte sich, was passieren würde, wenn sie auf einen Schalter drückte und das ganze Kellergeschoss hell erleuchtet würde. Dann wüsste der da vorn, dass ihm jemand folgte. Wie würde er reagieren? Würde er umkehren? Diane blieb nichts anderes übrig, als dem wandernden Licht zu folgen. In der fast vollständigen Finsternis um sie herum kratzten winzige Krallen auf dem Boden. *Ratten!* Sie nahmen vor ihr Reißaus. Diane spürte, wie die Dunkelheit auf ihren Schultern lastete. Der Lichtschein wurde je nach dem Abstand zwischen ihnen heller oder schwächer …

Ihr wurde immer klarer bewusst, dass sie einem unüberlegten Impuls nachgegeben hatte. Weshalb war sie nicht in ihrem Zimmer geblieben?

Plötzlich hörte sie das Quietschen einer Eisentür, dann ging die Tür wieder zu – und sie fand sich in völliger Dunkelheit! Als hätte man ihr Augenklappen umgebunden. Sie war völlig orientierungslos… Sie sah weder ihren Körper noch ihre Füße, noch ihre Hände… Nichts als schwarz auf schwarz… Ein undurchdringliches Schwarz. Das Blut begann in ihren Ohren zu pochen, und sie versuchte zu schlucken, aber ihr Mund war trocken. Sie drehte sich um – nichts. Da waren noch immer die dumpfen Geräusche des Belüftungssystems und des Wassers, das irgendwo heraussickerte, aber sie schienen ihr so weit weg und so nutzlos zu sein wie ein Nebelsignal für ein sinkendes Schiff in einer stürmischen Nacht. Dann erinnerte sie sich an ihr Handy, das noch immer in der Gesäßtasche ihrer Hose steckte. Zitternd zog sie es heraus. Das Display leuchtete noch schwächer, als sie befürchtet hatte. Es erhellte kaum ihre Fingerspitzen. Sie begann zu gehen, bis der matte Lichthof etwas anderes beleuchtete als ihre eigene Hand: eine Mauer. Oder wenigstens ein paar Quadratzentimeter Beton. Mehrere Minuten folgte sie langsam der Mauer, bis sie einen Schalter entdeckte. Die Neonröhren flackerten, ehe sie das Kellergeschoss erleuchteten, und sie stürzte zu der Stelle, wo sie die Tür hatte zuschlagen hören. Sie sah genauso aus wie die Tür, durch die sie in den Keller gekommen war. Sie drückte den Sicherheitsriegel auf, als ihr plötzlich einfiel, dass sie, sobald sie auf der anderen Seite war und die Tür wieder zu war, nicht mehr umkehren könnte. Sie ging ein paar Schritte in den Keller zurück, fand neben anderen ausrangierten Gegenständen ein Brett und schob es zwischen Tür und Rahmen, nachdem sie darüber hinweggestiegen war.

Eine Treppe und ein großes Glasfenster... Sie erkannte sie auf Anhieb wieder... *Hier war sie schon einmal gewesen...* Sie stieg die ersten Stufen hinauf, dann blieb sie stehen... Es wäre sinnlos weiterzugehen... Sie wusste, dass da oben eine Kamera hing. Und eine dicke Panzertür, die auf eine Sicherheitsschleuse ging.

Irgendjemand schlich sich nachts in Station A...

Jemand, der die Hintertreppen und das Untergeschoss benutzte, um den Überwachungskameras zu entgehen. Bis auf die über der Panzertür... Diane hatte feuchte Hände und ein sehr mulmiges Gefühl. Sie wusste, was das bedeutete: Dieser Jemand hatte einen Komplizen unter den Wachleuten von Station A.

Sie sagte sich, dass vielleicht nichts dahintersteckte. Mitarbeiter des Instituts, die, statt zu schlafen, heimlich Poker spielten; oder auch eine heimliche Affäre zwischen Monsieur Monde und einer Bediensteten. Aber tief in ihrem Innern wusste sie, dass hier etwas ganz anderes vorging. Sie hatte schon zu viel gehört. Sie hatte eine Reise zu einem Ort unternommen, an dem Wahnsinn und Tod herrschten. Doch anders, als sie erwartet hatte, war beides hier nicht unter Kontrolle: Unerklärlicherweise war es ihnen gelungen, aus ihrer Büchse zu entweichen. Hier war etwas Unheimliches im Gange, und – ob es ihr gefiel oder nicht – sie war durch ihre Ankunft in der Klinik in diese Sache mit hineingezogen worden...

18

DER SCHNEE FIEL immer dichter, und er begann liegen zu bleiben, als Servaz vor der Gendarmerie parkte. Der Wachhabende am Empfang döste vor sich hin. Das Eisengitter war heruntergelassen worden, und er musste es für Servaz hochziehen. Den schweren Karton in den Armen, steuerte der Polizist auf das Besprechungszimmer zu. Die Gänge waren verwaist und still. Es war kurz vor Mitternacht.

»Hier lang«, sagte eine Stimme, als er an einer offenen Tür vorbeiging. Er blieb unvermittelt stehen und warf einen Blick durch die offene Tür. Irène Ziegler hatte sich in einem kleinen Büro niedergelassen, das in Dämmerlicht gehüllt war. Nur eine einzige Lampe brannte. Durch die Jalousien sah er Flocken, die im Licht einer Straßenlaterne umherwirbelten. Ziegler gähnte und streckte sich. Er ahnte, dass sie eingenickt war, während sie auf ihn wartete. Sie betrachtete den Karton. Dann lächelte sie ihn an. Zu dieser vorgerückten Stunde fand er ihr Lächeln mit einem Mal bezaubernd.

»Was ist das?«

»Ein Karton.«

»Das sehe ich. Und was ist drin?«

»Alles über die Selbstmörder.«

Ihre grünen Augen funkelten kurz vor Erstaunen und Interesse.

»Haben Sie das von Saint-Cyr?«

»Kaffee?«, fragte er, während er den schweren Karton auf den nächsten Schreibtisch stellte.

»Ohne Milch, mit Zucker. Danke.«

Er verließ das Zimmer und ging bis zu dem Automaten am Ende des Gangs, dann kehrte er mit zwei Styroporbechern zurück.

»Für dich!«, sagte er.

Sie sah ihn überrascht an.

»Vielleicht wäre es an der Zeit, dass wir uns duzen, was meinst du?«, entschuldigte er sich und dachte daran, wie unbefangen ihn der Richter sofort geduzt. Wieso, verdammt noch mal, brachte er das nicht hin? War es die späte Stunde oder ihr überraschendes Lächeln, das ihn dazu bewogen hat, sich unverwandt ein Herz zu fassen?

Er sah Ziegler abermals lächeln.

»Einverstanden. Also dieses Abendessen scheint ja aufschlussreich gewesen zu sein.«

»Du zuerst.«

»Nein, du.«

Er setzte sich knapp auf die Kante des Schreibtischs und sah auf dem Bildschirm ein Solitaire-Spiel. Dann legte er los. Ziegler hörte ihm aufmerksam zu, ohne ihn ein einziges Mal zu unterbrechen.

»Das ist ja unglaublich!«, sagte sie, als er fertig war.

»Was mich wundert, ist, dass du nichts davon gehört hast.« Sie runzelte die Stirn und blinzelte.

»Vage sagt mir das schon etwas. Vielleicht von ein paar Zeitungsartikeln. Oder von Gesprächen bei Tisch zwischen meinen Eltern. Schließlich war ich damals noch nicht bei der Gendarmerie. Denk mal, ich war damals ungefähr so alt wie diese Jugendlichen.«

Ihm wurde auf einmal klar, dass er nichts über sie wusste. Nicht einmal, wo sie wohnte. Und dass sie nichts über ihn wusste. Seit einer Woche drehten sich all ihre Gespräche nur um die Ermittlungsarbeit.

»Dabei hast du doch ganz in der Nähe gewohnt«, hakte er nach.

»Meine Eltern haben etwa fünfzehn Kilometer von Saint-Martin entfernt in einem anderen Tal gewohnt. Ich bin hier nicht zur Schule gegangen. Wenn du als Jugendlicher aus einem anderen Tal kamst, war das so, als würdest du aus einer anderen Welt stammen. Für ein Kind sind fünfzehn Kilometer wie tausend für einen Erwachsenen: Jeder Heranwachsende hat sein Revier. Zu dieser Zeit nahm ich den Schulbus zwanzig Kilometer weiter westlich, und ich ging aufs Gymnasium in Lannemezan, vierzig Kilometer von hier. Anschließend habe ich in Pau Jura studiert. Jetzt, wo du es sagst, erinnere ich mich, dass auf dem Schulhof über diese Selbstmorde gesprochen wurde. Ich muss es wohl verdrängt haben.«

Er spürte, dass sie nur widerstrebend über ihre Jugend sprach, und er fragte sich, wieso.

»Es wäre interessant, Propp nach seiner Meinung zu fragen«, sagte er.

»Seine Meinung worüber?«

»Wieso du dich nicht an diese Ereignisse erinnern kannst.« Sie warf ihm einen zweideutigen Blick zu.

»Gibt es denn eine Verbindung zwischen dieser Geschichte von den jugendlichen Selbstmördern und dem Mord an Grimm?«

»Vielleicht nicht.«

»Weshalb interessierst du dich dann dafür?«

»Der Mord an Grimm scheint ein Racheakt zu sein, und irgendetwas oder irgendjemand hat die Jugendlichen dazu bewogen, sich das Leben zu nehmen. Und dann ist da die Anzeige wegen dieser sexuellen Erpressungsgeschichte, die vor einigen Jahren gegen Grimm, Perrault und Chaperon erstattet wurde … Wenn man diese Puzzleteile zusammenfügt, welches Bild ergibt sich dann?«

Servaz spürte plötzlich, wie ihn ein elektrischer Schlag durchzuckte: *Sie hatten etwas.* Es war da, in Reichweite. Der finstre Kern der Geschichte, die kritische Masse – von der alles ausging. Irgendwo, versteckt in einem toten Winkel … Er spürte, wie das Adrenalin durch seine Venen schoss.

»Ich schlage vor, wir schauen uns erst mal an, was in diesem Karton ist«, sagte er mit leicht zitternder Stimme.

»Legen wir los?«, fragte sie – aber eigentlich war es gar keine richtige Frage.

Er las in ihrem Gesicht die gleiche Hoffnung und die gleiche Aufregung. Servaz sah auf die Uhr, es war fast ein Uhr morgens. Hinter den Jalousien schneite es noch immer.

»Okay. Das Blut …«, fragte er in einem plötzlichen Themawechsel. »Wo genau wurde es gefunden?«

Sie warf ihm einen bestürzten Blick zu.

»Auf der Brücke, in der Nähe der Stelle, wo der Apotheker aufgehängt wurde.«

Eine Weile sagte keiner von ihnen ein Wort.

»Blut«, wiederholte er. »Das kann nicht sein!«

»Das Labor ist sich ganz sicher.«

»Blut … Als ob …«

»Als ob sich Hirtmann verletzt hätte, als er den Körper von Grimm aufhängte …«

Jetzt nahm Irène Ziegler die Dinge in die Hand. Sie stöberte in dem Karton voller Aktenmappen, Ordner, Stenoblocks und administrativer Briefe herum, bis sie eine Aktenmappe mit der Aufschrift »Zusammenfassung« ausgrub. Ganz offenbar hatte Saint-Cyr sie selbst verfasst; der Richter hatte eine klare, feine und schwungvolle Handschrift – das genaue Gegenteil einer krakeligen Arztklaue. Servaz stellte fest, dass er die verschiedenen Phasen des Ermittlungsverfahrens mit einer bemerkenswerten Klarheit und Prägnanz resümiert hatte. Anschließend benutzte Ziegler diese Zusammenfassung, um sich in dem Durcheinander des Kartons zurechtzufinden. Sie begann damit, die einzelnen Bestandteile der Akte herauszunehmen und sie zu kleinen Haufen zu schichten: die Obduktionsberichte, die Vernehmungsprotokolle, die Befragungen der Eltern, die Liste der Beweisstücke, die Briefe, die bei den Jugendlichen zu Hause gefunden wurden … Saint-Cyr hatte für seinen persönlichen Gebrauch Fotokopien von sämtlichen Unterlagen in der Ermittlungsakte angefertigt. Neben den Fotokopien fanden sich:

Zeitungsausschnitte,

Haftnotizen,

lose Blätter,

Landkarten, auf denen mit einem Kreuz die Stelle, an der sich jeder Jugendliche umgebracht hatte, markiert war; außerdem waren rätselhafte Routen aus Pfeilen und roten Kreisen eingezeichnet,

Schulzeugnisse,

Klassenfotos,

beschriebene Notizzettel,

Mauttickets …

Servaz war sprachlos. Der alte Richter hatte diese Geschichte offensichtlich zu seiner persönlichen Angelegenheit gemacht. Wie anderen Ermittlern zuvor hatte auch ihm diese rätselhafte Serie von Selbsttötungen keine Ruhe gelassen. Hatte er wirklich gehofft, er könnte den wahren Sachverhalt der Geschichte nach seiner Pensionierung aufklären, wenn er seine ganze Zeit darauf verwenden könnte? Dann fanden sie ein noch bedrückenderes Dokument: die Liste der sieben Opfer mit ihren Fotos und den Daten ihres Selbstmords.

2. Mai 1993: Alice Ferrand, 16 Jahre
7. Juni 1993: Michaël Lehmann, 17 Jahre
29. Juni 1993: Ludovic Asselin, 16 Jahre
5. September 1993: Marion Dutilleul, 15 Jahre
24. Dezember 1993: Séverine Guerin, 18 Jahre
16. April 1994: Damien Llaume, 16 Jahre
9. Juli 1994: Florian Vanloot, 17 Jahre

»Mein Gott!«

Seine Hand zitterte, als er sie auf dem Schreibtisch im Schein der Lampe ausbreitete: sieben Fotos, angeheftet an sieben kleine Karteikarten, die ihm Ziegler hinhielt. Sieben lächelnde Gesichter. Die einen sahen ins Objektiv; die anderen wandten den Blick ab. Er betrachtete seine Kollegin. Sie stand neben ihm wie vom Blitz getroffen. Dann richteten sich Servaz' Augen wieder auf die Gesichter. Vor Erschütterung schnürte sich ihm die Kehle zu.

Ziegler hielt ihm die eine Hälfte der Obduktionsberichte hin und vertiefte sich in die andere Hälfte. Eine Zeitlang lasen sie schweigend. Die Berichte gelangten zu dem wenig überraschenden Ergebnis, der Tod sei stets durch Erhängen erfolgt, bis auf ein Opfer, das sich von einem Berg heruntergestürzt habe, und den unbeaufsichtigten Jungen, der sich in seiner Badewanne einen tödlichen Stromschlag beibrachte. Die Rechtsmediziner hatten nichts Ungewöhnliches oder Erklärungsbedürftiges festgestellt: die »Tatorte« waren klar; alles sprach dafür, dass die Jugendlichen allein an den Ort ihres Todes gekommen waren und dass ihnen niemand geholfen hatte. Vier der Obduktionen waren von Delmas und einem anderen Rechtsmediziner, den Servaz kannte und der genauso kompetent war, durchgeführt worden. Nach den Leichenschauen war im Umfeld der Opfer ermittelt worden. Persönlichkeitsprofile waren erstellt worden, und zwar unabhängig von den Aussagen ihrer Eltern. Wie immer gab es in dem ganzen Tratsch einige niederträchtige oder gehässige Gerüchte, aber insgesamt vermittelten die Aussagen das Bild von gewöhnlichen Jugendlichen, abgesehen von einem auffälligen Jungen, Ludovic Asselin, der für seine Aggressivität gegen Kameraden und sein aufsässiges Verhalten gegenüber Autoritätspersonen bekannt war. Die ergreifendsten Aussagen bezogen sich auf Alice Ferrand, das erste Opfer, das bei allen beliebt war und einmütig als ein überaus sympathisches Mädchen geschildert wurde. Servaz betrachtete das Foto: Sie hatte strohblondes lockiges Haar und porzellanweiße Haut und starrte mit ihren schönen, ernsten Augen in die Kamera. Ein sehr hübsches Gesicht, bei dem man den Eindruck hatte, dass jedes Detail von einem Miniaturmaler präzise gestaltet worden war. Das Gesicht war das eines schönen jungen Mädchens von sechzehn Jahren – aber der Blick war der einer sehr viel Älteren. Es lag Intelligenz darin. *Aber noch etwas anderes…* Oder bildete er sich das nur ein?

Gegen drei Uhr früh waren sie ziemlich erschöpft. Servaz beschloss, sich ein wenig Ruhe zu gönnen. Er ging zur Toilette, wo er sein Gesicht unter kaltes Wasser hielt. Dann richtete er sich wieder auf und betrachtete sich im Spiegel; eine der Neonröhren blinkte knisternd und warf ein unheimliches Licht auf die Reihe der Türen hinter ihm. Servaz hatte bei Saint-Cyr zu viel gegessen und getrunken, er war erschlagen, und das sah man ihm an. Er ging sich erleichtern, wusch sich die Hände und trocknete sie unter dem Gebläse. Auf dem Rückweg blieb er vor dem Getränkeautomaten stehen.

»Kaffee?«, rief er in den menschenleeren Gang hinein.

Seine Stimme hallte in der Stille wider. Durch die offene Tür am anderen Ende des Gangs kam die Antwort:

»Ohne Milch! Mit Zucker! Danke!«

Er fragte sich, ob sich außer ihnen und dem Wachhabenden am Eingang sonst noch jemand in dem Gebäude aufhielt. Er wusste, dass die Gendarmen in einem anderen Flügel wohnten. Den Becher in der Hand, schlängelte er sich in der ins Dunkel getauchten Cafeteria zwischen den gelben, roten und blauen runden Tischen hindurch. Hinter dem großen Glasfenster, das durch ein Metallrollo geschützt wurde, fiel der Schnee still auf einen kleinen Garten. Ordentlich geschnittene Hecken, ein Sandkasten und eine Plastikrutsche für die Kinder der Gendarmen, die hier wohnten. Dahinter erstreckte sich die weiße Ebene, und dann, im Hintergrund, die Berge, die sich vor dem schwarzen Himmel abhoben. Abermals dachte er an die Klinik und ihre Insassen. Und an Hirtmann … *Sein Blut auf der Brücke.* Was bedeutete das? »Es gibt immer ein unpassendes Detail«, hatte Saint-Cyr gesagt. Manchmal war es wichtig, manchmal nicht …

Es war halb sechs, als Servaz sich in seinem Stuhl zurücklehnte und erklärte, nun sei es genug. Ziegler wirkte erschöpft.

Ihr stand die Enttäuschung ins Gesicht geschrieben. Nichts. Die Akte enthielt absolut nichts, was die These des sexuellen Missbrauchs erhärtet hätte. Nicht den kleinsten Hinweis. In seinem letzten Bericht war Saint-Cyr zum gleichen Schluss gelangt. An den Rand hatte er mit Bleistift geschrieben: »Sexueller Missbrauch? Kein Beweis.« Trotzdem hatte er die Frage doppelt unterstrichen. Einmal hatte Servaz mit Ziegler über die Ferienkolonie sprechen wollen, aber dann ließ er es. Er war zu müde und zu ausgepowert. Ziegler sah auf die Uhr.

»Ich glaube, wir werden heute Nacht nichts mehr herausfinden. Wir sollten uns ein bisschen aufs Ohr legen.«

»Soll mir recht sein. Ich fahr ins Hotel zurück. Wir treffen uns um zehn im Besprechungszimmer. Wo schläfst du?«

»Hier. In der Wohnung eines Gendarmen, der gerade in Urlaub ist. Das kommt den Staat billiger.«

Servaz nickte zustimmend.

»Heutzutage zählt jeder Pfennig, den man sparen kann, was?«

»Ein solcher Fall ist mir noch nicht untergekommen«, sagte Ziegler im Aufstehen. »Zuerst ein totes Pferd, dann ein Apotheker, der unter einer Brücke hängt. Und eine einzige Gemeinsamkeit zwischen beiden: die DNA eines Serienmörders … und jetzt Jugendliche, die sich serienweise umbringen. Das ist wie in einem Albtraum. Keine Logik, kein roter Faden. Vielleicht wache ich gleich auf und merke, dass es das alles nie gegeben hat.«

»Es wird ein Erwachen geben«, sagte Servaz mit fester Stimme. »Aber nicht für uns: für den oder die Täter. Und zwar schon bald.«

Er verließ den Raum und entfernte sich mit flotten Schritten.

In dieser Nacht träumte er von seinem Vater. In seinem Traum war Servaz ein Junge von zehn Jahren. Alles war in eine warme, lauschige Sommernacht gehüllt, und sein Vater war nur eine Silhouette, genauso wie die beiden Gestalten, mit denen er vor dem Haus diskutierte. Als er näher kam, erkannte der junge Servaz, dass es sich um zwei hochbetagte Männer handelte, die große weiße Togen trugen. Alle beide hatten einen Vollbart. Servaz schlich sich zwischen sie und hob den Kopf, doch die drei Männer beachteten ihn nicht. Als er die Ohren spitzte, bemerkte der Junge, dass sie lateinisch sprachen. Eine sehr lebhafte, aber friedliche Diskussion. Einmal lachte sein Vater, dann wurde er wieder ernst. Aus dem Haus drang Musik – eine vertraute Musik, die Servaz allerdings nicht sofort wiedererkannte.

Dann erhob sich in der Ferne auf der Straße ein Motorengeräusch in der Nacht, und augenblicklich verstummten die drei Männer.

»Sie kommen«, sagte endlich einer der alten Männer.

Er sprach mit düsterer Stimme. Im Traum begann Servaz zu zittern.

Servaz traf mit zehnminütiger Verspätung in der Gendarmeriekaserne ein. Er hatte eine große Schale schwarzen Kaffee, zwei Zigaretten und eine heiße Dusche gebraucht, um die Müdigkeit zu verjagen, die ihn zu überwältigen drohte. Und er hatte noch immer Halsweh. Irène Ziegler war schon da, sie trug wieder ihre Leder-Titan-Kombi, die etwas von einer modernen Ritterrüstung hatte, und er erinnerte sich, vor der Gendarmeriekaserne ihr Motorrad gesehen zu haben. Sie einigten sich darauf, die Eltern der Jugendlichen, die sich umgebracht hatten, zu besuchen, und teilten die Adressen unter sich auf. Drei für Servaz, vier für Ziegler. Servaz beschloss, mit dem Mädchen zu beginnen, das ganz oben auf der Liste stand: Alice Ferrand. Die Adresse war nicht in Saint-Martin, sondern in einem Nachbarort. Er rechnete damit, eine Familie in bescheidenen Verhältnissen anzutreffen – betagte, gramgebeugte Eltern. Wie groß war seine Verblüffung, als er einem hochgewachsenen Mann gegenüberstand, der noch in den besten Jahren war und ihn lächelnd begrüßte – gekleidet nur in eine Hose aus Naturleinen, die von einer Schnur um die Hüfte gehalten wurde!

Servaz war vor Verblüffung so verdattert, dass er stotterte, als er sich vorstellte und den Anlass seines Besuchs darlegte.

Der Vater von Alice schien sofort misstrauisch zu werden.

»Haben Sie einen Dienstausweis?«

»Bitte sehr.«

Der Mann musterte den Ausweis aufmerksam. Dann entspannte er sich und gab ihm den Ausweis zurück.

»Ich wollte mich vergewissern, dass Sie nicht einer dieser Schreiberlinge sind, die in regelmäßigen Abständen diese Geschichte wieder herauskramen, wenn ihre Auflage gerade mal wieder zu wünschen übrig lässt«, entschuldigte er sich. »Treten Sie ein.«

Gaspard Ferrand trat zur Seite, um Servaz durchzulassen. Er war groß und schlank. Dem Polizisten fiel der braungebrannte Oberkörper auf, an dem kein Gramm Fett war, nur ein paar graue Haare sprossen auf der Brust, und die Haut über dem Brustkorb war gegerbt und gespannt wie eine Zeltbahn; nur die braunen Brustwarzen waren die eines alten Mannes. Ferrand bemerkte seinen Blick.

»Entschuldigen Sie bitte meine Aufmachung: Ich war gerade dabei, ein bisschen Yoga zu machen. Nach dem Tod von

Alice hat mir Yoga – und auch der Buddhismus – sehr geholfen.«

Servaz war zunächst verblüfft, dann fiel ihm ein, dass der Vater von Alice nicht, wie die anderen Eltern, Angestellter oder Arbeiter gewesen war, sondern Französischlehrer. Er stellte sich sogleich einen Mann vor, der eine Menge Ferien hatte und sie an exotischen Urlaubszielen verbrachte: Bali, Phuket, die Karibik, Rio de Janeiro und die Malediven …

»Es wundert mich, dass sich die Polizei noch immer für diese Geschichte interessiert.«

»Eigentlich ermittle ich im Mordfall des Apothekers Grimm.«

Ferrand drehte sich um. Servaz las die Verwunderung in seinem Blick.

»Und Sie glauben, dass ein Zusammenhang zwischen Grimms Tod und dem Selbstmord meiner Tochter oder der anderen unglücklichen jungen Leute besteht?«

»Das versuche ich herauszufinden.«

Gaspard Ferrand musterte ihn eingehend.

»Ich kann da keinen Zusammenhang erkennen. Wie kommen Sie auf diese Idee?«

Er lässt sich nicht für dumm verkaufen. Servaz zögerte mit der Antwort. Gaspard Ferrand bemerkte seine Verlegenheit – und wurde sich auch der Tatsache bewusst, dass sie sich in einem engen Flur Auge in Auge gegenüberstanden, er mit nacktem Oberkörper, sein Besucher winterlich eingemummt. Er deutete auf die offene Tür zum Wohnzimmer.

»Tee, Kaffee?«

»Kaffee, wenn es Ihnen keine Mühe macht.«

»Überhaupt nicht. Ich werde mir einen Tee bereiten. Nehmen Sie doch bitte Platz. Ich bin gleich wieder zurück!«, rief er und verschwand schon in der Küche, auf der anderen Seite des Flurs. »Machen Sie es sich bequem!«

Servaz hatte nicht mit einem so herzlichen Empfang gerechnet. Offenbar empfing der Vater von Alice gern Gäste – und selbst einen Polizisten, der ihm Fragen über seine Tochter stellen wollte, die sich vor fünfzehn Jahren das Leben genommen hatte. Servaz ließ den Blick durch das Zimmer schweifen. Im Wohnzimmer herrschte große Unordnung. Wie in der Wohnung von Servaz lagen fast überall kleine Stapel von Büchern und Zeitschriften herum: auf dem Couchtisch, auf den Sesseln, auf den Möbeln. Und Staub … Ein alleinstehender Mann? War Gaspard Ferrand verwitwet oder geschieden? Das hätte erklärte, wieso er einen unangemeldeten Besucher so bereitwillig empfing. Ein Brief von der »Hungerhilfe« lag auf einem Möbel; Servaz erkannte das blaue Logo und das graue Recyclingpapier: Er selbst war Mitglied und Spender dieser Nichtregierungsorganisation. In einem Bilderrahmen waren mehrere Fotos von Alices Vater zu sehen, die ihn in Gesellschaft von Leuten zeigten, die aussahen wie südamerikanische und asiatische Bauern, aufgenommen vor einer Kulisse aus Dschungeln oder Reisfeldern. Servaz ahnte, dass die Reisen von Gaspard Ferrand nicht allein dem Zweck dienten, sich am Strand einer Antilleninsel in die Sonne zu legen, zu tauchen und Daiquiris zu trinken.

Er ließ sich auf das Sofa fallen. Gleich neben ihm waren auf einem hübschen Elefantenfußhocker aus dunklem Holz weitere Bücher aufgestapelt. Servaz erinnerte sich an den afrikanischen Namen dieses Stuhls: *esono dwa* …

Kaffeeduft strömte aus dem Flur herein. Ferrand tauchte mit einem Tablett mit zwei dampfenden Bechern, einer Zuckerdose, einer Zuckerzange sowie einem Fotoalbum wieder auf. Nachdem er das Tablett auf den Couchtisch gestellt hatte, reichte er Servaz das Album.

»Da, für Sie!«

Servaz schlug es auf. Wie erwartet enthielt es Fotos von Alice: die vierjährige Alice in einem Tretauto; Alice beim Blumengießen mit einer Kanne, die fast so groß war wie sie; Alice mit ihrer Mutter, einer schlanken, versonnenen Frau mit einer großen Nase à la Virginia Woolf; die zehnjährige Alice, die in kurzen Hosen mit gleichaltrigen Jungs Fußball spielte und mit dem Ball am Fuß unbeirrbar und entschlossen auf das gegnerische Tor zustürmte ... An ihr war wirklich ein Junge verloren gegangen. Aber zugleich war sie ein bezauberndes, strahlendes Mädchen. Gaspard Ferrand setzte sich neben ihn aufs Sofa. Er hatte ein zur Hose passendes Hemd mit Mao-Kragen übergestreift.

»Alice war ein wunderbares Kind. Sehr gut zu haben, immer heiter, immer hilfsbereit. Sie war unser Sonnenschein.« Ferrand lachte noch immer, als wäre die Erinnerung an Alice für ihn angenehm und nicht schmerzlich.

»Sie war auch ein sehr intelligentes Kind und vielseitig begabt: für Zeichnen, Musik, Sprachen, Sport, Schreiben ... Sie verschlang förmlich Bücher. Schon mit zwölf Jahren wusste sie, was sie später einmal werden wollte: Milliardärin, um anschließend ihr Geld an die zu verteilen, die es am dringendsten brauchten.«

Gaspard Ferrand brach in ein bizarres, künstliches Lachen aus.

»Wir haben nie verstanden, weshalb sie das getan hat.« Dieses Mal spürte man den Knacks, den er davongetragen hatte. Aber Ferrand fing sich wieder.

»Warum nimmt man uns das Beste und Teuerste, das wir

haben, und lässt uns dann mit diesem Verlust leben? Ich habe mir diese Frage fünfzehn Jahre lang gestellt; heute habe ich die Antwort gefunden.«

Ferrand warf ihm einen so seltsamen Blick zu, dass sich Servaz einen Moment lang fragte, ob der Vater von Alice nicht den Verstand verloren hatte.

»Aber das ist eine Antwort, die jeder in sich selbst finden muss. Damit will ich sagen, dass niemand sie Ihnen beibringen und niemand für Sie abgeben kann.«

Gaspard Ferrand warf Servaz einen durchdringenden Blick zu, um herauszufinden, ob er verstanden hatte. Servaz fühlte sich äußerst unwohl.

»Aber ich bringe Sie in Verlegenheit«, stellte sein Gastgeber fest. »Verzeihen Sie mir. Das kommt davon, wenn man allein lebt. Meine Frau ist zwei Jahre nach dem Tod von Alice an einer rasant verlaufenden Krebserkrankung gestorben. Sie interessieren sich also für diese Suizidwelle vor fünfzehn Jahren, obwohl Sie doch gerade mit Ermittlungen über den Mord an dem Apotheker beschäftigt sind. Warum?«

»Hat keiner der Jugendlichen einen Abschiedsbrief hinterlassen?«, fragte Servaz, ohne zu antworten.

»Keiner. Aber das heißt nicht, dass es keine gab. Keine Erklärung, meine ich. All diese Selbstmorde haben ein Motiv, diese Jugendlichen haben ihrem Leben aus einem ganz bestimmten Grund ein Ende gesetzt. Nicht einfach nur, weil sie der Ansicht waren, das Leben sei nicht lebenswert.«

Ferrand starrte seinen Gast unverwandt an. Servaz fragte sich, ob er von den Gerüchten wusste, die über Grimm, Perrault, Chaperon und Mourrenx kursierten.

»Hatte sich Alice vor ihrem Selbstmord irgendwie verändert?«

Ferrand nickte.

»Ja. Wir haben das nicht sofort bemerkt. Nach und nach haben wir Veränderungen festgestellt: Alice lachte nicht mehr wie früher, sie wurde öfter und schneller wütend, sie verbrachte mehr Zeit in ihrem Zimmer… Solche Kleinigkeiten… Eines Tages wollte sie aufhören, Klavier zu spielen. Sie sprach nicht mehr wie früher mit uns über ihre Pläne.«

Servaz spürte, wie ihm ein kalter Schauer über den Rücken rieselte. Er erinnerte sich an Alexandras Anruf in seinem Hotel. Auch den blauen Fleck an Margots Wange sah er wieder vor sich.

»Und Sie wissen nicht, wann genau das angefangen hat?«

Ferrand zögerte. Servaz hatte das merkwürdige Gefühl, dass der Vater von Alice eine genaue Vorstellung davon hatte, wann diese Veränderung begonnen hatte, dass es ihm aber widerstrebte, darüber zu reden.

»Mehrere Monate vor ihrem Selbstmord, würde ich sagen. Meine Frau hat diese Veränderungen auf ihre Pubertät geschoben.«

»Und Sie? Waren Sie auch der Meinung, dass es sich um altersbedingte Veränderungen handelte?«

Ferrand warf ihm wieder einen merkwürdigen Blick zu.

»Nein«, antwortete er nachdrücklich nach einer Pause.

»Was ist ihr zugestoßen, Ihrer Meinung nach?«

Alices Vater schwieg so lange, dass Servaz ihn beinahe am Arm geschüttelt hätte.

»Ich weiß es nicht«, antwortete er, ohne Servaz aus den Augen zu lassen, »aber ich bin mir sicher, dass irgendetwas passiert ist. Jemand in diesem Tal weiß, warum sich unsere Kinder umgebracht haben.«

In der Antwort und in dem Tonfall, in dem sie vorgebracht

wurde, schwang etwas Anspielungsreiches mit, das Servaz sofort hellhörig machte. Er wollte gerade um genauere Ausführungen bitten, als das Handy in seiner Tasche vibrierte.

»Entschuldigen Sie mich«, sagte Servaz im Aufstehen.

Es war Maillard. Der Gendarmerieoffizier klang angespannt.

»Wir haben gerade einen sehr seltsamen Anruf erhalten. Ein Typ, der seine Stimme verstellte. Er hat gesagt, es sei dringend, er habe Informationen über den Mord an Grimm. Aber er wollte nur mit Ihnen reden. Wir haben natürlich schon öfter Anrufe dieser Art bekommen, aber … *ich weiß nicht* … dieser da schien *ernst* zu sein. Dieser Typ schien Angst zu haben.«

Servaz fuhr zusammen.

»Angst? Wieso ›Angst‹? Sind Sie sicher?«

»Ja, ich würde die Hand dafür ins Feuer legen.«

»Haben Sie ihm meine Nummer gegeben?«

»Ja. War das ein Fehler?«

»Nein, es war richtig. Haben Sie seine Nummer?«

»Es war ein Handy. Er hat sofort aufgelegt, als er Ihre Nummer hatte. Wir haben versucht, ihn zurückzurufen, aber jedes Mal ging nur der Anrufbeantworter dran.«

»Konnten Sie ihn identifizieren?«

»Nein, noch nicht. Wir müssen uns an den Betreiber wenden.«

»Rufen Sie sofort Confiant und Capitaine Ziegler an! Ich kann mich jetzt nicht darum kümmern! Schildern Sie ihnen die Situationen; wir müssen so schnell wie möglich die Identität des Anrufers ermitteln!«

»Okay. Er wird sie bestimmt anrufen«, bemerkte der Gendarm.

»Wann hat er Sie denn angerufen?«

»Vor weniger als fünf Minuten.«

»Nun, dann wird er mich bestimmt in den nächsten Minuten anrufen. Verständigen Sie Confiant. Und Ziegler! Vielleicht will mir der Typ nicht sagen, wer er ist. Vielleicht ist es ein getürkter Anruf. Aber wir brauchen seine Identität!« Servaz legte auf, gespannt wie ein Flitzbogen. Was ging da vor? Wer versuchte ihn zu kontaktieren? Chaperon? Jemand anders? Jemand, der Angst hatte…

Jemand, der auch befürchtete, dass ihn die Gendarmen von Saint-Martin möglicherweise wiedererkannten, und der deshalb seine Stimme verstellte…

»Gibt's Ärger?«

»Eher Fragen«, antwortete er zerstreut. »Und vielleicht Antworten.«

»Sie haben einen nicht gerade leichten Beruf.«

Servaz musste lächeln.

»Sie sind der erste Lehrer, von dem ich das höre.«

»Ich habe nicht gesagt, dass es ein ehrbarer Beruf ist.«

Servaz empfand die Anspielung als kränkend.

»Wieso sollte er es nicht sein?«

»Sie stehen im Dienst der Macht.«

Servaz spürte, wie er wieder wütend wurde.

»Es gibt Tausende von Männern und Frauen, die mit der Macht, wie Sie es nennen, nichts anfangen können, und die ihr Familienleben, ihre Wochenenden, ihren Schlaf opfern, um sich als letztes Bollwerk, als letzter Damm gegen…«

»…die Barbarei zu stellen?«, schnitt er ihm unwirsch das Wort ab.

»Ja. Sie können sie hassen, kritisieren oder verachten, aber Sie kommen nicht ohne sie aus.«

»Ebenso wenig wie man ohne die Lehrer auskommt, die

auch kritisiert, gehasst oder verachtet werden«, sagte Ferrand lächelnd. Die Botschaft war angekommen.

»Ich würde mir gern Alices Zimmer ansehen.«

Ferrand richtete seinen hochgewachsenen, braungebrannten Körper in den hellen Leinenkleidern auf.

»Kommen Sie.«

Servaz bemerkte die Staubflocken auf der Treppe und das Geländer, das schon lange nicht mehr gewachst worden war. Ein alleinstehender Mann. Wie er. Wie Gabriel Saint-Cyr. Wie Chaperon. Wie Perrault ... Das Zimmer von Alice befand sich nicht im ersten Stock, sondern ganz oben, unter dem Dach.

»Da ist es«, sagte Ferrand und zeigte auf eine weiße Tür mit Kupfergriff.

»Haben Sie ... haben Sie inzwischen die Sachen Ihrer Tochter weggeworfen oder das Zimmer renoviert?«

Diesmal verschwand das Lächeln aus dem Gesicht von Gaspard Ferrand und wich einer fast verzweifelten Grimasse.

»Wir haben nichts angerührt.«

Er wandte ihm den Rücken zu und stieg wieder hinunter. Servaz blieb einen Moment auf dem kleinen Treppenabsatz im zweiten Stock stehen. Unten aus der Küche hörte er das Klirren von Geschirr. Ein Dachfenster über seinem Kopf erhellte den Treppenabsatz. Als Servaz aufblickte, sah er, dass ein dünner Film aus durchscheinendem Schnee an der Scheibe klebte. Er atmete tief ein. Dann betrat er das Zimmer.

Das Erste, was ihm auffiel, war die Stille.

Wahrscheinlich wurde sie durch den Schnee, der draußen fiel und alle Geräusche dämpfte, noch verstärkt. Aber dies war eine besondere Stille. Als Zweites fiel ihm die Kälte auf. Das Zimmer wurde nicht geheizt. Unwillkürlich ließ ihn dieses Zimmer, das still und kalt wie ein Grab war, erschauern. Denn es war unübersehbar, dass hier jemand gelebt hatte. Ein junges Mädchen, das war wirklich unverkennbar… Fotos an den Wänden. Ein Schreibtisch, Regale, ein Kleiderschrank. Eine Kommode, darüber ein großer Spiegel. Ein Bett mit zwei Nachttischen. Das Mobiliar schien aus Trödelläden zusammengekauft und anschließend in kräftigen Farben neu gestrichen worden zu sein – Orange und Gelb dominierten, von dem Violett der Wände und dem Weiß des Teppichbodens hob es sich kräftig ab.

Die Schirme der kleinen Lampen und die Nachttische waren orange, Bett und Schreibtisch ebenfalls; die Kommode und der Spiegelrahmen waren gelb. An einer der Wände hing ein großes Poster eines blonden Sängers mit dem Namen KURT in Großbuchstaben. Ein Schal, Stiefel, Zeitschriften und CDs lagen verstreut auf dem weißen Teppichboden herum. Eine geraume Weile tat er nichts anderes, als dieses Chaos auf sich einwirken zu lassen. Woher kam dieser Eindruck, dass die Luft ganz dünn war? Wahrscheinlich hing es damit zusammen, dass alles unangetastet geblieben war, wie eingefroren. Sah man einmal vom Staub ab. Niemand hatte sich die Mühe gemacht, auch nur ein bisschen aufzuräumen – als hätten ihre Eltern die Zeit anhalten und aus diesem Zimmer ein Museum, ein Mausoleum machen wollen. Auch nach all diesen Jahren wirkte dieses Zimmer noch immer so, als würde Alice im nächsten Moment auftauchen und Servaz fragen, was er hier zu suchen hatte. Wie oft war der Vater von Alice während all dieser Jahre in dieses Zimmer gekommen und hatte das Gleiche empfunden wie er? Servaz sagte sich, dass er an seiner Stelle wohl verrückt geworden wäre, mit diesem Zimmer direkt über ihm, das unverändert geblieben war, und mit der täglichen Versuchung, die Stufen hinaufzusteigen und die Tür noch ein Mal – ein letztes Mal – zu öffnen…

Er trat ans Fenster und sah nach draußen. Die Straße wurde zusehends weißer. Dann atmete er ein weiteres Mal tief ein, drehte sich um und begann mit der Durchsuchung.

Auf dem Schreibtisch, auf einem Haufen: Schulbücher, Haargummis, eine Schere, mehrere Stiftebecher, Papiertaschentücher, Bonbontüten, eine rosa Haftnotiz, auf der Servaz die folgende Nachricht las: *Biblio, 12:30 Uhr,* die Tinte war mit der Zeit verblichen. Ein Terminkalender, mit einem Gummi umwickelt, ein Taschenrechner, eine Lampe. Er schlug den Kalender auf. Am 25. April, eine Woche vor ihrem Tod, hatte Alice geschrieben: *Emma Buch zurückgeben.* Am 29. der Eintrag: *Charlotte.* Am 30., drei Tage bevor sie sich erhängte, *Mathearbeit.* Eine runde, klare Handschrift. Ihre Hand hatte nicht gezittert... Servaz blätterte die Seiten um. Am 11. August der Eintrag: *Geburtstag Emma.* Zu diesem Zeitpunkt war Alice seit über drei Monaten tot. Ein Datum, das weit im Voraus notiert worden war... Wo war Emma heute? Was war aus ihr geworden? Sie musste inzwischen um die dreißig sein. Auch nach all diesen Jahren würde sie gewiss hin und wieder an dieses schreckliche Jahr 1993 denken. *All diese Toten...* Über dem Schreibtisch, mit Reißzwecken an die Wand geheftet, ein Stundenplan und ein Kalender. Die Schulferien waren mit einem gelben Marker unterstrichen. Servaz' Blick verweilte auf dem schicksalhaften Datum: 2. Mai. Nichts, was diesen Tag von den anderen Tagen unterscheiden würde... Darüber ein Regalbrett aus Holz mit Büchern und Judopokalen, die zeigten, dass sie in dieser Disziplin hervorragend gewesen war, und ein Kassettenrekorder.

Er wandte sich den Nachttischen zu. Darauf neben den beiden Lampen mit orangefarbenen Lampenschirmen ein Wecker, zwei Taschentücher, eine kleine Spielkonsole der Marke

Gameboy, eine Haarklammer, Nagellack, ein Roman in Taschenbuchausgabe mit einem Lesezeichen. Er zog die Schubladen auf. Papier mit Zierbuchstaben, eine kleine Truhe mit unechtem Schmuck, ein Päckchen Kaugummi, ein Fläschchen Parfüm, ein Deostift, Batterien.

Er tastete die Unterseite der Schubladen ab.

Nichts.

Im Innern des Schreibtischs befanden sich Ordner, Hefte und Schulbücher, Unmengen von Kugelschreibern, Filzstiften und Büroklammern. Ein Spiralheft voller Skizzen in der mittleren Schublade. Servaz schlug es auf: Alice war sichtlich begabt. Ihre Blei- und Filzstiftzeichnungen zeugten von einer sicheren Hand und einem scharfen Auge – auch wenn die meisten noch etwas zu akademisch ausfielen. In der unteren Schublade waren wieder Haargummis und eine Bürste, an der einige blonde Haare hängen geblieben waren, ein Nagelschneider, mehrere Lippenstifte, aber auch Röhrchen Aspirin, Mentholzigaretten, ein durchsichtiges Plastikfeuerzeug … Er öffnete die Ordner und die Hefte in der ersten Schublade: Hausaufgaben, Erörterungen, Konzepte … Er legte sie zur Seite und trat an die kleine Stereoanlage, die in einer Ecke auf dem Teppichboden stand. Ein CD-Spieler und ein Radio. Auch sie war von einer dicken Staubschicht überzogen. Servaz blies eine graue Staubwolke auf, dann öffnete er nacheinander die Fächer. Nichts. Dann trat er an den großen Spiegel und die Fotowand. Einige Aufnahmen waren aus so kurzer Distanz gemacht worden, dass die darauf abgebildeten Personen förmlich mit der Nase am Objektiv klebten. Bei anderen waren im Hintergrund Landschaften zu sehen: Berge, ein Strand oder auch die Säulen des Parthenons. Mädchen, die zum größten Teil in Alices Alter waren. Immer dieselben Gesichter. Manchmal mischten sich ein oder zwei Jungen unter die Gruppe. Aber der Fotograf schien niemanden vorzuziehen. Klassenfahrten? Servaz musterte diese Fotos eine ganze Weile. Alle waren mit der Zeit vergilbt und schrumpelig geworden.

Was suchte er eigentlich? Plötzlich hielt er bei einem der Fotos inne. Etwa zehn junge Leute, darunter Alice, standen neben einem verrosteten Schild. Colonie des Isards … *Alice gehörte zu denen, die sich in der Kolonie aufgehalten hatten …* Ihm fiel auch auf, dass Alice auf den Fotos, auf denen sie zu sehen war, immer der Mittelpunkt war. Die Schönste, die Strahlendste – der Blickfang.

Der Spiegel.

Er hatte einen Sprung.

Jemand hatte einen Gegenstand dagegengeschleudert; das Geschoss hatte dort, wo es aufgeschlagen war, sternförmige Risse und einen langen diagonalen Spalt zurückgelassen. *Alice? Oder ihr Vater in einem Moment der Verzweiflung?* Postkarten, eingeklemmt zwischen Rahmen und Spiegel. Auch sie vergilbt. Verschickt von Orten wie der Île de Ré, Venedig, Griechenland oder Barcelona. Im Laufe der Zeit waren einige schließlich auf die Kommode und den Teppichboden gefallen. Eine davon erweckte seine Aufmerksamkeit. *Mistwetter, du fehlst mir.* Unterzeichnet mit Emma. Ein Palästinenserschal auf der Kommode, ein paar Kinkerlitzchen, Watte zum Abschminken und ein blauer Schuhkarton. Servaz öffnete ihn. *Briefe …* Ein kleines Zittern durchlief ihn, als er an die Briefe der Selbstmörder dachte – die, die sich in dem Karton von Saint-Cyr befanden. Er sichtete sie nacheinander. Naive oder lustige Briefe, geschrieben mit blasslila oder violetter Tinte. Immer die gleichen Unterschriften. Er fand nicht die leiseste Anspielung auf das, was bevorstand. Er müsste die Handschriften mit denen der Briefe im Karton vergleichen, dann sagte er sich, dass das bestimmt bereits getan worden war … Die Kommodenschubladen … Er hob die Stapel von T-Shirts, Unterwäsche, Bettlaken und Decken an. Dann kniete er sich auf den Teppichboden und sah unter dem Bett nach. Riesige Staubflocken, mit denen man eine Daunendecke hätte stopfen können, und eine Gitarrentasche.

Er zog sie ans Licht und öffnete sie. Kratzer im Lack des Instruments, die H-Saite war gerissen. Servaz warf einen Blick ins Innere des Resonanzkörpers: nichts. Ein Federbett mit Rautenmuster auf dem Bett. Er sah sich genauer die CDs an, die verstreut darauf lagen: Guns N'Roses, Nirvana, U2 … Nur englische Titel. Dieses Zimmer war ein wahres Museum der neunziger Jahre. Kein Internet, kein Computer, kein Handy: *Die Welt verändert sich heute so schnell, dass ein Menschenleben dafür nicht mehr ausreicht,* sagte er sich. Er drehte Kissen, Leintücher und Federbett um, fuhr mit der Hand unter der Matratze durch. Das Bett verströmte keinen besonderen Duft, keinen besonderen Geruch – der Staub, der darauf lag, wirbelte bis zur Decke empor.

Ein kleiner Armsessel mit hoher Lehne neben dem Bett. Jemand (Alice?) hatte auch ihn orange angestrichen. Eine alte Militärjacke war über die Rückenlehne geworfen. Er klopfte auf den Sitz, aber er wirbelte damit lediglich eine neue Staubwolke auf; dann setzte er sich und sah sich um, versuchte, seine Gedanken schweifen zu lassen.

Was sah er hier?

Das Zimmer eines jungen Mädchens, das ein Kind seiner Zeit, aber auch sehr weit für sein Alter war.

Servaz hatte unter den Büchern *Der eindimensionale Mensch* von Marcuse, *Die Dämonen* und *Schuld und Sühne* entdeckt. Wer hatte ihr diese Lektüre empfohlen? Bestimmt nicht ihre kleinen Kameradinnen mit den Puppengesichtern. Dann erinnerte er sich, dass ihr Vater Philologe war. Noch einmal ließ er seinen Blick durch das Zimmer schweifen.

Das beherrschende Element in diesem Zimmer, sagte er sich, *sind Texte, Wörter.* Die der Bücher, der Postkarten, der Briefe ... Alle von anderen aufgeschrieben. Wo waren die Wörter von Alice? War es möglich, dass ein Mädchen, das Bücher verschlang und das seine Gefühle an der Gitarre und beim Zeichnen zum Ausdruck brachte, nie das Bedürfnis verspürt haben sollte, das auch mit Wörtern zu tun? Das Leben von Alice hatte am 2. Mai aufgehört, die letzten Tage ihres Lebens hatten nirgends die geringste Spur hinterlassen. *Unmöglich*, sagte er sich. Kein Tagebuch, nichts: irgendetwas stimmte nicht. Ein Mädchen in diesem Alter, das intelligent und neugierig war, wahrscheinlich über einen unerschöpflichen Vorrat an existenziellen Fragen verfügte und vor allem so verzweifelt war, dass es sich umbrachte, sollte keinerlei Tagebuch geführt haben? Nicht einmal ein paar seiner Gemütszustände einem Notizbuch oder losen Blättern anvertraut haben? Heute hatten Jugendliche Blogs, elektronische Briefkästen, persönliche Profile in sozialen Netzwerken – aber früher konnten nur Papier und Tinte ihre Fragen, ihre Zweifel und ihre Geheimnisse aufnehmen.

Er stand wieder auf und sah nacheinander sämtliche Hefte und Schubladen von Alices Schreibtisch durch. Nichts als Schulsachen. Er warf einen Blick auf die Erörterungen. Die Beurteilungen waren genauso hervorragend wie die Noten ... *Aber noch immer keine persönlichen Aufzeichnungen.* Hatte Alices Vater hier aufgeräumt?

Er hatte Servaz spontan empfangen, und er hatte ihm gesagt, er sei überzeugt davon, dass die Jugendlichen sich aus einem bestimmten Grund umgebracht hätten. Weshalb sollte er Dinge beiseiteschaffen, die bei der Wahrheitsfindung hilfreich sein könnten? In den amtlichen Berichten hatte Servaz keinen Hinweis auf ein Tagebuch gefunden. Nichts deutete darauf hin, dass Alice eines geführt hatte. Trotz allem war der Eindruck stärker denn je: In diesem Zimmer fehlte etwas.

Ein *Versteck* … Hatten das nicht alle Mädchen? Wo war das von Alice?

Servaz stand auf und öffnete den Kleiderschrank. Mäntel, Kleider, Blousons, Jeans und ein weißer Kimono mit einem braunen Gürtel, alles auf Bügeln. Er schob sie zur Seite, durchsuchte die Taschen. Vor der Rückwand des Schranks eine Reihe von Schuhen und Stiefeln. Im Lichtschein seiner kleinen Taschenlampe nahm Servaz das Innere genauer unter die Lupe. Über den Bügeln befand sich ein Regal mit mehreren Koffern und einem Rucksack darauf. Er nahm sie heraus, legte sie auf den Teppichboden – eine große Staubwolke wirbelte hoch – und durchsuchte sie systematisch.

Nichts … Er überlegte …

Das Zimmer war mit Sicherheit von erfahrenen Ermittlern – und von Alices Eltern selbst – eingehend untersucht worden. War es möglich, dass sie das Versteck nicht gefunden hatten, wenn es eines gab? Hatten sie überhaupt danach gesucht? Alle hatten gesagt, Alice sei hochintelligent gewesen. Hatte sie ein über jeden Zweifel erhabenes Versteck gefunden? Oder war er auf dem Holzweg?

Was wusste er schon von den Gedanken und Träumen einer Sechzehnjährigen? Seine eigene Tochter war vor ein paar Monaten siebzehn geworden, und er hätte nicht zu sagen vermocht, wie ihr Zimmer aussah. Aus dem einfachen Grund, dass er es nie betreten hatte. Bei diesem Gedanken fühlte er sich schlecht.

Am Rande seines Bewusstseins spürte er so etwas wie einen Juckreiz. Er hatte beim Durchsuchen des Zimmers etwas übersehen. Oder vielmehr hätte sich etwas hier befinden müssen, was nicht da war. *Denk nach!* Es war da, zum Greifen nah, er spürte es. Sein Instinkt sagte ihm, dass etwas fehlte. Was? WAS? Noch einmal ließ er seinen Blick durch das Zimmer schweifen. Er ging alle Möglichkeiten durch. Er hatte alles genau untersucht, selbst die Fußleisten und die Parkettstäbe unter dem weißen Teppichboden. Da war nichts gewesen. Und doch hatte sein Unterbewusstsein etwas registriert, da war er sich ganz sicher – selbst wenn es ihm nicht gelang, den Finger daraufzulegen.

Er nieste wegen des ganzen Staubs, der in der Luft schwebte, und zog ein Taschentuch heraus.

Plötzlich fiel Servaz das Telefon wieder ein.

Kein Anruf! Eine Stunde vergangen und kein Anruf! Er spürte, wie sich sein Magen zusammenschnürte. Verdammt, was war mit ihm los? Warum rief er nicht an?

Servaz nahm sein Handy aus der Tasche und warf einen Blick darauf. Er unterdrückte eine Anwandlung von Panik: *Es war ausgeschaltet!* Er versuchte es wieder anzuschalten: *Entladen! Verdammt!*

Er stürzte aus dem Zimmer und rannte die Treppe hinunter. Gaspard Ferrand steckte den Kopf aus der Küchentür, als er im Flur daran vorbeilief.

»Ich komme sofort wieder!«, rief er und riss die Eingangstür auf.

Draußen wütete der Sturm. Der Wind wehte stärker. Die Fahrbahn war weiß, und Schneeflocken wirbelten umher.

Hektisch entriegelte er den auf der anderen Straßenseite abgestellten Jeep, durchwühlte das Handschuhfach nach dem Ladegerät. Dann eilte er im Laufschritt zum Haus zurück.

»Nichts passiert!«, beruhigte er den verdutzten Ferrand.

Er sah sich nach einer Steckdose um, entdeckte eine im Flur und schloss das Ladegerät an.

Er wartete fünf Sekunden und schaltete dann das Handy an.

Vier SMS!

Er wollte gerade die erste lesen, als das Handy klingelte. »Servaz!«, rief er.

»WO HABEN SIE DENN GESTECKT, VERFLUCHT?«

Eine völlig panische Stimme; Servaz war kaum weniger panisch. Seine Ohren brummten wegen des Blutes, das in seinen Schläfen pochte. Der Mann verstellte seine Stimme nicht – aber er kannte sie nicht.

»Wer sind Sie?«

»Ich heiße Serge Perrault, ich bin ein Freund von …«

Perrault!

»Ich weiß, wer Sie sind!«, fiel er ihm ins Wort.

Kurzes Schweigen.

»Ich muss mit Ihnen reden, sofort!«, entfuhr es Perrault.

Seine Stimme klang hysterisch.

»Wo?«, schrie Servaz. *»Wo?«*

»Oben auf den Eiern, in einer Viertelstunde. Beeilen Sie sich!«

Servaz spürte, wie ihn die Panik überkam.

»Wo?«

»Oben an der Seilbahn, verdammt! Da oben in Saint-Martin 2000, bei den Schleppliften! Ich werde dort sein. Halten Sie sich ran, verflucht! Verstehen Sie denn nicht: Ich bin an der Reihe! Kommen Sie allein!«

19

DER HIMMEL WAR dunkel und die Straßen weiß, als Servaz den Motor anließ. Noch immer wirbelte draußen der Schnee. Er schaltete die Scheibenwischer an. Dann rief er Irène Ziegler auf ihrem Handy an.

»Wo bist du?«, fragte er, sobald sie abgehoben hatte.

»Bei den Eltern«, antwortete sie, die Stimme senkend – sie war offensichtlich nicht allein.

»Wo ist das?«

»Am Ortsausgang, warum?«

Er schilderte ihr in wenigen Worten Perraults Hilferuf. »Du bist näher als ich«, sagte er. »Fahr so schnell wie möglich hin! Es ist keine Minute zu verlieren! Er erwartet uns dort oben.«

»Weshalb verständigen wir nicht die Gendarmerie?«

»Keine Zeit! Beeil dich!«

Servaz legte auf. Er klappte die Sonnenblende mit der Aufschrift »POLICE« herunter, befestigte das magnetische Blaulicht auf dem Dach und schaltete die Sirene ein. Wie lange brauchte man bis dort hinauf? Gaspard Ferrand wohnte nicht in Saint-Martin, sondern in einem fünf Kilometer entfernten Dorf. Die Straßen waren voller Schnee. Servaz rechnete mit einer guten Viertelstunde bis zum Parkplatz der Seilbahn im Stadtzentrum. Wie viele Minuten brauchten die Gondeln für die Strecke? Fünfzehn? Zwanzig?

Er fuhr mit quietschenden Reifen und heulender Sirene an – Ferrand stand verblüfft vor der Haustür. Die Ampel am Ende der Straße war rot. Er wollte das Rotlicht überfahren, als er plötzlich rechts die Silhouette eines riesigen Lkw auftauchen sah. Er trat voll auf die Bremse. Er spürte sogleich, dass er die Kontrolle über das Fahrzeug verlor. Der Jeep stellte sich mitten auf der Kreuzung quer; der Koloss aus Eisen streifte ihn unter lautem Hupen. Das Geheul dröhnte Servaz in den Ohren, während die Angst ihn wie ein Faustschlag gegen den Solarplexus traf. Es verschlug ihm den Atem. Seine Finger auf dem Lenkrad waren bleich. Dann schaltete er in den ersten Gang und fuhr weiter. Keine Zeit zum Nachdenken! Vielleicht war das im Grunde auch besser. Nicht nur achtunddreißig Tonnen Stahl hatten ihn gestreift, sondern der Tod in einer Stahlkapsel!

An der nächsten Kreuzung bog er nach rechts ab und ließ die Ortschaft hinter sich. Vor ihm erstreckte sich eine weiße Ebene. Der Himmel war noch genauso bedrohlich, aber es schneite nicht mehr. Er trat aufs Gas.

Er kam von Osten nach Saint-Martin hinein. Im ersten Kreisverkehr fuhr er in die falsche Richtung. Schimpfend und auf das Lenkrad schlagend, machte er kehrt – andere Autofahrer warfen ihm ungläubige Blicke zu. Zum Glück war wenig los. Zwei weitere Kreisverkehre. Er fuhr an einer Kirche vorbei und fand sich in der Avenue d'Etigny wieder, der Hauptgeschäftsstraße mit den Hotels, schicken Boutiquen, den Platanen, dem Kino und den Caféterrassen. Autos parkten zu beiden Seiten. Der Schnee war in den Wagenspuren, die Dutzende von Fahrzeugen in der Mitte hinterlassen hatten, zu schwärzlichem Matsch geworden. Kurz vor dem Kino bog er nach rechts ab. Ein Pfeil mit der Aufschrift »SEILBAHN«.

Der große Parkplatz am Ende der Straße. Ein riesiger freier Platz, hinter dem hoch der Berg aufragte, und der lang gezogene weiße Streifen der Seilbahn schnitt schnurgerade durch die Tannenwälder am Hang. Er fuhr mit Vollgas zwischen den Reihen der Autos hindurch bis zur Talstation, und beim Bremsen kam er abermals ins Schlittern. Im nächsten Moment war er draußen, lief ein Stück, rannte die Stufen des Gebäudes hinauf, das auf zwei mächtigen Betonpfeilern ruhte, und stürmte zu den Schaltern. Ein Paar kaufte gerade Fahrkarten. Servaz schwenkte seinen Dienstausweis.

»Polizei! Wie lange dauert die Auffahrt?«

Der Mann hinter der Scheibe warf ihm einen missbilligenden Blick zu.

»Neun Minuten.«

»Geht das nicht etwas schneller?«

Der Mann starrte ihn an, als wäre er verrückt.

»Wozu?«

Servaz versuchte ruhig zu bleiben.

»Ich hab nicht die Zeit, um mit einem kleinen Schlaumeier wie dir zu diskutieren. Also?«

»Die Höchstgeschwindigkeit der Seilbahn beträgt fünf Meter pro Sekunde«, sagte der Mann, mürrisch dreinblickend. »Achtzehn Kilometer pro Stunde.«

»Also los, maximale Geschwindigkeit!«, rief Servaz und sprang in eine Kabine, eine Schale aus Verbundwerkstoff mit großen Plexiglasscheiben und vier winzigen Sitzen.

Ein Schwenkarm schloss hinter ihm die Tür. Servaz schluckte seinen Speichel hinunter. Die Kabine schwankte ein wenig, als sie die Spurlatte verließ und durch die Luft schwebte. Er hielt es für ratsam, sich hinzusetzen, statt in diesem wankenden Schneckenhaus stehen zu bleiben, das rasch zur ersten Stütze hinauffuhr und die weißen Dächer von Saint-Martin unter sich ließ. Servaz warf einen kurzen Blick hinter sich, und wie im Hubschrauber bereute er es sogleich. Die Neigung des Kabels war so stark, dass es ihm wie eine dieser typisch menschlichen Verwegenheiten erschien, die ihre Unverantwortlichkeit bezeugten; und sein Durchmesser war viel zu gering, um ihn zu beruhigen. Die Dächer und die Straßen wurden rasch kleiner. Die Kabinen vor ihm waren jeweils dreißig Meter voneinander entfernt, und sie schaukelten im Wind.

Er sah, dass das Pärchen unten nicht eingestiegen war und zu seinem Auto zurückkehrte. Er war allein. Niemand fuhr hinauf, niemand kam herunter. Die Kabinen waren leer. Alles war still, bis auf den Wind, der immer lauter heulte.

Es hatte wieder zu schneien begonnen. Plötzlich tauchte auf halber Höhe des Berges Nebel auf, und ehe er wusste, wie ihm geschah, fand sich Servaz in einer unwirklichen Welt der verschwommenen Konturen wieder, und einzig die Tannen, die wie eine Armee von Gespenstern im Nebel aufragten, und der Blizzard, der die Flocken um die Kabine wirbeln ließ, leisteten ihm hier Gesellschaft.

Er hatte seine Waffe vergessen! In der Hast hatte er sie im Handschuhfach zurückgelassen. Was würde passieren, wenn er dort oben unverhofft dem Mörder gegenüberstünde? Ganz zu schweigen davon, dass Servaz ein perfektes Ziel abgeben würde, falls ihn der Mörder an der Bergstation erwartete und bewaffnet wäre. Keine Möglichkeit, sich zu verstecken. Diese Kunststoffschale würde die Kugeln jedenfalls nicht aufhalten.

Er ertappte sich bei der Hoffung, dass Ziegler ihm zuvorgekommen war. Eigentlich müsste sie ihm voraus sein. *Es ist nicht ihre Art, ihre Pistole zu vergessen.* Wie würde Perrault reagieren, wenn er sie sah? Schließlich hatte er Servaz gebeten, allein zu kommen.

Er hätte den kleinen Schlaumeier hinter dem Schalter fragen sollen, ob er sie gesehen hatte. Zu spät. Mit der nervtötend langsamen Geschwindigkeit von fünf Metern pro Sekunde drang er ins Unbekannte vor. Er nahm sein Handy heraus und wählte Perraults Nummer. Aber da war nur der Anrufbeantworter.

Verdammt noch mal! Warum hat er sein Handy ausgeschaltet?

Er erblickte in einer Kabine, die sich etwa zweihundert Meter schräg über ihm befand und zu Tal fuhr, zwei dunkle Gestalten. Das waren die ersten Menschen, denen er begegnete, seit er die Talstation verlassen hatte. Er wählte die Nummer von Irène Ziegler.

»Ziegler.«

»Bist du oben?«, fragte er.

»Nein, ich bin unterwegs.« – Sie machte eine kurze Pause. – »Tut mir leid, Martin, aber mein Motorrad ist in dem Schnee ins Rutschen gekommen, und ich bin gegen einen Bordstein geknallt. Ich hab nur ein paar Schrammen abbekommen, aber ich musste ein anderes Fahrzeug nehmen. Wo bist du?«

Oh, nein!

»Ungefähr auf halber Strecke!«

Je näher die Kabine mit den beiden Insassen kam, desto schneller schien sie zu werden. Servaz rechnete nach, dass die beiden Kabinen, wenn sie jeweils mit achtzehn Stundenkilometern aufeinander zufuhren, zusammen eine Geschwindigkeit von sechsunddreißig Stundenkilometern erreichten.

»Wusstest du, dass an der Bergstation ein Sturm tobt?«

»Nein«, sagte er, »hab ich nicht gewusst. Perrault antwortet nicht…«

»Bist du bewaffnet?«

Selbst aus dieser Entfernung sah er, dass einer der Fahrgäste ihn anstarrte – genau so scharf, wie er sie beobachtete.

»Ich habe meine Waffe im Auto vergessen.«

Es folgte ein Schweigen, das er als bedrückend empfand.

»Sei vors…«

Unterbrochen! Er betrachtete sein Handy. Nichts mehr. Er wählte die Nummer erneut. »Kein Netz«. Das hatte gerade noch gefehlt. Er machte noch zwei weitere Versuche. Erfolglos. Servaz traute seinen Augen nicht. Als er aufsah, war die besetzte Kabine noch näher gekommen. Einer der Insassen trug eine schwarze Strumpfmaske. Servaz konnte nur seine Augen und seinen Mund erkennen. Der andere hatte keine Kopfbedeckung und trug eine Brille. Beide starrten ihn durch die Scheibe und den Nebel an. Der eine streng, wie es ihm schien. Der andere…

… der andere hatte Angst…

Im Bruchteil einer Sekunde begriff Servaz – und er begriff die Situation in ihrem ganzen Grauen.

Perrault! Der große, schlanke Typ auf dem Foto, mit struppigem Haar und Brille.

Servaz spürte, wie sein Herz pochte. Die Kabine bewegte sich wie in einem Traum, mit einer mittlerweile erschreckenden Geschwindigkeit. Weniger als zwanzig Meter. Sie würde die seine in zwei Sekunden kreuzen. Noch ein Detail weckte seine Aufmerksamkeit: auf der von ihm abgewandten Seite der anderen Kabine fehlte eine Scheibe…

Perrault sah Servaz mit weit aufgerissenem Mund und schreckengeweiteten Augen an. Er schrie. Servaz konnte das

Geschrei selbst durch die Scheiben hören – trotz des Windes, des Lärms von den Rollen und den Seilen. Noch nie hatte er in einem Gesicht solches Entsetzen gesehen. Als würde es im nächsten Moment Risse bekommen und bersten.

Servaz schluckte unwillkürlich. Als sich die beiden Kabinen kreuzten und dann wieder schnell voneinander entfernten, erkannte er plötzlich alle Details: Um Perraults Hals war ein Seil gewickelt, das durch das scheibenlose Fenster reichte – auf der Außenseite lief die Schnur um eine Art Haken, der vielleicht eigentlich dazu diente, Verletzte aus einer stehenden Kabine zum Boden abzuseilen, durchfuhr es Servaz. Das andere Ende des Seils hielt der maskierte Mann fest. Servaz versuchte, seine Augen zu sehen. Aber als sich die beiden Kabinen kreuzten, hatte sich der Mann hinter sein Opfer geworfen. Ein Gedanke schoss Servaz durch den Kopf:

Ich kenne ihn! Er hat Angst, dass ich ihn erkenne, obwohl er maskiert ist!

Verzweifelt tippte er auf seinem Handy herum. »Kein Netz!«... Panisch sah er sich nach einer Notbremse um, einem Notruf, irgendetwas... Nichts! Verdammte Scheiße! Man konnte in diesen Kabinen, die sich mit einer Geschwindigkeit von fünf Metern pro Sekunde fortbewegten, einfach verrecken! Servaz drehte sich zu der Kabine hin, die allmählich davonfuhr. Zum letzten Mal kreuzte sein Blick den entsetzten Blick Perraults. Hätte er eine Pistole gehabt, hätte er wenigstens... Was? Was hätte gemacht? Ohnehin war er ein hoffnungslos schlechter Schütze. Bei den Tests, die einmal pro Jahr stattfanden, rief die unglaubliche Mittelmäßigkeit seiner Leistungen jedes Mal das sprachlose Kopfschütteln seines Ausbilders hervor. Er sah, wie die Kabine mit den beiden Männern mit dem Nebel verschmolz.

Ein nervöses Lächeln schnürte ihm die Luft ab. Dann wollte er schreien.

Vor Wut schlug er heftig gegen eine der Scheiben. Die folgenden Minuten gehörten zu den längsten seines Lebens. Es würde noch fünf Minuten dauern – fünf endlose Minuten zwischen den gespenstisch vorüberziehenen Tannen, die im Nebel in Reih und Glied angetreten waren wie Infanteristen – bis die Bergstation auftauchen würde. Ein gedrungenes kleines Gebäude, das wie die Talstation auf mächtigen Betonpfeilern ruhte. Dahinter lagen menschenleere Skipisten, stillstehende Schlepplifte und Gebäude, die in Nebel gehüllt waren. Auf der Plattform stand ein Mann, der ihn zu erwarten schien. Sobald die Tür aufging, sprang Servaz aus der Kabine. Er wäre beinahe auf den Betonboden gefallen. Er stürzte zu dem Mann in Uniform, seinen Dienstausweis in der Hand:

»Halten Sie alles an! Sofort! Blockieren Sie die Kabinen!«

Der Angestellte warf ihm unter seiner Mütze einen verdutzten Blick zu.

»Was?«

»Können Sie die Seilbahn anhalten – ja oder nein?«

Der Wind heulte. Servaz musste noch lauter brüllen. Seine Wut und seine Ungeduld schienen den Mann zu beeindrucken.

»Ja, aber …«

»Dann halten Sie alles an! Und rufen Sie unten an! Haben Sie ein Telefon?«

»Ja, natürlich.«

»HALTEN SIE ALLES AN! SOFORT! UND GEBEN SIE MIR DAS TELEFON! SCHNELL!«

Der Angestellte stürzte ins Innere. Er sprach hektisch in ein Mikrofon, warf Servaz einen bangen Blick zu und legte dann einen Schalthebel um. Mit einem letzten Quietschen blieben die Kabinen stehen. Im Nachhinein merkte Servaz erst, was für ein Lärm zuvor auf der Plattform geherrscht hatte. Er nahm das Telefon entgegen und wählte die Nummer der Gendarmerie. Der diensthabende Beamte meldete sich.

»Geben Sie mir Maillard! Hier ist Commandant Servaz! Schnell!«

Eine Minute später war Maillard am Apparat.

»Ich bin gerade dem Mörder begegnet! Er fährt mit seinem nächsten Opfer in einer Kabine talwärts! Ich hab die Seilbahn anhalten lassen. Nehmen Sie ein paar Leute und fahren Sie schleunigst zur Talstation! Sobald Sie dort sind, setzen wir die Bahn wieder in Gang.«

Maillard verschlug es kurz die Sprache, ehe er stammelte: »Sind Sie sicher?«

»Absolut! Das Opfer ist Perrault. Er hat mich vor fünfundzwanzig Minuten angerufen und um Hilfe gebeten. Er hat mich an die Bergstation bestellt. Jetzt ist er gerade in einer Kabine an mir vorbeigefahren. Er hatte ein Seil um den Hals, und neben ihm stand ein maskierter Mann!«

»Mein Gott! Ich löse Alarm aus! Sobald wir bereit sind, ruf ich Sie an!«

»Versuchen Sie auch, Capitaine Ziegler zu verständigen. Ich kann sie mit meinem Handy nicht erreichen!«

Nach zwölf Minuten meldete sich Maillard wieder. Servaz hatte sie damit verbracht, sich auf der Plattform die Füße zu vertreten, während er ständig auf die Uhr sah und eine Zigarette nach der anderen rauchte.

»Wir sind bereit«, erklärte der Gendarm am Telefon.

»Sehr gut! Ich werde die Seilbahn wieder in Gang setzen. Perrault und der Mörder sind in einer der Kabinen! Ich komme nach!«

Er gab dem Maschinisten ein Zeichen und sprang dann in eine Kabine. Als sie losfuhr, fiel ihm plötzlich ein, dass irgendetwas nicht stimmte. Der Mörder hatte geplant, Perrault in die Tiefe zu stürzen und ihn an einem Seil baumeln zu sehen. Aber er hatte bestimmt nicht die Absicht, mit einer so auffälligen Fracht bis zur Talstation mitzufahren. Servaz fragte sich, ob es eine Stelle gab, an der der Mörder aus der fahrenden Kabine springen konnte, und kaum hatte er sich diese Frage gestellt, war er sich auch schon sicher, dass dem so war.

Hatten Maillard und seine Männer diese Möglichkeit bedacht? Überwachten sie sämtliche Zugänge zum Berg?

Wieder versuchte er die Nummer von Ziegler zu wählen, aber wieder die Meldung: »Kein Netz«. Wie bei der Hinfahrt durchquerte er den Nebel und sah nichts als die verschwommenen Silhouetten der Tannen unter sich und die leeren Kabinen, die ihm entgegenkamen. Plötzlich hörte er das Flapp-Flapp der Rotorblätter eines Hubschraubers, aber der Apparat blieb unsichtbar. Allerdings war ihm, als komme das Geräusch nicht von oben, sondern von unten.

Was war da unten los? Die Nase an die Scheibe gedrückt, versuchte er den Nebel zu durchdringen. Aber er sah keine zwanzig Meter weit. Plötzlich blieben die Kabinen stehen, und zwar so jäh, dass er das Gleichgewicht verlor. Er stieß mit der Nase gegen die Scheibe – der Schmerz trieb ihm die Tränen in die Augen. Was trieben sie da unten? Er sah sich um. Die Kabinen schwangen sanft an ihren Seilen hin und her, wie Lampions auf einem Jahrmarkt; der Wind hatte etwas nachgelassen, und die Flocken fielen jetzt fast senkrecht.

Die Schneedecke am Fuß der Tannen war sehr dick. Einmal mehr versuchte er mit seinem Handy durchzukommen. Wieder vergeblich.

Während der folgenden Dreiviertelstunde blieb er in dieser Nussschale gefangen und konnte nichts anderes tun, als die Tannen und den Nebel mit den Augen abzusuchen. Nach einer halben Stunde machte die Kabine plötzlich einen Schlenker, fuhr drei Meter und blieb erneut stehen. Servaz fluchte. Was sollte das? Er stand auf, setzte sich wieder, stand wieder auf … Es gab nicht einmal genügend Platz, um die Beine auszustrecken! Als sich die Kabinen wieder in Bewegung setzten, saß er schon eine geraume Weile und hatte sich mit dem Warten abgefunden.

Als er sich der Talstation näherte, lichtete sich plötzlich der Nebel, und die Dächer der Stadt kamen zum Vorschein. Servaz sah die blinkenden Blaulichter und die zahlreichen Fahrzeuge der Gendarmerie auf dem Parkplatz. Gendarmen in Uniform kamen und gingen. Er erkannte auch die Techniker vom Erkennungsdienst in ihren weißen Overalls und den Leichnam auf der Bahre vor der offenen Hecktür eines Rettungswagens.

Er erstarrte.

Perrault war tot.

Sie hatten die Kabinen angehalten, um die ersten Untersuchungen vornehmen zu können. Dann hatten sie die Leiche abgehängt und die Seilbahn wieder in Gang gesetzt. Er war sich sofort sicher, dass dem Mörder die Flucht gelungen war. Sobald der Schwenkarm die Tür zur Seite gezogen hatte, sprang er aus der Kabine auf den Beton. Am Fuß der Treppe sah er Ziegler, Maillard, Confiant und d'Humières. Ziegler trug eine lederne Motorradkombi – aber der Anzug war an mehreren Stellen gerissen, sodass man ein geschwollenes Knie und einen geschwollenen Ellbogen voller Blutergüsse und getrockneten Blutes sah. Sie hatte offenbar noch keine Zeit gehabt, ihre Wunden zu verbinden. In der Hand hielt sie noch ihren Helm, das Visier war gesprungen.

»Was ist passiert?«, fragte er.

»Das würden wir gern von Ihnen wissen«, entgegnete Confiant.

Servaz warf ihm einen vernichtenden Blick zu. Einen Moment lang stellte er sich vor, der junge Richter wäre ein zerbrechlicher Porzellangegenstand und er ein Hammer. Dann wandte er sich Cathy d'Humières zu.

»Ist es Perrault?«, fragte er, auf den Körper unter der Plane zeigend.

Sie nickte.

»Er hat mich auf meinem Handy angerufen«, erklärte er. »Er wollte sich schnellstens mit mir treffen. Er hatte offensichtlich Angst. Er fühlte sich bedroht. Er hat mich auf die Bergstation bestellt. Ich habe Capitaine Ziegler verständigt und bin losgedüst.«

»Und Sie haben es nicht für nötig gehalten, Verstärkung anzufordern?«, sagte Confiant.

»Die Zeit drängte. Er wollte, dass ich allein komme. Er wollte nur mit mir reden.«

Confiant sah ihn mit vor Wut blitzenden Augen an. Cathy d'Humières war nachdenklich. Servaz warf einen Blick auf die mit einer Silberplane zugedeckte Gestalt auf der Bahre: Techniker klappten gerade die Räder ein und schoben sie in den Rettungswagen. Den Rechtsmediziner sah er nicht. Offenbar war der schon wieder aufgebrochen. Hinter dem Absperrband, am anderen Ende des Parkplatzes, hatten sich

Schaulustige versammelt. Plötzlich ein Lichtblitz. Dann ein zweiter. Der Hubschrauber musste gelandet sein, man hörte ihn nicht mehr.

»Und der Mörder?«, fragt er.

»Hat sich aus dem Staub gemacht.«

»Wie?«

»Als die Kabine in Sicht kam, fehlte eine Scheibe, und darunter hing Perrault«, sagte Maillard. »In diesem Moment haben wir alles angehalten. Es gibt eine Stelle, an der die Seilbahn einen Gebirgspfad kreuzt, der zur Bergstation hinaufführt. Er ist ziemlich breit, und im Winter kann man ihn für die Talabfahrt bis nach Saint-Martin als Skipiste nutzen. Die Kabinen hängen etwa vier Meter über dem Weg. Aber der Kerl hat sich vermutlich am anderen Ende des Seils, mit dem er Perrault erhängte, heruntergelassen. Ein guter Skifahrer ist dann in drei Minuten unten im Tal.«

»Wo endet der Pfad?«

»Hinter dem Thermalbad.« – Maillard deutete auf den Berg. – »Das Viertel mit dem Thermalbad liegt östlich dieses Bergs. Der Pfad führt in einem Bogen herum und endet direkt hinter dem Gebäude, uneinsehbar.«

Servaz sah sich das große Gebäude, an dem er schon zweimal vorbeigefahren war, noch einmal an. Ein großer rechteckiger Platz, an dessen einer Seite sich das Thermalbad an den bewaldeten Berghang schmiegte; das Bad war im 19. Jahrhundert erbaut, aber kürzlich renoviert und um einen vollverglasten Anbau erweitert worden. Die drei anderen Seiten des Platzes säumten Hotels und Cafés. In der Mitte befand sich ein Parkplatz, auf dem natürlich Dutzende von Autos standen …

»Dort verliert sich seine Spur«, sagte Maillard.

»Führen Sie auch auf dem Gebirgspfad Tatortermittlungen durch?«

»Ja, wir haben den gesamten Bereich abgesperrt, und ein Team von Technikern ist dabei, jeden Quadratmeter zwischen der Seilbahn und dem Parkplatz des Thermalbads genau unter die Lupe zu nehmen.«

»Er hat die Tat sehr sorgfältig geplant«, bemerkte Ziegler.

»Obwohl er nicht viel Zeit hatte.«

»Woher wusste er von Perraults Hilferuf?«, fragte die Gendarmin.

Sie dachten einen Moment über diese Frage nach, aber niemand hatte eine befriedigende Antwort.

»Er hat ein elastisches Seil verwendet«, sagte Maillard. »Gutes Bergsteigermaterial. Er hatte es vielleicht ständig in seinem Wagen, genauso wie die Skier. Und danach konnte er es einfach in einem Rucksack verstauen.«

»Jemand Sportliches«, bemerkte Ziegler. »Und mit ziemlichem Schneid.«

Servaz nickte.

»Er muss bewaffnet gewesen sein. Perrault wäre nie freiwillig mit ihm eingestiegen. Aber ich habe weder eine Waffe noch Skier, noch einen Rucksack gesehen. Das ging alles sehr schnell. Und ich habe nicht weiter auf das geachtet, was sonst noch in der Kabine war.«

Perraults Gesicht … Angstverzerrt … Er bekam es einfach nicht aus dem Kopf …

»Wo stand er in Bezug auf Perrault?«, fragte Ziegler.

»Perrault stand vorn, der Mörder hinter ihm.«

»Vielleicht hat ihm der Mörder die Mündung seiner Pistole in den Rücken gedrückt. Oder er hatte ein Messer …«

»Möglich … Wieder eine Inszenierung … obwohl er so wenig Zeit hatte … Er ist schnell … und arrogant … Allzu arrogant vielleicht … Als die Kabinen aneinander vorbeifuhren, hat er sich hinter Perrault versteckt«, fügte Servaz plötzlich mit gerunzelter Stirn hinzu.

»Wozu das, wo er doch eine Maske trug?«

»Damit ich seine Augen nicht sehe.«

Ziegler beobachtete ihn genau.

»Du glaubst, er hatte Angst, dass du ihn erkennen könntest?«

»Ja. Es ist also jemand, den ich schon einmal gesehen habe. *Und zwar aus der Nähe.*«

»Wir müssen den Kassierer befragen«, sagte er. »Vielleicht hat er jemanden gesehen.«

»Schon erledigt. Er hat Perrault wiedererkannt. Und dann ist er sich ganz sicher: Sonst ist niemand hochgefahren … *bis du kamst …*«

»Wie ist das möglich?«

»Saint-Martin 2000 ist auch über die Straße erreichbar. Etwa zehn Minuten vom südlichen Ortsausgang. Er hatte mehr als genug Zeit, um auf diesem Weg zum Gipfel zu gelangen.«

Servaz vergegenwärtigte sich die Topografie. Die südliche Ausfallstraße nahm ihren Ausgang von der Place des Thermes und endete nach zwölf Kilometern in einer Sackgasse, nur wenige Steinwürfe von der spanischen Grenze entfernt. Durch dieses Tal war er zu Grimms Hütte gefahren. Von der Straße zweigte eine andere ab, die zur Bergstation hinaufführte.

»Dann brauchte er zwei Autos«, sagte er. »Eines oben und eines unten.«

»Ja. Und vermutlich hat ihn jemand unten erwartet«, fuhr Ziegler fort. »Vor dem Thermalbad. Es sei denn, ein zweites Fahrzeug hätte schon seit längerer Zeit auf dem Parkplatz gestanden.«

»Das erste Fahrzeug ist vielleicht noch dort oben. Haben Sie auf der Straße zur Bergstation eine Sperre errichtet?«, fragte er Maillard.

»Ja, wir überprüfen alle Autos, die von oben kommen. Und wir werden alle kontrollieren, die noch oben sind.«

»Sie sind zu zweit«, sagte Ziegler.

Servaz starrte sie an.

»Ja. Sie waren schon im Kraftwerk zu zweit – und diesmal waren sie wieder zu zweit.«

Plötzlich fiel ihm etwas anderes ein.

»Wir müssen im Institut anrufen – sofort.«

»Auch schon erledigt: Hirtmann ist in seiner Zelle. Er hat sie im Laufe des Vormittags nicht verlassen. Zwei Personen haben sich mit ihm unterhalten, und Xavier hat es selbst überprüft.«

Confiant fasste Servaz scharf ins Auge, als wollte er sagen: »Das habe ich euch doch gleich gesagt«.

»Diesmal wird die Presse toben«, sagte d'Humières. »Wir werden Schlagzeilen machen – und nicht nur in der lokalen Presse. Dass mir niemand von Ihnen irgendwelche eigenen Kommentare abgibt.«

Servaz und Ziegler sagten nichts.

»Ich schlage vor, dass sich Monsieur Confiant und ich um die Beziehungen zur Presse kümmern. Für die anderen gilt völlige Funkstille. Die Ermittlungen gehen ihren gewohnten Gang, wir haben mehrere Spuren. Sonst nichts. Wenn sie Details wollen, wenden sie sich an mich oder an Martial.«

»Vorausgesetzt, die Erklärungen des Monsieur Confiant verunglimpfen nicht die Arbeit der Ermittler«, sagte Servaz.

Der Blick von Cathy d'Humières kühlte um etliche Grad ab.

»Was soll das heißen?«

»Commandant Servaz hat vorgestern auf der Rückfahrt von der Klinik Dr. Propp und mich angegriffen«, verteidigte sich Confiant. »Er hat die Beherrschung verloren, und er hatte alle auf dem Kieker.«

Die Staatsanwältin wandte sich an Servaz.

»Martin?«

»›Die Beherrschung verloren‹ … das ist wohl leicht übertrieben«, sagte Servaz in sarkastischem Tonfall. »Klar ist jedenfalls, dass der Herr Richter Dr. Xavier unseren Besuch angekündigt hat, ohne Sie – oder uns – davon in Kenntnis zu setzen, während wir uns auf einen unangekündigten Besuch verständigt hatten.«

»Stimmt das?«, fragte d'Humières Confiant mit eiskalter Stimme.

Der junge Richter zog ein schiefes Gesicht.

»Xavier ist ein Freund, es wäre ein Affront gewesen, wenn ich unangemeldet mit der Polizei bei ihm aufgekreuzt wäre.«

»Weshalb haben Sie uns nicht auch darüber informiert?«, fuhr ihn d'Humières mit wutbebender Stimme an.

Confiant senkte beschämt den Kopf.

»Ich weiß nicht … Es schien mir nicht … wichtig zu sein.«

»Hören Sie! Wir werden im hellsten Scheinwerferlicht stehen.« Mit einer wütenden Kinnbewegung deutete sie auf die Journalisten, die sich hinter dem Absperrband versammelt hatten. »Ich will nicht, dass wir ein Bild der Uneinigkeit bieten. Daher werden wir mit einer Stimme sprechen: und zwar mit meiner! Ich hoffe, dass dieser Fall bald aufgeklärt wird«, versetzte sie im Weggehen. »Und ich will in einer halben Stunde eine Besprechung, um eine Zwischenbilanz zu ziehen!«

Der Blick, den Martial Confiant im Weggehen Servaz zuwarf, glich dem eines Taliban, der einen nackten Pornostar in einer Moschee erblickt.

»Du verstehst es wirklich, dir Freunde zu machen«, sagte Ziegler, während sie Confiant und d'Humières nachblickte. »Du hast gesagt, sie standen in der Kabine hintereinander?«

»Perrault und der Mörder? Ja.«

»War er größer oder kleiner als Perrault?«

Servaz dachte nach.

»Kleiner.«

»Mann oder Frau?«

Servaz überlegte kurz. Wie viele Zeugen hatte er im Laufe seines Berufslebens befragt? Er erinnerte sich daran, wie schwer es ihnen fiel, auf solche Frage zu antworten. Jetzt war er an der Reihe. Er merkte, wie unzuverlässig das Gedächtnis ist.

»Ein Mann«, sagte er nach kurzem Zögern.

»Warum?«

Ziegler hatte sein Zögern bemerkt.

»Ich weiß nicht …« – Er legte eine kurze Pause ein. – »Wegen der Art und Weise, wie er sich bewegte, seiner Haltung …«

»Hängt es nicht eher damit zusammen, dass du dir nicht recht vorstellen kannst, dass eine Frau so etwas tut?«

Er sah sie mit einem leichten Lächeln an.

»Vielleicht. Warum wollte Perrault auf den Berg hinauffahren?«

»Ganz offensichtlich war er vor jemandem auf der Flucht.«

»Jedenfalls wurde hier schon wieder jemand gehängt.«

»Aber diesmal kein abgeschnittener Finger.«

»Vielleicht hatte er einfach nicht genug Zeit dazu.«

»Ein bärtiger blonder Sänger mit großen, fiebrig glänzenden Augen, der mit Vornamen Kurt hieß, im Jahr 1993, sagt dir das etwas?«

»Kurt Cobain«, antwortete Ziegler, ohne zu zögern. »Hing der im Zimmer von einem der jungen Selbstmörder?«

»Bei Alice.«

»Offiziell hat sich Kurt Cobain umgebracht«, sagte die Gendarmin, während sie zu Servaz' Wagen humpelte. »Wann?«, fragte der und blieb unvermittelt stehen.

»1994, glaube ich. Er hat sich eine Kugel in den Kopf gejagt.«

»Glaubst du das, oder bist du dir sicher?«

»Ich bin mir sicher. Jedenfalls, was das Datum betrifft. Ich war damals ein Fan von Cobain – und es gab Gerüchte, wonach er ermordet wurde.«

»1994 ... Dann kann es sich nicht um Nachahmungstaten handeln«, folgerte er, weitergehend. »Warst du schon beim Arzt?«

»Mach ich später.«

Sein Handy klingelte gerade, als er den Motor anlassen wollte.

»Servaz.«

»Hier Vincent. Was ist denn mit deinem Telefon? Ich hab den ganzen Vormittag versucht, dich zu erreichen!«

»Was gibt's?«, fragte er, ohne zu antworten.

»Der Siegelring: Wir haben herausgefunden, was darin eingraviert ist.«

»Und?«

»Zwei Buchstaben: ein C und ein S.«

»›C S‹?«

»Ja.«

»Und was bedeutet das, deiner Meinung nach?«

»Keine Ahnung.«

Servaz überlegte kurz. Dann fiel ihm etwas anderes ein. »Du hast doch nicht den Gefallen vergessen, um den ich dich gebeten habe?«, sagte er.

»Welchen Gefallen?«

»Wegen Margot …«

»Ach, verdammt, Mist. Hab ich total vergessen.«

»Und wie weit seid ihr mit dem Obdachlosen?«

»Ach ja, man hat die Fingerabdrücke der drei Jungs an ihm gefunden. Aber das ändert nicht viel: Laut Samira glaubt der Richter an die Hypothese vom Tod durch Ertrinken.« Servaz' Blick verfinsterte sich.

»Bestimmt steht er unter Druck. Die Obduktion wird ausschlaggebend sein. Man könnte meinen, dass Cléments Vater Beziehungen hat.«

»Die anderen jedenfalls nicht: Der Richter will den Ältesten, den Sohn des Arbeitslosen, noch einmal vernehmen. Er hält ihn für den Anstifter.«

»Sonst noch was. Und Lombard, hast du was über ihn heraus gefunden?«

»Bin noch dabei.«

Ein großer Raum ohne Fenster. Durch hohe Metallregale voller staubiger Aktenordner in mehrere Gänge unterteilt und von Neonröhren beleuchtet. In der Nähe des Eingangs zwei Schreibtische, einer mit einem Computer, der mindestens fünf

Jahre alt war, der andere mit einem uralten Mikrofiche-Lesegerät – ein schwerer, sperriger Apparat. Mikrofiche-Kästen standen ebenfalls auf den Regalen.

Das gesamte Gedächtnis des Institut Wargnier.

Diane hatte gefragt, ob alle Akten inzwischen digitalisiert waren, und es hatte nicht viel gefehlt und der Angestellte hätte ihr ins Gesicht gelacht.

Sie wusste, dass die Akten der Station A digitalisiert waren. Seit gestern hatte sie aber acht andere Patienten, und Xavier hatte beschlossen, sie sollte mit ihnen erst mal »Erfahrungen sammeln«. Offensichtlich waren sie nicht so wichtig, dass sich jemand die Mühe gemacht hätte, die in ihren Akten enthaltenen Daten digital zu erfassen. Sie ging in einen der Gänge hinein und begann, die Einbände zu prüfen. Sie versuchte dahinterzukommen, nach welchem System die Akten geordnet waren. Aus Erfahrung wusste sie, dass dazu nicht immer die unmittelbar einleuchtendste Methode gewählt wurde. Manche Archivare, Bibliothekare oder auch Entwickler von Anwendungsprogrammen dachten ziemlich kompliziert.

Mit Erleichterung stellte sie fest, dass dieser Mitarbeiter hinreichend logisch dachte, um alles alphabetisch zu ordnen. Sie nahm die entsprechenden Ordner an sich und setzte sich an den kleinen Lesetisch. Als sie in dem großen, stillen Raum Platz nahm, fern des hektischen Treibens, das in einigen Klinikbereichen herrschte, fiel ihr plötzlich wieder ein, was sich vergangene Nacht im Kellergeschoss ereignet hatte, und eine große Kälte überfiel sie. Seit sie am Morgen erwacht war, sah sie immer wieder die düsteren Gänge vor sich, erinnerte sich an den muffigen Kellergeruch und die klamme Kälte und durchlebte noch einmal den Moment, als sie plötzlich von völliger Finsternis umfangen war.

Wer schlich sich nachts zur Station A? Wer war der schreiende und schluchzende Mann, den sie in der Ferienkolonie gehört hatte? Wer war in die Verbrechen verwickelt, die in Saint-Martin geschahen? Allzu viele Fragen, die regelmäßig wie die Gezeiten auf ihr fiebrig erregtes Gehirn einstürzten. Und sie brannte darauf, Antworten zu finden …

Sie schlug die erste Akte auf. Die Krankengeschichte jedes Patienten wurden ausführlich dokumentiert, von den ersten Manifestationen seiner Erkrankung und den ersten Diagnosen bis zu den verschiedenen Klinikaufenthalten vor der Aufnahme ins Institut, die medikamentöse Therapie, eventuelle unerwünschte Nebenwirkungen … Besonders hervorgehoben wurden die Gefährlichkeit und angezeigte Vorsichtsmaßnahmen, was Diane – sofern sie es vergessen haben sollte – daran erinnerte, dass es in dieser Einrichtung keine Unschuldslämmer gab.

Sie machte einige Notizen auf ihrem Block und setzte die Lektüre fort. Nun kamen die Therapien im eigentlichen Sinne … Diane stellte ohne große Überraschung fest, dass Neuroleptika und Beruhigungsmittel in sehr hoher Dosierung verabreicht wurden. Einer Dosierung, die weit über den empfohlenen Richtwerten lag. Das bestätigte die Aussagen von Alex. *Eine Art pharmazeutisches Hiroshima,* dachte sie schaudernd. Die Vorstellung, ihr eigenes Gehirn würde von diesen Substanzen bombardiert, war ihr unerträglich … Sie kannte die schrecklichen Nebenwirkungen dieser Medikamente … Allein der Gedanke jagte ihr einen kalten Schauer über den Rücken. Jede Akte hatte einen Anhang, in dem die Medikation genau dokumentiert war: die Dosen, die Einnahmezeiten, Umstellungen der Medikamente, Auslieferung der Medikamente an die jeweilige Station … Jedes Mal, wenn die

Station, in der der Patient behandelt wurde, eine neue Medikamentenlieferung aus der Klinikapotheke erhielt, wurde der Lieferschein von dem zuständigen Stationspfleger unterzeichnet und vom Verwalter der Apotheke gegengezeichnet. Neuroleptika, Schlaftabletten, Angstlöser ... aber keine Psychotherapien – zumindest nicht bis zu ihrer Ankunft ... *bum-bum-bum-bum ...* Sie sah vor ihrem inneren Auge kurz mächtige Hämmer rhythmisch auf Schädel niedergehen, die bei jedem Schlag immer platter wurden.

Sie hatte plötzlich ein starkes Bedürfnis nach Koffein, als sie die vierte Akte in Angriff nahm, aber sie beschloss, bis zum Schluss weiterzulesen. Abschließend überflog sie das angehängte Blatt. Wie bei den vorangehenden Akten jagten ihr die Dosierungen einen kalten Schauer über den Rücken:

Clozapin: 1200 mg/tgl. (3 Kps. 100 mg 4-mal tgl.)
Zuclopenthixolacetat: 400 mg IM tgl.
Tiaprid: 200 mg jede Stunde.
Diazepam: Amp. IM 20 mg tgl.
Meprobamat: Kps. 400 mg.

Verflixt, wollten sie wirklich, dass ihre Patienten nur noch vor sich hin vegetieren? Aber sie erinnerte sich wieder daran, was Alex ihr gesagt hatte: Nach jahrzehntelanger intensivster medikamentöser Behandlung waren die meisten Insassen des Instituts gegen Psychopharmaka resistent. Diese Männer streiften mit solchen Mengen an Medikamenten in ihrem Blut durch die Flure, von denen selbst ein Tyrannosaurus Rex high gewesen wäre, und sie zeigten kaum ein Zeichen von Benommenheit. Als sie die Akte wieder zuklappte, fiel ihr Blick auf eine kurze handschriftliche Notiz am Rand:

Wozu diese Medikation? Xavier gefragt. Keine Antwort.

Die Schrift war schräg und hastig. Sie allein verriet schon etwas von der Frustration und der Verärgerung desjenigen, der diese Notiz verfasst hatte. Stirnrunzelnd sah sich noch einmal die Liste der Medikamente und der Dosierungen an. Sie konnte die Verwunderung der Person, die diese Worte geschrieben hatte, sofort nachvollziehen. Sie erinnerte sich, dass Clozapin dann eingesetzt wurde, wenn sich die anderen Neuroleptika als wirkungslos erwiesen. Aber wozu dann noch Zuclopenthixol verschreiben? Und es gab keinen Grund, bei der Behandlung von Angstzuständen zwei Anxiolytika oder zwei Hypnotika miteinander zu kombinieren. Aber genau das geschah hier. Es gab vielleicht noch weitere Anomalien, die ihr entgingen – schließlich war sie weder Psychiaterin noch Ärztin –, dem Verfasser der Notiz waren sie jedenfalls nicht entgangen. Offensichtlich hatte Xavier nicht die Güte gehabt zu antworten. Diane fragte sich perplex, ob sie das etwas anging. Aber schließlich war das hier die Akte eines ihrer Patienten. Ehe sie eine Psychotherapie beginnen konnte, musste sie wissen, weshalb man ihm diesen aberwitzigen Medikamentencocktail verordnet hatte. Die Akte sprach von einer schizophrenen Psychose, akuten Wahnzuständen, Verwirrtheit – aber eigenartigerweise fehlten exakte Angaben.

Sollte sie Xavier fragen? Die Person, die diese Notiz geschrieben hatte, hatte das bereits getan. Ohne Erfolg. Sie nahm sich die vorigen Akten noch einmal vor und überprüfte nacheinander die Unterschriften der Stationsoberpfleger und des Verwalters der Apotheke. Schließlich fand sie, was sie suchte. Über eine der Unterschriften hatte jemand geschrieben: »verspätete Lieferung wegen Streik der öffentlichen Verkehrsmittel«. Sie verglich die Buchstaben. Ihre Form war identisch: Die Notiz am Rand stammte von dem Pfleger, der den Medikamentenbestand verwaltete.

Ihn musste sie als Erstes befragen.

Über die Treppe stieg sie in den zweiten Stock, die Akte unterm Arm. Die Klinikapotheke wurde von einem etwa dreißigjährigen Pfleger geführt, der verwaschene Jeans, einen weißen Kittel und abgenutzte Basketballschuhe trug. Er hatte einen Dreitagebart und struppiges Haar. Wegen der Schatten unter seinen Augen vermutete Diane, dass er außerhalb des Instituts ein intensives und vergnügliches Nachtleben genoss.

Die Apotheke bestand aus zwei Zimmern – das eine diente als Empfang mit einer Theke voller Papierkram und Kartons; in dem zweiten Zimmer wurden die Medikamentenvorräte in Schränken aufbewahrt, die mit Sicherheitsglas versehen waren. Der Pfleger, der laut dem auf seine Brusttasche gestickten Etikett »Dimitri« hieß, sah sie mit einem etwas allzu breiten Lächeln an, als sie den Raum betrat.

»Salut«, sagte er.

»Salut«, antwortete sie, »ich hätte gern ein paar Auskünfte über die Verwaltung der Arzneimittel.«

»Gern. Sie sind die neue Psychologin, oder?«

»Genau.«

»Was würden Sie gern wissen?«

»Nun ja, wie das funktioniert.«

»Gut, gut«, sagte er, während er an dem Kugelschreiber spielte, der in seiner Brusttasche steckte. »Kommen Sie.« Sie schlüpfte hinter die Theke. Er nahm ein großes Heft mit einem kartonierten Deckel, das aussah wie ein Rechnungsbuch.

»Das ist das Journal. Darin werden sämtliche Ein- und

Ausgänge von Medikamenten vermerkt. Die Apotheke hat die Aufgabe, einerseits den Bedarf des Instituts zu erfassen und die Bestellungen aufzugeben, andererseits die Medikamente in Empfang zu nehmen und einzulagern und sie anschließend an die verschiedenen Stationen zu verteilen. Die Apotheke hat ein eigenes Budget. Die Bestellungen im Großhandel erfolgen monatlich, aber es gibt auch Sonderbestellungen.«

»Wer außer Ihnen weiß über die Ein- und Ausgänge Bescheid?«

»Jeder kann im Journal nachsehen. Aber sämtliche Lieferscheine und sämtliche Bestellungen müssen von Dr. Xavier persönlich oder von Lisa beziehungsweise Dr. Lepage, dem Chefarzt, gegengezeichnet werden. Im Übrigen wird für jedes Produkt ein eigener Lagerschein geführt.« – Er nahm einen dicken Ordner heraus und schlug ihn auf. – »Sämtliche am Institut verwendeten Medikamente sind hier erfasst, und dank dieses Systems wissen wir genau, wie groß die verfügbaren Bestände sind. Anschließend werden die Produkte an die verschiedenen Stationen verteilt. Jede Auslieferung von Medikamenten wird vom Oberpfleger der Station und von mir quittiert.«

Sie öffnete die Akte, die sie in der Hand hielt, und zeigte ihm die handschriftliche Notiz am Rand des beigefügten Blatts.

»Das ist Ihre Handschrift, oder?«

Sie sah, wie er die Stirn runzelte.

»Ja«, antwortete er nach kurzem Zögern.

»Sie scheinen mit der Medikation dieses Patienten nicht einverstanden zu sein …«

»Nun … ich … ähm … ich hab nicht verstanden, warum

ihm zwei Anxiolytika und Zuclopenthixolacetat und Clozapin gleichzeitig verschrieben wurden … Ich … hm! … Das ist ein bisschen technisch …«

»Und haben Sie das Dr. Xavier gefragt?«

»Ja.«

»Und was hat er geantwortet?«

»Dass ich für die Apotheke, nicht für die Behandlung verantwortlich bin.«

»Verstehe. Werden alle Patienten mit so starken Dosen behandelt?«

»Die meisten, ja. Wissen Sie, nach jahrelanger Behandlung sind fast alle …«

»… *resistent gegen Psychopharmaka* … ja, ich weiß … Dürfte ich mal einen Blick darauf werfen?« Sie deutete auf das Journal und den Ordner mit den Lagerscheinen über die einzelnen Medikamente.

»Ja, klar. Nur zu. Setzen Sie sich doch.«

Er verschwand im Nebenzimmer, und sie hörte, wie er leise telefonierte. Wahrscheinlich mit seiner Freundin. Er trug keinen Trauring. Sie schlug das Journal auf und blätterte es durch. Januar … Februar … März … April …

Die Bestandsliste für den Monat Dezember umfasste zwei Seiten. Auf der zweiten Seite zog eine Zeile in der Mitte ihre Aufmerksamkeit auf sich: »Lieferung auf Bestellung von Xavier«, versehen mit dem Datum des 7. Dezembers. In dieser Zeile standen drei Medikamentennamen, die sie nicht kannte. Sie war sich sicher, dass es keine Psychopharmaka waren. Aus Neugier schrieb sie die Namen auf ihren Block und rief Dimitri. Sie hörte, wie er flüsterte »Ich liebe dich« – und dann wiederauftauchte.

»Was ist das?«

Er zuckte mit den Schultern.

»Keine Ahnung. Das stammt nicht von mir. Ich hatte damals Urlaub.«

Er durchstöberte den Ordner mit den Produktbögen und zog die Brauen hoch.

»Ach, das ist ja seltsam … Für diese drei Produkte gibt es keine individuellen Lagerscheine, sondern nur die Rechnungen … Wahrscheinlich kannte der, der das Journal geführt hat, nicht die Vorschriften …«

Jetzt zuckte Diane mit den Schultern.

»Schon gut. Das ist nicht weiter wichtig.«

20

SIE VERSAMMELTEN SICH in demselben Zimmer wie letztes Mal. Anwesend waren Ziegler, Servaz, Capitaine Maillard, Simon Propp, Martial Confiant und Cathy d'Humières. Servaz bat Ziegler, kurz den Stand der Ermittlungen zusammenzufassen. Ihm fiel auf, dass sie ihn in ihrer Darstellung von jeder Fehleinschätzung reinwusch und im Gegenteil sich selbst vorwarf, leichfertig gehandelt zu haben, als sie an diesem Morgen ohne Rücksicht auf den Wetterbericht mit dem Motorrad gefahren war. Besonders hob sie das eine Detail hervor, das diesen Mord mit dem vorhergehenden verband: das Erhängen. Die Selbstmörder erwähnte sie nicht. Dafür wies sie darauf hin, dass Grimm und Perrault zusammen mit Chaperon und einem vierten Mann, der vor zwei Jahren gestorben war, wegen angeblicher sexueller Nötigung angezeigt worden waren.

»Chaperon?«, sagte Cathy d'Humières ungläubig. »Davon habe ich nie gehört.«

»Laut Saint-Cyr liegt diese Geschichte über zwanzig Jahre zurück«, stellte Servaz klar. »Lange bevor sich der Bürgermeister zur Wahl stellte. Und die Anzeige wurde auch umgehend wieder zurückgezogen.«

Er wiederholte, was Saint-Cyr ihm gesagt hatte. Die Staatsanwältin warf ihm einen skeptischen Blick zu.

»Glauben Sie wirklich, dass es da einen Zusammenhang gibt? Ein betrunkenes Mädchen, junge Männer, die ebenfalls blau waren, einige kompromittierende Fotos … Ich möchte das nicht verharmlosen – aber so schlimm ist das doch auch wieder nicht.«

»Nach Darstellung von Saint-Cyr kursierten über diese vier noch andere Gerüchte«, sagte Servaz.

»Was für Gerüchte?«

»Über ähnliche Vorfälle, Geschichten über sexuellen Missbrauch, Gerüchte, denen zufolge sie dazu neigten, gegenüber Frauen ausfällig und gewalttätig zu werden. Allerdings blieb es bei dieser einen Klage, die, wie gesagt, umgehend zurückgezogen wurde. Und dann ist da noch, was wir in Grimms Hütte gefunden haben. Dieses Cape und diese Stiefel … Die gleichen oder fast die gleichen wie die, die an seiner Leiche gefunden wurden …«

Aus Erfahrung wusste Servaz, dass man Staatsanwälten und Ermittlungsrichtern besser nicht zu viel verriet, solange man nicht über stichhaltige Erkenntnisse verfügte, denn sonst neigten sie häufig zu grundsätzlichen Einwänden. Trotzdem musste er einfach noch etwas mehr ausplaudern.

»Saint-Cyr behauptet, dass Grimm, Perrault, Chaperon und ihr Freund Mourrenx seit dem Gymnasium ein unzertrennliches Quartett bildeten. Wir haben außerdem herausgefunden, dass die vier Männer alle den gleichen Siegelring trugen – *genau den, der an Grimms abgeschnittenem Finger hätte sitzen müssen …*«

Confiant warf ihnen mit gerunzelter Stirn einen fragenden Blick zu.

»Ich verstehe nicht, was diese Geschichte mit den Ringen damit zu tun hat«, sagte er.

»Nun, man könnte vermuten, dass es sich um eine Art Erkennungszeichen handelt«, bemerkte Ziegler.

»Ein Erkennungszeichen? Wofür?«

»Gegenwärtig lässt sich das noch nicht sagen«, räumte Ziegler mit einem finsteren Blick auf den Richter ein.

»Perrault wurde nicht der Ringfinger abgeschnitten«, gab d'Humières zu bedenken, ohne aus ihrer Skepsis einen Hehl zu machen.

»Das stimmt. Aber das Foto, das Commandant Servaz gefunden hat, beweist, dass er einmal einen solchen Ring getragen hat. Dass der Mörder ihm den Finger nicht abgeschnitten hat, liegt vielleicht daran, dass Perrault ihn inzwischen nicht mehr trug.«

Servaz sah sie an. Im Innersten wusste er, dass sie auf dem richtigen Weg waren. Irgendetwas kam da an die Oberfläche, wie Wurzeln, die aus der Erde herauswachsen. Etwas Schwarzes, Entsetzliches.

Und in dieser Geografie des Grauens waren die Umhänge, die Ringe, die Finger – ob abgeschnitten oder nicht – wie Steinchen, die der Mörder hinter sich hatte fallen lassen.

»Wir haben ganz offensichtlich die Lebensgeschichte dieser Männer nicht gründlich genug unter die Lupe genommen«, mischte sich Confiant unvermittelt ein. »Hätten wir das getan, statt uns auf das Institut Wargnier zu konzentrieren, dann hätten wir vielleicht etwas gefunden, das uns rechtzeitig alarmiert hätte – um Perrault zu retten.«

Allen war klar, dass dieses »wir« rein rhetorisch war. Im Grunde meinte er »ihr« – und dieses »ihr« richtete sich an Ziegler und Servaz. Allerdings fragte sich Servaz, ob Confiant diesmal nicht recht hatte.

»Jedenfalls gehörten zwei der Opfer zu denen, gegen die damals Anzeige erstattet wurde, und sie trugen diesen Ring«, beharrte er. »Das kann man nicht ignorieren. Und der dritte noch Lebende, der von dieser Anzeige betroffen war, ist niemand anderes als Roland Chaperon …«

Er sah, wie die Staatsanwältin erbleichte.

»In diesem Fall haben wir genau eine Priorität«, sagte sie unverzüglich.

»Ja. Wir müssen alle Hebel in Bewegung setzen, um den Bürgermeister zu finden und ihn unter Polizeischutz zu stellen – und zwar sofort.« Er sah auf die Uhr. »Daher schlage ich vor, dass wir diese Sitzung beenden.«

Der stellvertretende Bürgermeister im Rathaus von Saint-Martin sah sie mit sorgenvoller, aschfahler Miene an. Er saß in seinem Büro im ersten Stock und spielte nervös an seinem Kugelschreiber herum.

»Er ist seit gestern Morgen nicht erreichbar«, äußerte er auf Anhieb. »Wir sind in großer Sorge. Vor allem nach dem, was passiert ist.«

Ziegler nickte zustimmend.

»Und Sie haben nicht die leiseste Ahnung, wo er sich aufhalten könnte?«

Der Stadtvater wirkte verzweifelt.

»Nicht die leiseste …«

»Gibt es jemanden, den er besucht haben könnte?«

»Vielleicht seine Schwester in Bordeaux. Ich habe sie angerufen. Sie hat nichts von ihm gehört. Ebenso wenig seine Exfrau …«

Unschlüssig blickte der verängstigte zweite Bürgermeister von einem zum anderen, als wäre er der Nächste auf der Liste. Ziegler hielt ihm eine Visitenkarte hin.

»Wenn Sie etwas Neues hören, rufen Sie uns sofort an. Selbst wenn es Ihnen nicht wichtig erscheint.«

Sechzehn Minuten später parkten sie vor Chaperons Abfüllfabrik, in der Servaz schon vor zwei Tagen gewesen war. Das niedrige, moderne Gebäude war umgeben von einem hohen Drahtzaun mit Stacheldrahtspiralen. Auf dem Parkplatz warteten Lkw darauf, mit Flaschen beladen zu werden. Innen herrschte ein höllischer Lärm. Wie beim letzten Mal sah Servaz ein Laufband, in dem die Flaschen zunächst gespült wurden, ehe sie zu den Füllzapfen weitergeleitet wurden. Von dort wanderten sie zu den Automaten, die sie zustöpselten und etikettierten, ohne dass sie von einer Menschenhand berührt wurden. Die Arbeiter überwachten nur die einzelnen Schritte. Sie stiegen die Eisentreppe hoch, die zu dem schalldichten, voll verglasten Direktionszimmer führte. Da saß derselbe stoppelbärtige, dickleibige Mann mit struppigen Haaren, der Servaz schon beim letzten Mal empfangen hatte, und knackte Pistazien. Als sie den Raum betraten, sah er sie argwöhnisch an.

»Irgendetwas stimmt nicht«, sagte er und spuckte eine Schale in den Korb. »Roland ist nicht in die Fabrik gekommen, weder gestern noch heute. Es ist nicht seine Art, einfach fortzubleiben, ohne Bescheid zu geben. Nach allem, was passiert ist, verstehe ich nicht, wieso es auf den Straßen nicht mehr Polizeisperren gibt. Worauf warten Sie? Wenn ich Polizist wäre …«

Ziegler hatte wegen des Schweißgeruchs, der in dem gläsernen Kabuff herrschte, kurz die Nase gerümpft. Sie betrachtete die großen dunklen Schweißflecken, die unter den Achseln in dem blauen Hemd des Mannes prangten.

»Sie sind aber keiner«, antwortete sie schneidend. »Und ansonsten haben Sie keine Idee, wo er stecken könnte?«

Der korpulente Mann sah sie vernichtend an. Servaz musste

unwillkürlich lächeln. Einige Leute hier – darunter auch dieser Mann – waren der Meinung, die Einwohnter der Stadt könnten sich nicht vernünftig verhalten.

»Nein. Roland war keiner, der sich über sein Privatleben ausbreitet. Vor einigen Monaten haben wir von heute auf morgen erfahren, dass er sich scheiden lässt. Er hat uns nie von den Schwierigkeiten in seiner Ehe erzählt.«

»›Die Schwierigkeiten in seiner Ehe‹«, wiederholte Ziegler in einem unverhohlen sarkastischen Tonfall. Sehr schön gesagt.

»Wir fahren zu ihm nach Hause«, sagte Servaz, als er wieder ins Auto stieg. »Wenn er nicht dort ist, müssen wir das Haus auf den Kopf stellen. Ruf Confiant an und bitte ihn, einen Durchsuchungsbefehl auszustellen.«

Ziegler nahm den Hörer des Autotelefons ab und wählte die Nummer.

»Da geht niemand ran.«

Servaz ließ die Straße für einen Moment aus den Augen. Mächtige Regen- oder Schneewolken trieben wie böse Omen über den Himmel – und es wurde allmählich dunkel. »Egal. Wir haben keine Zeit mehr. Dann geht es eben ohne.«

Espérandieu hörte *The Stations* von den Gutter Twins, als Margot Servaz aus dem Gymnasium kam. Aus seinem unauffälligen Zivilfahrzeug heraus ließ er den Blick über die Jugendlichen schweifen, die aus dem Gebäude strömten. Er brauchte keine zehn Sekunden, um sie ausfindig zu machen. Zu einer Lederjacke und gestreiften Shorts trug Martins Tochter heute in ihrem schwarzen Haar violette Kunsthaarsträhnen, an ihren langen Beinen Netzstrümpfe und an den

Fußknöcheln riesige Pelzgamaschen zur Schau, sodass man meinen könnte, sie ginge in Schneestiefeln ins Gymnasium. Sie stach aus der Menge heraus wie ein eingeborener Kopfjäger in einer städtischen Abendgesellschaft. Espérandieu dachte an Samira. Er versicherte sich, dass die Digitalkamera auf dem Beifahrersitz lag, und startete die Anwendung »Diktafon« auf seinem iPhone, das in einer Endlosschleife das Album *Saturnalia* abspielte.

»17 Uhr. Schulschluss. Unterhält sich mit Klassenkameradinnen.«

Zehn Meter weiter lachte und plauderte Margot. Dann zog sie einen Tabaksbeutel aus ihrer Jacke. *Nicht gut,* dachte Espérandieu. Sie begann, sich eine Zigarette zu rollen, während sie den Äußerungen ihrer Nachbarinnen zuhörte. *Ganz schön geschickt gemacht,* stellte er fest. *Offensichtlich hast du Übung*. Plötzlich kam er sich selbst wie ein verdammter Voyeur vor, der vor der Schule auf goldige Miezchen lauerte. *Mist, Martin, du kotzt mich an!* Zwanzig Sekunden später hielt ein Motorroller vor der kleinen Gruppe. Espérandieu war sofort in Alarmbereitschaft.

Er sah, wie der Fahrer seinen Helm abnahm und direkt mit der Tochter seines Chefs sprach. Diese warf ihre Zigarette auf den Gehsteig und zertrat sie mit dem Absatz. Dann schwang sie sich auf den Soziussitz des Motorrollers.

Sieh an, sieh an … *»Fährt auf einem Motorroller mit einer siebzehn-/achtzehnjährigen Person weg. Schwarzes Haar. Nicht vom Gymnasium.«*

Espérandieu überlegte, ob er ein Foto machen sollte. Zu nah. Er lief Gefahr, sich zu verraten. Der Junge schien ganz hübsch zu sein, und er hatte sein Haar mit extra starkem Gel zu einer Art Turmfrisur aufgerichtet. Er setzte seinen Helm wieder auf und hielt Margot einen zweiten Helm hin. War das der kleine Mistkerl, der sie schlug und ihr das Herz brach? Der Motorroller fuhr wieder los. Espérandieu scherte aus, um die Verfolgung aufzunehmen. Der Junge fuhr schnell – und gefährlich. Er fädelte sich zwischen den Autos durch, fuhr mit seiner Maschine rasant im Zickzack, und gleichzeitig wandte er den Kopf um und schrie, damit ihn seine Beifahrerin verstand. *Früher oder später wird sich die Wirklichkeit bei dir auf gehässige Weise in Erinnerung bringen, Amigo…*

Zweimal dachte Espérandieu, er hätte ihn verloren, aber ein Stück weiter holte er ihn wieder ein. Er wollte nicht das Blaulicht einschalten; erstens, um nicht aufzufallen, und zweitens, weil es sich ja nur um einen inoffiziellen Freundschaftsdienst handelte.

Endlich blieb der Motorroller vor einer Villa stehen, die von einem Garten und einer dichten, hohen Hecke umgeben war. Espérandieu erkannte die Adresse sofort wieder: Er war bereits zusammen mit Servaz hier gewesen. Hier wohnten Alexandra, die Exfrau von Martin, und ihr bescheuerter Pilot.

Und daher auch Margot.

Sie stieg von dem Motorroller ab und nahm ihren Helm ab. Die beiden jungen Leute unterhielten sich kurz in aller Ruhe – sie am Rand des Gehsteigs, er auf seiner Maschine sitzend, und Espérandieu sagte sich, dass sie ihn noch entdecken würden: Er parkte in der menschenleeren Straße keine fünf Meter von den Jugendlichen entfernt. Zu seinem Glück waren sie viel zu sehr in ihr Gespräch vertieft. Espérandieu bemerkte, dass alles vollkommen ruhig verlief. Keine Schreie, keine Drohungen. Im Gegenteil, lautes Lachen und verständnisinniges Kopfnicken. *Und wenn sich Martin geirrt hatte?* Vielleicht hatte ihn sein Beruf paranoid gemacht. Dann beugte sich Martins Tochter vor und küsste ihren Fahrer auf beide Wangen. Der ließ den Motor seines Rollers so ungestüm knattern, dass Espérandieu am liebsten ausgestiegen wäre, um ihn zu verwarnen. Dann verschwand er.

Mist! Der Falsche! Eine Stunde völlig sinnlos vergeudet! Insgeheim verfluchte Vincent seinen Chef, drehte um und fuhr wieder zurück.

Servaz betrachete die dunkle Fassade zwischen den Bäumen. Weiß, imposant, hoch, mit kunstvoll gearbeiteten Holzbalkonen und Fensterläden im Chaletstil auf allen Stockwerken. Ein Giebeldach, das von einem Zacken und einem hölzernen Dreieck unter dem Dachvorsprung abgeschlossen wurde. Typische Gebirgsarchitektur. Das Haus stand im Schatten hoher Bäume an der höchsten Stelle des abschüssigen Gartens und erhielt in diesem Wohnviertel kein Licht von der Straße. Es hatte etwas auf subtile Weise Bedrohliches. Oder bildete er sich das nur ein? Er erinnerte sich an einen Satz aus *Der Untergang des Hauses Usher*: »Ich weiß nicht, wie es kam – aber ich wurde gleich beim ersten Anblick dieser Mauern von einem unerträglich trüben Gefühl befallen.«

Er wandte sich an Irène Ziegler.

»Geht Confiant noch immer nicht ans Telefon?«

Ziegler steckte ihr Handy wieder in die Tasche und schüttelte den Kopf. Servaz drückte das verrostete Tor auf, das in seinen Angeln quietschte. Sie gingen den Fußweg hinauf. Ein paar Fußspuren im Schnee, niemand hatte sich die Mühe gemacht, den Weg zu räumen. Servaz erklomm die Stufen zur Haustür. Unter dem gläsernen Vordach drückte er die Klinke herunter. Verschlossen. Keinerlei Licht von innen. Er wandte sich um: Unten erstreckte sich das Dorf; die Weihnachtsbeleuchtung pulsierte wie das lebendige Herz des Tals. Das ferne Geräusch von Autos und Hupen – aber hier war alles sehr still. In diesem alten, hoch über dem Tal gelegenen Wohnviertel herrschten der unermessliche Trübsinn und die erdrückende Stille des zurückgezogenen bürgerlichen Lebensstils. Auf der Treppe gesellte sich Ziegler zu ihm.

»Was machen wir?«

Servaz sah sich um. Zu beiden Seiten der Treppe ruhte das Haus auf einem Sockel aus kieseligem Kalkstein, der von zwei Kellerfenstern durchbrochen war. Beide waren mit einem Eisengitter gesichert, da kam man nicht hinein. Aber die Läden der beiden großen Fenster im Erdgeschoss standen offen. In einer Gartenecke, hinter einem Busch, sah er einen hölzernen Geräteschuppen. Er stieg die Stufen wieder hinunter und ging hinüber. Kein Vorhängeschloss. Er öffnete die Tür des Schuppens. Ein Geruch von umgegrabener Erde. Im Dämmerlicht standen Rechen, Schaufeln, Blumenkübel, eine Gießkanne, eine Schubkarre, eine Leiter... Servaz kehrte zum Haus zurück, die Aluleiter unter dem Arm. Er stellte sie gegen die Fassade und kletterte bis in Fensterhöhe hinauf.

»Was machst du?«

Ohne zu antworten, zog er an seinem Ärmel und schlug mit der Faust in eine der Fensterscheiben. Er brauchte insgesamt drei Schläge.

Die Faust noch immer in seinem Ärmel versteckt, entfernte er die Glasscherben, drehte den Griff und stieß das Fenster auf. Er rechnete mit dem Schrillen einer Alarmanlage, aber nichts geschah.

»Du weißt doch, dass ein Anwalt wegen dem, was du gerade getan hast, das gesamte Verfahren torpedieren könnte?«, rief Ziegler am Fuß der Leiter.

»Im Moment geht es vor allem darum, Chaperon lebend wiederzufinden. Nicht darum, ihn vor Gericht zu bringen. Wir sagen, wir hätten dieses Fenster so vorgefunden und die Gelegenheit ergriffen …«

»KEINE BEWEGUNG!«

Sie drehten sich vollkommen synchron um. Weiter unten auf dem Fußweg, zwischen den beiden Tannen, richtete ein Schatten ein Gewehr auf sie.

»Hände hoch! Und rühren Sie sich nicht!«

Statt zu gehorchen, griff er mit der Hand in seine Jackentasche und schwenkte seinen Dienstausweis, ehe er die Leiter hinabstieg.

»Lass gut sein, mein Lieber: Polizei.«

»Seit wann verschafft sich die Polizei durch Einbruch Zugang zu einem Haus?«, fragte der Mann, ließ aber das Gewehr sinken.

»Seit wir es eilig haben«, sagte Servaz.

»Suchen Sie Chaperon? Er ist nicht da. Wir haben ihn seit zwei Tagen nicht gesehen.«

Servaz hatte sein Gegenüber wiedererkannt: der »selbst ernannte Hauswart«, der dem Richter Saint-Cyr so teuer war. Einen wie ihn gab es in jeder oder fast jeder Straße. Ein Typ, der sich ins Leben anderer Leute einmischte, nur weil sie ins Nachbarhaus eingezogen waren. Deshalb glaubte er das Recht zu haben, sie zu überwachen, sie über seine Hecke auszuspionieren, vor allem wenn sie *verdächtig* wirkten. Und in den Augen des selbst ernannten Hausmeisters waren homosexuelle Pärchen ebenso verdächtig wie alleinerziehende Mütter, menschenscheue, verschlossene Junggesellen und, ganz allgemein, jeder, der ihn schräg ansah und nicht seine fixen Ideen teilte. So jemand war hilfreich, wenn es darum ging, das persönliche Umfeld eines Verbrechensopfers zu erkunden. Obwohl Servaz solche Typen aus voller Seele verachtete.

»Weißt du nicht, wohin er gefahren ist?«

»Nein.«

»Was ist er für ein Typ?«

»Chaperon? Ein guter Bürgermeister. Der Typ ist okay. Höflich, gute Laune, immer ein freundliches Wort. Immer für ein Schwätzchen aufgelegt. Direkt und offen. Nicht wie die andere rote Socke da unten.«

Er deutete auf eines der Häuser etwas weiter unten in der Straße. Servaz ahnte, dass die »andere rote Socke da unten« der Lieblingsfeind des selbst ernannten Hauswarts war. Das eine ging nicht ohne das andere. Am liebsten hätte er gesagt, dass »die andere rote Socke da unten« bestimmt noch nie wegen sexueller Nötigung angezeigt worden war. Das war das Problem mit den selbst ernannten Hauswarten: Sympathie und Antipathie führten dazu, dass sie oft die falsche Person aufs Korn nahmen. Und sie kamen meist im Zweierpack, als Mann und Frau – ein furchterregendes Duo.

»Was ist eigentlich los?«, sagte der Mann, ohne seine Neugier zu verbergen. »Nach dem, was passiert ist, verbarrikadieren sich alle. Außer mir. Dieser Spinner soll ruhig kommen, ich brenn ihm eins auf den Pelz.«

»Danke«, sagte Servaz, »geh nach Hause.«

Der Mann brummte etwas und kehrte um.

»Wenn Sie noch was wissen wollen – ich wohne in der Nummer fünf!«, rief er ihnen über die Schulter zu. »Mein Name ist Larwonneur!«

»Den hätte ich nicht gern zum Nachbarn«, sagte Ziegler, während sie ihm nachblickte.

»Du solltest dich etwas mehr für deine Nachbarn interessieren«, versetzte er. »Du hast bestimmt auch so einen. Die gibt es überall. Also los!«

Er stieg wieder die Leiter hoch und betrat das Haus.

Die Glasscherben knirschten unter seinen Sohlen. Ein Ledersofa, Teppiche auf dem Parkettboden, getäfelte Wände, ein Schreibtisch, alles in Halbdunkel gehüllt. Servaz fand den Schalter und machte den Kronleuchter an der Decke an. Ziegler tauchte oben an der Leiter auf und stieg durch das Fenster. Hinter ihr sah man zwischen den Bäumen die Lichter des Tals. Sie sah sich um. Ganz offenbar befanden sie sich im Büro von Chaperon und seiner Exfrau. Regale, Bücher, alte Fotos an den Wänden. Darauf Gebirgslandschaften, kleine Weiler in den Pyrenäen zu Anfang des 20. Jahrhunderts, Straßen mit Hut tragenden Männern und Droschken. Servaz erinnerte sich, dass die Thermalbäder in den Pyrenäen einst die Creme der Pariser Kurgäste anlockten, wo sie zu den elegantesten Sommerfrischen im Gebirge gehörten, in einer Liga mit Chamonix, Sankt Moritz oder Davos.

»Zuerst suchen wir Chaperon«, sagte er. »In der Hoffnung, dass er nicht irgendwo aufgeknüpft wurde. Anschließend durchsuchen wir alles.«

»Und wonach suchen wir?«

»Das wissen wir, wenn wir es gefunden haben.«

Er verließ das Büro.

Ein Gang.

Eine Treppe am Ende.

Er machte die Türen auf, eine nach der anderen. Wohnzimmer. Küche. Toiletten. Esszimmer.

Ein alter Teppich, der von Stangen gehalten wurde, dämpfte seine Schritte auf der Treppe. Wie das Büro war auch das Treppenhaus mit hellem Holz getäfelt. An den Wänden hingen alte Eispickel, Steigeisen für Eisfelder, Lederschuhe, primitive Skier: alte Gerätschaften fürs Bergsteigen, alles aus der Pionierzeit. Servaz blieb stehen, um ein Foto zu betrachten: ein Bergsteiger am Gipfel eines Felssporns, der so gerade und schmal wie die Säule eines Styliten war. Er spürte, wie sich ihm der Magen zusammenschnürte. Wie machte dieser Mann das nur, so völlig schwindelfrei? Er stand da, am Rand eines Abgrunds, und er lächelte den Fotografen auf einer Erhebung gegenüber an, als wäre nichts. Dann erkannte er, dass der Bergsteiger, der den Gipfeln trotzte, niemand anderer war als Chaperon selbst. Auf einem anderen Foto baumelte er unter einem Überhang, in aller Ruhe in einem Klettergurt sitzend wie ein Vogel auf einem Ast, über einem mehrere Hundert Meter tiefen Abgrund. Durch ein lächerlich dünnes Tau vor einem tödlichen Sturz bewahrt. Tief unten sah man schemenhaft ein Tal mit einem Fluss und Dörfern.

Servaz hätte den Bürgermeister gern gefragt, wie man sich in einer solchen Situation fühlte. Und dann auch gleich, wie es sich anfühlte, von einem Mörder verfolgt zu werden. War es das gleiche Schwindelgefühl? Die ganze Hauseinrichtung war ein Tempel, der dem Gebirge und der Selbstüberwindung gewidmet war. Der Bürgermeister war unverkennbar nicht vom gleichen Schlag wie der Apotheker. Dieses Bild bestätigte den ersten Eindruck, den Servaz im Kraftwerk gehabt hatte: ein vierschrötiger Mann, aber hart wie Stein, ein Liebhaber von Natur und Bewegung, mit seiner weißen Löwenmähne und seinem ständig goldbraunen Teint.

Dann sah er Chaperon auf der Brücke und im Auto vor

sich: ein Typ in Todesangst, der völlig verzweifelt war. Und zwischen den beiden Bildern: die Ermordung des Apothekers. Servaz dachte nach. Die Tötung des Pferdes hatte ihn trotz ihrer Abscheulichkeit nicht in gleicher Weise erschüttert. *Warum?* Weil es nur ein Pferd war? Er setzte die Erkundung des Hauses fort, gehetzt von dem Gefühl, dass es eilte, ein Gefühl, das ihn seit dem Erlebnis in der Seilbahn beherrschte. Auf dieser Etage befanden sich ein Bad, eine Toilette, zwei Schlafzimmer. Eines davon war das Hauptschlafzimmer. Er ging einmal darin herum, und ein seltsames Gefühl beschlich ihn. Servaz ließ seinen Blick durch das Zimmer schweifen. Ein Gedanke beunruhigte ihn.

Ein Kleiderschrank. Eine Kommode. Ein Doppelbett. Aber nach der Form zu urteilen, die die Matratze angenommen hatte, schlief schon lange nur noch einer hier. Da war auch nur ein Stuhl, ein Nachttisch.

Das Schlafzimmer eines geschiedenen Mannes, der allein lebte. Er öffnete den Kleiderschrank …

Kleider, Blusen, Röcke, Pullover und Frauenmäntel. Und darunter Paare von Stöckelschuhen …

Anschließend strich er mit einem Finger über den Nachttisch: eine dicke Staubschicht wie in Alices Zimmer von … *Chaperon schlief nicht in diesem Zimmer.*

Hier hatte vor ihrer Scheidung Chaperons Exfrau geschlafen.

Wie die Grimms hatten auch die Chaperons getrennte Schlafzimmer gehabt …

Dieser Gedanke verwirrte ihn. Instinktiv spürte er, dass er auf etwas gestoßen war. Die Anspannung war wieder da. Sie verließ ihn nicht. Immer dieses Gefühl einer Gefahr. Einer nahen Katastrophe. Er sah noch einmal Perrault vor sich, der in der Kabine schrie wie ein Verdammter, und ihm drehte sich alles im Kopf. Er musste sich an der Bettkante abstützen. Plötzlich ein Schrei:

»MARTIN!«

Er rannte zum Treppenabsatz. Irène Zieglers Stimme. Sie kam von unten. Er eilte die Treppe hinunter. Die Kellertür unter der Treppe stand offen. Er stürzte hinein. Sie führte in ein weitläufiges Kellergeschoss mit Wänden aus Leichtbausteinen. Ein Raum, der als Heizungskeller und Waschküche diente. Völlige Dunkelheit. *Etwas weiter schien Licht …* Er ging darauf zu. Ein großer Raum, der von einer nackten Glühbirne erhellt wurde. Ihr dunstiger Lichthof ließ die Winkel im Schatten. Eine Werkbank, Bergsteigerausrüstung, an großen Korkplatten aufgehängt. Ziegler stand vor einem offenen Metallschrank. Ein Vorhängeschloss hing an der Tür.

»Was ist …?«

Er stockte. Machte eine paar Schritte. Im Innern des Schranks: ein schwarzes Regencape mit Kapuze und Stiefel. »Und das ist noch nicht alles!«, sagte Ziegler.

Sie hielt ihm einen Schuhkarton hin. Servaz machte ihn auf und hielt ihn in das recht schwache Licht der Glühbirne. Er erkannte ihn sofort wieder: der Ring. Gekennzeichnet mit »C S«. Und ein vergilbtes, knittriges altes Foto. Darauf nebeneinander vier Männer, die das gleiche schwarze Cape mit Kapuze trugen, das auf einem Bügel in dem Metallschrank hing, das gleiche Cape, das an der Leiche Grimms gefunden wurde, das gleiche Cape, das in der Hütte am Fluss hing … Bei allen vier Männern lag das Gesicht teils im Schatten der Kapuzen, aber Servaz glaubte trotzdem Grimms schlaffes Kinn und Chaperons breite Kiefer zu erkennen. Die Sonne schien auf die vier schwarzen Gestalten, sodass die Capes noch unheimlicher und unpassender wirkten. Man erkannte eine sommerliche Landschaft, ein bukolisches Idyll ringsherum – fast konnte man die Vögel singen hören. Aber das Böse war da, dachte Servaz. Fast mit den Händen zu greifen: In der sonnenüberfluteten Waldlandschaft war es in diesen vier Gestalten noch offenkundiger. Das Böse existiert, dachte er, und diese vier Männer waren eine seiner zahllosen Verkörperungen.

Er begann ein Schema, eine mögliche Struktur zu erahnen.

Seines Erachtens hatten diese Männer eine gemeinsame Passion: das Gebirge, die Natur, Wanderungen und Biwaks. *Aber auch noch eine andere, die verborgener und unheimlicher war.* Sie lebten in der völligen Abgeschiedenheit dieser Täler, wo sie, beflügelt von den überwältigenden Bergen, mit denen sie sozusagen auf Du und Du standen, ihre eigenen Herren waren und sich schließlich für unantastbar hielten. Ihm wurde klar, dass er sich dem Ursprung näherte – aus dem alles andere hervorgegangen war. Im Laufe der Jahre waren sie zu einer Art »Minisekte« geworden, die sich in diesem Winkel der Pyrenäen, in den der Lärm der Welt nur über das Fernsehen oder Zeitungen vordrang, abgekapselt hatte – sie waren hier nicht nur geografisch, sondern auch psychologisch vom Rest der Bevölkerung und sogar ihren Ehegatten abgetrennt –, und das erklärte die Scheidungen und den glühenden Hass.

Bis die Wirklichkeit sie einholte.

Bis zum ersten Blut.

Da waren die Freunde verängstigt auseinandergestoben wie ein aufgescheuchter Schwarm Stare. Und sie hatten sich als die zu erkennen gegeben, die sie waren: erbärmliche, verängstigte Typen, Feiglinge, Flaschen. Jäh von ihrem Sockel gestoßen.

Jetzt waren die Berge nicht mehr die großartigen Zeugen ihrer ungestraften Verbrechen – sondern der Schauplatz ihrer Bestrafung. Wer war der Rächer? Wie sah er aus? Wo versteckte er sich?

Gilles Grimm.

Serge Perrault.

Gilbert Mourrenx – und Roland Chaperon.

Der »Klub« von Saint-Martin.

Eine Frage quälte ihn. Was genau hatten sie verbrochen? Denn Servaz zweifelte nicht mehr daran, dass Ziegler recht hatte: Die Erpressung dieses Mädchens war nur die Spitze eines Eisbergs, dessen untergetauchter Teil gewiss finstere Überraschungen barg. Gleichzeitig spürte er irgendwo ein Hindernis, ein Detail, das überhaupt nicht ins Schema passte. Zu einfach, zu offensichtlich, sagte er sich. Es gab eine Wand, die er nicht sah – und erst dahinter verbarg sich die Wahrheit.

Servaz trat an das Kellerfenster, das auf den dunklen Garten ging. Draußen war es stockfinster.

Der oder die Rächer waren da. In der Dunkelheit. Bereit zuzuschlagen. Wahrscheinlich waren sie Chaperon auf den Fersen wie sie. Wo versteckte er sich? Weit weg von hier – oder ganz nah?

Plötzlich überfiel ihn eine andere Frage. *Bestand der Klub der Mistkerle nur aus den vier Männern, die auf dem Foto zu sehen waren, oder hatte er noch weitere Mitglieder?*

Als Espérandieu nach Hause kam, fand er die Babysitterin im Wohnzimmer. Völlig gefesselt von einer Episode der Serie Dr. House, stand sie widerwillig auf. Vielleicht hatte sie auch gehofft, etwas mehr Geld zu verdienen. Eine Studentin im ersten Semester ihres Jurastudiums, die einen exotischen Vornamen wie Barbara, Marina oder vielleicht auch Olga trug, erinnerte er sich. *Ludmilla? Stella? Vanessa?* Er verzichtete darauf, sie bei ihrem Vornamen zu nennen, und bezahlte sie für die zwei Stunden, die sie da gewesen war. Er fand auch eine Notiz von Charlène, die mit einem Magneten an der Kühlschranktür befestigt war: *Vernissage. Komme spät. Kuss.* Er nahm einen Cheeseburger aus dem Gefrierschrank, legte ihn in die Mikrowelle und schaltete auf der Arbeitsplatte sein Notebook an. Er hatte mehrere E-Mails. Eine davon stammte von Kleim 162. Sie trug die Überschrift: »Re: Verschiedene Fragen bezüglich L«. Espérandieu machte die Küchentür zu, legte Musik auf (The Last Shadow Puppets mit *The Age of the Understatement*), zog einen Stuhl heran und begann mit der Lektüre:

»Salut Vince,

hier die ersten Ergebnisse meiner Recherchen. Kein Knüller, aber ein paar Kleinigkeiten, die ein Bild von Eric Lombard zeichnen, das sich ein wenig von seinem öffentlichen Image unterscheidet. Vor nicht allzu langer Zeit hat sich unser Mann auf einem Forum von Milliardären in Davos die Globalisierungsdefinition von Percy Barnevik, dem ehemaligen schwedischen Vorstandschef von ABB, zu eigen gemacht: ›Ich definiere Globalisierung als die Freiheit meines Konzerns, zu investieren, wo er will und wie lange er will, um zu produzieren, was er will, einzukaufen und zu verkaufen, wo er will, wobei er sich so wenig wie möglich durch arbeitsrechtliche Vorschriften und soziale Konventionen in seiner Geschäftstätigkeit eingeschränken lässt.‹ Das ist das Credo der meisten Chefs multinationaler Konzerne.

Um zu verstehen, wieso sie die Staaten immer stärker unter Druck setzen, muss man wissen, dass es zu Beginn der 1980er-

Jahre weltweit etwa 7000 multinationale Konzerne gab, im Jahr 1990 37000 und fünfzehn Jahre später schon über 70000, die 800000 Tochtergesellschaften und siebzig Prozent der globalen Handelsströme kontrollierten. Und diese Dynamik beschleunigt sich immer mehr. Das führt dazu, dass es noch nie so viel Reichtum gab, aber dieser Reichtum war auch noch nie so ungleich verteilt: Der Vorstandschef von Disney verdient dreihunderttausendmal so viel wie ein haitianischer Arbeiter, der für sein Unternehmen T-Shirts herstellt. Die dreizehn Mitglieder des Vorstands von AIR, dem auch Eric Lombard angehört, haben im letzten Jahr insgesamt zehn Millionen Euro verdient – zweimal die Lohnsumme aller 6000 Arbeiter einer Fabrik des Konzerns in Asien.«

Espérandieu runzelte die Stirn. Wollte Kleim162 ihm noch einmal die gesamte Geschichte des Liberalismus herunterbeten? Er wusste, dass seine Kontaktperson einen tief sitzenden Argwohn gegen die Polizei, Politiker und Konzerne hegte, dass er nicht nur Journalist, sondern auch Mitglied von Greenpeace und Human Rights Watch war – und dass er bei den Gegengipfeln der Globalisierungsgegner am Rande der G-8-Gipfeltreffen in Genua und in Seattle dabei gewesen war. 2001 hatte er in Genua miterlebt, wie die italienischen Carabinieri in die Diaz-Schule eingedrungen waren, die als Quartier für Demonstranten genutzt wurde, und Männer und Frauen mit einer unerhörten Brutalität niederknüppelten, bis die Wände von Blut verschmiert waren. Als sie fertig waren, hatten sie Krankenwagen gerufen. Bilanz: ein Toter, 600 Verletzte und 281 Festnahmen.

»Eric Lombard hat sich seine ersten Sporen bei dem Sportartikelhersteller des Familienkonzerns verdient: und weil so viele Spitzensportler die Marke tragen, ist sie bei allen Jugendlichen äußerst beliebt. Es ist ihm gelungen, innerhalb von fünf Jahren den Umsatz der Sparte zu verdoppeln. Wie das? Indem er das Outsourcing zu einer wahren ›Kunst‹ machte. Die Schuhe, die T-Shirts, die Shorts und andere Sportartikel wurden bereits in Indien, Indonesien und Bangladesch von Frauen und Kindern hergestellt. Eric Lombard fuhr dorthin und hat die geschlossenen Verträge revidiert. Um die Fabrikationslizenz zu erhalten, musste der Lieferant fortan drakonische Auflagen erfüllen: keine Streiks, erstklassige Qualität und so niedrige Produktionskosten, dass er seinen Arbeitern nur Hungerlöhne zahlen konnte. Und um den Druck aufrechtzuerhalten, wird die Lizenz jeden Monat überprüft. Die gleiche Methode wendete auch schon die Konkurrenz an. Seit diese Politik umgesetzt wird, ist die Sparte so profitabel wie nie.«

Espérandieu schlug die Augen nieder. Er betrachtete sein T-Shirt, auf dem stand: »ICH STEH NEBEN EINEM ESEL«, mit einem Pfeil nach links.

»Noch ein Beispiel gefällig? Im Jahr 1996 hat die Pharmasparte des Konzerns die amerikanische Firma übernommen, die das Eflornithin entwickelt hat, den einzigen bekannten Wirkstoff gegen die afrikanische Trypanosomiasis, bekannter unter dem Namen Schlafkrankheit. An dieser Krankheit leiden heute etwa 450 000 Menschen in Afrika, und unbehandelt führt sie zu Gehirnentzündung, zu Koma und Tod. Der Lombard-Konzern hat die Herstellung dieses Medikaments umgehend eingestellt. Mit der Begründung: *nicht rentabel genug.* Zwar sind Hunderttausende von Menschen von dieser Krankheit betroffen, aber sie besitzen keine Kaufkraft. Und als Länder wie Brasilien, Südafrika und Thailand aus humanitären Gründen damit begannen, selbst Medikamente gegen

Aids oder Meningitis zu produzieren, und sich dabei über die Patente der Pharmakonzerne hinwegsetzten, hat Lombard gemeinsam mit diesen Konzernen die entsprechenden Länder vor der Welthandelsorganisation verklagt. Damals lag der alte Lombard bereits im Sterben: Eric hatte mit vierundzwanzig Jahren die Zügel im Konzern in die Hand genommen. Siehst du allmählich unseren hübschen Abenteurer und Liebling unserer Medien mit anderen Augen?«

Aus alldem folgte, dass es Lombard an Feinden wohl nicht mangelte, sagte sich Vincent. Keine wirklich gute Nachricht. Er überflog die folgenden Seiten, die ungefähr in die gleiche Kerbe hieben, und sagte sich, dass er später darauf zurückkommen würde. An einem Absatz etwas weiter unten blieb er aber doch noch hängen:

»Der interessanteste Punkt für dich ist vielleicht der erbitterte Konflikt zwischen dem Lombard-Konzern und den Arbeitern der Fabrik Polytex nahe der belgischen Grenze im Juli 2000. Seit Anfang der 1950er-Jahre stellte Polytex eine der ersten synthetischen Fasern in Frankreich her und beschäftigte tausend Arbeiter. Ende der 1990er-Jahre waren es nur noch 160. 1991 wurde die Fabrik von einem multinationalen Konzern übernommen, der sie umgehend an Firmenaufkäufer weiterreichte: Wegen der Konkurrenz durch andere, billigere Fasern war sie nicht mehr rentabel. Allerdings stimmte das nicht ganz: Die überlegene Produktqualität machte die Faser sehr interessant für die Verwendung in der Chirurgie. Hier gab es eine Nachfrage. Schließlich lösten sich verschiedene Aufkäufer ab, bis eine Tochtergesellschaft des Lombard-Konzerns auf den Plan trat.

Für die Arbeiter war ein multinationaler Konzern von der Größe Lombards, der bereits im Pharma-, Medizin- und

Chirurgiegeschäft tätig war, eine unverhoffte Lösung. Sie wollten daran glauben. Die vorhergehenden Aufkäufer hatten der Belegschaft bereits mit der üblichen Drohung, sonst müsste die Firma zu schließen, weitgehende Zugeständnisse abgepresst: eingefrorene Löhne, längere Arbeitszeiten, Wochenenden und Feiertage eingeschlossen ... Lombard bildete keine Ausnahme von der Regel: Zunächst forderte er noch mehr Arbeitseinsatz. Tatsächlich hatte der Konzern die Fabrik nur zu einem einzigen Zweck übernommen: Er wollte die Fabrikationspatente erwerben. Am 5. Juli 2000 eröffnete das Handelsgericht in Charleville-Mézières das Konkursverfahren. Für die Arbeiter war das eine schreckliche Enttäuschung. Das bedeutete fristlose Entlassung, sofortige Einstellung des Geschäftsbetriebs und Veräußerung der Betriebsanlagen. In ihrer Wut haben die Arbeiter von Polytex die Fabrik besetzt und erklärt, sie würden sie in die Luft jagen und 50 000 Liter Schwefelsäure in die Maas kippen, wenn man nicht auf ihre Forderungen einging. Sie wussten ganz genau, was für eine Waffe sie da besaßen: Die Fabrik war in die gleiche Risikoklasse eingestuft wie Seveso. Auf ihrem Gelände befand sich eine Menge hochgiftiger chemischer Produkte, die bei einem Brand oder einer Explosion eine schlimmere Katastrophe ausgelöst hätte als die Explosion der Düngemittelfabrik AZF in Toulouse 2001. Die Behörden ordneten die sofortige Evakuierung der Nachbarstadt an, Hunderte von Polizisten bezogen Stellung um die Fabrik, und der Lombard-Konzern wurde aufgefordert, über die Gewerkschaften unverzüglich Verhandlungen aufzunehmen. Das Ganze dauerte fünf Tage. Da bei den Gesprächen keine Fortschritte erzielt wurden, färbten die Arbeiter am 17. Juli 5000 Liter Schwefelsäure symbolisch rot und kippten sie in einen Bach, der in die Maas mündet. Sie drohten damit, dies alle zwei Stunden zu wiederholen.

Daraufhin prangerten Politiker, Gewerkschafter und Manager einen ›unverantwortlichen Ökoterrorismus‹ an. Eine große Abendzeitung brachte sogar allen Ernstes die Schlagzeile ›Der Beginn des Sozialterrorismus‹ und sprach von ›Selbstmordtaliban‹. Besonders ironisch war das deshalb, weil Polytex seit Jahrzehnten einer der größten Verschmutzer der Maas und der ganzen Region gewesen war. Schließlich wurde das Werk drei Tage später von der Polizei geräumt. Die Arbeiter zogen wie begossene Pudel ab, ohne das Geringste erreicht zu haben. Vermutlich haben einige von ihnen diesen Vorfall noch immer nicht verdaut.

Das ist im Moment alles, was ich habe. Ich recherchiere weiter. Gute Nacht, Vince.«

Espérandieu runzelte die Stirn. Aber warum dann erst jetzt, nach acht Jahren? *Waren einige der Arbeiter damals im Gefängnis gelandet? Oder hatten sie sich nach langjähriger Arbeitslosigkeit umgebracht und hasserfüllte Angehörige zurückgelassen?* Er notierte diese Fragen in seinem Stenoblock. Espérandieu sah auf die Uhr in der Ecke des Bildschirms: 19:03 Uhr. Er schaltete das Notebook aus und räkelte sich auf seinem Stuhl. Er stand auf und nahm eine Flasche Milch aus dem Kühlschrank. Im Haus war es still. Mégan spielte in ihrem Zimmer, Charlène käme erst in ein paar Stunden, die Babysitterin war gegangen. Am Spülbecken lehnend, schluckte er eine angstlösende Tablette, die er mit der direkt aus der Flasche getrunkenen Milch hinunterspülte. Von einer plötzlichen Regung ergriffen, suchte er auf der Schachtel nach dem Namen des Herstellers. Er stellte fest, dass er gerade eine Tablette geschluckt hatte, die vom Lombard-Konzern hergestellt wurde, um die Ängste zu mildern, die die Machenschaften ebendieses Unternehmens in ihm auslösten!

Dann überlegte er, wie er an weitere Informationen über Lombard gelangen könnte, und plötzlich fiel ihm jemand in Paris ein – eine brillante junge Frau, die er auf der Polizeiakademie kennengelernt hatte und die wahrscheinlich in der günstigsten Position war, um pikante Erkenntnisse über Lombard zu liefern.

»MARTIN, KOMM MAL!«

Sie waren wieder nach oben gestiegen, um die Etagen zu durchsuchen. Servaz hatte sich ein kleines Schlafzimmer vorgeknöpft, das, nach der Staubschicht zu urteilen, seit Jahrhunderten nicht benutzt worden war – er öffnete den Schrank und die Schubladen, hob die Kopfkissen und die Matratze an, versuchte sogar die Metallplatte abzumontieren, die die Feuerstelle des Kamins versperrte, als wieder Irènes Stimme durch die offene Tür drang.

Er trat hinaus auf den Treppenabsatz des Obergeschosses. Vor ihm, auf der anderen Seite des Gangs, stand eine schräge Leiter mit einem Geländer, wie auf einem Schiff. Und darüber eine geöffnete Klappe. Ein Lichtstreifen fiel durch das gähnende Loch und durchbrach die Dunkelheit des Treppenabsatzes.

Servaz kletterte die Stufen hinauf. Streckte den Kopf durch die Öffnung.

Ziegler stand in der Mitte des Raumes und bedeutete ihm, zu ihr zu kommen.

Das Dachgeschoss bestand aus einem weitläufigen Raum. Ein schöner Raum unter dem offenen Dachstuhl – zugleich Schlafzimmer und Büro. Er stieg aus dem Loch heraus und betrat den Holzboden. Die Einrichtung und die Dekoration erinnerten an eine Almhütte: rohes Holz, ein Schrank, ein Bett mit Schubkästen unter einem Fenster, ein Tisch, der als Schreibtisch diente. An einer der Wände eine riesige Karte der Pyrenäen – mit Tälern, Dörfern, Straßen und Gipfeln ... Von Anfang an hatte sich Servaz gefragt, wo Chaperon schlief; keines der Schlafzimmer schien zurzeit benutzt zu werden. Die Antwort hatte er vor Augen.

Zieglers Blick schweifte durch den Raum, Servaz tat es ihr gleich ... Der Schrank stand offen ...

Leere Bügel hingen im Innern, ein Haufen Kleider lag auf dem Boden.

Auf dem Schreibtisch verstreute Papiere und unter dem Bett ein herausgezogener Schubkasten mit durchwühlter Männerunterwäsche.

»Das war schon so«, murmelte Ziegler. »Was ist hier los?«

Servaz bemerkte ein Detail, das ihm zunächst entgangen war: Auf dem Schreibtisch, zwischen den Papieren, *eine Schachtel mit Patronen, offen ...*

In seiner Hast hatte Chaperon eine auf den Boden fallen lassen.

Sie sahen sich an ...

Der Bürgermeister hatte sich aus dem Staub gemacht,
als wäre ihm der Teufel auf den Fersen.
Er hatte Todesangst ...

21

19 Uhr. Diane hatte plötzlich großen Hunger, und sie lief zu der kleinen Kantine, wo abends für die Handvoll Bedienstete, die in der Klinik blieben, ein einheitliches Menü bereitgestellt wurde. Im Vorübergehen grüßte sie zwei Wachmänner, die an einem Tisch in der Nähe des Eingangs speisten, und nahm ein Tablett.

Sie verzog das Gesicht, als sie einen Blick durch die Glasscheiben der Theke warf: »Hähnchen mit Pommes«. Sie würde sich etwas überlegen müssen, wenn sie sich ausgewogen ernähren und am Ende ihres Aufenthalts nicht zehn Kilo mehr auf die Waage bringen wollte. Als Nachspeise wählte sie einen Obstsalat. Sie setzte sich an einen Tisch am Fenster, und beim Essen betrachtete sie die nächtliche Landschaft. Kleine Lampen, die rings um das Gebäude verteilt waren, beleuchteten den Schnee dicht über dem Boden unter den Tannen. Sie fühlte sich in eine Märchenwelt versetzt. Als die beiden Wachleute gegangen waren, war sie allein in dem stillen und menschenleeren Saal – selbst die Angestellte hinter der Theke war verschwunden –, und eine Welle der Traurigkeit und des Zweifels brach über sie herein. Dabei war sie in ihrem Studentenzimmer mehr als einmal allein gewesen, hatte gelernt und sich auf Prüfungen vorbereitet, während die anderen losgezogen waren, um sich in den Genfer Kneipen und Diskotheken zu amüsieren. Aber nie hatte sie sich so fremd gefühlt.

So einsam. So verloren. So ging es hier ihr jeden Abend, wenn es dunkel wurde.

Sie schüttelte sich und ärgerte sich über sich selbst. Was war aus ihrem kühlen Kopf, ihrer Menschenkenntnis, ihrer psychologischen Intuition geworden? Könnte sie nicht mit ihrer Selbstbeobachtung etwas weiterkommen, statt sich ihren Gefühlen zu überlassen? War sie hier ganz einfach nicht hinreichend *angepasst*? Sie kannte die Grundgleichung: mangelnde Anpassung = innerer Konflikt = Angst. Dann fegte sie dieses Argument kurz entschlossen vom Tisch. Sie wusste, was die Ursache ihres tiefen Unbehagens war. Das hatte nichts mit ihr zu tun. Es hing mit dem zusammen, was hier vor sich ging. Sie würde so lange nicht zur Ruhe kommen, bis sie mehr herausgefunden hatte. Sie stand auf und stellte ihr Tablett auf das kleine Laufband. Die Gänge waren genauso menschenleer wie die Kantine selbst.

Sie bog um die Ecke des Gangs, der zu ihrem Büro führte, und blieb abrupt stehen. Sie hatte das Gefühl, dass sie eine Kühlflüssigkeit in den Magen geschüttet bekam. Xavier war auf dem Flur. Er schloss gerade langsam die Tür *ihres* Büros … Er warf einen raschen Blick nach rechts und nach links, während sie flink hinter die Mauer zurückwich. Zu ihrer großen Erleichterung hörte sie, wie er in die andere Richtung wegging.

Hörkassetten …

Dieses Detail zog als Nächstes seine Aufmerksamkeit auf sich. Unter den Papieren, die verstreut auf dem Büro des Bürgermeisters lagen, befanden sich Hörkassetten, wie sie heutzutage niemand mehr verwendete, die Chaperon jedoch allem Anschein nach aufbewahrt hatte. Er nahm sie in die Hand und betrachtete die Etiketten: *Vogelgesang 1, Vogelgesang 2, Vogelgesang 3 …* Servaz legte sie wieder hin. In einer Ecke bemerkte er auch eine Ministereoanlage mit einem Kassettenfach.

Bergsteigen, Vögel … Dieser Mann hatte wirklich eine Passion für die Natur.

Und für altes Zeug: alte Fotos, alte Kassetten … Alter Trödel in einem alten Haus – was könnte normaler sein?

Und doch spürte Servaz, wie ihn in einem Winkel seines Gehirns ein Signal alarmierte. Es hatte etwas mit dem zu tun, was sich in diesem Zimmer befand. *Genauer gesagt mit diesem Vogelgesang.* Was hatte das zu bedeuten? Im Allgemeinen neigte er dazu, seinem Instinkt zu vertrauen, denn der warnte ihn nur selten grundlos.

Er dachte intensiv nach, aber ihm fiel nichts ein. Ziegler rief gerade die Gendarmerie an, damit diese das Haus versiegelte und ein Team von der Spurensicherung vorbeischickte.

»Wir nähern uns der Wahrheit«, sagte sie, als sie aufgelegt hatte.

»Ja«, bestätigte er mit ernster Stimme. »Aber wir sind ganz offensichtlich nicht die Einzigen.«

Die Angst schnürte ihm ein weiteres Mal die Kehle zu. Er bezweifelte jetzt nicht mehr, dass den Kern dieses Falls das Quartett Grimm-Perrault-Chaperon-Mourrenx und ihre vergangenen »Heldentaten« bildeten. Aber der oder die Mörder hatten mindestens zwei Längen Vorsprung. Im Unterschied zu Ziegler und ihm selbst wussten sie alles, was es zu wissen gab – und sie wussten es seit Langem … Und was hatten Lombards Pferd und Hirtmann darin zu suchen? Ein weiteres Mal stellte Servaz fest, dass er einen Teil des Problems übersah.

Sie stiegen wieder hinunter und betraten die beleuchtete

Außentreppe. Die Nacht war kalt und feucht. Die Bäume wühlten Schatten auf und malten den Garten in Schwarz, und irgendwo in dieser Finsternis quietschte ein Fensterladen. Noch immer auf der Treppe stehend, fragte er sich, wieso ihn der Vogelgesang so beschäftigte. Er nahm die Kassetten aus seiner Tasche und hielt sie Ziegler hin.

»Spiel die jemandem vor. Nicht nur ein paar Sekunden, sondern ganz.«

Sie warf ihm einen überraschten Blick zu.

»Ich will wissen, ob es wirklich Vogelstimmen sind, die man darauf hört. Oder vielleicht etwas anderes …«

Das Handy vibrierte in seiner Tasche. Er nahm es heraus und las auf dem Display den Namen des Anrufers: Antoine Canter, sein Chef.

»Entschuldige mich«, sagte er, die Stufen hinuntergehend.

»Servaz«, antwortete er und stapfte durch den Schnee im Garten.

»Martin? Hier Antoine. Vilmer will dich sehen.«

Oberkommissar Vilmer, Chef der Kripo Toulouse. Ein Mann, den Servaz nicht mochte, aber das beruhte auf Gegenseitigkeit. In Vilmers Augen war Servaz der typische Polizist, der zum alten Eisen zählte: ein innovationsfeindlicher Individualist, der sich auf seinen Instinkt verließ und es mit den Weisungen des Ministeriums nicht so genau nahm. Vilmer träumte von glatten, gleichförmigen, gefügigen und austauschbaren Beamten.

»Ich komme morgen vorbei«, sagte er, einen Blick auf Ziegler, die ihn vor dem Portal erwartete.

»Nein. Vilmer will dich heute Abend in seinem Büro sehen. Er erwartet dich. Keine faulen Tricks, Martin. Du hast zwei Stunden, um anzutanzen.«

Servaz verließ Saint-Martin kurz nach zwanzig Uhr. Eine halbe Stunde später fuhr er von der D 825 ab und auf die A 64. Die Müdigkeit überfiel ihn, als er über die Autobahn raste, geblendet von den Scheinwerfern der entgegenkommenden Autos. Er hielt auf einem Rastplatz, ging in den Shop und holte sich am Getränkeautomaten einen Kaffee. Anschließend nahm er eine Dose Red Bull aus einem großen Kühlschrank, bezahlte sie an der Kasse, machte sie auf und trank sie leer, während er sich die Titelseiten der Illustrierten und Zeitungen auf den Verkaufsständern ansah, dann ging er zurück ins Auto.

Als er Toulouse erreichte, fiel Sprühregen. Er grüßte den Wachtposten, stellte seinen Wagen auf dem Parkplatz ab und eilte zu den Aufzügen. Es war 21:30 Uhr, als er den Knopf des obersten Stockwerks drückte. Für gewöhnlich mied Servaz diese Etage. Die dortigen Gänge erinnerten ihn ein wenig an die Zeit, die er zu Beginn seiner Laufbahn bei der Generaldirektion der Polizei verbracht hatte – wo vor allem Bürohengste gearbeitet hatten, die sich mehr für den Zeilenabstand in ihren Berichten als für Ermittlungsarbeit interessierten und jede Anfrage von einfachen Beamten so behandelten, als wäre es ein neuer Stamm des Ebolavirus. Um diese Uhrzeit waren die meisten Mitarbeiter zu Hause, und die Gänge waren menschenleer. Er verglich diese mit Filz ausgelegten Flure mit der chaotischen Atmosphäre permanenter Anspannung, die auf dem Stockwerk herrschte, wo die Mordkommission untergebracht war. Natürlich war Servaz in der Generaldirektion auch schon vielen kompetenten und tüchtigen Menschen begegnet. Die aber drängten nur selten in den Vordergrund. Und noch seltener trugen sie modische Krawatten. Grinsend erinnerte er sich an Espérandieus Theorie: Sein Stellvertreter war der Ansicht, dass man ab einer bestimmten Anzahl von Krawatten-Anzug-Trägern pro Quadratmeter die von ihm sogenannte »Kompetenzmangelzone«, »Absurditätszone« oder auch »Egozone« betrat.

Er sah auf seine Uhr und beschloss, Vilmer weitere fünf Minuten warten zu lassen. Nicht alle Tage hatte man die Gelegenheit, einen Typen auf die Folter zu spannen, der seine Zeit mit Nabelschau verbrachte. Er betrat den Raum, in dem sich die Getränkeautomaten befanden, und steckte eine Münze in die Kaffeemaschine. Drei Personen – zwei Männer und eine Frau – standen plaudernd an einem Tisch. Als er hereinkam, sprachen sie augenblicklich einige Dezibel leiser; jemand machte einen Scherz. *Sinn für Humor,* sagte sich Servaz. Seine Exfrau hatte ihm eines Tages gesagt, der fehle ihm. Vielleicht stimmte das. Doch bewies das auch mangelnde Intelligenz? Nicht nach den vielen Dummköpfen zu urteilen, die in diesem Feld glänzten. Aber es verriet mit Sicherheit eine psychologische Schwäche. Er würde Propp danach fragen. Servaz begann den Psychologen sympathisch zu finden, trotz seiner schulmeisterhaften Art. Nachdem er seinen x-ten Kaffee getrunken hatte, verließ er den Raum, wo die Unterhaltung fortgesetzt wurde. Hinter ihm brach die Frau in lautes Gelächter aus. Ein künstliches Kichern, ohne Anmut, das ihn nervte.

Vilmers Büro war nur ein paar Meter entfernt. Seine Sekretärin empfing Servaz mit einem freundlichen Lächeln.

»Kommen Sie rein. Er erwartet Sie.«

Servaz sagte sich, dass das nichts Gutes verhieß, und fragte sich gleichzeitig, ob Vilmers Sekretärin wohl irgendwann ihre Überstunden abfeierte. Vilmer war ein schlanker Typ mit sorgfältig gestutztem Spitzbart, einem tadellosen Haarschnitt und einem gespielten Lächeln, das wie ein hartnäckiger Herpes auf seinen Lippen klebte. Er trug immer das Nonplusultra an Hemden, Krawatten, Anzügen und Schuhen zur Schau, mit einer Schwäche für Schokoladen-, Kastanien- und Violetttöne. Servaz sah in ihm den lebenden Beweis dafür, dass es ein Dummkopf weit bringen konnte, wenn er andere Dummköpfe über sich hatte.

»Nehmen Sie Platz«, sagte er.

Servaz ließ sich in den schwarzen Ledersessel fallen. Vilmer wirkte ungehalten. Er stützte sein Kinn auf die gefalteten Hände und betrachtete ihn einen Moment lang schweigend mit einem Blick, der sowohl tiefgründig als auch tadelnd sein sollte. Mit dieser schauspielerischen Leistung hätte er in Hollywood keinen Oscar ergattert, und Servaz erwiderte den Blick mit einem leisen Lächeln, was den Oberkommissar in Rage brachte.

»Finden Sie die Situation witzig?«

Wie alle Mitarbeiter der Kriminalpolizeidirektion wusste auch Servaz, dass Vilmer sein ganzes Berufsleben hinter dem Schreibtisch verbracht hatte. Er hatte keinen Schimmer von der praktischen Polizeiarbeit »auf der Straße«, einmal abgesehen von einem kurzen Intermezzo im Sittendezernat zu Beginn seiner Laufbahn. Man munkelte, dass er damals die Zielscheibe des Spotts seiner Kollegen war.

»Nein, Monsieur.«

»Drei Morde innerhalb von acht Tagen!«

»Zwei«, korrigierte ihn Servaz. »Zwei und ein totes Pferd.«

»Wie weit sind Sie mit Ihren Ermittlungen?«

»Wir ermitteln jetzt seit acht Tagen. Und wir hätten den Mörder heute Morgen beinahe geschnappt, aber er konnte entwischen.«

»*Sie* haben ihn entwischen lassen«, stellte der Direktor

klar. »Der Richter, Monsieur Confiant, hat sich über Sie beschwert«, fügte er sogleich hinzu.

Servaz fuhr zusammen.

»Warum das?«

»Er hat sich bei mir und im Justizministerium beschwert. Dort hat man umgehend den zuständigen Referatsleiter im Innenministerium unterrichtet. Und der hat dann mich angerufen.«

Er machte eine kurze Pause.

»Sie bringen mich in eine sehr unangenehme Lage, Commandant.«

Servaz war verdutzt. Confiant hatte einfach an d'Humières vorbei gehandelt! Der kleine Richter hatte keine Zeit verloren!

»Entziehen Sie mir den Fall?«

»Nein, natürlich nicht«, antwortete Vilmer, als wäre ihm das nicht einmal in den Sinn gekommen. »Außerdem hat sich Catherine d'Humières mit einer gewissen Beredsamkeit für Sie eingesetzt. Sie findet, dass Capitaine Ziegler und Sie gute Arbeit machen.«

Vilmer zog die Nase hoch, als würde es ihn eine gewisse Überwindung kosten, solche Dummheiten zu wiederholen.

»Aber ich warne Sie: Dieser Fall wird von ganz oben sehr aufmerksam verfolgt. Wir sind im Auge des Zyklons. Im Moment ist alles ruhig. Aber wenn Sie scheitern, wird das nicht ohne Folgen bleiben.«

Servaz musste lächeln. Dem Anschein zum Trotz machte sich Vilmer in seinem schicken kleinen Anzug ins Hemd. Denn er wusste ganz genau, dass die »Folgen« nicht nur die Ermittler treffen würden.

»Das ist eine sehr heikle Geschichte, vergessen Sie das nicht.«

Wegen eines Pferdes, dachte Servaz. *Die interessieren sich für das Pferd.* Er unterdrückte seine Wut.

»Ist das alles?«, fragte er.

»Nein. Dieser Typ, das Opfer, Perrault, hat Sie doch telefonisch um Hilfe gebeten?«

»Ja.«

»Warum Sie?«

»Keine Ahnung.«

»Haben Sie nicht versucht, ihn davon abzubringen, auf den Berg zu fahren?«

»Dazu hatte ich keine Zeit.«

»Was ist mit dieser Geschichte von den Selbstmördern? Besteht da überhaupt ein Zusammenhang?«

»Im Moment wissen wir das noch nicht. Aber Hirtmann hat so etwas angedeutet, als wir ihn aufsuchten.«

»Inwiefern?«

»Nun, er hat mir … *geraten*, mich näher mit den Selbstmördern zu befassen.«

Der Kommissar sah ihn mit unverhohlener Verblüffung an. *»Wollen Sie damit sagen, dass Ihnen dieser Hirtmann sagt, wie Sie die Ermittlungen führen sollen?«*

Servaz runzelte die Stirn.

»Das wäre etwas allzu vereinfachend dargestellt.«

»Allzu vereinfachend?« – Vilmer sprach lauter. – »Ich habe den Eindruck, dass Sie sich bei diesen Ermittlungen verzetteln, Commandant! Sie haben doch die DNA von Hirtmann, oder? Was brauchen Sie mehr? Da er das Institut nicht ohne fremde Hilfe verlassen konnte, muss er dort einen Komplizen haben. Finden Sie ihn!«

Wunderbar, wie einfach alles zu sein scheint, wenn man es aus der Distanz betrachtet, die Details weglässt und keine Ah-

nung von nichts hat, sagte sich Servaz. Aber im Grunde hatte Vilmer recht.

»Was für eine Spur haben Sie?«

»Vor einigen Jahren wurde wegen Erpressung... wegen sexueller Erpressung Anzeige gegen Grimm und Perrault erstattet.«

»Und?«

»Das war bestimmt nicht ihr erster Versuch. Es ist sogar möglich, dass sie bei anderen Frauen weitergegangen sind. Oder bei Jugendlichen... Das könnte das Motiv sein, nach dem wir suchen.«

Servaz wusste, dass er sich auf unsicheres Gebiet begab, denn er hatte kaum etwas Konkretes in der Hand – aber es war ein bisschen zu spät, um den Rückwärtsgang einzulegen.

»Rache?«

»Etwas in der Art.«

Ein Poster hinter Vilmer zog seine Aufmerksamkeit auf sich. Ein Pissoir. Servaz erkannte es wieder: Marcel Duchamp. Die Dada-Ausstellung im Centre Georges Pompidou 2006. Ein regelrechter Blickfang. Wie um den Besuchern zu zeigen, dass der Mann, der hier arbeitete, gebildet, kunstsinnig und humorvoll war.

Der Kommissar dachte kurz nach.

»Und wo ist die Verbindung zu Lombards Pferd?«

Servaz zögerte.

»Nun, wenn wir von der Hypothese eines Racheaktes ausgehen, dann steht zu vermuten, dass diese Leute – die Opfer – etwas sehr Übles auf dem Kerbholz haben«, sagte er in den Worten, die Alexandra benutzt hatte. »Und vor allem, dass sie es gemeinsam getan haben. Und bei Lombard haben sich der oder die Mörder sein Pferd vorgeknöpft, weil sie ihn nicht direkt treffen konnten.«

Vilmer war plötzlich erbleicht.

»Sagen Sie mir nicht… Sagen Sie mir nicht… dass Sie Eric Lombard verdächtigen, ebenfalls…«

»Minderjährige sexuell missbraucht zu haben«, half ihm Servaz auf die Sprünge, wobei er sich durchaus bewusst war, dass er etwas zu weit ging – aber die Angst, die er einen Moment lang in den Augen seines Chefs las, wirkte auf ihn wie ein Aphrodisiakum. »Nein, im Augenblick nicht. Aber es gibt zwangsläufig einen Zusammenhang zwischen ihm und den anderen, eine Verbindung, die ihn bei den Opfern einreihte.«

Eines war ihm immerhin gelungen: Er hatte Vilmer das Maul gestopft.

Als Servaz aus dem Gebäude der Kripo herauskam, schlenderte er Richtung Altstadt. Er hatte keine Lust, nach Hause zu gehen. Nicht sofort. Er wollte die Anspannung und die Wut loswerden, die Typen wie Vilmer in ihm hervorriefen. Es regnete leicht, und er hatte keinen Schirm, aber er begrüßte diesen Regen wie einen Segen. Es schien ihm, als würde er den Unrat von ihm abwaschen, in dem er seit mehreren Tagen badete.

Unwillkürlich trugen ihn seine Schritte zur Rue du Taur, und er fand sich vor der hell erleuchteten, gläsernen Eingangstür von Charlène's wieder, der Kunstgalerie, die die Frau seines Stellvertreters leitete. Die schlauchförmige Galerie erstreckte sich über zwei Stockwerke, deren moderne weiße Inneneinrichtung durch die großen Glasfenster sichtbar war und einen Kontrast bildete zu den alten rosa Ziegelfassaden der Nachbarhäuser. Im Innern war ziemlich viel los. *Eine Vernissage.* Er wollte sich gerade verdrücken, als er im Aufsehen Charlène Espérandieu sah, die ihm von der ersten Etage aus zuwinkte. Widerwillig betrat er den lang gestreckten Raum – triefende Kleidung und nasse Haare, durchgeweichte Schuhe, die quietschten und feuchte Spuren auf dem hellen Holzboden zurückließen –, trotzdem zog er weniger Blicke auf sich, als er befürchtet hatte. All diese Gesichter kultivierten Extravaganz, Modernität und geistige Aufgeschlossenheit, zumindest glaubten sie es. An der Oberfläche waren sie offen und modern, aber wie sah es in der Tiefe aus? Ein Konformismus jagt den nächsten, dachte er. Er steuerte auf die eiserne Wendeltreppe im hinteren Teil des Raumes zu, die Augen taten ihm weh von dem allzu hellen Licht der Schienenleuchten und dem grellen Weiß der Räume. Er wollte gerade einen Fuß auf die unterste Stufe setzen, als ihm ein riesiges Gemälde auffiel, das an der hinteren Wand hing.

Eigentlich war das gar kein Gemälde, sondern eine vier Meter hohe Fotografie.

Eine riesige Kreuzigung in kränklichen bläulichen Tönen. Hinter dem Kreuz erahnte man einen Gewitterhimmel, wo Wolken brodelten, die von aschgrauen Blitzen zerschnitten wurden. Am Kreuz hing statt Christus eine schwangere Frau. Den Kopf zur Seite geneigt, vergoss sie blutige Tränen. Tiefrotes Blut tropfte von der Dornenkrone auf ihre bläuliche Stirn. Sie war nicht nur gekreuzigt worden, man hatte ihr auch die Brüste ausgerissen, an ihrer Stelle klafften zwei riesige Wunden in dem gleichen kräftigen Rot, und ihre Augen waren von einem durchscheinenden, milchigen Weiß, als wäre ihre Hornhaut getrübt.

Servaz wich unwillkürlich zurück. Dieses Bild war von einem Realismus und einer rohen Brutalität, die unerträglich waren. Welcher Verrückte war auf diese Idee gekommen?

Woher kam diese Faszination an der Gewalt, fragte er sich. Diese Lawine schockierender Bilder im Fernsehen, im Kino und in Büchern. War das ein Versuch, die Angst zu bannen? Die meisten dieser Künstler kannten Gewalttätigkeit nur indirekt, abstrakt. Anders gesagt, sie kannten sie gar nicht. Würden Polizisten, die an Tatorten mit unerträglichen Bildern von entstellten Toten konfrontiert waren, Feuerwehrleute, die jede Wochen Unfallopfer aus ihren Autos herausschnitten, Staatsanwälte, die Tag für Tag Kenntnis von grauenhaften Verbrechen erlangten, anfangen zu malen, zu bildhauern oder zu schreiben, wer weiß, was sie darstellen würden, was dabei herauskäme? Das Gleiche oder etwas ganz anderes?

Die Eisenstufen vibrierten unter seinen Schritten, als er nach oben stieg. Charlène plauderte mit einem eleganten Mann, der einen sehr teuren Anzug trug und seidiges weißes Haar hatte. Sie hielt inne und bedeutete ihm näher zu treten, dann stellte sie die beiden Männer einander vor. Servaz glaubte zu verstehen, dass der Mann, ein Bankier, einer der besten Kunden der Galerie war.

»Nun, ich werde wieder hinuntergehen, um diese sehr schöne Ausstellung zu bewundern«, sagte er. »Noch einmal meine Komplimente für Ihre vollkommene Geschmackssicherheit, meine Liebe. Ich weiß nicht, wie Sie es anstellen, um jedes Mal so talentierte Künstler aufzutreiben.«

Der Mann entfernte sich. Servaz fragte sich, ob er ihn auch nur eines Blickes gewürdigt hatte, er schien seinen Zustand nicht einmal bemerkt zu haben. Für solche Leute war Servaz nur Luft. Charlène küsste Servaz auf die Wange, und er roch Himbeergeist und Wodka in ihrem Atem. Sie strahlte in ihrem roten Schwangerschaftskleid unter einer kurzen weißen Vinyljacke, und wie ihre Halskette funkelten auch ihre Augen etwas zu sehr.

»Man könnte meinen, es regnet«, sagte sie, während sie ihn liebevoll anlächelte. Sie zeigte auf die Galerie. »Du kommst nur selten. Es freut mich sehr, dass du da bist, Martin. Gefällt es dir?«

»Es ist ein wenig… *verunsichernd*«, antwortete er. Sie lachte.

»Der Künstler nennt sich Mentopagus. Das Thema der Ausstellung ist *Grausamkeit.*«

»Dann ist es jedenfalls absolut gelungen«, scherzte er.

»Du siehst ziemlich mitgenommen aus, Martin.«

»Tut mir leid, ich hätte in diesem Zustand nicht reinkommen sollen.«

Sie wischte seine Entschuldigung mit einer Geste vom Tisch. »Das beste Mittel, um hier nicht aufzufallen, ist ein drittes Auge mitten in der Stirn. All diese Leute glauben, dass sie an der Spitze der Avantgarde, der Modernität, des Nonkonformismus stehen – dass sie innerlich *schön* sind – und besser sind als die anderen…«

Die Bitterkeit, die in ihrer Stimme durchklang, überraschte ihn, und er betrachtete ihr Glas, das mit Eiswürfeln gefüllt war. Vielleicht war es der Alkohol.

»Das Klischee des egozentrischen Künstlers«, sagte er.

»Wenn Klischees zu Klischees werden, dann doch gerade deshalb, weil sie wahr sind«, erwiderte sie. »Tatsächlich glaube ich, dass ich nur zwei Menschen kenne, die wahre innere Schönheit besitzen«, fuhr sie fort, als würde sie mit sich selbst sprechen. »Vincent und du. Zwei Polizisten… Allerdings ist sie bei dir ziemlich gut versteckt…«

Dieses Geständnis überraschte ihn. Er hätte es nicht erwartet.

»Ich hasse Künstler«, entfuhr es ihr plötzlich mit bebender Stimme.

Die folgende Geste überraschte ihn noch mehr. Sie neigte sich vor und drückte ihm einen weiteren Kuss auf die Wange, aber diesmal auf den Mundwinkel. Anschließend strich sie mit den Fingerspitzen flüchtig über Servaz' Lippen – eine doppeldeutige Geste von erstaunlicher Zurückhaltung und von verblüffender Intimität –, dann ließ sie ihn stehen. Er hörte ihre Absätze auf den Metallstufen klackern, als sie hinunterstieg.

Servaz' Herz schlug im gleichen Rhythmus. Ihm drehte sich der Kopf. Ein Teil des Bodens war mit einem Haufen Bauschutt, Gips und Pflastersteinen bedeckt – und er fragte sich, ob es sich dabei um ein Kunstwerk oder um eine Baustelle handelte. Ihm gegenüber, an der weißen Wand, hing ein quadratisches Gemälde, auf dem es von kleinen Menschen wimmelte, die eine dicht gedrängte und bunte Menge bildeten. Es waren Hunderte – vielleicht sogar Tausende. Anscheinend hatte die Ausstellung Grausamkeit den ersten Stock verschont.

»Meisterlich, nicht wahr?«, sagte eine Frau neben ihm. »Dieser Anklang an Pop-Art und Comic. Man könnte meinen, Lichtenstein im Kleinen.«

Er wäre beinahe zusammenschreckt. In seinen Gedanken versunken, hatte er sie nicht kommen hören. Sie sprach, als machte sie Stimmübungen – ihre Stimme hob und senkte sich.

»Quos vult perdere Jupiter prius dementat«, sagte er.

Die Frau sah ihn verständnislos an.

»Das ist Lateinisch und heißt: ›Wen Jupiter zugrunde richten will, dem raubt er zuerst den Verstand.‹«

Er verzog sich Richtung Treppe.

Zu Hause legte er *Das Lied von der Erde* in der modernen Fassung von Eiji Oué mit Michelle De Young und Jon Villars auf und sprang direkt zu dem erschütternden letzten Satz, *Der Abschied.* Er war nicht müde und suchte sich in seiner Bibliothek ein Buch. Die *Aithiopika* von Heliodor.

»Das Kind ist hier bei mir. Es ist meine Tochter; sie trägt meinen Namen; mein ganzes Leben ruht auf ihr. In jeder Hinsicht vollkommen, stellt sie mich über das Maß meiner Wünsche zufrieden. Wie schnell hat sie sich zu voller Blüte entfaltet, wie ein kraftvoller Schössling von schönem Wuchs! An Schönheit übertrifft sie alle anderen, in einem solchen Maße, dass niemand, sei er Grieche oder Ausländer, umhinkann, sie zu betrachten.«

Vor seinem Bücherregal in einem Sessel sitzend, hielt er in seiner Lektüre inne und dachte an Gaspard Ferrand, den gebrochenen Vater. Anschließend drehten sich seine Gedanken um die Selbstmörder und um Alice, so wie ein Schwarm Krähen über einem Feld kreist. Wie die junge Chariklea bei Heliodor zog Alice sämtliche Blicke auf sich. Er hatte die Zeugenaussagen der Nachbarn noch einmal durchgelesen: Alice Ferrand war das perfekte Kind, hübsch, frühreif, mit hervorragenden schulischen Leistungen – auch im Sport – und immer hilfsbereit. *Aber in der letzten Zeit hatte sie sich verändert,* nach dem, was ihr Vater sagte. Was hatte sie erlebt? Dann dachte er an das Quartett Grimm-Perrault-Chaperon-Mourrenx. Waren Alice und die anderen Selbstmörder diesem Quartett über den Weg gelaufen? Bei welcher Gelegenheit? In der Ferienkolonie? Aber zwei der sieben Selbstmörder waren nie dort gewesen.

Wieder fröstelte es ihn. Es schien ihm, als wäre die Temperatur in der Wohnung um mehrere Grade gefallen. Er wollte in die Küche gehen, um dort eine kleine Flasche Mineralwasser zu holen, aber plötzlich begann sich das Wohnzimmer zu drehen. Die Bücher auf den Regalen begannen zu wogen, während ihm das Licht der Lampe blendend hell und giftig vorkam. Servaz ließ sich wieder in seinen Sessel fallen.

Er schloss die Augen. Als er sie wieder aufmachte, war das Schwindelgefühl vorbei. *Was war nur mit ihm los, verflixt?*

Er stand auf und ging ins Bad. Er nahm eine von Xaviers Tabletten heraus. Der Hals brannte ihm, das kühle Wasser verschaffte ihm für eine halbe Sekunde Linderung, dann kehrte der brennende Schmerz zurück. Er massierte sich die Augen und ging wieder ins Wohnzimmer. Er trat hinaus auf den Balkon, um ein bisschen frische Luft zu schnappen. Er warf einen Blick auf die Lichter der Stadt, und er überlegte, dass die modernen Städte mit ihrer unwirklichen Beleuchtung und ihrem ständigen Lärm ihren Bewohnern den Schlaf raubten und sie bei Tagesanbruch in schläfrige Gespenster verwandelten.

Dann musste er wieder an Alice denken. Er sah das Zimmer unter dem Dach vor sich, das orangefarbene und gelbe Mobiliar, die violetten Wände und den weißen Teppichboden. Die Fotos und die Postkarten, die CDs und die Schulsachen, die Kleidung und die Bücher. *Ein Tagebuch… Es fehlte ein Tagebuch…* Servaz war immer fester davon überzeugt, dass eine Heranwachsende wie Alice ein Tagebuch geführt haben musste.

Irgendwo musste einfach ein Tagebuch sein…

Er dachte wieder an Gaspard Ferrand, den Philologen, Weltenbummler, Yogi… Unwillkürlich verglich er ihn mit seinem eigenen Vater. Er war ebenfalls Philologe: Latein- und Griechischlehrer. Ein brillanter, verschlossener, exzentrischer

Mensch – der manchmal auch cholerisch war. *Genus irritabile vatum:* »Das reizbare Geschlecht der Dichter«.

Servaz wusste ganz genau, dass auf diesen Gedanken ein weiterer folgen musste, aber es war bereits zu spät, um den Strom einzudämmen, und er ließ sich von den Erinnerungen überfluten, die ihn mit albtraumhafter Genauigkeit in Beschlag nahmen.

Die Tatsachen. Nichts als die Tatsachen.

Die Tatsachen waren die folgenden: An einem lauen Juliabend spielte der zehnjährige Martin Servaz im Hof des elterlichen Hauses, als sich die Scheinwerfer eines Autos auf der langen, geraden Straße näherten. Das Haus der Servaz war ein abgelegener alter Bauernhof, drei Kilometer von der nächstgelegenen Ortschaft entfernt. Zehn Uhr abends. Die Landschaft war in mildes Halbdunkel getaucht, auf den angrenzenden Feldern würde das Zirpen der Grillen bald dem Quaken der Frösche weichen, ein dumpfes Donnergrollen ertönte von den Bergen am Horizont, und Sterne zeichneten sich immer deutlicher am noch fahlen Himmel ab. In diese abendliche Stille brach das kaum wahrnehmbare Zischen dieses Autos hinein, das sich auf der Straße näherte. Das Zischen war zu einem Motorengeräusch geworden, und der Wagen hatte seine Geschwindigkeit gedrosselt. Er hatte seine Scheinwerfer auf das Haus gerichtet und war langsam den holprigen Weg hinaufgefahren. Seine Reifen hatten auf dem Kies geknirscht, als er durch das große Tor fuhr und im Hof bremste. Die Pappeln hatten in einem Windstoß sanft gerauscht, als die beiden Männer ausstiegen. In der Dunkelheit unter den Bäumen konnte er ihre Gesichter kaum erkennen, aber die Stimme von einem der beiden hatte er ganz deutlich gehört:

»Salut, mein Kleiner, sind deine Eltern da?«

Im gleichen Moment war die Haustür aufgegangen, und im Licht auf der Türschwelle war seine Mutter aufgetaucht. Der Mann, der ihn angesprochen hatte, war daraufhin an seine Mutter herangetreten und entschuldigte sich für die Störung, wobei er sehr schnell sprach, während der zweite Mann freundschaftlich eine Hand auf seine Schulter legte. An dieser Hand war irgendetwas, was dem jungen Servaz sofort missfallen hatte. Wie eine winzige Störung der friedlichen Abendstimmung. Wie eine dumpfe Bedrohung, die nur der kleine Junge bemerkte, obgleich sich der erste Mann sehr freundlich ausdrückte und er seine Mutter lächeln sah. Als er den Kopf hob, hatte er seinen Vater mit gerunzelter Stirn am Fenster seines Arbeitszimmers im ersten Stock stehen sehen, wo er die Klassenarbeiten seiner Schüler korrigierte. Er wollte seiner Mutter zurufen, sie solle aufpassen und sie nicht ins Haus lassen – aber man hatte ihm beigebracht, höflich und still zu sein, wenn sich Erwachsene unterhielten.

Er hatte seine Mutter sagen hören: »Treten Sie ein!«

Dann hatte ihn der Mann hinter ihm sanft vorwärts gestoßen, seine kräftigen Finger brannten regelrecht durch den dünnen Stoff seines kurzärmeligen Hemds hindurch, und er hatte diese Geste nicht mehr als freundschaftlich, sondern als autoritär erlebt. Noch heute erinnerte er sich, dass jeder ihrer Schritte auf dem Kies wie eine Warnung in seinem Kopf widerhallte. Er erinnerte sich an den starken Geruch nach Eau de Toilette und Schweiß hinter ihm. Er erinnerte sich, dass ihm das Zirpen der Grillen mit einem Mal sehr laut vorgekommen war und wie ein Alarm in seinem Kopf dröhnte. Selbst sein Herz pochte wie eine Unheil kündende afrikanische Trommel. Als sie den Treppenabsatz vor der Haustür erreichten, presste der Mann ihm etwas auf Mund und

Nase. Irgendeinen feuchten Stofffetzen. Im Nu verbrannte ein Feuerstoß seinen Rachen und seine Lungen, und er hatte weiße Punkte vor den Augen tanzen gesehen, ehe er in einem schwarzen Loch versank.

Als er wieder zu sich kam, fand er sich in dem Verschlag unter der Treppe wieder – ihm war übel, und alles drehte sich. Die flehende Stimme seiner Mutter hinter der Tür flößte ihm Angst ein. Als er die donnernden Stimmen der beiden Männer hörte, die sie bald bedrohten, bald beruhigten und bald verhöhnten, wurde seine Angst unkontrollierbar, und er begann zu zittern. Er fragte sich, wo sein Vater war. Instinktiv wusste er, was das für Männer waren: keine richtigen Menschen, Bösewichte wie aus einem Kinofilm, bösartige Geschöpfe, Erzschurken aus einem Spiderman-Comic: der Tinkerer und der Green Goblin … Er ahnte, dass sein Vater irgendwo gefesselt lag, machtlos, wie es die Comichelden oft sind, denn sonst hätte er bereits eingegriffen, um sie zu retten. Viele Jahre später sagte er sich, dass weder Seneca noch Mark Aurel seinem Vater eine große Hilfe gewesen sein dürften, als er die beiden Besucher zur Vernunft zu bringen versuchte. Aber kann man zwei hungrige Wölfe zur Vernunft bringen? Doch der Hunger dieser Wölfe richtete sich auf etwas anderes. Hätte der junge Martin eine Uhr gehabt, dann hätte er feststellen können, dass er um zwanzig Minuten nach Mitternacht wieder zu sich gekommen war und dass noch fast fünf Stunden vergehen sollten, ehe der Schrecken ein Ende hatte – fünf Stunden, in deren Verlauf seine Mutter fast ohne Unterlass geschrien, geschluchzt, geweint, geflucht und gefleht hatte. Und während die mütterlichen Schreie nach und nach zu einem Schluchzen und Seufzen und dann zu einem unverständlichen Gemurmel wurden, während ihm der Rotz in einem zähflüssigen Streifen aus der Nase lief und der Urin sich warm zwischen seinen Schenkeln ausbreitete, während die ersten Geräusche des anbrechenden Tages durch die Tür der Abstellkammer drangen – ein Hahn, der sich verfrüht heiser schrie, ein Hund, der in der Ferne bellte, ein Wagen, der hundert Meter entfernt auf der Straße vorbeifuhr – und ein verschwommener grauer Lichtschimmer unter der Tür durchschien, wurde es im Haus allmählich still – eine vollkommene, endgültige und auf seltsame Weise beruhigende Stille.

Servaz war schon drei Jahre bei der Polizei, als es ihm gelungen war, sich den Obduktionsbericht zu verschaffen – fünfzehn Jahre nach der Tat. Im Nachhinein wusste er, dass ihm eine verhängnisvolle Fehleinschätzung unterlaufen war. Er hatte geglaubt, die Jahre hätten ihm die nötige Kraft gegeben. Er hatte sich geirrt. Mit unsäglichem Entsetzen hatte er im Detail erfahren, was seine Mutter in dieser Nacht durchgemacht hatte. Woraufhin der junge Polizist den Bericht zugeklappt hatte, zur Toilette gestürzt war und sein Frühstück ausgespien hatte.

Die Tatsachen. Nichts als die Tatsachen.

Die Tatsachen waren die folgenden: Sein Vater hatte überlebt – trotzdem hatte er zwei Monate im Krankenhaus gelegen, in denen der junge Martin bei seiner Tante gewohnt hatte. Als sein Vater aus dem Krankenhaus entlassen wurde, war er in seinen Beruf als Lehrer zurückgekehrt. Aber es hatte sich sehr schnell gezeigt, dass er ihn nicht länger ausüben konnte: Er war mehrmals betrunken, unrasiert und mit zerzaustem Haar vor seine Schüler getreten, die er außerdem noch ausgiebig beschimpft hatte. Die Schulbehörde hatte ihn schließlich unbefristet beurlaubt, und sein Vater hatte sich daraufhin noch tiefer reingeritten. Der junge Martin wurde erneut bei seiner Tante untergebracht ... Die Tatsachen, nichts als die Tatsachen ... Zwei Wochen nachdem er auf der Universität die Frau kennengelernt, die er sechs Monate später heiraten sollte, wollte Servaz im Frühsommer seinen Vater besuchen. Als er aus dem Wagen stieg, warf er einen kurzen Blick auf das Haus. Die alte Scheune daneben verfiel; das Wohngebäude selbst schien leer zu stehen, mindestens die Hälfte der Fensterläden war geschlossen. Servaz schlug an die Scheibe der Haustür. Keine Antwort. Er öffnete sie. »Papa?« Schweigen. Der Alte musste wieder einmal sturzbetrunken irgendwo herumliegen. Nachdem er seine Jacke und seine Umhängetasche auf ein Möbelstück geworfen und sich in der Küche ein Glas Wasser eingeschenkt hatte, war er die Treppe hinaufgestiegen in der Erwartung, dass sein Vater in seinem Arbeitszimmer einen Rausch ausschlief. Der junge Martin hatte recht – er war tatsächlich in seinem Arbeitszimmer. Durch die geschlossene Tür hörte man gedämpfte Musik, die er sofort erkannte: Gustav Mahler, der Lieblingskomponist seines Vaters.

Aber er hatte sich geirrt: Er schlief sich keinen Rausch aus. Er las auch nicht einen seiner lateinischen Lieblingsautoren. Er lag reglos in seinem Sessel, die Augen weit aufgerissen und glasig, weißer Schaum vor dem Mund. Gift. Wie Seneca, wie Sokrates. Zwei Monate später legte Servaz die Prüfung zum Polizeibeamten ab.

Um 22 Uhr machte Diane das Licht in ihrem Büro aus. Sie nahm eine Arbeit mit, die sie abschließen wollte, ehe sie sich schlafen legte, und stieg hinauf in ihr Zimmer im vierten Stock. Dort war es noch immer genauso kalt, und sie zog ihren Morgenmantel über die Kleider, bevor sie sich ans Kopfende des Bettes setzte und mit der Lektüre begann. Sie überflog ihre Aufzeichnungen und sah noch einmal den ersten Patienten dieses Tages vor sich: einen kleinen Mann von vierundsechzig Jahren, der völlig harmlos aussah und eine schrille, krächzende Stimme hatte, als hätte man ihm die Stimmbänder abgefeilt. Ehemaliger Philosophielehrer. Er hatte sie mit ausgesuchter Höflichkeit begrüßt, als sie den Raum betrat. Sie hatte sich mit ihm in einem Salon unterhalten, dessen Tische und Sessel in den Boden einzementiert waren. Es gab einen Fernseher mit Großbildschirm in einem Gehäuse aus Plexiglas, und alle spitzen Ecken und scharfen Kanten der Möbel waren mit Kunststoff überzogen. Sonst war niemand im Zimmer, aber ein Pflegehelfer stand in der Tür Wache.

»Victor, wie fühlen Sie sich heute?«, hatte sie gefragt.

»Wie ein verdammter Sack Scheiße...«

»Wie meinen Sie das?«

»Wie ein großer Kothaufen, ein Exkrement, eine Kotkugel, ein braune Wurst, ein Kaka, ein...«

»Victor, warum sind Sie so vulgär?«

»Ich fühle mich wie das, was Sie aus Ihrem Hintern abseilen, Doc, wenn Sie aufs...«

»Wollen Sie mir nicht antworten?«

»Ich fühle mich wie...«

Sie hatte sich gesagt, dass sie ihn nie mehr fragen würde, wie er sich fühlte. Victor hatte seine Frau, seinen Schwager und seine Schwägerin mit der Axt erschlagen. Seiner Akte zufolge hatten ihn seine Frau und deren Familie wie den letzten Dreck behandelt und sich ständig über ihn lustig gemacht. In seinem »normalen« Leben war Victor ein hervorragend ausgebildeter und hochkultivierter Mann gewesen. Bei seinem letzten Klinikaufenthalt hatte er sich auf eine Krankenschwester geworfen, die das Pech hatte, vor ihm zu lachen. Zum Glück wog er nur fünfzig Kilo.

Sie versuchte vergeblich, sich auf seinen Fall zu konzentrieren, es gelang ihr nicht. Etwas anderes schlich am Rand ihres Bewusstseins herum. Sie wollte diese Arbeit so schnell wie möglich beenden, um zu dem zurückzukehren, was in der Klinik vor sich ging. Sie wusste nicht, was sie finden würde, aber sie war fest entschlossen, ihre Nachforschungen fortzusetzen. Und mittlerweile wusste sie, wo sie ansetzen musste. Die Idee war ihr gekommen, als sie Xavier beim Verlassen ihres Büros ertappt hatte.

Als sie die nächste Akte aufschlug, sah sie den Patienten sogleich wieder im Geiste vor sich. Ein vierzigjähriger Mann mit fiebrigem Blick, Hohlwangen, die unter einem Bart fast verschwanden, und schmutzigem Haar. Ein ehemaliger Meeresbiologe ungarischer Abstammung, der ein hervorragendes Französisch mit starkem slawischem Akzent sprach. György.

»Wir sind mit den großen Tiefen verbunden«, hatte er ihr gleich beim ersten Treffen gesagt. »Sie wissen es noch nicht, Doktor, aber wir existieren nicht wirklich, wir existieren nur als Gedanken, wir sind geistige Ausgeburten der Geschöpfe der Tiefsee, die in über 2000 Meter Tiefe am Grund der Meere leben. Es ist das Reich der ewigen Finsternis, das Tageslicht erreicht den Meeresboden nicht. Es ist dort ständig dunkel.« Als sie dieses Wort hörte, spürte sie, wie sie der eisige Flügel der Angst streifte. »Und kalt, sehr, sehr kalt. Und da herrscht ein kolossaler Druck. Er steigt alle zehn Meter um eine Atmosphäre. Nur diese Lebewesen können diesem enormen Druck standhalten. Sie gleichen Ungeheuern. Wie wir. Sie haben riesige Augen, Kiefer voller scharfer Zähne und Leuchtorgane, die sich über den gesamten Körper ziehen. Sie sind entweder Aasfresser, die sich von den Kadavern ernähren, die aus den oberen Meeresschichten zu Boden sinken, oder schreckliche Räuber, die in der Lage sind, ihre Opfer in einem Stück hinunterzuschlingen. Dort unten ist alles Finsternis und Grausamkeit. Wie hier. Da gibt es den Viperfisch, *Chauliodus sloani,* dessen Kopf aussieht wie ein mit messerlangen, glasklaren Zähnen gespickter Schädel und dessen schlangenförmiger Körper von Leuchtpunkten übersät ist. Da hausen auch *Linophryne lucifer* und *Photostomias guernei,* die hässlicher und erschreckender aussehen als Piranhas. Es gibt die *Pycnogonida*, die Spinnen gleichen, und Tiefseebeilfische, die wie tote Fische aussehen. Diese Kreaturen sehen nie das Tageslicht, sie steigen nie zur Oberfläche auf. Wie wir, Doktor. Sehen Sie denn nicht die Ähnlichkeit? Eben weil wir nicht wirklich existieren, im Gegensatz zu ihnen. Wir sind Absonderungen des Geistes dieser Geschöpfe. Jedes Mal, wenn in der Tiefe eines davon stirbt, stirbt hier einer von uns.«

Seine Augen hatten sich verschleiert, während er sprach, als wäre er in die Tiefen entschwebt, an den Grund der Meeresfinsternis. Die albtraumhafte Schönheit dieses absurden Vortrags hatte Diane einen eisigen Schauer über den Rücken gejagt. Sie hatte Mühe, die Bilder loszuwerden, die er in ihr hervorgerufen hatte.

Alles im Institut funktionierte nach Gegensätzen, hatte sie sich gesagt. Schönheit/Grausamkeit. Stille/Geschrei. Einsamkeit/enges Zusammenleben. Angst/Neugier. Seit sie hier war, trieben sie gegensätzliche Gefühle um.

Sie schlug die Akte über den Patienten György zu und konzentrierte sich auf etwas anderes. Den ganzen Abend hatte sie noch einmal über die Medikation nachgedacht, die Xavier einigen seiner Patienten auferlegte. Diese pharmazeutische Zwangsjacke. Und an seinen heimlichen Besuch in ihrem Büro. Hatte Dimitri, der Verwalter der Apotheke, Xavier erzählt, dass sie sich etwas zu sehr für seine Behandlungsmethode interessierte? Unwahrscheinlich. Sie hatten aus Dimitris Worten eine heimliche Feindseligkeit gegen den Psychiater herausgehört. Man durfte nicht vergessen, dass er erst seit einigen Monaten da war, als Nachfolger des Mannes, der diese Einrichtung gegründet hatte. Waren seine Beziehungen zu den Mitarbeitern angespannt?

Sie blätterte ihren Notizblock bis zu der Stelle durch, wo sie die Namen der drei geheimnisvollen Produkte fand, die Xavier bestellt hatte. Wie beim ersten Mal kamen ihr diese Namen völlig unbekannt vor.

Sie schaltete ihr Notebook an und startete Google.

Dann gab sie die ersten beiden Stichwörter ihrer Suchanfrage ein…

Diane zuckte zusammen, als sie entdeckte, dass Hypnosal einer der Handelsnamen von Thiopental-Natriumsalz war; dieses Anästhetikum war eine der drei Substanzen, die in den USA bei Hinrichtungen durch die Giftspritze den Todeskandidaten verabreicht wurden, und wurde auch bei der Euthanasie in den Niederlanden angewandt! Eine andere Handelsform trug einen recht bekannten Namen: Pentothal. Es wurde eine Zeit lang zur Narkoanalyse verwendet. Bei der Narkoanalyse wurde ein Anästhetikum verabreicht, um dem analysierten Patienten zu helfen, vermeintlich verdrängte Erinnerungen wieder ins Bewusstsein zu heben. Dieses Verfahren war nach erheblicher Kritik längst aufgegeben worden, da sich die Existenz traumatischer Erlebnisse, die unwillkürlich verdrängt wurden, wissenschaftlich hatte nie beweisen lassen.

Was führte Xavier im Schilde?

Das zweite Suchergebnis machte sie noch perplexer. Auch Xylazin war ein Anästhetikum – allerdings in der Tiermedizin. Diane fragte sich, ob ihr etwas entgangen war, und sie recherchierte weiter unter den verschiedenen Treffern, die die Suchmaschine lieferte, aber sie fand keine weiteren bekannten Anwendungen. Sie hatte das Gefühl, im Dunkeln zu tappen. Was hatte ein Produkt aus der Tiermedizin in der Klinikapotheke verloren?

Schnell tippte sie das dritte Produkt ein. Sie zog die Brauen hoch. Wie die beiden anderen Substanzen war auch Halothan ein Anästhetikum. Doch aufgrund seiner hohen Toxizität für Herz und Leber war es, abgesehen von den Entwicklungsländern, aus den Operationssälen verschwunden. Allerdings war Halothan seit 2005 gar nicht mehr zur Anwendung beim Menschen zugelassen. Wie Xylazin durfte auch Halothan nur noch in der Tiermedizin eingesetzt werden.

Diane lehnte sich gegen die Kopfkissen zurück und dachte nach. Ihres Wissens gab es keine Tiere im Institut – nicht einmal einen Hund oder eine Katze (sie glaubte verstanden zu haben, dass einige Insassen eine panische Angst vor Haustieren hatten). Sie nahm ihr Notebook auf den Schoß und ging noch einmal die Informationen durch, über die sie verfügte. Plötzlich blieb ihr Blick an etwas hängen. Beinahe wäre ihr das Wichtigste entgangen: Die drei Substanzen wurden nur in einem einzigen Fall zusammen verabreicht: zur Betäubung eines Pferdes … Diese Information fand sie auf einer speziellen Website für Tiermediziner. Der Redakteur, der selbst ein Spezialist für Pferdemedizin war, empfahl eine Anästhesievorbereitung mit Xylazin in einer Dosis von 0,8 mg/kg, gefolgt von einer intravenösen Injektion mit Thiopental-Natriumsalz und schließlich Halothan in einer Konzentration von 2,5 Prozent für ein Pferd von etwa 490 Kilogramm.

Ein Pferd…

In ihrem Magen begann sich etwas zu regen, das den von György beschriebenen Kreaturen glich. Xavier… Sie musste wieder an das Gespräch denken, das sie über den Belüftungsschacht belauscht hatte. Er wirkte an diesem Tag so hilflos, so verloren, als dieser Polizist ihm eröffnet hatte, dass irgendjemand aus dem Institut etwas mit dem Tod dieses Pferdes zu tun hatte. Sie konnte sich schlechterdings nicht vorstellen, welchen Grund der Psychiater haben sollte, dieses Tier zu töten und an der Bergstation aufzuhängen. Im Übrigen hatte der Polizist von zwei Personen gesprochen. Für sie zeichnete sich vage eine andere Möglichkeit ab… Wenn tatsächlich Xavier die Medikamente beschafft hatte, mit denen das Pferd vor seiner Tötung betäubt wurde, dann hatte er zweifellos dort auch Hirtmanns DNA-Proben nach draußen geschafft.

Dieser Gedanke brachte die lebende Kreatur in ihrer Magengrube zum Zappeln. Zu welchem Zweck? Welche Rolle spielte Xavier bei alldem?

Wusste der Psychiater zu diesem Zeitpunkt, dass nach dem Pferd ein Mensch umgebracht werden würde? Welchen Grund hatte er, sich zum Komplizen von Verbrechen zu machen, die in diesen Tälern begangen wurden, er, der erst seit einigen Monaten hier war?

Sie konnte anschließend kein Auge zumachen. Schlaflos wälzte sie sich in ihrem Bett hin und her, bald drehte sie sich auf den Rücken, bald auf den Bauch, und sie betrachtete den schwachen grauen Schimmer auf der anderen Seite des Fensters, gegen das der Wind pfiff. Zu viele unangenehme Fragen, die ihr durch den Kopf gingen, hielten sie wach. Gegen drei Uhr nahm sie eine halbe Schlaftablette.

Von seinem Sessel aus hörte Servaz den Kommentar der Flöte im ersten Rezitativ des *Abschieds*. Jemand hatte ihn einmal mit einer »träumenden Nachtigall« verglichen. Anschließend kamen, wie Flügelschläge, Harfe und Klarinette hinzu. *Die Vogelgesänge*, erinnerte er sich plötzlich. Warum nur überfiel ihn abermals die Erinnerung an diese Gesänge? Chaperon war Natur- und Bergliebhaber. Und? Was sollte es mit diesen Aufzeichnungen schon auf sich haben?

Servaz dachte vergeblich nach – er kam nicht dahinter. Dabei war er sicher: Da war etwas, im Schatten versteckt, das darauf wartete, wieder ans Licht zu kommen. Und dieses Etwas stand in Zusammenhang mit den Aufnahmen, die er beim Bürgermeister gefunden hatte. Es konnte es kaum erwarten herauszufinden, ob auf den Kassetten tatsächlich Vogelgesang war. Aber nicht nur das machte ihm Sorgen. *Da war noch etwas anderes…*

Er stand auf und ging zum Balkon. Es hatte aufgehört zu regnen, aber ein leichter Nebel schwebte über den nassen Gehsteigen und umgab die Laternen der Stadt mit einem diesigen Lichthof. Eine kalte Feuchtigkeit stieg von der Straße auf. Er dachte wieder an Charlène Espérandieu. An die erstaunliche Intimität des Kusses, den sie ihm auf die Wange gedrückt hatte, und wieder hatte er das Gefühl, als würden sich seine Gedärme verknoten.

Als er durch die Fenstertür auf den Balkon trat, erkannte er seinen Irrtum: nicht der Vogelgesang, sondern die Kassetten hatten seine Aufmerksamkeit geweckt. Der Knoten in seinen Eingeweiden wurde hart, als hätte man ihm schnell aushärtenden Beton in die Speiseröhre gegossen. Sein Puls beschleunigte sich. Er blätterte in seinem Notizbuch, bis er die Nummer fand. Er wählte sie.

»Hallo?«, sagte eine Männerstimme.

»Kann ich in ungefähr anderthalb Stunden bei Ihnen vorbeikommen?«

Schweigen.

»Aber das ist ja nach Mitternacht!«

»Ich würde mir das Zimmer von Alice gern noch einmal ansehen.«

»Um diese Uhrzeit? Kann das nicht bis morgen warten?«

Der Mann am anderen Ende war offensichtlich fassungslos. Servaz konnte sich in Gaspard Ferrand hineinversetzen: Seine Tochter war seit fünfzehn Jahren tot. Was konnte plötzlich so dringend sein?

»Ich würde trotzdem gern noch heute Nacht einen Blick ins Zimmer werfen«, ließ er nicht locker.

»Na schön. Ich gehe sowieso nie vor Mitternacht zu Bett. Ich warte bis halb eins. Danach lege ich mich hin.«

Gegen 0:25 Uhr erreichte er Saint-Martin, aber er fuhr nicht in die Stadt hinein, sondern über die Umgehungsstraße in das verschlafene Dorf in fünf Kilometer Entfernung.

Gaspard Ferrand öffnete beim ersten Läuten. Er wirkte verdutzt und im höchsten Grade neugierig.

»Gibt es was Neues?«

»Ich würde mir gern das Zimmer von Alice noch einmal ansehen, wenn es Ihnen nichts ausmacht.«

Ferrand warf ihm einen fragenden Blick zu. Er trug einen Morgenrock über einem Pullover und einer alten Jeans. Seine bloßen Füße steckten in Pantoffeln. Er zeigte auf die Treppe. Servaz dankte ihm und stieg rasch die Stufen hinauf. Im Zimmer steuerte er geradewegs auf die Ablageplatte über dem orangefarbenen kleinen Schreibtisch zu.

Der Kassettenrekorder.

Dieses Gerät hatte weder ein Radio noch einen CD-Spieler, im Unterschied zur Stereoanlage auf dem Boden; es war ein uralter Kassettenrekorder, den Alice irgendwo aufgetrieben haben musste.

Aber Servaz hatte bei seinem ersten Besuch keine Kassetten gesehen. Er wog ihn mit der Hand ab. Nicht ungewöhnlich schwer – aber das wollte nichts sagen. Wieder zog er sämtliche Schubladen des Schreibtischs und der Nachttische auf, eine nach der anderen. Keine Kassetten. Nirgends. Hatte es vielleicht irgendwann einmal welche gegeben, und Alice hatte sie weggeworfen, als sie zu CDs übergegangen war?

Aber warum hatte sie dann diesen sperrigen Apparat behalten? Alles in Alices Zimmer verwies auf die neunziger Jahre, die Poster, CDs, der Gameboy und die Farben …

Ein einziger Anachronismus: der Rekorder …

Servaz packte ihn an dem Griff, der sich auf der Oberseite befand, und prüfte ihn eingehend. Dann drückte er die Auswurftaste des Kassettenfachs. Leer. Er ging hinunter ins Erdgeschoss. Aus dem Wohnzimmer waren Geräusche eines eingeschalteten Fernsehers zu hören. Eine spätabendliche Kultursendung.

»Ich bräuchte einen kleinen Schraubenzieher mit Kreuzschlitz«, sagte Servaz in der Tür. »Haben Sie so was?«

Ferrand saß auf dem Sofa. Diesmal warf ihm der Philologe einen bohrenden Blick zu.

»Was haben Sie entdeckt?«

Seine Stimme war gebieterisch, ungeduldig. Er wollte es wissen.

»Nichts, absolut nichts«, antwortete Servaz. »Aber wenn ich etwas finde, sage ich es Ihnen.«

Ferrand stand auf und ging aus dem Zimmer. Eine Minute später war er mit einem Schraubenzieher zurück. Servaz stieg wieder hinauf ins Dachgeschoss. Die drei Schrauben ließen sich mühelos herausdrehen. *Als wären sie von einer Kinderhand angezogen worden…*

Atemlos nahm er die vordere Gehäusewand ab.

Bingo…

Dieses Mädchen war ein Genie. Aus einem Teil des Geräts waren sorgfältig die elektronischen Bauteile entfernt worden. Mit einem breiten Streifen braunem Klebeband waren drei kleine Notizbücher mit blauem Umschlag an dem Kunststoffgehäuse befestigt.

Servaz betrachtete sie eine ganze Weile wie gelähmt. Träumte er auch nicht? *Alices Tagebuch…* All die Jahre war es hier versteckt gewesen, von allen unbemerkt. Was für ein glücklicher Zufall, dass Gaspard Ferrand das Zimmer seiner Tochter all die Jahre unverändert gelassen hatte. Äußerst vorsichtig entfernte er das Klebeband, das ausgetrocknet und schrumpelig geworden war, und nahm die Notizhefte aus dem Gerät. »Was ist das?«, sagte eine Stimme hinter ihm.

Servaz wandte sich um. Ferrand starrte die Notizbücher an. Seine Augen blitzten wie die eines Raubvogels. Er platzte förmlich vor Neugier. Der Polizist schlug das erste Heft auf und warf einen Blick hinein. Er las die ersten Wörter. Sein Herz hämmerte: *Samstag, 12. August… Ich hatte also recht…*

»Sieht nach einem Tagebuch aus.«

»Waren die da drin?«, sagte Ferrand ungläubig. »Die ganzen Jahre über waren die da drin?!«

Servaz nickte. Er sah, wie sich die Augen des Lehrers mit Tränen füllten und sein Gesicht sich zu einer Grimasse der Verzweiflung und des Kummers verzog. Servaz fühlte sich plötzlich sehr unwohl.

»Ich muss sie auswerten«, sagte er. »Vielleicht findet sich auf diesen Seiten die Erklärung für ihre Tat, wer weiß. Danach gebe ich sie Ihnen zurück.«

»Sie haben es geschafft«, murmelte Ferrand mit tonloser Stimme. »Ihnen ist gelungen, woran wir alle gescheitert sind … Das ist unglaublich … Wie … wie sind Sie darauf gekommen?«

»Noch nicht«, versuchte Servaz seinen Überschwang zu zügeln. »Es ist noch zu früh.«

22

ES WAR FAST acht Uhr morgens, und der Himmel schimmerte fahl über den Bergen, als er mit der Lektüre zu Ende war. Er klappte die Notizbücher zu, trat hinaus auf den Balkon und atmete die frische, kalte Morgenluft ein. Erschöpft. Körperlich mitgenommen. Am Rand des Zusammenbruchs. Zuerst dieser Junge namens Clément und jetzt das …

Es hatte aufgehört zu schneien. Die Temperatur war sogar ein wenig gestiegen, und doch ballten sich am Himmel über der Stadt die Wolken, und an den Berghängen verschwanden die Silhouetten der Tannen, kaum waren sie aus der Dunkelheit aufgetaucht, schon wieder im Nebel. Die Dächer und Straßen schimmerten silbern, und Servaz spürte die ersten Regentropfen auf seinem Gesicht. Sie durchsiebten den Schnee, der sich in einer Ecke des Balkons angesammelt hatte, und er ging zurück ins Zimmer. Er hatte keinen Hunger, aber er musste wenigstens einen heißen Kaffee trinken. Er stieg hinunter und ging in die große Jugendstilglasveranda hoch über der regenverhangenen Stadt. Die Kellnerin brachte ihm frisch geschnittenes Brot, einen Kaffee, ein Glas Orangensaft, Butter und Marmeladedöschen. Zu seiner großen Überraschung schlang er alles hinunter. Essen hatte etwas von einem Exorzismus; essen bedeutete, dass er am Leben war; dass ihn die Hölle, die in den Seiten dieser Notizbücher enthalten war, nicht verschlang. Oder zumindest, dass er sie noch einen Moment auf Distanz halten konnte.

Ich heiße Alice, ich bin fünfzehn. Ich weiß nicht, was ich mit diesen Seiten tun werde, und auch nicht, ob sie eines Tages jemand lesen wird. Vielleicht werde ich sie zerreißen oder verbrennen, sobald ich sie vollgeschrieben habe. Vielleicht auch nicht. Aber wenn ich jetzt nicht schreibe, werde ich, verdammt noch mal, verrückt. Ich bin vergewaltigt worden. Nicht von einem Mistkerl, nein – von mehreren gemeinen Scheißkerlen. In einer Sommernacht. Vergewaltigt …

Das Tagebuch von Alice war mit das Unerträglichste, was er je gelesen hatte. Eine grauenhafte Lektüre … Das Tagebuch einer Heranwachsenden, das aus Zeichnungen, Gedichten und sibyllinischen Sätzen bestand. Im Laufe der Nacht, in der der Morgen mit der Langsamkeit eines scheuen Tieres näher kam, hatte er kurz davor gestanden, es in den Papierkorb zu werfen. Dabei enthielten diese Notizbücher kaum konkrete Informationen – dafür jede Menge Anspielungen und Andeutungen. Einige Tatsachen kristallisierten sich jedoch deutlich heraus. Im Sommer 1992 hatte sich Alice Ferrand in dem mittlerweile geschlossenen Ferienlager Colonie des Isards aufgehalten. Eben das, an dem Servaz auf dem Weg zum Institut Wargnier vorbeigefahren war, das, von dem Saint-Cyr gesprochen hatte, das, dessen Foto an eine Wand ihres Zimmers gepinnt war. Früher hatten Kinder aus Saint-Martin und den Nachbartälern, deren Eltern es sich nicht leisten konnten, mit ihnen Urlaub zu machen, ihre Sommerferien in der Colonie des Isards verbracht. Das war eine echte lokale Tradition. Da in diesem Jahr einige ihrer besten Freundinnen ins Ferienlager gingen, hatte Alice ihre Eltern um die Erlaubnis gebeten, mitzufahren. Nach anfänglichem Zögern hatten sie es erlaubt. Alice wies darauf hin, dass sie diese Entscheidung nicht allein ihr zuliebe getroffen hatten, sondern auch deshalb, weil sie letztlich mit ihren eigenen Idealen von Gleichheit und sozialer Gerechtigkeit in Einklang stand. Sie fügte hinzu, dass sie an diesem Tag »die tragischste Entscheidung ihres Lebens« getroffen hatten. Alice machte weder ihren Eltern noch sich selbst Vorwürfe. Vorwürfe machte sie den »SCHWEINEN«, den »DRECKSKERLEN« und den »NAZIS« (diese Wörter waren mit roter Tinte in Großbuchstaben geschrieben), die ihr Leben ruiniert hatten. Am liebsten hätte sie sie »kastriert, entmannt, mit einem verrosteten Messer den Schwanz abgeschnitten und sie gezwungen, ihn zu fressen – um sie anschließend zu töten«.

Mit einem Mal glaubte er mehr als eine Gemeinsamkeit zwischen dem Jungen namens Clément und Alice zu entdecken: Beide waren intelligent und für ihr Alter sehr weit. Beide legten auch eine unglaubliche verbale Gewalttätigkeit an den Tag. *Und eine körperliche auch,* sagte sich Servaz. Nur dass der eine sie gegen einen Obdachlosen gerichtet hatte, während die andere sie gegen sich gerichtet hatte.

Zum Glück für Servaz schilderte Alices Tagebuch nicht im Einzelnen, was sie durchgemacht hatte. Es war kein Tagebuch im eigentlichen Sinne: Es erzählte nicht die jeweils tagesaktuellen Erfahrungen nach. Es war eher eine Anklageschrift. Ein Schmerzensschrei. Doch da Alice ein intelligentes, scharfsinniges Mädchen war, waren ihre Ausführungen trotzdem schrecklich. Die Zeichnungen waren noch schlimmer. Einige wären bemerkenswert gewesen, wenn ihre Sujets nicht so makaber gewesen wären. Ihm fiel sofort die Zeichnung ins Auge, die die vier Männer in Capes und Stiefeln darstellte. Alice hatte Talent. Sie hatte die kleinste Falte der schwarzen Capes und die im düsteren Schatten der Kapuzen versteckten Gesichter der Viererbande gezeichnet. Auf anderen Zeichnungen waren die vier Männer liegend, *nackt*, mit weit aufgerissenen Augen und Mündern, ja tot dargestellt ... *Wunschbilder*, dachte Servaz.

Als er sie genauer ansah, stellte er enttäuscht fest, dass zwar die Capes getreulich wiedergegeben und die nackten Körper sehr realistisch dargestellt waren, die Gesichter dagegen keinem der Männer glichen, die er kannte. Weder Grimm noch Perrault noch Chaperon ... Es waren aufgeschwollene, monströse Gesichter, Karikaturen der Lasterhaftigkeit und Grausamkeit, die den in Stein gehauenen Dämonenfratzen auf den Giebelflächen der Kathedralen glichen. Hatte Alice sie absichtlich entstellt? Oder musste er daraus schließen, dass sie und ihre Freundinnen die Gesichter ihrer Folterknechte nie gesehen hatten? Dass sie ihre Kapuzen nie zurückgeschlagen hatten? Immerhin konnte er diesen Zeichnungen und diesen Texten eine Reihe von Informationen entnehmen. Zunächst einmal waren auf den Zeichnungen immer vier Männer zu sehen. Dann gab das Tagebuch eine Antwort auf eine weitere Frage, die die Inszenierung des Todes von Grimm aufgeworfen hatte: die Stiefel. Was sie an den Füßen des Apothekers zu suchen hatten, war bis dahin ein Rätsel gewesen. Etwas weiter im Text fand er jetzt die Erklärung:

Sie kommen immer in stürmischen Nächten, die Kotzbrocken, wenn es regnet. Bestimmt, um sicher zu sein, dass niemand die Kolonie besucht, während sie da sind. Denn wer käme schon auf die Idee, nach Mitternacht in dieses Tal zu fahren, wenn es wie aus Kübeln schüttet?

Sie waten mit ihren dreckigen Stiefeln über den matschi-

gen Weg, und dann hinterlassen sie schmutzige Spuren in den Gängen, und sie besudeln alles, was sie berühren, diese großen Schweine.

Sie haben eine ordinäre Lache und laute Stimmen: Wenigstens eine davon kenne ich.

Dieser letzte Satz hatte Servaz elektrisiert. Er hatte die Notizbücher daraufhin noch einmal gründlich durchgesehen, hatte fieberhaft die Seiten umgeblättert – aber nirgends hatte er eine weitere Anspielung auf die Identität der Peiniger gefunden. Irgendwann war er auf folgenden Satz gestoßen: *»Sie haben es einer nach dem anderen gemacht.«* Worte, die ihn wie gelähmt zurückließen, unfähig, weiterzulesen. Er hatte einige Stunden geschlafen, dann hatte er die Lektüre fortgesetzt. Nachdem er sich einige Passagen noch einmal durchgelesen hatte, war er zu dem Schluss gelangt, dass Alice ein einziges Mal vergewaltigt worden war – oder vielmehr eine einzige Nacht lang –, dass sie in dieser Nacht nicht die einzige gewesen war und dass die Männer im Lauf dieses Sommers ein halbes Dutzend Mal ins Lager gekommen waren. Warum hatte sie nichts gesagt? Weshalb hatte keines der Mädchen Alarm geschlagen? Aus einigen Einträgen glaubte Servaz entnehmen zu können, dass eine Jugendliche in diesem Sommer bei einem Sturz in eine Felsspalte ums Leben gekommen war. *Ein Exempel, eine Warnung an die anderen?* Hatten sie deshalb geschwiegen? Weil sie mit dem Tod bedroht worden waren? Oder weil sie sich schämten und sich sagten, dass man ihnen ja doch nicht glauben würde? Damals wurden solche Vorfälle höchst selten zur Anzeige gebracht. Auf all diese Fragen lieferte das Tagebuch keine Antwort.

Es gab auch Gedichte, die die gleiche Frühreife erkennen ließen wie die Zeichnungen, auch wenn es Alice weniger darum ging, ihrem Text literarische Qualitäten zu verleihen, als darum, das Entsetzliche dessen, was sie durchgemacht hatte, zum Ausdruck zu bringen:

War ICH dieser kleine KÖRPER voller TRÄNEN?

Dieser Makel, dieser Fleck auf dem Boden, dieses Blau: war das ICH?

– und ich

sah den Boden ganz nah an meinem Gesicht, den Schatten des ausgestreckten Henkers;

Egal, was sie getan haben, was sie gesagt haben,

Den harten Kern in mir die reine Mandel können sie nicht erreichen.

»Papa, was heißt HURE?«

Diese Worte, als ich sechs war. Ihre Antwort: *SCHWEINE SCHWEINE SCHWEINE SCHWEINE.*

Ein besonders schreckliches Detail hatte Servaz aufmerken lassen: In ihrer Schilderung der Ereignisse hatte Alice mehrfach *das Geräusch der Regencapes* erwähnt, das Rascheln des wasserundurchlässigen schwarzen Stoffs, wenn sich die Täter regten oder bewegten. »Dieses Geräusch«, schrieb sie, »werde ich nie vergessen. Es wird für mich immer bedeuten, dass das Böse existiert und dass es laut ist.«

Dieser letzte Satz hatte Servaz in einen Abgrund der Nachdenklichkeit gestürzt. Als er weiterlas, wurde ihm klar, warum er in Alices Zimmer kein Tagebuch gefunden hatte, kein einziges Schriftstück von ihrer Hand:

Ich habe Tagebuch geführt. Ich habe darin mein kleines Leben DAVOR geschildert, Tag für Tag. Ich habe es zerrissen und weggeworfen. Was für einen Sinn hätte es gehabt, DANACH noch ein Tagebuch zu führen? Diese Mistkerle haben nicht nur meine Zukunft versaut, sie haben auch meine Vergangenheit für immer verpfuscht.

Ihm wurde klar, dass sich Alice nicht dazu hatte durchringen können, ihre Notizbücher wegzuwerfen: Es war vielleicht der einzige Ort, an dem die Wahrheit über die Geschehnisse aufbewahrt wurde. Aber gleichzeitig wollte sie sicher sein, dass ihre Eltern sie nicht fanden. *Daher das Versteck …* Vermutlich wusste sie, dass ihre Eltern nach ihrem Tod ihr Zimmer nicht anrühren würden. Zumindest hoffte sie es wohl. So wie sie wohl insgeheim hoffte, dass jemand eines Tages die Notizbücher finden würde … Vermutlich hatte sie nicht gedacht, dass es so viele Jahre dauern würde und dass der Mann, der sie schließlich aufspürte, ein völlig Fremder sein würde. Jedenfalls hatte sie sich nicht dafür entschieden, »die Dreckskerle zu kastrieren«, sie hatte nicht die Rache gewählt. *Aber ein anderer hatte es für sie getan … WER?* Ihr Vater, der auch um ihre Mutter trauerte? Ein anderer Verwandter? Oder ein missbrauchtes Kind, das sich nicht umgebracht hatte, sondern zu einem wutschnaubenden Erwachsenen geworden war, für immer von einem unstillbaren Rachedurst erfüllt?

Als Servaz mit seiner Lektüre fertig war, hatte er die Notizbücher weit von sich weggestoßen und war auf den Balkon getreten. Er hatte das Gefühl zu ersticken. Dieses Zimmer, diese Stadt, diese Berge. Er wünschte sich weit weg.

Als er das Frühstück hinuntergeschlungen hatte, ging er wieder hinauf in sein Zimmer. Im Bad ließ er Wasser in das Zahnputzglas laufen und nahm zwei der Tabletten, die ihm Xavier gegeben hatte. Er fühlte sich fiebrig, und ihm war schlecht. Winzige Schweißperlen standen ihm auf der Stirn. Der Kaffee, den er gerade getrunken hatte, schien in seinem Magen zu stehen. Er duschte lange unter dem heißen Wasserstrahl, zog sich an, steckte sein Handy ein und verließ das Zimmer.

Der Cherokee stand etwas weiter unten, vor einem Likör- und Souvenirladen. Es fiel ein starker, kalter Regen, der den Schnee durchlöcherte, und das Gurgeln des abfließenden Wassers in den Gullys erfüllte die Straßen. Am Lenkrad des Jeeps sitzend, rief er Ziegler an.

Kaum war Espérandieu an diesem Morgen an seinem Schreibtisch, griff er zum Telefon. Sein Anruf hallte in einem halbkreisförmigen, zehnstöckigen Gebäude wider, das sich in der Rue du Château-des-Rentiers (ein durchaus passender Name) Nummer 122 im 13. Pariser Arrondissement befand. Eine Stimme mit einem leichten Akzent antwortete ihm.

»Wie geht's, Marissa?«, fragte er.

Commandant Marissa Perl arbeitete im Dezernat für die Bekämpfung der Wirtschaftskriminalität, Unterabteilung Wirtschafts- und Finanzdelikte. Ihr Spezialgebiet war internationale Wirtschaftskriminalität. Marissa war unschlagbar, was ihr Wissen über Finanz- und Steuerparadiese betraf, über Geldwäsche, aktive und passive Korruption, manipulierte Auftragsvergabe, Unterschlagung, Vorteilsannahme, multinationale Unternehmen und organisiertes Verbrechen. Außerdem war sie eine ausgezeichnete Pädagogin, und Espérandieu war begeistert gewesen von dem Kurs, den sie an der Polizeiakademie abgehalten hatte. Er hatte viele Fragen gestellt. Nach dem Kurs hatten sie zusammen ein Gläschen getrunken und dabei weitere gemeinsame Interessen entdeckt:

Japan, Independent-Comics, Indie-Rock ... Espérandieu hatte Marissa in die Liste seiner Kontaktpersonen aufgenommen, und sie genauso: In ihrem Beruf ließen sich mit einem guten Netz von Kontakten oftmals festgefahrene Ermittlungen wieder in Gang bringen. Hin und wieder brachten sie sich mit einer E-Mail oder einem Telefonat gegenseitig in Erinnerung, vielleicht in Erwartung des Tages, an dem einer der beiden die Dienste des anderen bräuchte.

»Ich hab mich gerade in den Chef eines französischen Großkonzerns verbissen«, antwortete sie. »Mein erster Fall dieser Größenordnung. Das heißt, dass man mir ziemlich viele Steine in den Weg legt. Aber pst!«

»Du wirst noch zum Schrecken der Konzernchefs werden, Marissa«, bestärkte er sie.

»Was kann ich für dich tun, Vincent?«

»Hast du etwas über Eric Lombard?«

Schweigen am anderen Ende.

»Na, so was! Wer hat dir einen Wink gegeben?«

»Inwiefern?«

»Erzähl mir nicht, dass es ein Zufall ist: Der Typ, über den ich ermittle, ist Lombard. Woher hast du die Info?«

Er spürte, dass sie misstrauisch wurde. Die 380 Beamten des Dezernats für Finanzdelikte lebten in einer leicht paranoiden Welt: Sie waren zu sehr daran gewöhnt, im Schatten transnationaler Großunternehmen korrupten Politikern, gekauften hohen Beamten, aber auch bestechlichen Polizisten und Anwälten zu begegnen.

»Vor zehn Tagen wurde hier in den Pyrenäen das Lieblingspferd von Lombard umgebracht. Während er auf Geschäftsreise in den Vereinigten Staaten war. Anschließend kam es in der gleichen Gegend zu zwei Morden. Vermutlich besteht ein Zusammenhang zwischen den Taten. Es könnte ein Racheakt sein. Daher wollen wir möglichst viel über Eric Lombard herausfinden. Und vor allem wollen wir wissen, ob er Feinde hat.«

Er spürte, dass sie sich ein wenig entspannte, als er weiterredete.

»Dann bist du ja ein kleiner Glückspilz!« Er ahnte, dass sie lächelte. »Wir wühlen den ganzen Schlamm gerade auf. Aufgrund einer anonymen Anzeige. Und du kannst dir nicht vorstellen, was da alles an die Oberfläche kommt.«

»Und ich vermute, dass es streng vertraulich ist?«

»Genau. Aber wenn ich etwas sehe, was in irgendeinem Zusammenhang mit deinem Fall stehen könnte, lass ich es dich wissen, okay? Zwei Morde und ein totes Pferd? Ganz schön seltsame Geschichte. Ich hab übrigens nicht viel Zeit. Ich muss los.«

»Kann ich auf dich zählen?«

»Kannst du. Sobald ich was für dich habe, leite ich es an dich weiter. Natürlich unter der Bedingung, dass du dich irgendwann revanchierst. Aber damit wir uns verstehen: Ich hab dir nichts gesagt, und du hast keine Ahnung, woran ich arbeite. Weißt du, was das Dollste ist? Lombard hat für 2008 weniger Steuern gezahlt als der Bäcker unten in meinem Haus.«

»Wie das?«

»Ganz einfach: Er hat die besseren Steueranwälte. Und die kennen jedes der 486 Steuerschlupflöcher auswendig, die es in diesem wunderbaren Land gibt, vor allem in Form von Steuergutschriften. Am umfangreichsten sind da wohl die ausländischen Steuergutschriften. Im Großen und Ganzen bekommt man für Auslandsinvestitionen Steuerminderungen, die sich im industriellen Sektor auf bis zu sechzig Prozent belaufen, bei der Renovierung von Hotels und Jachten sogar bis zu siebzig Prozent. Außerdem gibt es keine Obergrenzen für die Investitionssummen und daher auch keine Höchstbeträge für die Steuerminderungen. Natürlich sind das alles Investitionen, bei denen es um kurzfristige Profite geht und nicht um die langfristige ökonomische Tragfähigkeit der Projekte. Und natürlich investiert Lombard nicht mit Verlust: Seinen Einsatz holt er sich immer auf die eine oder andere Weise zurück. Zählt man dazu noch die Steuergutschriften wegen der internationalen Doppelbesteuerungsabkommen, den Kauf von Kunstwerken und eine ganze Serie buchhalterischer Tricks, dann braucht man sich nicht mehr in der Schweiz oder auf den Kaimaninseln zu verstecken. Am Ende zahlt Lombard weniger Steuern als ein Steuerpflichtiger, der nur ein Tausendstel seines Einkommens erzielt. Nicht schlecht für einen der zehn reichsten Franzosen, oder?«

Espérandieu erinnerte sich an das, was ihm Kleim162 eines Tages gesagt hatte: Den internationalen Finanzinstitutionen wie dem IWF und den Regierungen gehe es vor allem darum, »ein investitionsförderndes Umfeld zu schaffen«, anders gesagt, die Steuerlast von der Ober- auf die Mittelschicht zu verlagern. Oder, wie es ein amerikanischer Milliardär, der wegen Steuerhinterziehung ins Gefängnis wanderte, einmal zynisch formulierte: *»Only little people pay taxes.«* Er sollte Kleim162 vielleicht Marissa vorstellen: Sie würden sich bestimmt verstehen.

»Danke, Marissa, dass du mir für den Rest des Tages die Stimmung verdorben hast.«

Ein paar Sekunden lang betrachtete er seinen Bildschirmschoner. Da zeichnete sich ein Skandal ab … Lombard und sein Konzern waren darin verwickelt … Konnte das etwas mit ihrem Fall zu tun haben?

Ziegler, Propp, Marchand, Confiant und d'Humières lauschten Servaz, ohne einen Laut von sich zu geben. Sie hatten Croissants und Brötchen vor sich stehen: Ein Gendarm hatte sie in der nächstgelegenen Bäckerei geholt. Und Tee, Kaffee, Limodosen und Wassergläser. Noch etwas anderes hatten sie gemeinsam: die Müdigkeit, die ihnen ins Gesicht geschrieben stand.

»Das Tagebuch von Alice Ferrand eröffnet uns einen neuen Ermittlungsansatz«, folgerte Servaz. »Oder, genauer gesagt, es bestätigt eine unserer Hypothesen. Die des Racheaktes. Gabriel Saint-Cyr hat nach eigenem Bekunden nach den Selbstmorden als Motiv auch sexuellen Missbrauch in Betracht gezogen. Aber aus Mangel an beweiskräftigen Tatsachen ist er dieser Spur nicht weiter nachgegangen. Wenn man aber nun diesem Tagebuch Glauben schenkt, dann wurden in der Colonie des Isards tatsächlich mehrfach Jugendliche vergewaltigt und misshandelt. Und diese Misshandlungen dürften einige von ihnen in den Selbstmord getrieben haben.«

»Sie sind bislang der Einzige, der dieses Tagebuch gelesen hat«, bemerkte Confiant.

Servaz wandte sich zu Maillard um. Dieser ging um den Tisch herum, teilte mehrere Stöße mit Fotokopien aus, die er zwischen die Becher, die Gläser und die Croissants legte. Einige hatten ihre Croissants schon gegessen und überall Krümel hinterlassen, andere hatten ihre noch nicht angerührt.

»In der Tat. Aus dem einfachen Grund, dass dieses Tagebuch nicht gelesen werden sollte. Es war sehr gut versteckt. Und ich habe es, wie schon gesagt, erst gestern Nacht entdeckt. Aufgrund eines Zusammentreffens mehrerer Zufälle.«

»Und wenn dieses Mädchen alles erfunden hatte?«

Servaz hob die Hände.

»Das glaube ich nicht ... Sie werden sich selbst ein Urteil bilden ... Das ist zu realistisch, zu ... präzise. Und wieso hätte sie es dann versteckt?«

»Wohin führt uns das alles?«, fragte der Richter. »Ein Kind, das sich als Erwachsener rächt? Ein Verwandter? Aber wie kommt dann die DNA von Hirtmann an die Tatorte? Und das Pferd von Lombard? Ein so verworrenes Ermittlungsverfahren habe ich noch nie erlebt!«

»Nicht das Ermittlungsverfahren ist verworren«, antwortete Ziegler in schneidendem Ton, »die Tatsachen sind es.«

Cathy d'Humières starrte Servaz lange an, den leeren Becher in der Hand.

»Gaspard Ferrand hat ein sehr gutes Motiv für diese Morde«, bemerkte sie.

»Wie alle Eltern der Jugendlichen, die sich umbrachten«, antwortete Servaz. »Und wahrscheinlich auch wie die jungen Leute, die von dieser Bande vergewaltigt wurden, sich nicht das Leben nahmen und heute erwachsen sind.«

»Das ist eine sehr wichtige Entdeckung«, sagte schließlich die Staatsanwältin. »Was schlagen Sie vor, Martin?«

»Wir müssen nach wie vor schnellstens Chaperon finden. Das hat Vorrang. Ehe es der oder die Mörder tun ... Aber wir wissen jetzt, dass die Mitglieder des Quartetts in der Colonie des Isards ihr Unwesen trieben. Darauf – und auf die Selbstmörder – müssen wir unsere Nachforschungen konzentrieren. Da es jetzt erwiesen ist, dass es eine Verbindung zwischen ihnen und den beiden Opfern gibt und die Kolonie das Bindeglied ist.«

»Obwohl sich zwei der jungen Leute nie dort aufgehalten haben?«, wandte Confiant ein.

»Meines Erachtens lassen diese Notizbücher kaum Zweifel daran, was damals vorgefallen ist. Die beiden anderen Jugendlichen wurden vielleicht außerhalb der Ferienkolonie vergewaltigt. Muss man die Mitglieder dieses Quartetts als Pädophile betrachten? Ich weiß es nicht ... Es gibt keine Anhaltspunkte dafür, dass sie kleine Kinder missbraucht hätten – ihre Opfer waren Jugendliche und junge Erwachsene. Macht das einen Unterschied? Es ist nicht an mir, das zu beurteilen.«

»Jungen und Mädchen gleichermaßen, nach der Liste der Selbstmörder zu urteilen«, bemerkte Propp. »Aber Sie haben recht, diese Männer haben nicht das typische Profil von Pädophilen – eher von psychopathischen Triebtätern mit einer starken Neigung zu extrem perversen und sadistischen Sexspielen. Allerdings werden sie ganz zweifellos vom jugendlichen Alter ihrer Opfer angezogen.«

»Verkommene Drecksbande«, zischte Cathy d'Humières. »Wie wollen Sie vorgehen, um Chaperon ausfindig zu machen?«

»Ich weiß es nicht«, gestand Servaz.

»Mit einer solchen Situation waren wir noch nie konfrontiert«, sagte sie. »Ich frage mich, ob wir nicht Verstärkung anfordern sollten.«

Servaz' Antwort überraschte alle.

»Ich bin nicht dagegen. Wir müssen sämtliche Kinder, die einmal Ferien in der Kolonie gemacht haben und heute erwachsen sind, aufspüren und befragen. Und alle Eltern, die noch am Leben sind. Sobald wir die Liste erstellt haben.

Echte Fleißarbeit. Wir brauchen Zeit und Mittel. Aber wir haben keine Zeit. Wir müssen schnell vorankommen. Also bleiben nur die Mittel. Diese Arbeit kann von zusätzlichem Personal erledigt werden.«

»Okay«, sagte d'Humières. »Ich vermute mal, dass die Kripo Toulouse schon von Arbeit erdrückt wird. Also werde ich mich an die Gendarmerie wenden«, sagte sie mit Blick auf Ziegler und Maillard. »Gibt's sonst noch was?«

»Die Gurte, mit denen Grimm an der Brücke aufgehängt wurde«, sagte Ziegler. »Die Fabrik, in der sie hergestellt werden, hat mich kontaktiert. Sie wurden in einem Geschäft in Tarbes verkauft … Vor ein paar Monaten.«

»Das heißt, wir dürfen uns keine Videobänder erhoffen«, sagte d'Humières. »Werden die viel verkauft?«

»Das ist ein Verbrauchermarkt, der sich auf Sportartikel spezialisiert hat. Die Kassiererinnen sehen täglich Dutzende von Kunden, vor allem am Wochenende. Von dieser Seite ist nichts zu erhoffen.«

»Okay. Sonst noch was?«

»Die Firma, die sich um die Sicherheit des Institut Wargnier kümmert«, fuhr die Gendarmin fort, »hat uns die Liste ihrer dortigen Mitarbeiter zukommen lassen. Ich habe begonnen, sie durchzuchecken. Bislang ohne Ergebnis.«

»Die Obduktion von Perrault findet heute Nachmittag statt«, sagte d'Humières. »Wer übernimmt das?«

Servaz hob die Hand.

»Anschließend such ich Xavier in der Klinik auf«, fügte er hinzu. »Wir brauchen eine genaue Liste sämtlicher Personen, mit denen Hirtmann Kontakt hat. Und wir müssen im Rathaus in Saint-Martin anrufen. Ob sie uns eine Liste aller Kinder besorgen können, die in der Kolonie gewesen sind.

Offenbar hing die Colonie des Isards finanziell und administrativ von der Gemeinde ab. Wir müssen unsere Nachforschungen auf zwei Orte konzentrieren: *das Institut und die Kolonie*. Herausfinden, ob es eine Verbindung zwischen beiden gibt.«

»An was für eine Verbindung denken Sie?«, fragte Confiant.

»Zum Beispiel, wenn einer der Jugendlichen, die in der Kolonie missbraucht wurden, heute im Institut arbeitet.«

Cathy d'Humières fasste ihn scharf ins Auge.

»Eine interessante Hypothese«, sagte sie.

»Ich kontaktiere das Rathaus«, äußerte Ziegler.

Servaz warf ihr einen überraschten Blick zu. Sie hatte sich laut zu Wort gemeldet. Das machte sie sonst nie. Er nickte. »Schön. Aber unser vorrangiges Ziel muss es sein, Chaperon in seinem Versteck aufzuspüren. Wir müssen seine Ex befragen: Vielleicht weiß sie etwas. Seine Papiere durchforsten. Womöglich finden sich darunter Rechnungen, Mietquittungen oder etwas anderes, das uns zu seinem Versteck führt. Du wolltest dich heute Vormittag mit Exmadame Chaperon treffen, also tu das auch. Anschließend fährst du ins Rathaus.«

»Gut. Was noch?«, sagte d'Humières.

»Das psychologische Profil«, sagte Propp. »Ich hatte angefangen, auf der Basis der Erkenntnisse am Tatort – der Tod durch Erhängen, die Stiefel, die Nacktheit Grimms etc. – ein recht detailliertes Persönlichkeitsprofil zu erstellen. Aber das, was dieses Tagebuch berichtet, verändert meine Hypothesen von Grund auf. Ich muss meinen Entwurf jetzt gründlich überarbeiten.«

»Wie lange brauchen Sie dafür?«

»Wir verfügen jetzt über genügend Erkenntnisse, um

schnell voranzukommen. Ich werde Ihnen meine Zusammenfassung schon am Montag vorlegen.«

»Schon am Montag? Na, dann wollen wir mal hoffen, dass die Mörder am Wochenende nicht arbeiten«, erwiderte d'Humières recht trocken.

Der sarkastische Unterton trieb dem Psychologen die Röte ins Gesicht.

»Noch etwas: Ausgezeichnete Arbeit, Martin. Ich hatte nie einen Zweifel daran, dass ich mit Ihnen eine gute Wahl getroffen habe.«

Bei diesen Worten wanderte ihr Blick von dem Polizisten zu Confiant – der konzentriert seine Fingernägel betrachtete.

Espérandieu hörte gerade *Many Shades of Black* von The Raconteurs, als das Telefon klingelte. Als er Marissas Stimme hörte, war er sofort ganz Ohr.

»Du hast gesagt, du möchtest wissen, ob es in letzter Zeit irgendwelche ungewöhnlichen Vorfälle gab, in die Eric Lombard verwickelt war.«

»Grob gesagt, ja«, bestätigte er, obwohl er sich daran erinnerte, sich anders ausgedrückt zu haben.

»Ich habe da vielleicht etwas. Ich weiß nicht, ob es dir weiterhilft: Auf den ersten Blick hat es nichts mit deiner Geschichte zu tun. Aber es ist vor Kurzem passiert, und es hat für ein gewisses Aufsehen gesorgt.«

»Sag schon.«

Sie erzählte es ihm. Die Erklärung nahm eine gewisse Zeit in Anspruch. Espérandieu hatte einige Mühe, zu verstehen, worum es ging: Es handelte sich um eine Summe von 135 000 Dollar, die in den Rechnungsbüchern von Lombard Media für eine Fernsehreportage ausgewiesen war, die bei einer

Produktionsgesellschaft in Auftrag gegeben wurde. Die Überprüfung bei der besagten Gesellschaft ergab, dass bei ihr keine Fernsehreportage in Auftrag gegeben worden war. Der Eintrag ins Rechnungsbuch sollte offensichtlich eine Unterschlagung verschleiern. Als Marissa mit ihren Darlegungen fertig war, war Espérandieu enttäuscht: Er war sich nicht sicher, ob er alles begriffen hatte, und er glaubte nicht, dass sie das weiterbringen würde. Trotzdem hatte er sich ein paar Notizen gemacht.

»Hilft dir das weiter?«

»Ich glaube nicht«, antwortete er. »Aber trotzdem danke.«

Die Stimmung in der Klinik war wie elektrisch geladen: Diane hatte Xavier den ganzen Vormittag heimlich beobachtet, seine kleinsten Gesten aufmerksam verfolgt. Er wirkte besorgt, angespannt und am Rand der Erschöpfung. Mehrmals waren sich ihre Blicke begegnet. *Er wusste es…* Oder, genauer gesagt: *Er wusste, dass sie Bescheid wusste.* Aber vielleicht bildete sie es sich auch nur ein. Projektion, Übertragung: Sie wusste, was diese Wörter in der Psychologie bedeuteten.

Sollte sie die Polizei verständigen? Diese Frage hatte ihr den ganzen Vormittag keine Ruhe gelassen.

Sie war sich nicht sicher, ob die Polizei zwischen dieser Bestellung von Medikamenten und dem Tod des Pferdes einen genauso direkten Zusammenhang sehen würde wie sie. Sie hatte Alex gefragt, ob ein Klinikmitarbeiter Tiere besaß, und dieser machte einen überraschten Eindruck, ehe er die Frage verneinte. Sie erinnerte sich auch daran, dass sie bei ihrer Ankunft am Institut den Vormittag mit Xavier verbracht hatte – *genau den Vormittag, an dem das Pferd entdeckt worden war* – und dass er entschieden nicht wie jemand ausgesehen hatte, der die Nacht damit zugebracht hatte, einem Tier den Kopf abzuschneiden, es auf einen 2000 Meter hohen Berg zu schaffen und bei minus zehn Grad dort an einem Gerüst aufzuhängen. Er war ihr an diesem Tag frisch und ausgeruht vorgekommen – und vor allem von einer unerträglichen Arroganz und Herablassung.

Jedenfalls weder erschöpft noch angespannt …

Mit einer jähen Bangigkeit fragte sie sich, ob sie mit ihren Schlussfolgerungen nicht ein bisschen vorschnell war, ob die Abgeschiedenheit und die seltsame Atmosphäre an diesem Ort sie nicht paranoid machten. Anders gesagt, ob da nicht ein Film in ihr ablief. Und ob sie sich nicht völlig lächerlich machen würde, wenn sie die Polizei kontaktierte, und es sich, wenn der wahre Verwendungszweck dieser Medikamente herauskam, endgültig mit Xavier und den anderen Mitarbeitern verscherzt hätte. Ganz zu schweigen von dem Ruf, der ihr bei ihrer Rückkehr in die Schweiz anhaften würde.

Diese Aussicht schreckte sie ab.

»Interessiert es Sie nicht, was ich Ihnen erzähle?«

Diane kehrte in die Gegenwart zurück. Der Patient, der ihr gegenübersaß, sah sie streng an. Noch immer hatte er große, schwielige Arbeiterhände. Nach einer willkürlichen Entlassung hatte er seinen Chef mit einem Schraubenzieher angegriffen. Als Diane seine Akte gelesen hatte, war sie überzeugt, dass einige Wochen in einer psychiatrischen Klinik ausgereicht hätten, um diesen unglückseligen Menschen seelisch wieder ins Gleichgewicht zu bringen. Aber er war in die Hände eines übereifrigen Psychiaters gefallen. Und so wurde er zehn Jahre lang weggesperrt. Unter anderem hatte man ihm über sehr lange Zeiträume hoch dosierte Psychopharmaka verordnet. So hatte dieser Mann, der ursprünglich wohl an einer einfachen Depression litt, zu guter Letzt völlig den Verstand verloren.

»Doch, natürlich, Aaron. Es interessiert mich…«

»Ich sehe Ihnen an, dass es nicht so ist.«

»Ich gebe Ihnen mein Wort…«

»Ich werde Dr. Xavier sagen, dass es Sie nicht interessiert, was ich Ihnen sage.«

»Warum wollen Sie das tun, Aaron? Wenn es Sie nicht stört, könnten wir zurückkommen auf…«

»Bla-bla-bla-bla, Sie versuchen, Zeit zu gewinnen.«

»Zeit zu gewinnen?«

»Sie müssen nicht alles wiederholen, was ich sage.«

»Was ist mit Ihnen los, Aaron?«

»›Was ist mit Ihnen los, Aaron?‹ Seit einer Stunde rede ich wie gegen eine Wand.«

»Aber nein! Überhaupt nicht, ich…«

»›Aber nein, überhaupt nicht…‹ Klopf-klopf-klopf, was läuft in Ihrem Kopf schief, Doktor?«

»Wie bitte?«

»Was läuft bei Ihnen nicht rund?«

»Warum sagen Sie das, Aaron?«

»›Warum sagen Sie das, Aaron?‹ Fragen, immer Fragen!«

»Ich glaube, wir werden dieses Gespräch auf später verschieben…«

»Das glaube ich nicht, nein. Ich werde Dr. Xavier sagen, dass ich mit Ihnen meine Zeit verplempere. Ich will keine weiteren Gespräche mit Ihnen.«

Unwillkürlich errötete sie.

»Ach, kommen Sie, Aaron, das ist doch erst unser drittes Gespräch. Ich…«

»Sie sind mit Ihren Gedanken woanders. Sie sind nicht interessiert. Sie sind abwesend.«

»Aaron, ich…«

»Wissen Sie was, Doktor? Sie gehören nicht hierher. Kehren Sie dorthin zurück, wo sie herkommen. Kehren Sie in Ihre Schweizer Heimat zurück.«

Sie zuckte zusammen.

»Wer hat Ihnen gesagt, dass ich Schweizerin bin? Wir haben nie darüber gesprochen.«

Er warf seinen Kopf nach hinten und lachte schrill. Anschließend starrte er sie aus seinen stumpfen, schiefertrüben Augen an.

»Was glauben Sie denn? Hier bleibt nichts verborgen. Alle wissen, dass Sie Schweizerin sind, *wie Julian.*«

»Kein Zweifel«, sagte Delmas. »Er wurde in die Tiefe gestürzt, den Gurt um den Hals. Anders als beim Apotheker sind hier erhebliche sturzbedingte Rückenmarks- und auch Halswirbelverletzungen zu beobachten.«

Servaz vermied es, Perraults auf dem Bauch liegenden Leichnam mit dem aufgeschnittenen Nacken und der eröffneten Schädelrückseite zu betrachten. Die Windungen der grauen Substanz und das Rückenmark glänzten im Lampenschein des Sektionssaals wie Gelee.

»Keine Spuren von Blutergüssen und keine Einstichstellen«, fuhr der Rechtsmediziner fort, »da Sie ihn jedoch in der Kabine bei Bewusstsein gesehen haben, unmittelbar davor … Kurz gesagt, er ist seinem Mörder aus freien Stücken gefolgt.«

»Wohl eher mit vorgehaltener Waffe«, sagte Servaz.

»Dafür bin ich nicht zuständig. Wir werden trotzdem eine Blutuntersuchung machen. Im Blut von Grimm haben wir winzige Spuren von Flunitrazepam gefunden. Das ist ein Sedativum, das zehnmal stärker wirkt als Valium und nur zur Behandlung schwerer Schlafstörungen eingesetzt wird. Es wird unter dem Handelsnamen Rohypnol vertrieben. Es wird auch als Anästhetikum verwendet. Da Grimm Apotheker war, hat er dieses Medikament vielleicht benutzt, weil er an Schlafstörungen litt. Möglich... Allerdings gehört dieser Wirkstoff zu den ›Knock-out-Tropfen‹ oder ›Date-Rape-Drogen‹, weil er Gedächtnislücken hervorruft und stark enthemmend wirkt, vor allem in Verbindung mit Alkohol, und auch weil er geruch-, farb- und geschmacklos ist, schnell abgebaut und im Urin ausgeschieden wird, sodass er im Blut nur sehr schwer nachweisbar ist: Sämtliche chemische Spuren sind nach 24 Stunden verschwunden.«

Servaz pfiff leise durch die Zähne.

»Die Tatsache, dass nur verschwindend geringe Mengen nachgewiesen wurden, ist übrigens auf den zeitlichen Abstand zwischen der Einnahme und der Entnahme der Blutprobe zurückzuführen. Rohypnol kann oral oder intravenös verabreicht werden, als Tablette im Ganzen geschluckt, zerkaut oder in einem Getränk aufgelöst... Vermutlich hat der Täter dieses Produkt benutzt, um sich sein Opfer gefügig zu machen und es besser kontrollieren zu können. Der Typ, den Sie suchen, ist ein Kontrollfreak, Martin. Und sehr, sehr schlau.«

Delmas drehte die Leiche auf den Rücken. Perrault hatte nicht mehr diesen panischen Gesichtsausdruck, den Servaz in der Seilbahn an ihm gesehen hatte. Dafür streckte er die Zunge heraus. Der Rechtsmediziner packte eine elektrische Säge.

»Also, ich glaube, ich habe genug gesehen«, sagte der Polizist. »Jedenfalls wissen wir, was passiert ist. Ich werde Ihren Bericht lesen.«

»Martin«, rief ihm Delmas nach, gerade, als er den Saal verlassen wollte.

Er wandte sich um.

»Sie sehen ziemlich mitgenommen aus«, äußerte der Rechtsmediziner; mit der Säge in der Hand sah er aus wie ein Freizeitheimwerker. »Machen Sie aus dieser Geschichte keine persönliche Sache.«

Servaz nickte und ging hinaus. Im Gang betrachtete er den gepolsterten Sarg, der auf Perrault wartete. Er verließ das Kellergeschoss der Klinik über die Betonrampe und atmete in kräftigen Zügen die reine, frische Luft ein. Aber er hatte noch lange den Geruch nach Formalin, Desinfektionsmittel und Leiche in der Nase. Sein Handy läutete in dem Moment, als er den Jeep aufschloss. Es war Xavier.

»Ich habe die Liste«, verkündete der Psychiater. »Von allen Personen, die mit Hirtmann in Kontakt gekommen sind. Wollen Sie sie?«

Servaz betrachtete die Berge.

»Ich komme sie holen«, antwortete er. »Bis gleich.«

Der Himmel war dunkel, aber es regnete nicht mehr, als er in Richtung der Klinik und der Berge fuhr. In jeder Kurve lagen am Straßenrand gelbe und rote Blätter, die letzten Spuren des Herbstes, die sich gegen den Schnee abhoben und beim Vorbeifahren des Autos aufflogen. Ein scharfer Wind peitschte die nackten Äste, die wie dürre, knochige Finger über die Karosserie kratzten. Am Lenkrad des Cherokee fiel ihm wieder Margot ein. War Vincent ihr gefolgt? Anschließend dachte er an Charlène Espérandieu, an den Jungen namens Clément, an Alice Ferrand … Alles drehte sich, alles vermischte sich, je weiter er durch die Kurven fuhr.

Sein Telefon summte wieder. Er ging dran. Es war Propp.

»Ich habe vergessen, Ihnen etwas zu sagen: Weiß ist wichtig, Martin. Das Weiß der Gipfel für das Pferd, das Weiß des nackten Körpers von Grimm, dann wieder der Schnee bei Perrault. Das Weiß steht für den Mörder. Er sieht darin ein Symbol der Reinheit, der Reinigung. *Suchen Sie das Weiß.* Ich glaube, im Umfeld des Mörders spielt die Farbe Weiß eine große Rolle.«

»Weiß wie das Institut?«, sagte Servaz.

»Keine Ahnung. Wir haben diese Spur doch fallen gelassen, oder? Tut mir leid, ich kann Ihnen nicht mehr dazu sagen. *Suchen Sie das Weiß.*«

Servaz bedankte sich und legte auf. Ein Kloß im Hals. Eine Gefahr lag in der Luft, er spürte es.

Es war noch nicht vorbei.

TEIL DREI

Weiß

23

»ELF«, SAGTE XAVIER. Er reichte ihm das Blatt über den Schreibtisch. »Elf Personen waren im Lauf der letzten beiden Monate mit Hirtmann in Kontakt. Hier ist die Liste.«

Der Psychiater wirkte besorgt und sah abgespannt aus.

»Ich habe mich lange mit jedem von ihnen unterhalten«, sagte er.

»Und?«

In einer hilflosen Geste breitete Dr. Xavier die Hände aus.

»Nichts.«

»Wie das, nichts?«

»Es hat nichts gebracht. Niemand scheint etwas zu verbergen zu haben. Oder aber alle. Ich weiß es nicht.«

Er fing Servaz' fragenden Blick auf und hob eine Hand, wie um sich zu entschuldigen.

»Ich will damit sagen: Wir leben hier in einer abgeschlossenen Welt, fern von allem. Unter solchen Umständen werden immer Intrigen gesponnen, die von außen gesehen unverständlich erscheinen. Es gibt kleine Geheimnisse, Machenschaften hinter den Kulissen, die sich gegen diesen oder jenen richten, Cliquen, die sich bilden, ein ganzes Spiel von zwischenmenschlichen Beziehungen, dessen Regeln einem Außenstehenden surrealistisch vorkommen könnten … Sie fragen sich bestimmt, wovon ich hier rede.«

Servaz lächelte.

»Überhaupt nicht«, sagte er und dachte an seine Kollegen bei der Mordkommission. »Ich weiß genau, was Sie meinen, Doktor.«

Xavier entspannte sich ein wenig.

»Möchten Sie einen Kaffee?«

»Gern.«

Xavier stand auf. In einer Ecke standen eine kleine Kaffeemaschine und daneben ein Korb voller goldfarbener Kapseln. Er war gut, Servaz genoss ihn. Es wäre eine Untertreibung gewesen zu sagen, er hätte sich an diesem Ort einfach nur unwohl gefühlt. Er fragte sich, wie man hier arbeiten konnte, ohne total verrückt zu werden. Es waren nicht nur die Insassen. Es war auch der Ort: diese Mauern, die Berge draußen.

»Kurz, es ist schwierig, allen Faktoren Rechnung zu tragen«, fuhr Xavier fort. »Hier haben alle ihre kleinen Geheimnisse. Unter diesen Umständen spielt niemand mit offenen Karten.«

Dr. Xavier warf ihm hinter seiner roten Brille ein kleines, entschuldigendes Lächeln zu. *Auch du nicht, mein Lieber,* sagte sich Servaz, *du spielst auch nicht mit offenen Karten.* »Ich verstehe.«

»Ich habe sämtliche Personen aufgelistet, die mit Julian Hirtmann Kontakt hatten, aber das bedeutet nicht, dass ich sie alle für verdächtig halte.«

»Ach, nein?«

»Unsere Pflegedienstleiterin zum Beispiel. Sie ist eine der langjährigsten Mitarbeiterinnen. Sie hat schon zu Zeiten von Dr. Wargnier hier gearbeitet. Dass diese Einrichtung so reibungslos funktioniert, ist nicht zuletzt ihrer Kenntnis der Insassen und ihrer Kompetenz zu verdanken. Ich habe größtes

Vertrauen in sie. Mit ihr brauchen Sie nicht Ihre Zeit zu verschwenden.«

Servaz sah auf die Liste.

»Sie meinen Elisabeth Ferney?«

Xavier nickte.

»Eine Vertrauensperson«, bekräftigte er.

Servaz hob den Kopf und sah den Psychiater fest an – bis der rot anlief.

»Danke«, sagte er, faltete das Blatt zusammen und steckte es in seine Tasche. Er zögerte kurz. »Ich möchte Ihnen eine Frage stellen, die nichts mit den Ermittlungen zu tun hat. Eine Frage an den Psychiater und den Menschen, nicht an den Zeugen.«

Xavier zog erstaunt eine Braue hoch.

»Glauben Sie an die Existenz des Bösen, Doktor?«

Der Psychiater schwieg ungewöhnlich lange. Während dieser ganzen Zeit starrte er Servaz durch seine seltsame rotgefasste Brille an, als wollte er erraten, worauf der Polizist hinauswollte.

»Als Psychiater«, antwortete er schließlich, »sage ich Ihnen, dass die Psychiatrie diese Frage nicht beantworten kann. Dafür ist die Philosophie zuständig. Und insbesondere die Ethik. Aus dieser Perspektive kann das Böse nicht ohne das Gute gedacht werden. Haben Sie schon vom Stufenmodell der moralischen Entwicklung nach Kohlberg gehört?«, fragte der Psychiater.

Servaz schüttelte den Kopf.

»Lawrence Kohlberg war ein amerikanischer Psychologe. In Anlehnung an die Theorie Piagets über die Phasen der kognitiven Entwicklung hat Kohlberg sechs Stufen der Moralentwicklung unterschieden.«

Xavier machte eine Pause, ließ sich in seinen Sessel zurücksinken und faltete die Hände auf seinem Bauch, während er sich sammelte.

»Laut Kohlberg vollzieht sich die Entwicklung des moralischen Bewusstseins beim Menschen in Stufen. Dabei kann keine Stufe übersprungen werden. Hinter eine einmal erreichte Stufe kann der Einzelne nicht mehr zurückfallen: Er hat sie für sein ganzes Leben sozusagen ›gesichert‹. Aber nicht alle Menschen erreichen die letzte, höchste Stufe. Viele bleiben auf einer niedrigen moralischen Entwicklungsstufe stehen. Diese Stufen sind übrigens unabhängig von der kulturellen Zugehörigkeit des Einzelnen, sie sind *transkulturell.*«

Servaz spürte, dass er das Interesse des Psychiaters geweckt hatte.

»Auf der Stufe 1«, hob Xavier voller Begeisterung an, »ist gut das, was belohnt wird, und böse das, was eine Bestrafung nach sich zieht. Etwa wenn man einem Kind mit einem Lineal auf die Finger haut, um ihm klarzumachen, dass es etwas Schlechtes getan hat. Gehorsam wird als ein Wert an sich betrachtet – das Kind gehorcht, weil der Erwachsene die Macht hat, es zu bestrafen. Auf der zweiten Stufe gehorcht das Kind nicht mehr nur, um einer Autoritätsfigur zu gehorchen, sondern um Belohnungen zu erhalten: Es beginnt eine Art ›Tauschhandel‹ …«

Xavier lächelte leise.

»Die Stufe 3 ist die erste Stufe der konventionellen Moral – hier strebt der Einzelne danach, die Erwartungen der anderen, seines Umfeldes zu erfüllen. Das Urteil der Familie, der Gruppe ist hier entscheidend. Das Kind lernt Respekt, Loyalität, Vertrauen, Dankbarkeit. Auf der Stufe 4 erweitert sich der Begriff der Gruppe auf die ganze Gesellschaft. Da geht es um die Achtung vor dem Gesetz und der sozialen Ordnung. Dabei befinden wir uns noch immer im Bereich der konventionellen Moral, des Konformismus: Das Gute besteht darin, seine Pflicht zu erfüllen, das Böse ist, was die Gesellschaft verdammt.«

Xavier neigte sich vor.

»Ab Stufe 5 befreit sich das Individuum von dieser konventionellen Moral und überwindet sie. Das ist die postkonventionelle Moral. Der Mensch wird vom Egoisten zum Altruisten. Er weiß auch, dass jeder Wert relativ ist, dass die Gesetze zwar geachtet werden müssen, aber nicht unbedingt ›gut‹ sind. Er denkt vor allem an das Gemeinwohl. Auf Stufe 6 schließlich macht sich der Einzelne frei gewählte ethische Grundsätze zu eigen, die im Widerspruch zu den Gesetzen seines Landes stehen können, falls er diese als unmoralisch beurteilt. Ausschlaggebend sind jetzt sein Gewissen und seine Rationalität. Das moralische Individuum der Stufe 6 hat eine klare, kohärente und integrierte Vorstellung von seinem Wertesystem. Es ist ein Akteur, der sich im Vereinsleben und in karitativen Organisationen engagiert – ein erklärter Gegner der Geschäftemacherei, des Egoismus und der Habgier.«

»Das ist sehr interessant«, sagte Servaz.

»Nicht wahr? Ich brauche Ihnen wohl nicht zu sagen, dass sehr viele Menschen auf den Stufen 3 und 4 stehen bleiben. Nach Kohlberg gibt es nun auch noch eine Stufe 7. Nur sehr wenige Menschen schaffen es bis dorthin. Das Individuum der Stufe 7 ist erfüllt von universeller Liebe, Mitleid und Heiligkeit und steht darin weit über dem gewöhnlichen Sterblichen. Kohlberg zitiert nur einige Beispiele: Jesus, Buddha, Gandhi … In gewisser Weise könnte man sagen, dass Psychopathen nicht über die Stufe 0 hinausgelangen. Auch wenn das für einen Psychiater keine besonders wissenschaftliche Aussage ist.«

»Glauben Sie, dass man in gleicher Weise *ein Stufenmodell des Bösen* entwickeln könnte?«

Die Augen des Psychiaters blitzten hinter seiner roten Brille. Er fuhr sich mit der Zunge über die Lippen, wie ein Feinschmecker.

»Das ist eine sehr interessante Frage«, sagte er. »Ich gestehe, dass ich sie mir auch schon gestellt habe. In einer solchen Stufenfolge stände Hirtmann am anderen Ende des Spektrums, er wäre eine Art spiegelverkehrtes Pendant des Menschen auf der höchsten moralischen Entwicklungsstufe, kurz gesagt ...«

Der Psychiater starrte ihn durch seine Brillengläser unverwandt an. Er schien sich zu fragen, auf welcher Stufe Servaz stehen geblieben war. Dieser spürte, dass ihm der Schweiß ausbrach und sich sein Puls wieder beschleunigte. In seiner Brust regte sich etwas. Eine panische Angst ... Er sah noch einmal die Scheinwerfer in seinem Rückspiegel, den schreienden Perrault in der Kabine, Grimms nackte Leiche, die unter der Brücke hing, das enthauptete Pferd, den auf ihn gerichteten Blick des Schweizer Hünen, den von Lisa Ferney in den Gängen des Instituts ... Die Angst war von Anfang an da, tief in ihm ... Wie ein Samenkorn ... das nur darauf wartete, zu keimen und aufzublühen. Am liebsten wäre er Hals über Kopf davongerannt, wäre er aus diesem Institut, diesem Tal, diesen Bergen geflohen ...

»Danke, Doktor«, sagte er und stand unvermittelt auf.

Xavier erhob sich lächelnd und reichte ihm die Hand über den Schreibtisch.

»Nichts zu danken.« Er hielt Servaz' Hand einen Moment

in der seinen. »Sie wirken erschöpft und sehr mitgenommen, Commandant. Sie sollten sich ausruhen.«

»Das höre ich heute schon zum zweiten Mal«, antwortete Servaz lächelnd.

Aber seine Beine zitterten, als er zur Tür ging.

15:30 Uhr. Der Winternachmittag verdüsterte sich bereits. Die schwarzen Tannen hoben sich scharf vom schneebedeckten Boden ab, die dunklen Schatten unter den Bäumen wurden immer undurchdringlicher, und die Silhouette des Berges durchschnitt den bedrohlichen grauen Himmel, der sich wie ein Sargdeckel auf das Tal herabzusenken schien. Er setzte sich in seinen Jeep und betrachtete die Liste. *Elf Namen …* Er kannte wenigstens zwei davon. Lisa Ferney und Dr. Xavier selbst … Dann ließ er den Motor an und manövrierte, um wieder loszufahren. Der Schnee auf der Straße war fast völlig weggeschmolzen und hatte einem glitschigen und glänzenden schwarzen Film Platz gemacht. Auf der düsteren schmalen Straße begegnete er niemandem, aber als er einige Kilometer weiter auf Höhe der Ferienkolonie herauskam, entdeckte er ein Auto, das am Anfang des Weges zur Kolonie abgestellt war. Ein alter roter Volvo 940. Servaz bremste ab und versuchte im Licht seiner Scheinwerfer das Kennzeichen zu entziffern. Aber der Wagen war so schmutzig, dass die Hälfte der Zeichen unter dem Schlamm und den am Nummernschild klebenden Blättern unsichtbar war. Zufall oder gezielt kaschiert? Er spürte, wie ihn eine leichte Nervosität überkam.

Im Vorbeifahren warf er einen Blick ins Innere. Niemand. Servaz stellte seinen Wagen fünf Meter weiter ab und stieg aus. Niemand in der Nähe. Der Wind, der durch die Zweige fuhr, erzeugte ein unheimliches Geräusch wie von herumliegendem Papier, das am Ende einer Sackgasse raschelte. Hinzu kam das monotone Rauschen des Wildbachs. Das Tageslicht schwand mehr und mehr. Er nahm eine Taschenlampe aus dem Handschuhfach und stapfte durch den Schneematsch am Straßenrand bis zu dem Volvo. Das Innere verriet ihm nichts Besonderes, einmal abgesehen davon, dass es genauso schmutzig war wie die Karosserie. Er versuchte die Tür zu öffnen, aber sie war verriegelt.

Servaz erinnerte sich sehr genau an die Episode in der Seilbahn. Diesmal ging er zurück, um seine Waffe zu holen. Als er über die verrostete kleine Brücke stapfte, hüllte ihn die Kühle des Sturzbachs ein. Er bereute es, dass er keine Stiefel anhatte, als er begann, über den schlammigen Pfad zu waten, und er erinnerte sich an den entsprechenden Abschnitt in Alices Tagebuch; nach wenigen Schritten waren seine Halbschuhe im gleichen erbärmlichen Zustand wie der Volvo. Wieder prasselte heftiger Regen auf den Wald nieder. Zunächst bewegte er sich im Schutz der Bäume, aber sobald der Weg über die Lichtung führte, wo hohes Gras und Brennnesseln die Schneedecke durchbrachen, trommelte der Regen auf seinen Schädel wie Dutzende kleiner Finger, die einen wilden Rhythmus schlugen. Servaz klappte den Kragen über seinen triefenden Nacken. Die Kolonie lag völlig ausgestorben in dem Regenguss.

Als er sich den Gebäuden näherte, dort, wo der Pfad leicht abfiel, rutschte er im Schlamm aus und wäre beinahe der Länge nach hingefallen. Er verlor seine Waffe, die in einer Pfütze landete. Er fluchte, als er sie aufhob. Falls ihn jemand heimlich beobachtete, sagte er sich, dann böte er ihm mit seinem Ungeschick jedenfalls einen höchst amüsanten Anblick.

Die Gebäude schienen auf ihn zu warten. Seine Hose und

seine Hände waren schlammverschmiert, der Rest seiner Kleidung vom Regen durchnässt.

Servaz rief, aber niemand antwortete. Sein Puls spielte verrückt. Nach und nach schalteten alle Alarmsignale auf Rot. Wer konnte in dieser menschenleeren Kolonie herumspazieren – und aus welchem Grund? Und, vor allem, warum antwortete er nicht? Servaz' Rufen konnte er nicht überhört haben, das Echo trug es überallhin weiter.

Die drei Gebäude waren zwar im Chaletstil, aber aus Beton gebaut und wiesen nur ein paar Holzverzierungen auf; sie hatten große Schieferdächer, Fensterreihen auf den Stockwerken und große Glasfronten im Erdgeschoss. Sie waren untereinander durch überdachte, aber seitlich offene Gänge verbunden. Kein Licht hinter den Fenstern. Die Hälfte der Scheiben fehlten. Einige waren durch Sperrholzplatten ersetzt worden. Durchlöcherte Dachrinnen spien Wasserfälle aus, die den Boden vollspritzten. Servaz ließ den Lichtkegel seiner Taschenlampe über die Fassade des Hauptgebäudes gleiten und entdeckte ein Motto, das in verwaschenen Lettern über dem Eingang prangte: *»Die Schule des Lebens kennt keine Ferien.« Die des Verbrechens auch nicht,* dachte er.

Plötzlich eine Bewegung am Rand seines Gesichtsfeldes, links. Er drehte sich jäh in diese Richtung. Im nächsten Moment war er sich nicht mehr sicher, was er da gerade gesehen hatte. Vielleicht waren es nur Äste gewesen, die im Wind schwankten. Trotzdem war er fast überzeugt, in dieser Richtung einen Schatten gesehen zu haben. Einen Schatten unter den Schatten …

Diesmal überprüfte er, ob die Waffe auch tatsächlich entsichert war, und lud sie durch. Dann ging er wachsam weiter. Als er um die Ecke des Chalets ganz links bog, musste er aufpassen, wohin er seine Füße setzte, denn der Boden fiel jäh ab, und der klebrige Schlamm bot keinerlei Halt. Zu beiden Seiten ragten die mächtigen geraden Stämme mehrerer Buchen auf – unwillkürlich blickte er hinauf zu den schwarzen Ästen, zwischen denen er Flecken des grauen Himmels erspähte, während ihm der Regen aufs Gesicht klatschte. Der morastige Hang fiel zwischen den Stämmen einige Meter zu einem Bach ab.

Plötzlich eine Wahrnehmung.

Ein Lichtschimmer …

So matt und flackernd wie ein Irrlicht. Er zwinkerte, um den Regen von seinen Wimpern zu wischen: Aber der Lichtschein war immer noch da.

Mist, was ist das denn?

Eine Flamme … Sie tanzte unbeständig und winzig einen Meter über dem Boden, an einem der senkrechten Stämme. Unablässig schrillte seine innere Alarmanlage. Diese Flamme hatte jemand angezündet – und dieser Jemand konnte nicht weit weg sein. Servaz sah sich um. Dann schlitterte er den Hang hinunter zu dem Baum und wäre dabei beinahe ein weiteres Mal im Schlamm ausgerutscht. *Eine Kerze …* So ein Teelicht, wie sie in Stövchen verwendet wurden oder auch, um ein Zimmer gemütlich zu machen. Sie stand auf einem kleinen Brett, das am Stamm befestigt war. Der Lichtkegel seiner Taschenlampe strich über die raue Borke, und plötzlich entdeckte er etwas, was ihn augenblicklich erstarren ließ. Wenige Zentimeter über der Flamme. Ein großes Herz. Mit einer Messerspitze in die Rinde geschnitten. Im Innern fünf Namen:

Ludo + Marion + Florian + Alice + Michaël …

Die Selbstmörder … Servaz starrte das Herz an, versteinert, sprachlos.

Der Regen löschte die Flamme aus.

Und da kam der Angriff. Wild, brutal, erschreckend. Plötzlich spürte er, dass er nicht mehr allein war. Einen Sekundenbruchteil später wurde etwas Weiches, Kaltes über seinen Kopf gestreift. In plötzlicher Panik schlug er wie wild um sich, aber der Angreifer hielt stand. In seinem Gehirn schrie es: *Plastiktüte!* Jetzt versetzte ihm der Mann einen schrecklichen Schlag in die Kniekehlen, und Servaz sackte vor Schmerz unwillkürlich zusammen. Er fiel der Länge nach hin, das Gesicht im Schlamm, das ganze Gewicht des Fremden auf ihm. Unter der Tüte bekam er keine Luft mehr. Durch die Folie hindurch spürte er den weichen, klebrigen Morast an seinem Gesicht. Der Angreifer drückte seinen Kopf gegen den Boden, während er zugleich die Tüte um seinen Hals schnürte und mit den Knien seine Arme festhielt. Während Servaz nach Atem rang, erinnerte er sich an den Lehm in Grimms Haaren, und eine eiskalte, unkontrollierbare Angst überkam ihn. Er warf sich heftig hin und her, um den Mann auf seinem Rücken aus dem Gleichgewicht zu bringen. Vergeblich. Er ließ nicht los. Jedes Mal, wenn er ausatmete, löste sich die Plastiktüte von seinem Gesicht, nur um beim Einatmen wieder an seinen Nasenlöchern, seinem Mund und seinen Zähnen zu kleben – er bekam fast überhaupt keine Luft mehr. Panische Erstickungsangst überfiel ihn. Den Kopf eingesperrt in diesem Plastikgefängnis, fürchtete er, im nächsten Moment würde sein Herz aussetzen. Dann wurde er ruckartig nach hinten gezogen und ein Seil um seinen Hals gelegt, das zugleich die Plastiktüte zuschnürte. Ein fürchterlicher Schmerz schoss ihm durch den Hals, während er über den Boden geschleift wurde.

Er strampelte mit den Füßen, seine Sohlen rutschten durch

den Schlamm, irgendwie wollte er die schreckliche Würgschraube um seinen Hals lösen. Er hob den Hintern an, ließ ihn wieder fallen und glitt über den glitschigen Boden, während seine Hände vergeblich versuchten, das Seil zu packen und die tödliche Strangulierung zu lockern. Er wusste nicht, wohin seine Waffe gefallen war. So wurde er mehrere Meter über den Boden gezogen, verrenkt, keuchend, dem Erstickungstod nahe, wie ein Tier, das zur Schlachtbank gezerrt wird.

In weniger als zwei Minuten wäre er tot.

Schon ging ihm die Luft aus.

Sein Mund öffnete sich krampfhaft, aber jedes Mal, wenn er einatmen wollte, blockierte die Plastikfolie den Luftstrom. Im Innern der Tüte wurde der Sauerstoff immer knapper, ersetzt durch das Kohlendioxid, das er ausstieß.

Er würde das gleiche Schicksal erleiden wie Grimm!

Das gleiche Schicksal wie Perrault!

Das gleiche Schicksal wie Alice!

Erhängt!

Er war kurz davor, das Bewusstsein zu verlieren, als plötzlich wieder Luft in seine Lungen floss, als wäre ein Ventil geöffnet worden. Reine, unverbrauchte Luft. Er spürte Regentropfen über sein Gesicht rinnen. Er atmete Luft und Regen in tiefen, heiseren und heilsamen Zügen, die in seinen Lungen klangen wie ein Blasebalg.

»ATMEN SIE! ATMEN SIE!«

Die Stimme von Dr. Xavier. Er drehte den Kopf, brauchte eine Sekunde, um wieder klarzusehen: Der Psychiater beugte sich über ihn und stützte ihn. Er wirkte genauso entsetzt wie er.

»Wo… wo ist er?«

»Er hat sich verzogen. Ich habe ihn nicht einmal mehr zu

Gesicht bekommen. Seien Sie still und atmen Sie!« Plötzlich war ein Motorengeräusch zu hören, und Servaz verstand.

Der Volvo!

»Scheiße!«, fand er die Kraft zu sagen.

Servaz saß gegen einen Baum gelehnt. Er ließ den Regen sein Gesicht und seine Haare durchnässen. Dem Psychiater, der neben ihm kauerte, schienen der Regen, der seinen Anzug durchweichte, und der Schlamm auf seinen polierten Schuhen nichts auszumachen.

»Ich war auf dem Weg nach Saint-Martin hinunter, als ich Ihr Auto sah. Ich wollte wissen, was Sie hier drin suchen. Also bin ich Ihnen nachgegangen.«

Der Psychiater warf ihm einen durchdringenden Blick und ein mattes Lächeln zu.

»Ich bin wie die anderen: diese Ermittlungen, diese Morde … Das ist alles furchtbar, aber auch faszinierend. Ich habe Sie also gesucht, und auf einmal sehe ich Sie da auf dem Boden liegen, mit der Tüte über dem Kopf und diesem … Seil! Der Typ muss meinen Wagen gehört haben und hat sich schnell aus dem Staub gemacht. Er hatte bestimmt nicht damit gerechnet, gestört zu werden.«

»Eine Fa… Falle«, stammelte Servaz und rieb sich den Hals. »Er ha… hat mir eine Falle ge… gestellt.«

Er zog an seiner feuchten Zigarette, sie knisterte. Er schlotterte am ganzen Körper. Der Psychiater schob vorsichtig den Kragen seiner Jacke zur Seite.

»Darf ich mal sehen? … Sieht ziemlich übel aus … Ich fahr Sie ins Krankenhaus. Das muss sofort behandelt werden. Die Halswirbel und der Kehlkopf müssen geröntgt werden.«

»Danke, dass Sie vorbei… vorbeigekommen sind …«

»Guten Tag«, sagte Monsieur Monde.

»Guten Tag«, antwortete Diane. »Ich möchte zu Julian.«

Monsieur Monde musterte sie mit schiefem Gesicht, seine Hände wie Pranken auf dem Gürtel. Diane hielt dem Blick des Hünen stand, ohne mit der Wimper zu zucken. Sie bemühte sich, einen kühlen Kopf zu bewahren.

»Sie kommen ohne Dr. Xavier?«

»Ja.«

Ein Schatten huschte über das Gesicht des Giganten. Wieder sah sie ihm in die Augen. Monsieur Monde zuckte mit den Achseln und wandte ihr den Rücken zu.

Sie folgte ihm mit klopfendem Herzen.

»Besuch!«, rief der große Wachmann, nachdem er die Zellentür geöffnet hatte.

Diane ging hinein. Ihr Blick begegnete dem überraschten Blick Hirtmanns.

»Guten Tag, Julian.«

Der Schweizer antwortete nicht. Er schien heute einen schlechten Tag zu haben. Die gute Laune vom letzten Mal schien wie verflogen. Diane musste ihre ganze Willenskraft aufwenden, um nicht auf dem Absatz kehrtzumachen und wieder hinauszugehen, ehe es zu spät war.

»Ich wusste gar nicht, dass ich heute Besuch bekomme«, sagte er endlich.

»Ich auch nicht«, erwiderte sie. »Jedenfalls nicht bis vor fünf Minuten.«

Diesmal wirkte er aufrichtig fassungslos, und sie empfand beinahe so etwas wie Genugtuung darüber.

Sie setzte sich an den kleinen Tisch und breitete ihre Papiere vor sich aus. Sie wartete, dass er sich auf den Stuhl auf der anderen Seite des Tischs setzen würde. Aber das tat er nicht, sondern er lief vor dem Fenster auf und ab wie eine Raubkatze im Käfig.

»Da wir uns regelmäßig treffen werden«, hob sie an, »würde ich gerne einige Dinge mit Ihnen klären, um unseren Gesprächen einen Rahmen zu geben und eine Vorstellung davon zu bekommen, wie es in dieser Einrichtung so zugeht …«

Er blieb stehen, um ihr einen langen, argwöhnischen Blick zuzuwerfen, dann begann er wieder schweigend auf und ab zu gehen.

»Es macht Ihnen doch nichts aus?«

Keine Antwort.

»Also … zunächst einmal … bekommen Sie viel Besuch, Julian?«

Wieder blieb er unvermittelt stehen und starrte sie an, dann marschierte er nervös weiter, die Hände hinter dem Rücken verschränkt.

»Besucher von draußen?«

Keine Antwort.

»Und wer besucht Sie hier: Dr. Xavier? Elisabeth Ferney? Wer sonst noch?«

Schweigen.

»Sprechen Sie gelegentlich mit ihnen über das, was draußen passiert?«

»Hat Dr. Xavier diesen Besuch genehmigt?«, fragte er plötzlich, während er stehen blieb und sich vor ihr aufpflanzte.

Diane bemühte sich, zu ihm aufzusehen. Wie er da so vor ihr stand, war er doppelt so groß wie sie.

»Nun, ich …«

»Ich wette nein. Was tun Sie hier, Dr. Berg?«

»Äh … ich habe es Ihnen doch gerade gesagt, ich …«

»Tssst-tssst. Es ist unglaublich, wie es euch Psychologen manchmal an psychologischem Feingefühl mangelt! Ich bin gut erzogen worden, Dr. Berg, aber ich mag es nicht, wenn man mich für dumm verkauft«, fügte er mit schneidender Stimme hinzu.

»Sind Sie im Bilde über die Vorfälle draußen?«, fragte sie, jetzt nicht mehr im professionellen Psychologenton.

Er sah auf sie herunter und wirkte nachdenklich. Dann beschloss er, sich hinzusetzen, nach vorn geneigt, die Unterarme auf dem Tisch und die Hände gefaltet.

»Sie meinen diese Morde? Ja, ich lese Zeitung.«

»Dann verfügen Sie nur über die Informationen, die in den Zeitungen stehen, oder?«

»Worauf wollen Sie hinaus? Was ist da draußen los, dass Sie hier in einem solchen Zustand erscheinen?«

»Was für ein Zustand?«

»Sie wirken ... *verängstigt*. Aber nicht nur das. Sie wirken wie jemand, der etwas sucht ... oder wie ein kleines Tier, ein kleines wühlendes Säugetier. Genau so sehen Sie aus: wie eine dreckige Wühlmaus ... Wenn Sie Ihren Blick sehen könnten! Verflixt, Dr. Berg, was ist los mit Ihnen? Sie halten es hier nicht aus, stimmt's? Haben Sie keine Angst, Sie könnten mit all Ihren Fragen den reibungslosen Ablauf in dieser Anstalt stören?«

»Man könnte meinen, da spräche Dr. Xavier«, spöttelte sie. Er lächelte.

»Ach nein, ich bitte Sie! Als Sie dieses Zimmer zum ersten Mal betreten haben, habe ich sofort gespürt, dass Sie hier fehl am Platz sind. Diese Klinik ... Was glaubten Sie hier zu finden? *Genies des Bösen*? Hier gibt es nur unglückliche Psychotiker, Schizophrene, Paranoiker, bedauernswerte Kerle und arme Kranke, Dr. Berg. Und ich erlaube mir, mich selbst auch dazuzuzählen. Der einzige Unterschied zu den Kranken in anderen Einrichtungen ist die Gewalttätigkeit... Und, glauben Sie mir, die findet man nicht nur bei den Patienten...«

Er breitete die Hände aus.

»Oh, ich weiß, dass Dr. Xavier eine... sagen wir *romantische* Sicht auf die Dinge hat... Dass er das Böse selbst in uns sieht, Emanationen der Nemesis und ähnlichen Stuss. Er glaubt, er hat eine Mission. Für ihn ist diese Klinik ein bisschen wie der Heilige Gral der Psychiater. Alles Quatsch!«

Während er sprach, wurde sein Blick düsterer und härter – sie wich auf ihrem Stuhl unwillkürlich zurück.

»Wie überall ist auch hier alles nur Gemeinheit, Mittelmäßigkeit, schlechte Behandlung und hoch dosierte Medikamente. Die Psychiatrie ist der größte Schwindel des 20. Jahrhunderts. Sehen Sie sich nur die Medikamente an, die hier eingesetzt werden: Sie wissen nicht einmal, wieso sie überhaupt wirken! Die meisten Psychopharmaka enthalten Wirkstoffe, die ursprünglich für ganz andere Indikationen entwickelt wurden – die psychischen Effekte hat man nur zufällig entdeckt.«

Sie sah ihn fest an.

»Erzählen Sie mir von Ihren Informationen«, sagte sie. »Stammen sie ausnahmslos aus Zeitungen?«

»SIE HÖREN MIR ÜBERHAUPT NICHT ZU.«

Er hatte diesen Satz mit einer kräftigen, schroffen, autoritären Stimme geäußert. Sie fuhr zusammen. Sie spürte, dass sie ihn verlieren würde. Sie hatte einen Fehler gemacht, etwas verpatzt. Er würde sich wieder verschließen...

»Doch, ich höre Ihnen zu, ich...«

»Sie hören mir nicht zu.«

»Warum sagen Sie das? Ich …«

Plötzlich begriff sie.

»Was meinten Sie damit: *Und die findet man nicht nur bei den Patienten?*«

Ein dünnes, grausames Lächeln breitete sich über sein Gesicht aus.

»Sehen Sie, wenn Sie nur wollen.«

»Was soll das heißen: ›Und die findet man nicht nur bei den Patienten‹? Wovon reden Sie? Von Verrückten? Von armen Schluckern? Von Verbrechern? Von Mördern? *Sondern auch unter den Mitarbeitern – meinen Sie das?*«

»Eigentlich unterhalte ich mich doch gerne mit Ihnen!«

»Von wem sprechen Sie, Julian? Um *wen* handelt es sich?«

»Was wissen Sie, Diane? Was haben Sie herausgefunden?«

»Wenn ich es Ihnen sage, wer garantiert mir dann, dass Sie es nicht weitererzählen?«

Er brach in ein entsetzliches, unangenehmes Lachen aus. »Ach Diane! Das hört sich an wie ein missratener Filmdialog! Was glauben Sie denn? Dass mich das wirklich interessiert? Sehen Sie mich an: Ich werde hier nie mehr rauskommen. Wenn es draußen ein Erdbeben gäbe, würde mich das also völlig kaltlassen – zumindest, solange es die Mauern hier nicht zum Einsturz bringt …«

»Ihre DNA wurde an der Stelle gefunden, wo das Pferd getötet wurde«, sagte sie. »Wussten Sie das?«

Er beobachtete sie eine ganze Weile.

»Und Sie, woher wissen Sie das?«

»Das spielt keine Rolle. Also, wussten Sie es oder nicht?«

Er verzog kurz das Gesicht, als wollte er lachen.

»Ich weiß, was Sie suchen«, sagte er. »Aber Sie werden es hier nicht finden. Und die Antwort auf Ihre Frage lautet:

ICH WEISS ALLES, DIANE. Alles, was sich draußen und was sich drinnen ereignet. Seien Sie unbesorgt: Ich werde niemandem von Ihrem Besuch erzählen. Ich bin mir aber nicht sicher, ob Monsieur Monde sich daran auch halten wird. Im Gegensatz zu mir kann er sich nicht frei bewegen. Genau da liegt das Paradox. Und jetzt gehen Sie. In einer Viertelstunde kommt die Oberschwester. Gehen Sie! Fliehen Sie von hier, Diane. Laufen Sie weit weg. Sie sind hier in Gefahr.«

Espérandieu saß an seinem Schreibtisch und dachte nach. Nach Marissas Anruf war ihm eine Idee gekommen. Er musste immer wieder an die Summe denken, die am Morgen am Telefon erwähnt worden war: 135 000 Dollar. Was konnte man mit dieser Summe anstellen? Auf den ersten Blick hatten diese 135 000 Dollar nichts mit seinem Fall zu tun. Auf den ersten Blick … Und dann war ihm diese Idee gekommen.

Eine Idee, die so aberwitzig war, dass er sie zunächst verwarf.

Aber sie hatte sich behauptet. Hartnäckig festgebissen. Was kostete es ihn, sie zu überprüfen? Um elf Uhr hatte er sich entschlossen, und er hatte auf seinem Computer nach einer Information gesucht. Anschließend hatte er zum Telefon gegriffen. Die erste Person, die er an die Strippe bekam, wollte ihm zunächst keine klare Antwort geben. Über diese Fragen sprach man nicht am Telefon, nicht einmal mit einem Polizisten. Als er die Zahl von 135 000 Dollar nannte, bestätigte man ihm, dass dies ungefähr dem üblichen Preis für eine solche Strecke entsprach.

Espérandieu spürte, wie seine Anspannung stark zunahm. In der folgenden halben Stunde führte er ein halbes Dutzend Telefonate. Die ersten ergaben nichts. Jedes Mal erhielt er die gleiche Antwort: Nein, am angegebenen Datum sei nichts dergleichen vorgefallen. Wieder kam ihm seine Idee lächerlich vor. Mit diesen 135 000 Dollar konnte man alles Mögliche kaufen! Er führte ein letztes Telefonat, und diesmal: Bingo! Er lauschte der Antwort seines Gesprächspartners mit einer Mischung aus Ungläubigkeit und wachsender Erregung. *Und wenn er soeben ins Schwarze getroffen hatte?* Wäre das möglich? Eine leise Stimme versuchte seine Begeisterung zu dämpfen: Es konnte sich, natürlich, um einen reinen Zufall handeln. Aber daran glaubte er nicht. Nicht an diesem Datum. Als er auflegte, konnte er es immer noch nicht fassen. Unglaublich! Mit einigen Telefonaten war es ihm gelungen, die Ermittlungen einen gewaltigen Schritt voranzubringen.

Er sah auf die Uhr: 16:50 Uhr. Er überlegte, ob er mit Martin darüber sprechen sollte, aber dann besann er sich: Erst brauchte er eine endgültige Bestätigung. Er nahm sein Telefon und wählte fieberhaft eine weitere Nummer. *Diesmal hatte er eine Spur.*

»WIE FÜHLST DU DICH?«

»Nicht gerade umwerfend.«

Ziegler sah ihn an. Sie schien fast genauso erschüttert zu sein wie er. Ein Kommen und Gehen von Krankenschwestern in seinem Zimmer. Ein Arzt hatte ihn untersucht, und er war mehrfach geröntgt worden, ehe er auf einer Fahrtrage in sein Zimmer gebracht worden war, obwohl er durchaus in der Lage gewesen wäre, zu Fuß zu gehen.

Xavier wartete auf einem Stuhl im Flur des Krankenhauses, bis Ziegler Servaz' Aussage aufgenommen hatte. Auch ein Gendarm stand vor seiner Tür. Diese wurde plötzlich weit aufgerissen.

»Herrgott, was ist passiert?«, versetzte Cathy d'Humières, die in sein Zimmer hineinschneite und ans Bett trat.

Servaz versuchte es kurz zu machen.

»Und sein Gesicht haben Sie nicht gesehen?«

»Nein.«

»Sind Sie sicher?«

»Ich weiß nur, dass er stark war. Und dass er weiß, wie man jemanden bewegungsunfähig macht.«

Cathy d'Humières warf ihm einen langen, düsteren Blick zu. »Das kann nicht mehr so weitergehen«, sagte sie. Sie wandte sich an Ziegler. »Sie unterbrechen sofort alle nicht dringenden Dienstaufträge und setzen alle verfügbaren Leute an diesen Fall. Wie weit sind wir mit Chaperon?«

»Die Exfrau von Chaperon hat keine Ahnung, wo er sich aufhalten könnte«, antwortete Ziegler.

Servaz erinnerte sich, dass die Gendarmin nach Bordeaux hatte fahren sollen, um sich mit der Ex des Bürgermeisters zu treffen.

»Wie sieht sie aus?«, fragte er.

»Bourgeoiser Typ. Snobistisch, solariumgebräunt und zu stark geschminkt.«

Er musste lächeln.

»Hast du sie über ihren Ex ausgefragt?«

»Ja, das war interessant: Als ich das Thema angeschnitten habe, hat sie sofort zugemacht wie eine Muschel. Sie hat nur Banalitäten von sich gegeben: die Bergsteigerei, die Politik und die Freunde, die ihren Ehemann völlig in Anspruch genommen hätten, ihre einvernehmliche Scheidung, ihre auseinanderlaufenden Lebenswege usw. Aber ich habe gespürt, dass sie das Wichtigste verschwieg.«

Servaz dachte plötzlich wieder an Chaperons Haus:

Sie schliefen getrennt… Wie Grimm und seine Ehefrau… Warum? Waren ihre Ehefrauen hinter ihr schreckliches Geheimnis gekommen? Servaz war mit einem Mal fest davon überzeugt, dass genau das geschehen war. Vielleicht – ganz bestimmt sogar – hatten sie nur einen Teil der Wahrheit erahnt. Aber die Verachtung der Witwe Grimm für ihren Ehemann, ihr versuchter Suizid und der Umstand, dass die ehemalige Frau Chaperon hartnäckig über ihr Privatleben schwieg, hatten eine gemeinsame Ursache: Diese Frauen wussten, was für perverse und niederträchtige Mistkerle ihre Männer waren, auch wenn sie das ganze Ausmaß ihrer Verbrechen bestimmt nicht kannten.

»Hast du ihr gesagt, was wir im Haus gefunden haben?«, fragte er Ziegler.

»Nein.«

»Dann tu es! Wir haben keine Zeit zu verlieren. Ruf sie an und sag ihr, wenn sie etwas verschweigt und ihr Exmann wird tot aufgefunden, dann ist sie die Hauptverdächtige.«

»Okay. Ich hab noch etwas Interessantes herausgefunden«, schloss sie an.

Servaz wartete gespannt.

»In ihrer Jugend hatte die Pflegedienstleiterin der Klinik, Elisabeth Ferney, Probleme mit der Justiz. Strafrechtliche Sachen – Ordnungswidrigkeiten, Delikte. Diebstahl von Motorrollern, Beleidigung von Polizeibeamten, Drogenmissbrauch, Körperverletzung, Erpressung… Es gab damals mehrere Strafprozesse gegen sie.«

»Und sie wurde trotzdem vom Institut eingestellt?«

»Das ist lange her. Sie hat sich berappelt und eine Ausbildung gemacht. Anschließend hat sie in mehreren psychiatrischen Kliniken gearbeitet, ehe Wargnier, Xaviers Vorgänger, sie unter seine Fittiche genommen hat. Jedem steht eine zweite Chance zu.«

»Interessant.«

»Und dann ist Lisa Ferney auch aktives Mitglied eines Bodybuildingklubs in Saint-Lary, zwanzig Kilometer von hier. Und außerdem ist sie in einem Schützenverein.«

Servaz und d'Humières spitzten die Ohren. Ein Gedanke schoss Servaz durch den Kopf: Seine Intuition, als er das Institut zum ersten Mal besuchte, hatte vielleicht den Nagel auf den Kopf getroffen. Lisa Ferney hatte das passende Profil… Diejenigen, die das Pferd an der Bergstation aufgehängt hatten, mussten körperlich sehr stark sein. Und die Pflegedienstleiterin war stärker als so mancher Mann.

»Bohr weiter«, sagte er. »Vielleicht ist das eine Spur.«

»Ach ja, ich hätte es beinahe vergessen: die Kassetten…«

»Und?«

»Es waren nur Vogelstimmen.«

»Oh.«

»Gut, ich fahre zum Rathaus und sehe, ob es dort eine Liste der Kinder gibt, die Ferien in der Kolonie gemacht haben«, sagte sie schließlich.

»Meine Damen und Herren, lassen Sie den Commandanten jetzt bitte in Ruhe«, ertönte eine kräftige Stimme von der Tür her.

Sie drehten sich um. Ein etwa dreißigjähriger Arzt im weißen Kittel hatte gerade das Zimmer betreten. Er hatte eine dunkle Haut und dichte schwarze Augenbrauen, die an der Wurzel der fleischigen Nase fast zusammenliefen. Servaz las auf dem Kittel: »Dr. Saadeh«. Lächelnd trat er heran. Aber sein Blick lächelte nicht, und seine gerunzelten Brauen gaben ihnen unmissverständlich zu verstehen, dass Richter und

Gendarmen sich an diesem Ort einer höheren Autorität beugen mussten: der Ärzteschaft. Servaz dagegen hatte bereits begonnen, die Bettlaken zurückzuschlagen.

»Ich bleibe auf keinen Fall hier«, sagte er.

»Ich lasse Sie auf keinen Fall in diesem Zustand gehen«, erwiderte Dr. Saadeh und legte ihm eine freundschaftliche, aber feste Hand auf die Schulter. »Unsere Untersuchungen sind noch nicht abgeschlossen.«

»Dann machen Sie schnell.« Resigniert ließ sich Servaz in die Kopfkissen zurücksinken.

Aber sobald alle draußen waren, schloss er die Augen und schlief ein.

Im selben Augenblick hob ein Polizeibeamter in dem festungsähnlichen Gebäude des Generalsekretariats von Interpol im Quai Charles-de-Gaulle Nr. 200 in Lyon sein Telefon ab. Der Mann befand sich in der Mitte eines riesigen Open Space voller Computer, Telefone, Drucker und Kaffeemaschinen mit einem Rundblick auf die Rhône. Außerdem ragte die sternbekrönte Spitze eines großen Weihnachtsbaumes über die Zwischenwände auf.

Er runzelte die Stirn, als er die Stimme seines Gesprächspartners erkannte.

»Vincent? Bist du's? Wie lange ist das her, mein Guter? Was treibst du denn so?«

Interpol ist nach der Anzahl ihrer Mitgliedstaaten die zweitgrößte internationale Organisation nach der UNO. Allerdings stellen die zentralen Dienststellen von Interpol keine Polizeibehörde im eigentlichen Sinne dar – eher eine Auskunftsstelle, an die sich die Polizeibehörden der Mitgliedstaaten wenden, um fachlichen Rat einzuholen und Datenbankrecherchen durchzuführen. Mehrere Tausend internationale Haftbefehle werden dort jährlich ausgestellt: die berühmten »red notices«. Der Mann, der gerade ans Telefon gegangen war, hieß Luc Damblin. Espérandieu hatte Damblin, wie Marissa, an der Polizeiakademie kennengelernt. Die beiden Männer tauschten ein paar Höflichkeiten aus, ehe Espérandieu zum Kern der Sache kam.

»Könntest du mir einen Gefallen tun?«

Damblin richtete seinen Blick unwillkürlich auf die Porträts, die an der Zwischenwand vor ihm über dem Kopierer hingen: russische Mafiosi, albanische Zuhälter, Bonzen der mexikanischen und kolumbianischen Drogenmafia, serbische und kroatische Schmuckräuber und internationale Pädophile, die in armen Ländern ihr Unwesen trieben. Irgendjemand hatte sie mit den roten Mützen und weißen Bärten des Weihnachtsmanns geschmückt. Das machte sie trotzdem nicht sympathischer. Er lauschte geduldig den Ausführungen seines Kollegen.

»Du hast Glück«, antwortete er. »Es gibt da einen Typen beim FBI in Washington, der mir noch einen Gefallen schuldet. Hab ihm mal bei einem seiner Fälle kräftig unter die Arme gegriffen. Ich werde ihn anrufen und sehen, was sich machen lässt. Aber wozu brauchst du diese Information?«

»Laufende Ermittlungen.«

»Mit Bezug zu den Vereinigten Staaten?«

»Das erkläre ich dir später. Ich schick dir das Foto«, sagte Espérandieu.

Der Mann von Interpol sah auf die Uhr.

»Es kann ein bisschen dauern. Meine Kontaktperson ist ziemlich beschäftigt. Bis wann brauchst du die Information?«

»Es eilt, tut mir leid.«

»Es eilt immer«, antwortete Damblin schlagfertig. »Keine Sorge, ich werde deine Anfrage ganz oben auf den Stapel legen. Zur Erinnerung an früher. Und außerdem ist bald Weihnachten: Das ist mein Geschenk für dich.«

Zwei Stunden später wachte er auf. Es dauerte einen Moment, bis Servaz das Krankenhausbett, das weiße Zimmer und das große Fenster mit den blauen Jalousien wiedererkannte. Als ihm klar war, wo er sich befand, suchte er mit den Augen nach seinen Sachen, entdeckte sie in einem durchsichtigen Plastikbeutel auf einem Stuhl, sprang aus dem Bett und zog sich in aller Eile an. Drei Minuten später trat er an die frische Luft und nahm sein Handy heraus.

»Hallo?«

»Hier Martin. Hat der Gasthof heute Abend geöffnet?«

Der alte Mann am anderen Ende lachte.

»Gut, dass du anrufst. Ich wollte mir gerade Abendessen machen.«

»Ich würde dir auch gern ein paar Fragen stellen.«

»Und ich dachte, du würdest mich nur wegen meiner Kochkünste anrufen. Was für eine Enttäuschung! Hast du was gefunden?«

»Ich erzähle es dir.«

»Sehr schön, dann bis gleich.«

Es war dunkel geworden, aber die Straße vor dem Gymnasium war hell erleuchtet. Aus seinem Zivilfahrzeug zehn Meter vom Eingang entfernt sah Espérandieu Margot Servaz aus dem Gebäude kommen. Beinahe hätte er sie nicht erkannt: Das schwarze Haar war einem skandinavischen Blond gewichen. Zwei Haarzöpfe hingen seitlich herab, sodass sie aussah wie die Karikatur eines braven kleinen Mädchens. Auf dem Kopf trug sie eine seltsame Mütze.

Als sie sich umdrehte, sah er auch, selbst aus dieser Entfernung, dass sie zwischen den Haarschwänzchen ein neues Tattoo im Nacken hatte. Eine sehr große, mehrfarbige Tätowierung. Vincent dachte an seine Tochter. Wie würde er reagieren, wenn Mégan später ihren Körper in dieser Weise verzieren würde? Er vergewisserte sich, dass der Fotoapparat auf dem Beifahrersitz bereitlag, dann ließ er den Motor an. Wie am Vortag plauderte Margot auf dem Gehsteig kurz mit ihren Schulkameradinnen und drehte sich eine Zigarette. Dann fuhr wieder ihr »auserwählter Ritter« auf dem Motorroller vor.

Espérandieu seufzte. Wenn er sie diesmal aus den Augen verlor, wüsste er wenigstens, wo er sie finden würde. Er müsste nicht die gleichen waghalsigen Manöver fahren wie gestern. Er scherte aus und heftete sich an ihre Fersen. Auf dem Motorroller gab sich der Fahrer seinen üblichen akrobatischen Kunststücken hin. In Espérandieus iPhone sangen die Gutter Twins *»O Father, now I can't believe you're leaving«*. An der nächsten Ampel bremste Espérandieu und hielt an. Der Wagen vor ihm stand bereits, der Motorroller war vier Wagen vor ihm. Espérandieu wusste, dass es an der Kreuzung weiter geradeaus ging; er entspannte sich.

Die heisere Stimme in seinen Kopfhörern schmetterte: *»My mother, she don't know me/And my father, he can't own me«*, als der Motorroller, kaum dass es grün wurde, plötzlich knatternd nach rechts abbog. Espérandieu wurde unruhig. *Was war in sie gefahren, verdammt?* Das war nicht der Weg nach Hause. Der Ampelstau vor ihm löste sich mit einer Langsamkeit auf, die zum Verzweifeln war. Espérandieu wurde nervös. Die Ampel wurde gelb, dann rot. Er fuhr einfach durch. Gerade noch rechtzeitig, um zu sehen, wie der Motorroller an der nächsten Ampel, zweihundert Meter weiter, links abbog. *Verdammter Mist!* Wohin rasten sie in diesem Affenzahn? Bei Gelb fuhr er über die nächste Kreuzung und versuchte, den Abstand deutlich zu verringern.

Sie fahren ins Zentrum.

Es war schwer, auf Tuchfühlung zu bleiben. Der Verkehr war viel dichter geworden, es regnete, und die Scheinwerfer der Autos spiegelten sich verzerrt auf dem nassen Asphalt. Keine guten Bedingungen, um der Zickzack fahrenden Gestalt zu folgen. Er griff flink nach seinem iPhone und aktivierte das App »Verkehrsinfo«, dann zoomte er mit Daumen und Zeigefinger auf den nächsten Stau. Sechzehn Minuten später setzte der Motorroller seine Passagierin in der Rue d'Alsace-Lorraine ab und fuhr sofort weiter. Espérandieu parkte den Wagen im Halteverbot, klappte die Sonnenblende mit der Aufschrift »POLIZEI« herunter und stieg aus. Sein Instinkt sagte ihm, dass diesmal etwas im Busch war. Ihm fiel ein, dass er seinen Fotoapparat auf dem Beifahrersitz vergessen hatte, er fluchte, eilte zurück, um ihn zu holen, und spurtete anschließend los, um sein Ziel nicht aus den Augen zu verlieren.

No panic: Margot Servaz ging in der Menge langsam vor ihm her. Im Gehen schaltete er den Fotoapparat an und prüfte, ob er funktionierte.

Sie bog auf die Place Esquirol ein. Die beleuchteten Vitrinen und die Girlanden beschienen die Bäume und die alten Fassaden. So wenige Tage vor Weihnachten herrschte hier großes Gedränge. Das kam ihm sehr zupass, denn so lief er nicht Gefahr, entdeckt zu werden. Plötzlich sah er, wie Margot unvermittelt stehen blieb, sich umblickte und dann in die Brasserie du Père Léon hineinging. Espérandieu spürte, wie all seine Warnlampen aufleuchteten: So verhielt sich niemand, der nichts zu verbergen hatte. Er legte einen Schritt zu und ging bis zu der Kneipe, in der sie verschwunden war. Er stand vor einem Dilemma: Er war Margot schon einige Male begegnet. Wie würde sie reagieren, wenn er direkt hinter ihr ins Lokal trat?

Durch das Fenster sah er, wie sie sich auf einen Stuhl fallen ließ, nachdem sie einen Kuss auf die Lippen ihres Gegenübers gedrückt hatte. Sie strahlte. Espérandieu sah, dass ihr die Worte des Mannes gegenüber ein fröhliches Lächeln entlockten.

Dann wanderte sein Blick zu ihm. *Oh, verdammt!*

An diesem kalten Dezemberabend betrachtete er das Streumuster der Sterne über den Bergen und die Lichter der Mühle, die sich wie freundliche Vorboten der bevorstehenden Gemütlichkeit im Wasser spiegelten. Schneidender Wind peitschte ihm die Wangen, und der Regen ging wieder in Schnee über. Als die Tür der Mühle aufging und ihr Eigentümer vor ihm stand, sah Servaz, wie dessen Miene erstarrte. »Herrgott! Was ist denn mit dir passiert?«

Da sich Servaz im Krankenhaus in einem Spiegel betrachtet hatte, wusste er, dass er zum Fürchten aussah. Erweiterte schwarze Pupillen und blutunterlaufene rote Augen, die eines Christopher Lee in *Dracula* würdig gewesen wären, der Hals blau bis an die Ohren, die Haut um die Lippen und Nasenlöcher gereizt durch die Reibung der Plastiktüte und eine schreckliche bläulich rote Schramme, wo die Schnur in seinen Hals eingeschnitten hatte. Seine Augen tränten wegen der Kälte oder der nervösen Anspannung.

»Ich habe mich verspätet«, sagte er mit heiserer Stimme.

»Wenn du erlaubst, komme ich erst mal rein. Es ist kalt heute Abend.«

Er zitterte noch an allen Gliedern. Drinnen musterte ihn Saint-Cyr besorgt.

»Mein Gott, komm hier lang und wärm dich erst mal auf«, sagte der alte Richter, während er die Stufen zum großen Wohnzimmer hinunterstieg.

Wie beim letzten Mal war der Tisch gedeckt. Ein helles Feuer knisterte im Kamin. Saint-Cyr zog einen Stuhl heran, und Servaz setzte sich. Er griff nach einer Flasche und schenkte ihm ein Glas ein.

»Trink und lass dir Zeit. Bist du sicher, dass es geht?«

Servaz nickte. Er trank einen Schluck. Der Wein hatte eine tiefrote, fast schwarze Farbe. Er war stark, aber ausgezeichnet. Zumindest für Servaz, der kein großer Kenner war. »Somontano«, sagte Saint-Cyr. »Ich besorge ihn auf der Südseite der Pyrenäen, in Nordaragonien. Also, was ist passiert?«

Servaz erzählte es ihm. Im Geist kehrte er immer wieder in die Ferienkolonie zurück, und jedes Mal durchzuckte ihn ein Adrenalinstoß wie eine Fischgräte, die man in den Schlund einer Katze rammt. Wer hatte versucht, ihn zu strangulieren? Er ließ den gestrigen Tag noch einmal Revue passieren. Gaspard Ferrand? Elisabeth Ferney? Xavier? Aber Xavier war ihm zu Hilfe gekommen. Es sei denn, der Psychiater wäre im letzten Moment vor dem Mord an einem Polizisten zurückgeschreckt? Gerade noch wurde Servaz schrecklich misshandelt, und im nächsten Moment stand Xavier schon neben ihm. Und wenn es sich um dieselbe Person handelte? Aber nein, sie hatten ja den Volvo wegfahren hören! Schießlich fasste er noch die Ereignisse des Tages und des Vortags zusammen, die überstürzte Flucht Chaperons, sein leeres Haus, die Entdeckung des Capes und des Rings, die Patronenschachtel auf dem Schreibtisch …

»Du kommst der Wahrheit näher«, bemerkte Saint-Cyr mit sorgenvoller Miene. »Du bist ganz nah dran. Aber das …«, sagte er, während er den Hals von Servaz betrachtete, »… was er mit dir gemacht hat, das zeigt … das zeigt, dass er unglaublich gewalttätig ist und jetzt vor nichts mehr zurückschreckt. Er ist bereit, wenn es sein muss, Polizisten umzubringen.«

»Er oder sie«, sagte Servaz.

Saint-Cyr sah ihn scharf an.

»Du hast keine Idee, wo er sich verstecken könnte?« Der ehemalige Richter ließ sich für die Antwort Zeit.

»Nein. Aber Chaperon liebt die Berge und das Bergsteigen. Er kennt alle Pfade, alle Schutzhütten auf französischer wie auf spanischer Seite. Du solltest dich an die Bergwacht wenden.«

Natürlich. Wieso hatte er nicht früher daran gedacht?

»Ich habe etwas Leichtes zubereitet«, sagte Saint-Cyr. »Wie du es wolltest. Eine gebackene Forelle mit Mandeln. Das ist ein spanisches Rezept. Du wirst sehen, wie gut das schmeckt.«

Er ging in die Küche und kam mit zwei dampfenden Tellern zurück. Servaz trank noch einen Schluck Wein, ehe er sich über die Forelle hermachte. Sein Teller verströmte einen köstlichen Duft. Die Soße war leicht, aber delikat gewürzt – sie schmeckte nach Mandeln, Knoblauch, Zitrone und Petersilie.

»Du glaubst also, dass da jemand diese Jugendlichen rächt?« Servaz nickte mit verzerrtem Gesicht. Bei jedem Bissen, den er hinunterschluckte, tat ihm der Hals weh. Schon sehr bald hatte er keinen Hunger mehr. Er schob den Teller zurück. »Tut mir leid, ich kann nicht mehr«, sagte er.

»Natürlich, ich mach dir einen Kaffee.«

Unvermittelt musste Servaz wieder an das in die Baumrinde geschnitzte Herz denken. Er dachte an die fünf Namen im Innern des Herzens. Fünf der sieben Selbstmörder.

»Die Gerüchte waren also begründet«, sagte Saint-Cyr, als er mit einer Tasse zurückkam. »Es ist unglaublich, dass uns dieses Tagebuch durch die Lappen gegangen ist. Und dass es uns auch sonst nicht gelungen ist, das kleinste Indiz zur Bestätigung dieser Hypothese zu finden.«

Servaz begriff. Einerseits war der Richter erleichtert darüber, dass endlich die Wahrheit herauskam; andererseits empfand er, was jeder empfindet, der jahrelang ein Ziel verfolgt und just dann, als er sich mit seinem Scheitern abgefunden hat, erleben muss, dass ein anderer es an seiner Stelle erreicht: das Gefühl, das Wesentliche verpasst, seine Zeit verschwendet zu haben.

»Deine Intuition hat dich letztlich nicht getrogen«, bemerkte Servaz. »Und anscheinend haben die vier ihr Cape nicht ausgezogen, wenn sie zur Tat schritten, und ihren Opfern nie ihr Gesicht gezeigt.«

»Trotzdem: Dass keines ihrer Opfer jemals etwas darüber hat verlauten lassen!«

»Bei solchen Taten ist das häufig – das weißt du genauso gut wie ich. Die Wahrheit kommt viele Jahre später ans Licht, wenn die Opfer erwachsen und selbstsicherer sind und keine so große Angst mehr vor den Tätern haben.«

»Ich vermute, du hast die Liste der Kinder, die sich in der Kolonie aufgehalten haben, bereits überprüft?«, äußerte Saint-Cyr.

»Welche Liste?«

Der Richter warf ihm einen erstaunten Blick zu.

»Die von mir erstellte Liste sämtlicher Kinder, die in der Ferienkolonie gewesen sind; sie befindet sich in dem Karton, den ich dir gegeben habe.«

»In dem Karton war keine Liste«, antwortete Servaz.

Saint-Cyr wirkte verärgert.

»Aber klar doch! Glaubst du vielleicht, ich spinne? Da sind alle Dokumente drin, da bin ich mir ganz sicher. Auch dieses. Wie schon gesagt, habe ich damals versucht, irgendeine Verbindung zwischen den Selbstmördern und den Kindern herzustellen, die sich in der Kolonie aufgehalten haben. Ich habe mir gesagt, dass es vielleicht schon früher Suizide von ehemaligen Feriengästen der Kolonie gegeben hat, die unbemerkt geblieben sind, weil es sich um Einzelfälle handelte. Das hätte mein Gefühl bestätigt, dass es einen Zusammenhang zwischen diesen Selbstmorden und der Kolonie gab. Also habe ich mir im Rathaus die Liste sämtlicher Kinder besorgt, die sich in der Kolonie aufgehalten haben, von ihrer Gründung bis zu den Ereignissen. Und diese Liste ist im Karton.«

Saint-Cyr mochte es nicht, dass man seine Worte in Zweifel zog. Oder seinen Verstand, sagte sich Servaz. Und der Mann schien sich seiner Sache sicher zu sein.

»Tut mir leid, aber wir haben im Karton nichts gefunden, was dieser Liste ähnlich sieht.«

Der Richter sah ihn an und schüttelte den Kopf.

»Was du hast, sind Fotokopien. Ich hab damals sehr sorgfältig gearbeitet. Nicht so, wie es heute üblich ist. Ich habe von sämtlichen Unterlagen in der Akte Fotokopien angefertigt. Ich bin mir sicher, dass die Liste dabei war.« Er stand auf. »Komm mit.«

Sie gingen durch einen Gang, der mit hübschen alten grauen Steinplatten ausgelegt war. Der Richter stieß eine niedrige Tür auf und drückte einen Schalter. Servaz erblickte ein wahres Chaos, einen staubbedeckten kleinen Schreibtisch inmitten eines unbeschreiblichen Durcheinanders. Bücherregale, Stühle und kleine runde Tische – alles voller juristischer Bücher, Stößen von Akten und Aktenmappen, aus denen lose zusammengehaltene Blätter herausragten. Selbst auf dem Boden und in den Ecken türmten sie sich. Saint-Cyr stöberte brummelnd in einem dreißig Zentimeter hohen Stapel auf einem Stuhl. Nach fünf Minuten richtete er sich endlich mit einem Stoß aneinandergehefteter Blätter auf, die er Servaz mit triumphierender Miene hinhielt.

»Na also.«

Servaz sah die Liste durch. Dutzende von Namen, zweispaltig und auf drei Seiten. Sein Blick glitt über die Spalten, ohne zunächst bei einem Namen hängen zu bleiben. Dann stieß er auf einen bekannten Namen: Alice Ferrand… Er setzte seine Lektüre fort. *Ludovic Asselin…* Noch ein Selbstmörder. Den dritten fand er etwas weiter: *Florian Vanloot…* Er suchte die Namen der beiden anderen Jugendlichen, die sich in der Kolonie aufgehalten hatten, ehe sie sich umbrachten, als er über einen Namen stolperte, mit dem er nie gerechnet hätte…

Ein Name, der hier nicht hätte stehen dürfen.

Ein Name, bei dem ihm schwindelig wurde. Servaz zuckte zusammen, als hätte er einen Stromstoß abbekommen. Im ersten Augenblick glaubte er an eine Halluzination. Er schloss die Augen, machte sie wieder auf. Aber der Name war noch immer da, unter denen der anderen Kinder.

Irène Ziegler.

Verdammt, das gibt's doch nicht!

24

ER BLIEB EINE ganze Weile am Steuer des Cherokee sitzen und blickte gedankenverloren durch die Windschutzscheibe. Er sah weder die Flocken, die immer dichter fielen, noch die Schneedecke, die auf der Fahrbahn immer höher wurde. Eine Straßenlaterne warf einen Lichtkreis auf den Schnee; die Lichter der Mühle erloschen nacheinander – bis auf eines. Bestimmt die Lampe im Schlafzimmer. Wahrscheinlich las der alte Richter noch im Bett. Die Fensterläden waren nicht geschlossen. Das war auch nicht nötig: Ein Einbrecher hätte durch den Bach schwimmen und dann an der Mauer entlang zu den Fenstern klettern müssen. Dieses Gewässer wog als Schutz vor Einbrechern einen Hund oder eine Alarmanlage locker auf.

Iréne Ziegler... Ihr Name stand auf der Liste... Er fragte sich, was das bedeutete. Im Geiste sah er sich noch einmal nach seinem ersten Besuch bei Saint-Cyr mit dem Karton unterm Arm in der Gendarmeriekaserne aufkreuzen. Er sah, wie sie sich ungefragt über den Karton hermachte und nacheinander sämtliche Beweisstücke der Ermittlungsverfahren in den Suizidfällen herausnahm. Saint-Cyr war sich ganz sicher gewesen, dass sich die Liste der Kinder und Jugendlichen, die sich in der Ferienkolonie aufgehalten hatten, zu diesem Zeitpunkt in dem Karton befunden hatte. Und wenn der alte Mann verkalkt war? Vielleicht litt er an Gedächtnisschwäche und wollte es nicht zugeben. Vielleicht hatte er die Liste irgendwo anders abgelegt. Aber es gab noch eine andere, verstörendere Hypothese. Demnach hatte Servaz die Liste nie zu Gesicht bekommen, *weil Iréne Ziegler sie entwendet hatte.* Er erinnerte sich daran, wie zäh sie sich an die Selbstmörder erinnert hatte, als er sie an jenem Abend bei der Gendarmerie zum ersten Mal erwähnt hatte.

Plötzlich tauchte ein anderes Bild auf: Er war in der Seilbahnkabine gefangen, und er versuchte sie am Handy zu erreichen. Sie hätte lange vor ihm da sein müssen, weil sie ja näher war, aber sie war nicht da, als er in die Kabine stieg. Am Telefon hatte sie ihm gesagt, sie hätte einen Unfall mit ihrem Motorrad gehabt, sei aber unterwegs. Wiedergesehen hatte er sie erst *danach*, als Perrault bereits tot war.

Er sah, dass seine Fingerknöchel ganz weiß waren, so fest umklammerte er das Steuer. Er rieb sich die Augen. Er war erschöpft, mit den Nerven am Ende, sein Körper war nur noch ein Knoten von Schmerzen, und der Zweifel breitete sich wie ein tödliches Gift in seinem Verstand aus. Andere Gedanken kamen ihm: Sie verstand etwas von Pferden, sie steuerte ihr Auto und den Hubschrauber sicher wie ein Mann, sie kannte die Region wie ihre Westentasche. Er erinnerte sich wieder, wie sie sich am Morgen so überaus beflissen angedient hatte, ins Rathaus zu fahren. Sie wusste bereits, was sie dort finden würde. Das war die einzige Spur, die zu ihr führen konnte. Hatte sie auch die Papiere bei Chaperon in der Hoffnung durchwühlt, ihn aufzuspüren? *War sie es auch, die in der Kolonie versucht hatte, ihn umzubringen? Hatte sie an der Schnur und an der Nylontüte gezogen?* Er konnte es einfach nicht glauben.

Die Müdigkeit verlangsamte sein Denken. Er konnte keinen klaren Gedanken mehr fassen. Was sollte er tun? Er hatte keinerlei Beweis dafür, dass die junge Gendarmin die Täterin war.

Er sah auf die Uhr im Armaturenbrett, zog sein Handy heraus und rief Espérandieu an.

»Martin? Was ist los?«

Servaz erzählte ihm zuerst von dem pensionierten Richter und seinen Akten, und dann von der Entdeckung, die er gerade gemacht hatte. Am anderen Ende herrschte langes Schweigen.

»Glaubst du, dass sie es ist?« Espérandieu klang skeptisch.

»Sie war nicht bei mir, als ich Perrault mit dem Mörder in der Kabine gesehen habe. Der mit der Strumpfmaske, der sich hinter Perrault versteckt hat, als wir aneinander vorbeifuhren, damit ich seine Augen nicht sehe. Sie hätte vor mir da sein müssen – aber sie war nicht da. Sie kam erst viel später.« Plötzlich kam ihm ein anderer Gedanke. »Sie ist in der Ferienkolonie gewesen, und sie hat nichts gesagt. Sie kennt sich mit Pferden aus, sie kennt die Berge, sie ist sportlich, und sie weiß sicher, wie man mit einem Bergsteigerseil umgeht...«

»Verflixt!«, entfuhr es Espérandieu, merklich erschüttert.

Er sprach leise, und Servaz sagte sich, dass er wohl neben Charlène im Bett lag und diese vermutlich schlief.

»Was machen wir jetzt?«, fragte er.

Schweigen. Trotz der Entfernung ahnte er, wie fassungslos Espérandieu war. Er war es nicht gewohnt, dass ihm sein Chef die Zügel überließ.

»Du hörst dich komisch an.«

»Ich bin völlig erschöpft. Ich fürchte, ich hab Fieber.«

Über den Angriff in der Kolonie verlor er kein Wort; er hatte jetzt keine Lust, darüber zu reden.

»Wo bist du gerade?«

Servaz betrachtete ein weiteres Mal die menschenleere Straße.

»Vor dem Haus von Saint-Cyr.«

Unwillkürlich warf er einen Blick in den Rückspiegel. Auch nach dieser Seite hin war die Straße wie ausgestorben. An den letzten Häusern etwa hundert Meter entfernt waren die Fensterläden geschlossen. Nur die Flocken fielen still und immer dichter.

»Fahr zurück ins Hotel«, sagte Espérandieu. »Unternimm erst mal gar nichts. Ich komme.«

»Wann? Heute Abend?«

»Ja, ich zieh mich an und fahr los. Und weißt du, wo Ziegler ist?«

»In ihrer Wohnung, nehme ich an.«

»Oder auf der Suche nach Chaperon. Du könntest sie vielleicht anrufen, nur um mal nachzuprüfen.«

»Und was soll ich ihr sagen?«

»Keine Ahnung. Dass es dir schlecht geht, dass du krank bist. Du bist völlig erschöpft, du hast es selbst gesagt. Man hört es deiner Stimme an. Sag ihr, dass du morgen im Bett bleibst, dass du nicht mehr kannst. Mal sehen, wie sie reagiert.«

Servaz lächelte. Nach dem, was passiert war, würde sie ihm bestimmt glauben.

»Martin? Was ist los?«

Er spitzte die Ohren. Das Geräusch eines Fernsehers auf Zimmerlautstärke. Ziegler war bei sich zu Hause. Oder bei jemand anders. Eine Wohnung? Ein Haus? Er konnte sich nicht vorstellen, wo sie lebte. Jedenfalls war sie nicht draußen, wie ein hungriger Wolf auf den Fersen des Bürgermeisters. *Oder auf seinen eigenen …* Er sah sie vor sich, mit ihrer Lederkombi, ihren hohen Stiefeln, ihrem schweren Motorrad; er sah sie am Steuerknüppel des Hubschraubers. Plötzlich war er sich sicher, dass sie es war.

»Nichts«, sagte er. »Ich ruf dich an, um dir zu sagen, dass ich eine Pause mache. Ich muss schlafen.«

»Geht's dir nicht besser?«

»Ich weiß nicht. Ich kann nicht mehr klar denken. Ich bin ausgelaugt, und ich habe furchtbare Halsschmerzen.« Keine Lüge war besser als die, die ein Körnchen Wahrheit enthielt.

»Glaubst du, dass du morgen allein zurechtkommst? Wir müssen unbedingt Chaperon finden.«

»Okay«, sagte sie nach kurzem Zögern. »Du bist jedenfalls ausgepowert. Ruh dich aus. Ich ruf dich an, wenn's was Neues gibt. Ich werde mich jetzt auch so allmählich aufs Ohr legen. Wie du sagst: Wir müssen klar denken können.«

»Gute Nacht, Irène.«

Er trennte die Verbindung und wählte die Nummer seines Stellvertreters.

»Espérandieu«, sagte Espérandieu.

»Sie ist bei sich zu Hause. Jedenfalls lief ein Fernseher im Hintergrund.«

»Aber sie hat nicht geschlafen.«

»Wie eine Menge Leute, die spät zu Bett gehen. Und du, wo bist du?«

»Auf der Autobahn. Ich fahr kurz runter und tanke, dann komm ich. Hab noch nie eine so düstere Landschaft gesehen. Ich bin in fünfzig Minuten da. Was hältst du davon, dich bei ihr auf die Lauer zu legen?«

Er zögerte. Hätte er genug Kraft?

»Ich weiß nicht einmal, wo sie wohnt.«

»Du machst doch Scherze?«

»Nein.«

»Was tun wir also?«

»Ich ruf d'Humières an«, beschloss Servaz.

»Um diese Uhrzeit?«

Servaz legte sein Handy aufs Bett, ging ins Bad und spritzte sich kaltes Wasser ins Gesicht. Er hätte gern einen Kaffee getrunken, aber das konnte er sich aus dem Kopf schlagen. Dann kehrte er ins Schlafzimmer zurück und rief Cathy d'Humières an.

»Martin? Verdammt! Wissen Sie, wie spät es ist? In Ihrem Zustand sollten Sie längst schlafen!«

»Tut mir leid«, sagte er. »Aber es eilt.«

Er ahnte, dass sich die Staatsanwältin in ihrem Bett aufsetzte.

»Ein weiteres Opfer?«

»Nein. Aber eine ziemlich unangenehme Überraschung. Wir haben einen neuen Verdächtigen. Aber ich kann vorerst mit niemandem darüber reden. Außer mit Ihnen.«

»WER?«, sagte d'Humières, plötzlich hellwach.

»Capitaine Ziegler.«

Langes Schweigen am anderen Ende.

»Erzählen Sie mir alles.«

Er tat es. Er erzählte ihr von Saint-Cyrs Liste, von der Tatsache, dass Irène weg war, als Perrault umgebracht wurde, davon, dass sie nichts über ihre Kindheit und ihren Aufenthalt in der Kolonie hatte verlauten lassen, und dass sie sich eisern über ihr Privatleben ausschwieg.

»Das beweist nicht, dass sie die Täterin ist«, sagte d'Humières.

So denken Juristen, sagte er sich. Seiner Meinung nach war Irène Ziegler jetzt die Hauptverdächtige. Aber seinen Instinkt als Polizist behielt er jetzt lieber für sich.

»Aber Sie haben recht, das ist verstörend. Diese Geschichte mit der Liste gefällt mir ganz und gar nicht. Was erwarten Sie von mir? Ich nehme an, dass Sie mich nicht um diese Uhrzeit anrufen, um mir etwas mitzuteilen, was bis morgen warten könnte.«

»Wir brauchen ihre Adresse. Ich habe sie nicht.«

»Wir?«

»Ich habe Espérandieu gebeten, zu kommen.«

»Wollen Sie sie observieren? Jetzt, mitten in der Nacht?«

»Vielleicht.«

»Verdammt, Martin! Sie sollten schlafen! Haben Sie mal in den Spiegel geschaut?«

»Besser nicht.«

»Das gefällt mir nicht. Seien Sie vorsichtig. Wenn sie die Täterin ist, kann es gefährlich werden. Sie hat schon zwei Menschen umgebracht. Und sie geht mit Waffen wahrscheinlich mindestens genauso gut um wie Sie.«

Gelinde gesagt, dachte er. Er war eine Null im Schießen. Und seinen Stellvertreter konnte er sich auch nicht gerade als zweiten Dirty Harry vorstellen.

»Rufen Sie mich in fünf Minuten wieder an, ich muss ein, zwei Telefonate führen«, sagte sie ihm. »Bis gleich.«

Vierzig Minuten später klopfte Espérandieu an die Tür. Servaz machte auf. Sein Stellvertreter hatte Schneeflocken auf dem Anorak und im Haar.

»Hast du ein Glas Wasser und einen Kaffee?«, sagte er, ein Röhrchen Aspirin in der Hand. Dann blickte er zu seinem Chef auf. »Mannomann!«

Als Servaz das Haus von Saint-Cyr verließ, war Diane noch immer in ihrem Büro.

Sie fragte sich, was sie jetzt tun sollte. Sie bereitete sich darauf vor, zur Tat zu schreiten. Aber wollte sie das wirklich? Vielleicht sollte sie einfach so tun, als ob nichts gewesen wäre, und vergessen, was sie entdeckt hatte. Mit Spitzner darüber reden? Anfangs hatte sie das für eine gute Idee gehalten, doch nachdem sie gründlich darüber nachgedacht hatte, war sie sich nicht mehr so sicher. In Wirklichkeit wusste sie überhaupt nicht, an wen sie sich wenden sollte.

Sie war allein, sich selbst überlassen. Sie sah auf die Uhr in der Ecke des Bildschirms.

23:15 Uhr.

In der Klinik herrschte völlige Stille, abgesehen von dem Wind, der in Böen gegen das Fenster wehte. Sie hatte ihr Excel-Programm mit allen Daten gefüttert, die sie im Verlauf ihrer Gespräche heute zusammengetragen hatte. Xavier hatte sein Büro schon längst verlassen. *Jetzt oder nie…* Sie spürte, wie sich ihr Magen verkrampfte. Was würde passieren, wenn jemand sie überraschte? Besser nicht daran denken.

»Ich sehe sie.«

Espérandieu reichte ihm das Fernglas. Servaz richtete es auf das kleine, dreistöckige Gebäude am Fuß des Hangs. Irène Ziegler stand mitten im Wohnzimmer, Handy am Ohr. Sie schien munter zu plaudern. Sie war angezogen wie jemand, der gleich ausgehen will – *nicht wie jemand, der den Abend vor dem Fernseher verbringt, ehe er schlafen geht.*

»Sieht nicht so aus, als wollte sie ins Bett«, bemerkte Espérandieu, während wieder er das Fernglas nahm.

Sie standen etwa zwanzig Kilometer von Saint-Martin entfernt auf einer kleinen Anhöhe am Rand eines Parkplatzes mit einer Panoramatafel. Eine Hecke umgab den Parkplatz. Sie waren zwischen zwei Sträucher geschlüpft. Eisiger Wind rüttelte an der Hecke. Servaz hatte den Kragen seiner Jacke hochgeschlagen, und Espérandieu verkroch sich unter der Kapuze seines allmählich weiß werdenden Anoraks. Servaz schlotterte und klapperte mit den Zähnen. Es war 0:42 Uhr.

»Sie kommt raus!«, sagte Espérandieu, als er sah, wie sie in der Diele nach einer Motorradjacke griff.

Im nächsten Moment schlug sie die Wohnungstür zu. Er richtete das Fernglas auf den Hauseingang. Zwanzig Sekunden später tauchte Ziegler auf. Sie stieg die Stufen hinunter und stapfte trotz des Schnees zu ihrem Motorrad.

»Verdammt! Das ist doch nicht zu glauben!«

Sie liefen zum Wagen. Die Hinterreifen rutschten leicht seitlich weg, als sie unten am Hang die Kurve vor dem Wohnblock nahmen. Gerade noch rechtzeitig, um zu sehen, wie das Motorrad oben an der Straße Richtung Zentrum nach rechts abbog. Als sie ihrerseits die Kreuzung erreichten, war die Ampel rot. Sie überfuhren sie. Unwahrscheinlich, zu dieser Uhrzeit und bei diesem Wetter jemandem zu begegnen. Sie fanden sich auf einer langen, vom Schnee bedeckten Allee wieder. In der Ferne fuhr Ziegler sehr langsam vor sich hin. Was ihnen die Aufgabe erleichterte, sie aber auch der Gefahr aussetzte, entdeckt zu werden, denn sie waren ganz allein auf dieser langen weißen Straße.

»Sie wird noch Lunte riechen, wenn das so weitergeht«, sagte Espérandieu und bremste.

Sie verließen die Ortschaft und fuhren etwa zehn Minuten lang mit vermindertem Tempo, vorbei an zwei menschenleeren Dörfern und durch eine verschneite Wiesenlandschaft, die links und rechts von Bergen gerahmt wurde. Espérandieu hielt großen Abstand zu Ziegler, sodass sie nur noch das Rücklicht ihres Motorrads sahen, das so schwach leuchtete wie das glühende Ende einer Zigarette in einem nächtlichen Schneegestöber.

»Wohin fährt sie nur?«

In seiner Stimme klang die gleiche Ratlosigkeit an, die man auch seinem Chef anmerkte. Servaz antwortete nicht.

»Glaubst du, dass sie Chaperon gefunden hat?«

Bei diesem Gedanken verkrampfte sich Servaz. Er spürte, wie die Anspannung in ihm wuchs, als er daran dachte, was gleich passieren konnte. Alles sprach dafür, dass er mit seiner Vermutung richtiglag: Sie hatte ihn angelogen; sie war nicht zu Bett gegangen, sie war mitten in der Nacht losgefahren, ohne irgendwem Bescheid zu geben. Immer wieder musste er an die verschiedenen Phasen der Ermittlungen denken, an jedes Detail, das auf sie hindeutete.

»Sie ist rechts abgebogen.«

Servaz richtete den Blick geradeaus. Sie war gerade von der Straße auf einen beleuchteten Parkplatz vor einem niedrigen, rechteckigen Gebäude gefahren, das aussah wie eines der zahllosen Warenlager an jeder Landstraße. Durch das Schneetreiben hindurch sahen sie eine Neonröhre in die Nacht leuchten. Sie hatte die Form eines Frauenkopfs im Profil – die Frau rauchte eine Zigarette und trug eine Melone. Der Rauch der Zigarette bildete die Wörter »PINK BANANA«. Espérandieu fuhr noch langsamer. Sie sahen, dass Ziegler anhielt und abstieg.

»Was ist das denn?«, fragte Servaz. »Ein Nachtklub?«

»Eine Miezenbar«, antwortete Espérandieu.

»Was?«

»Ein Tanzlokal für Lesben.«

Sie fuhren im ersten Gang auf den Parkplatz, just, als sie den Türsteher begrüßte, der über seinem Smoking eine dicke Jacke mit Pelzkragen trug. Zwischen zwei Plastikpalmen hindurch verschwand sie im Innern. Espérandieu fuhr ganz langsam vor dem Eingang der Diskothek vorbei. Ein Stück weiter befanden sich weitere quaderförmige Gebäude. Wie riesige Schuhschachteln. Ein Gewerbegebiet. Er wendete und parkte den Wagen im Rückwärtsgang in einem dunklen Winkel, fern der Straßenlaternen und der Neonröhren, die Motorhaube auf den Eingang der Diskothek gerichtet.

»Du wolltest mehr über ihr Privatleben wissen, jetzt weißt du's«, sagte er.

»Was macht sie da drin?«

»Was glaubst du denn?«

»Ich meine: Sie ist hinter Chaperon her, sie weiß, dass die Zeit drängt, und trotzdem nimmt sie sich die Zeit hierherzukommen? Um ein Uhr morgens?«

»Es sei denn, sie ist hier mit jemandem verabredet, der ihr einen Tipp geben könnte.«

»In einer Lesbendisco?«

Espérandieu zuckte mit den Achseln. Servaz betrachtete die Uhr im Armaturenbrett. 1:08 Uhr.

»Fahr mich hin!«, sagte er.

»Wohin?«

»Zu ihrer Wohnung.«

Er wühlte in seiner Tasche und zog einen kleinen Bund mit Dietrichen heraus. Espérandieu runzelte die Stirn.

»He, he! Das ist keine gute Idee. Sie kann jeden Moment rauskommen.«

»Du setzt mich ab und fährst hierher zurück, um dich zu vergewissern, dass sie noch in der Disco ist. Ich gehe nicht rein, bis du mir grünes Licht gegeben hast. Ist dein Handy geladen?«

Servaz nahm seines heraus. Diesmal funktionierte es sogar. Espérandieu schüttelte den Kopf.

»Warte! Hast du mal in den Spiegel geschaut? Du kannst dich kaum mehr auf den Beinen halten! Wenn Irène Ziegler tatsächlich die Mörderin ist, dann ist sie extrem gefährlich.«

»Wenn du sie überwachst, bleibt mir genügend Zeit, mich aus dem Staub zu machen. Wir können hier nicht lange rumdiskutieren.«

»Und wenn dich ein Nachbar sieht und Alarm gibt? Confiant wird deine Karriere ruinieren! Dieser Typ hasst dich.«

»Niemand wird was erfahren. Los jetzt! Wir haben schon genug Zeit verloren.«

Diane sah sich um. Niemand. Der Gang war menschenleer. In diesem Bereich des Instituts, zu dem die Patienten keinen Zugang hatten, gab es keine Überwachungskameras. Sie drückte die Klinke herunter; die Tür war nicht abgeschlossen. Sie sah auf die Uhr. 0:12 Uhr. Sie trat ein. Der Mondschein, der durch das Fenster fiel, tauchte das Zimmer in einen silbrigen Schimmer: *Xaviers Büro.*

Sie machte die Tür hinter sich zu. Sie war hellwach. Ihre Sinne waren unter der Anspannung so scharf wie bei einem wachsamen Tier. Ihr Blick glitt durch das Büro, das leer war – bis auf die Lampe, den Computer und das Telefon, das kleine Bücherregal rechts, die stählernen Aktenschränke links, den Kühlschrank in einem Winkel und die Topfpflanzen auf dem Fensterbrett. Draußen tobte der Sturm, und hin und wieder, wahrscheinlich wenn Wolken vor dem Mond vorüberzogen, wurde es so dunkel, dass sie außer dem graublauen Rechteck des Fensters gar nichts mehr sah; dann wieder war das Zimmer so hell erleuchtet, dass sie jedes Detail erkennen konnte.

Auf dem Boden, in einer Ecke, ein Paar Hanteln. Klein, aber schwer, stellte sie fest, als sie näher heranging. Jede Hantel trug vier schwarze Scheiben von jeweils zwei Kilogramm. Sie wollte die erste Schublade öffnen, doch sie war abgeschlossen. *Verflixt*. Die zweite dagegen war offen. Sie zögerte einen Moment, dann schaltete sie die Lampe auf dem Schreibtisch an. Sie wühlte zwischen den Aktenmappen und den Papieren in der Schublade, aber nichts fiel ihr auf. Die dritte Schublade war bis auf einige Filzstifte und Kugelschreiber leer.

Sie trat an die Metallschränke. Dort hingen Akten dicht an dicht. Diane nahm einige heraus und schlug sie auf. *Die Personalakten …* Sie stellte fest, dass es keine auf den Namen Elisabeth Ferney gab, dafür aber eine auf den Namen Alexandre Barski. Da es sonst keinen Alexandre gab, musste das der Pfleger sein. Sie hielt den Ordner näher an die Lampe, um besser lesen zu können.

Aus dem Lebenslauf von Alex ging hervor, dass er 1980 in der Elfenbeinküste geboren wurde. Er war jünger, als sie gedacht hatte. Ledig. Er wohnte in einem Ort namens Saint-Gaudens, Diane glaubte sich zu erinnern, dass sie diesen Namen auf ihrer Karte gelesen hatte. Er war seit vier Jahren am Institut. Vorher hatte er in der psychiatrischen Klinik in Armentieres gearbeitet. Während seiner Ausbildung hatte er zahlreiche Praktika absolviert, darunter eines in einer Abteilung für Kinder- und Jugendpsychiatrie, und Diane sagte sich, dass sie sich darüber in Zukunft unterhalten könnten. Sie wollte Alex näherkommen – und sich vielleicht sogar mit ihm anfreunden. Gute Beurteilungen. Im Laufe der Jahre hatten zuerst Wargnier und später Xavier Vermerke notiert wie:

»aufmerksamer Zuhörer«, »kompetent«, »zeigt Eigeninitiative«, »teamfähig«, »gute Beziehungen zu den Patienten« …

Du hast nicht die ganze Nacht, denk dran …

Sie machte die Akte wieder zu und stellte sie an ihren Platz zurück. Mit einem kleinen Stich im Herzen suchte sie ihre Akte. »Diane Berg«. Sie öffnete sie. Da waren ihr Lebenslauf und Ausdrucke der E-Mail-Korrespondenz mit Dr. Wargnier. Sie spürte, wie sich ihr Magen zusammenkrampfte, als sie unten auf der Seite die handschriftliche Bemerkung von Xavier las: *»Problematisch?«* Die übrigen Akten brachten ihr keine neuen Erkenntnisse. Sie öffnete kurz die anderen Schubladen. Patientenakten. Verwaltungskram … Die Tatsache, dass keine Akte auf den Namen von Lisa Ferney lautete, bestätigte das, was Diane vermutete: Vielleicht war sie die heimliche Herrscherin über diese Einrichtung. Weder Wargnier noch Xavier hatten gewagt, eine Akte über die Pflegedienstleiterin anzulegen.

Anschließend richtete sich ihr Blick auf das Bücherregal auf der anderen Seite des Zimmers. Dann wieder auf den Schreibtisch und den Rechner. Diane zögerte. Schließlich setzte sie sich auf Xaviers Stuhl. Ein dauerhafter Geruch nach Seife und einem allzu würzigen Eau de Toilette hatte sich im Leder der Rückenlehne festgesetzt. Sie spitzte die Ohren, dann schaltete sie den Computer ein. In den Eingeweiden des Geräts schnaubte und wimmerte etwas wie ein erwachender Säugling.

Der Bildschirmhintergrund leuchtete auf – eine banale Herbstlandschaft –, und nach und nach erschienen die Icons. Diane betrachtete sie nacheinander, aber auch da sah sie nichts Besonderes. Sie öffnete den elektronischen Briefkasten. Nichts Auffälliges. Die letzte Mail war von heute, sie war an alle Mitarbeiter gerichtet und trug die Überschrift »Terminplan für die Arbeitsbesprechungen der therapeutischen Teams«. Der Posteingang enthielt 550 E-Mails, zwölf davon waren ungelesen; Diane hatte nicht die Zeit, sie alle zu öffnen, aber sie warf einen kurzen Blick auf die vierzig letzten, ohne irgendetwas Ungewöhnliches zu finden.

Anschließend ging sie die verschickten E-Mails durch. Ebenfalls nichts Auffälliges.

Sie schloss den elektronischen Briefkasten und stöberte in der Favoritenliste herum. Mehrere Websites weckten ihr Interesse, unter anderem eine Single-Kontaktbörse, eine andere mit dem Titel »Verführung durch einen Psycho-Sexologen«, eine dritte mit »ultimativen« pornografischen Bildern und eine vierte, die unter dem Titel »Brustschmerzen und akutes Koronarsyndrom« firmierte. Sie fragte sich, ob Xavier Herzprobleme hatte oder ob er einfach nur ein Hypochonder war – dann stöberte sie weiter. Nach siebzehn Minuten schaltete sie den Rechner enttäuscht aus.

Ihr Blick fiel auf die erste, abgeschlossene Schublade.

Sie fragte sich, ob Xavier darin nicht eine externe Festplatte oder einen USB-Stick verwahrte. Abgesehen von den Pornosites war sein Rechner ein wenig zu clean für jemanden, der etwas zu verbergen hatte.

Sie blickte um sich, griff nach einer Büroklammer, bog sie auf und führte sie in das kleine Schloss ein – dabei versuchte sie den Kniff aus den Fernsehkrimis nachzuahmen.

Natürlich musste dieser Versuch scheitern. Als die Klammer abbrach und ein Stück im Schloss stecken blieb, fluchte sie leise. Sie ergriff einen Brieföffner, und nur mit Mühe konnte sie die Metallspitze nach mehreren Minuten herausziehen. Dann ging sie in Gedanken noch einmal alle Möglichkeiten durch, und plötzlich kam ihr eine Idee. Sie drehte den Bürostuhl zum Fenster und stand auf. Nacheinander hob sie die Blumentöpfe an. Nichts. Dann bohrte sie aufs Geratewohl ihre Finger in die Blumenerde.

Beim dritten Topf stießen ihre Finger auf etwas. Stoff mit etwas Hartem darin… Sie zog, und ein kleines Säckchen kam zum Vorschein. Darin lag der Schlüssel. Ihr Puls beschleunigte sich. Doch als sie die Schublade aufzog, war sie enttäuscht. Weder eine Festplatte noch ein USB-Stick. Stattdessen ein Stapel Papiere, die die Klinik betrafen. Berichte, Korrespondenz mit Kollegen – nichts Vertrauliches. Aber warum hatte Xavier dann die Schublade abgeschlossen? Warum hatte er sie nicht wie die anderen offen gelassen? Als sie die Blätter anhob, fiel ihr eine kartonierte Aktenmappe auf, die nicht so dick war wie die anderen Akten. Diane nahm sie aus der Schublade und legte sie auf die Schreibunterlage in den Lichtkreis der Lampe. Sie enthielt nur ein paar Blätter, darunter eine mehrspaltige Namensliste. Diane sah, dass sie das Gemeindesiegel von Saint-Martin trug und dass es sich um eine Fotokopie handelte. Sie hob das erste der beiden Blätter an.

Auf dem zweiten Blatt klebte eine gelbe Post-it-Notiz. Sie nahm sie ab und hielt sie unter die Lampe. Xavier hatte mehrere Namen darauf geschrieben, die jeweils mit einem Fragezeichen versehen waren:

Gaspard Ferrand?
Lisa?
Irène Ziegler?
Kolonie?
Rache?
Warum das Pferd???

Sie fragte sich, was diese Notizen zu bedeuten hatten. Aber im nächsten Moment war ihr klar, dass diese Fragen wie ein Echo ihrer eigenen Fragen waren. Zwei der Namen kannte sie nicht, und das Wort »Kolonie« rief ihr das unangenehme Erlebnis in den verlassenen Gebäuden in Erinnerung, das sie vor zwei Tagen gehabt hatte. Was sie da vor sich hatte, war eine Liste von Verdächtigen. Plötzlich fiel ihr wieder die Unterhaltung ein, die sie durch die Lüftungsöffnung mit angehört hatte: Xavier hatte sich gegenüber diesem Polizisten verpflichtet, unter den Mitarbeitern selbst Nachforschungen anzustellen. Und diese auf einen Zettel gekritzelten Fragen bewiesen, dass er damit begonnen hatte. Aber wenn Xavier insgeheim Nachforschungen anstellte, bedeutete das, dass er selbst nicht der Komplize war, nach dem die Polizei suchte. Wie erklärte sich in diesem Fall die Arzneimittelbestellung, die er aufgegeben hatte?

Perplex legte Diane die Liste in die Aktenmappe und die Aktenmappe in die Schublade, die sie wieder abschloss. Von den beiden anderen Personen hatte sie noch nie gehört – aber wenigstens ein Name stand auf der Liste, auf den sie jetzt ihre Nachforschungen konzentrieren konnte. Gab Xavier dadurch, dass er das Wort »Kolonie« ans Ende der Liste gesetzt hatte, zu verstehen, dass all diese Personen irgendetwas mit der Ferienanlage zu tun hatten? In Gedanken hörte sie wieder den unbekannten Mann schreien und schluchzen. Was war dort vorgefallen? Und welche Verbindung bestand zu den Verbrechen, die in der Nähe von Saint-Martin begangen worden waren? Die Antwort lag ganz offensichtlich in dem Wort, das der Psychiater ganz unten hingeschrieben hatte. *Rache* … Diane erkannte, dass ihr viel zu viele Informationen fehlten, als dass sie hoffen konnte, sich der Wahrheit zu nähern. Augenscheinlich hatte Xavier einen Vorsprung, aber er stieß noch immer auf ziemlich viele Fragezeichen.

Plötzlich erstarrte sie, die Hand noch auf dem Schubladenschlüssel. *Schritte auf dem Flur…* Unwillkürlich sank sie tiefer in den Stuhl, während ihre Hand langsam und lautlos zur Schreibtischlampe glitt und sie ausschaltete. Wieder lag das Zimmer in dem graublauen Halbdunkel, das der Mondschein erzeugte, und ihr Herz begann bedrohlich zu pochen. Die Schritte waren vor ihrer Tür stehen geblieben… Einer der Wachmänner, der seine Runde machte? Hatte er das Licht unter der Tür bemerkt? Die Sekunden zogen sich endlos hin. Dann setzte der Wachmann seinen Rundgang fort, und die Schritte entfernten sich.

Während ihr das Blut noch in den Ohren pochte, beruhigte sich ihre Atmung allmählich wieder. Sie wollte nur noch eines: hinauf in ihr Zimmer und unter die Bettlaken schlüpfen. Auch brannte sie darauf, Xavier nach dem zu fragen, was er herausgefunden hatte. Aber sie wusste, sobald sie ihm gestehen würde, dass sie seinen Schreibtisch durchwühlt hatte, wäre sie ihre Stelle los und könnte jegliche Hoffnung, Karriere zu machen, begraben. Sie musste ein anderes Mittel finden, um ihn zum Reden zu bringen.

»Ihr Motorrad ist da. Sie ist immer noch drin.«

Servaz machte das Handy wieder zu und schaltete auf dem Treppenabsatz das Licht an. Er sah auf die Uhr. 1:27 Uhr. Dann die Tür der zweiten Wohnung. Kein Ton. Alles schlief. Er trat sich gründlich die Füße auf der Matte ab, dann nahm er die Dietriche heraus und begann sie ins Schloss zu stecken. Dreißig Sekunden später war er drin. Sie hatte weder einen zusätzlichen Riegel noch ein Dreipunkteschloss.

Ein Flur vor ihm, zwei Türen auf der rechten Seite. Die erste führte auf einen weiteren Gang, die zweite ins Wohnzimmer. Das Licht der Straßenlaternen erhellte den dunklen Raum. Hinter den großen Fenstern schneite es immer stärker. Servaz betrat das finstere, stille Zimmer. Suchte nach einem Schalter. Das Licht blitzte auf und enthüllte ein spartanisches Interieur. Mit klopfendem Herzen blieb er stehen. *Suchen Sie das Weiß,* hatte Propp gesagt.

Er ließ den Blick langsam durch das Zimmer gleiten. Die Wände waren weiß. Ein Wohnzimmer, das in einem kalten, nüchternen Stil möbliert war. Modern. Er versuchte sich so unvoreingenommen wie irgend möglich ein Bild von der Person zu machen, die hier lebte. Ihm fiel nichts ein. Er hatte den Eindruck, die Wohnung eines Gespensts zu betrachten. Er näherte sich dem Dutzend Bücher, die zwischen Sportpokalen auf einem Regal standen, und schreckte zusammen. All diese Bücher behandelten ähnliche Themen: Sexualverbrechen, Gewalt gegen Frauen, die Unterdrückung der Frau, Pornografie und Vergewaltigung. Ihm wurde schwindlig. *Er näherte sich der Wahrheit...* Er betrat die Küche. Plötzlich bewegte sich etwas zu seiner Rechten. Ehe er reagieren konnte, spürte er, dass ihn etwas am Bein berührte. In panischem Schrecken machte er einen Satz nach hinten, sein Herzschlag setzte aus. Ein langes Miauen, und der Kater flüchtete sich in eine andere Ecke der Wohnung. *Verdammt, du hast mir eine Heidenangst eingejagt!* Servaz wartete, bis sein Herzklopfen nachließ, dann öffnete er die Wandschränke. Nichts Auffälliges. Er bemerkte lediglich, dass Irène Ziegler, anders als er, ihre Vorräte streng hygienisch lagerte. Er durchquerte das Wohnzimmer in Richtung Schlafzimmer. In einem der Zimmer – da, wo die Tür offen war – standen ein Schreibtisch, ein quadratisches

Bett und ein stählerner Aktenschrank. Nacheinander zog er die Schubladen auf. Akten. Steuerbescheide, Stromrechnungen, Kurse an der Gendarmeriehochschule, Mietquittungen, Arztrechnungen, verschiedene Abonnements ... Auf dem Nachttisch englische Bücher. *The Woman-Identified Woman, Radical Feminism – a Documentary History.* Er schreckte zusammen, als sein Handy in der Tasche vibrierte.

»Irgendwas gefunden?«, fragte Espérandieu.

»Bis jetzt nichts. Tut sich was?«

»Nein, sie ist noch drin. Hast du daran gedacht, dass sie vielleicht nicht allein wohnt? Wir wissen nichts über sie, verdammt!«

Servaz war wie vom Donner gerührt. Espérandieu hatte recht. Er hatte sich nicht einmal die Frage gestellt! In der Wohnung gab es drei geschlossene Türen. *Was war dahinter?* Zumindest hinter einer musste noch ein Schlafzimmer sein. Das, in dem er sich gerade befand, schien nicht benutzt zu werden. Beim Betreten der Wohnung hatte er keinen Lärm gemacht, und es war fast zwei Uhr morgens, Tiefschlafzeit. Sein Magen krampfte sich zusammen – er verließ das Zimmer und blieb wie angewurzelt vor der Tür des Nebenzimmers stehen. Er spitzte die Ohren. Kein Geräusch. Er drückte sein Ohr an die Tür. Nichts. Nur das Rauschen seines eigenen Blutes. Schließlich legte er die Hand auf die Klinke und drückte sie ganz langsam nach unten.

Ein Schlafzimmer ... ein ungemachtes Bett ...

Es war leer. Sein Herz raste schon wieder. Er sagte sich, dass das vielleicht an seiner miserablen Kondition lag. Er müsste ernsthaft in Betracht ziehen, ein bisschen Sport zu treiben, wenn er nicht eines Tages an einem Herzschlag sterben wollte.

Die beiden letzten Türen führten ins Badezimmer und zum WC. Nachdem er sie geöffnet hatte, kehrte er in das Schlafzimmer zurück, in dem der Schreibtisch stand. Er zog die drei Schubladen auf. Nichts, bis auf Kugelschreiber und Kontoauszüge. Dann fiel ihm ein Farbfleck unter dem Schreibtisch auf. Eine Straßenkarte. Sie musste vom Schreibtisch auf den Boden gefallen sein. Wieder vibrierte das Handy in seiner Tasche.

»Sie ist rausgekommen!«

»Okay. Fahr ihr nach. Und ruf mich an, wenn ihr noch einen Kilometer weit weg seid.«

»Was machst du?«, sagte Espérandieu. »Verzieh dich, Herrgott!«

»Ich hab vielleicht was gefunden.«

»Sie ist schon losgefahren!«

»Hol sie ein. Beeil dich! Ich brauche fünf Minuten.«

Er legte auf.

Er machte die Schreibtischlampe an und bückte sich, um die Karte aufzuheben.

Es war 2:02 Uhr, als Espérandieu Irène Ziegler in Begleitung einer anderen Frau aus dem Pink Banana hatte kommen sehen. In ihrer Motorradkombi und ihren schwarzen Lederstiefeln glich Ziegler einer faszinierenden Amazone, während ihre Nachbarin einen seidig glänzenden weißen Blouson mit Pelzkragen über einer eng anliegenden Jeans und geschnürten weißen Stiefeln mit hohen Absätzen trug. Sie schien einer Illustrierten entstiegen. Sie war so brünett wie Ziegler blond, und ihre langen Haare fielen auf den Pelzkragen hinunter. Die beiden jungen Frauen steuerten auf Zieglers Motorrad zu, die Gendarmin stieg auf. Sie wechselten noch ein paar Worte.

Dann beugte sich die Brünette zu der Blonden hin. Espérandieu musste schlucken, als er sah, wie die beiden jungen Frauen einander innig küssten.

Donnerwetter, sagte er sich, mit plötzlich trockener Kehle. Anschließend ließ Ziegler den Motor ihrer Maschine aufheulen – eine Lederamazone, festgeschweißt am Stahl ihrer Maschine. *Diese Frau ist vielleicht eine Mörderin,* sagte er sich, um die angefachte Glut zu kühlen.

Plötzlich kam ihm ein Gedanke. *Eric Lombards Pferd war von* zwei *Menschen getötet worden.* Er fotografierte die Brünette mit seiner Digitalkamera, ehe sie wieder in der Diskothek verschwand. Wer war sie? *Wäre es möglich, dass die Mörder zwei Frauen sind?* Er nahm sein Handy heraus und rief Servaz an.

»Mist!«, fluchte er, nachdem er aufgelegt hatte. Martin wollte noch fünf Minuten! Das war der Wahnsinn!

Er hätte sich auf der Stelle aus dem Staub machen müssen! Espérandieu fuhr an und raste am Rausschmeißer vorbei. An der Ausfahrt des Parkplatzes schnitt er die Kurve etwas zu scharf und schlitterte wieder über den Schnee, ehe er auf der großen geraden Strecke beschleunigte. Er nahm den Fuß erst vom Gas, als er das Rücklicht des Motorrads sah, und blickte automatisch auf die Wagenuhr: 2:07 Uhr.

Martin, um Himmels willen, verzieh dich!

Servaz drehte die Karte in alle Richtungen. Eine detaillierte Karte vom oberen Comminges. Im Maßstab 1:50000. Obwohl er sie eingehend musterte, auffaltete und unter die Lampe hielt, sah er nichts.

Dabei hatte Ziegler diese Karte vor Kurzem benutzt. Wahrscheinlich bevor sie ausgegangen war. *Es ist da, irgendwo, aber du siehst es nicht,* dachte er. Aber was? Wonach sollte er suchen? Und plötzlich ein Geistesblitz: das Versteck von Chaperon!

Es war da, ganz bestimmt – irgendwo auf dieser Karte …

An einer Stelle machte die Straße mehrere Kurven. Da sie hinter einem langen, geraden Abschnitt lagen, musste er scharf bremsen. Die Straße wand sich an einem Bach entlang unter schneebeladenen Tannen und Birken und zwischen kleinen weißen Kuppen hindurch. Eine Postkartenidylle bei Tage – und nachts im Scheinwerferlicht beinahe unwirklich.

Espérandieu sah, wie Ziegler bremste und ihre starke Maschine an der ersten Kurve sehr vorsichtig zur Seite neigte, ehe sie hinter den großen Tannen verschwand. Er nahm den Fuß vom Gas und fuhr ebenso vorsichtig um den ersten Hügel herum. Wie in Zeitlupe gelangte er an den Bach. Aber das genügte nicht …

Im ersten Augenblick hätte er nicht sagen können, was es war. *Ein schwarzer Schatten …*

Er tauchte auf der anderen Straßenseite auf und sprang in die Lichtkegel seiner Scheinwerfer. Instinktiv trat Espérandieu auf die Bremse. Der falsche Reflex. Sein Auto geriet ins Schleudern, während es auf das Tier zuraste. Ein heftiger Aufprall. Er klammerte sich ans Steuer und konnte den Wagen tatsächlich wieder geradeaus lenken. Nur leider zu spät. Er hielt das Fahrzeug an, schaltete die Warnblinkanlage ein, schnallte sich ab, nahm die Taschenlampe aus dem Handschuhfach und stürzte nach draußen. Ein Hund! Er hatte einen Hund angefahren! Das Tier lag mitten auf der Fahrbahn im Schnee. Es betrachtete Espérandieu durch das Licht der Taschenlampe. Ein flehender Blick. Seine Flanke hob und senkte sich unnatürlich schnell, und der Atem hüllte seine

Schnauze in einen weißen Nebel, eine seiner Pfoten zitterte im Krampf.

RÜHR DICH NICHT, MEIN JUNGE! ICH KOMME WIEDER!, dachte Espérandieu beinahe hörbar.

Er griff mit der Hand in seinen Anorak. *Sein Handy! Es war nicht mehr da!* Espérandieu warf einen verzweifelten Blick in Richtung Straße. Das Motorrad war längst verschwunden. *Verdammt, verdammt und gottverdammt!* Er hastete zum Auto, beugte sich hinein, schaltete die Deckenlampe an. Fuhr mit der Hand über den Boden unter den Sitzen. Nichts! Keine Spur von diesem bescheuerten Telefon! Weder auf den Sitzen noch auf dem Boden. WO WAR DIESES SCHEISSTELEFON, VERDAMMT?

Servaz hatte vergeblich jeden Quadratzentimeter der Karte abgesucht – es gab kein Zeichen, kein Symbol, mit dem Ziegler womöglich markiert hätte, wo sich Chaperon versteckt hielt. Aber vielleicht war das auch gar nicht nötig gewesen. Vielleicht hatte es ihr genügt, einen Blick darauf zu werfen, um etwas zu bestätigen, was sie bereits wusste. Servaz hatte Saint-Martin vor Augen, die Skistation, die umliegenden Täler und Gipfel, die Straße, über die er gekommen war, und die zum Kraftwerk, die Ferienkolonie und die Klinik sowie alle Ortschaften der Umgebung …

Er sah sich um. Ein Blatt fiel ihm ins Auge. Auf dem Schreibtisch. Ein Blatt unter anderen.

Er zog es heran und beugte sich darüber. *Eine Eigentumsurkunde …* Das Herz schlug ihm bis zum Hals. Eine Urkunde auf den Namen von Roland Chaperon, mit Wohnsitz in Saint-Martin-de-Comminges. Auf der Urkunde stand auch eine Adresse: Weg Nr. 12, Sektor 4, Aure-Tal, Gemeinde

Hourcade … Servaz fluchte. Er hatte keine Zeit, das Kataster oder das Grundbuchamt zu konsultieren. Dann bemerkte er, dass Ziegler mit rotem Filzstift einen Buchstaben und eine Ziffer unten auf das Blatt geschrieben hatte. D4. Er verstand. Mit feuchten Händen hielt er das Blatt an die Karte, während sein Zeigefinger fieberhaft darüberstrich …

Espérandieu drehte sich um und erblickte das Handy auf der Fahrbahn. Er stürzte sich darauf. Das Gerät war in zwei Stücke zerbrochen, das Plastikgehäuse geborsten. Mist! Er versuchte Servaz trotzdem zu erreichen. Vergeblich. Augenblicklich überfiel ihn die Angst. *Martin!* Der Hund stöhnte herzzerreißend. Espérandieu sah ihn an. *Was ist das denn für ein verdammter Albtraum?*

Schwungvoll riss er die Hintertür auf, ging zu dem Tier und hob es vorsichtig auf. Es war schwer. Der Hund knurrte drohend, aber ließ es geschehen. Espérandieu legte ihn auf die Rückbank, schlug die Tür zu und setzte sich wieder ans Steuer. Er warf einen Blick auf die Uhr. 2:20 Uhr! Ziegler musste jeden Moment an ihrer Wohnung sein! *Martin, zisch ab! Zisch ab! Zisch ab! Um Himmels willen!* Er legte einen Blitzstart hin, der Wagen schlitterte, das Heck brach seitlich aus, er steuerte gegen, bekam den Wagen in letzter Sekunde wieder unter Kontrolle und schoss über die weiße Fahrbahn, kam mehrmals in den Kurven ins Schleudern, die Hände wie ein Rallyepilot am Steuer festgeklammert. Sein Herz schlug wie verrückt.

Ein Kreuz … Ein winziges Kreuz aus roter Tinte, das er zunächst übersehen hatte. Ein Kreuz mitten im Quadrat D4. Servaz frohlockte. An dieser Stelle befand sich auf der Karte ein winziges schwarzes Quadrat inmitten einer unbewohnten waldigen Bergregion. Ein Chalet, eine Hütte?

Egal. Servaz wusste jetzt, wohin Ziegler von der Diskothek aus fahren würde.

Unverwandt sah er auf die Uhr. 2:20 Uhr … *Irgendetwas stimmte nicht …* Espérandieu hätte ihn schon längst anrufen müssen. Ziegler hatte die Diskothek vor mittlerweile sechzehn Minuten verlassen! Viel länger, als man brauchte, um … Kalter Schweiß lief ihm den Rücken hinunter. *Er musste los … SOFORT!* Er warf einen panischen Blick Richtung Tür, legte die Karte dorthin zurück, wo er sie gefunden hatte, knipste die Schreibtischlampe aus, drehte das Licht im Schlafzimmer ab und schlich ins Wohnzimmer. Draußen dröhnte etwas … Servaz stürzte ans große Glasfenster. Gerade rechtzeitig, um Zieglers Motorrad um die Ecke des Wohnblocks biegen zu sehen. Es durchschauerte ihn eisig.

Sie ist schon da!

Er stürzte zum Schalter und machte die Wohnzimmerleuchte aus.

Dann eilte er zum Eingang, verließ die Wohnung und machte behutsam die Tür hinter sich zu. Seine Hand zitterte dermaßen, dass er beinahe den Dietrich hätte fallen lassen. Er verschloss die Tür von außen, hastete zur Treppe, blieb aber nach einigen Stufen unvermittelt stehen. Wohin wollte er? Dieser Ausgang war ihm versperrt. Hier würde er ihr direkt in die Arme laufen. Er erschrak, als er zwei Stockwerke tiefer die Eingangstür quietschen hörte. Er saß in der Falle! Er setzte, so leise er konnte, die Treppe hinauf. Stand wieder an seinem Ausgangspunkt: dem Treppenabsatz im zweiten Stock. Er sah sich um. Kein anderer Ausgang, kein Versteck – Ziegler wohnte im obersten Stock.

Das Herz hämmerte in seiner Brust, als wollte es sich einen Tunnel graben. Er versuchte nachzudenken. Sie würde jeden Moment auftauchen und ihn hier entdecken. Wie würde sie reagieren? Er sollte doch krank sein und das Bett hüten, und es war fast 2:30 Uhr morgens. *Denk nach!* Aber er konnte nicht. Er hatte keine Wahl. Er zog ein weiteres Mal den Dietrich und steckte ihn ins Schloss, öffnete die Tür und zog sie hinter sich zu. *Schließ ab!* Dann rannte er ins Wohnzimmer. Diese verfluchte Wohnung war einfach zu karg, zu spartanisch eingerichtet. Nirgends ein Versteck. Für einen Sekundenbruchteil erwog er, Licht zu machen, sich aufs Sofa zu setzen und sie ganz lässig so zu empfangen. Er würde ihr einfach sagen, dass er sich mit seinem Dietrich Zutritt verschafft hatte. Dass er ihr etwas Wichtiges sagen musste. Nein! Das war idiotisch! Er war schweißgebadet, außer Atem; und sie würde sofort die Angst in seinen Augen lesen. Er hätte sie auf dem Treppenabsatz erwarten sollen. Was für ein Dummkopf! Jetzt war es zu spät! Wäre sie in der Lage, ihn umzubringen?

Mit einem eisigen Schauder dachte er, dass sie das ja schon versucht hatte. In der Kolonie … Gestern … Dieser Gedanke weckte ihn auf. *Versteck dich!* Er schlich mit großen Schritten Richtung Schlafzimmer. Ging in dem Moment in die Hocke, als ein Schlüssel ins Schloss eingeführt wurde. Er kroch unters Bett, gerade noch rechtzeitig, um durch die geöffnete Tür ein Paar Stiefel in der Diele auftauchen zu sehen. Das Kinn auf den Fußboden gestützt, das Gesicht schweißtriefend, fühlte er sich wie in einem Albtraum. Er meinte etwas zu erleben, was nicht ganz wirklich war – etwas, was nicht sein konnte.

Ziegler legte ihre Schlüssel laut auf dem Möbel in der Diele ab. Zumindest hörte er das Geräusch des Schlüsselbundes, sehen konnte er sie nicht. In einer Sekunde völliger Panik glaubte er, sie würde gleich geradewegs ins Schlafzimmer kommen.

Aber dann sah er die Stiefel Richtung Wohnzimmer verschwinden, während er gleichzeitig das Knirschen ihrer Lederkombination hörte. Mit dem Ärmelaufschlag wollte er sich den Schweiß abwischen, der ihm übers Gesicht rann, als er plötzlich erstarrte: sein Handy! Er hatte vergessen, es auszuschalten!

Der Hund wimmerte auf der Rückbank. Aber wenigstens rührte er sich nicht. Espérandieu nahm die letzte Kurve genauso wie alle anderen zuvor: so, dass er das Auto gerade noch unter Kontrolle hatte. Das Heck des Wagens schien aus der anfänglichen Bahn ausscheren zu wollen, aber er kuppelte aus, steuerte gegen, trat aufs Gas, und so konnte er es wieder in die Spur bringen.

Der Wohnblock, in dem Ziegler wohnte.

Er stellte den Wagen davor ab, griff nach seiner Waffe und sprang nach draußen. Im Aufblicken sah er, dass im Wohnzimmer Licht brannte. Auch Zieglers Motorrad war da. Aber keine Spur von Martin. Er spitzte die Ohren, aber abgesehen vom hohlen Seufzen des Windes war nichts zu hören.

Verdammt, Martin, komm raus!

Espérandieu spähte verzweifelt die Umgebung des Gebäudes ab, als ihm eine Idee kam. Er setzte sich wieder ans Steuer und fuhr los. Der Hund stöhnte leise.

»Ich weiß, mein Lieber. Keine Sorge, ich kümmere mich um dich.«

Er fuhr den kurzen, steilen Hang zum Parkplatz und zur Panoramatafel hinauf, nahm das Fernglas und schlüpfte durch die schmale Lücke in der Hecke. Gerade rechtzeitig, um Ziegler aus der Küche kommen zu sehen, eine Milchflasche in der Hand. Sie hatte ihre Motorradjacke aufs Sofa geworfen. Er sah, wie sie aus der Flasche trank, dann den Gürtel ihrer Lederhose aufmachte und ihre Stiefel auszog. Dann verließ sie das Wohnzimmer. Hinter einem kleineren Fenster links, einem Fenster aus Mattglas, ging das Licht an. *Das Badezimmer…* Sie duschte. Wo war Martin abgeblieben? Hatte er sich noch rechtzeitig aus dem Staub machen können? Aber wo versteckte er sich dann, verdammt? Espérandieu schluckte. Zwischen dem Badezimmerfenster und dem großen Fenster im Wohnzimmer lagen noch weitere Fenster. Da die Rollläden hochgezogen waren und die Zimmertür offen stand, glaubte er im schwachen Lichtschein, der aus der Diele kam, ein Bett und ein Schlafzimmer zu erkennen. Plötzlich kroch unter dem Bett eine Gestalt hervor. Der Schatten richtete sich auf, zögerte eine Sekunde, verließ das Schlafzimmer und schlich leise durch die Diele zur Wohnungstür. *Martin!* Espérandieu hätte am liebsten vor Freude aufgeschrien, aber er begnügte sich damit, das Fernglas auf den Hauseingang zu richten, bis Servaz endlich zum Vorschein kam. Espérandieu lächelte. Servaz blickte nach rechts und nach links – offenkundig hielt er nach ihm Ausschau. Da steckte Espérandieu zwei Finger in seinen Mund und pfiff.

Servaz hob den Kopf und sah ihn. Er deutete mit einem Finger nach oben, und Espérandieu verstand. Mit seinem Fernglas suchte er die Fenster ab. Irène Ziegler war noch immer unter der Dusche. Er bedeutete Servaz, zur Hausecke zu gehen, und stieg in den Wagen. Eine Minute später öffnete sein Chef die Beifahrertür.

»Verdammt, wo hast du denn gesteckt?«, fragte er, eine Dampffahne vor dem Mund. »Warum hast du nicht…«

Er stockte, als er den Hund auf der Rückbank liegen sah.

»Was ist das denn?«

»Ein Hund.«

»Das seh ich. Was macht der hier?«

Knapp schilderte Espérandieu ihm den Unfall. Servaz ließ sich auf den Beifahrersitz sinken und schlug die Tür zu.

»Du hast mich wegen eines ... *Hundes* im Stich gelassen?«

Espérandieu sah ihn entschuldigend an.

»Das ist meine Brigitte-Bardot-Seite. Und außerdem war mein Handy zerbrochen. Du hast mir wirklich eine Heidenangst eingejagt! Wir haben die Sache ganz schön vergeigt.«

Servaz schüttelte den Kopf.

»Das war allein mein Fehler. Du hattest recht: Das war keine besonders gute Idee.«

Das war einer der Züge, die Espérandieu an Martin schätzte. Im Gegensatz zu vielen anderen Chefs konnte er seine Fehler eingestehen und die Verantwortung dafür übernehmen.

»Aber ich habe trotzdem etwas gefunden«, fügte er hinzu.

Er erzählte ihm von der Landkarte. Und der Eigentumsurkunde. Er zog einen Zettel heraus, auf dem er sich die Koordinaten notiert hatte. Dann schwiegen sie eine Zeit lang. »Wir müssen Samira und die anderen verständigen. Wir brauchen Verstärkung.«

»Bist du sicher, dass du keine Spuren hinterlassen hast?«

»Ich glaube nicht. Abgesehen von einem Liter Schweiß unterm Bett.«

»Schön, einverstanden«, sagte Espérandieu. »Aber vorher müssen wir noch was erledigen.«

»Was denn?«

»Der Hund. Wir brauchen einen Tierarzt. Jetzt!«

Servaz betrachtete seinen Stellvertreter und fragte sich, ob er wohl scherzte. Aber Vincent wirkte todernst. Servaz drehte sich um. Er musterte das Tier. Es schien ziemlich übel dran zu sein. Der Hund hob mit Mühe die Schnauze von der Bank und sah sie mit traurigen, resignierten, aber sanften Augen an.

»Ziegler duscht«, sagte sein Stellvertreter, »sie wird heute Nacht ihre Wohnung nicht mehr verlassen. Sie weiß, dass sie den ganzen morgigen Tag hat, um sich Chaperon zu schnappen, da du eigentlich zu Hause bleiben solltest. Sie wird es am helllichten Tage tun.«

Servaz zögerte.

»Einverstanden«, sagte er. »Ich ruf die Gendarmerie an und erkundige mich nach einem Tierarzt in der Nähe. Inzwischen holst du Samira aus den Federn und sagst ihr, sie soll mit zwei weiteren Leuten hier antanzen.«

Espérandieu sah auf die Uhr – 2:45 Uhr – und hob den Hörer des Telefons ab, das am Armaturenbrett befestigt war. Er sprach gute zehn Minuten mit Samira. Dann legte er auf und wandte sich zu seinem Chef um. Den Kopf an den Fensterrahmen gelehnt, schlummerte Servaz neben ihm.

25

DAS FELDBETT KNACKTE, als er sich aufrichtete, die Bettdecke zurückwarf und mit Schwung die nackten Füße auf den kalten Fliesenboden setzte. Ein unmöbliertes kleines Zimmer. Während er gähnte und die Nachttischlampe, die auf dem Boden stand, einschaltete, erinnerte sich Servaz, dass er von Charlène Espérandieu geträumt hatte: Sie waren nackt, lagen auf dem Boden eines Krankenhausflurs und sie … *liebten sich*, während Ärzte und Krankenschwestern an ihnen vorbeigingen, ohne sie zu sehen! *In einem Krankenhausflur?* Er sah auf eine morgendliche Erektion hinunter und schüttelte schmunzelnd den Kopf. Er bückte sich nach seiner Uhr, die unter das Feldbett gerutscht war. Sechs Uhr früh … Er stand auf, räkelte sich und griff nach den sauberen Kleidern, die auf einem Stuhl für ihn bereitlagen. Das Hemd war zu weit, doch die Hose passte. Er nahm auch die Unterwäsche, das Handtuch und das Duschgel. Servaz wartete, bis er seine Würde vollständig wiedererlangt hatte, ehe er vor die Tür trat – auch wenn es unwahrscheinlich war, dass ihm um diese Uhrzeit jemand über den Weg lief –, dann ging er zu den Duschen am Ende des Gangs. Ziegler wurde jetzt rund um die Uhr observiert, und er schlief lieber in der Gendarmeriekaserne als im Hotel, um die Operationen in Echtzeit überwachen zu können.

In den Duschen war niemand. Es zog fürchterlich, und der stotternde Heizkörper konnte nichts dagegen ausrichten.

Servaz wusste, dass die Gendarmen im anderen Flügel in Einzelzimmern schliefen und dass diese Räume wohl nur selten genutzt wurden. Trotzdem fluchte er, als er den Warmwasserhahn aufdrehte und kaum lauwarmes Wasser auf seinen Schädel rieselte.

Unter dem Wasserstrahl verzog er bei jeder Bewegung, die er machte, um sich einzuseifen, das Gesicht vor Schmerzen. Er begann zu überlegen. Er war mittlerweile fest davon überzeugt, dass Irène Ziegler die Mörderin war, aber es gab noch einige Schattenzonen, einige Türen in dem langen Gang zur Wahrheit, die geöffnet werden mussten. Wie andere Frauen aus der Region war auch Ziegler von den vier Männern vergewaltigt worden. Die Bücher, die er in ihrer Wohnung gesehen hatte, bewiesen, dass sie das Trauma nicht bewältigt hatte. Grimm und Perrault waren wegen der Vergewaltigungen, die sie begangen hatten, umgebracht worden. Aber warum erhängt? Wegen der Selbstmörder? Oder war da noch etwas anderes? Ein Detail ließ ihm keine Ruhe: Chaperon, der sein Haus fluchtartig verlassen hatte, als wäre ihm der Teufel auf den Fersen. Wusste er, wer der Mörder war?

Er versuchte sich zu beruhigen: Ziegler wurde überwacht, und sie wussten, wo sich Chaperon versteckte – sie hatten alle Karten in der Hand.

Lag es vielleicht nur an dieser eisigen Zugluft oder an diesem Wasser, das immer kälter wurde, oder an der Erinnerung daran, wie sein Kopf in einer Plastiktüte gesteckt hatte? Jedenfalls zitterte er an diesem Morgen, und das Gefühl, das er in diesem menschenleeren Duschraum empfand, hieß Angst.

Er saß bereits in dem noch leeren Besprechungszimmer an einem Tisch, vor sich einen Kaffee, als nacheinander die anderen eintrafen. Maillard, Confiant, Cathy d'Humières, Espérandieu und zwei weitere Beamte der Mordkommission: Pujol und Simeoni, die beiden Machos, die Vincent auf dem Kieker hatten. Alle nahmen Platz und blätterten in ihren Notizen, und das Rascheln der Papiere erfüllte den Raum. Servaz betrachtete diese bleichen, übermüdeten, gereizten Gesichter. Die Anspannung war spürbar. Er schrieb einige Wörter auf seinen Block, bis alle so weit waren, dann blickte er auf und legte los.

Er zog eine Zwischenbilanz. Als er erzählte, was ihm in der Kolonie passiert war, wurde es plötzlich still. Pujol und Simeoni starrten ihn an. Beide schienen zu denken, dass ihnen so etwas nie hätte passieren können. Vielleicht stimmte es sogar. Sie mochten besonders unsympathische Vertreter ihrer Zunft sein – dennoch waren sie erfahrene Polizisten, auf die man im Fall der Fälle zählen konnte.

Dann erzählte er, dass seiner Überzeugung nach Irène Ziegler die Taten begangen hatte – diesmal erbleichte Maillard und biss die Zähne zusammen. Eine gedrückte Stimmung machte sich breit. Eine Gendarmin, die von ihren Kollegen des Mordes verdächtigt wurde – das konnte nur zu allen möglichen Reibereien führen.

»Üble Geschichte«, bemerkte d'Humières nüchtern.

Er hatte sie selten so bleich gesehen. Ihre vor Müdigkeit eingefallenen Gesichtszüge verliehen der Staatsanwältin ein kränkliches Aussehen. Er warf einen Blick auf die Uhr. Acht Uhr. Ziegler musste gleich aufwachen. Wie um diese Gedanken zu bestätigen, läutete sein Handy.

»Es ist so weit, sie steht auf!«, sagte Samira Cheung in den Apparat.

»Pujol«, sagte er sofort, »du fährst so schnell wie möglich zu Samira. Ziegler ist wach. Ich will einen dritten Wagen als Unterstützung. Sie gehört zur Familie, sie darf euch auf keinen Fall entdecken. Simeoni, du nimmst das dritte Auto. Fahrt nicht zu dicht auf. Wir wissen ja eh, wohin sie fährt. Besser, ihr verliert sie, als dass sie merkt, dass sie beschattet wird.«

Pujol und Simeoni verließen wortlos das Zimmer. Servaz stand auf und trat an die Wand, an der eine große Karte der Umgebung hing. Eine Zeitlang pendelte sein Blick zwischen seinem Notizblock und der Karte, dann legte er den Zeigefinger auf einen bestimmten Punkt. Ohne ihn loszulassen, drehte er sich um und sah eindringlich in die Runde.

»Da.«

Eine Rauchfahne stieg spiralförmig von der Hütte auf, über deren moosbedecktem Dach ein Ofenrohr aufragte. Servaz sah sich um. Graue Wolken umrankten die bewaldeten Hänge. Die Luft roch nach Feuchtigkeit, Nebel, modrigem Unterholz und Rauch. Zu ihren Füßen, zwischen den Bäumen, stand die Hütte in der Mulde eines verschneiten kleinen Tals, mitten auf einer Lichtung, die von dichtem Wald gesäumt wurde. Nur ein Pfad führte dorthin. Drei Gendarmen und ein Jagdaufseher überwachten, perfekt getarnt, den Zugang. Servaz wandte sich zu Espérandieu und Maillard um, die mit einem Kopfnicken antworteten, und sie begannen, begleitet von etwa zehn Mann, langsam mit dem Abstieg in das kleine Tal.

Plötzlich blieben sie stehen. Soeben war ein Mann vor die Hütte getreten. Er streckte sich in dem noch ganz jungen Tag, atmete in tiefen Zügen die frische Luft ein, spuckte auf den Boden, und dann hörten sie ihn von der Stelle, wo sie sich befanden, einen Furz ausstoßen, der so laut war wie ein Hornstoß. Merkwürdigerweise antwortete ihm aus dem Wald ein Vogel, dessen Schrei einem Hohngelächter glich. Der Mann blickte sich ein letztes Mal um und verschwand dann im Innern.

Servaz hatte ihn trotz des Stoppelbarts sofort wiedererkannt.

Chaperon.

Sie erreichten die Lichtung auf der Rückseite der Hütte. Hier war es so feucht wie in einem türkischen Dampfbad, allerdings weit weniger heiß. Servaz sah die anderen an, sie verständigten sich lautlos und teilten sich in zwei Gruppen auf. Sie gingen langsam weiter, sanken bis zu den Knien im Schnee ein, dann bückten sie sich, um unter den Fenstern hindurchzuschlüpfen und sich der Tür auf der Vorderseite zu nähern. Servaz hatte sich an die Spitze der ersten Gruppe gesetzt. Gerade, als er um die vordere Ecke der Hütte bog, ging plötzlich die Tür auf. Servaz drückte sich an die Wand, die Waffe in der Hand. Er sah, wie Chaperon drei Schritte machte, seinen Hosenschlitz öffnete und lustvoll in den Schnee pinkelte, während er ein Liedchen schmetterte.

»Hör auf zu pinkeln und heb die Hände, Pavarotti«, sagte Servaz in seinem Rücken.

Der Bürgermeister fluchte: Er hatte gerade seine Schuhe bespritzt.

Diane hatte eine Scheißnacht hinter sich. Vier Mal war sie schweißgebadet aufgewacht, mit einem Gefühl der Beklemmung, als wäre sie in ein Korsett geschnürt. Auch die Betttücher waren schweißgetränkt. Sie fragte sich, ob sie sich vielleicht einen Infekt eingefangen hatte.

Sie erinnerte sich auch, dass sie einen Albtraum gehabt hatte, in dem sie mit Gewalt in eine Zwangsjacke gesteckt und in einer der Zellen des Instituts an ein Bett fixiert worden war, umgeben von einer ganzen Schar von Patienten, die sie angafften und mit ihren vom Medikamentenkonsum ganz feuchten Händen ihr Gesicht berührten. Sie schüttelte den Kopf und schrie, bis die Tür zu ihrer Zelle aufging und Julian Hirtmann hereinkam, ein schurkisches Lächeln auf den Lippen. Im nächsten Moment befand sich Diane nicht mehr in ihrer Zelle, sondern im Freien: Es war dunkel, da waren ein See und Feuer, und da waren Tausende von riesigen Insekten mit Vögelköpfen, die über den schwarzen Boden krochen, und nackte Körper von Männern und Frauen, die im rötlichen Schimmer der Flammen zu Hunderten fickten. Unter ihnen war auch Hirtmann, und Diane begriff, dass er diese gigantische Orgie organisiert hatte. Sie geriet in Panik, als sie merkte, dass sie ebenfalls nackt in ihrem Bett lag, noch immer gefesselt, aber ohne Zwangsjacke – und sie versuchte sich zu befreien, bis sie wach wurde.

Sie hatte danach eine ganze Weile unter der Dusche verbracht, in dem Bemühen, das klebrige Gefühl, das der Traum zurückgelassen hatte, abzustreifen.

Jetzt fragte sie sich, wie sie weiter vorgehen sollte. Jedes Mal, wenn sie in Erwägung zog, mit Xavier zu sprechen, erinnerte sie sich an die Bestellung veterinärmedizinischer Anästhetika, und sie fühlte sich unwohl. Und wenn sie sich damit in den Rachen des Löwen warf? Es war wie bei diesen Hologrammen, auf denen sich der Ausdruck der fotografierten Person veränderte, je nachdem, wie man das Foto hielt – es gelang ihr einfach nicht, das Bild zu stabilisieren. Welche Rolle spielte der Psychiater bei alldem?

Die Erkenntnisse, über die sie verfügte, deuteten darauf hin, dass Xavier in der gleichen Situation war wie sie: Von den Polizisten wusste er, dass jemand vom Institut in die Morde verwickelt war, und er versuchte herauszufinden, wer. Allerdings hatte er ihr gegenüber einen Vorsprung und besaß eine Menge Informationen, die sie nicht hatte. Andererseits hatte er nur wenige Tage vor dem Tod dieses Pferdes Betäubungsmittel für Pferde in Empfang genommen. Sie kam immer wieder zu demselben Punkt zurück: zwei völlig gegensätzliche Hypothesen, die sich jedoch beide auf Tatsachen stützten. Wäre es möglich, dass Xavier die Betäubungsmittel an jemanden weitergegeben hatte, ohne zu wissen, was diese Person damit vorhatte? In diesem Fall hätte sie aber bei ihren Nachforschungen über den Namen dieser Person stolpern müssen. Diane verstand überhaupt nichts.

Wer waren Irène Ziegler und Gaspard Ferrand? Allem Anschein nach zwei Personen, die mit der Colonie des Isards in Verbindung standen. Genauso wie Lisa Ferney… Mit ihr müsste sie anfangen. Die einzige konkrete Spur, über die sie verfügte: die Pflegedienstleiterin.

Servaz betrat die Hütte. Ein sehr niedriges, schräges Dach: Mit seinem Scheitel berührte er die Decke. Im hinteren Bereich eine Pritsche mit weißen Laken und einer zerwühlten braunen Decke, ein fleckiges Kopfkissen. Ein großer Ofen, dessen schwarzes Rohr im Dach verschwand, daneben aufgeschichtete Holzscheite. Ein Spülbecken und eine kleine Arbeitsfläche unter einem der Fenster; ein Brenner, der wohl an eine Gasflasche angeschlossen war. Ein Buch mit Kreuzworträtseln, aufgeschlagen auf einem Tisch, daneben eine Bierflasche und ein Aschenbecher voller Kippen; und über dem Tisch eine Sturmlaterne. Es roch nach Holzrauch, Tabak, Bier, und vor allem nach saurem Schweiß. Es gab keine Dusche. Servaz fragte sich, wie sich Chaperon wohl wusch.

Das ist also von diesen Dreckskerlen übrig geblieben: zwei Leichen und so ein erbärmlicher Typ, der sich in seinem Bau verkriecht und stinkt.

Er öffnete die Wandschränke, schob eine Hand unter der Matratze durch, durchsuchte die Taschen der Jacke, die hinter der Tür hing. Er fand Schlüssel, einen Geldbeutel und eine Brieftasche. Er machte sie auf: ein Personalausweis, ein Scheckheft, eine Visa-Karte, eine American-Express-Karte … Im Geldbeutel waren 800 Euro in Zwanziger- und Fünfzigerscheinen. Dann zog er eine Schublade auf, fand die Waffe und die Patronen.

Er ging wieder hinaus.

In weniger als fünf Minuten waren alle Mann an ihren Plätzen. Zehn Leute bezogen im Umkreis der Hütte Position im Wald; sechs weitere an strategischen Punkten über dem kleinen Tal und an einer erhöhten Stelle oberhalb des Pfades, um sie kommen zu sehen – in ihren schusssicheren Kevlarwesten wirkten sie so wuchtig wie Playmobilfiguren; Servaz und Espérandieu befanden sich zusammen mit Chaperon im Innern der Hütte.

»Schert euch zum Teufel«, entfuhr es dem Bürgermeister. »Wenn Sie nichts gegen mich in der Hand haben, verzieh ich mich. Sie dürfen mich nicht gegen meinen Willen festhalten.«

»Wie Sie wünschen«, sagte Servaz. »Wenn Sie wie Ihre Kameraden enden wollen, dann gehen Sie, nur zu! Aber die Waffe beschlagnahmen wir. Und sobald Sie einen Schritt vor die Tür gesetzt haben, sind Sie ungeschützt – Spione, die ihre Tarnung verlieren, sagen, dass sie ›nackt in der Kälte stehen‹.«

Chaperon warf ihm einen hasserfüllten Blick zu, wog das Für und das Wider ab, zuckte mit den Schultern und sank wieder auf seine Pritsche zurück.

Um 9:54 Uhr rief Samira an, um ihnen mitzuteilen, dass Ziegler von ihrer Wohnung losfuhr. Sie lässt sich Zeit, dachte er. Sie weiß, dass sie den ganzen Tag hat. Sie hatte die Sache bestimmt vorbereitet. Er griff zum Walkie-Talkie und verständigte alle Einheiten, dass sich die Zielperson in Bewegung gesetzt hatte. Dann nahm er sich einen Kaffee.

Um 10:32 Uhr trank Servaz seinen dritten Kaffee und rauchte seine fünfte Zigarette dieses Vormittags, obwohl Espérandieu ihn davon abzuhalten versuchte. Chaperon legte am Tisch schweigend Patiencen.

Um 10:43 Uhr rief Samira an: Ziegler hatte angehalten, um in einer Bar einen Kaffee zu trinken, und hatte außerdem Zigaretten, Briefmarken und Blumen gekauft.

»Blumen? In einem Blumenladen?«

»Ja, nicht beim Metzger.«

Sie hat sie entdeckt…

Um 10:52 Uhr erfuhr er, dass sie endlich Richtung Saint-Martin unterwegs war. Um in das kleine Tal zu gelangen, in dem sich die Hütte befand, musste man über die Straße, die Saint-Martin mit der Ortschaft verband, in der Ziegler wohnte – dann musste man in eine Nebenstraße abbiegen, die geradewegs Richtung Süden verlief und durch eine

Landschaft voller Schluchten, Felswände und dunkler Wälder führte, ehe es in einen Forstweg hinein- und dann auf den Pfad abging, über den man die Talmulde erreichte.

»Was treibt sie denn?«, fragte Espérandieu kurz nach elf Uhr. Seit über einer Stunde hatten sie kaum drei Sätze miteinander gewechselt.

Gute Frage, dachte Servaz.

Um 11:09 Uhr rief Samira an, um zu melden, dass Irène Ziegler ohne abzubremsen an der Abzweigung Richtung Talmulde vorbeigefahren war und jetzt nach Saint-Martin raste. *Sie kommt nicht hierher…* Fluchend ging Servaz nach draußen, um frische Luft zu schnappen. Maillard kam aus dem Wald und trat zu ihm.

»Was machen wir?«

»Wir warten.«

»Sie ist auf dem Friedhof«, sagte Samira um 11:45 Uhr am Telefon.

»Was? Was macht sie denn auf dem Friedhof? Sie führt euch spazieren: Sie hat euch entdeckt!«

»Vielleicht auch nicht. Sie hat etwas Seltsames gemacht…«

»Was?«

»Sie ist in eine Gruft gegangen und gute fünf Minuten dort geblieben. Dafür waren die Blumen. Sie ist ohne rausgekommen.«

»Eine Familiengruft?«

»Ja, aber nicht von ihrer Familie. Ich hab nachgesehen. Es ist die Gruft der Lombards.«

Servaz durchzuckte es. Er wusste nicht, dass die Lombards

ihre Grabstätten in Saint-Martin hatten… Plötzlich merkte er, dass er nicht mehr durchblickte. *Da war ein toter Winkel, den er nicht überblickte…* Alles hatte mit dem Pferd von Eric Lombard begonnen, aber dann war er vorläufig aus dem Fokus der Ermittlungen geraten, weil sie sich auf das Trio Grimm-Perrault-Chaperon und auf die Selbstmörder konzentrierten. Und plötzlich kam hier die Lombard-Karte wieder ins Spiel. Was hatte das zu bedeuten? Was hatte Irène Ziegler in dieser Gruft zu suchen? Er verstand überhaupt nichts mehr.

»Wo bist du?«, fragte er.

»Ich bin noch auf dem Friedhof. Sie hat mich gesehen, da haben Pujol und Simeoni übernommen.«

»Ich komme.«

Er verließ die Hütte, marschierte über den Pfad bis zum Forstweg und drang dann rechts ins Dickicht ein. Er bog die schneebeschwerten Äste, die seinen Jeep verdeckten, auseinander und schlüpfte ans Steuer.

Es war halb eins, als Servaz vor dem Friedhof parkte. Samira Cheung erwartete ihn am Eingang. Trotz der Kälte trug sie nur eine schlichte Lederjacke, ultrakurze Shorts über einer blickdichten Strumpfhose und abgenutzte Rangers aus braunem Leder. Die Musik in ihren Kopfhörern war so laut, dass Servaz sie schon beim Aussteigen aus dem Jeep hören konnte. Ihr gerötetes Gesicht unter der Mütze erinnerte ihn an die seltsame Kreatur aus einem Film, zu dem ihn Margot ins Kino geschleppt hatte – in dem Film hatte es von Elfen, Zauberern und magischen Ringen gewimmelt. Er runzelte die Stirn, als er sah, dass Samira auf ihrem Sweatshirt auch noch einen Totenkopf trug. Ganz den Umständen entsprechend, sagte er sich. Sie glich weniger einer Polizistin als einer Grabschänderin.

Sie gingen zwischen Tannen und Gräbern hindurch den kleinen Hügel hinauf und näherten sich dem Nadelbaumgehölz, das die Rückseite des Friedhofs begrenzte. Eine alte Frau warf ihnen einen strengen Blick zu. Das Grabmal der Lombards stach von allen Gräbern ringsherum ab. Mit seiner Größe war es fast ein Mausoleum, eine Kapelle. Zwei hübsch zugeschnittene Eibenhecken rahmten es ein. Drei steinerne Stufen führten zum Eingang, ein geschmackvoll gestaltetes schmiedeeisernes Gitter versperrte den Zutritt. Samira warf ihre Zigarette weg, ging um das Denkmal herum und stöberte eine Minute herum, ehe sie mit einem Schlüssel zurückkam.

»Das hat Irène Ziegler auch gemacht«, sagte sie. »Der Schlüssel war unter einem lockeren Stein versteckt.«

»Hat sie dich nicht entdeckt?«, fragte Servaz argwöhnisch in Anbetracht der Aufmachung seiner Mitarbeiterin.

Samiras asiatisch-marokkanisches Gesicht verfinsterte sich. »Ich verstehe mein Metier. Als sie mich gesehen hat, hab ich gerade einen Strauß Blumen auf einem anderen Grab arrangiert, Lemort hieß der Typ. Witzig, oder?«

Servaz hob den Kopf, aber das Giebeldreieck über der Tür gab keinerlei Auskunft. Samira steckte den Schlüssel ins Schloss und zog an der Gittertür, die quietschend aufging. Servaz tauchte ins Dunkel des Grabmals ein. Ein matter Lichtschein drang durch eine Öffnung zu ihrer Rechten, zu fahl, um mehr zu erkennen als die vagen Umrisse der drei Gräber. Wieder einmal fragte er sich, warum da diese Schwere, diese Trauer, diese Finsternis waren – als würde der Tod allein nicht genügen. Dabei gab es Länder, wo der Tod fast leicht war, fast heiter, wo man feierte, wo man schmauste und lachte, hier dagegen gab es nur diese tristen und düsteren Kirchen, all diese Wehklagen, diese Kaddischs und all diese Gebete über das irdische Jammertal. Als wären Krebs und Verkehrsunfälle, die versagenden Herzen, Selbstmorde und Morde nicht genug, sagte er sich. Er sah einen einsamen Strauß auf einem der Gräber, wie ein heller Fleck im Halbdunkel. Samira nahm ihr iPhone heraus und aktivierte das App »Taschenlampe«. Der Bildschirm wurde weiß und spendete schwaches Licht, und sie führte ihn über die drei Gräber: EDOUARD LOMBARD … HENRI LOMBARD … Der Großvater und der Vater … Das dritte Grab, sagte sich Servaz, musste das von Erics Mutter sein, der Ehefrau von Henri – der gescheiterten Exschauspielerin, dem Excallgirl, der Nutte laut Henri Lombard … Weshalb zum Teufel hatte Irène dieses Grab mit Blumen geschmückt?

Er beugte sich nach unten, um die Inschrift zu lesen. Und runzelte die Stirn.

Wieder ein Stück näher an der Wahrheit, dachte er. Aber auch wieder ein Stück komplizierter.

Er sah Samira an – dann betrachtete er im Schein des Geräts erneut die Inschrift:

MAUD LOMBARD, 1976–1998.

»Wer ist das?«

»Die Schwester von Eric Lombard, die vier Jahre jünger war als er. Ich wusste nicht, dass sie tot ist.«

»Ist das wichtig?«

»Vielleicht.«

»Warum hat Ziegler deiner Meinung nach ihr Grab mit Blumen geschmückt? Hast du eine Idee?«

»Nicht die geringste.«

»Hatte sie dir davon erzählt? Hatte sie dir gesagt, dass sie sie kannte?«

»Nein.«

»Was hat das mit den Morden zu tun?«

»Ich weiß es nicht.«

»Jedenfalls hast du diesmal wenigstens eine Verbindung«, sagte Samira.

»Wie das?«

»Eine Verbindung zwischen Lombard und den anderen Fällen.«

»Was für eine Verbindung?«, fragte er verdutzt.

»Ziegler hat dieses Grab doch nicht zufällig mit Blumen geschmückt. Es gibt einen Zusammenhang. Du kennst ihn vielleicht nicht, aber sie kennt ihn. Du brauchst sie nur danach zu fragen, wenn wir sie vernehmen.«

Ja, dachte er. Irène Ziegler wusste über diese ganze Geschichte sehr viel mehr als er. Servaz kalkulierte, dass Maud Lombard und sie ungefähr gleichaltrig waren. Waren sie befreundet gewesen? Neben ihrem Aufenthalt in der Kolonie war dies ein weiterer Zipfel ihrer Vergangenheit, der einen Bezug zu dem Fall hatte. Irène Ziegler hatte wahrlich mehr als ein Geheimnis.

Jedenfalls keine Spur von Henri Lombards Gemahlin, Erics Mutter. Sie durfte nicht die klägliche Ewigkeit der Familie teilen – selbst im Tod war sie noch verstoßen. Als sie zum Eingang des Friedhofs zurückgingen, dachte Servaz, dass *Maud Lombard im Alter von 21 Jahren gestorben war.* Sofort spürte er, dass er auf einen entscheidenden Punkt gestoßen war. Wie war sie gestorben? Bei einem Unfall? An einer Krankheit? *Oder an etwas anderem?*

Samira hatte recht, Ziegler hatte den Schlüssel. Wenn sie hinter Gittern wäre, würde sie vielleicht auspacken, aber er bezweifelte das. Mehr als einmal hatte er Gelegenheit gehabt festzustellen, dass Irène Ziegler eine starke Persönlichkeit hatte.

Aber wo war sie eigentlich jetzt?

Jäh überfiel ihn große Besorgnis. Er sah auf die Uhr. Schon seit einer ganzen Weile hatte er nichts mehr gehört. Gerade wollte er Pujol anrufen, als sein Handy läutete.

»Wir haben sie verloren!«, brüllte Simeoni in den Apparat.

»Was?«

»Diese Lesbe, dieses Miststück, ich glaub, sie hat uns entdeckt! Mit ihrer Scheißmaschine kann sie uns leicht abschütteln!«

Verdammt! Servaz spürte, wie das Adrenalin durch seine Adern schoss. In der Kontaktliste seines Handys suchte er den Namen von Maillard.

»Pujol und Simeoni haben die Zielperson verloren«, schrie er. »Sie hat sie abgehängt! Verständigen Sie Lieutenant Espérandieu und halten Sie sich bereit!«

»In Ordnung. Kein Problem. Wir erwarten sie.«

Servaz legte auf. Gern wäre er so gelassen gewesen wie der Gendarm.

Plötzlich fiel ihm etwas anderes ein. Er nahm sein Handy wieder heraus und wählte die Nummer von Saint-Cyr.

»Ja, bitte?«

»Sagt dir der Name Maud Lombard etwas?«

Ein Zögern am anderen Ende.

»Natürlich sagt mir das etwas. Die Schwester von Eric Lombard.«

»Sie ist mit 21 gestorben. Ein bisschen jung, oder? Weißt du, wie?«

»Sie hat sich umgebracht«, antwortete der Richter, diesmal ohne das leiseste Zögern.

Servaz hielt die Luft an. Das hatte er zu hören gehofft. *Ein Schema zeichnete sich ab. Immer deutlicher …*

Sein Puls beschleunigte sich.

»Was ist passiert?«

Erneutes Zögern.

»Eine tragische Geschichte«, sagte die Stimme am anderen Ende. »Maud war jemand Sensibles, Idealistisches. Während ihres Studiums in den Vereinigten Staaten hat sie sich leidenschaftlich in einen jungen Mann verliebt, glaube ich. Als er sie wegen einer anderen sitzen ließ, hat sie das nicht verkraftet. Das und der Tod ihres Vaters im Jahr davor … Sie ist hierher zurückgekehrt, um sich umzubringen.«

»Das ist alles?«

»Was hast du erwartet?«

»Sind die Tierskulpturen aus Buchsbäumen im Park der Lombards ein Andenken an sie?«

Abermaliges Zögern.

»Ja. Wie du weißt, war Henri Lombard ein grausamer, tyrannischer Mann, aber er erging sich auch in Aufmerksamkeiten wie dieser. Das waren Momente, in denen sich die Vaterliebe durchsetzte. Er hatte diese Tierfiguren anfertigen lassen, als Maud sechs war, wenn ich mich recht entsinne. Und Eric Lombard hat sie behalten. Zum Andenken an seine Schwester, wie du sagst.«

»Ist sie nie in der Colonie des Isards gewesen?«

»Eine Lombard in einer Ferienkolonie, du machst wohl Witze! Die Colonie des Isards war für Kinder aus armen Familien, die nicht das Geld hatten, in die Ferien zu fahren.«

»Ich weiß.«

»Wie kommst du dann auf die Idee, dass sich eine Lombard dort aufgehalten haben könnte?«

»Noch ein Selbstmord. Hat es dich nicht gereizt, sie mit auf die Liste zu setzen?«

»Fünf Jahre später? Die Serie war längst abgebrochen. Und Maud war eine Frau, keine Jugendliche.«

»Eine letzte Frage: Wie hat sie sich umgebracht?«

Saint-Cyr machte eine Pause.

»Sie hat sich die Pulsadern aufgeschnitten.«

Servaz war enttäuscht: Sie hatte sich nicht erhängt.

Um 12:30 Uhr empfing Espérandieu über sein Walkie-Talkie eine Nachricht. *Essen*... Er betrachtete den auf seiner Pritsche ausgestreckten Chaperon, zuckte mit den Schultern und ging nach draußen. Die anderen erwarteten ihn am Rand des Waldes. Als »Gast« der Gendarmerie ließ man ihm die Wahl zwischen einem Pariser Baguettesandwich mit gekochtem Schinken und Emmentaler, einem Thunfischfladenbrot und einem arabischen Sandwich mit Kebab, Tomaten, Paprika und Salat.

»Arabisch«, entschied er sich.

Als Servaz wieder in seinen Cherokee stieg, spürte er, wie sich aus dem Gewirr der unbeantworteten Fragen langsam ein Gedanke herausschälte. *Maud Lombard hat sich umgebracht... Lombards Pferd stand an erster Stelle der Liste*... Und wenn der Schlüssel zur Aufklärung dieses Falls hier lag und nicht in der Kolonie? Instinktiv spürte er, dass ihm das neue Perspektiven eröffnete. Es gab eine Tür, die noch nicht geöffnet worden war, und darauf stand der Name »Lombard«. Warum war Eric Lombard zu einer der Zielscheiben des Rächers geworden? Ihm wurde klar, dass er dieser Frage nicht genügend Beachtung geschenkt hatte. Er erinnerte sich wieder, wie Oberkommissar Vilmer erbleicht war, als er eine mögliche Verbindung zwischen den Vergewaltigern der Minderjährigen und Lombard angesprochen hatte. Damals war es nur ein Scherz gewesen, der den arroganten Chef der Toulouser Kripo verunsichern sollte. Aber hinter dem Scherz verbarg sich eine echte Frage. Zieglers Besuch am Grabmal der Familie Lombard machte aus dieser Frage einen entscheidenden Punkt: Was genau verband Lombard mit den anderen Opfern?

»Sie kommt.«

»Verstanden.«

Espérandieu richtete sich unverwandt auf. Er ließ die Taste seines Walkie-Talkies los und sah auf die Uhr. 13:46. Er griff nach seiner Waffe.

»Basis 1 an Einsatzleitung, Zielperson gesichtet. Sie hat gerade ihr Motorrad am Eingang des Pfads abgestellt. Sie läuft auf euch zu. Basis 2, übernehmen ...«

»Hier Basis 2. Okay, sie ist gerade hier vorbeigekommen ...«

Nach einer Weile:

»Hier Basis 3, sie ist nicht hier vorbeigekommen. Ich wiederhole: Die Zielperson ist nicht hier vorbeigekommen.«

»Verdammt, wo ist sie?«, blaffte Espérandieu ins Walkie-Talkie. »Hat sie einer von euch gesehen? Antwortet!«

»Hier Basis 3, nein, noch nicht ...«

»Basis 4, keine Sichtung ...«

»Basis 5, niemand in Sicht ...«

»WIR HABEN SIE VERLOREN, EINSATZLEITUNG. ICH WIEDERHOLE: WIR HABEN SIE VERLOREN!«

Wo war Martin, verdammt? Espérandieu drückte noch immer die Taste seines Walkie-Talkies, als die Hüttentür aufflog und von der Wand abprallte. Er schnellte herum, die Waffe im Anschlag … und sah den Lauf einer Dienstpistole vor sich. Das schwarze Loch fixierte ihn. Espérandieu schluckte.

»Was machen Sie hier?«, schrie Ziegler.

»Ich verhafte Sie«, antwortete er mit einer Stimme, der es, wie er selbst bemerkte, eigenartig an Überzeugungskraft mangelte.

»Irène! Waffe runter!«, schrie Maillard von draußen.

Eine schreckliche Sekunde der Ungewissheit. Dann leistete sie der Aufforderung Folge und ließ ihre Waffe sinken. »War das Martins Idee?«

Espérandieu las eine tiefe Traurigkeit in ihren Augen, und gleichzeitig fiel ihm ein Stein vom Herzen.

Um 16:35 Uhr, als eine eiskalte Dämmerung nach den Bergen griff und abermals Flocken durch die Luft zu wirbeln begannen, schlüpfte Diane aus ihrem Zimmer und schlich durch den verwaisten Flur im vierten Stock. Nicht das leiseste Geräusch. Um diese Uhrzeit waren alle Mitarbeiter in den unteren Stockwerken beschäftigt. Diane selbst hätte sich eigentlich um einen ihrer Patienten kümmern oder in ihrem Büro aufhalten sollen, aber sie war vor einer Viertelstunde unauffällig heraufgekommen. Nachdem sie ihre Tür einen Spaltbreit geöffnet und nach dem leisesten Geräusch gelauscht hatte, war sie zu der Überzeugung gelangt, dass der Schlafsaal leer war.

Sie warf einen verstohlenen Blick nach beiden Seiten

und zögerte nur ganz kurz, ehe sie die Klinke drückte. Lisa Ferney hatte die Tür ihres Zimmers nicht abgeschlossen. Diane sah darin ein ungünstiges Vorzeichen: Hätte die Pflegedienstleiterin irgendetwas zu verbergen, dann hätte sie ihre Tür mit Sicherheit abgeschlossen. Das kleine Zimmer, das genauso aussah wie ihres, lag im Halbdunkel. Hinter dem Fenster senkte sich die Dunkelheit über die Berge, deren Flanken schon wieder von einem Sturm heimgesucht wurden. Diane drückte auf den Schalter, und gedämpftes gelbes Licht durchflutete das Zimmer. Sicher wie ein routinierter Detektiv schob sie eine Hand unter die Matratze, öffnete den Wandschrank, den Nachttisch, sah unter das Bett und untersuchte das Arzneischränkchen im Bad. Es gab nicht viele mögliche Verstecke, und es dauerte nur zehn Minuten, ehe sie mit leeren Händen aus dem Zimmer kam.

26

»SIE KÖNNEN SIE nicht vernehmen«, sagte d'Humières.

»Warum?«, fragte Servaz.

»Wir erwarten zwei Beamte vom Dezernat für interne Ermittlungen der Gendarmerie. Keine Vernehmung, solange sie nicht da sind. Wir dürfen uns keinen Fehler leisten. Die Vernehmung von Capitaine Ziegler findet in Anwesenheit ihrer Dienstvorgesetzten statt.«

»Ich will sie nicht vernehmen, ich will nur mit ihr reden!«

»Jetzt mal langsam, Martin… Ich habe Nein gesagt. Wir warten.«

»Und wann werden sie hier sein?«

Cathy d'Humières sah auf die Uhr.

»Sie sollten in zwei Stunden hier sein. So ungefähr.«

»Man könnte meinen, dass unsere Lisa heute Abend ausgeht.«

Diane wandte sich zur Tür der Cafeteria um. Sie sah Lisa Ferney zur Theke gehen und einen Kaffee bestellen. Ihr fiel auf, dass die Pflegedienstleiterin keine Arbeitskleidung trug. Sie hatte ihren Kittel gegen einen weißen Mantel mit Pelzkragen, einen langen, blassrosa Pullover, eine Jeans und knielange Stiefel eingetauscht. Ihr Haar fiel frei auf ihren seidenweichen Pelz hinunter, und sie hatte bei Lidschatten, Wimperntusche, Gloss und Lippenstift ordentlich zugelangt.

»Weiß du, wohin sie geht?«, fragte sie.

Alex nickte langsam mit einem wissenden Lächeln. Die Pflegedienstleiterin würdigte sie nicht einmal eines Blickes. Sie trank ihren Kaffee und verschwand. Sie hörten, wie sich ihre Schritte in den Gängen eilig entfernten.

»Sie besucht ihren ›geheimnisumwitterten Mann‹«, sagte er.

Diane starrte ihn an. In diesem Moment wirkte er wie ein kleiner Dreikäsehoch, der seinem besten Freund sein größtes Geheimnis anvertraut.

»Was ist das denn für eine Geschichte?«

»Alle wissen, dass Lisa in Saint-Martin einen Geliebten hat. Aber niemand weiß, wer dieser Geliebte ist. Niemand hat ihn jemals mit ihr gesehen. Wenn sie so aufgedonnert ausgeht, kommt sie normalerweise erst am Morgen zurück. Einige haben sie deshalb schon aufgezogen und versucht, sie zum Reden zu bringen, aber sie hat ihnen jedes Mal einen Korb gegeben. Aber am merkwürdigsten ist, dass niemand sie je zusammen gesehen hat, weder in Saint-Martin noch anderswo.«

»Wahrscheinlich ist es ein verheirateter Mann.«

»Dann muss seine Frau nachts arbeiten.«

»Oder sie ist beruflich viel auf Reisen.«

»Oder aber es wäre etwas geradezu Ungeheuerliches.« Alex beugte sich über den Tisch und zog ein dämonisches Gesicht.

Diane bemühte sich, einen gleichgültigen Eindruck zu machen. Aber sie konnte einfach nicht ausblenden, was sie wusste, und die Spannung ließ sie nicht mehr los.

»Was zum Beispiel?«

»Vielleicht geht sie zu irgendwelchen Sexpartys … Oder aber sie ist die Mörderin, die von allen gesucht wird …«

In ihrem Magen wurde es eiskalt. Es fiel ihr immer schwerer, ihre Besorgnis zu verbergen. Ihr Herz schlug schneller:

Lisa Ferney verbringt die ganze Nacht außerhalb des Instituts… Jetzt oder nie…

»Der weiße Mantel und der blassrosa Pullover sind nicht gerade praktisch, wenn man Menschen um die Ecke bringen will«, versuchte sie zu scherzen. »Die werden sehr schnell schmutzig, oder nicht? Und dann, sich so aufdonnern, um…«

»Vielleicht verführt sie sie, ehe sie sie abmurkst. Wie eine Gottesanbeterin.«

Alex schien das ziemlich amüsant zu finden. Diane hätte dieses Gespräch gern beendet. Ihr Magen glich einem Eisklotz.

»Und danach hängt sie ihr Opfer unter einer Brücke auf? Das ist mehr als eine Gottesanbeterin, das ist ein weiblicher Terminator.«

»Das Problem mit euch Schweizern ist eure praktische Veranlagung«, neckte er sie.

»Ich hab gedacht, du würdest unseren typischen Schweizer Humor schätzen?«

Er lachte. Diane stand auf.

»Ich muss los«, sagte sie.

Nickend sah er zu ihr auf. Sein Lächeln war eine Spur zu herzlich.

»Na schön, ich hab auch was zu tun. Bis später, hoffe ich.«

Um 18:30 Uhr hatte Servaz so viel schlechten Kaffee getrunken und so viele Zigaretten geraucht, dass er sich richtig krank zu fühlen begann. Er eilte auf die Toilette, um sich das Gesicht mit kaltem Wasser abzuspülen, und hätte sich beinahe ins Klosettbecken übergeben, aber dann ließ die Übelkeit nach, ohne jedoch ganz zu verschwinden.

»Verdammt, was treiben sie bloß?«, fragte er, als er in den

kleinen Wartesaal mit Plastiksitzen zurückkam, wo die Mitglieder der Mordkommission geduldig warteten.

Diane zog die Tür hinter sich zu und lehnte sich mit dem Rücken dagegen – ihr Herz pochte.

Das Zimmer war in die gleiche graublaue Blässe getaucht wie Xaviers Büro am Vortag.

Ein schweres Parfüm. Diane erkannte es wieder. Lolita Lempicka. In einem Flakon, der auf der glatten Oberfläche des Schreibtischs stand, verfing sich der blasse Schimmer, der vom Fenster herkam.

Wo anfangen?

Es gab stählerne Aktenschränke, wie in Xaviers Zimmer, aber instinktiv beschloss Diane, mit dem Schreibtisch zu beginnen.

Keine Schublade war verschlossen. Sie schaltete die Lampe an und entdeckte auf der Schreibunterlage ein sehr merkwürdiges Objekt – ein goldener Salamander mit eingearbeiteten Edelsteinen: Rubinen, Saphiren und Smaragden. Vor aller Augen ausgestellt, diente das Objekt als Briefbeschwerer, und Diane sagte sich, dass es sich bei dieser Größe nur um falsche Edelsteine und Blattgold handeln konnte. Anschließend interessierte sie sich für den Inhalt der Schubladen. Aktenordner in verschiedenen Farben. Sie schlug sie auf. Alle bezogen sich auf die Arbeit der Pflegedienstleiterin an der Klinik. Aufzeichnungen, Rechnungen, Gesprächsprotokolle, therapeutische Maßnahmen … Nichts, was aus dem Rahmen fiel. Zumindest nicht bis zur dritten Schublade.

Eine kartonierte Aktenmappe ganz hinten …

Diane nahm sie heraus und öffnete sie. *Zeitungsausschnitte …* Alle drehten sich um die Morde im Tal. Lisa Ferney hatte sorgfältig alle Informationen darüber gesammelt.

Bloße Neugier oder mehr?

Der Wind brauste unter der Tür, und einen Moment lang unterbrach Diane ihre Nachforschungen. Draußen wurde der Sturm immer stärker. Ein Schauer überlief sie, dann machte sie sich wieder an die Arbeit.

Die stählernen Aktenschränke ... Die gleichen Hängeakten wie bei Xavier ... Während sie sie ins Licht brachte und sie nacheinander durchsah, sagte sich Diane, dass sie hier ihre Zeit vergeudete. Sie würde nichts finden, weil es nichts zu finden gab. Wer wäre schon so verrückt oder so blöd, dass er in seinem Büro Spuren seiner Verbrechen hinterlassen würde?

Während sie Papiere durchblätterte, fiel ihr Blick ein weiteres Mal auf das Schmuckstück, den Salamander, der im Lichtschein der Lampe herrlich funkelte ... Diane war keine Expertin, aber es war auf jeden Fall ein sehr gutes Imitat.

Sie betrachtete das Objekt. *Und wenn das Schmuckstück echt wäre?*

Angenommen, es wäre echt, was würde das über die Pflegedienstleiterin sagen? Zum einen, dass ihre Macht und ihre Autorität in diesem Institut so groß waren, dass sie wusste, dass es niemand wagen würde, ohne ihr Wissen ihr Büro zu betreten. Zum anderen, dass ihr Geliebter ein reicher Mann war, denn wenn dieses Schmuckstück echt war, dann war es ein kleines Vermögen wert.

Diane dachte über diese beiden Aspekte nach. Instinktiv wusste sie, dass sie auf etwas gestoßen war.

Die beiden Vertreter des Dezernats für interne Ermittlungen waren in Zivil, und ihre Gesichter glichen wächsernen Masken, so ausdruckslos waren sie. Sie begrüßten Cathy d'Humières und Confiant mit einem kurzen, formellen Handschlag und verlangten, Capitaine Ziegler als Erste und allein vernehmen zu dürfen. Servaz wollte protestieren, aber die Staatsanwältin kam ihm zuvor und gab ihrem Ersuchen statt. Eine halbe Stunde verging, ehe die Tür zu dem Zimmer, in dem Ziegler eingesperrt war, wieder aufging.

»Jetzt bin ich an der Reihe, Capitaine Ziegler allein zu befragen«, versetzte Servaz, als sie aus dem Zimmer kamen. »Es dauert nicht lange. Anschließend werden wir unsere Standpunkte einander gegenüberstellen.«

Cathy d'Humières wandte sich zu ihm um, und sie wollte gerade etwas sagen, als sie seinem Blick begegnete. Sie schwieg. Aber eine der beiden Wachsstatuen wurde lebendig.

»Ein Angehöriger der Gendarmerie darf nicht von einem ...«

Die Staatsanwältin hob die Hand, um ihn zu unterbrechen. »Sie hatten alle Zeit, die Sie wollten, oder? Sie haben zehn Minuten, Martin. Nicht eine mehr. Anschließend wird die Vernehmung in Anwesenheit aller fortgesetzt.«

Er stieß die Tür auf. Die Gendarmin saß allein in einem kleinen Büro, eine Lampe erhellte ihr Gesicht von der Seite. Wie das letzte Mal, als sie beide in diesem Zimmer gewesen waren, sah er zwischen den Lamellen der Jalousien Schneeflocken, die im Schein einer Straßenlaterne zur Erde fielen. Draußen war es stockfinster. Er setzte sich hin und betrachtete sie. Mit ihrem blondem Haar, ihrer dunklen Lederkombi voller Reißverschlüsse, Schnallen und Schutzpolster, die die Schultern und Knie verstärkten, sah sie aus wie eine Science-Fiction-Heldin.

»Alles in Ordnung?«

Sie nickte mit zusammengepressten Lippen.

»Ich glaube nicht, dass du schuldig bist«, sagte er auf Anhieb mit fester Stimme.

Sie sah ihn intensiver an, sagte jedoch nichts. Er wartete einige Sekunden, ehe er fortfuhr. Er wusste nicht, wo er anfangen sollte.

»Du hast Grimm und Perrault nicht umgebracht. Und doch spricht äußerlich alles gegen dich, bist du dir dessen bewusst?«

Sie nickte ein weiteres Mal.

Er zählte die Fakten an den Fingern ab: Sie hatte in Bezug auf die Kolonie und die Selbstmörder gelogen – beziehungsweise die Wahrheit verschwiegen –, sie hatte verschwiegen, dass sie wusste, wo sich Chaperon aufhielt...

»Und du warst nicht da, als Perrault umkam. Dabei warst du näher dran, du hättest vor mir eintreffen müssen.«

»Ich hatte einen Motorradunfall.«

»Du wirst zugeben, dass das ein wenig dürftig ist. Ein Unfall ohne Zeugen.«

»So war es aber.«

»Ich glaube dir nicht«, antwortete er.

Zieglers Augen öffneten sich einen Spaltbreit.

»Ich muss es jetzt wissen. Hältst du mich für die Täterin – ja oder nein?«

»Nein. Aber du lügst über den Unfall.«

Sein Scharfsinn schien sie zu erstaunen. Aber diesmal überraschte sie ihn: Sie lächelte.

»Ich hab sofort gespürt, dass du gut bist«, sagte sie.

»Gestern Nacht«, fuhr er mit dem gleichen Schwung fort, »als du nach Mitternacht in dieser Diskothek warst, hatte ich mich unter deinem Bett versteckt, als du zurückgekommen bist. Ich hab mich rausgeschlichen, als du geduscht hast. Du solltest deine Tür besser sichern als mit einem Standardschloss. Was hast du in der Disco gemacht?«

Sie sah ihn eine ganze Weile nachdenklich an.

»Eine Freundin getroffen«, antwortete sie endlich.

»Mitten in der Nacht bei laufenden Ermittlungen? In einem Fall, der kurz vor der Aufklärung steht und der deine ganze Energie in Anspruch nimmt?«

»Es war dringend.«

»Was war denn so dringend?«

»Das ist schwer zu erklären.«

»Wieso?«, sagte er. »Weil ich ein Mann bin, ein Bullenmacho, und du in eine Frau verliebst bist?«

Sie sah ihn herausfordernd an.

»Was weißt du schon von diesen Dingen?«

»Nichts, in der Tat. Aber mir droht keine Anklage wegen Doppelmord. Und ich bin nicht dein Feind, Irène. Auch nicht der erstbeste Dummkopf, kein engstirniger Schwulenhasser und Macho. Also gib dir einen Ruck.«

Sie hielt seinem Blick stand, ohne mit der Wimper zu zucken.

»Als ich gestern Nacht in die Wohnung kam, fand ich eine Nachricht. Ein paar Zeilen von Zuzka, meiner Freundin. Sie stammt aus der Slowakei. Sie hatte beschlossen, sich von mir zurückzuziehen. Sie warf mir vor, ich würde ganz in meiner Arbeit aufgehen, würde sie vernachlässigen, wäre nie richtig da … Solche Sachen. Ich nehme an, du kennst das, schließlich bist du geschieden – du weißt also, wovon ich rede. Es gibt viele Scheidungen und Trennungen bei Polizisten – selbst unter homosexuellen Polizisten. Ich wollte eine Erklärung. Sofort. Ich wollte nicht, dass sie sich einfach so – ohne Aussprache – aus dem Staub macht. Das erschien mir unerträglich. Also bin ich, ohne groß nachzudenken, ins Pink Banana gedüst. Zuzka ist dort Geschäftsführerin.«

»Seid ihr schon lange zusammen?«

»Achtzehn Monate.«

»Und bist du sehr verliebt?«

»Ja.«

»Kommen wir auf den Unfall zurück. Oder vielmehr auf den angeblichen Unfall. Denn es gab keinen Unfall, stimmt's?«

»Doch! Hast du nicht meine Kombi und meine Schrammen gesehen? Oder glaubst du, dass ich mir die selbst beigebracht habe?«

»Kurz habe ich geglaubt, dass du dir diese Verletzungen zugezogen hast, als du aus der Seilbahnkabine gesprungen bist«, antwortete er. »Nachdem du Perrault in die Tiefe gestoßen hast«, fuhr er fort.

Sie wand sich auf ihrem Stuhl.

»Und jetzt glaubst du es nicht mehr?«

»Nein, weil du es nicht gewesen bist.«

»Woher weißt du das?«

»Weil ich glaube, dass ich weiß, wer es war. Aber ich glaube auch, dass du mir nicht die ganze Wahrheit sagst, selbst wenn du einen Unfall hattest.«

Wieder schien sein Scharfsinn sie zu verblüffen.

»Nach dem Unfall habe ich mich absichtlich verspätet«, sagte sie. »Ich hab mir Zeit gelassen.«

»Aus welchem Grund?«

»Perrault: Ich wollte, dass er stirbt – oder vielmehr wollte ich dem Mörder eine kleine Chance geben, ihn zu erwischen.«

Servaz starrte sie eine Weile an.

»Wegen dem, was sie dir angetan haben«, sagte er. »Grimm, Chaperon, Mourrenx und er.«

Sie antwortete nicht, stimmte ihm jedoch kopfnickend zu. »In der Kolonie«, fuhr er fort.

Sie sah ihn überrascht an.

»Nein ... viel später ... Als ich in Pau Jura studierte, habe ich an einem Wochenende bei einem Dorffest Perrault kennengelernt. Er hat sich bereit erklärt, mich nach Hause zu bringen. Grimm und Mourrenx erwarteten uns am Ende eines Weges, einige Kilometer von dem Fest entfernt ... Chaperon war an diesem Abend nicht dabei, ich weiß nicht, wieso. Aus diesem Grund habe ich erst, als ich dieses Foto gefunden habe, eine Verbindung zwischen ihm und den anderen hergestellt. Als ich sah, dass Perrault von der Straße abfuhr und diesen Weg nahm, wusste ich sofort, was los war. Ich wollte aussteigen, aber er hat mich geschlagen, wieder und wieder, während der Fahrt und dann, als wir hielten. Er nannte mich Schlampe, Nutte. Mir lief das Blut nur so runter. Dann ...«

Sie verstummte. Er zögerte lange, ehe er die Frage stellte: »Warum hast du sie nicht ...?«

»Angezeigt? Ich ... ich hab damals mit vielen Leuten geschlafen. Männern, Frauen ... Einschließlich einer meiner Professorinnen an der Uni, einer verheirateten Frau mit Kindern. Und mein Vater war Gendarm. Ich wusste, was passieren würde – die Ermittlungen, der Schmutz, der Skandal ... Ich habe an meine Eltern gedacht, daran, wie sie reagieren würden, und auch an meinen Bruder und meine Schwägerin, die nichts über mein Privatleben wussten ...« So also war es ihnen gelungen, ihr Geheimnis so lange für sich zu behalten, sagte er sich. Seine erste Vermutung in Chaperons Haus war richtig gewesen. Sie setzten darauf, dass neunzig Prozent aller Vergewaltigungsopfer keine Anzeige erstatten, und abgesehen von den Jugendlichen in der Ferienkolonie, die nie ihr Gesicht gesehen hatten, suchten sie sich Opfer aus, die viel zu verlieren hatten und deren unangepasster Lebensstil sie jedenfalls davon abhalten würde, Anzeige zu erstatten. Intelligente »Beutegreifer« … aber immerhin durchschaut von ihren Frauen, die irgendwann Verdacht schöpften und entweder die eheliche Bettgemeinschaft mit ihnen aufkündigten oder sie gleich ganz verließen.

Er dachte noch einmal an den Direktor der Kolonie, der bei einem Motorradunfall ums Leben gekommen war. Auch dieser Tod kam wie gerufen.

»Bist du dir darüber im Klaren, dass du mein Leben in Gefahr gebracht hast?«

»Tut mir leid, Martin. Wirklich. Aber im Moment werde vor allem ich des Mordes beschuldigt«, korrigierte sie ihn mit einem matten, traurigen Lächeln.

Sie hatte recht. Er durfte sich jetzt keine Blöße geben. Confiant würde nicht so leicht lockerlassen, jetzt, wo er eine ideale Täterin hatte. Und Servaz selbst hatte sie ihm präsentiert!

»Schwer nachvollziehbar wird's da, wo du meine Abwesenheit ausnutzt, um Chaperon ausfindig zu machen, ohne irgendjemandem etwas davon zu sagen«, meinte er.

»Ich wollte ihn nicht umbringen … Ich wollte ihm einfach … Angst einjagen. Ich wollte den panischen Schrecken in seinen Augen sehen, so wie er die panische Angst in den Augen seiner Opfer gesehen und sich daran ergötzt hat. Ich wollte ihm den Lauf einer Waffe in den Mund schieben, wir beide ganz allein in diesem Wald. Er sollte bis zur allerletzten Sekunde glauben, dass seine letzte Stunde geschlagen hat. Und dann hätte ich ihn festgenommen.«

Ihre Stimme war nur noch ein dünner Eisfaden, und einen kurzen Moment lang fragte er sich, ob er sich nicht getäuscht hatte.

»Noch eine Frage«, sagte er. »Wann hast du begriffen, was vor sich geht?«

Sie blickte ihm tief in die Augen.

»Seit dem ersten Mord hatte ich so eine Ahnung. Als dann Perrault umgebracht wurde und Chaperon sich in Luft aufgelöst hat, war mir klar, dass jemand sie für ihre Verbrechen bezahlen ließ. Aber ich wusste nicht, wer.«

»Warum hast du die Liste weggenommen?«

»Das war wirklich dumm. Mein Name stand drauf, ich war in diesem Karton. Und du schienst dich sehr für alles zu interessieren, was sich in diesem verfluchten Karton befand. Ich wollte nicht danach gefragt werden, ich wollte keinen in meiner Vergangenheit herumwühlen lassen.«

»Eine letzte Frage: Warum hast du heute Blumen auf das Grab von Maud Lombard gebracht?«

Irène Ziegler schwieg einen Moment lang. Diesmal wirkte sie nicht mehr überrascht. Ihr war bereits aufgegangen, dass sie den ganzen Tag observiert worden war.

»Maud Lombard hat sich auch umgebracht.«

»Ich weiß.«

»Ich wusste schon immer, dass sie irgendwie auch ein Opfer dieser perversen Serientäter war. Mich hat dieser Ausweg durchaus auch verlockt. Eine Zeit lang gingen Maud und ich auf die gleichen Partys – bevor ich zum Studium nach Pau gegangen bin und sie diesen Dreckskerlen begegnet ist. Wir standen uns recht nahe, wir waren zwar nicht richtig befreundet, kannten uns aber gut – und ich mochte sie. Sie war selbstständig, ziemlich verschlossen, und sie wollte aus ihrem Milieu ausbrechen. Deshalb lege ich jedes Jahr zu ihrem Todestag Blumen auf ihr Grab. Und jetzt wollte ich ihr, bevor ich den letzten dieser Mistkerle festnahm, ein kleines Zeichen zukommen lassen.«

»Dabei ist Maud Lombard nie in der Kolonie gewesen.«

»Na und? Maud war mehrmals von zu Hause ausgerissen. Sie trieb sich häufig mit etwas zwielichtigen Gestalten herum. Manchmal kam sie spät nach Hause. Sie muss ihnen zufällig irgendwo über den Weg gelaufen sein – so wie ich.« Servaz überlegte in aller Eile. Seine Hypothese nahm Gestalt an. *Eine unerhörte Lösung…* Er hatte keine Fragen mehr. Wieder drehte sich ihm alles im Kopf. Er massierte sich die Schläfen und stand mit Mühe auf.

»Vielleicht ist da eine Hypothese, die wir noch nicht in Betracht gezogen haben«, sagte er.

D'Humières und Confiant erwarteten ihn im Gang. Servaz ging auf sie zu und kämpfte gegen das Gefühl an, dass um ihn die Wände und der Boden wackelten. Er massierte sich den Nacken und atmete tief ein – aber damit wurde er nicht den merkwürdigen Eindruck los, dass er Luft in den Schuhen hatte.

»Und?«, sagte die Staatsanwältin.

»Ich glaube nicht, dass sie es ist.«

»Was?«, entfuhr es Confiant. »Sie machen wohl Witze!«

»Ich habe jetzt keine Zeit, es Ihnen zu erklären: Wir müssen schnell handeln. So lange können Sie sie ja warmhalten, wenn Sie wollen. Wo ist Chaperon?«

»Wir versuchen ihn dazu zu bringen, die Vergewaltigung von Jugendlichen in der Ferienkolonie zu gestehen«, antwortete d'Humières in einem eiskalten Ton. »Aber er will nicht reden.«

»Sind die Taten nicht verjährt?«

»Nicht, wenn uns neue Erkenntnisse dazu veranlassen, die Ermittlungen wieder aufzunehmen. Martin, ich hoffe, Sie wissen, was Sie tun.«

Sie wechselten einen Blick.

»Ich hoffe es auch«, sagte er.

Ihm wurde immer schwindliger, sein Kopf brummte. Er bat am Empfang um eine Flasche Wasser, dann schluckte er eine von Xaviers Tabletten und ging zu seinem Jeep auf dem Parkplatz.

Wie sollte er ihnen von seiner Hypothese erzählen, ohne sich von dem jungen Richter den Kopf abreißen zu lassen und die Staatsanwältin in Verlegenheit zu bringen? Eine Frage beunruhigte ihn. Er wollte ganz sicher sein, ehe er seine Karten auf den Tisch legte. Und er wollte jemand anderen um seine Meinung fragen – jemanden, der ihm sagte, ob er auf dem richtigen Weg war, und der ihm vor allem sagte, wie weit er gehen konnte, ohne sich die Finger zu verbrennen. Er sah auf die Uhr. 21:12 Uhr.

Der Rechner …

Sie schaltete ihn an. Anders als der von Xavier war er mit einem Passwort gesperrt. *Sieh mal an …* Sie sah auf die Uhr. Seit fast einer Stunde war sie jetzt in diesem Büro.

Es gab da ein Problem: Sie war alles andere als eine versierte Hackerin. Gute zehn Minuten lang zermarterte sie sich das Hirn nach einem guten Passwort, und sie versuchte es mit Julian Hirtmann und Lisa Ferney in allen möglichen Varianten, aber keiner dieser erbärmlichen Versuche war erfolgreich. Sie griff noch einmal in die Schublade, in der sie eine Aktenmappe mit den persönlichen Dokumenten gesehen hatte, und versuchte es mit der Telefonnummer und der Sozialversicherungsnummer, vorwärts und rückwärts, dann mit dem Geburtstag, mit dem ersten und dem zweiten Vornamen (der vollständige Name der Pflegedienstleiterin lautete Elisabeth

Judith Ferney), probierte schließlich eine Kombination der drei Initialen mit dem Geburtsdatum … Ohne Erfolg. *Verdammt!*

Wieder fiel ihr Blick auf den Salamander …

Sie tippte »Salamander«, dann »Rednamalas«.

Diane sah auf die Uhr in der unteren Ecke des Bildschirms. 21:28 Uhr.

Noch einmal betrachtete sie das Tier. Einer plötzlichen Eingebung folgend, hob sie es hoch und drehte es um. Auf seinem Bauch stand »Van Cleef & Arpels, New York«. Sie gab diese Namen in den Rechner ein. Nichts … *Verdammt! Das ist doch lächerlich! Man könnte meinen, man wäre in einem dieser saudoofen Spionagefilme!* Sie kehrte die Namen um … Auch nichts … *Was hast du denn erwartet, meine Liebe? Wir sind hier nicht im Kino!* In letzter Verzweiflung probierte sie nur die Initialen aus: VC&ANY. Nichts. Also umgekehrt: YNA&CV …

Plötzlich begann der Bildschirm zu flackern, und sie erhielt Zugriff aufs Betriebssystem. Bingo! Diane traute ihren Augen kaum. Sie sah zu, wie sich das gesamte Desktop aufbaute. *Das Spiel kann beginnen …* Aber die Zeit verging. 21:32 Uhr. Sie betete dafür, dass Lisa Ferney tatsächlich die ganze Nacht wegbleiben würde.

Die E-Mails …

Gut hundert Mails stammten von einem geheimnisvollen Démétrius.

Jedes Mal stand in der Spalte *Subject* der Eintrag: *Encrypted email …*

Sie öffnete eine, aber sie enthielt nur eine unverständliche Zeichenfolge. Diane begriff, was los war, weil ihr dasselbe schon einmal auf der Universität passiert war: Die Lizenz, die zur Verschlüsselung der Nachricht verwendet wurde, war abgelaufen, und daher konnte der Empfänger sie nicht mehr entschlüsseln.

Sie dachte fieberhaft nach.

Um derlei Probleme zu vermeiden, riet man dem Empfänger, den Inhalt der Nachricht sofort irgendwo zu sichern, sie zum Beispiel im HTML-Format zu speichern. Sie jedenfalls hätte das an Lisa Ferneys Stelle getan. Sie öffnete »Meine Dateien«, dann »Meine empfangenen Dateien«, und da war er auch schon – ein Ordner namens »Démétrius«.

Lisa Ferney hatte keine besonderen Vorsichtsmaßnahmen getroffen: Ihr Rechner war ja durch einen Code gesichert, und außerdem wusste sie, dass es sowieso niemand wagen würde, darin herumzustöbern.

Lisa,
bin bis Sonntag in New York. Der Central Park ist ganz weiß, und es ist eisig kalt. Herrlich. Denk an dich. Manchmal wache ich mitten in der Nacht schweißgebadet auf, und ich weiß, dass ich von deinem Körper und deinem Mund geträumt habe. Ich hoffe, ich bin in zehn Tagen in Saint-Martin.

Eric.

Lisa,
ich fliege am Freitag nach Kuala Lumpur. Können wir uns vorher noch sehen? Ich bin die ganze Zeit im Schloss. Komm.

Eric.

Wo bist du, Lisa?
Weshalb lässt du nichts von dir hören? Bist du mir wegen letztem Mal noch böse? Ich habe ein Geschenk für dich. Ich habe es bei Boucheron gekauft. Sehr kostbar. Es wird dir gefallen.

Liebesbriefe … Oder vielmehr E-Mails … Dutzende … Vielleicht sogar Hunderte … Über mehrere Jahre verteilt …

Lisa Ferney hatte sie sorgfältig aufbewahrt. Alle. Und alle waren mit demselben Vornamen unterschrieben, »Eric«. Eric reiste viel, Eric war reich, Erics Wünsche waren mehr oder minder Befehle.

Eric liebte eindringliche Bilder und war ein krankhaft eifersüchtiger Liebhaber:

Die Wellen der Eifersucht brechen über mich herein, und jede lässt mich noch hilfloser zurück als die vorige. Ich frage mich, mit wem du vögelst. Ich kenne dich, Lisa: Wie lange hältst du es aus, ohne dir ein Stück Fleisch zwischen die Schenkel zu schieben? Schwör mir, dass es niemanden gibt.

Und wenn weder Drohen noch Jammern half, verfiel Eric manchmal in eine bereitwillige Selbstkasteiung:

Du musst mich für einen Scheißkerl halten. Ein verdammtes Arschloch und einen Saukerl. Ich verdiene dich nicht, Lisa. Es tut mir so leid. Wie konnte ich nur glauben, dich mit meinem schmutzigen Geld kaufen zu können. Kannst du mir verzeihen?

Diane scrollte die Liste ganz nach unten durch und kam immer weiter in die Gegenwart. Ihr fiel auf, dass sich der Ton in den letzten E-Mails geändert hatte. Das hier war nicht mehr nur eine Liebesgeschichte. Da war noch etwas anderes im Spiel:

Du hast recht. Der Zeitpunkt ist gekommen. Ich habe zu lange gewartet: Wenn wir es jetzt nicht tun, tun wir es nie mehr. Ich habe unseren Pakt nicht vergessen, Lisa. Und du weißt, dass ich mein Wort halte. Oh ja, du weißt es… Es macht mir Mut, wenn ich dich so stark und so entschlossen sehe, Lisa. Ich glaube, dass du recht hast: Kein Gericht auf der Welt könnte uns Frieden geben. Wir müssen es selbst tun.

Wir haben so lange gewartet. Aber jetzt ist der richtige Zeitpunkt gekommen.

Plötzlich erstarrte ihr Finger auf der Maus. Schritte im Gang… Sie hielt den Atem an. Wenn der, der da kam, wusste, dass Lisa ausgegangen war, würde er sich über das Licht unter der Tür wundern.

Aber die Schritte gingen ohne innezuhalten vorüber…

Sie atmete auf und scrollte die Mails weiter durch. Sie fluchte halblaut vor sich hin. Es wurde immer frustrierender. Bis jetzt hatte sie bis auf Anspielungen und Andeutungen nichts Konkretes in der Hand.

Noch fünf Minuten, und sie würde von hier verschwinden. Nach und nach öffnete sie die dreißig letzten E-Mails.

Wir müssen reden, Lisa. Ich habe einen Plan. Einen fürchterlichen Plan. Weißt du, was ein Gambit ist, Lisa?

Im Schach ist ein Gambit ein Bauernopfer zu Anfang einer Partie, durch das man einen strategischen Vorteil erlangt. Genau das habe ich vor. Das Gambit eines Pferdes. Aber dieses Opfer bricht mir das Herz.

Das Pferd, dachte sie atemlos.

Sie hatte das Gefühl, dass ihr gleich das Herz aus der Brust springen würde, dass sie im Dunkeln versank, als sie die folgende Mail öffnete.

Hast du die Bestellung erhalten? Bist du sicher, dass ihm nicht auffallen wird, dass du sie in seinem Namen aufgegeben hast?

Mit weit aufgerissenen Augen und trockenem Mund sah Diane auf das Datum. *6. Dezember…* Wie auch sonst enthielt der Ordner keine Antwort auf diese Mail, aber das war auch gar nicht nötig: Das letzte Puzzleteil war da, und das Bild war vollständig. Die beiden Hypothesen fügten sich jetzt zu einer einzigen. Xavier stellte Nachforschungen an, weil er unschuldig war und ahnungslos: Nicht er hatte die Betäubungsmittel bestellt, sondern Lisa Ferney hatte es *in seinem Namen* getan…

Diane ließ sich in ihren Stuhl zurückfallen und überlegte, was das zu bedeuten hatte. Die Antwort lag auf der Hand. Lisa und ein Mann mit dem Vornamen Eric hatten das Pferd – und wahrscheinlich auch den Apotheker – getötet…

Im Namen eines vor langer Zeit geschlossenen Paktes – eines Paktes, den sie endlich erfüllen wollten…

Ihre Gedanken überschlugen sich. Die Zeit drängte.

Mit dem, was sie jetzt wusste, verfügte sie über genügend Informationen, um die Polizei zu verständigen. Wie hieß noch dieser Polizist, der in der Klinik gewesen war? Servaz. Auf dem Drucker unter dem Schreibtisch druckte sie die letzte Mail, dann nahm sie ihr Handy heraus.

Im Licht der Scheinwerfer standen die Bäume in der Nacht wie eine feindliche Armee. Dieses Tal liebte die Finsternis, das Geheimnis; es hasste Schnüffler, die von auswärts kamen. Servaz blinzelte, die Augen taten ihm weh, als er durch die Windschutzscheibe den Blick auf die schmale Straße heftete, die sich durch den Wald schlängelte. Die Migräne war noch schlimmer geworden, er hatte das Gefühl, gleich würden seine Schläfen explodieren. Der Sturm tobte, die Böen jagten die Flocken in alle Richtungen, und das Fahrtempo schleuderte sie auf das Auto zu, in dessen Scheinwerfern sie wie Sternschnuppen aufleuchteten. Er hatte Mahler bis zum Anschlag aufgedreht. Die Sechste Symphonie. Sie untermalte das Heulen des Schneesturms mit ihren pessimistischen, Unheil kündenden Akzenten.

Wie viel hatte er in den letzten achtundvierzig Stunden geschlafen? Er war völlig ausgelaugt. Ohne offensichtlichen Anlass dachte er wieder an Charlène. Und der Gedanke an sie, an ihre Zärtlichkeit in der Galerie wärmte ihn ein bisschen. Sein Autotelefon summte …

»Ich muss mit Commandant Servaz sprechen.«

»Wer sind Sie?«

»Ich heiße Diane Berg. Ich bin Psychologin am Institut Wargnier und ich …«

»Wir können ihn gegenwärtig nicht erreichen«, unterbrach sie der Gendarm am anderen Ende.

»Aber ich muss mit ihm reden!«

»Geben Sie mir Ihre Telefonnummer, er wird Sie zurückrufen.«

»Es ist sehr dringend!«

»Tut mir leid, aber er ist unterwegs.«

»Können Sie mir vielleicht seine Nummer geben?«

»Hören Sie, ich…«

»Ich arbeite im Institut Wargnier«, sagte sie so nüchtern und entschlossen wie möglich, *»und ich weiß, wer die DNA von Julian Hirtmann hier rausgeschafft hat.* Wissen Sie, was das bedeutet?«

Langes Schweigen am anderen Ende.

»Können Sie das bitte wiederholen?«

Sie fügte sich.

»Einen Moment. Ich stelle Sie durch…«

Dreimaliges Läuten, dann:

»Capitaine Maillard hier…«

»Hören Sie«, erklärte sie, »Ich weiß nicht, wer Sie sind, aber ich muss schnellstens mit Commandant Servaz sprechen. Es ist äußerst wichtig.«

»Wer sind Sie?«

Sie stellte sich zum zweiten Mal vor.

»Was wollen Sie von ihm, Dr. Berg?«

»Es geht um diese Todesfälle in Saint-Martin. Wie schon gesagt, arbeite ich im Institut Wargnier – *und ich weiß, wer die DNA von Hirtmann aus dem Institut rausgebracht hat…«*

Diese letzte Information ließ ihren Gesprächspartner verstummen. Diane fragte sich, ob er aufgelegt hatte.

»In Ordnung«, sagte er endlich. »Haben Sie was zu schreiben? Ich geben Ihnen seine Nummer.«

»Servaz«, sagte Servaz.

»Guten Abend«, sagte eine weibliche Stimme am anderen Ende. »Ich heiße Diane Berg und arbeite als Psychologin am Institut Wargnier. Sie kennen mich nicht, aber ich kenne Sie: Ich saß im Zimmer nebenan, als Sie im Büro von Dr. Xavier waren. Und ich habe Ihr gesamtes Gespräch mit angehört.« Servaz hätte ihr beinahe gesagt, wie eilig er es hatte, aber etwas im Tonfall dieser Frau, die immerhin am Institut arbeitete, hielt ihn davon ab, sie zu unterbrechen.

»Hören Sie mich?«

»Ich höre Sie«, sagte er. »Was wollen Sie, Madame Berg?«

»Mademoiselle. Ich weiß, wer das Pferd umgebracht hat. Und höchstwahrscheinlich ist es dieselbe Person, die die DNA von Julian Hirtmann rausgeschmuggelt hat. Würden Sie gern wissen, wer es ist?«

»Einen Augenblick«, sagte er.

Er bremste und stellte den Wagen am Straßenrand ab, mitten im Wald. Der Wind bog die Bäume ringsum. Krallenbewehrte Äste schwankten im Scheinwerferlicht wie in einem alten deutschen expressionistischen Film.

»Schießen Sie los. Erzählen Sie mir alles.«

»Sie sagen, der Verfasser der E-Mails heißt Eric?«

»Ja. Wissen Sie, wer das ist?«

»Ich glaube, ja.«

Er stand mitten im Wald am Straßenrand und dachte über das nach, was diese Frau ihm mitgeteilt hatte. Die Hypothese, die er nach dem Besuch auf dem Friedhof erstmals in Betracht gezogen hatte – und die sich erhärtet hatte, als Irène Ziegler ihm offenbart hatte, dass Maud wohl vergewaltigt worden war –, fand eine erneute Bestätigung. Und was für eine Bestätigung … *Eric Lombard* … Ihm fielen wieder die Wachleute im Kraftwerk ein, ihr Schweigen, ihre Lügen. Von Anfang an war er überzeugt gewesen, dass sie etwas verheimlichten. Jetzt wusste er, dass sie nicht gelogen hatten, weil sie die Täter waren – sondern weil man sie zum Schweigen gezwungen hatte. Sie waren erpresst, oder ihr Schweigen war gekauft worden. Und vermutlich sogar beides zugleich. Sie hatten etwas gesehen, aber sie hatten lieber geschwiegen und gelogen, auch auf die Gefahr hin, sich verdächtig zu machen, *weil sie wussten, dass sie nicht das nötige Format hatten.*

»Schnüffeln Sie schon lange so herum, Mademoiselle Berg?«

Sie ließ sich Zeit mit der Antwort.

»Ich bin erst seit einigen Tagen im Institut«, sagte sie.

»Das könnte gefährlich sein.«

Erneutes Schweigen. Servaz fragte sich, ob sie in Gefahr war. Sie war keine Polizistin, sie hatte bestimmt Fehler gemacht. Und sie befand sich in einem prinzipiell gewaltgesteuerten Umfeld, in dem alles passieren konnte.

»Haben Sie sonst mit jemandem darüber gesprochen?«

»Nein.«

»Hören Sie mir gut zu«, sagte er, »Sie tun jetzt Folgendes: Haben Sie ein Auto?«

»Ja.«

»Sehr gut. Fahren Sie sofort nach Saint-Martin, ehe der Schneesturm Sie daran hindert. Fahren Sie zur Gendarmerie und fragen Sie dort nach der Staatsanwältin. Sagen Sie, ich hätte Sie geschickt. Und erzählen Sie ihr alles, was Sie mir gesagt haben. Haben Sie verstanden?«

»Ja.«

Er hatte bereits aufgelegt, als ihr einfiel, dass ihr Auto eine Panne hatte.

Im Licht der Scheinwerfer tauchten die Gebäude des Reitzentrums auf. Es war verlassen und dunkel. Keine Pferde, keine Pfleger weit und breit. Die Boxen waren für die Nacht – oder für den ganzen Winter – geschlossen worden. Er parkte vor dem großen Gebäude aus Ziegelsteinen und Holz und stieg aus.

Sofort stand er mitten im Wirbel der Flocken, und der Wind ächzte immer stärker in den Bäumen. Servaz schlug seinen Kragen hoch und steuerte auf den Eingang zu. Hunde begannen in der Finsternis zu bellen und an ihren Ketten zu ziehen. Hinter einem Fenster brannte Licht, und er sah, wie eine Gestalt ans Fenster trat und nach draußen spähte.

Servaz betrat das Gebäude durch die angelehnte Tür: Der Mittelgang war beleuchtet. Der Geruch von Pferdemist schlug ihm entgegen. Zu seiner Rechten sah er trotz der späten Stunde ein Pferd und einen Reiter unter den Lampenreihen in der großen Halle arbeiten. Marchand trat aus der ersten Tür links.

»Was gibt's?«, sagte er.

»Ich muss Ihnen ein paar Fragen stellen.«

Der Verwalter deutete auf eine Tür etwas weiter. Servaz trat ein. Das gleiche Büro wie beim letzten Mal, mit all den Trophäen, Pferdebüchern und Aktenschränken. Auf dem Bildschirm des Notebooks das Foto eines Pferdes. Ein prächtiges Tier mit rotbraunem Fell. Vielleicht Freedom. Als Marchand an ihm vorbeiging, roch Servaz Whiskydunst in seinem Atem. Eine schon ziemlich leere Flasche Label 5 stand auf einem Regal.

»Es geht um Maud Lombard«, sagte er.

Marchand sah ihn erstaunt und zugleich misstrauisch an. Seine Augen funkelten etwas zu stark.

»Ich weiß, dass sie sich umgebracht hat.«

»Ja«, sagte der alte Stallmeister. »Eine üble Geschichte.«

»Inwiefern?«

Er sah Marchand zögern. Einen Moment lang blickte er woandershin, ehe er die Augen auf Servaz richtete. *Er schickte sich an, zu lügen.*

»Sie hat sich die Pulsadern aufgeschnitten …«

»UNFUG!«, brüllte Servaz und packte den Verwalter plötzlich am Kragen. »SIE LÜGEN, MARCHAND! HÖREN SIE ZU: SOEBEN WURDE EINE UNSCHULDIGE PERSON DER MORDE AN GRIMM UND PERRAULT BEZICHTIGT! WENN SIE MIR NICHT SOFORT DIE WAHRHEIT SAGEN, LEITE ICH EIN STRAFVERFAHREN WEGEN BEIHILFE ZUM MORD GEGEN SIE EIN! ÜBERLEGEN SIE ES SICH SCHNELL! ICH HABE NICHT DIE GANZE NACHT ZEIT!«, schrie er, während er blass vor Zorn nach den Handschellen griff.

Dieser ebenso unerwartete wie heftige Wutanfall schien den Verwalter zu erschrecken. Und als er die Handschellen klicken hörte, erblasste er. Er riss die Augen weit auf.

»Sie bluffen doch!«

Ein guter Pokerspieler, der sich nichts vormachen ließ. Servaz packte ihn am Handgelenk und drehte es ihm brutal auf den Rücken.

»Was tun Sie da?«, fragte Marchand völlig fassungslos.

»Ich habe Sie gewarnt.«

»Sie haben keinerlei Beweise!«

»Wie viele Angeklagte vegetieren ohne ausreichende Beweise in Untersuchungsgefängnissen, was glauben Sie?«

»Warten Sie! Das können Sie nicht tun!«, protestierte der

Verwalter, der plötzlich panische Angst hatte. »Sie haben kein Recht dazu!«

»Ich warne Sie: Vor der Gendarmerie stehen die Fotografen!«, log Servaz, während er ihn heftig mit sich zur Tür zog. »Aber wir hängen Ihnen eine Jacke über den Kopf, wenn Sie aus dem Wagen steigen. Sie müssen nur auf den Boden schauen und sich führen lassen.«

»Warten Sie, warten Sie! Verdammt, warten Sie!«

Doch Servaz zog ihn energisch hinter sich her. Sie waren bereits im Gang. Draußen heulte der Wind, Flocken wehten durch die offene Tür herein.

»Okay! Okay! Ich habe gelogen. Nehmen Sie mir das ab!« Servaz hielt inne. Der Reiter stand jetzt mitten in der Halle und beobachtete sie.

»Zuerst die Wahrheit«, flüsterte ihm Servaz ins Ohr.

»SIE HAT SICH ERHÄNGT! An der Schaukel im Schlosspark, verdammt!«

Servaz hielt die Luft an. *Erhängt... Da hatten sie es...* Er nahm die Handschellen ab. Unwillkürlich rieb sich Marchand die Handgelenke.

»Das werde ich nie vergessen«, sagte er mit gesenktem Kopf. »Es war in der Abenddämmerung eines Sommertags... Sie hatte ein fast durchsichtiges weißes Kleid angezogen. Sie schwebte wie ein Phantom über dem Rasen, mit gebrochenem Nacken, in der untergehenden Sonne... Ich habe dieses Bild noch immer vor Augen... Fast jeden Abend...« *In einem Sommer...* Wie die anderen hatte sie sich für diese Jahreszeit entschieden, um ihrem Leben ein Ende zu setzen... Ein weißes Kleid: *Suchen Sie das Weiß,* hatte Propp gesagt...

»Warum haben Sie gelogen?«

»Natürlich weil das *jemand* von mir wollte«, sagte Marchand und schlug die Augen nieder. »Fragen Sie mich nicht, was das für einen Unterschied macht, ich habe keine Ahnung. Der Chef wollte nicht, dass es bekannt wird.«

»Einen großen Unterschied«, antwortete Servaz schon im Gehen.

Espérandieu hatte gerade seinen Rechner ausgeschaltet, als das Telefon läutete. Er seufzte, sah auf die Uhr – 22:40 Uhr – und hob ab. Er richtete sich unmerklich auf, als er die Stimme von Luc Damblin erkannte, seiner Kontaktperson bei Interpol. Seit seiner Rückkehr nach Toulouse hatte er auf diesen Anruf gewartet, und allmählich hatte er schon die Hoffnung aufgegeben.

»Du hattest recht«, sagte Damblin ohne Umschweife. »Er war es. An was für einem Fall sitzt du eigentlich? Ich weiß nicht, was da läuft, aber mir scheint, du hast da einen dicken Fisch an der Angel. Willst du mir nicht mehr verraten? Was hat so ein Typ mit einem Fall der Mordkommission zu tun?« Espérandieu wäre beinahe vom Stuhl gefallen. Er schluckte und setzte sich wieder gerade.

»Bist du sicher? Hat es dein Typ beim FBI bestätigt? Wie ist er an die Information gekommen?«

Fünf Minuten lang erläuterte es ihm Luc Damblin in allen Details. *Donnerwetter!*, dachte Espérandieu, als er aufgelegt hatte. Diesmal musste er Martin verständigen. *Sofort!*

Servaz schien es, als würden sich die Elemente gegen ihn verbünden. Die Flocken wirbelten im Licht der Scheinwerfer, die Baumstämme wurden an der Nordseite langsam weiß. Ein echter Schneesturm ... Ausgerechnet in dieser Nacht ... Er fragte sich besorgt, ob diese Psychologin es tatsächlich bis nach Saint-Martin hinunter geschafft hatte oder ob die Straße dort oben nicht schon unpassierbar war. Als er vor ein paar Minuten das Reitzentrum verließ, hatte er einen letzten Anruf getätigt.

»Hallo?«, hatte die Stimme am anderen Ende gesagt.

»Ich muss dich treffen. Noch heute Abend. Und ich bin ein bisschen hungrig. Es ist doch nicht zu spät?«

Ein Lachen am anderen Ende. Aber das Lachen brach jäh ab. »Gibt es Neuigkeiten?«, hatte Gabriel Saint-Cyr gefragt, ohne seine Neugier zu verbergen.

»Ich weiß, wer es getan hat.«

»Wirklich?«

»Ja. Wirklich.«

Schweigen am anderen Ende.

»Und hast du einen Haftbefehl?«

»Noch nicht. Ich wollte zuerst deine Meinung hören.«

»Was willst du tun?«

»Zunächst einmal einige juristische Punkte mit dir klären. Und dann handeln.«

»Willst du mir nicht sagen, wer es ist?«

»Zuerst essen wir, dann reden wir.«

Wieder ein leises Lachen am anderen Ende.

»Ich muss zugeben, dass du mir den Mund wässrig machst. Komm nur. Ich hab noch etwas Hühnchen…«

»Bin gleich da«, sagte Servaz und legte auf.

Durch den Sturm verstrahlten die Fenster der Mühle einen warmen Lichterglanz, als er seinen Jeep am Wildbach abstellte. Servaz war bei der Herfahrt keinem Fahrzeug und nicht einmal einem Fußgänger begegnet. Er schloss den Cherokee ab und ging eilig zu der kleinen Brücke, den Kopf zwischen die Schultern gezogen. Die Tür ging sofort auf. Ein angenehmer Duft nach Brathähnchen, Feuer, Wein und Gewürzen. Saint-Cyr nahm ihm die Jacke ab und hängte sie an die Garderobe, dann zeigte er auf das tiefer liegende Wohnzimmer.

»Ein Glas Glühwein zur Einstimmung? Das Hähnchen braucht noch zwanzig Minuten. So können wir schon mal ein bisschen plaudern.«

Servaz sah auf die Uhr. 22:30 Uhr. Die kommenden Stunden würden alles entscheiden. Er musste mehrere Schachzüge im Voraus planen, um keine bösen Überraschungen zu erleben; aber konnte er auch klar genug denken? Mit seiner ganzen Erfahrung würde der alte Richter ihm helfen, keinen Fehler zu machen. Er hatte einen äußerst gefährlichen Gegner. Er durfte sich nicht den kleinsten Patzer leisten, alles musste vor Gericht Bestand haben. Außerdem hatte er einen ordentlichen Kohldampf; der Duft des Huhns im Ofen ließ ihm das Wasser im Mund zusammenlaufen.

Im Kamin knisterte ein hell loderndes Feuer. Wie beim letzten Mal bevölkerten die Flammen die Wände und die Deckenbalken mit Schatten und flirrenden Lichtzungen. Das Zimmer war erfüllt vom Knacken der Scheite, vom Pfeifen des Windes im Kaminrohr und vom Rauschen des Sturzbachs. Kein Schubert diesmal. Offensichtlich wollte Saint-Cyr sich kein Stück von dem entgehen lassen, was ihm Servaz zu sagen hatte.

Auf einem kleinen runden Tisch zwischen zwei Ohrensesseln, die an den offenen Kamin gerückt waren, standen zwei bauchige Rotweingläser, die mit rubinfarbenem Wein gefüllt waren. Der Wein dampfte.

»Setz dich«, sagte der Richter und zeigte auf einen der Sessel. Servaz nahm das am nächsten stehende Glas. Es war heiß. Er drehte es in der Hand und ließ sich den aromatischen Duft in die Nase steigen. Er glaubte Orange, Zimt und Muskatnuss zu erkennen.

»So ein Glühwein«, sagte Saint-Cyr, »stärkt und wärmt an einem Abend wie diesem. Und vor allem wirkt er hervorragend gegen Abspannung. Das wird dich so richtig aufputschen. Die Nacht könnte noch lang werden, oder?«

»Sieht man mir das denn so deutlich an?«, fragte Servaz.

»Was?«

»Die Müdigkeit.«

Der Richter musterte ihn.

»Du wirkst völlig erschöpft.«

Servaz trank. Er verzog das Gesicht, als er sich die Zunge verbrannte. Aber der kräftige Geschmack nach Wein und Gewürzen erfüllte seinen Mund und seine Kehle. Zu dem Glühwein hatte Saint-Cyr in einem Schälchen auf dem Tisch kleine Stücke Lebkuchen angerichtet. Servaz nahm eines, dann ein zweites. Er hatte Hunger.

»Also?«, sagte Saint-Cyr. »Erzählst du es mir? Wer ist es?«

»Sind Sie sicher?«, fragte Cathy d'Humières in den Lautsprecher.

Espérandieu betrachtete die Spitze seiner Allstars, die auf dem Schreibtisch seines Büros am Boulevard Embouchure lagen.

»Mein Informant ist sich ganz sicher. Er arbeitet am Sitz von Interpol in Lyon. Es handelt sich um Luc Damblin. Er hat eine unserer Kontaktpersonen beim FBI eingeschaltet. Und er ist sich zu 200 Prozent sicher.«

»Du liebe Güte!«, entfuhr es der Staatsanwältin. »Und Sie haben Martin nicht erreicht?«

»Ich hab's zweimal versucht. Jedes Mal war besetzt. Ich

hab nur den Anrufbeantworter erreicht. Ich werde es in einigen Minuten noch mal probieren.«

Cathy d'Humières blickte auf ihre goldene Chopard-Uhr – ein Geschenk ihres Gatten zu ihrem zwanzigsten Hochzeitstag: 22:50 Uhr. Sie seufzte.

»Ich möchte Sie um etwas bitten, Espérandieu. Rufen Sie ihn an. Immer wieder. Wenn Sie ihn an der Strippe haben, sagen Sie ihm, dass ich gern vor morgen früh im Bett liegen würde und dass wir nicht die ganze Nacht auf ihn warten werden!« Am anderen Ende entbot Espérandieu einen militärischen Gruß.

»Sehr wohl, Madame.«

Irène Ziegler hörte den Wind auf der Außenseite des Gitterfensters. Ein echter Schneesturm. Sie löste das Ohr von der Zwischenwand. Die Stimme von Cathy d'Humières. Wohl aus Kostengründen waren die Zwischenwände in dieser Gendarmeriekaserne – wie in Hunderten anderer – dünn wie Karton.

Ziegler hatte alles mit angehört. Offenbar hatte Espérandieu eine entscheidende Information erhalten. Eine Information, die den Gang der Ermittlungen grundlegend veränderte. Ziegler glaubte verstanden zu haben, worum es ging. Martin wiederum schien spurlos verschwunden zu sein. Sie glaubte zu ahnen, wo er sich befand, er wollte sich Rat holen, ehe er zur Tat schritt… Sie klopfte an die Tür, die sich fast sofort öffnete.

»Ich müsste mal auf die Toilette«, sagte sie.

Der Wachtposten schloss die Tür wieder. Als sie abermals aufging, stand eine junge Frau in Uniform im Rahmen, die ihr einen misstrauischen Blick zuwarf.

»Folgen Sie mir, Capitaine. Und keine Dummheiten.«

Ziegler stand auf, die in Handschellen gelegten Hände vor dem Bauch.

»Danke«, sagte sie. »Ich möchte auch mit der Staatsanwältin sprechen. Sagen Sie es ihr. Sagen Sie ihr, dass es wichtig ist.«

Der Wind heulte im Kaminrohr und drückte die Flammen herunter. Servaz war völlig entkräftet. Er stellte das Glas wieder hin und bemerkte, dass seine Hand zitterte. Er zog sie an sich, aus Furcht, Saint-Cyr könnte das Zittern bemerken. Der Geschmack des Weines und der Gewürze in seinem Mund war angenehm, aber da war ein bitterer Nachgeschmack. Er fühlte sich beschwipst – aber dazu war jetzt wirklich keine Zeit. Er sagte sich, dass er in der kommenden halben Stunde nur Wasser trinken und anschließend um einen starken Kaffee bitten würde.

»Dir scheint es ja nicht besonders zu gehen«, sagte der Richter, während er sein Glas abstellte und ihn aufmerksam ansah.

»Ging schon mal besser, aber alles im grünen Bereich!«

Tatsächlich konnte er sich nicht daran erinnern, jemals in einem solchen Zustand von Erschöpfung und Nervosität gewesen zu sein: wie gerädert, der Kopf wie in Watte gepackt, schwindlig – und dabei kurz davor, den seltsamsten Fall seiner gesamten Laufbahn aufzuklären.

»Du glaubst also nicht, dass Irène Ziegler die Täterin ist?«, fuhr der Richter fort. »Dabei spricht alles gegen sie.«

»Ich weiß. Aber es gibt neue Erkenntnisse.«

Der Richter zog die Augenbrauen hoch.

»Heute Abend hat mich eine Psychologin angerufen, die am Institut Wargnier arbeitet.«

»Und?«

»Sie heißt Diane Berg und kommt aus der Schweiz. Sie ist noch nicht lange dort oben. Anscheinend ist ihr aufgefallen, dass dort seltsame Dinge geschehen, und sie hat daraufhin diskret ihre eigenen Nachforschungen angestellt. Und dabei hat sie herausgefunden, dass sich die Pflegedienstleiterin des Instituts Betäubungsmittel für Pferde besorgt hat... und auch, dass sie die Geliebte eines gewissen Eric ist, eines sehr reichen Mannes, der nach den E-Mails zu urteilen, die er ihr geschrieben hat, viel auf Reisen ist.«

»Wie ist diese Psychologin hinter all das gekommen?«, fragte der Richter skeptisch.

»Das ist eine lange Geschichte.«

»Du glaubst also, dass dieser Eric? Aber er war in der Nacht, in der das Pferd getötet wurde, in den USA...«

»Ein perfektes Alibi«, bemerkte Servaz. »Und wer hätte auch vermutet, dass das Opfer zugleich der Täter ist?«

»Hat dich diese Psychologin von sich aus kontaktiert? Und glaubst du ihr? Hältst du sie für vertrauenswürdig? Die Arbeit in der Klinik muss sehr nervenaufreibend sein, wenn man sie nicht gewohnt ist.«

Servaz sah Saint-Cyr an. Einen Moment lang zweifelte er. Und wenn der Richter recht hatte?

»Erinnerst du dich noch, wie du mir gesagt hast, dass alles, was in diesem Tal geschieht, seine Wurzeln in der Vergangenheit hat?«, sagte der Polizist.

Der Richter nickte schweigend.

»Du hast mir selbst gesagt, dass sich die Schwester von Eric Lombard, Maud, mit 21 Jahren das Leben genommen hat.«

»Das stimmt.« Saint-Cyr wurde wieder gesprächiger. »Du glaubst also, dass dieser Selbstmord mit den Selbstmördern der Ferienkolonie zusammenhängt? Aber sie ist nie dort gewesen.«

»Zwei andere Selbstmörder auch nicht«, antwortete Servaz. »Wie wurden Grimm und Perrault aufgefunden?«, fragte er, während sein Herz ohne Grund zu pochen anfing.

»Erhängt.«

»Genau. Als ich dich gefragt habe, wie sich die Schwester von Eric Lombard umgebracht hat, hast du mir geantwortet, sie hätte sich die Pulsadern aufgeschnitten. Das ist die offizielle Version. Ich habe heute Abend herausgefunden, dass sie sich in Wirklichkeit ebenfalls erhängt hat. Warum hat Lombard in dieser Frage gelogen? Doch wohl nur deshalb, weil er verhindern wollte, dass eine direkte Verbindung zwischen dem Selbstmord von Maud und den Morden hergestellt wird.«

»Hat diese Psychologin sonst noch mit jemandem darüber gesprochen?«

»Nein, ich glaube nicht. Ich habe ihr geraten, nach Saint-Martin zu fahren und sich mit Cathy d'Humières in Verbindung zu setzen.«

»Du glaubst also ...«

»Ich glaube, dass Eric Lombard Grimm und Perrault ermordet hat«, äußerte Servaz. Er hatte das Gefühl, dass ihm die Zunge am Gaumen klebte, dass sich die Muskeln seiner Kiefer verhärteten. »Ich glaube, er rächt sich für das, was sie seiner Schwester angetan haben, einer Schwester, die er innig liebte, und ich glaube, er gibt ihnen zu Recht die Schuld an ihrem Selbstmord und an dem der sieben anderen Jugendlichen, die dem Quartett Grimm-Perrault-Chaperon-Mourrenx zum Opfer fielen. Ich glaube, er hat einen skrupellosen Plan erarbeitet, um Selbstjustiz zu üben, während er gleichzeitig mithilfe einer Komplizin im Institut Wargnier und vielleicht eines weiteren Helfershelfers im Reitzentrum jeglichen Verdacht von sich ablenkte.«

Er betrachtete seine linke Hand auf der Armlehne. Sie zitterte. Er versuchte sie ruhig zu halten. Vergeblich. Als er aufsah, merkte er, dass auch Saint-Cyr sie betrachtete.

»Lombard ist äußerst intelligent: Er wusste, dass Ermittler in den Mordfällen früher oder später eine Verbindung zu der Selbstmordwelle von vor fünfzehn Jahren herstellen würden, der auch seine Schwester zum Opfer fiel. Er hat sich vermutlich gesagt, am sichersten könnte er jeglichen Verdacht von sich ablenken, indem er sich selbst zum Opfer eines Verbrechens machte. Daher musste sich das erste Verbrechen gegen ihn richten. Aber wie sollte er das anstellen? Es kam für ihn nicht in Frage, einen Unschuldigen umzubringen. Irgendwann muss er dann einen Geistesblitz gehabt haben: Er musste ein Wesen töten, das ihm mehr bedeutete als alles andere, ein Verbrechen begehen, dessen man ihn mit Sicherheit nicht verdächtigen würde: den Mord an seinem Lieblingspferd. Wahrscheinlich hat ihm dieser Entschluss das Herz gebrochen. Aber gäbe es ein besseres Alibi als dieses Blutbad zu einem Zeitpunkt, als er angeblich in den Vereinigten Staaten weilte? Daran liegt es, dass die Hunde im Reitzentrum nicht angeschlagen haben und das Pferd nicht gewiehert hat. Vielleicht hat er, neben der Pflegedienstleiterin im Institut, sogar noch einen weiteren Komplizen im Gestüt. Denn um das Pferd zur Bergstation zu schaffen, mussten sie mindestens zu zweit sein. Außerdem hat die Alarmanlage nicht angeschlagen. Aber um sicherzugehen, dass Freedom nicht leidet, hätte er niemals einen anderen mit seiner Tötung betraut. So etwas tut man in dieser Familie nicht: Eric Lombard ist Sportler,

Abenteurer, Krieger – er ist es gewohnt, sich den schwierigsten Herausforderungen zu stellen und zu seiner Verantwortung zu stehen. Und er schreckt nicht davor zurück, sich die Hände schmutzig zu machen.«

War es die Erschöpfung? Der Schlafmangel? Er hatte das Gefühl, alles wie durch einen Schleier zu sehen, als würde er plötzlich eine falsche Brille tragen.

»Ich glaube außerdem, dass Lombard und einer seiner Handlanger die beiden Wachleute im Kraftwerk erpresst haben. Wahrscheinlich mit der Drohung, sie wieder in den Knast zu bringen, oder einfach mit Geld. Im Übrigen dürfte Lombard sehr schnell erkannt haben, dass der Verdacht gegen Hirtmann nicht lange Bestand haben würde. Aber das wird ihn nicht weiter gestört haben, denn diese falsche Fährte war ja nur eine erste Verschleierungstaktik. Auch dass wir die Selbstmordwelle noch einmal ausgraben würden, störte ihn wohl nicht weiter, denn damit gab es nur verwirrend mehr Spuren. Als Täter kam irgendein Verwandter genauso in Frage wie ein inzwischen erwachsener Jugendlicher, der auch von den Mitgliedern des Quartetts vergewaltigt worden ist. Ich frage mich, ob er wusste, dass Irène Ziegler auch in der Kolonie gewesen ist und dass sie eine ideale Verdächtige abgab. Oder ob es ein bloßer Zufall war.«

Saint-Cyr schwieg, konzentriert und bedrückt. Servaz wischte sich mit einem Ärmelaufschlag den Schweiß weg, der ihm in die Augen lief.

»Letztlich muss er sich gesagt haben, selbst wenn nichts, was er sich ausgedacht hatte, so laufen würde wie geplant, hätte er alle Spuren so weit verwischt, dass es fast unmöglich war, die Wahrheit zu entwirren – und bis zu ihm vorzudringen.«

»Fast«, sagte Saint-Cyr mit einem traurigen Lächeln. »Aber

da hatte er natürlich die Rechnung ohne jemanden wie dich gemacht.«

Servaz fiel auf, dass sich der Tonfall des Richters verändert hatte. Und er bemerkte auch, dass ihn der alte Mann zugleich bewundernd und zweideutig anlächelte. Er wollte seine Hand bewegen, die nicht mehr zitterte. Aber sein Arm kam ihm auf einmal *bleischwer* vor.

»Du bist ein bemerkenswerter Ermittler«, stellte Saint-Cyr mit eiskalter Stimme fest. »Hätte ich auf jemand wie dich zurückgreifen können, wer weiß, wie viele mangels Beweisen eingestellte Verfahren ich hätte lösen können?«

In Servaz' Tasche läutete das Handy. Er wollte danach greifen, aber sein Arm fühlte sich an wie in einem Behälter mit schnell aushärtendem Beton. Er brauchte unendlich lange, um seine Hand auch nur um einige Zentimeter zu verschieben! Das andauernde Klingeln zerriss das Schweigen, das sich zwischen den beiden Männern eingestellt hatte – dann schaltete sich der Anrufbeantworter an, und das Handy verstummte. Der Richter starrte ihn unablässig an.

»Ich … ich … fühle … mich SELTSAM …«, stammelte Servaz und ließ seinen Arm wieder sinken.

Verdammt! Was war nur los mit ihm? Seine Kiefer verhärteten sich; das Sprechen fiel ihm unglaublich schwer. Er versuchte aufzustehen, zog sich mit ausgestreckten Armen an den Armlehnen in die Höhe. Das Zimmer begann zu schwanken. Kraftlos ließ er sich in seinen Sessel fallen. Er meinte Saint-Cyr sagen zu hören: *»Es war ein Fehler, Hirtmann in die Sache hineinzuziehen …«* Er fragte sich, ob er richtig gehört hatte. Er spannte sein benebeltes Gehirn an und versuchte, sich auf die Worte zu konzentrieren, die aus dem Mund des Richters kamen:

»… vorhersehbar: Sein *Ego* hat die Oberhand gewonnen, wie zu erwarten. Er hat Elisabeth als Gegenleistung für seine DNA alles aus der Nase gezogen, und dann hat er dich auf die Spur dieser Jugendlichen geführt, nur um zu beweisen, dass er die Fäden in der Hand hält. Das schmeichelte seinem Hochmut. Seiner gewaltigen Eitelkeit. Offenbar hast du es ihm ziemlich angetan.«

Servaz runzelte leicht die Stirn. War das wirklich Saint-Cyr, der hier sprach? Für einen kurzen Moment glaubte er Lombard vor sich zu haben. Dann blinzelte er, um den Schweiß loszuwerden, der ihm in den Augen brannte, und sehr wohl saß da noch der Richter am selben Platz. Saint-Cyr zog ein Handy aus der Hosentasche und wählte eine Nummer.

»Lisa? Hier Gabriel … Anscheinend hat deine kleine Schnüfflerin sonst mit keinem geredet. Sie hatte nur Zeit, Martin zu verständigen. Ja, ich bin mir sicher … Ja, ich hab die Situation vollkommen unter Kontrolle …«

Er legte auf und wandte sich wieder Servaz zu.

»Ich werde dir eine Geschichte erzählen«, sagte er. Servaz hatte den Eindruck, dass ihn seine Stimme aus den Tiefen eines Tunnels erreichte. »Die Geschichte eines kleinen Jungen, der der Sohn eines tyrannischen, gewalttätigen Vaters war. Eines sehr intelligenten kleinen Jungen, eines wunderbaren Jungen. Jedes Mal, wenn er zu uns kam, hatte er einen Strauß Blumen dabei, die er am Wegrand gepflückt hatte, oder Kiesel, die er am Wildbach aufgelesen hatte. Meine Frau und ich hatten keine Kinder. Das heißt, es war für uns ein Geschenk des Himmels, ein Lichtblick, als Eric in unser Leben trat.«

Saint-Cyr machte eine Geste, die wohl die Erinnerung auf Distanz halten sollte, damit die Gefühle ihn nicht überwältigten.

»Aber da stand eine Wolke am blauen Himmel. Erics Vater, der berühmte Henri Lombard, verbreitete um sich Angst und Schrecken, in seinen Fabriken wie in seinem Haus – also in dem Schloss, das du ja kennst. Manchmal gab er sich gegenüber seinen Kindern zärtlich und liebevoll, dann wieder terrorisierte er sie mit seinen Wutanfällen, seinem Geschrei – und den Schlägen, mit denen er ihre Mutter vermöbelte. Die Atmosphäre im Schloss hat Eric und Maud verständlicherweise zutiefst verstört.«

Servaz versuchte zu schlucken, aber es gelang ihm nicht. Er wollte sich bewegen. Wieder läutete lange das Telefon in seiner Tasche, ehe es verstummte.

»Damals wohnten meine Frau und ich in einem Haus im Wald unweit des Schlosses, am selben Wildbach«, fuhr Saint-Cyr unbeirrt fort. »Henri Lombard mochte ein argwöhnischer, paranoider Tyrann, ja ein regelrechter Irrer sein, aber er hat das Anwesen nie eingezäunt und mit Kameras überwacht, wie es heute der Fall ist. Das gab es damals nicht. Auch nicht diese Bedrohungen und all diese Verbrechen. Trotz allem lebte man noch in einer menschlichen Welt. Kurz, unser Haus war eine Zuflucht für den jungen Eric, und er verbrachte häufig ganze Nachmittage bei uns. Manchmal brachte er Maud mit, ein hübsches Kind mit traurigen Augen, das fast nie lachte. Eric mochte sie sehr. Schon mit zehn Jahren schien er sich in den Kopf gesetzt zu haben, sie zu beschützen.«

Er machte eine kurze Pause.

»Mein Beruf nahm mich sehr in Anspruch, und ich war nicht oft da, aber seit Eric in unser Leben getreten war, habe ich versucht, mir möglichst viele freie Augenblicke zu gönnen. Ich war immer glücklich, wenn ich ihn auf dem Weg auftauchen sah, der vom Schloss zu unserem Haus führte, allein oder mit seiner Schwester im Schlepptau. Eigentlich habe ich die Rolle übernommen, die sein Vater nie erfüllt hat. Ich habe diesen Jungen großgezogen, als wäre er mein eigener Sohn. Er ist mein ganzer Stolz. Mein größter Erfolg. Ich habe ihm alles beigebracht, was ich wusste. Er war ein außergewöhnlich empfängliches Kind. Der einem hundertfach zurückgab, was man ihm gab. Schau dir nur an, was aus ihm geworden ist! Nicht nur dank des Firmenimperiums, das er geerbt hat. Nein. Dank meiner Erziehung, dank unserer *Liebe*.«

Zu seiner Bestürzung bemerkte Servaz, dass der alte Richter weinte – die Tränen liefen über sein durchfurchtes Gesicht.

»Und dann passierte diese Geschichte. Ich erinnere mich noch an den Tag, an dem Maud gefunden wurde, nachdem sie sich an dieser Schaukel erhängt hatte. Von da an war Eric nicht mehr derselbe. Er hat sich verschlossen, ist trübsinnig und hart geworden. Er hat sich verbarrikadiert. Ich vermute, dass ihm das bei seinen Geschäften geholfen hat. Aber das war nicht mehr der Eric, den ich kannte.«

»WAS … ist … PASSiert mit …«

»Maud? Eric hat mir nicht alles gesagt, aber ich glaube, sie ist diesen Dreckskerlen über den Weg gelaufen.«

»Nein … danach …«

»Die Jahre sind vergangen. Als Maud Selbstmord begangen hat, hatte Eric gerade die Leitung des Firmenimperiums übernommen, da sein Vater im Vorjahr gestorben war. Die Arbeit hat ihn völlig in Beschlag genommen – ein Tag in Paris, der nächste in New York oder in Singapur. Er hatte keine Minute mehr für sich selbst. Dann kehrten die Fragen und die Zweifel über den Tod seiner Schwester zurück. Mir fiel das auf, als er mich vor einigen Jahren besuchte und mir Fragen zu stellen begann. Er hatte sich in den Kopf gesetzt, die Wahrheit herauszufinden. Er hat eine Detektei beauftragt. Leute, die es mit der Methode und der Moral nicht so genau genommen haben – und deren Schweigen er sehr teuer erkaufen konnte. Sie sind wohl mehr oder weniger den gleichen Spuren nachgegangen, die du auch zurückverfolgt hast, und so haben sie die Wahrheit über die vier Männer herausgefunden … Von da an konnte sich Eric an den fünf Fingern abzählen, was seiner Schwester und anderen jungen Mädchen vor ihr widerfahren war. Er hat beschlossen, Selbstjustiz zu üben. Über die Mittel dafür verfügte er. Er hatte allen Grund, nur ein begrenztes Vertrauen in die Justiz seines Landes zu setzen. Außerdem fand er in der Person von Elisabeth Ferney, seiner Geliebten, eine sehr tüchtige Helferin. Lisa ist nämlich nicht nur in dieser Region aufgewachsen und in Eric Lombard verliebt. Sie war selbst auch ein Opfer der Viererbande.«

Das Licht der Kerzen und Lampen tat Servaz in den Augen weh. Er war schweißgebadet.

»Ich bin alt, meine Zeit läuft ab«, sagte Saint-Cyr. »Ein Jahr, fünf Jahre, zehn Jahre: Was macht das schon für einen Unterschied? Die Zeit, die mir noch bleibt, wird jedenfalls nur ein langes Warten auf das Ende sein. Warum sie nicht abkürzen, wenn mein Tod einer Sache oder einem Menschen nützen kann? Jemandem, der so brillant und so bedeutend ist wie Eric Lombard.«

Servaz spürte, wie ihn die Panik befiel. Sein Herz pochte so heftig, dass er fürchtete, es könnte jeden Moment aussetzen. Aber er konnte sich noch immer nicht rühren. Und er sah das Zimmer um sich herum wie durch einen Dunstschleier. »Ich werde einen Brief hinterlassen, in dem ich die Verbrechen auf mich nehme«, verkündete Saint-Cyr erstaunlich ruhig und fest. »Damit endlich der Gerechtigkeit Genüge getan wird. Viele Leute wissen, dass mir diese Selbstmordserie keine Ruhe gelassen hat. Es wird also niemanden erstaunen. Ich werde sagen, ich hätte das Pferd getötet, weil ich glaubte, dass Henri, Erics Vater, ebenfalls an den Vergewaltigungen beteiligt gewesen ist. Und dass ich dich umgebracht habe, weil du mir auf die Schliche gekommen bist. Worauf mir die Ausweglosigkeit meiner Lage klar geworden sei und ich, von Gewissensbissen geplagt, beschlossen hätte, meine Taten zu gestehen und mich dann umzubringen. Ein sehr schöner, anrührender und würdevoller Brief, den ich bereits abgefasst habe.«

Er schwenkte ihn vor Servaz' Gesicht hin und her. Einen Moment lang verjagte der Schrecken, der Servaz überkommen hatte, den Nebel in seinem Kopf.

»Das ... wird ... nichts ... NÜT ... ZEN ... Diane BERG ... hat Be ... weise ... für die ... Schuld ... RED ... mit CATHY ... D'HU ... D'HUMIÈRES ...«

»Außerdem«, fuhr Gabriel Saint-Cyr unerschütterlich fort, »wird diese Psychologin heute Nacht tot aufgefunden werden. Bei den Ermittlungen wird man in ihren Unterlagen den schlüssigen Beweis dafür finden, dass sie nur mit einer Absicht aus der Schweiz gekommen ist: Sie wollte ihrem Landsmann und Exgeliebten Julian Hirtmann helfen, aus dem Institut zu fliehen.«

»Wa ... RUM ... TUST ... du ... das?«

»Ich hab es dir doch gesagt: Eric ist mein ganzer Stolz. Ich habe ihn großgezogen. Ich habe ihn zu dem gemacht, was er heute ist. Ein brillanter Geschäftsmann, aber auch ein rechtschaffener, vorbildlicher Mensch ... Der Sohn, den ich nie hatte ...«

»Ist… in… in… Veruntreuung… und Be… BE-STECHUNG… verwickelt… beutet… Kin… KINDER aus…«

»DU LÜGST!«, brüllte Saint-Cyr und sprang aus seinem Sessel auf.

Eine Waffe in seiner Hand… Eine Pistole…

Servaz riss weit die Augen auf. Der Schweiß, der von seinen Wimpern tropfte, brannte ihm in den Augen. Es schien ihm, als wären Saint-Cyrs Stimme, die Töne und die Gerüche viel zu klar. All seine Sinne wurden von starken Empfindungen überflutet, die seine Nerven zum Zerreißen anspannten.

»Halluzinogene«, sagte Saint-Cyr, abermals lächelnd. »Du machst dir kein Bild, was man damit alles anstellen kann. Keine Sorge: Die Droge, die du bei jedem Essen hier eingenommen hast, ist nicht tödlich. Sie sollte lediglich deine geistigen und körperlichen Fähigkeiten dämpfen und dafür sorgen, dass deine Reaktionen danach einigen Leuten und auch dir selbst verdächtig vorkommen. Die Substanz, die ich in deinen Wein gegeben habe, wird dich eine Zeit lang lähmen. Aber du wirst nicht wieder aufwachen, denn bis dahin wirst du tot sein. Es tut mir wirklich sehr leid, dass ich zum Äußersten greifen muss, Martin, denn du bist zweifellos die interessanteste Person, die ich seit Langem kennengelernt habe.«

Servaz' Mund stand weit offen wie bei einem Fisch, der gerade aus dem Wasser gezogen wurde. Stumpfsinnig starrte er Saint-Cyr aus weit aufgerissenen Augen an. Plötzlich packte ihn die helle Wut: Wegen dieser verdammten Droge würde er mit einem Idiotengesicht sterben!

»Ich habe mein ganzes Leben damit verbracht, das Verbrechen zu bekämpfen, und jetzt werde ich selbst in der Haut eines Mörders enden«, sagte der Richter bitter. »Aber du lässt mir keine andere Wahl: Eric Lombard muss in Freiheit bleiben. Dieser Mann steckt voller Pläne. Dank der Vereine, die er finanziert, können sich Kinder satt essen, können Künstler arbeiten, erhalten Studenten Stipendien … Ich werde es nicht zulassen, dass ein kleiner Polizist das Leben eines der hervorragendsten Männer seiner Zeit ruiniert. Zumal der lediglich auf seine Weise Gerechtigkeit geübt hat, in einem Land, in dem dieses Wort schon längst keinen Sinn mehr hat.«

Servaz fragte sich, ob sie über denselben Mann sprachen: den, der Hand in Hand mit den anderen Pharmakonzernen alles darangesetzt hatte, die afrikanischen Länder von der Produktion von Medikamenten gegen Aids oder Meningitis abzuhalten; den, der seine Zulieferer in Indien und Bangladesch dazu nötigte, Frauen und Kinder auszubeuten; den, dessen Anwälte um der Patente willen Polytex aufgekauft hatten, ehe sie die Arbeiter der Firma entließen. Wer war der wahre Eric Lombard? Der zynische und skrupellose Geschäftsmann oder der Mäzen und Philanthrop? Der Junge, der seine kleine Schwester beschützte, oder der eiskalte Ausbeuter menschlichen Elends? Er konnte keinen klaren Gedanken mehr fassen.

»Ich … diese PSY …«, entfuhr es ihm. »MOR-DE … Du verstößt … gegen … all … deine … Prinzip … beendest dein Leben … als … MÖR-DER …«

Er sah den Schatten eines Zweifels über das Gesicht des Richters huschen. Saint-Cyr schüttelte energisch den Kopf, wie um den Zweifel zu verjagen.

»Ich scheide ohne Reue. Mit gewissen Prinzipien habe ich es mein ganzes Leben lang immer sehr genau genommen. Aber diese Prinzipien werden heute mit Füßen getreten. Heute sind Mittelmäßigkeit, Unredlichkeit und Zynismus die Regel geworden. Die Menschen wollen heute wie Kinder leben. Verantwortungslos. Dumm. Verbrecherisch. Trottel ohne jede Moral... Schon bald wird uns eine beispiellose Welle der Barbarei hinwegfegen. Die Anfänge sind schon zu sehen. Und, offen gesagt, wer wird unser Los beklagen? In Egoismus und Habgier verschleudern wir das Erbe unserer Vorfahren. Nur einige Menschen wie Eric schwimmen in diesem Schlamm noch obenauf...«

Er fuchtelte mit der Waffe vor Servaz' Gesicht herum. In dessen Körper, der an den Sessel gefesselt war, breitete sich die Wut aus wie ein Gegengift, das aus dem Magen in die Adern übertrat. Servaz machte einen Satz. Kaum dass es ihm gelungen war, sich aus dem Sessel zu lösen, wusste er auch schon, dass sein Versuch zum Scheitern verurteilt war. Seine Beine versagten ihm den Dienst, Saint-Cyr wich zurück und sah zu, wie er hinfiel, gegen einen kleinen Tisch stieß und dabei eine Vase und eine Lampe umwarf – deren blendendes Licht seine Sehnerven peitschte, während die Vase auf dem Boden zerbrach. Servaz lag bäuchlings auf dem Perserteppich; das Licht der Lampe, die dicht neben seinem Gesicht lag, verbrannte ihm die Netzhaut. Er hatte sich an dem Tischchen die Stirn aufgeschlagen, und das Blut rann ihm in die Brauen.

»Ach, Martin, das bringt doch nichts«, sagte Saint-Cyr nachsichtig.

Er stützte sich mühsam auf den Ellbogen. Die Wut brannte in ihm wie Glut. Das Licht blendete ihn. Schwarze Flecken tanzten vor seinen Augen. Er sah nur noch Schatten und Lichtblitze.

Er kroch langsam auf den Richter zu und streckte eine Hand nach einem seiner Hosenbeine aus, aber Saint-Cyr wich zurück. Servaz sah zwischen den Beinen des Richters die Flammen im Kamin. Sie blendeten ihn. Dann ging alles sehr schnell.

»WAFFE RUNTER!«, schrie von links eine Stimme, die

ihm bekannt vorkam, ohne dass es ihm jedoch gelang, einen Namen damit in Verbindung zu bringen – sein Gehirn war durch die Droge noch immer wie gelähmt.

Servaz hörte einen ersten Knall, dann einen zweiten. Er sah Saint-Cyr zusammenzucken und gegen den Kamin stürzen. Sein Körper prallte von der steinernen Kamineinfassung ab und fiel auf Servaz, der den Kopf einzog. Als er ihn wieder hob, nahm jemand den schweren Körper von ihm herunter, als wäre er der eines Pferdes.

»MARTIN! MARTIN! ALLES IN ORDNUNG?«

Er sperrte weit die Augen auf. Ein verschwommenes Gesicht tanzte vor seinen tränenden Augen. *Irène* … Jemand stand hinter ihr … Maillard

»WASSER …«, sagte er.

Irène stürzte in die amerikanische Küche und holte ein Glas Wasser, das sie an seine Lippen führte. Servaz trank langsam, so taten ihm die Kiefer weh.

»Hilf … mir … BAD …«

Die beiden Gendarmen packten ihn unter den Achseln und stützten ihn. Servaz hatte bei jedem Schritt das Gefühl, er würde gleich hinfallen.

»LOM-BARD …«, stammelte er.

»Was?«

»SPERREN … STRASSEN …«

»Schon passiert«, beeilte sich Irène zu antworten. »Alle Straßen im Tal wurden nach dem Anruf von Espérandieu gesperrt. Unmöglich, das Tal auf der Straße zu verlassen.«

»VIN-CENT?«

»Ja. Er hat den Beweis erbracht, dass Eric Lombard gelogen hat und in der Nacht, in der Freedom umgebracht wurde, nicht in den Vereinigten Staaten war.«

»Der Hub …«

»Unmöglich. Bei diesem Wetter kann er nicht starten.«

Er beugte sich übers Waschbecken. Ziegler drehte den Wasserhahn auf und besprengte ihn mit kaltem Wasser. Servaz beugte sich noch etwas tiefer und hielt sein Gesicht in den Wasserstrahl. Das eiskalte Wasser wirkte wie ein elektrischer Schlag auf ihn. Er hustete, spuckte aus. Wie lange beugte er sich über das Wasserbecken, rang nach Luft und versuchte wieder einen klaren Kopf zu bekommen? Er hätte es nicht sagen können.

Als er sich wieder aufrichtete, fühlte er sich schon viel besser. Die Wirkungen der Droge begannen nachzulassen. Es war vor allem die gebotene Eile, die seinen Kreislauf in Gang brachte und gegen seine Benommenheit ankämpfte.

Er musste handeln … Schnell …

»Wo sind … CATH …?«

»Sie erwarten uns. In der Gendarmerie.«

Ziegler sah ihn an.

»Okay. Also los«, sagte sie. »Wir dürfen keine Zeit verlieren.«

Lisa Ferney klappte ihr Handy wieder zu. In der anderen Hand schwang sie eine Faustfeuerwaffe. Diane kannte sich mit Waffen nicht aus, aber sie hatte genügend Filme gesehen, um zu wissen, dass der große Zylinder am Ende des Laufs ein Schalldämpfer war.

»Ich fürchte fast, dass Ihnen niemand zu Hilfe kommt, Diane«, sagte die Pflegedienstleiterin. »In weniger als einer halben Stunde wird der Polizist, mit dem Sie gesprochen haben, tot sein. Ein Glück, dass meine Party wegen diesem Bullen ins Wasser gefallen ist.«

»Können Sie denn überhaupt damit umgehen?«, fragte die Psychologin, auf die Waffe deutend.

Lisa Ferney deutete ein Lächeln an.

»Ich hab's gelernt. Ich bin Mitglied in einem Schützenverein. Eric hat mich eingeführt. Eric Lombard.«

»Ihr Liebhaber«, bemerkte Diane. »Und Ihr Komplize.«

»Es ist nicht rechtens, in den Angelegenheiten anderer Leute herumzuschnüffeln«, spöttelte die Pflegedienstleiterin. »Ich weiß, es hört sich unglaubwürdig an, Diane, aber Wargnier hatte die Wahl unter mehreren Kandidaten, als er sich in den Kopf gesetzt hat, einen Stellvertreter haben zu müssen – nebenbei gesagt, hat er mich ziemlich gekränkt, als er mir sagte, ich hätte nicht die erforderlichen Qualifikationen –, und ausgewählt habe *ich* Sie: Ich habe alles darangesetzt, dass Sie die Stelle bekommen.«

»Warum?«

»Weil Sie Schweizerin sind.«

»Was?«

Lisa Ferney öffnete die Tür, warf einen Blick in den stillen Gang, hielt aber die Waffe weiterhin auf Diane gerichtet.

»*Wie Julian…* Als ich Ihre Kandidatur unter den anderen sah, habe ich mir gleich gesagt, dass das für unsere Pläne ein sehr günstiges Zeichen ist.«

Diane begann zu ahnen, wie sie benutzt worden war. Und diese Ahnung jagte ihr einen kalten Schauer über den Rücken.

»Was für Pläne?«

»Diese Mistkerle umzubringen«, antwortete Lisa.

»Wen?«

»Grimm, Perrault und Chaperon.«

»Wegen dem, was sie in der Kolonie getan haben«, sagte Diane und erinnerte sich an den Post-it-Zettel in Xaviers Büro.

»Genau. In der Kolonie und anderswo… Dieses Tal war ihr Jagdrevier…«

»Ich habe in der Kolonie jemanden gesehen… Jemand, der schluchzte und schrie… Eines ihrer ehemaligen Opfer?«

Lisa warf ihr einen durchdringenden Blick zu, sie schien sich zu fragen, was Diane wirklich wusste.

»Ja, Mathias. Der Arme hat sich nie davon erholt. Er hat den Verstand verloren. Aber er ist harmlos.«

»Ich sehe noch immer keinen Zusammenhang mit mir.«

»Das ist nicht weiter wichtig«, sagte Lisa Ferney. »Sie sind aus der Schweiz gekommen, um Hirtmann bei seiner Flucht zu helfen, Diane. Sie haben die Klinik in Brand gesteckt und ihn zum Ausgang geführt. Aber leider wird dieser undankbare Julian, sobald er draußen ist, seinen so lange unterdrückten Trieben nicht standhalten; er wird der Versuchung nicht widerstehen können, seine Landsmännin und Komplizin umzubringen: *Sie.* Ende der Geschichte.«

Diane blieb stehen, starr vor Entsetzen.

»Anfangs haben wir mehrere Möglichkeiten erwogen, die Spuren zu verwischen. Aber ich habe sofort an Julian gedacht. Das war letztlich ein Fehler. Von jemandem wie Julian bekommt man nichts ohne Gegenleistung. Im Tausch für seinen Speichel und sein Blut wollte er wissen, wozu wir sie brauchten. Aber seine Forderungen gingen noch weiter. Ich musste ihm noch etwas anderes versprechen. Und da kommen Sie ins Spiel, Diane…«

»Das ist absurd. Viele Leute in der Schweiz kennen mich. Niemand wird Ihnen so eine Geschichte abnehmen.«

»Aber die Ermittlungen werden nicht von der schweizerischen Polizei geführt werden. Und außerdem wissen alle, dass dieses Institut für zarte Gemüter sehr verstörend sein kann.

Dr. Wargnier hatte in einem Punkt Bedenken gegen Sie. Er glaubte in Ihrer Stimme und Ihren Mails eine ›Verletzlichkeit‹ zu spüren. Ich werde es bei passender Gelegenheit nicht versäumen, das gegenüber der Polizei zu erwähnen, die ihrerseits bestimmt Wargnier vernehmen wird. Und Xavier, der Sie nicht hier haben wollte, wird mir nicht widersprechen. Sie sehen: Es gibt letztlich viele Aussagen, die gegen Sie sprechen werden … Sie hätten sich mir nicht in den Weg stellen sollen, Diane. Ich wollte Ihr Leben schonen. Sie hätten nur ein paar Jahre im Gefängnis gesessen.«

»Aber die DNA können Sie mir nicht in die Schuhe schieben«, äußerte Diane mit dem Mut der Verzweiflung.

»Das stimmt. Aus diesem Grund haben wir dafür einen anderen Kandidaten vorgesehen. Seit mehreren Monaten überweisen wir Geld an Monsieur Monde. Dafür verschließt er die Augen vor meinen Laufereien in der Station A und meinen kleinen Machenschaften mit Hirtmann. Allerdings wird sich dieses Geld gegen ihn wenden, wenn die Polizei entdeckt, dass diese Überweisungen aus der Schweiz kamen, und wenn man bei ihm eine Spritze finden wird, die noch Spuren von Julian enthält.«

»Bringen Sie ihn etwa auch um?«, fragte Diane mit einem Gefühl, in einen bodenlosen Brunnen zu stürzen.

»Was glauben Sie denn? Meinen Sie vielleicht, ich will den Rest meiner Tage im Gefängnis verbringen? Los jetzt!«, fügte Lisa hinzu. »Genug Zeit verloren.«

27

»SIE HABEN MICH erwartet?«

Cathy d'Humières zuckte zusammen, als sie die Stimme hörte. Sie wandte sich zur Tür um. Ihr Blick lag lange auf Servaz, ehe er zu Ziegler und Maillard weiterwanderte. »Gerechter Himmel! Was ist denn mit Ihnen passiert?«

In der Nähe der Tür hing ein Foto hinter Glas. Servaz fing darin sein Spiegelbild auf: schwarze Ringe unter den blutunterlaufenen Augen, verstörter Blick.

»Erklär es ihnen«, sagte er zu Ziegler und ließ sich auf einen Stuhl fallen – der Boden schwankte noch immer ein wenig unter seinen Füßen.

Irène Ziegler erzählte, was passiert war. D'Humières, Confiant und die beiden Wachsgesichter der Gendarmerie hörten schweigend zu. Die Staatsanwältin hatte entschieden, die Gendarmin nach dem Anruf von Espérandieu auf freien Fuß zu setzen. Und Zieglers Intuition, Servaz könnte seinen Mentor aufgesucht haben, hatte ihm das Leben gerettet. Die Intuition und die Tatsache, dass es nur fünf Fahrminuten von der Gendarmeriekaserne zur Mühle waren.

»Saint-Cyr!«, entfuhr es d'Humières kopfschüttelnd. »Ich kann es nicht glauben!«

Servaz löste ein Aspirin in einem Glas Wasser auf. Plötzlich hob sich der Nebel in seinem Gehirn, und er sah noch einmal alles, was sich in der Mühle ereignet hatte, vor sich ablaufen.

Mit weit aufgerissenen, geröteten Augen sah er seine Kollegen an.

»VERDAMMT!«, stieß er hervor. »Während ich nicht mehr bei mir war, hat Saint-Cyr diese … Lisa im Institut angerufen … und ihr gesagt, dass die Psychologin nur mit mir gesprochen hat … dass er die Situation unter Kontrolle hat … Kurz bevor er mich …«

Die Staatsanwältin erbleichte.

»Das bedeutet, dass diese Frau in Gefahr ist! Maillard, haben Sie noch immer ein Team zur Überwachung des Instituts da oben? Ihre Männer sollen sofort eingreifen!«

Cathy d'Humières zückte ihr Telefon und wählte eine Nummer. Nach wenigen Sekunden steckte sie es wieder ein. »Dr. Xavier geht nicht dran.«

»Wir müssen Lombard verhören«, artikulierte Servaz mit Mühe, »und ihn in Polizeigewahrsam nehmen. Fragt sich nur, wie. Er kann überall sein: in Paris, in New York, auf einer privaten Insel oder hier – aber ich bezweifle, dass wir das einfach so verraten bekommen.«

»Er ist hier«, sagte Confiant.

Alle Blicke richteten sich auf ihn.

»Bevor ich hierherkam, war ich auf seine Bitte hin im Schloss, um ihn über die neusten Fortschritte bei den Ermittlungen zu informieren. Unmittelbar bevor mich Ihr Stellvertreter angerufen hat«, sagte er zu Servaz. »Ich hab … äh … nicht die Zeit gehabt, das zu erwähnen. Danach ist zu viel passiert …«

Servaz fragte sich, wie oft der junge Richter seit Beginn der Ermittlungen im Schloss gewesen war.

»Darüber reden wir später«, sagte d'Humières in strengem Ton. »Sind alle Straßen im Tal abgesperrt? Sehr gut. Wir werden die Generaldirektion der Polizei kontaktieren. Ich will, dass Lombards Wohnung in Paris zur gleichen Zeit durchsucht wird, zu der wir das Schloss durchsuchen. Wir müssen koordiniert vorgehen. Und diskret. Nur die Personen, bei denen es unabdingbar ist, werden eingeweiht. Und dass er sich an einen meiner Männer gewagt hat, war ein Fehler«, fügte sie mit Blick auf Servaz hinzu. »Lombard oder nicht – damit hat er eine Grenze überschritten. Und wer immer die überschreitet, bekommt es mit mir zu tun.« Sie stand auf. »Ich muss das Justizministerium verständigen. Wir haben sehr wenig Zeit, um die notwendigen Vorbereitungen zu treffen und die Details zu regeln. Anschließend greifen wir zu. Wir haben keine Minute zu verlieren.«

Um den Tisch herum waren nicht alle dieser Meinung. Die unteren Dienstgrade der Gendarmerie zauderten: Lombard war schließlich ein großer Fisch. Karrieren stünden auf dem Spiel, der Dienstweg müsse eingehalten werden, Nebenaspekte seien zu berücksichtigen …

»Woher wusste Vincent, dass Lombard nicht in den Vereinigten Staaten war?«, fragte Servaz.

Ziegler sagte es ihm. Sie hatten Glück gehabt. Nach einer anonymen Anzeige hatte das Dezernat für Wirtschaftsdelikte der Kripo Paris die Buchhaltung einiger Tochtergesellschaften des Familienkonzerns unter die Lupe genommen. Offenbar braute sich da gerade ein gewaltiger Skandal zusammen. Als die Polizei vor einigen Tagen die Geschäftsbücher von Lombard Media überprüfte, war sie auf eine weitere Unregelmäßigkeit gestoßen: eine Überweisung in Höhe von 135 000 Dollar von Lombard Media an eine Produktionsgesellschaft für Fernsehreportagen, außerdem mehrere Rechnungen. Die automatische Überprüfung bei der Produktionsgesellschaft hatte ergeben, dass bei ihr keine Reportage, die dieser Summe entsprach, in Auftrag gegeben worden war. Die Mitarbeiter des Dezernats hatten sich daraufhin gefragt, wofür diese Summe aufgewandt wurde und vor allem, warum sie verschleiert werden sollte. Schmiergeld? Unterschlagung? Sie hatten einen weiteren Durchsuchungsbefehl erwirkt, diesmal gegen die Bank, die die Überweisung tätigte, und von dieser verlangt, ihr den wahren Empfänger zu nennen. Leider hatten sich die Drahtzieher dieser Transaktion nach allen Seiten hin abgesichert: Die Summe war innerhalb weniger Stunden auf ein Konto in London überwiesen worden, von dort auf ein anderes Konto auf den Bahamas und endlich auf ein drittes Konto in der Karibik … Dann verlor sich die Spur des Geldes. Wozu diese Verschleierung? 135 000 Dollar, das war schon ein stattliches Sümmchen, zugleich aber Peanuts für das Lombard-Imperium. In einer Vorladung hatten sie dem geschäftsführenden Vorsitzenden von Lombard Media gedroht, ihn wegen Urkundenfälschung anzuklagen. Der Mann hatte Muffensausen gekriegt und schließlich ausgepackt: Diese Fälschung sei auf Verlangen von Eric Lombard in größter Eile erfolgt. Vom Verwendungszweck dieses Geldes habe er keinerlei Kenntnis. Da Vincent das Dezernat für Wirtschaftskriminalität gebeten hatte, ihn über jegliche Unregelmäßigkeit der letzten Zeit zu informieren, hatte ihm seine Kontaktperson beim Dezernat davon berichtet, obwohl es scheinbar nichts mit dem Tod eines Pferdes zu tun hatte. »Ja, und wo ist denn nun die Verbindung?«, fragte eines der hohen Tiere von der Gendarmerie.

»Tja«, sagte Ziegler, »Lieutenant Espérandieu hat sich da etwas gedacht. Er hat bei einer Fluggesellschaft angerufen, die für reiche Geschäftsleute Jets chartert, und es stellte sich heraus, dass diese Summe exakt dem Preis eines transatlantischen Hin- und Rückflugs an Bord eines Privatjets entsprechen könnte.«

»Eric Lombard hat seine eigenen Flugzeuge und seine eigenen Piloten«, wandte einer der Gendarmen ein. »Warum sollte er eine andere Firma in Anspruch nehmen?«

»Damit dieser Flug keine Spuren hinterlässt, damit er in der Buchführung des Konzerns nirgends auftaucht«, antwortete Ziegler. »Nur der Ausgabenposten selbst musste noch verschleiert werden.«

»Daher die fingierte Reportage«, mischte sich d'Humières ein. »Ganz genau.«

»Interessant«, sagte der Gendarm. »Aber das sind nur Vermutungen.«

»Nein, durchaus nicht. Lieutenant Espérandieu sagte sich, dass Eric Lombard, falls er in der Nacht, in der das Pferd starb, heimlich aus den Vereinigten Staaten zurückkehrte, nicht allzu weit weg von hier gelandet sein kann. Und so hat er nacheinander die verschiedenen Flugplätze in der Gegend angerufen: Tarbes, Pau, Biarritz ... Beim dritten hatte er es: Tatsächlich war am 9. Dezember, einem Dienstag, auf dem Flughafen Biarritz-Bayonne abends ein Privatjet einer amerikanischen Fluggesellschaft gelandet. Nach den Informationen zu urteilen, über die wir verfügen, ist Eric Lombard unter falschem Namen und mit falschen Papieren eingereist. Niemand hat ihn gesehen. Das Flugzeug blieb etwa zwölf Stunden und hat dann im Morgengrauen wieder abgehoben. Genug Zeit, um im Auto von Bayonne nach Saint-Martin zu fahren, sich ins Reitzentrum zu begeben, Freedom zu töten, ihn an der Bergstation der Seilbahn aufzuhängen und zurückzufahren.«

Alle starrten die Gendarmin jetzt unverwandt an.

»Und das ist noch nicht alles«, sagte sie. »Die amerikanische Fluggesellschaft ist im Nachtflugregister von Biarritz erfasst worden. Daraufhin hat sich Vincent Espérandieu über Interpol mit dem FBI in Verbindung gesetzt. Die haben heute dem Piloten einen Besuch abgestattet. Er hat Eric Lombard zweifelsfrei erkannt. Und er ist bereit auszusagen.«

Ziegler richtete ihren Blick auf Servaz.

»Lombard weiß vielleicht schon Bescheid, was wir vorhaben«, sagte sie. »Vermutlich hat er seine eigenen Kontakte beim FBI oder im Innenministerium.«

Servaz hob die Hand.

»Zwei meiner Leute schieben seit den frühen Abendstunden Wache vor dem Schloss«, ließ er sie wissen. »Seit mir schwante, was da läuft. Wenn Monsieur Confiant recht hat, ist Lombard noch im Schloss. Wo ist übrigens Vincent?«

»Unterwegs. Er muss in ein paar Minuten hier sein«, antwortete Ziegler.

Servaz stand auf, seine Beine trugen ihn kaum.

»Du gehörst auf eine Entgiftungsstation«, schaltete sich Irène Ziegler ein. »Du bist nicht in der Lage, an einer Operation teilzunehmen. Du brauchst eine Magenspülung und ärztliche Überwachung. Wir wissen nicht mal, welche Droge dir Saint-Cyr verabreicht hat.«

»Ich geh ins Krankenhaus, wenn alles vorbei ist. Dieser Fall ist auch mein Fall. Ich werde im Hintergrund bleiben«, fügte er hinzu. »Es sei denn, Lombard lässt uns ohne Widerstand rein – was mich wundern würde.«

»Sofern er überhaupt noch dort ist«, bemerkte d'Humières.

»Irgendetwas sagt mir, dass er noch dort ist.«

Hirtmann hörte, wie der Wind das Fenster mit seinen eisigen kleinen Flocken bestrahlte. Ein echter Schneesturm, sagte er sich lächelnd. Er saß am Kopfende des Bettes und fragte sich, was er als Erstes täte, wenn er eines Tages die Freiheit wiedererlangte. Dieses Szenario spielte er regelmäßig durch, und jedes Mal zog es ihn in lange und köstliche Tagträume hinein. In einem seiner Lieblingsszenarios holte er sich das Geld und die Papiere, die er auf einem Friedhof in den französischen Alpen nahe der Schweizer Grenze versteckt hatte. Ein amüsantes Detail: Das Geld, hunderttausend Schweizer Franken in Hunderter- und Zweihunderterscheinen, und die gefälschten Papiere befanden sich in einer wasserdichten Kühlbox, die er wiederum im Sarg der Mutter eines seiner Opfer versteckt hatte – von dem Sarg und dem Friedhof hatte ihm das Opfer erzählt, bevor er es umgebracht hatte. Mit diesem Geld würde er einen Schönheitschirurgen bezahlen, der ehedem bei seinen »Genfer Partys« mit dabei gewesen war und den er im Verlauf seines Prozesses wohlweislich nicht hatte hochgehen lassen – in einem anderen Versteck verwahrte Hirtmann ein paar Videos, die dem Ruf des Arztes überaus abträglich wären. Während er sich in der Klinik des tüchtigen Doktors in einer Luxussuite mit Mittelmeerblick mit verbundenem Kopf von den Folgen des Eingriffs erholte, würde er eine Hi-Fi-Anlage ordern, um seinen geliebten Mahler zu hören, und zur Verschönerung der Nächte ein Callgirl mit Spezialausbildung.

Plötzlich verlosch sein verträumtes Lächeln. Mit einer Grimasse führte er eine Hand an die Stirn. DIESE VERFLUCHTEN MEDIKAMENTE MACHTEN IHM SCHRECKLICHE MIGRÄNEANFÄLLE. Dieser Idiot von Xavier und ALL DIESE BESCHEUERTEN PSYCHOS… Alles die gleichen Kurpfuscher!

Er spürte, wie die Wut in ihm aufstieg. Der Zorn bahnte sich einen Weg durch sein Gehirn und schaltete nach und nach jeden vernünftigen Gedanken aus, sodass nur noch eine Wolke aus schwarzer Tinte übrig blieb, die sich im Ozean seiner Gedanken ausbreitete, eine gefräßige Muräne, die aus ihrem Unterschlupf hervorschoss und seinen klaren Verstand wegfraß. Er hätte am liebsten mit der Faust gegen die Wand geschlagen – oder jemandem wehgetan. Er knirschte mit den Zähnen und rollte den Kopf stöhnend und wimmernd in alle Richtungen. Dann beruhigte er sich endlich wieder. Manchmal fiel es ihm unglaublich schwer, sich zu kontrollieren – aber er hatte ja seine Disziplin. Im Laufe seiner verschiedenen Aufenthalte in psychiatrischen Kliniken hatte er Monate damit verbracht, die Bücher dieser bescheuerten Psychiater zu lesen, hatte ihre kleinen Taschenspielertricks, ihre Zauberkniffe gelernt, er hatte in seiner Zelle geübt und geübt und geübt, wie es nur ein Besessener konnte. Er kannte ihre größte Schwäche: Es gab nicht einen Psychiater auf der Welt, der eine hohe Meinung von sich selbst hatte. Allerdings gab es einen, der seine Spielchen durchschaut und ihm seine Bücher weggenommen hatte. Einer unter den Dutzenden, denen er begegnet war.

Plötzlich durchbohrte ihm ein schrilles Geräusch die Ohren. Er setzte sich auf. Das Heulen der Sirene im Gang war ohrenbetäubend. Ihre markerschütternden Schallpfeile taten ihm im Trommelfell weh und verstärkten noch seine Migräne.

Er hatte kaum Zeit, sich zu fragen, was da los war, als auch schon das Licht erlosch. Er fand sich im Halbdunkel wieder, durchbrochen nur durch den grauen Schimmer des Fensters und ein orangenes Licht, das in regelmäßigen Abständen durch das runde Sichtfenster in der Tür fiel. *Feueralarm!*

Sein Herz beschleunigte auf hundertsechzig Schläge pro Minute. Ein Brand im Institut! Das war vielleicht die Gelegenheit: Jetzt oder nie…

Plötzlich öffnete sich die Zellentür, und in höchster Eile trat Lisa Ferney ein, ihre Silhouette war im grellorangenen Licht, das durch die Tür fiel, nicht mehr als ein schwarzer Scherenschnitt.

Sie hatte eine Fleecejacke, einen weißen Kittel, eine weiße Hose und ein Paar hohe Stiefel in der Hand. Die Sachen warf sie ihm zu.

»Zieh dich an. Schnell!«

Sie legte auch eine Rauchschutzmaske mit Gesichtsfilter und Plexiglasbrille auf den Tisch.

»Das hier auch. Beeil dich!«

»Was ist da los?«, sagte er, während er sich die Kleider rasch überstreifte. »Gibt's Probleme? Ihr braucht jemanden zur Ablenkung, stimmt's?«

»Du hast nie daran geglaubt, oder?«, sagte sie lächelnd. »Du hast das gemacht, weil es dich amüsiert hat. Du hast gedacht, ich würde meinen Teil der Abmachung nicht einhalten.« Sie starrte ihn an, ohne mit der Wimper zu zucken; Lisa war eine der wenigen Personen, die dazu imstande waren. »Was hattest du für mich vorgesehen, Julian? Um mich zu bestrafen?«

Sie warf einen Blick durchs Fenster.

»Gib Gas!«, sagte sie. »Wir haben nicht die ganze Nacht Zeit.«

»Wo sind die Wachen?«

»Monsieur Monde habe ich ausgeschaltet. Die anderen rennen überall herum, damit die Insassen sich nicht aus dem Staub machen. Das Feuer hat die Sicherheitssysteme deaktiviert. Heute ist Nacht der offenen Tür. Beeil dich! Unten steht ein Trupp von der Gendarmerie; das Feuer und die anderen Insassen werden sie eine Zeit lang beschäftigen.«

Er zog sich die Maske übers Gesicht. Lisa war mit dem Ergebnis zufrieden. Mit dem Kittel und der Maske war er in dem Zwielicht beinahe nicht wiederzuerkennen – einmal abgesehen von seiner Statur …

»Steig die Treppe hinunter bis ganz ins Kellergeschoss.« Sie hielt ihm einen kleinen Schlüssel hin. »Unten brauchst du nur den an die Wände gemalten Pfeilen zu folgen, das wird dich direkt zu einem geheimen Ausgang führen. Ich habe meinen Teil unserer Abmachung erfüllt. Jetzt musst du deinen erfüllen.«

»Meinen Teil der Abmachung?« Seine Stimme hallte in der Maske seltsam wider.

Sie holte eine Waffe aus ihrer Tasche hervor und hielt sie ihm hin.

»Du findest Diane Berg gefesselt im Untergeschoss. Nimm sie mit. Und bring sie um. Leg ihre Leiche irgendwo da draußen ab und verschwinde.«

Sobald er im Gang war, roch er den Brandgeruch. Die Lichtblitze des Feueralarms blendeten ihn, und das Heulen der nahen Sirene dröhnte ihm in den Ohren. Im Gang war niemand, alle Türen standen offen. Im Vorbeigehen bemerkte Hirtmann, dass die Zellen leer waren.

Monsieur Monde lag auf dem Boden der verglasten Kabine, eine schlimme Wunde am Hinterkopf. Blut auf dem Boden … Viel Blut … Sie gingen durch die weit geöffnete Sicherheitsschleuse, und jetzt sahen sie den Rauch, der von der Treppe aufstieg.

»Wir müssen uns beeilen!«, sagte Lisa Ferney mit einem Anflug von Panik in der Stimme.

Das Licht der Alarmanlage färbte ihr langes braunes Haar feuerrot und bemalte ihr Gesicht in einem grotesken Orangeton, es vertiefte den Schatten ihrer Augenbrauenbögen und ihrer Nase, unterstrich ihren eckigen Kiefer und verlieh ihr einen leicht maskulinen Zug.

Sie stürzten die Stufen hinunter. Der Rauch wurde immer dichter. Lisa hustete. Als sie das Erdgeschoss erreichten, blieb sie stehen und zeigte ihm den letzten Treppenlauf ins Kellergeschoss.

»Schlag mich!«, sagte sie.

»Was?«

»Schlag zu! Knall mir eine mit der Faust auf die Nase! Schnell!«

Er zögerte nur eine Sekunde lang. Ihr Kopf wurde nach hinten geschleudert, als die Faust sie traf. Sie stieß einen Schrei aus und fasste sich mit den Händen ans Gesicht. Eine Sekunde lang betrachtete er mit Befriedigung das spritzende Blut, dann verschwand er.

Sie sah ihm nach, wie er in den Rauch eintauchte. Der Schmerz war stark, aber sie war vor allem nervös. Sie hatte gesehen, wie die Gendarmen, noch ehe sie den Brand gelegt hatte, aus ihrem Versteck am Berghang Richtung Institut gekommen waren. Was machten sie hier, wenn dieser Polizist doch tot war und Diane noch immer gefesselt und leblos unten lag?

Irgendetwas war nicht so gelaufen wie geplant…

Sie rappelte sich auf. Sie hatte Blut auf dem Kittel und auf dem Kinn. Sie taumelte zum Klinikeingang.

Servaz stand vor dem Gittertor des Schlosses. Neben ihm standen Maillard, Ziegler, Confiant, Cathy d'Humières, Espérandieu, Samira, Pujol und Simeoni. Hinter ihnen parkten drei Mannschaftswagen der Gendarmerie, in denen bewaffnete Einsatzkräfte saßen. Servaz hatte zwei Mal geläutet. Umsonst. »Und?«, sagte Cathy d'Humières und schlug ihre Fäustlinge aneinander, um sich die Hände zu wärmen.

»Keine Reaktion.«

Sie hatten dermaßen auf dem Schnee vor dem Portal herumgetrampelt, dass sich die Fußabdrücke kreuzten und überlappten.

»Es muss jemand da sein«, sagte Ziegler. »Selbst wenn Lombard nicht da ist, sind immer Wächter und Bedienstete im Schloss. Das bedeutet, sie *wollen* nicht reagieren.«

Ihr Atem kondensierte zu weißen Dampfwölkchen, die sogleich vom stürmischen Wind verweht wurden.

Die Staatsanwältin sah auf ihre Golduhr. 0:36 Uhr.

»Alle in Position?«, fragte sie.

In weniger als fünf Minuten würde die Durchsuchung einer Wohnung im 8. Pariser Arrondissement unweit der Place de l'Étoile beginnen. In einer Ecke stampften zwei völlig durchgefrorene Zivilisten mit den Füßen auf: Dr. Castaing und Maitre Gamelin, der Notar, die als neutrale Zeugen erforderlich wären, falls der Grundstückseigentümer abwesend war. Da es sich um eine nächtliche Haussuchung handelte, hatte die Staatsanwältin ebenfalls geltend gemacht, dass – zumal nach dem Mordversuch von Saint-Cyr an Servaz – Eile geboten war, weil Fluchtgefahr und die Gefahr der Vernichtung von Beweismaterial bestehe.

»Maillard, erkundigen Sie sich in Paris, ob sie so weit sind. Martin, wie geht es Ihnen? Sie sehen völlig erschöpft aus. Wie wär's, wenn Sie hier warten und Capitaine Ziegler die Leitung des Einsatzes überlassen? Sie wird das bestens hinkriegen.«

Maillard lief zu einem der Kastenwagen. Servaz lächelte Cathy d'Humières an. Ihr blond gefärbtes Haar und ihr Schal wirbelten im Sturm. Offensichtlich hatten sich Wut und Entrüstung gegen ihr Karrierebewusstsein durchgesetzt.

»Geht schon«, sagte er.

Erregte Stimmen erreichten sie aus dem Innern des Kastenwagens. Maillard wetterte:

»Ich sag Ihnen doch, dass das nicht geht! Was? Wo? ... Ja, ICH INFORMIERE SIE SOFORT!«

»Was ist los?«, fragte d'Humières, als sie ihn im Stechschritt angerannt kommen sah.

»Im Institut brennt es! Da herrscht das totale Chaos! Unsere Leute sind vor Ort, mit den Wachen versuchen sie die Insassen von der Flucht abzuhalten! Alle Sicherheitssysteme sind deaktiviert! Wir müssen sofort alle verfügbaren Kräfte hinschicken.«

Servaz überlegte. *Das konnte kein Zufall sein ...*

»Das ist eine Ablenkung«, sagte er.

Cathy d'Humières sah ihn ernst an.

»Ich weiß.« Sie wandte sich an Maillard. »Was genau haben sie Ihnen gesagt?«

»Dass das Institut Wargnier in Flammen steht. Alle Insassen sind draußen und werden von einigen Wachleuten und unseren Leuten da oben überwacht. Die Lage kann jederzeit außer Kontrolle geraten. Offenbar haben schon mehrere die Gelegenheit genutzt und sich aus dem Staub gemacht. Sie versuchen sie wieder einzufangen.«

Servaz erbleichte.

»Die Insassen der Station A?«

»Ich weiß nicht.«

»Bei diesem Schnee und dieser Kälte kommen sie nicht weit.«

»Tut mir leid, Martin, aber das geht vor«, entschied d'Humières. »Ich lasse Ihnen Ihr Team, aber alle anderen Kräfte schicke ich zum Institut. Und ich fordere Verstärkung an.«

Servaz sah Ziegler an.

»Lassen Sie mir auch Ziegler«, sagte er.

»Sie wollen ohne Verstärkung da hinein? Vielleicht sind da bewaffnete Männer.«

»Oder gar niemand ...«

»Ich begleite Commandant Servaz«, schaltete sich Ziegler ein. »Ich glaube nicht, dass irgendeine Gefahr besteht, Lombard ist ein Mörder, kein Gangster.«

D'Humières betrachtete nacheinander die Mitglieder der Mordkommission.

»Schön. Confiant, Sie bleiben hier. Aber seien Sie nicht leichtsinnig. Beim geringsten Anzeichen einer Gefahr warten Sie das Eintreffen der Verstärkung ab, verstanden?«

»Sie bleiben im Hintergrund«, sagte Servaz zu Confiant. »Sobald der Weg frei ist, rufe ich Sie für die Durchsuchung. Wir gehen nur rein, wenn keine Gefahr besteht.«

Confiant nickte düster. Cathy d'Humières sah ein weiteres Mal auf die Uhr.

»Also auf zur Klinik!«, sagte sie und eilte zu ihrem Wagen. Sie sahen, wie Maillard und die anderen Gendarmen in die Kastenwagen einstiegen. Eine Minute später waren sie fort.

Der Gendarm, der den Notausgang im Untergeschoss überwachte, legte die Hand auf seine Waffe, als die Stahltür aufging. Er sah einen hochgewachsenen Mann in einem weißen Pflegerkittel die Stufen hinaufsteigen, eine Maske mit Luftfilter auf dem Gesicht und eine leblose Frau in seinen Armen. »Sie ist ohnmächtig geworden«, sagte der Mann durch die Maske. »Der Rauch … Haben Sie ein Fahrzeug? Einen Krankenwagen? Sie muss zu einem Arzt. Schnell!«

Der Gendarm zögerte. Die meisten Insassen und Wachleute hatten sich auf der anderen Seite des Gebäudes versammelt. Er wusste nicht, ob ein Arzt bei ihnen war. Und er hatte Befehl, diesen Ausgang zu bewachen.

»Es eilt«, sagte der Mann mit Nachdruck. »Ich habe schon versucht, sie wiederzubeleben. Jede Minute zählt! Haben Sie einen Wagen, ja oder nein?«

Der Mann sprach unter der Maske mit einer sehr tiefen, gebieterischen Stimme.

»Ich hole jemanden«, sagte der Gendarm, ehe er sich im Laufschritt entfernte.

Eine Minute später tauchte auf dem Erdwall ein Fahrzeug auf. Der Gendarm stieg auf der Beifahrerseite aus, der Fahrer – ebenfalls ein Gendarm – bedeutete Hirtmann, hinten einzusteigen. Sowie er Diane auf die Rückbank gelegt hatte, fuhr das Fahrzeug wieder an. Sie fuhren um das Gebäude herum, und der Schweizer sah vertraute Gesichter – Insassen und Mitarbeiter –, die sich in sicherer Entfernung vom Feuer versammelt hatten. Ein Großteil des Instituts brannte bereits lichterloh. Feuerwehrleute wickelten einen Löschschlauch von einem offenbar nagelneuen roten Lkw ab. Ein anderes Strahlrohr war bereits in Aktion. Viel zu spät. Das würde niemals reichen, um die Gebäude zu retten. Vor dem Eingang klappten Sanitäter eine Fahrtrage aus, die sie aus der Heckklappe eines Rettungswagens gezogen hatten.

Während sich die in Flammen stehenden Gebäude hinter ihnen entfernten, betrachtete Hirtmann durch die Maske den Nacken des Fahrers und betastete zugleich das kalte Metall der Waffe in seiner Tasche.

»Wie überwinden wir dieses Torgitter?«

Servaz prüfte es. Das Schmiedeeisen schien so robust zu sein, dass nur ein Fahrzeug mit einem Rammbock das Tor hätte aufstoßen können. Er wandte sich zu Ziegler um. Sie zeigte auf den Efeu, der einen der Pfeiler umrankte.

»Da lang.«

Voll im Sehbereich der Kamera, sagte er sich.

»Wissen wir, wie viele da drin sind?«, fragte Samira. Sie überprüfte das Magazin ihrer Waffe.

»Vielleicht ist niemand da, vielleicht haben sie sich alle davongemacht«, sagte Ziegler.

»Oder es sind zehn, zwanzig oder dreißig«, sagte Espérandieu.

Er zog seine Sig Sauer und ein neues Magazin heraus. »Dann können wir nur hoffen, dass sie sich an die Gesetze halten«, scherzte Samira. »Dass gleichzeitig an zwei verschiedenen Orten Mörder ausbrechen: Das hat es bisher noch nicht gegeben.«

»Nichts beweist, dass Lombard genug Zeit gehabt hat, sich aus dem Staub zu machen«, antwortete Servaz. »Er ist bestimmt noch da drin. Deshalb hätte er gern, dass wir alle zum Institut düsen.«

Confiant sagte nichts. Er betrachtete Servaz mit düsterem Gesicht. Sie sahen, wie Ziegler den Efeu packte und sich daran auf den Pfosten hochzog, sich an der Überwachungskamera festhielt, auf der Oberseite des Pfostens aufrichtete und auf der anderen Seite hinuntersprang. Servaz bedeutete Pujol und Simeoni, mit dem jungen Richter Wache zu halten. Dann atmete er tief ein und machte es wie die Gendarmin, allerdings mit größerer Anstrengung, zumal ihn die kugelsichere Weste unter seinem Pullover behinderte. Espérandieu bildete die Nachhut.

Servaz spürte einen stechenden Schmerz, als er sich abfing. Er stieß einen kleinen Schrei aus. Als er einen Schritt machen wollte, spürte er wieder den Schmerz. Er hatte sich den Knöchel verstaucht!

»Alles okay?«

»Geht schon«, antwortete er schroff.

Zum Beweis begann er hinkend loszumarschieren. Jeder Schritt tat ihm weh. Er biss die Zähne zusammen. Er prüfte, ob er diesmal wenigstens seine Waffe nicht vergessen hatte.

»Ist sie geladen?«, fragte Ziegler neben ihm. »Lad sie durch. *Jetzt*. Und halt sie in der Hand.«

Er biss sich auf die Zunge. Die Bemerkung der Gendarmin hatte einen empfindlichen Nerv bei ihm getroffen.

Es war 1:05 Uhr.

Servaz zündete eine Zigarette an und betrachtete das Schloss am Ende der langen Eichenallee. Die Fassade und die weißen Rasenflächen waren beleuchtet. Auch die pflanzlichen Tierskulpturen. Kleine Scheinwerfer strahlten im Schnee. Im Haupttrakt waren einige Fenster erleuchtet. *Als würden sie erwartet …*

Aber nichts rührte sich. Keine Bewegung hinter den Fenstern. Sie hatten das Ende der Allee erreicht, sagte er sich. Ein Schloss … Wie im Märchen. Einem Märchen für Erwachsene …

Er ist da drin. Er hat sich nicht davongemacht, hier wird sich alles entscheiden.

Es musste so kommen. Es stand von Anfang an fest.

In dieser künstlichen Beleuchtung hatte das Schloss etwas Unwirkliches. Mit seiner weißen Fassade wirkte es imposant. Noch einmal dachte Servaz, was Propp gesagt hatte.

»Suchen Sie das Weiß.«

Wieso war ihm das nicht früher eingefallen?

»Halten Sie!«

Der Fahrer drehte den Kopf leicht nach hinten, ohne die Straße aus den Augen zu lassen.

»Wie bitte?«

Hirtmann setzte dem Gendarmen das kalte Metall des Schalldämpfers ins Genick.

»Stopp!«, sagte er.

Der Mann bremste. Hirtmann wartete, bis der Wagen zum Stillstand gekommen war, dann feuerte er. Der Schädel des Mannes explodierte, und ein Brei aus Blut, Knochen und Gehirn bespritzte die linke obere Ecke der Windschutzscheibe, ehe der Mann aufs Steuer fiel. Ein beißender Geruch nach Pulver erfüllte den Fahrgastraum. An der Windschutzscheibe liefen braune Tropfen herab, und Hirtmann sagte sich, dass er sie säubern musste, eher er weiterfuhr.

Er wandte sich zu Diane um: Sie schlief noch. Er nahm seine Maske ab, öffnete die Tür und trat hinaus in den Schneesturm, dann machte er die Fahrertür auf und zog den Mann nach draußen. Er legte die Leiche im Schnee ab und stöberte in den Fächern der Wagentüren nach einem Lappen. Hirtmann wischte so gut es ging den blutigen Brei auf und kehrte dann zum Wagenfond zurück, um Diane unter den Achseln zu packen. Sie war schlaff, aber er spürte, dass sie schon bald aus der Benebelung durch das Chloroform aufwachen würde. Er setzte sie auf den Beifahrersitz, legte ihr eng den Gurt an und nahm am Steuer Platz, die Waffe zwischen den Schenkeln. Im Schnee und der kalten Nacht begann der noch warme Körper des Gendarmen zu dampfen, als verglühte er.

Am Ende der langen Eichenallee blieb Ziegler am Rand des halbkreisförmigen großen Platzes vor dem Schloss stehen. Es wehte ein eiskalter Wind. Sie waren völlig durchgefroren. Die großen, in Buchsbäume geschnittenen Tierfiguren, die schneebedeckten Blumenbeete, die aussahen wie mit Puderzucker bestäubte Süßwaren, die weiße Fassade … *Alles war so unwirklich …*

Und die Ruhe. Eine trügerische Ruhe, dachte Servaz, der jetzt hellwach war.

Vor dem Wind geschützt, hinter dem Stamm der letzten Eiche, reichte Ziegler Servaz ein Walkie-Talkie und Espérandieu ein zweites. Sie erteilte ihre Anweisungen sehr bestimmt:

»Wir trennen uns. Zwei Teams. Eines rechts, eines links. Sobald ihr in Position seid, um uns zu decken, gehen wir rein.« Sie zeigte auf Samira. »Falls sie Widerstand leisten, ziehen wir uns zurück und warten auf das Sondereinsatzkommando.«

Samira nickte, und sie überquerten rasch den Mittelgang in Richtung der zweiten Baumreihe, wo sie verschwanden. Ohne ihm die Zeit zu einer Reaktion zu lassen, sah Servaz Espérandieu an, der mit den Schultern zuckte. Auch sie schlichen jetzt zwischen den Bäumen hindurch, in die andere Richtung, um den halbkreisförmigen Platz herum. Während sie vorstießen, ließ Servaz die Fassade nicht aus den Augen.

Plötzlich zuckte er zusammen.

Eine Bewegung… Ihm war, als hätte er hinter einem Fenster einen Schatten gesehen.

Das Walkie-Talkie rauschte.

»Sind Sie in Position?«

Irène Ziegler. Er zögerte. Hatte er etwas gesehen – ja oder nein?

»Ich hab vielleicht im ersten Stock wen gesehen«, sagte er. »Ich bin mir nicht sicher.«

»Okay, wir gehen trotzdem rein. Gebt uns Deckung.«

Einen Moment lang wollte er ihr sagen, zu warten.

Zu spät. Schon schlichen die beiden Kolleginnen zwischen den verschneiten Blumenbeeten hindurch und rannten über den Kies. Als sie zwischen den beiden großen Buchsbaumlöwen hindurchschlüpften, gefror Servaz das Blut in den Adern: Im ersten Stock ging ein Fenster auf. Ein ausgestreckter Arm mit einer Waffe! Ohne zu zögern, zielte er und schoss. Zu seiner großen Überraschung zersplitterte eine Fensterscheibe. Aber nicht im richtigen Fenster! Der Schatten verschwand.

»Was ist los?«, plärrte Ziegler im Walkie-Talkie.

Er sah, wie sie hinter einem der riesigen Tiere in Deckung ging. Kein gerade guter Schutz. Ein einziger Feuerstoß durch den Busch, und sie wäre erledigt.

»Passt auf!«, schrie er. »Da ist wenigstens ein bewaffneter Typ drin! Der wollte auf euch schießen!«

Sie gab Samira ein Zeichen, und schon spurteten sie auf die Fassade zu. Sie verschwanden im Eingang. Donnerwetter! Jede von ihnen hatte mehr Testosteron als Espérandieu und er zusammen!

»Jetzt ihr!«, rief Ziegler in den Apparat.

Servaz brummte. Sie hätten umkehren und auf Verstärkung warten sollen. Aber er rannte trotzdem los, gefolgt von

Espérandieu. Sie liefen zum Eingang des Schlosses, als innen mehrere Schüsse widerhallten. In großen Sätzen eilten sie die Stufen der Freitreppe hinauf und durch das offen stehende Portal. Ziegler feuerte, hinter einer Statue versteckt, ins Innere des Gebäudes. Samira lag auf dem Boden.

»Was ist passiert?«, brüllte Servaz.

»Wir sind beschossen worden!«

Servaz betrachtete argwöhnisch die Flucht der im Dunkeln liegenden Salons. Ziegler beugte sich über Samira. Eine Wunde am Bein. Sie blutete stark. Auf dem Marmorboden hatte sie eine lange Blutspur hinterlassen. Die Kugel hatte den Oberschenkel aufgerissen, allerdings ohne die Schlagader zu verletzen. Auf dem Boden liegend, drückte Samira bereits ihre Hand auf die Wunde, um die Blutung zu stoppen. Bis zum Eintreffen der Rettungssanitäter konnte man nichts weiter tun. Ziegler zog ihr Walkie-Talkie heraus, um einen Krankenwagen anzufordern.

»Wir rühren uns nicht vom Fleck!«, ordnete Servaz an, als sie fertig war. »Wir warten auf die Verstärkung.«

»Die kommt aber erst in einer guten Stunde!«

»Egal!«

Zögernd nickte sie.

»Ich mache dir einen Druckverband«, sagte sie zu Samira. »Man weiß nie: Vielleicht musst du noch deine Waffe gebrauchen können.«

Innerhalb weniger Sekunden bastelte sie aus einer Binde, die sie aus ihrer Tasche zog, und einem neuen Päckchen Taschentücher einen so festen Druckverband, dass die Blutung aufhörte. Servaz wusste, wenn die Blutung erst einmal gestillt war, bestand für einen Verletzten kein größeres Risiko mehr. Er griff nach seinem Walkie-Talkie.

»Pujol, Simeoni, kommt rein!«

»Was ist los?«, fragte Pujol.

»Wir wurden beschossen. Samira ist verwundet. Wir brauchen Unterstützung, wir sind in der Eingangshalle. Standort gesichert.«

»Verstanden.«

Er drehte den Kopf um – und erschrak.

Mehrere ausgestopfte Tierköpfe starrten ihn von den Wänden der Halle an. Bären. Gämsen. Hirsche. Einen der Köpfe kannte er. *Freedom … Das Pferd glotzte ihn mit seinen goldenen Augen an.*

Plötzlich sah er, wie Irène aufstand und ins Innere des Gebäudes losstürmte. *Verdammt!*

»Du bleibst bei ihr!«, rief er Espérandieu zu und rannte hinterher.

Diane fühlte sich, als hätte sie stundenlang geschlafen. Als sie die Augen aufmachte, sah sie zuerst die Straße, die sich im Licht der Scheinwerfer wie ein breiter werdendes Band auf sie zuzuwälzen schien, und die Schneeflocken, die sich ihnen zu Abertausenden entgegenschleuderten. Sie hörte die knisternden Durchsagen vom Armaturenbrett her, etwas links von ihr.

Dann drehte sie den Kopf und sah ihn.

Ihr war sofort klar, dass sie leider nicht träumte.

Er bemerkte, dass sie aufgewacht war, und griff nach der Waffe zwischen seinen Schenkeln. Im Fahren hielt er sie auf sie gerichtet.

Er sprach kein Wort – das war nicht nötig.

Diane fragte sich unwillkürlich, wo und wann er sie umbringen würde. Und wie. Würde sie wie die anderen enden, wie die Dutzende von anderen, deren Leichen nie gefunden worden waren – verscharrt in irgendeinem Erdloch tief im Wald?

Bei diesem Gedanken fühlte sie, wie panische Angst sie lähmte. Sie war ein Tier, das in diesem Auto in der Falle saß. Diese Erkenntnis erschien ihr so unerträglich, dass die Angst verging und Wut und Entschlossenheit die Oberhand gewannen. Und zwar eine kalte Entschlossenheit, ebenso eiskalt wie die Atmosphäre draußen: Wenn sie schon sterben musste, dann jedenfalls nicht als Opfer. Sie würde kämpfen und ihre Haut teuer verkaufen. Dieser Mistkerl ahnte noch nicht, was ihn erwartete. Sie musste den günstigsten Moment abpassen. Er würde mit Sicherheit kommen. Sie musste sich unbedingt bereithalten …

Maud, meine geliebte kleine Schwester. Schlaf, kleine Schwester. Schlaf Du bist so schön, wenn du schläfst. So friedlich. So strahlend.

Ich habe versagt, Maud. Ich wollte dich beschützen, du hast mir vertraut, du hast an mich geglaubt. Ich bin gescheitert. Ich konnte dich nicht vor der Welt retten, kleine Schwester; ich konnte nicht verhindern, dass die Welt dich beschmutzt und verletzt.

»Monsieur! Wir müssen los! Kommen Sie!«

Eric Lombard drehte sich um, den Benzinkanister in der Hand. Otto hielt eine Waffe, sein anderer Arm baumelte leblos herunter – der Ärmel war blutgetränkt.

»Warte«, sagte er. »Lass mich noch ein bisschen, Otto. Meine kleine Schwester … Was haben sie ihr angetan? Was haben sie ihr angetan, Otto?«

Er drehte sich zu dem Sarg um. Um ihn herum ein großer kreisförmiger Raum, der von Wandleuchten erhellt wurde.

Alles in diesem Saal war weiß: Wände, Boden, Möbel… Ein quadratisches Podest in der Mitte, ringsherum zwei Stufen, die zu dem großen elfenbeinernen Sarkophag führten, der darauf ruhte. Außerdem waren da noch zwei kleine runde Tische mit blumengeschmückten Vasen. Weiße Blumen in weißen Vasen auf weißen Tischen.

Eric Lombard schüttete Benzin auf den Katafalk. Der Sarg stand offen. Auf dem elfenbeinfarbenen Polster lag Maud Lombard – in ihrem weißen Kleid schien sie zu schlafen. Mit geschlossenen Augen. Lächelnd. Makellos rein. Unsterblich…

Plastination. Dabei wurden die biologischen Flüssigkeiten durch Silikon ersetzt. Wie in Ausstellungen, wo man die Welt perfekt konservierter Körper zeigte. Eric Lombard starrte das junge Engelsgesicht an, das jetzt von Benzin troff.

Die Gewalttat erhebt sich zur Rute der Gesetzlosigkeit. Nichts von ihnen wird bleiben, nichts von ihrer Menge und nichts von ihrem Getümmel, und nichts Herrliches an ihnen. Die Zeit kommt, der Tag trifft ein! Und niemand wird durch seine Ungerechtigkeit sein Leben befestigen. Hesekiel 7, 11–13.

»Monsieur! Hören Sie mich? Wir müssen los!«

»Sieh nur, wie sie schläft. Sieh nur, wie friedlich sie ruht. Sie war noch nie so schön wie jetzt.«

»Sie ist tot, Herrgott noch mal! TOT! Kommen Sie doch zu sich!«

»Vater las uns immer aus der Bibel vor, jeden Abend, Otto. Erinnerst du dich? Das Alte Testament. Nicht wahr, Maud? Wir lernten seine Lektionen, er brachte uns bei, uns selbst Recht zu verschaffen – eine Beleidigung oder ein Verbrechen niemals ungestraft zu lassen.«

»Wachen Sie auf, Monsieur! Wir müssen los!«

»Aber er selbst war ungerecht und grausam! Und als Maud begonnen hat, mit Jungs auszugehen, hat er sie genauso behandelt wie vorher seine Mutter.« *Und wenn Entronnene von ihnen entrinnen, so werden sie auf den Bergen sein wie die Tauben der Täler, alle girrend, ein jeder wegen einer Missetat. Alle Hände werden erschlaffen, und alle Knie werden zerfließen wie Wasser, und Schauder wird sie bedecken. Hesekiel 7, 16–18.*

Schusslärm von oben. Otto drehte sich um und ging mit erhobener Waffe zur Treppe. Er verzog das Gesicht, sein verwundeter Arm schien zu schmerzen.

Der Mann war plötzlich hinter einer Ecke aufgetaucht. Alles ging sehr schnell. Die Kugel flog so nahe an Servaz vorbei, dass er sie wie eine Hornisse schwirren hörte. Er hatte keine Zeit zu reagieren. Aber Ziegler schoss bereits, und er sah, wie der Mann gegen eine Marmorstatue stürzte. Seine Waffe fiel klirrend auf den Boden.

Ziegler näherte sich dem Mann, die Waffe auf ihn gerichtet. Sie beugte sich zu ihm herunter. Ein großer roter Fleck an der Schulter dehnte sich rasch aus. Er lebte, aber er stand unter Schock. Über ihr Walkie-Talkie machte sie Meldung, dann richtete sie sich auf.

Als Servaz, Pujol und Simeoni nachrückten, entdeckten sie hinter der Statue eine Tür, die auf eine abwärtsführende Treppe ging.

»Da lang«, sagte Pujol.

Eine weiße Treppe. Weißer Marmor. Eine Wendeltreppe, die sich ins Innere des riesigen Gebäudes hineinbohrte. Ziegler stieg als Erste hinunter, die Waffe im Anschlag. Plötzlich knallte es, und sie suchte wieder weiter oben Deckung.

»Verdammt! Da unten ist noch ein Schütze!«

Sie sahen, wie sie etwas von ihrem Gürtel löste. Servaz wusste sofort, was es war.

Otto sah den schwarzen Zylinder wie einen Tennisball die Stufen am Fuß der Treppe hinunterhüpfen und dann über den Boden auf sich zurollen. Klack-klack-klack… Er begriff zu spät… *Eine Schockgranate…* Als sie explodierte, legte ein blendender Lichtblitz von mehreren Millionen Candela buchstäblich sein Sehvermögen lahm. Dann folgte ein furchtbarer Knall, der den ganzen Saal erschütterte, und eine Schockwelle, die ihm durch den Körper fuhr und seine Ohren betäubte. Der Raum schien sich um ihn zu drehen. Er verlor das Gleichgewicht.

Als er wieder zu sich kam, tauchten in seinem Gesichtsfeld zwei Gestalten auf. Er erhielt einen Fußtritt an den Kiefer und ließ seine Waffe fallen, dann wurde er auf den Bauch gedreht, und er spürte, wie sich der kalte Stahl der Handschellen um seine Gelenke schloss. Und da sah er die Flammen. Sie versengten jetzt den Sarkophag. Sein Chef war verschwunden. Otto leistete keinen Widerstand. Als sehr junger Mann hatte er sich in den 1960er-Jahren als Söldner in Afrika verdingt und die Gräuel der postkolonialen Kriege miterlebt. Er hatte gefoltert und war gefoltert worden. Dann war er in den Dienst von Henri Lombard getreten, einem Mann, der genauso hart war wie er, und diente schließlich dessen Sohn. Er war nicht leicht zu beeindrucken.

»Verpisst euch doch!«, sagte er schlicht und ergreifend.

Die Hitze des Flammenmeers brannte ihnen im Gesicht. Die Flammen schossen in der Mitte des Raumes empor und schwärzten die hohe Decke. Bald schon würden sie nicht mehr atmen können.

»Pujol und Simeoni«, stieß Ziegler hervor, während sie auf die Treppe zeigte, »schafft ihn raus!«

Sie wandte sich zu Servaz um, der das lichterloh brennende Podest betrachtete. Das Feuer verzehrte den Körper im Sarg, aber sie hatten gerade noch einen Blick auf das von langen blonden Haaren gerahmte Mädchengesicht erhaschen können.

»Herrgott!«, keuchte Ziegler.

»Ich war an ihrem Grab auf dem Friedhof«, sagte Servaz.

»Dann muss es leer sein. Wie konnten sie sie so lange konservieren? Durch Einbalsamierung?«

»Nein, das würde nicht genügen. Aber Lombard hat genug Kohle. Und entsprechende Techniken gibt es.«

Servaz betrachtete das junge Engelsgesicht, das jetzt nur noch ein Haufen verbranntes Fleisch, Knochen und geschmolzenes Silikon war. Es wirkte vollkommen unwirklich.

»Wo ist Lombard?«, fragte Ziegler.

Servaz erwachte aus seiner Benommenheit und zeigte mit dem Kinn auf die kleine offene Tür auf der anderen Seite des Raumes. Sie schoben sich an der runden Mauer entlang, um der Hitze des Flammenmeeres zu entgehen, und verschwanden in der Tür.

Noch eine Treppe. Sie führte nach oben. Schmaler und nicht so gut in Schuss wie die vorige. Aus Granit, nass und überzogen von schmutzigen schwarzen Streifen.

Sie kamen auf der Rückseite des Schlosses heraus.

Wind. Schnee. Sturm. Nacht.

Ziegler blieb stehen und lauschte. Alles war still. Abgesehen vom Wind. Der Vollmond erschien und verschwand hinter Wolken. Servaz suchte mit den Augen die wogenden Schatten des Waldes ab.

»Da«, sagte sie.

Die dreifache Spur eines Motorschlittens im Mondschein.

Er folgte einem Pfad, der zwischen den Bäumen verlief. Die Wolkendecke schloss sich wieder, und die Spuren verschwanden.

»Zu spät. Er hat sich aus dem Staub gemacht«, sagte Servaz. »Ich weiß, wohin diese Piste führt: Zwei Kilometer von hier gibt es einen Kargletscher. Von da aus kriecht die Piste den Berg hinauf, über einen Pass und dann in ein anderes Tal hinunter. Dort trifft sie auf eine Straße Richtung Spanien.«

»Pujol und Simeoni können ihn dort abfangen.«

»Sie müssen einen Umweg von fünfzig Kilometern fahren. Lombard wird vor ihnen dort sein! Und vermutlich erwartet ihn auf der anderen Seite bereits ein Auto!«

Sie ging zu einer Hütte am Waldsaum, wo die Spuren des Motorschlittens begannen. Ziegler machte die Tür auf und drückte auf einen Schalter. Zwei weitere Schneemobile, ein Schlüsselbrett, Ski, Stiefel, Helme und schwarze Anzüge an der Wand: Ihre gelben Reflektorbänder schimmerten im Licht.

»Du liebe Güte!«, entfuhr es Ziegler. »Ich würde gern wissen, was er da für eine Sondergenehmigung hat!«

»Wieso?«

»So was darf man nur unter strengen Auflagen nutzen«, sagte sie, während sie einen der Anzüge vom Haken nahm. Servaz schluckte, als er sah, wie Irène ihn sich überzog.

»Was tust du?«

»Zieh das an!«

Sie zeigte ihm einen zweiten Anzug und ein Paar Stiefel. Servaz zögerte. Das ging bestimmt auch anders… mit Straßensperren zum Beispiel ... Aber alle Ordnungskräfte waren an der Klinik gebunden ... Und auf der anderen Seite des Berges hatte Lombard mit Sicherheit alle notwendigen Vorkehrungen getroffen ... Irène durchstöberte das Schlüsselbrett, setzte eines der langen, stromlinienförmigen Gefährte in Gang und ließ es nach draußen gleiten. Sie schaltete den Scheinwerfer an, kam zurück und nahm zwei Helme und zwei Paar Handschuhe. Servaz schlug sich mit einem Anzug herum, der ihm viel zu groß war, zumal ihn seine schusssichere Weste noch zusätzlich behinderte.

»Zieh das an und steig auf«, schrie sie durch das Dröhnen des Viertaktmotors.

Er setzte den rot-weißen Helm auf und hatte sofort das Gefühl zu ersticken. Er zog die Kapuze darüber und ging nach draußen. In diesen Stiefeln stapfte er wie ein Astronaut – oder wie ein Krüppel – durch den Schnee.

Draußen hatte der Sturm ein wenig nachgelassen. Der Wind war abgeflaut, und in dem Lichttunnel, den der Scheinwerfer des Schneemobils in die Dunkelheit bohrte, fielen jetzt weniger Schneeflocken. Er drückte auf die Taste seines Walkie-Talkies.

»Vincent? Wie geht's Samira?«

»Es geht. Aber der andere Typ ist schlecht dran. Die Krankenwagen sind in fünf Minuten da. Und bei euch?«

»Alles okay! Bleib bei ihr.«

Er unterbrach das Gespräch, klappte das Visier seines Helms herunter und bestieg ungelenk den erhöhten Sitz hinter Ziegler. Dann schmiegte er sich fest an die Rückenlehne. Sie fuhr sofort los. Schneeflocken und weiße Baumstämme rasten an ihnen vorüber. Die Maschine glitt mit Leichtigkeit über die präparierte Piste; sie zischte über den Schnee und brummte wie ein starkes Motocrossmotorrad. Noch einmal riss die Wolkendecke auf, und durch das Visier des Helms sah er die Berge jetzt ganz nah über den Bäumen.

»Ich weiß, woran Sie denken, Diane.«

Seine raue, tiefe Stimme ließ sie aufschrecken. Sie war in ihre Gedanken versunken.

»Sie fragen sich, wie ich Sie umbringen werde. Und Sie suchen verzweifelt nach einem Ausweg. Sie lauern auf den Moment, in dem ich einen Fehler mache. Ich muss Ihnen leider sagen, dass es dazu nicht kommen wird. Und daher werden Sie in dieser Nacht tatsächlich sterben.«

Sie spürte, wie sich eisige Kälte vom Kopf über den Magen bis in ihre Beine ausbreitete. Einen Moment lang glaubte sie ohnmächtig zu werden. Sie schluckte, aber ein schmerzhafter Kloß saß ihr im Hals.

»Oder vielleicht auch nicht… Vielleicht lasse ich Sie doch am Leben. Ich mag es nicht, wenn man mich manipuliert. Elisabeth Ferney könnte es durchaus noch bereuen, dass sie mich benutzt hat. Sie hat ja immer gern das letzte Wort, aber diesmal könnte sie eine schmerzliche Enttäuschung erleben. Ihr Tod würde mich um diesen kleinen Sieg bringen: *Und das ist vielleicht Ihre Chance, Diane.* Ehrlich gesagt habe ich mich noch nicht entschieden.«

Er log… Er war längst entschieden. Das sagte ihr ihre Erfahrung als Psychologin. Dies hier war nur eines dieser abartigen Spiele, einer dieser Tricks: seinem Opfer einen Funken Hoffnung lassen, um sie ihm anschließend umso genüsslicher zu rauben. Zunichtezumachen. Genau das war es: wieder so eine perverse Freude. Der Schrecken, die absurde Hoffnung – und dann, im letzten Moment, die Enttäuschung und die schwärzeste Verzweiflung.

Plötzlich verstummte er und lauschte auf die Meldungen, die aus dem Funkgerät drangen. Diane versuchte ebenfalls zu horchen, aber in ihr herrschte solches Chaos, dass sie sich nicht auf die knisternden Durchsagen konzentrieren konnte. »Sieht so aus, als hätten unsere Freunde, die Gendarmen, da oben ihre liebe Mühe«, sagte er. »Sie sind ein bisschen überfordert.«

Diane betrachtete die Landschaft, die hinter den Fensterscheiben vorbeizog: Die schmale Straße war weiß, aber sie fuhren recht schnell; bestimmt hatte der Wagen Winterreifen. Nichts störte das makellose Weiß, außer den dunklen Baumstämmen und einigen grauen Felsen, die hie und da hindurchspitzten. Im Hintergrund standen hohe Berge vor dem Nachthimmel, und Diane sah geradeaus vor ihnen eine Lücke zwischen den Gipfeln. Vielleicht führte die Straße da hindurch.

Sie sah ihn noch einmal an. Beobachtete den Mann, der sie umbringen wollte. Ein Gedanke bahnte sich einen Weg in ihr, ebenso klar wie ein Eiszapfen im hellen Mondlicht. Als er sagte, er würde keinen Fehler machen, hatte er gelogen. Er wollte nur, dass sie das glaubte. Dass sie alle Hoffnung fahren ließ und sich ihm auslieferte, im Vertrauen, dass er sie am Leben ließe.

Er irrte sich. Das hatte sie nicht vor …

Zwischen zwei Schneeverwehungen sausten sie aus dem Wald heraus. Servaz sah den Eingang des Kargletschers: eine gigantische Schlucht. Auch in der Architektur war ihm ja schon bei seiner Ankunft hier der Gigantismus aufgefallen. Alles hier war maßlos. Die Landschaften, die Leidenschaften, die Verbrechen … Der Sturm frischte jäh wieder auf. Dichtes Schneetreiben setzte ein. Ziegler klammerte sich an die Lenkstange und stemmte sich hinter der lächerlich kleinen Plexiglasschutzscheibe gegen den Wind. Servaz duckte sich, um den dürftigen Schutz, den der Körper seiner Kollegin ihm bot, zu nutzen. Seine Handschuhe und sein Anzug wärmten ihn kaum. Der schneidende Wind drang durch die Kleidung; nur die schusssichere Weste hielt die Kälte ein wenig ab. Mitunter prallte die Maschine wie ein Bob rechts und links gegen Schneeverwehungen, und mehrmals glaubte er, dass sie kippen würden.

Trotz der starken Windstöße näherten sie sich dem gigantischen halbkreisförmigen Felsenkessel, der stufenförmig anstieg und von Geröllawinen und Eismuren streifig durchzogen war. Mehrere Wasserfälle waren jetzt im Winter erstarrt, der Frost hatte sie in hohe weiße Stäbe verwandelt, die an der Felswand klebten und aus dieser Entfernung den erstarrten Wachstropfen an einer Kerze glichen. Als der Vollmond zwischen den Wolken auftauchte und den Ort erhellte, enthüllte sich seine atemberaubende Schönheit. Ein Gefühl der Erwartung, der Schwebe hing über dieser Stätte. »Ich seh ihn!«, schrie sie.

Die zigarrenförmige Silhouette des Schneemobils erklomm den Hang auf der anderen Seite des Kars. Servaz glaubte undeutlich den Verlauf eines Pfades zu erkennen, der zu einer großen, klaffenden Spalte zwischen den Felswänden führte. Die Maschine war bereits auf halber Höhe des Hangs. Plötzlich zerteilten sich die Wolken, und wieder erschien der Mond, als triebe er in einem umgedrehten schwarzen Teich. Sein nächtliches Weiß überflutete den Kessel und ließ jedes Detail der Fels- und Eismassen plastisch hervortreten. Servaz hob die Augen. Die Silhouette war gerade im Schatten der Felswand verschwunden; im Mondschein tauchte sie auf der anderen Seite wieder auf. Er beugte sich vor und hielt sich fest, so gut es ging, während ihre superstarke Maschine mühelos den Hang erklomm.

Sobald sie die Spalte überwunden hatten, waren sie wieder von Tannen umgeben. Lombard war verschwunden. Die Piste stieg weiter an, im Zickzack ging es durch den Wald; der Wind blies in jähen Böen, ein weißgrauer Schleier raubte ihnen die Sicht und reflektierte das Scheinwerferlicht. Servaz kam es vor, als würde ihnen ein vor Wut tobender Gott seinen eisigen Atem ins Gesicht blasen. Er bibberte vor Kälte in seinem Anzug, aber er spürte auch, dass ihm ein schmales Rinnsal Schweiß den Rücken hinunterlief.

»Wo ist er?«, brüllte Ziegler vor ihm. »Verdammt! Wo steckt er nur?«

Er spürte die Spannung in ihr, all ihre Muskeln waren gestrafft, um die Maschine unter Kontrolle zu halten. Und wütend war sie. Fast hätte Lombard sie an seiner Stelle ins Gefängnis geschickt. Lombard hatte sie benutzt. Einen flüchtigen Moment lang fragte sich Servaz, ob Irène noch bei klarem Verstand war oder ob sie sie nicht beide in eine tödliche Falle hineinritt.

Dann öffnete sich der Wald ein wenig. Sie überquerten einen kleinen Pass und fuhren den Hang auf der anderen Seite hinunter. Der Sturm flaute unvermittelt ab, und ringsum standen plötzlich die Berge wie ein Heer von Riesen, die ein nächtliches Duell erleben wollen. Und plötzlich sahen sie ihn. Etwa hundert Meter weiter unten. Er hatte die Piste verlassen und seine Maschine im Schnee abgestellt. Er bückte sich und streckte die Hände nach unten.

»Er hat ein Snowboard!«, schrie Ziegler. »Der Mistkerl! Damit geht er uns durch die Lappen!«

Servaz sah, dass Lombard am Gipfel eines sehr steilen Hangs stand, der von mächtigen Felsbrocken übersät war. Er erinnerte sich an die Artikel, die Lombards hervorragende sportliche Leistungen rühmten. Er fragte sich, ob das Schneemobil ihm dorthin folgen konnte, aber dann war ihm schon klar, dass Lombard seines dann sicher nicht hätte stehen lassen. In halsbrecherischem Tempo jagte Ziegler jetzt die Piste hinunter. Sie wechselte auf die Spur, die Lombards Maschine im Schnee zurückgelassen hatte, und einen Augenblick lang befürchtete Servaz, sie könnten von der Fahrbahn abkommen. Er sah, wie Lombard unvermittelt den Kopf zu ihnen umdrehte und einen Arm in ihre Richtung hob.

»Vorsicht! Er hat eine Waffe!«

Er wusste nicht genau, was Ziegler getan hatte, aber ihre Maschine stellte sich jäh quer, und Servaz stürzte kopfüber in den Schnee. Vor ihnen blitzte etwas, dann knallte es. Der Knall hallte, vielfach verstärkt, vom Berg wider. Gefolgt von einem zweiten. Dann ein dritter… Die Schüsse und ihr Widerhall erzeugten ohrenbetäubendes Donnern. Dann hörten die Schüsse auf. Servaz wartete mit klopfendem Herzen, halb im Pulverschnee begraben. Ziegler lag neben ihm, sie hatte ihre Waffe gezogen, aber aus einem rätselhaften Grund hatte sie beschlossen, sie nicht zu benutzen. Das letzte Echo hallte noch in der Luft, als ein zweites Geräusch aus dem ersten hervorzugehen schien, ein gewaltiges Krachen…

Ein unbekanntes Geräusch… Servaz konnte nicht sagen, was es war…

Noch immer im Schnee liegend, spürte er, wie unter seinem Bauch der Boden bebte. Kurz glaubte er, ohnmächtig zu werden. So etwas hatte er noch nie gehört oder gespürt.

Auf das Krachen folgte ein raueres, tieferes, dumpf dröhnendes Geräusch. Das er genauso wenig einordnen konnte. Das gedämpfte, tiefe Grollen schwoll an – als läge er auf Gleisen und ein Zug näherte sich … nein, nicht einer: mehrere Züge auf einmal.

Er richtete sich auf und sah, wie Lombard zum Berg aufblickte – reglos, wie gelähmt.

Und plötzlich begriff er.

Er folgte Irène Zieglers entsetztem Blick zum Gipfel des Hangs zu ihrer Rechten. Sie packte ihn am Arm, um ihm aufzuhelfen.

»Schnell! Wir müssen laufen! Schnell!«

Sie zog ihn mit sich zur Piste, bis zu den Knien sank sie im Schnee ein. Er folgte ihr, schwerfällig und linkisch in seinem Anzug und den Stiefeln. Er blieb einen Moment lang stehen, um einen Blick auf Lombard zu werfen. Der hatte aufgehört zu schießen und mühte sich mit den Bindungen seines Snowboards ab. Servaz sah, wie er einen besorgten Blick zur Spitze des Hanges warf. Als er selbst hinaufsah, war es, als würde ihn ein Faustschlag in die Magengrube treffen. Da oben im Mondschein bewegte sich ein riesiges Stück des Gletschers wie ein schlafender Riese, der erwachte. Die Angst in den Knochen, hüpfte Servaz eilig vorwärts und ruderte mit den Armen durch die Luft, um schneller voranzukommen, ohne den Gletscher aus den Augen zu lassen. Eine riesige Wolke stieg auf und begann, zwischen den Tannen den Berg hinabzustürzen. *Es ist vorbei!*, dachte er. *Es ist vorbei!* Er wollte schneller laufen. Ohne weiter darauf zu achten, was über ihm geschah. Die riesige Welle traf sie einige Sekunden später. Er wurde vom Boden hochgehoben und durch die Luft gewirbelt wie ein Strohhalm, seinen leisen Schrei erstickte sogleich der Schnee. Dies hier war die Trommel einer Waschmaschine.

Er öffnete den Mund, hustete wegen des Schnees, schluchzte, schlug mit Armen und Beinen. Er bekam keine Luft mehr. Er ertrank. Er begegnete dem Blick von Irène, die etwas weiter vorn kopfüber im Schnee steckte und ihn mit einem Ausdruck totalen Entsetzens anstarrte. Dann verschwand sie aus seinem Gesichtsfeld. Er wurde durchgerüttelt und überschlug sich.

Er hörte nichts mehr …

Seine Ohren pfiffen …

Er bekam keine Luft mehr …

Er würde ersticken … verschüttet

ES IST VORBEI! …

Diane sah die riesige Wolke, die den Berg hinunterraste, zuerst.

»Achtung!«, schrie sie, ebenso sehr um ihm Angst einzujagen wie um ihn zu warnen.

Hirtmann warf einen erstaunten Blick nach ihrer Seite, und Diane sah, wie er vor Bestürzung die Augen weit aufriss. Gerade als die Mure aus Schnee, Felsbrocken und Steinen die Straße erreichte und sie in der nächsten Sekunde unter sich begraben würde, riss er das Lenkrad herum, sodass er die Kontrolle über das Fahrzeug verlor. Dianes Kopf stieß gegen die Kabine, sie spürte, wie das Heck seitlich ausriss. Im selben Augenblick traf sie die Lawine mit voller Wucht. Himmel und Erde kehrten sich um. Diane sah, wie sich die Straße drehte wie ein Karussell. Ihr Körper wurde hin und her geschleudert, und ihr Kopf stieß gegen die Scheibe und den Metallrahmen der Tür. Mit einem entsetzlichen dumpfen Donnern hüllte sie ein weißer Nebel ein. Mehrmals überschlug sich der

Wagen auf der Böschung unterhalb der Fahrbahn, kaum gebremst von den Büschen. Diane verlor zwei oder drei Mal kurz das Bewusstsein, sodass ihr alles vorkam wie eine Folge unwirklicher Flashs und kleiner schwarzer Löcher. Als der Wagen endlich düster quietschend zum Stillstand kam, war sie benommen, aber bei Bewusstsein. Die Windschutzscheibe vor ihr war zersplittert; die Motorhaube war von einem dicken Schneebrett bedeckt; schmale Rinnsale von Schnee und Steinchen rieselten über das Armaturenbrett auf ihre Beine. Sie betrachtete Hirtmann. Er war nicht angeschnallt und hatte unter der Wucht des Aufpralls das Bewusstsein verloren. Sein Gesicht war blutüberströmt. *Die Waffe…* Diane versuchte verzweifelt, ihren Gurt zu lösen – es gelang ihr nur mit Mühe. Dann beugte sie sich vor und sah sich nach der Waffe um. Endlich entdeckte sie sie zwischen den Füßen des Mörders, beinahe eingeklemmt unter den Pedalen. Sie musste sich noch tiefer bücken, und mit einem eisigen Schauer schob sie einen Arm zwischen den Beinen des Schweizers hindurch, um sie an sich zu nehmen. Sie sah sie lange an und fragte sich, ob die Waffe entsichert war. *Es war ganz einfach herauszufinden…* Sie richtete die Waffe auf Hirtmann, den Finger am Abzug. Ihr war auf der Stelle klar, dass sie keine Mörderin war. Was immer dieses Ungeheuer getan hatte, sie konnte nicht auf den Abzug drücken. Sie senkte den Lauf der Pistole.

Erst jetzt fiel ihr etwas auf: die Stille.

Abgesehen vom Wind in den entblätterten Ästen der Bäume rührte sich nichts mehr.

Gespannt wartete sie auf eine Reaktion auf Hirtmanns Gesicht, ein Anzeichen, dass er wieder zu sich kam, aber er blieb völlig reglos. *Vielleicht war er tot…* Sie wollte ihn nicht berühren. Die Angst war noch immer da – und sie würde so lange bleiben, wie sie mit ihm in diesem Metallgehäuse eingeschlossen war. Sie durchsuchte ihre Taschen nach dem Handy und stellte fest, dass sie es nicht mehr hatte. Vielleicht hatte es Hirtmann, aber sie besaß nicht die Kraft, seine Taschen zu durchwühlen.

Die Waffe in der Hand, begann sie über das Armaturenbrett nach draußen zu klettern. Sie kroch auf allen vieren durch die Windschutzscheibe und stand schließlich im Schnee auf der Motorhaube. Selbst die Kälte spürte sie nicht mehr. Der Adrenalinstoß wärmte sie. Sie kletterte von der Motorhaube herunter und tauchte sofort bis zu den Schenkeln im Schnee ein, der das Auto umgab. Sie kam nur mühsam voran. Sie bezwang eine beginnende Panik und nahm den Aufstieg zur Straße in Angriff. Die Waffe in ihrer Hand beruhigte sie. Sie warf einen letzten Blick zum Wagen. Hirtmann hatte sich nicht gerührt. Vielleicht war er tot.

Er scheiiint aaaaufzuwachennnn
Hööööörennnn Sie uns???

Stimmen. Von fern. Sie meinen ihn. Und dann der Schmerz. *Die Schmerzen*… Die Erschöpfung, das Bedürfnis, sich auszuruhen, die Medikamente… Ein kurzer lichter Moment, er sieht Gesichter und Lichter – dann wieder die Lawine, der Berg, die Kälte und, schließlich, die Dunkelheit…

Maaaartiiin, hööörst duu mich?

Er öffnete die Augen – ganz langsam. Zunächst blendete ihn der Lichtkreis an der Decke. Dann kam eine Gestalt in sein Gesichtsfeld und beugte sich über ihn. Servaz versuchte den

Blick auf das Gesicht zu heften, das leise zu ihm sprach – aber der Lichtkreis dahinter, der es mit einem Strahlenkranz umgab, tat ihm in den Augen weh. Er sah das Gesicht bald verschwommen, bald klar. Und doch meinte er zu sehen, dass es ein schönes Gesicht war.

Eine Frauenhand ergriff seine.

Martin, hörst du mich?

Er nickte. Charlène lächelte ihn an. Sie beugte sich zu ihm herunter und drückte ihm einen Kuss auf die Wange. Eine angenehme Berührung. Ein leichtes Parfüm. Dann ging die Zimmertür auf, und Espérandieu kam herein.

»Ist er aufgewacht?«

»Sieht so aus. Aber er hat noch nichts gesagt.«

Sie wandte sich zu ihm um und zwinkerte ihm zu, und Servaz fühlte sich mit einem Mal sehr wach. Espérandieu durchquerte das Zimmer mit zwei dampfenden Bechern. Einen davon hielt er seiner Frau hin. Servaz versuchte den Kopf zu drehen, aber irgendetwas störte ihn am Hals: *eine Halskrause …*

»Verdammt, was für eine Geschichte!«, sagte Espérandieu.

Servaz wollte sich aufsetzen – aber vor Schmerz verzog er das Gesicht und gab auf. Espérandieu hatte es gesehen.

»Der Arzt hat gesagt, du sollst dich nicht bewegen. Du hast drei angeknackste Rippen, mehrere kleinere Wehwehchen am Hals und am Kopf und Erfrierungen. Und … dir wurden drei Zehen amputiert.«

»Was??«

»Nein, war nur ein Witz.«

»Und Irène?«

»Sie hat überlebt. Sie liegt in einem anderen Zimmer. Sie ist etwas ramponierter als du, aber es geht schon. Mehrere Brüche – aber das ist alles.«

Servaz war höchst erleichtert. Aber schon drängte eine andere Frage auf seine Lippen.

»Lombard?«

»Wir haben seine Leiche nicht gefunden, das Wetter da oben ist zu schlecht, um Suchmannschaften loszuschicken. Morgen. Er ist wahrscheinlich unter der Lawine ums Leben gekommen. Ihr beide habt Glück gehabt: Euch hat sie nur gestreift.«

Servaz verzog wieder das Gesicht. Er hätte gern seinen Stellvertreter gesehen, wenn er derart *gestreift* worden wäre.

»DURST …«, sagte er.

Espérandieu nickte und ging aus dem Zimmer. Er kam mit einer Krankenschwester und einem Arzt zurück. Charlène und er verließen kurz das Zimmer, und Servaz wurde genauestens untersucht. Anschließend hielt ihm die Krankenschwester einen Becher mit einem Strohhalm hin. Wasser. Sein Hals war schrecklich trocken. Er trank und verlangte nach mehr. Dann ging die Tür erneut auf, und Margot erschien. Ihrem Blick entnahm er, dass er ziemlich mitgenommen aussehen musste.

»Du könntest in einem Horrorfilm mitspielen! Du jagst einem wirklich Angst ein!«, scherzte sie.

»Ich habe mir erlaubt, sie dir zu bringen«, sagte Espérandieu, die Hand auf dem Türgriff. »Ich geh dann mal.«

Er machte die Tür hinter sich zu.

»Eine Lawine«, sagte Margot, die ihn lieber nicht allzu lange ansah. »Brrr, da kriegt man ja richtig Schiss.« Sie lächelte verlegen, dann verschwand das Lächeln. »Du hättest tot sein können. Verdammt, Papa, bring nicht noch mal so eine Nummer, verdammt!«

In welchem Ton spricht sie mit mir?, fragte er sich wieder einmal. Dann bemerkte er, dass sie Tränen in den Augen hatte. Sie musste schon lange hier sein, und was sie gesehen hatte, als er noch bewusstlos war, schien sie bewegt zu haben.

Plötzlich hatte er Schmetterlinge im Bauch. Er deutete auf den Bettrand.

»Setz dich«, sagte er.

Er nahm ihre Hand. Diesmal ließ sie es geschehen. Sie schwiegen lange, und gerade, als er etwas sagen wollte, klopfte es an der Tür. Er schaute hinüber und sah eine etwa dreißigjährige junge Frau das Zimmer betreten. Er sah sie zum ersten Mal, sie hatte ein paar Wunden im Gesicht – am rechten Augenbrauenbogen und Wangenknochen, eine üble Schnittwunde an der Stirn und Schatten unter den geröteten Augen. Ein weiteres Lawinenopfer?

»Commandant Servaz?«

Er nickte.

»Ich bin Diane Berg, die Psychologin vom Institut Wargnier. Wir haben telefoniert.«

»Was ist mit Ihnen passiert?«

»Ich bin mit dem Auto verunglückt«, antwortete sie lächelnd, als wäre das etwas Komisches. »Ich könnte Sie das Gleiche fragen, aber weiß schon Bescheid.« Sie warf Margot einen Blick zu. »Kann ich einen Augenblick unter vier Augen mit Ihnen sprechen?«

Servaz sah Margot an, die ein schiefes Gesicht zog, die junge Frau musterte, aufstand und hinausging. Diane trat ans Bett. Servaz deutete auf den Stuhl.

»Wissen Sie, dass Hirtmann verschwunden ist?«, fragte sie, während sie sich setzte.

Servaz starrte sie einen Moment lang an. Dann schüttelte er trotz der Halskrause den Kopf. *Hirtmann auf freiem Fuß*... Sein Gesicht verdüsterte sich, und sie sah, wie sein Blick schwarz und hart wurde, als hätte jemand im Innern das Licht ausgemacht. Unterm Strich, so dachte er, war diese ganze Nacht nur ein einziges Desaster. Lombard mochte ein Mörder sein, aber gefährlich war er nur für eine Handvoll Verbrecher. Hirtmann dagegen wurde von etwas ganz anderem umgetrieben. Eine unkontrollierbare Wut brannte in seinem Herzen wie eine dunkle Flamme und sonderte ihn für immer von den anderen Menschen ab. Grenzenlose Grausamkeit, Mordlust und vollkommene Skrupellosigkeit. Servaz rieselte ein kalter Schauer über den Rücken. Was stand ihnen jetzt bevor, wo der Schweizer auf freiem Fuß war? Wenn er ohne Medikamente draußen unterwegs war, würden sein psychopathisches Verhalten, seine abartigen Triebregungen, sein Jagdinstinkt wieder erwachen. Diese Vorstellung ließ ihm das Blut in den Adern erstarren. Große perverse Psychopathen vom Schlage Hirtmanns trugen nicht die leiseste Spur von Menschlichkeit in sich – Folter, Vergewaltigung und Mord bereiteten ihm eine viel zu große Lust: Sobald sich dem Schweizer die Gelegenheit bot, würde er rückfällig werden.

»Was ist passiert?«, fragte er.

Sie schilderte ihm, was sich in der Nacht ereignet hatte – von dem Moment, als Lisa Ferney sie in ihrem Büro erwischt hatte, bis zu dem Augenblick, in dem sie sich auf dieser vereisten Straße auf den Weg gemacht hatte, den leblosen Hirtmann allein im Wagen zurücklassend. Sie war fast zwei Stunden lang gelaufen, ohne einer Menschenseele zu begegnen, und sie war völlig unterkühlt, als sie das erste Haus am Rand eines Dorfes erreichte. Als die Gendarmerie am Unfallort eingetroffen war, war das Auto leer; es gab Fuß- und Blutspuren, die zur Straße hinaufführten und sich dort verloren.

»Jemand hat ihn aufgelesen«, bemerkte Servaz.

»Ja.«

»Ein Auto, das vorbeifuhr, oder ... ein anderer Komplize.« Er wandte seinen Blick dem Fenster zu. Hinter der Scheibe war es stockfinster.

»Wie haben Sie herausgefunden, dass Lisa Ferney Lombards Komplizin war?«, fragte er.

»Das ist eine lange Geschichte, wollen Sie sie wirklich hören?«

Er sah sie lächelnd an. Er spürte, dass sie, die Psychologin, mit jemandem reden musste. Es musste aus ihr heraus. Und zwar *jetzt...* Es war der richtige Zeitpunkt, für sie und für ihn. Ihm wurde klar, dass für sie gerade alles genauso unwirklich war wie für ihn – und dieses Gefühl stammte aus dieser merkwürdigen Nacht voller Schrecken und Gewalt, aber auch schon aus den Tagen zuvor. Jetzt, allein in der Stille dieses Krankenhauszimmers, mit der Dunkelheit, die sich an die Scheibe drückte, waren sie zwar Fremde, einander aber sehr nah.

»Ich habe die ganze Nacht Zeit«, antwortete er.

Sie lächelte ihn an.

»Tja«, fing sie an, »ich kam genau an dem Morgen in die Klinik, als dort oben das tote Pferd gefunden wurde. Ich erinnere mich noch ganz genau. Es schneite und ...«

Epilog

CRIMEN EXTINGUITUR MORTALITE.
[Der Tod löscht das Verbrechen aus.]

Als Cäsar dies bemerkte, gab er der vierten Schlachtreihe, die er aus sechs Kohorten gebildet hatte, das vereinbarte Zeichen. Diese stürmten mit so großem Tempo vor und führten in Angriffsformation einen so heftigen Stoß gegen die Reiterei des Pompejus, dass niemand standhalten konnte.

»Da sind sie«, sagte Espérandieu.

Servaz sah von Cäsars *Bürgerkrieg* auf. Er ließ die Scheibe herunter. Er sah zunächst nur eine dichte Menschenmenge, die sich unter der Weihnachtsbeleuchtung drängte – dann zoomte er wie mit einem Teleobjektiv zwei Gestalten aus dem Gewühl heraus. Der Anblick schnürte ihm die Brust zusammen. Margot. Sie war nicht allein. *Ein Mann ging neben ihr. Hochgewachsen, schwarz gekleidet, elegant, um die vierzig…*

»Das ist er«, sagte Espérandieu und nahm die Ohrhörer heraus, in denen Portishead *The Rip* sang.

»Bist du sicher?«

»Ja.«

Servaz öffnete die Tür.

»Wart hier auf mich.«

»Keine Dummheiten, hm?«, sagte Espérandieu.

Ohne eine Antwort tauchte er in der Menge unter. Hundertfünfzig Meter vor ihm bogen Margot und der Mann rechts ab. Servaz beeilte sich, zu der Straßenecke zu gelangen, nur falls sie auf die unschöne Idee kommen sollten, in einer Seitenstraße zu verschwinden; aber nachdem sie die Kreuzung hinter sich gebracht hatten, sah er sie direkt zum Weihnachtsmarkt am Capitole eilen. Er ging langsamer, dann rannte er zu dem riesigen Platz, auf dem an die hundert Holzhütten standen. Margot und ihr Liebhaber sahen sich die Auslagen vor den Ständen an. Seine Tochter schien vollkommen glücklich. Hin und wieder legte sie dem Mann die Hand auf den Arm und zeigte ihm etwas. Der Mann lachte und zeigte ihr im Gegenzug etwas anderes. Obwohl sie es nicht zur Schau stellten, verrieten ihre Gesten eine unverkennbare körperliche Nähe. Servaz spürte einen Stich der Eifersucht. Wie lange schon hatte er Margot nicht mehr so fröhlich gesehen? Er musste zugeben, dass Espérandieu vielleicht recht hatte – der Mann schien harmlos zu sein.

Dann schlenderten sie über den Platz auf die Cafés unter den Arkaden zu, und er sah, wie sie sich trotz der winterlichen Temperatur auf eine Terrasse setzten. Der Mann bestellte nur für sich. Servaz folgerte daraus, dass Margot nicht bleiben wollte. Er versteckte sich hinter einer Hütte und wartete. Fünf Minuten später zeigte sich, dass er richtig vermutet hatte: Seine Tochter stand auf, drückte dem Mann einen leichten Kuss auf die Lippen und ging. Servaz wartete noch ein paar Minuten. Er nutzte die Gelegenheit, um Margots Liebhaber eingehend zu mustern. Gut aussehend, selbstsicher, gewandt, teure Klamotten, offenbar wohlhabend. Er wirkte gut erhalten, aber er mochte einige Jahre mehr als Servaz auf dem Buckel haben. *Er trug einen Ehering.* Die Wut kehrte zurück. *Seine siebzehnjährige Tochter ging mit einem verheirateten Mann, der älter war als er selbst …*

Er holte tief Luft, legte entschlossen die letzten Meter zurück und nahm auf dem freien Stuhl Platz.

»Guten Tag«, sagte er.

»Der Stuhl ist besetzt«, sagte der Mann.

»Das glaube ich nicht, das Mädchen ist gegangen.«

Der Mann sah ihn erstaunt an und musterte ihn. Servaz erwiderte seinen Blick ohne die geringste Regung. Ein amüsiertes Lächeln huschte dem Mann über das Gesicht.

»Da sind noch Tische frei, wissen Sie! Ich würde gern allein sein, wenn es Ihnen nichts ausmacht.«

Das war hübsch gesagt, und der ironische Tonfall verriet eine ziemliche Selbstsicherheit. Der Mann war nicht leicht zu verunsichern.

»Sie ist doch minderjährig, oder?«, sagte Servaz.

Diesmal verschwand das Lächeln vom Gesicht seines Gegenübers. Sein Blick verhärtete sich.

»Was geht Sie das an?«

»Sie haben meine Frage nicht beantwortet.«

»Ich weiß nicht, wer Sie sind, aber jetzt verduften Sie mal bitte!«

»Ich bin ihr Vater.«

»Was?«

»Ich bin Margots Vater.«

»Sie sind der Polyp?«, fragte der Liebhaber seiner Tochter ungläubig.

Servaz fühlte sich, als hätte ihm ein Esel einen Tritt in die Magengrube versetzt.

»So nennt sie mich?«

»Nein, so nenne *ich* Sie«, antwortete der Mann. »Margot nennt Sie ›Papa‹. Sie mag Sie sehr.«

Servaz ließ sich nicht erweichen.

»Und Ihre Frau, was hält die davon?«

Der Mann gab sich wieder kalt.

»Das ist nicht Ihr Bier«, versetzte er.

»Haben Sie mit Margot darüber gesprochen?«

Er sah mit Befriedigung, dass es ihm gelungen war, ihn aus der Fassung zu bringen.

»Hören Sie, Vater oder nicht Vater, das hier geht Sie nichts an. Aber ja: Ich habe Margot alles gesagt. Es ist ihr egal. Jetzt bitte ich Sie, zu gehen.«

»Und wenn ich keine Lust dazu habe, was tun Sie dann: die Polizei rufen?«

»Sie sollten nicht dieses Spiel mit mir spielen«, sagte der Mann leise, aber drohend.

»Ach ja? Und wenn ich Ihrer Frau einen Besuch abstatten würde, um ihr das alles zu erzählen?«

»Warum tun Sie das?«, fragte der Geliebte seiner Tochter – aber zu Servaz' großem Erstaunen wirkte er weniger erschrocken als perplex.

Servaz zögerte.

»Mir missfällt die Vorstellung, dass meine siebzehnjährige Tochter einem Typen Ihres Alters als Spielzeug dient, obwohl sie ihm scheißegal ist.«

»Sie haben doch keine Ahnung.«

»Würden Sie sich wegen einer Siebzehnjährigen scheiden lassen?«

»Machen Sie sich nicht lächerlich.«

»Lächerlich? Finden Sie einen Typen in Ihrem Alter, der es mit einem jungen Mädchen treibt, nicht lächerlich? Wie finden Sie das denn? Hat das nicht etwas *zutiefst Mitleiderregendes?*«

»Ich hab jetzt genug von diesem Verhör«, sagte der Mann.

»Es reicht. Hören Sie mit Ihrem Polypengehabe auf. Es reicht mir!«

»Was haben Sie da gesagt?«

»Sie haben mich ganz genau verstanden.«

»Sie ist minderjährig, ich könnte Sie einbuchten.«

»So ein Quatsch! Das sexuelle Schutzalter liegt in diesem Land bei fünfzehn Jahren. Und Sie könnten große Schwierigkeiten bekommen, wenn Sie so weitermachen.«

»Ach, tatsächlich?«, sagte Servaz sarkastisch.

»Ich bin Anwalt«, sagte der Mann.

Mist, dachte Servaz. Das hatte gerade noch gefehlt.

»Ja«, bestätigte der Geliebte seiner Tochter. »Zugelassen beim Landgericht Toulouse. Margot hat schon befürchtet, dass Sie unser… *Verhältnis* entdecken. Sie mag Sie sehr, aber in manchen Aspekten findet sie Sie ein wenig… *altmodisch* …«

Servaz schwieg, er starrte geradeaus.

»Hinter ihrem rebellischen Äußeren verbirgt sich eine wunderbare, brillante und unabhängige junge Frau. Sie ist viel reifer, als Sie es zu glauben scheinen. Trotzdem haben Sie recht: Ich habe nicht die Absicht, wegen ihr meine Familie zu verlassen. Margot weiß das. Im Übrigen ist sie auch häufig mit Leuten ihres Alters zusammen.«

Servaz hatte nicht übel Lust ihm zu sagen, er solle die Klappe halten.

»Geht das schon lange?«, fragte er in einem Ton, den er selbst merkwürdig fand.

»Zehn Monate. Wir haben uns in der Warteschlange vor einem Kino kennengelernt. Und den ersten Schritt hat sie gemacht, wenn Sie es genau wissen wollen.«

Sie war also sechzehn, als es anfing… Das Blut rauschte in seinen Ohren. Es schien ihm, als würde die Stimme des Mannes vom Summen von tausend Bienen übertönt.

»Ich verstehe Ihre Besorgnis«, sagte der Anwalt, »aber sie ist unbegründet: Margot ist ein gesundes, ausgeglichenes Mädchen, das sich in seiner Haut wohlfühlt – und das in der Lage ist, seine Entscheidungen selbstständig zu treffen.«

»In seiner Haut wohlfühlt?«, fand er die Kraft zu erwidern. »Haben Sie denn in letzter Zeit nicht diese … *Traurigkeit* an ihr bemerkt? Liegt das an Ihnen?«

Der Mann wirkte ernsthaft verlegen – aber er hielt Servaz' Blick stand.

»Nein«, sagte er, »an *Ihnen*. Sie hat das Gefühl, dass Sie durcheinander sind, ratlos und vereinsamt. Sie spürt genau, dass die Einsamkeit Sie zermürbt, dass Sie es gern hätten, wenn sie mehr Zeit mit Ihnen verbringen würde, dass Ihr Beruf Sie aufreibt, dass ihre Mutter Ihnen fehlt. Und das bricht ihr das Herz. Ich sage es Ihnen noch einmal: Margot liebt Sie sehr.«

Einen Moment herrschte Stille. Als Servaz wieder das Wort ergriff, klang seine Stimme sehr kalt.

»Hübsches Plädoyer«, sagte er. »Aber du solltest dir dieses Geschwätz für die Gerichtssäle aufheben. Bei mir verschwendest du nur deine Zeit damit.«

Aus den Augenwinkeln stellte er mit Befriedigung fest, dass dem Mann das Duzen gegen den Strich ging.

»Jetzt hör mir mal gut zu. Du bist Anwalt, du hast einen Ruf, und ohne diesen Ruf bist du beruflich erledigt. Ob meine Tochter, gesetzlich gesehen, als sexuell mündig gilt oder nicht, ändert rein gar nichts daran. Wenn sich morgen herumspricht, dass du es mit jungen Mädchen treibst, kannst du einpacken. Du wirst nacheinander deine Klienten verlieren. Und vielleicht wird deine Frau die Augen vor deinen Seitensprüngen verschließen, aber sie wird weit weniger dazu geneigt sein, wenn kein Geld mehr in die Kasse kommt, glaub mir. Also wirst du Margot sagen, dass es zwischen euch aus ist, und zwar in aller Form, erzähl ihr, was du willst: In diesem Schmus kennst du dich doch aus. Aber ich will deinen Namen nie mehr hören. Übrigens habe ich dieses Gespräch aufgezeichnet, bis auf den Schluss. Für alle Fälle. Schönen Tag noch.«

Er stand auf und ging lächelnd weg, ohne sich die Mühe zu machen, die Wirkung seiner Worte zu überprüfen. Die kannte er schon. Dann dachte er an den Schmerz, den Margot empfinden würde, und ganz kurz hatte er ein schlechtes Gewissen.

Am ersten Weihnachtstag stand Servaz früh auf. Geräuschlos stieg er nach unten ins Erdgeschoss. Er fühlte sich voller Tatkraft. Dabei hatte er bis in die frühen Morgenstunden mit Margot diskutiert, nachdem alle anderen zu Bett gegangen waren: Vater und Tochter in diesem Wohnzimmer, das nicht ihres war, am Rand des Sofas sitzend, gleich neben dem Weihnachtsbaum.

Am Fuß der Treppe angelangt, warf er einen Blick auf das Thermometer. Ein Grad über null draußen. Und fünfzehn Grad drinnen: Seine Gastgeber hatten die Heizung in der Nacht zurückgestellt, selbst im Haus war es jetzt kalt.

Servaz lauschte einige Sekunden lang durch das stille Haus. Er stellte sich vor, wie sie unter den Decken lagen: Vincent und Charlène, Mégan, Margot … Es war lange her, dass er an einem Weihnachtsmorgen nicht in seiner Wohnung aufgewacht war. Es fühlte sich dauerhaft fremd, aber nicht unangenehm an. Im Gegenteil. Unter ein und demselben Dach schliefen jetzt sein Stellvertreter und bester Freund, eine Frau, die ihn heftig anzog, und seine eigene Tochter. Bizarr? Das Merkwürdigste war, dass er die Situation so hinnahm, wie sie war. Als er Espérandieu gesagt hatte, dass er Heiligabend mit seiner Tochter verbringen würde, hatte der sie sofort zu sich eingeladen. Servaz wollte die Einladung schon ausschlagen, aber zu seiner eigenen großen Überraschung hatte er sie angenommen.

»Ich kenne sie nicht einmal!«, hatte Margot im Auto protestiert. »Du hast gesagt, wir wären nur wir zwei, nicht, dass wir einen Abend unter Polizisten verbringen würden!«

Doch Margot hatte sich mit Charlène, Mégan und vor allem Vincent sehr gut verstanden. Einmal, als sie schon leidlich betrunken war, hatte sie sogar eine Flasche Champagner geschwenkt und gerufen: »Ich hätte nie gedacht, dass ein Bulle so sympathisch sein kann!« Es war das erste Mal, dass Servaz seine Tochter betrunken sah. Vincent, der fast genauso blau war wie sie, hatte auf dem Teppich vor dem Sofa gelegen und Tränen gelacht. Servaz selbst fühlte sich in Charlènes Gegenwart zunächst gehemmt, weil er ständig an ihre Geste in der Galerie denken musste. Aber der Alkohol und die gute Stimmung trugen dazu bei, dass er sich schließlich entspannte.

Er ging barfuß Richtung Küche, als seine Zehen gegen etwas stießen, das sogleich zu blinken und schrille Töne auszustoßen begann. Ein japanischer oder chinesischer Roboter. Er fragte sich, ob in diesem Land mittlerweile nicht mehr chinesische Produkte im Umlauf waren als französische. Dann schoss eine schwarze Gestalt aus dem Wohnzimmer und sprang an seinen Beinen hoch. Servaz bückte sich und kraulte den Hund, den Espérandieu auf dem Rückweg von der Diskothek angefahren hatte und dem ein Tierarzt, den sie um drei Uhr morgens aus dem Bett geläutet hatten, das Leben gerettet hatte. Das Tier hatte sich als anhänglich und sanftmütig erwiesen, und so hatte Espérandieu beschlossen, es zu behalten. Zum Gedenken an diese eiskalte, beklemmende Schattennacht hatte er ihn Ombre genannt.

»Hallo, Dicker«, sagte er. »Und fröhliche Weihnachten. Wer weiß, wo du jetzt wärst, wenn du nicht so schlau gewesen wärst, über diese Straße zu laufen, hin?«

Ombre antwortete mit einem zustimmenden Gekläff und schlug mit seinem schwarzen Schwanz gegen die Beine von Servaz, der auf der Schwelle zur Küche innehielt. In Wirklichkeit war er gar nicht als Erster aufgestanden: Charlène Espérandieu war bereits auf den Beinen. Sie hatte Teewasser aufgesetzt und die Kaffeemaschine angeschaltet, jetzt steckte sie Brotscheiben in den Toaster. Sie wandte ihm den Rücken zu, und er betrachtete einen Moment lang, wie ihr langes fuchsrotes Haar auf ihren Morgenmantel herunterfiel. Mit zugeschnürter Kehle wollte er gerade kehrtmachen, als sie sich zu ihm umdrehte, eine Hand auf ihren gewölbten Bauch gelegt.

»Guten Morgen, Martin.«

Hinter dem Fenster fuhr ein Auto sehr langsam durch die Straße. An der Dachkante blinkte eine Girlande, wie sie es wohl die ganze Nacht getan hatte. *Eine wahre Heilige Nacht*, sagte er sich. Er machte einen Schritt vorwärts und trat auf ein Stofftier, das unter seinem Fuß quiekte. Lachend bückte sich Charlène, um es aufzuheben. Als sie sich wieder aufrichtete, zog sie ihn an sich, eine Hand in seinem Nacken, und küsste ihn auf den Mund. Servaz spürte augenblicklich, wie ihm heiß wurde. Was geschähe, wenn plötzlich jemand kam? Gleichzeitig spürte er, wie das Verlangen in ihm erwachte, trotz des runden Bauchs, der sie trennte. Nicht zum ersten Mal küsste ihn eine schwangere Frau – aber zum ersten Mal küsste ihn eine Schwangere, die nicht er geschwängert hatte.

»Charlène, ich …«

»Pscht! … Sei still. Hast du gut geschlafen?«

»Sehr gut. Ich … bekomme ich einen Kaffee?«

Sie streichelte ihm zärtlich die Wange und ging zur Maschine.

»Charlène …«

»Sag nichts, Martin. Nicht jetzt. Wir reden später darüber: Es ist Weihnachten.«

Er nahm die Tasse Kaffee, trank sie aus, geistesabwesend, mit leerem Kopf. Die Zunge klebte ihm am Gaumen. Er bereute plötzlich, dass er sich noch nicht die Zähne geputzt hatte. Als er sich umdrehte, war sie verschwunden. Servaz lehnte sich mit den Schenkeln gegen die Arbeitsfläche, und es schien ihm, als würden ihm Termiten den Magen zerfressen. Auch in seinen Knochen und seinen Muskeln spürte er noch die Nachwirkungen seiner Expedition ins Gebirge. Das war das seltsamste Weihnachtsfest, das er je erlebt hatte. Und auch das erschreckendste. Er konnte nicht vergessen, dass Hirtmann irgendwo da draußen war. Hatte der Schweizer die Region verlassen? War er Tausende von Kilometern weit weg? Oder trieb er sich noch in der Gegend herum? Servaz dachte pausenlos an ihn. Und an Lombard: Man hatte seine gefrorene Leiche zu guter Letzt geborgen. Servaz erschauerte jedes Mal, wenn er daran dachte. Eine schreckliche Art zu sterben … *die beinahe auch ihn getroffen hätte.*

Er dachte häufig an dieses eisige, blutige Zwischenspiel, das die Ermittlungen in diesem so *unwirklichen* Fall dargestellt hatten. Obwohl er schon wieder so fern war. Servaz sagte sich, dass es in dieser Geschichte Dinge gab, die vermutlich niemals aufgeklärt würden. Wie etwa diese Initialen »CS« auf den Ringen. Wofür standen sie? Wann und bei welcher Gelegenheit hatte die unendliche Verbrechensserie der Viererbande begonnen? Und wer von ihnen war der Anstifter gewesen, der Rädelsführer? Vermutlich würden diese Fragen nie eine Antwort finden. Chaperon hüllte sich hartnäckig in Schweigen. Er wartete im Gefängnis auf sein Urteil, aber ausgepackt hatte er nicht. Dann dachte Servaz an etwas anderes. In ein paar Tagen wurde er vierzig. Er war am 31. Dezember geboren – und nach den Worten seiner Mutter Punkt Mitternacht: Sie hatte in einem Nebenzimmer Champagnerkorken knallen gehört, als er seinen ersten Schrei ausgestoßen hatte.

Dieser Gedanke traf ihn wie eine Ohrfeige. *Er wurde vierzig… Was hatte er aus seinem Leben gemacht?*

»Im Grunde hast in diesem Fall du die wichtigste Entdeckung gemacht«, erklärte Kleim162 am zweiten Weihnachtstag kategorisch. »Nicht dein Chef, wie heißt er noch gleich?« Kleim162 war angereist, um den Jahreswechsel im Südwesten Frankreichs zu verbringen. Er war am Vortag mit dem TGV Paris – Bordeaux – Toulouse in der »Rosa Stadt« eingetroffen.

»Servaz.«

»Kurz und gut, dein Monsieur Ich-zitiere-lateinische-Sprichwörter-um-den-Schlaumeier-zu-markieren ist vielleicht der König der Ermittler, aber du hast ihm die Schau gestohlen.«

»Übertreib nicht. Ich hab Glück gehabt. Und Martin hat einen ausgezeichneten Job gemacht.«

»Und wie sieht es bei deinem lebendigen Gott mit der sexuellen Vorliebe aus?«

»Hetero zu 150 Prozent.«

»Schade.«

Kleim162 warf seine Beine aus den Laken und setzte sich an die Bettkante. Er war nackt. Vincent Espérandieu nutzte die Gelegenheit, um seinen breiten, muskulösen Rücken zu bewundern, während er an seiner Zigarette zog, den angewinkelten Arm im Nacken, mit dem Rücken an die Kopfkissen gelehnt. Ein leichter Schweißfilm glänzte auf seiner Brust. Als Kleim162 aufstand und ins Bad ging, schielte er dem Journalisten unwillkürlich auf den Hintern. Hinter den Jalousien schneite es endlich; es war der 26. Dezember.

»Und du bist nicht zufällig scharf auf ihn?«, rief Kleim162 durch die offene Badezimmertür.

»Meine Frau hat sich in ihn verliebt.«

Der blonde Kopf tauchte in der Tür auf.

»Wie bitte? Schlafen sie miteinander?«

»Noch nicht«, sagte Vincent und blies den Rauch Richtung Decke.

»Ich dachte, sie wäre schwanger? Und er wäre der zukünftige Patenonkel?«

»Richtig.«

Kleim162 sah ihn mit nicht gespielter Verblüffung an. »Und du bist nicht eifersüchtig?«

Espérandieu lächelte abermals, während er zur Decke blickte. Tief erschüttert schüttelte der junge Journalist den Kopf und verschwand erneut im Bad. Espérandieu setzte wieder seine Kopfhörer auf. Die wunderbar heisere Stimme von Mark Lanegan antwortete auf das dünne Säuseln von Isobel Campbell in *The False Husband.*

An einem schönen Aprilmorgen holte Servaz seine Tochter bei seiner Exfrau ab. Er lächelte, als er sie mit ihrer Tasche auf dem Rücken und ihrer Sonnenbrille aus dem Haus treten sah.

»Fertig?«, fragte er, als sie neben ihm saß.

Sie fuhren auf der Autobahn in Richtung Pyrenäen; trotz allem juckte es Servaz an der Schädelbasis, als er mit hochgezogenen Brauen die Ausfahrt Montréjeau/Saint-Martin-de-Comminges nahm. Dann fuhren sie geradewegs nach Süden, ins Gebirge hinein. Das Wetter war außergewöhnlich schön. Der Himmel war blau, die Gipfel weiß. Die reine Luft, die durch den Fensterschlitz ins Wageninnere wehte, erzeugte eine Art Benommenheit wie von Äther. Der einzige Dämpfer war die Tatsache, dass Margot ihre Lieblingsmusik im Kopfhörer voll aufgedreht hatte und mitsang – aber selbst das konnte Servaz die gute Stimmung nicht verderben.

Die Idee zu diesem Ausflug war ihm vor einer Woche gekommen, als ihn Irène Ziegler nach monatelanger Funkstille angerufen hatte, um sich nach ihm zu erkundigen. Sie fuhren durch malerische Ortschaften, die Berge rückten näher, bis sie so nahe waren, dass sie sie nicht mehr sahen; die Straße stieg jetzt steil an. In jeder Kurve hatten sie überwältigende Rundblicke über die sattgrünen Wiesen: Weiler, die sich in die Talmulden schmiegten, Flüsse, die in der Sonne funkelten, lichtdurchflutete Dunstschleier, die Schafherden umhüllten. Die Landschaft, dachte er, war völlig verwandelt. Dann erreichten sie den kleinen Parkplatz. Die Morgensonne stand noch hinter den Bergen und überstrahlte ihn noch nicht. Sie waren nicht die Ersten. Weiter hinten parkte ein Motorrad. Zwei Personen saßen auf den Felsen und erwarteten sie. Sie standen auf.

»Guten Morgen, Martin«, sagte Ziegler.

»Guten Morgen, Irène. Irène, das ist Margot, meine Tochter. Margot, Irène.«

Irène drückte Margot die Hand und wandte sich um, um die hübsche Brünette vorzustellen, die sie begleitete. Zuzka Smatanova hatte einen festen Händedruck, langes, pechschwarzes Haar und ein funkelndes Lächeln. Sie wechselten kaum ein paar Worte, ehe sie sich auf den Weg machten, als hätten sie sich erst gestern getrennt. Ziegler und Martin gingen vorneweg, und Zuzka und Margot ließen sich schnell abhängen. Servaz hörte sie hinter sich lachen. Irène und er begannen zu plaudern. Der Aufstieg würde lange dauern. Der Kies knirschte unter den dicken Sohlen ihrer Schuhe, und das Plätschern des Baches stieg zu ihnen auf. Die Sonne wärmte ihnen bereits die Gesichter und Beine.

»Ich habe noch weiterrecherchiert«, sagte sie unvermittelt, als sie eine kleine Brücke aus Tannenstämmen überquerten.

»Recherchiert worüber?«

»Über die Viererbande«, antwortete sie.

Er warf ihr einen skeptischen Blick zu. Er wollte diesen herrlichen Tag nicht durch aufgewühlten Schlamm verderben.

»Und?«

»Ich habe herausgefunden, dass Chaperon, Perrault, Grimm und Mourrenx mit fünfzehn Jahren von ihren Eltern in eine Ferienkolonie geschickt wurden. Ans Meer. Und weißt du, wie die Kolonie hieß?«

»Wie?«

»*Colonie des Sternes.*«

»Seeschwalben. Na und?«

»Erinnerst du dich an die Buchstaben auf dem Ring?«

»CS.« Servaz blieb unvermittelt stehen.

»Ja.«

»Meinst du …? Dass sie dort angefangen haben …?«

»Möglich.«

Das Morgenlicht spielte durch die Blätter eines Espenwäldchens, das am Wegrand im leichten Wind sanft rauschte.

»Mit fünfzehn … Das Alter, in dem man entdeckt, wer man wirklich ist … das Alter der Freundschaften fürs Leben … auch das Alter, in dem die Sexualität erwacht«, sagte Servaz.

»Und das Alter der ersten Verbrechen«, ergänzte Ziegler und sah ihm in die Augen.

»Ja, das könnte es sein.«

»Oder etwas anderes«, sagte Ziegler.

»Oder etwas anderes.«

»Was ist los?«, stieß Margot hervor, als sie zu ihnen aufgeschlossen hatten. »Weshalb bleiben wir stehen?«

Zuzka warf ihnen einen durchdringenden Blick zu. »Schaltet ab«, sagte sie. »Verdammt, schaltet ab!«

Servaz sah sich um. Es war wirklich ein herrlicher Tag. Er musste an seinen Vater denken. Er lächelte:

»Ja, *schalten wir ab*«, sagte er und ging weiter.

Klarstellung

Manch einer könnte meinen, bestimmte Informationen und Fakten, die ich in diesem Buch darlege, wären die Ausgeburt einer übersteigerten Fantasie; aber dem ist nicht so. Das unterirdische Kraftwerk in 2000 Meter Höhe gibt es wirklich, ich habe es lediglich um einige Dutzend Kilometer verlegt. Ebenso werden einige der hier beschriebenen psychiatrischen Techniken, etwa die Aversionstherapie oder die Plethysmografie, in einigen Kliniken Europas und darüber hinaus leider tatsächlich angewandt. Ebenso die Elektroschocks: Auch wenn sich das Verfahren seit der Zeit von Lou Reed und *Kill Your Sons* verändert hat, sind sie in Frankreich zu Beginn des 21. Jahrhunderts noch immer aktuell. Und die Musik, die Espérandieu hört, können Sie ja selbst downloaden.